BASTEI LÜBBE

Über die Autorin:

Amy J. Fetzer lebt in Beaufort, South Carolina. Ihr Mann arbeitet bei der Marine, sodass sie häufig mit ihren beiden Söhnen alleine ist. Vor einigen Jahren entdeckte sie ihre Leidenschaft für historische Liebesromane, und nachdem sie viele Romane gelesen hatte, beschloss sie, selbst zu schreiben. Schon ihr zweiter Roman wurde in den USA ein großer Erfolg. Von Amy J. Fetzer ist bereits *Die irische Prinzessin* (Band 18 273) erhältlich. Weitere Übersetzungen ihrer Romane ins Deutsche sind geplant. Mehr Informationen zu dieser Autorin finden Sie im Internet unter http://www.apayne.com/amyfetzer.

AMY J. FETZER

In der Glut der Leidenschaft

Roman

Ins Deutsche übertragen
von M. R. Heinze

BASTEI LÜBBE

BASTEI LÜBBE TASCHENBUCH
Band 18 280

1. Auflage: August 2001

Vollständige Taschenbuchausgabe

Bastei Lübbe Taschenbücher ist ein Imprint der Verlagsgruppe Lübbe
Titel der amerikanischen Originalausgabe : Rebel heart

Dieses Werk wurde vermittelt durch die Literarische Agentur Thomas Schlück GmbH, 30827 Garbsen
Titelillustration : Pino Daeni, Agentur Thomas Schlück GmbH
Umschlaggestaltung: Beate Stefer
Satz: KCS GmbH, Buchholz/Hamburg
Druck und Verarbeitung: 55952
Société Nouvelle Firmin-Didot,
Mesnil-sur-l'Estrée, Frankreich
Printed in France

ISBN 3-404-18280-4

1

England, 1778

Donnernder Hufschlag zerriss die Stille und ließ die Erde erbeben.

Die Entenküken drängten sich an Michaela heran, während sie sich forschend umsah. Ein Schwarm Wachteln stieg aus den Baumwipfeln hoch und floh in den grauen Himmel hinauf.

Im nächsten Moment brach ein Reiter wie ein Dämon aus dem Wald hervor. Alles an ihm war schwarz – das Haar, der Dreispitz, das Cape, das wie Adlerflügel im Wind flatterte, und das herrliche Pferd, das er zu halsbrecherischem Tempo antrieb.

Er kam so schnell auf Michaela zu, dass die Hufe des Rosses Erdklumpen aus der Weide rissen.

Michaela bückte sich hastig, scheuchte die Entlein in ihre Schürze und drückte sie an sich, bevor sie von der Straße floh.

Doch der Reiter hielt weiter wie ein furchterregender Drache auf der Suche nach Beute auf sie zu.

Die Luft brannte in ihren Lungen, und ihre Beine zitterten vor Anstrengung. Sie konnte ihn nicht abhängen. Ruckartig blieb sie stehen und drehte sich um. Mit der einen Hand sicherte sie die Entenküken, mit der anderen griff sie unter den Umhang nach der alten Pistole und legte den Finger an den Abzug.

Rein sah sich nach den Straßenräubern um, die bei der wilden Verfolgung die Waldtiere aufscheuchten und aufs offene Gelände trieben. Donner und Blitz! Er hatte gehofft, sie hätten endlich aufgegeben! Er trieb Naraka, den Hengst, noch mehr an.

Und dann sah er sie, eine einsame Gestalt in einem Umhang. Die Briganten würden sie über den Haufen reiten oder über sie herfallen. Eine zusätzliche Last auf dem Pferd konnte er sicher nicht gebrauchen, aber er durfte die Frau auch nicht schutzlos den Räubern überlassen, die hinter ihm her waren.

Als er auf sie zuritt und sie zu sich in den Sattel ziehen wollte, hob sie den Arm. Zu spät sah Rein die Waffe in ihrer Hand und die Entschlossenheit in ihren Augen. Sie schoss, und der Rückstoß riss ihr die Kapuze vom Kopf. Die Kugel schlug in seine Schulter und warf ihn fast aus dem Sattel.

Die perfekte Krönung eines erbärmlichen Tages, dachte Rein, während der Schmerz durch seinen Körper raste. Er klammerte sich am Sattelhorn fest. Die Wunde blutete heftig, doch er hatte keine andere Wahl. Er musste die Frau mitnehmen. Den unverletzten Arm ausgestreckt, beugte er sich hinunter. Sie riss die Augen weit auf und wollte hastig nachladen, doch Rein schlang ihr den Arm um die Taille und zog sie zu sich hoch.

Durch ihre heftige Gegenwehr öffnete sich ihre Schürze. Der Inhalt fiel auf die Erde.

»Die Babys!«

Babys?

Er riss so hart an den Zügeln, dass Naraka sich aufbäumte und mit den Hufen durch die Luft schlug.

»O nein, sie werden zertrampelt!«, rief die Frau und wehrte sich verzweifelt gegen ihn.

Rein parierte das Pferd und suchte vergeblich ein

Kind. »Wir verlieren Zeit wegen Enten?« Er presste die Frau zornig an sich, doch Blut floss schon über seine Brust. Die Fremde entwand sich seinem Griff, glitt zu Boden und versuchte, die Entenküken einzufangen und gleichzeitig den gefährlichen Hufen auszuweichen.

»Lasst sie, Frau! Wir bekommen Gesellschaft!«

Michaela richtete sich auf, strich sich das rote Haar aus dem Gesicht und sah sich um. Vier Reiter jagten auf sie zu. Beschwörend blickte sie zu dem Mann hoch, den sie angeschossen hatte.

Ihr Blick berührte Rein tief. Zum Teufel mit diesen großen, flehenden Augen! »Rasch, Ihr Mörderin!« Er streckte ihr die Hand entgegen. »Diese Kerle zielen viel besser als Ihr.«

»Ich kann nicht«, wehrte sie ab. Unter dem Dreispitz sah sie von seinem Gesicht nur die zornig aufeinander gepressten Lippen. »Ich kann sie nicht sterben lassen.« Michaela deutete hilflos auf die Küken, bückte sich und griff nach einem.

Diese unmögliche Frau! Er hatte keine Zeit, mit ihr zu streiten, drehte sich im Sattel um und schätzte die Entfernung zu den Reitern ab. Als er absaß, zuckte er unter dem heftigen Schmerz in der Schulter zusammen. Ich bin ein weichherziger Narr, dachte er, während er sich bückte, ein Küken packte, in ihre Schürze setzte und nach dem nächsten griff.

»Sie haben Angst.«

»Das reicht! Beeilt Euch.« Blut floss an seinem Arm hinunter und in den Handschuh. Rein verwünschte das Zusammentreffen mit dieser kleinen Wildkatze. Er fing das letzte Entlein ein und reichte es ihr, bevor er wieder aufsaß und sich zu der Frau beugte.

Michaela warf einen Blick auf die näher kommenden Räuber und dann auf ihn.

Sie überlegt, welches das kleinere Übel ist, dachte er leicht amüsiert.

»Mich kriegen die nicht, aber Euch …?« Seine Stimme klang tief.

Michaela kam sich wie ein in die Enge getriebenes Tier vor. Sie stellte den Fuß in den Steigbügel und ergriff die Hand des Mannes. Er zog sie hoch und setzte sie vor sich in den Sattel. Als das Pferd vorne hochstieg, fiel sie gegen seine breite Brust und entlockte ihm ein schmerzliches Stöhnen.

Während des Ritts quakten die Küken laut und flatterten in der Schürze, und die Verfolger näherten sich rasch.

Michaela wollte zurückblicken, doch Rein drückte sie nach vorne.

»Ihr bringt uns aus dem Gleichgewicht, und ich bin nicht in der Lage, das Pferd zu kontrollieren.«

Er sprach leise, doch Michaela hörte die Schärfe in seiner Stimme und schloss die Augen, weil sie das Loch in seinem Umhang nicht sehen wollte. Sie roch das Blut und bekam ein flaues Gefühl im Magen. Was hatte sie bloß getan? Wieso hatte der Mann sie nicht ihrem Schicksal überlassen?

Er ritt den Hang hinunter, zügelte das überlastete Pferd und fluchte, während er eine Pistole hervorzog und sich umdrehte.

Er feuerte.

Michaela erhaschte einen Blick auf sein blutgetränktes Hemd und die zahlreichen Messer und Pistolen im Gürtel.

»Wieso habt Ihr nicht schon längst geschossen? Lieber Himmel, Ihr seid wie ein ganzes Arsenal bewaffnet.«

Er steckte die leere Pistole in den Gürtel, zog eine andere heraus und warf Michaela einen Blick zu.

»Die beste Taktik, am Leben zu bleiben, ist immer noch die Flucht.« Erneut drehte er sich um und feuerte. Einer der Reiter stürzte aus dem Sattel. Die anderen ritten über ihn hinweg und kamen unaufhaltsam näher. »Erbärmliche Teufel«, murmelte Rein und trieb das Pferd an. Schüsse krachten hinter ihnen, als sie die Hügelkuppe erreichten. Vor ihnen stand ein Landhaus. Hilfe war nahe. Wenn die Räuber das sahen, hatten er und seine verhinderte kleine Mörderin eine Chance.

Er hielt auf das Hauptgebäude zu.

Michaela verkrampfte sich. »Dahin können wir nicht!«, erklärte sie ängstlich. »Da wohnt der Earl.«

»Tatsächlich? Dann sind wir dort am sichersten.«

»Aber der Earl …« Michaela presste die Lippen aufeinander. Wenn sie dem Earl unter die Augen kam, wurde sie erkannt, und dann wurde ihr Onkel informiert. Das durfte nicht geschehen.

»Seine Lordschaft wird nichts erfahren«, versicherte Rein. Sein Griff um ihre Taille lockerte sich, und er lehnte sich gegen ihren Rücken. Sie ahnte, wie schwer es ihm fiel, sich im Sattel zu halten. Schuldbewusst drückte sie seine Hand.

Rein fühlte die sanfte Berührung kaum. Er rang nach Atem. Vor seinen Augen tanzten Sterne. Die Schulter schmerzte höllisch. Die Kugel steckte noch im Körper. Er verwünschte dieses Frauenzimmer. Auf Hindi versprach er Naraka Futter und eine lange Rast, wenn das Pferd sie beide zur Rückseite des mächtigen Hauses brachte.

Naraka lief gehorsam weiter, und Rein lenkte ihn in weitem Bogen links herum hinter die Ställe und Bäume. Neben einer Mauer hielt er das Pferd an. Am liebsten hätte er sich an die Mauer gelehnt und dem Schmerz nachgegeben. Stattdessen stieg er ab, achtete darauf, dass man Naraka nicht mehr sehen konnte, und spähte um die Ecke.

Drei Männer tauchten auf der Hügelkuppe auf. Ihre Pferde tänzelten, und sogar auf diese Entfernung hin fühlte Rein die Unentschlossenheit der Reiter. Kommt nur näher, dachte er, damit ich euch erledigen kann. Es machte ihn misstrauisch, dass sie ihn so hartnäckig verfolgt hatten. Dabei war es ihnen bestimmt nicht in erster Linie darum gegangen, ihm Geld abzunehmen. Er hatte zahlreiche Feinde, allerdings keinen, der ihm zurzeit nach dem Leben trachtete oder feige genug war, gleich fünf Männer auf ihn anzusetzen.

Er zog ein Taschentuch hervor, biss die Zähne zusammen und presste es auf die Wunde. Lange hielt er nicht mehr durch. Dafür verlor er zu viel Blut. Wenn er nichts dagegen unternahm, würden sie beide sterben. Er hielt ganz still, konzentrierte sich und verdrängte den Schmerz. Alle geistigen Kräfte auf die Wunde gerichtet, dämmte er den Blutfluss ein, doch das würde nicht lange anhalten, wenn er wieder abgelenkt wurde.

Rein warf einen flüchtigen Blick auf die Frau, deren Schönheit ihn tief beeindruckte, eine Schönheit, die von dem wild gelockten Haar und dem schäbigen Umhang nicht verborgen wurde. Die Entenküken bewegten sich in ihrer Schürze. Sie fasste hinein und hob eines der flaumigen gelben Tierchen an die Wange. Mit sanften Tönen beruhigte sie das Küken, und der Anblick durchbrach einen Schutzschild, den Rein nicht vermissen wollte. Mütterliche Gefühle, dachte er und wurde so traurig, dass er rasch wegblickte und sich wieder auf die Umgebung konzentrierte. Diese Frau war schuld, dass er Zeit verloren hatte.

Michaela betrachtete den breiten Rücken und die

muskulösen Schultern des Fremden. Die teure Kleidung wies auf einen hohen gesellschaftlichen Rang hin, ebenso der spanische Sattel und das herrliche Pferd. Ein Gentleman, womöglich sogar mit einem Titel. Sie sah sich schon für den Rest ihrer Tage in einem Kerker schmachten. War dieser Mann groß und maskulin! Michaela musste zu ihm hochblicken. Nicht nur äußerlich unterschied er sich von den Engländern, die sie kannte. Trotz der Verletzung ließ er ihre Umgebung keinen Moment aus den Augen.

»Gehören die Enten Euch?«

Sie warf einen Blick in die Schürze. »Nein.«

»Was hattet Ihr dann mit ihnen vor? Wolltet ihr sie bemuttern und ihnen vielleicht das Schwimmen beibringen?«

Warum die Reichen sich stets auch für geistreich hielten! »Macht Euch nicht über mich lustig«, wehrte sie gereizt ab. Bisher hatte er sie nicht richtig angesehen, und sie hatte sein Gesicht noch nicht aus der Nähe betrachtet. »Aber wenn Ihr Euch unbedingt in meine Angelegenheiten einmischen müsst, Sir …«

»Ihr seid meine Angelegenheit, Mädchen.«

Michaela hielt den Atem an. Es klang fast, als würde er diese Worte nicht oft aussprechen, und Michaela verspürte eine unerklärliche Freude. »Ich wollte sie nach Hause bringen«, erklärte sie. »Die Ärmsten haben ihre Mutter verloren.«

Er drehte sich um, und aus seinen Augen traf sie ein scharfer, harter Blick. Michaela konnte kaum noch atmen, so sehr hielt dieser Blick sie in seinem Bann. Der Mann hatte hellblaue Augen, die sie gefangen nahmen. Michaela wollte in ihnen versinken und die Geheimnisse ergründen, die dieser Macht und Kraft ausstrahlende Mann verbarg.

Er sah sie unverwandt an.

Das Sattelleder knarrte.

Michaela nahm nur noch ihn wahr, wurde unwiderstehlich angezogen von Dingen, von denen sie nicht einmal zu träumen wagte.

In der Ferne klirrte das Zaumzeug eines Gespanns. Räder ratterten über Stein. Wind strich den Hügel herunter, ließ das hohe Gras rascheln und trieb den Duft von Kräutern und Blumen herüber.

Das Pferd bewegte sich unter Michaela.

Der Wind strich auch durch das schwarze Haar des Mannes, und Michaela erblickte einen silbernen Ohrring. Der Anblick berührte sie unerklärlich tief, und ein einziges Wort schoss ihr durch den Kopf.

Exotisch.

Unvermutet wurde ihr warm, und sie fühlte sich unter seinem durchdringenden Blick entblößt, der heiß wie ein glühender Docht und doch sanft wie gesponnener Zucker über ihr Gesicht strich.

Der Wind zerrte an seinem Umhang.

Der Fremde wandte die Augen nicht von ihr ab.

Michaela konnte sich nicht bewegen und wartete auf den Widerwillen, den sie stets empfand, wenn ein Mann sie so eingehend betrachtete, doch er stellte sich nicht ein, und das machte ihr Angst. Hastig wollte sie absteigen.

Der Fremde hielt sie jedoch im Sattel fest und saß unsicher hinter ihr wieder auf. »Was macht Ihr da?«, fragte sie.

Er schloss für einen Moment die Augen und versuchte, seinen Körper und die abschweifenden Gedanken unter Kontrolle zu bekommen. »Ich nehme Euch mit mir.«

»Nein, das könnt Ihr nicht!« Ihr Onkel würde sie verprügeln, wenn sie zu spät nach Hause kam.

Er legte die Hand an ihr Kinn und zwang sie, ihn anzusehen. »Diese Bleikugel muss entfernt werden. Da Ihr sie mir verpasst habt, ist es nur angemessen, wenn Ihr Euch darum kümmert«, erklärte er unbeugsam und trieb das Pferd zu den Bäumen hinter einem Teich.

»Wartet!«

»Frau, ich kann nicht warten!« Irgendwo in den Hügeln lauerten noch immer die Räuber.

Michaela ließ sich trotzdem vom Pferd gleiten, stolperte und fing sich wieder. Dann lief sie zu dem kleinen Teich und öffnete die Schürze, kniete sich hin und setzte die Entenküken auf die Erde. Die Kleinen watschelten zu den erwachsenen Enten auf dem Teich. Danach stand Michaela rasch wieder auf und drehte sich um. Rein blickte auf sie hinunter. Der Wind zerrte an ihrem langen, kupferroten Haar und dem Umhang. Eine wundervolle Frau, dachte er. Wieso hielt sie sich hier draußen ohne Begleitung auf?

Allerdings konnte das Mädchen mit Waffen umgehen und sich schützen. Das hatte er am eigenen Leib erfahren.

Ungeduldig gab er ihr einen Wink, wieder aufzusteigen. Als sie zögerte, richtete er herausfordernd den Blick auf sie.

Dieser harte Blick wirkte bedrohlicher als eine geladene Waffe. Michaela gehorchte wortlos, prallte gegen den Mann und entlockte ihm ein schmerzliches Stöhnen. Sie nahm die Schürze ab, rollte sie zusammen und drückte sie auf seine Wunde. Er zuckte nicht einmal mit der Wimper, obwohl es ihn entsetzlich schmerzte. Das Pferd setzte sich in Bewegung, und Michaela hatte Mühe, den Blutstrom einzudämmen und sich gleichzeitig im Sattel zu halten.

Die dunkle Haut ihres Retters war blasser geworden. Ansonsten war ihm nichts anzusehen.

Sie ritten in den Wald, der sich an den Dörfern entlangzog. »Habt Ihr einen Namen, Mörderin?«

Sie duckte sich unter einem Zweig und schob ihn zur Seite, damit er den Fremden nicht berührte. »Ja.« Hastig überlegte sie, ob sie ihren Namen verschweigen sollte, doch über ihre Kreise wusste dieser Mann bestimmt nicht Bescheid.

Um seine Lippen spielte ein Lächeln, als sie zögerte. »Und wie lautet er?«

»Michaela.«

Er wiederholte ihren Namen mit einem erregend fremdartigen Akzent, den sie nicht einordnen konnte. Sie wollte mehr über ihn erfahren, doch das gehörte sich nicht, wenn sie sich einander nicht vorstellten.

»Ich bin Rein.«

»Wohin bringt ihr mich?« Womöglich zum Gericht, dachte sie ängstlich.

»Auf mein Schiff.«

»O nein!« Sie griff nach den Zügeln. »Ich muss zurück!« So lange durfte sie nicht wegbleiben. Unmöglich konnte sie zum Hafen reiten!

»Das ist mir gleichgültig, Michaela.« Seine Miene wurde hart, als er ihr die Zügel aus der Hand nahm und sie in seine hellen Augen blickte. »Vor Sonnenuntergang schaffe ich es nicht zu meinem Schiff, und ich brauche Euch leider.«

Er machte nicht den Eindruck, als würde er von irgendjemandem Hilfe brauchen, am allerwenigsten von ihr.

»Sind wir uns einig?«

Sie erreichten die Stadt und nahmen Nebenstraßen und dunkle Passagen, und Michaela fragte sich, wem Rein auswich. Die Leute achteten nur wenig auf sie. Die meisten machten einen großen Bogen um das Pferd. Hinter sich fühlte sie eine Bewegung. Wahrscheinlich lud er die Pistolen nach. Deutlich erinnerte sie sich an die Messer mit den juwelenbesetzten Griffen und an die Klingen verschiedener Größe. Ein eleganter Barbar, dachte sie. Woher er wohl kam?

Sie näherten sich dem Hafen. Hier roch es nach Meer und Fässern mit Fisch. Michaela hielt sich den Umhang vor die Nase, aber der roch nach Reins Blut. Sie wandte sich gerade noch rechtzeitig um, als Rein die Augen verdrehte und schwankte. Blitzartig hielt sie ihn fest, doch sein Gewicht riss sie fast aus dem Sattel. Nur mit Mühe konnte sie ihn aufrichten.

»Bitte, Ihr dürft nicht sterben«, flüsterte sie an seinem weichen Haar.

»Ich werde mich bemühen ... Euch nicht ... zu enttäuschen.« Schwang tatsächlich ein Lächeln in seiner Stimme mit?

»Bemüht euch«, ermutigte sie ihn. »Ich mag es gar nicht, wenn mir meine Opfer unter den Händen wegsterben.«

»Das hinterlässt eine Lücke auf Eurer Tanzkarte, nicht wahr?«

»Sofern ich eine hätte«, murmelte sie, schwang ein Bein über den Hals des Pferdes, um einen besseren Halt zu haben, und nahm Rein die Zügel aus der Hand. Als sie sich seine Arme um ihre Taille legte, lehnte er sich schwer gegen ihren Rücken.

Nach einer Weile flüsterte er: »Halt, dort in diese dunkle Passage.«

»Kommt nicht infrage«, wehrte sie ab, und trotz seines geschwächten Zustandes hörte Rein die Angst in ihrer Stimme.

»Madame«, murmelte er ungeduldig, »ich bin kaum in der Verfassung, um über Euch herzufallen.«

Michaela warf einen Blick auf den Kopf, den er an ihre Schulter gelehnt hatte. Mit einem einzigen Schlag konnte sie den Mann vermutlich endgültig zu Boden werfen – wobei sie nicht die Absicht hatte, ihm noch mehr anzutun. Sie hoffte, er würde sich anständig benehmen, und lenkte das Pferd zwischen zwei Gebäuden zur Rückseite einer Herberge. Kaum hatten sie den Schatten hinter dem Gebäude erreicht, als Rein aus dem Sattel rutschte und sich gegen das Pferd lehnte, das sich zum Glück nicht bewegte. Michaela folgte ihm und knickte fast ein, weil er sich auf sie stützte.

»Lieber Himmel, Ihr seht gar nicht so schwer aus«, stieß sie hervor. Er lachte leise und deutete auf einige Fässer. Sie ging ganz langsam hin, ließ ihn zu Boden gleiten und zuckte zusammen, als sein Kopf gegen ein Fass stieß.

»Meine Satteltaschen …« Er musste Luft holen. »Ein schwarzer Beutel und ein Wasserschlauch.«

»Ja, ich hole beides.« Sie warf einen Blick auf die Wunde unter der Schürze und riss die Augen auf. Blut spritzte aus dem Loch. Rasch drückte sie seine Hand auf die Wunde und eilte zu dem Pferd, das stampfte und ihr auswich. »Bleib stehen, du Ochse!«, zischte sie und stemmte die Hände in die Hüften. »Dein Herr braucht Hilfe.« Das Pferd blieb tatsächlich stehen und schirmte sie gegen neugierige Blicke ab. Michaela durchwühlte die Satteltaschen, fand das Gewünschte und kehrte zu Rein zurück. Als sie niederkniete, rührte er sich nicht, als wäre er tot. Erschrocken tastete sie über seinen Hals und atmete auf, als sie seinen Puls fühlte.

»Rein?« Der Name kam ihr nur zögernd über die Lippen.

»Macht den Beutel auf«, sagte er, ohne die Augen zu öffnen. »Eine Phiole … blaues Pulver …« Er strich sich mit der Zungenspitze über die Lippen. »Auf die Wunde …«

Sie löste die Verschnürung, fasste in den Beutel und fand fünf Fläschchen, konnte in der Dunkelheit jedoch nicht erkennen, welches davon blau war. Als sie sich dem Licht zuwandte, entdeckte sie auf dem Glas eine silberne Schrift. So etwas hatte sie noch nie gesehen. Sie stand auf und wollte weiter ins Licht gehen.

»Michaela!«, rief er heftig.

Sie eilte mit dem blauen Fläschchen in der Hand zu ihm zurück. »Lieber Himmel, ich hätte Euch schon nicht verlassen. Wofür haltet Ihr mich?«

Er öffnete mühsam die Augen. »Für eine verdammt gute Schützin«, murmelte er und verzog die Lippen vor Schmerz und auch Belustigung, weil sie so empört vor ihm stand. »Kann ich Euch vertrauen?«

»Ihr habt wohl keine andere Wahl, oder?« Sie kniete sich hin und hielt seinem Blick stand. »Außerdem habe ich auf Euer Herz gezielt.« Er lachte unterdrückt, als sie seinen Mantel, sein Hemd und ihre Schürze beiseite zog und sich zwang, seinen Wunsch zu erfüllen. Sie schüttete das Pulver auf die Wunde und zuckte zurück, als es wie Zunder rauchte.

»Lieber Himmel!« Sie hatte ihn in Brand gesteckt!

Er warf einen Blick auf die Wunde. »Ausgezeichnet.«

Sie sah ihn mit weit aufgerissenen Augen an.

»Das stillt vorerst die Blutung.«

»Dem Himmel sei Dank«, flüsterte sie.

Irgendwo splitterte Glas. Aus einem Fenster über ihnen hörte man eine Frau lachen. Es roch nach Bier und Schweiß.

»Schuldgefühle, Michaela?«

Es gefiel ihr, wie er ihren Namen aussprach, und sie wollte schon antworten, als durch die Wände der Herberge das rhythmische Quietschen eines Bettes drang. Michaelas Magen verkrampfte sich. »Könnt ihr wieder weiter?«, fragte sie ungeduldig. Sie brachte mehr als ihren armseligen Ruf in Gefahr, wenn sie noch länger mit ihm hier blieb.

Rein runzelte die Stirn und betrachtete ihr verkniffenes Gesicht. Sie war blass geworden. »Gleich.«

»Muss ich Euch an mir festbinden?«

Er sah sie an, als würde er ihre Gedanken lesen. Trotzdem konnte sie ihn nicht zurücklassen. Die Schuldgefühle hätten sie bis ans Ende ihrer Tage verfolgt. »Das wird nicht nötig sein. Ich bringe Euch auf Euer Schiff – sofern Ihr mir verratet, warum diese Männer hinter Euch her waren.«

»Ihr seid wohl kaum in der Lage, Bedingungen zu stellen.«

Sie verschränkte die Arme. »Ihr aber auch nicht.«

Jetzt lächelte er. »Erpresserin.«

Sie ließ ihren Blick über ihn wandern. »Ihr seht nicht wie ein Räuber aus.«

»Ich war ja auch das Opfer. So etwas passiert in der heutigen Zeit leider sehr oft.«

Schuldbewusst streckte sie die Hand nach ihm aus, als er sich bewegte und zusammenzuckte. Doch er winkte ab und presste die Lippen aufeinander.

»Haben Euch die Räuber den Geldbeutel abgenommen?«

»Sie haben es versucht«, erwiderte er und blickte zum Eingang der Herberge. »Aber ich habe einen getroffen.«

»Zwei«, erinnerte sie ihn.

»Das ist einer mehr, als Ihr getroffen habt. Ist es vielleicht üblich, dass die Mädchen auf dem Land ahnungslose Reiter anschießen?«

Sie verzog das Gesicht, öffnete den Wasserschlauch und bot ihn Rein an. Er ließ Wasser in seinen offenen Mund fließen. »Ihr wart bestimmt nicht ahnungslos.«

Sein Lächeln löste in ihr Empfindungen aus, über die sie nicht weiter nachdenken wollte.

Mit dem Handrücken wischte er einen Tropfen vom Kinn. »Ich kam Euch wohl wie Euer schlimmster Albtraum vor, nicht wahr?«

Nein, dachte sie, nicht wie mein schlimmster. »Ihr hättet mich warnen sollen«, verteidigte sie sich und verschloss den Wasserschlauch wieder.

»Mag sein.« Er zuckte die Schultern und fasste sich an die Wunde. »So, das wäre erledigt. Wollen wir aufbrechen?« Sie beugte sich so schnell hinunter, um ihm zu helfen, dass sie mit dem Kopf gegen sein Kinn stieß. Er stöhnte nur, als sie sich entschuldigte, und ließ sich auf die Beine helfen. Ihr Haar wurde unter seinem Arm eingeklemmt, ihr Kopf nach hinten gezogen. Er hielt sie fest, als sie verzweifelt daran zerrte, löste sich von ihr, befreite ihr Haar und stützte sich wieder auf sie.

Sie fühlt sich viel zu weich an, dachte Rein, während er unsicher zum Pferd ging. Zweimal trat sie ihm auf den Fuß. Die warme Hand legte sie auf seinen Bauch und löste tief in ihm ein süßes Gefühl aus. Rein hielt sich am Zaumzeug fest, drückte die Stirn an den Hals des Tieres und flüsterte dem Pferd etwas zu.

Michaela wich zurück, als der schwarze Hengst vorne in die Knie ging und den Kopf tief senkte.

»Euer Ross, Madame.« Er deutete lässig auf das Pferd und amüsierte sich über ihr verblüfftes Gesicht.

Michaela kam langsam wieder näher und ließ den Blick zwischen Herr und Pferd hin und her wandern. Erst als sie überzeugt war, dass das Tier sich nicht bewegte, schwang sie sich schrecklich unelegant in den Sattel, zog hastig die Röcke über die Waden hinunter und warf Rein einen scharfen Blick zu.

Sie macht ein Gesicht, als würde ich sie gleich ins

Bein beißen, dachte er, während er sich auf das Pferd zog. Naraka richtete sich auf.

»Verdammt, das ist unglaublich«, flüsterte Michaela und schüttelte den Kopf.

Ihre rötlichen Locken kitzelten ihn in der Nase. »Gratuliere, alter Junge. Du hast sie so beeindruckt, dass sie sogar flucht.«

Sie wandte den Kopf und wollte ihm vorhalten, dass ein Gentleman über die Fehler einer Dame mit Schweigen hinwegging, doch dann sah sie, wie grau er im Gesicht war.

Rein konnte kaum klar sehen. Die Kräuter taten ihre Wirkung. Trotzdem fing er Michaelas fragenden Blick auf. »Rasch, Mädchen.«

Sie schnalzte mit der Zunge und lenkte das Pferd aus dem Durchgang hinaus auf die Straße.

»Wie heißt Euer Schiff?«, fragte sie, während ihnen die Blicke von Bürgern und Dienern, Straßenverkäufern und Matrosen zuflogen, die sich auf den Straßen drängten. Ein Trupp Soldaten kam nahe einer Taverne um die Ecke, vom Schnaps aus dem Tritt gebracht, und Michaela schirmte das Gesicht mit der Kapuze ab.

»*Empress* …«

Michaela trieb das Pferd an. Sie mussten sich beeilen. Der Wind zerrte an ihrer Kleidung. Die feuchte Meeresluft strich über ihr Gesicht. Männer starrten sie an. Ihre lüsternen Blicke ließen Michaela frösteln. Sie senkte den Kopf. Die hinter Wolken verborgene Sonne sank bereits tiefer. Bald schon würde man daheim ihre Abwesenheit merken. Millie oder Argyle würden eine glaubhafte Ausrede für ihr Fehlen vorbringen, doch lange hielt das ihren Onkel nicht zurück. Hoffentlich machte er sich nicht auf die Suche nach ihr oder schickte gar Truppen aus.

Nervös hielt sie einen Jungen an, der am Pier Kastanien verkaufte. Sein Gesicht war schmutzig, und die Finger ragten aus Handschuhen, denen die Spitzen fehlten.

»Kennst du ein Schiff namens *Empress*?«

Der Junge kniff die Augen zusammen und wich einen Schritt zurück. »Ihr seid doch nicht so dumm und wagt euch dorthin, wie?«

Michaela bekam eine Gänsehaut, doch sie hatte keine andere Wahl, sie musste dorthin, sonst verblutete Rein.

Sie holte einen Penny aus der Tasche und warf ihn dem Jungen zu. »Wo liegt es?«

Er zeigte ihr die Richtung, und Michaela atmete scharf ein. Das Schiff war gewaltig und strahlend weiß gestrichen, abgesehen von dem hölzernen Mast und der Reling, die im Licht schimmerte. Mit der Flut kam Nebel herein und umhüllte das Schiff mit den Verzierungen und Laternen aus Messing. Es war ein weißgoldenes Geisterschiff, scheinbar völlig verlassen, und es weckte neben Angst auch Michaelas Neugierde. Bestimmt gab es kein zweites Schiff wie dieses.

Rein stöhnte und murmelte etwas Unverständliches. Michaela trieb das Pferd weiter und war froh, wenigstens Reins Atem am Hals zu fühlen. Trotzdem spürte sie, wie das Leben aus seinem Körper wich. Am Pier angekommen, rief sie, erhielt jedoch keine Antwort. Sie hörte nur, wie die Wellen gegen die Schiffswand schlugen. Unbewacht? Unmöglich. Dann hätte das Gelichter des Hafens schon längst diesen schwimmenden Palast ausgeräumt.

Ungeduldig rief sie noch einmal und trieb das Pferd näher an den Landungssteg heran. Der Hengst betrat den schmalen hölzernen Steg. »Nein, nein! Rein!«, rief sie. »Haltet das Pferd zurück!« Als er es nicht tat, zog sie an den Zügeln, doch das Pferd ging einfach weiter.

Michaela warf einen Blick in das schwarze Wasser hinunter und sah schon voraus, wie sie beide im Hafenbecken landeten und vom Hengst zerquetscht wurden.

Sie wagte nicht, noch einmal zu rufen, weil sie das Pferd nicht erschrecken wollte.

»Aye, aye«, erklang plötzlich eine Stimme, und ein Mann erschien auf dem Achterdeck. »Judas!« Er rief noch mehrere Namen, und Männer tauchten in den Wanten und an Deck auf und drängten sich an den Landungssteg heran.

Der mächtige schwarze Hengst kümmerte sich nicht um die Menschen, sondern ging behutsam weiter über die Planken, die sich unter dem Gewicht bogen.

»Was macht Ihr mit dem Pferd des Captains?«, fragte der Mann von der Reling aus.

Ausgerechnet der Captain! Was für ein Pech, dachte Michaela bitter. Er konnte kein einfacher Matrose oder Maat sein. Nein, ihr Opfer war der Herr dieses Schiffes. »Er wurde angeschossen.«

Die Männer fluchten. Als das Pferd das Deck erreichte, musste Michaela um ihr Gleichgewicht kämpfen, weil der Hengst wieder niederkniete. Wie ein gehorsames Hündchen, dachte sie, glitt vom Tier und sah zu, wie Rein von einem Matrosen aufgefangen wurde.

»Lieber Himmel, Captain, was habt Ihr denn diesmal angerichtet?« Zu zweit führten sie Rein zu den Aufbauten. Michaela wollte sich zurückziehen, aber ein riesiger dunkelhäutiger Mann mit massigen Armen und einem Turban auf dem Kopf hielt sie an der Hand fest.

Sie wehrte sich vergeblich. »Ich muss weg!« Es würde Stunden dauern, um zu Fuß nach Hause zu kommen.

Der Mann schüttelte den Kopf und führte sie zu der

offenen Tür. Michaela stemmte sich voller Panik gegen ihn.

Sie konnte nicht da hineingehen! Nicht zu all diesen Männern!

Der Dunkelhäutige schob sie einfach weiter. Sie taumelte in die Kapitänskajüte und sah den Wächter zornig an, als er sie endlich losließ.

»Versucht das nicht noch einmal, Sir! Ich bin bewaffnet«, log sie und hüllte sich fester in den Umhang.

Er musterte sie grinsend, und sie ließ den Blick über seine Pumphose und die Schuhe mit den gebogenen Spitzen zu seiner nackten Brust wandern. Nur eine ärmellose Lederweste schützte ihn vor Kälte. Der Mann verschränkte die Arme. Goldketten spannten sich um die Oberarme, und an den Fingern funkelte ein Vermögen in Edelsteinen. Was für ein interessanter Mann, dachte sie. Im selben Moment gellte ein Schmerzensschrei.

Michaela stolperte über die Teppichkante, drängte sich zwischen den Männern durch und blieb neben dem Bett stehen. Sie sah nichts von der reichhaltigen Ausstattung, sondern hatte nur Augen für den Mann, den sie angeschossen hatte. Ohne den dunklen Dreispitz und den Umhang wirkte er verletzlich, wie er da auf der Decke lag. Das Hemd hatten sie an der Schulter aufgerissen. Michaelas Schürze war rot von Blut. Einer der Männer zog ihm die Stiefel aus und ließ sie zu Boden fallen, während ein anderer nach heißem Wasser, Seife, Verbandszeug und einem ganz bestimmten Behälter verlangte.

Rein stöhnte und flüsterte dem Mann etwas zu.

»Aye, sie ist hier.« Der Mann warf Michaela einen Blick zu. »Ich bin Leelan Baynes, Steuermann und Erster Maat.«

Michaela nickte dem massig gebauten Mann zu und sah auf Rein hinunter. »Er hat viel Blut verloren.«

»Und er wird noch mehr verlieren, wenn wir die verdammte Kugel nicht herausholen.«

Rein murmelte wieder etwas, und Baynes beugte sich über ihn, zog plötzlich die Augenbrauen hoch und wandte sich an Michaela. »Er sagt, dass Ihr sie entfernen sollt.«

Rein sah sie an und lächelte schwach. Dieser schreckliche Mann! Er lächelte, weil er genau wusste, wie bemitleidenswert er aussah! Und sie wusste, dass er nur einen Befehl zu flüstern brauchte, damit seine Leute sie in Ketten legten. Am besten brachte sie es so schnell wie möglich hinter sich, damit sie endlich gehen konnte. Entschieden schob sie das Haar über die Schulter zurück, trat näher, setzte sich auf den Hocker, den Baynes ihr brachte, und warf den Umhang ab. Ihre Pistole legte sie zu ihren Füßen, bevor sie Reins Hemd noch weiter aufriss.

»Der Preis für Euer Verbrechen, Mörderin«, sagte er so leise, dass nur sie es hörte.

Sie stieß geringschätzig den Atem aus. »Meint Ihr vielleicht, ich werde in Ohnmacht fallen?«

»Ihr seht ein klein wenig blass aus.«

Sie bedachte ihn mit einem herablassenden Blick. »Schlimmer als Eure Gesichtsfarbe, die an Erbsensuppe erinnert?«

Sein Lächeln verstärkte sich, und Michaela wünschte sich, es würde nicht so heftig auf sie wirken.

»Seid still«, verlangte sie, obwohl er ohnehin nichts sagte.

Rein kniff die Augen zu schmalen Schlitzen zusammen und sah zu, wie sie die Wunde abtastete. Er konzentrierte sich auf die Frau und nicht auf den Schmerz, während Leelan die Teakholz–Schatulle brachte und das Schloss öffnete. Der Steuermann hob den Deckel an, holte eine Pinzette heraus, legte sie in eine Schale und goss kochendes Wasser darüber.

»Wascht Euch die Hände, bevor Ihr ihn wieder anfasst«, befahl er vorwurfsvoll. Offenbar hielt er sie für unvorsichtig. Rein warf Leelan über ihren Kopf hinweg einen missbilligenden Blick zu.

Michaela gehorchte, deckte die Wunde ab, stand auf, rollte die Ärmel hoch und wusch sich die Hände, während Mr Baynes Fläschchen und Beutel öffnete und Pulver sowie Kräuter in eine Schale mit heißem Wasser schüttete. Das Gemisch ließ er seinen Captain trinken. Rein leerte die hölzerne Schale, ohne den Blick seiner hellen Augen von Michaela zu wenden. Er hält mich gefangen, dachte sie. Nur mit einem Blick raubt er mir den Atem!

Rein erkannte die Unsicherheit in ihren schönen Augen. Aus Gründen, über die er jetzt nicht nachdenken konnte und wollte, wünschte er ihre Nähe, selbst wenn das bedeutete, dass sie in der Wunde nach der Kugel suchte. Das Mädchen konnte nicht wissen, dass dies harmlos war im Vergleich zu den Verletzungen, die er im Lauf der Jahre erlitten hatte. Und er dachte gar nicht daran, sie darüber aufzuklären. Sollte die Kleine ruhig ein wenig leiden.

Sie kam zu ihm und hielt das Instrument mit einem sauberen Tuch.

»Ich weiß nicht, was ich …«

Rein rutschte auf dem Kissen höher und war plötzlich hellwach. Sie runzelte die Stirn und warf einen Blick auf die leere Schale auf dem Schränkchen neben dem Bett. Besser keine Fragen stellen, dachte sie.

»Ihr sucht die Kugel und entfernt sie.«

Michaela stützte eine Hand in die Hüfte. »Was für eine großartige Idee«, spottete sie und klimperte mit den Wimpern. »Wieso habe ich nicht gleich daran gedacht?«

Er lächelte.

Sie achtete nicht darauf, sondern setzte sich auf den Hocker und zog das Tuch zur Seite. Das blaue Pulver war verschwunden, vermutlich von der Haut aufgenommen. Die Blutung hatte aufgehört. Es war ein sauberes Loch, doch Michaela fürchtete, dass sie es erweitern musste, um an das Geschoss heranzukommen. Das hatte sie schon mehrmals für ihren Vater gemacht, doch jene Wunden hatte sie ihm nicht selbst beigebracht. Und ihr Vater war jedes Mal stark betäubt gewesen und hatte sie nicht so angestarrt.

»Das Herausholen der Kugel wird wehtun.«

»Nicht mehr als beim Eindringen«, wehrte er ab.

»Wärt Ihr nicht lieber bewusstlos?«, fragte sie, während sie die Umgebung der Öffnung säuberte.

Er betrachtete sie. »Und wie wolltet Ihr das herbeiführen?«

»Ein Schlag mit meiner Pistole wäre doch eine ausgezeichnete Idee.«

Er lachte leise und sinnlich. Dieses Lachen verursachte ihr ein leichtes Flattern im Magen.

»Jetzt tut es weh«, warnte sie, bevor sie den Finger in die Wunde schob und nach der Kugel tastete. Er gab keinen Ton von sich. Sobald sie das Geschoss fand, griff sie nach der Pinzette. Rein beobachtete sie, ohne sich zu rühren, und atmete langsam und gleichmäßig. Michaela bewunderte seine Stärke. Mr Baynes stand neben ihr und reichte ihr Tücher, um das frische Blut aufzusaugen.

Sie bekam die Kugel zu fassen, verlor sie jedoch wieder. Noch zweimal versuchte sie es, und Rein blutete so heftig, dass er es nicht mehr lange überleben konnte. Der Himmel stehe mir bei, dachte sie, sonst bringe ich ihn doch noch um. Seufzend senkte sie den Kopf. »Zwingt mich nicht, das zu tun.«

Rein beugte sich zu ihr. »Ihr habt die Kugel in meinen Körper befördert, und Ihr befördert sie auch wieder heraus«, flüsterte er herausfordernd. Baynes runzelte die Stirn, als Rein ihre bebende Hand ergriff. In Gedanken sagte Rein uralte überlieferte Sprüche auf, um ihr die Angst zu nehmen.

Wärme und Heiterkeit umhüllten Michaela plötzlich, als wäre sie in ein warmes, beruhigendes Bad eingetaucht. Die Verkrampfung der Gliedmaßen und Schultern löste sich, und sie betrachtete seine dunkle Hand, die ihre blassen Finger berührte. Seine Finger waren lang und erinnerten an Bronze. Wie gerösteter Zwieback. Der Gedanke brachte sie zum Lächeln.

Er war ein schöner Mann mit dunklen Brauen über den hellen Augen und wunderbar geschnittenen Gesichtszügen, die durch den warmen Ton seiner Haut sanfter wirkten. Er sah wie eine Katze aus, die träge auf der weichen blauen Decke lag. Doch Michaela fühlte, dass er zwar entspannt, doch auch bereit war, bei Bedarf sofort zu reagieren.

Noch mehr fiel ihr an ihm auf – eine Narbe an der Stirn, eine Halskette, die unbehaarte Brust. Das Licht der Lampen fiel auf sein Haar, das tiefschwarz mit einem bläulichen Schimmer war. Die weichen Locken waren nicht wie bei den meisten Engländern zu einem Zopf geflochten, sondern waren oben kurz geschnitten und fielen in Wellen auf die Schultern. Das war ein Mann, der sich nicht dem Diktat der Mode unterwarf. Er unterwirft sich niemandem, dachte sie flüchtig, ließ den Blick über sein Gesicht wandern und …

»Tut es«, flüsterte er rau. In ihren Augen erkannte er, in welche Richtung ihre Gedanken liefen, Gedanken, die eine heftige Reaktion bei ihm auslösten.

Sie zuckte bei seinem schroffen Ton zusammen, nickte und versuchte es erneut. Diesmal bekam sie die Kugel mit der Pinzette beim ersten Versuch zu fassen und holte sie heraus. Sofort bedeckte sie die Wunde mit einem frischen Tuch und drückte fest.

»Nadel und Faden«, verlangte sie von Mr Baynes.

Leelan schüttelte den Kopf und reichte ihr nur die Nadel. »Nehmt seine Haare.«

Sie runzelte die Stirn, doch als Rein nickte, stand sie auf, wusch sich erneut die Hände und beugte sich über ihn.

Verdammt, ich hätte das Baynes überlassen sollen, dachte er, als ihr Duft ihn umhüllte. Zitronen. Er atmete tief ein und hätte sie am liebsten auf seinen Schoß gezogen. Dabei hatte er keine Zeit für Frauen, schon gar nicht für solche, die zuerst schossen und hinterher Fragen stellten. Doch sie bezauberte ihn mit ihrer Offenheit und diesem energischen Blick. Aber er verlor nicht den Verstand, sondern grub die Finger in die Bettdecke, um nicht nach der Brust zu tasten, die beinahe sein Gesicht berührte. Er fühlte es kaum, als sie ihm einige Haare ausriss.

Michaela setzte sich wieder, ohne etwas von seinem inneren Aufruhr zu ahnen, und Rein ließ sich zurücksinken. Lust ist etwas Gefährliches, dachte er und beobachtete ihren Mund, während sie konzentriert einfädelte. Er fand es reizend, wie sie dabei mit der Zungenspitze über die Lippen strich. Sie verknotete das Ende und begann zu nähen.

»Einen hübschen Grätenstich, wenn ich bitten darf«, sagte er mit einem Blick auf die Wunde.

Sie sah ihm in die Augen und fing einen amüsierten Blick auf.

Michaela schüttelte reuig den Kopf. »Wie könnt Ihr das so leicht nehmen?«

»Wäre es Euch lieber, ich würde Euch verwünschen?«

»Das wäre für Euch vermutlich befriedigender.«

Er sagte leise etwas, das sie für Gälisch hielt. Sie warf ihm einen finsteren Blick zu.

Rein lachte, weil sie ihn so böse ansah, und zuckte schmerzlich zusammen.

»Was habt Ihr gesagt?«

»Ich habe Euch behaarte Arme und Warzen gewünscht.«

»Ach?« Sie warf ihm einen trockenen Blick zu, während sie sehr behutsam nähte. »Es hätte genügt, mich eine unüberlegt handelnde Frau zu nennen.«

»Ich hätte auf einen ordentlichen Fluch verzichten sollen?« Als sie ihm einen prüfenden Blick zuwarf, als wollte sie seine übersinnlichen Kräfte einschätzen, fragte er: »Soll ich den Fluch zurücknehmen?«

Sie zuckte die Schultern und arbeitete ungerührt weiter. »Ich glaube nicht an Flüche.«

Um seinen schön geformten Mund spielte ein Lächeln. »Sagt das noch einmal, wenn Euer hübsches Gesicht ruiniert ist.«

Ich bin ohnehin ruiniert, dachte sie, wenn ich nicht bald von hier verschwinden kann. Sie beugte sich vor, um den Faden abzubeißen.

Er hielt ihr Kinn mit Zeigefinger und Daumen fest. »Lasst das.« Ohne zu überlegen, berührte er mit dem Daumen ihre Lippen.

Ihr Atem strich über seine Hand, und plötzlich knisterte es zwischen ihnen. Sein Blick wanderte über ihre zarten Züge. Ihr Haar fiel in langen gedrehten Locken auf seinen unverletzten Arm. Er hielt eine Locke fest und befühlte sie.

»Göttin des Lichts, Ihr seid zauberhaft, Michaela.«

Ihre Wangen röteten sich, doch aus ihren schönen

Augen traf ihn ein reuiger Blick. »Es tut mir leid, Rein.«

»Ich weiß, kleine Mörderin, ich weiß.« Er kam näher, sehnte sich nach ihr, nach ihrer Berührung, ihrem Duft … nach diesem süßen Duft, der wie eine Droge war. Und als sie sich nicht zurückzog, sondern wartete, wuchs sein Verlangen unbeschreiblich schnell an.

Michaela fuhr sich mit der Zungenspitze über die Lippen, als ihr Begehren heftig erwachte. Sein Blick erhitzte sich, und er beugte sich zu ihr. Michaela schloss langsam die Augen. Sehnsucht erfüllte sie wie einen Kelch, der schließlich überfloss.

Sie vergaß die Zuschauer hinter ihnen, vergaß, dass sie an Bord eines mit lüsternen Männern angefüllten Schiffes war, das sie jederzeit auf die Reise mitnehmen konnte.

Reins Daumen glitt über ihre feuchten Lippen.

Sein Atem berührte ihren Mund, und sie fing den Geruch von Wind, Erde und Feuer auf. In diesem Moment riskierte sie mehr als nur die Berührung seiner Lippen.

Sie riskierte ihre Freiheit.

Sofort zuckte sie zurück und sprang so schnell auf, dass der Hocker umkippte. Vorwurfsvoll blickte sie auf Rein hinunter. Die Angst schmeckte bitter in ihrem Mund.

Das war Rein eine Warnung. Sie mochte verwegen sein, aber sie war unschuldig.

Vor Michaelas Augen verschloss sich sein Gesicht und verriet gar kein Gefühl mehr. Ein kalter Schauer lief ihr über den Rücken. Verwirrt sah sie Rein an, doch bevor sie etwas sagen konnte, verdeckte Baynes ihr die Sicht und verband seinen Captain. Rein rief schroff nach ihr und verlangte von Leelan, zur Seite zu gehen. Der Steuermann achtete nicht auf den Befehl.

Michaela schob sich zur Tür der prächtig eingerichteten Kabine, in der sich die um ihren Captain besorgten Matrosen drängten.

»Wer hat Euch das angetan, Sir?«, fragte Baynes. »Den Kerl schnappen wir uns.«

Michaela ergriff die Flucht, raffte die Röcke und lief auf das Deck hinaus. Das Schiff schwankte auf den Wellen, während sie über den Landungssteg eilte.

Kaum berührten ihre Füße den Pier, als ein Schrei erklang, bei dem die Menschen zum Schiff blickten. Rein rief nach ihr. Sie blieb mit heftig klopfendem Herzen stehen. Sollte sie an seine Seite zurückkehren und dafür sorgen, dass die Wunde heilte, die sie verursacht hatte? Oder sollte sie nach Hause gehen, bevor sie vermisst wurde? Sie drängte sich durch die Menschenmenge, und die Leute sahen ihr nach, als sie sich einen Weg zwischen Matrosen und Fischhändlern bahnte.

Den Umhang hatte sie genau wie ihre Pistole zurückgelassen.

Und wie den hinreißenden Captain mit den sagenhaften blauen Augen.

2

»Cabai! Sende vier Männer aus«, befahl Rein, während die Matrosen hinter Michaela herliefen. »Du bleibst hier.« Der hoch gewachsene Araber blieb stehen. Er zog zu viel Aufmerksamkeit auf sich. »Die Männer sollen sich zurückhalten und nur dafür sorgen, dass sie sicher nach Hause kommt, mehr nicht.« Rein wollte nicht, dass das Mädchen für dieses Vergehen bestraft wurde. Und niemand sollte ihre Spur zur *Empress* zurückverfolgen können. Cabai benannte vier Männer, die sofort aufbrachen.

»Sie wird nicht einmal lebend den Hafen verlassen«, stieß Rein mit zusammengebissenen Zähnen hervor, setzte sich auf und griff nach seinen Stiefeln.

»Ihr könnt ihr doch nicht auch folgen!«

Rein warf seinem Steuermann nur einen Blick zu. Leelan hob abwehrend die Hände. »Na schön, reißt die Naht wieder auf, aber wenn Eure Mutter mich verhext, weil ich Euch nicht zurückgehalten habe, überreiche ich ihr Eure Haut.«

Rein achtete nicht auf seine Drohungen. »Wollt Ihr Euer Gewissen mit ihrem Tod belasten? Donner und Blitz, Mann, sie ist eine Frau, noch dazu eine sehr kleine Frau!« Und unbewaffnet, stellte er fest, als er ihren Umhang und die Pistole aufhob. Sie würde in dieser Nacht frieren.

»Sie war groß genug, um Euch eine Kugel in die Schulter zu jagen.«

Rein zog die Augenbrauen hoch.

»Warum sonst hättet Ihr von der Kleinen die Kugel herausholen lassen? Euer Bruder musste auch den Pfeil entfernen, den er Euch verpasst hatte.« Leelan hob lachend die schmutzigen Tücher auf.

»Danach hat er wenigstens nicht mehr auf ahnungslose Spaziergänger geschossen, oder?« Rein stand auf, wankte, ließ die Stiefel fallen und hielt sich am Bettpfosten fest. Verwünschte Frau, die so gut zielte! Leelan reichte ihm ein frisches Hemd, als wäre er nicht Steuermann, sondern Kammerzofe. Rein ärgerte sich über sein wissendes Lächeln.

Erleichtert verließ Leelan die Kabine und rief nach dem Koch.

Rein zog das Hemd an. Von dem Blutverlust schwindelte ihm, doch er fühlte kaum Schmerz. Er legte Pistole und Umhang auf seinen Schreibtisch, setzte sich vorsichtig und lehnte den schmerzenden Kopf zurück.

Michaela glaubte, er würde sie wegen des Schusses den Behörden melden, und durch die Entführung hatte er ihre Vermutung bestärkt. Allerdings gefiel es ihm nicht, dass sie jetzt vermutlich um ihr Leben lief.

Sein Blick fiel auf die schwach zu erkennende Gra vur ihrer Pistole.

R.A.D., Captain H.M.L.D.

His Majesty's Light Dragoons?

Die Pistole war ungefähr zehn Jahre alt. Wie kam Michaela an eine solche Waffe? Vermutlich gestohlen. Kein ehrenhafter Soldat gab freiwillig seine Waffe her. Es wäre besser gewesen, nicht mehr an diese Frau zu denken, doch das konnte er nicht.

Er sah sie deutlich vor sich, die zierliche Gestalt, das zarte blasse Gesicht, die feinen Brauen und die grünbraunen Augen … und diesen üppigen Mund. Dabei hatte er noch nie eine Frau küssen wollen. Sie nehmen, ja, das schon. Er strich sich übers Gesicht und stellte sich vor, wie diese Frau ihn berührte. Sein Körper reagierte sofort auf diese Fantasien.

»Verdammt«, murmelte Rein und massierte die Schläfen, doch das Bild ließ sich nicht vertreiben. Stattdessen dachte er sogar noch intensiver an sie, an ihre spöttischen Blicke und ihre Unverschämtheit. Lächelnd dachte er an die kupferroten Locken und den sanften Ausdruck in ihren Augen, als sie sich bei ihm entschuldigt hatte. Doch sie war unschuldig und daher für ihn verboten. Das durfte er nicht vergessen. Und er hatte ohnehin keine Zeit, sich um sie zu kümmern.

Er zuckte zusammen, als etwas Feuchtes seine Hand berührte. Das Fantasiebild verschwand, und er betrachtete finster den Störenfried.

»Bei der Göttin des Lichts, Rahjin, habe ich dir denn gar keine Manieren beigebracht?«

Die Pfoten auf den Schreibtisch gestellt, leckte ihm die schwarze Pantherin noch einmal über die Hand. Als Rein sie zornig abwehrte, fletschte die Wildkatze die spitzen Zähne, trottete zum Bett, sprang darauf und knurrte, als sie das Blut roch.

»Mir geht es gut«, versicherte Rein und hielt dem Blick aus den grüngoldenen Augen stand. »Schlaf!«

Rahjin ließ sich in die Kissen sinken.

»Nicht in meinem Bett.« Rein beschränkte sich auf einen fragenden Blick, als ihn die Pantherin mit unerschütterlicher Ruhe ansah. »Hast du heute schon einige Ratten gefangen?«

Wie ein getadeltes Kind glitt Rahjin vom Bett und kroch auf ihren Platz unter der Fensterbank, unter der sie völlig in der Dunkelheit verschwand. Nur der lange Schwanz schlug auf dem Teppich hin und her.

Rein lehnte sich zurück und griff nach dem Medaillon, das heute wieder seine dunklen Kräfte gezeigt hatte. Die Augen geschlossen, strich er mit dem Daumen über die Gravur. Innerhalb der letzten drei Jahre hatte er das so oft getan, dass die Oberfläche fast schon glatt war. Er brauchte das Bild allerdings nicht zu sehen, um zu wissen, was es darstellte – ein Schiff, das es schon seit etwa dreißig Jahren nicht mehr gab. Der Name spielte keine Rolle. Das Medaillon diente nur einem einzigen Zweck. Es stellte eine Verbindung zu seiner Vergangenheit dar, und gemessen am heutigen Tag, handelte es sich um ein tödliches Band.

»Das passiert, wenn du meine Einladung nicht annimmst«, sagte eine Männerstimme.

»Erinnere mich das nächste Mal daran.« Rein öffnete ein Auge, als Temple Matthews eintrat. Rahjin schnarchte leise unter der Bank. »Du bist vielleicht eine feine Beschützerin«, sagte er zu ihr.

Temple betrachtete Reins verbundene Schulter und das Medaillon. »Sie hat einmal auf dich geschossen?«

»Ja. Hätte sie mehr Waffen bei sich gehabt, hätte sie … lieber Himmel!«, unterbrach er sich zornig. »Ich ziehe Leelan die Haut für seine Geschwätzigkeit ab!«

»Ich habe es aus ihm herausgeprügelt.« Temple setzte sich lachend auf das Sofa neben dem Schreibtisch und streckte die langen, in Stiefeln steckenden Beine aus.

»Du riechst nach Parfum, Mann, und nicht nur nach einem.« Rein fächelte sich Luft zu.

»Nicht zu vergessen die Ritte zwischen sehr willigen und duftenden Schenkeln.« Temple grinste verwegen. »Es war ein großes fleischliches Vergnügen, hinterher so auszusehen«, bemerkte er und deutete auf seine elegante, aber verknitterte Kleidung.

»Hast du keine Angst, dir eine Krankheit einzufangen?«, fragte Rein.

»Ich bespringe nur die feinsten Damen, Captain«, beteuerte Temple, nahm sich aus der Obstschale auf dem Schreibtisch einen Apfel und biss hinein.

»Feine Damen lassen sich nicht … bespringen.«

»Nein.« Temple lächelte lüstern. »Aber sie verwandeln sich im richtigen Moment in kleine Dirnen und schreien dementsprechend.« Träge fügte er hinzu: »Lady Katherine lässt dich übrigens grüßen.«

Rein richtete nur die Augen auf ihn.

Es überraschte Temple nicht, dass der Captain ihn nicht um das Erlebnis mit der Witwe beneidete. Rein hatte nur eine Nacht mit der jungen Frau verbracht, und danach hatte sie ihn schon als ihren festen Geliebten betrachtet. Sie hatte sogar gewagt, mit einer Kutsche auf dem Pier aufzutauchen, war jedoch wieder weggeschickt worden. Temple hatte allerdings schon gerüchteweise gehört, dass es ihren Ruf hob, eine Nacht mit Rein überstanden zu haben. Doch er und der Captain kannten das Spiel dieser Dame. Sie suchte einen neuen Beschützer und genug Geld, um den Lebensstil beibehalten zu können, an den sie sich während der Ehe mit einem Herzog gewöhnt hatte. Die Gegenleistung erbrachte sie auf dem Rücken liegend.

»Kannst du dir diese Frau überhaupt leisten?«

»Natürlich nicht.« Temple gab sein Geld lieber beim Spiel aus. »Ich wollte nur eine Kostprobe der Dame, die du so einfach hast fallen lassen. Wirklich schade, Rein.« Katherine besaß Leidenschaft. Leider verlangte sie mehr, als sie gab, und ihre Sucht nach Lust war geradezu krankhaft.

»Vorsicht, mein Lieber, die Dame …«

»Ist eine Hure, ich weiß«, fiel Temple dem Captain ins Wort. »Aber was kann ein minderwertiger Südafrikaner wie ich schon für sich erhoffen?«

»Selbstachtung wäre ein ausgezeichneter Anfang. Wenn du nicht vorsichtig bist, lässt du dein Leben in einem Duell.«

Temple winkte ab. »Ich bin diskret. Siehst du, ich ging unter dem Deckmantel der Nacht.« Er deutete zu den Fenstern, vor denen gerade erst die Morgendämmerung zu schimmern begann. »Und ich respektiere mich selbst, Rein, meine Vergangenheit und die Menschen in meiner Umgebung. Deshalb jage ich ja auch hinter leichten Frauenzimmern her und überlasse die tugendhaften Damen den wahren feinen Herren.« Er nickte seinem Freund zu. »Genau wie du.«

»Du wüsstest mit einer wirklichen Dame gar nichts anzufangen, Temp, solltest du jemals eine finden – was ich bezweifle.« Schärfer fügte Rein hinzu: »Übrigens jage ich hinter keiner Frau her.« Prompt fiel ihm Michaela wieder ein.

»Genau das ist das Problem«, meinte Temple nachdenklich. »Du wärst nicht dermaßen übel gelaunt, würdest du dir ab und zu ein Mädchen gönnen.« Er störte sich nicht an der finsteren Miene des Captains. »Was ist denn mit der Schützin?«, erkundigte er sich und zeigte auf den Verband.

Reins Miene warnte ihn davor, das Thema weiter zu verfolgen.

Wie üblich störte Temple sich nicht daran. »Leelan sagt, sie wäre eine Schönheit. Dieses Mädchen könnte doch …«

»Nein!«

»Ganz sicher nicht?«

»Nein!«, rief Rein. »Es reicht, Matthews! Rahjin, verdiene dir dein Futter!«, befahl er.

Die schwarze Pantherin erhob sich, schlich quer durch die Kabine, betrachtete Temples Hand mit dem Apfel und stupste ihn gegen den Arm.

»Liebst du mich?«, fragte Temple strahlend.

Rahjin rieb den Kopf an seinem Ärmel und knurrte, als sie eine Frau an ihm roch.

»Sie hat mir nichts bedeutet, wirklich nicht«, beteuerte er einschmeichelnd, und Rein schüttelte den Kopf.

Es war immer das gleiche Spiel zwischen Temple und Rahjin. Rahjins Eifersucht war ähnlich gefährlich wie ihre scharfen Krallen. Temple Matthews wich jedoch keiner Gefahr aus, und Rahjin stellte in dieser Hinsicht noch das geringste Risiko dar.

»Kätzchen, du bist besitzergreifend.« Temple bot die ungeschützte Wange der Pantherin dar, die ihn und den Apfel in seiner Hand beschnüffelte. »Die Dame war wie alle anderen bloß ein Vergnügen. Liebst du mich aufrichtig?« Er beugte sich noch näher zu der Raubkatze, und Rein hielt den Atem an, weil Rahjin lauter knurrte. Doch als Rein schon dachte, sie würde zuschlagen, leckte sie Temple das Gesicht. Temple lachte, streichelte Rahjin und gab ihr den Apfel, den sie blitzartig verschlang. »An die Arbeit, mein Schatz.« Er kraulte sie noch einmal, ehe sie aus der Kabine trottete.

»Bei der Göttin des Lichts, nicht einmal ich würde sie dermaßen herausfordern, und ich habe sie großgezogen!«

Temple zuckte die Schultern und wischte sich mit dem Ärmel übers Gesicht. »Es passt dir bloß nicht, dass sie mich lieber mag. Also, erzähle mir, wieso dieses Mädchen dich angeschossen hat.«

»Nein.«

»Nein?«

»Du bist starrsinnig, aber nicht taub.«

Temple lächelte amüsiert. »Ich finde es heraus, genau wie bei Katherine.«

»Das hast du nur geschafft, weil ich es zugelassen habe.« Rein lehnte sich zurück. Michaela wollte er für sich behalten als eine Erinnerung, die nicht von seiner niedrigen Abstammung und seiner schlimmen Vergangenheit beschmutzt wurde. Wenn er mit niemandem über sie sprach, wurden die zarten Bilder auch nicht zerstört.

Michaela sprang vom Wagen des Hausierers und lief Argyle entgegen, der sein Pferd vor ihr zügelte.

»Dem Himmel sei Dank, Mädchen! Ich dachte schon, du wärst tot!« Er hob sie vor sich in den Sattel und zog das Pferd um die Hand.

»Hat er nach mir gefragt?«, erkundigte sie sich fröstelnd.

»Ja. Millie sagte, du würdest dich nicht gut fühlen, aber das ist schon länger her. Der Major ist bereits den ganzen Nachmittag bei ihm im Arbeitszimmer.«

»Dann bleibt er auch zum Abendessen. Verdammt!« Es hatte ihr gerade noch gefehlt, dass der Schoßhund ihres Onkels hinter ihr herschnüffelte.

Argyle lächelte über ihren Fluch und zügelte das Pferd auf dem Rasen, um sich nicht durch das laute Klappern der Hufe zu verraten.

Michaela ließ sich aus dem Sattel gleiten, lief zur Tür und stieß sie auf. Die Dienstboten unterbrachen betroffen die Arbeit. Mrs Stockard kam zu ihr. »Ach, um Himmels willen, wie seht Ihr denn aus!«

»Das ist nicht meines«, wehrte Michaela ab, als die Frau auf das Blut an ihrer Schulter und den Manschetten der Bluse starrte. Eine Erklärung gab sie nicht, und sie wollte auch nicht an Rein denken. Sie war den Matrosen entkommen, die er hinter ihr hergeschickt hatte. Bestimmt wollte er sie für den Schuss auf ihn bezahlen lassen – und noch mehr. Und sie ertrug den Gedanken nicht, ein Mann könnte sie berühren.

Von ihm hatte sie sich jedoch berühren lassen. Er war ihr nahe genug gekommen, um …

»Ich lasse Wasser warm machen«, sagte Mrs Stockard und eilte mit ihr zur Dienstbotentreppe. »Geht in Eure Gemächer hinauf.«

Michaela hielt die Köchin am Arm fest und drückte ihr einen Kuss auf die Wange. »Danke, Agnes. Danke, Millie«, sagte sie zu dem Hausmädchen.

In ihren Räumen angekommen, atmete Michaela auf, zog sich aus und stopfte die Sachen in einen Korb. Das Messer, das sie aus der Kapitänskajüte mitgenommen hatte und das ihr einziger Schutz gewesen war, besaß einen aus einem Knochen geschnitzten Griff. Es war nicht sonderlich wertvoll. Trotzdem fühlte sie sich als Diebin, als sie es im Korb ganz unten versteckte und nackt in die Wanne stieg.

Energisch wusch sie Blut und Schmutz ab und verbannte die Gedanken an den Captain und das Verlangen in seinen schönen blauen Augen. Alle Männer waren gleich. Sie gaben sich reizend und sanft, bis man sich gegen sie stellte. Dann setzten sie sich notfalls mit brutaler Gewalt durch.

Ausgenommen Papa, dachte sie und schrubbte ihre Haut, bis sie sich rötete. Papa hat mir nie wehgetan … Der Tod ihres Vaters hatte ihr nicht nur einen geliebten Menschen, sondern die ganze Zukunft entrissen. Sie trauerte um die Kinder, die sie nie haben, das Heim, das sie nie versorgen, und den liebevollen Ehemann, den sie nie kennen lernen würde.

Plötzlich fielen Tränen ins Badewasser, und als sie an gebräunte Haut und ein herausforderndes Lächeln dachte, schluchzte sie. Der Captain hatte sie kalt zurückgewiesen, als sie sich nicht küssen ließ. Hätte er Bescheid gewusst, hätte er nicht einmal einen Kuss gewollt.

Kein Mann!

Sie ließ sich ins warme Wasser sinken, um das Haar zu waschen. Nein, sie wollte diesen Kerl nie wieder sehen.

Millie klopfte, kam herein und half ihr, das Haar zu spülen. Schließlich stieg Michaela aus der Wanne, trocknete sich ab und zog sich hastig an. »Beeile dich, Millie«, drängte sie, als das Mädchen das Kleid schloss. »Ich höre ihn schon.«

»Tut mir leid, aber das Ding ist alt und ausgefranst. Ihr solltet so etwas nicht tragen müssen«, wechselte Millie das Thema.

»Das ist das Beste, was ich habe.« Michaela versuchte, das Haar zum Zopf zu flechten.

»Haltet still, Miss, bitte«, flehte das Hausmädchen.

Michaela verzichtete auf den Zopf und strich das Haar zurück, während Millie rasch nach dem Bad aufräumte.

Es klopfte an der Tür. Michaela schob eine Nadel ins Haar. »Geh nur, ich komme zurecht«, sagte sie zu Millie und öffnete die Tür.

Ihr Onkel richtete die grünen Augen hart auf sie. »Du bist also endlich auf.«

»Ja, und ich fühle mich viel besser, Onkel, vielen Dank.«

Er trat nicht ein und achtete auch nicht auf Millie, die sich an ihm vorbeidrängte. Seine Glatze schimmerte, als er das schlichte Kleid betrachtete. »Komm endlich herunter. Wir haben Hunger.«

»Wir?«, erkundigte sie sich scheinbar ahnungslos.

»Der Major speist natürlich mit uns.«

»Wie schön.« Noch schöner wäre es gewesen, wäre er innerhalb der letzten Stunde tot umgefallen. Sie hakte ihren Onkel unter, und er machte ein Gesicht, als würde sie seine Jacke beschmutzen. Trotzdem wich Michaela nicht zurück.

Ihr Vater hatte ihr beigebracht, im Angesicht des Feindes stets auf der Hut zu sein.

3

Temple betrachtete stirnrunzelnd Rein, der auf dem Bett lag. »Man sollte meinen, dass er um sich schlägt oder vor sich hin murmelt. Aber er ist ganz still.«

»Dann wisst Ihr nicht so viel über ihn, wie Ihr denkt«, erwiderte Leelan.

»Er hat Fieber. Was gibt es da schon zu wissen?«

»Er heilt sich selbst«, erklärte Leelan.

Temple kannte Rein nun seit einigen Jahren und fand ihn etwas sonderbar, auch wenn ihre Pfade sich selten kreuzten, da er für Rein ein anderes Schiff führte. »Erklärt es mir«, verlangte er. »Rein spricht nie darüber.«

Leelan sah den jungen Mann unentschlossen an. »Er wird es euch erklären, wenn er es für richtig hält.«

Temple betrachtete seinen Arbeitgeber. Bei einer Flasche Madeira hatte Rein ihm einiges aus seiner Vergangenheit erzählt, jedoch diese Facette seines Lebens nicht angesprochen.

»Lasst ihn in Ruhe.« Baynes trat zur Tür. Rahjin lag wie ein Kätzchen zusammengerollt am Fußende des Betts und hielt Wache. »Hier hilft nur warten.«

Temple ging hinaus, und nach einem letzten Blick zurück schloss Leelan die Tür hinter sich.

Rein, eingehüllt in einen Lichtmantel, hörte nichts, während Worte aus alter Zeit seine Gedanken erfüllten und das Blut erwärmten, das gegen die Wunde pulsierte.

Eine Straße erschien vor seinem geistigen Auge. Mehrere Straßen zweigten wie die Speichen eines Rades davon ab. Drei davon waren dunkel, doch er bewegte sich dem Licht entgegen. Plötzlich tauchte ein Bild aus seiner Kindheit auf – ein Kind, das auf der Erde lag und die Hand seiner Mutter hielt. Das Bild war verschwommen, und er konnte die Worte nicht hören, kannte sie jedoch.

»Fühlst du es? Das ist die Energie der Erde. Fange sie auf, Dahrein, und bewahre sie, denn sie ist wertvoll.«

Diese Kraft beschwor er jetzt, und sie zog ihn tiefer in den heilenden Schlaf. Energie durchströmte ihn wie erhitzter Wein, drang in die Wunde ein und vertrieb alle Unreinheiten.

A null e. A null e. Slaintè ...

Aurora?

Ja, mein Sohn, ich bin hier.

Rein lächelte.

Brigadier General Atwell Denton betrachtete seine Nichte, während er ein Stück gekochtes Rindfleisch aufspießte. »Hast du die Gästeliste gesehen?«

»Ja.«

»Wurden meine Einladungen zugestellt?«

»Die Hälfte. Argyle kümmert sich im Lauf der Woche um den Rest«, erwiderte Michaela. Wegen Major Winters war ihr der Appetit vergangen. Der hoch gewachsene blonde Mann saß ihr gegenüber und zwang sie seit Tagen, sein attraktives Gesicht mindestens einmal am Tag zu sehen. »Das Essen wurde bestellt, und Mrs Stockard bereitet es schon zu.« Nur der Brigadier kam auf die Idee, für sich selbst ein Fest zu geben, um seine letzte Beförderung zu feiern.

»Ich habe um ein Kleid für dich geschickt. Das

hier ...«, er deutete auf das hoch geschlossene graue Kleid, »... das reicht nicht.«

Hätte sie von ihm ihr Erbe zurückerhalten, hätte sie sich selbst entsprechend ausstatten können. Seit ihr Onkel sich nach dem Tod ihres Vaters in ihr Leben gedrängt hatte, war ihr die Kontrolle über ihre Mittel entglitten. Nichts war ihr geblieben. Und ihr Onkel gab ihr Geld für seinen elenden Ball aus.

»Danke, aber nein danke«, sagte sie möglichst herzlich. »Es ist schon zu spät für Änderungen.«

»Dann ziehst du es eben an, wie es ist. Es müsste eigentlich passen.«

Michaela biss die Zähne zusammen und nickte, obwohl sie ihn am liebsten angeschrien hätte. Was wusste ein Mann, der nur für das Militär lebte, von den Änderungen, die ein Ballkleid benötigte?

»Ich danke, Onkel Atwell«, erwiderte sie und kostete den gekochten Fisch.

»Brauchst du mehr Angestellte?«

»Nein«, wehrte sie erschöpft ab. »Ich kümmere mich seit Jahren darum, dass der Haushalt reibungslos läuft. Und der war doppelt so groß, als mein Vater dem Radscha zugeteilt war. Papa war berühmt für seine großartigen Feste. Das fand auch der spanische König.« Es freute sie, dass das ihren Onkel sichtlich ärgerte, weil er nicht gern an die Leistungen seines Bruders erinnert wurde. »Ein Ball bereitet mir nicht die geringsten Probleme.«

»Es muss alles reibungslos laufen.«

»Habe ich dich bisher enttäuscht?«

Wie gern hätte sie die Worte ungesagt gemacht, als ihr Onkel zu Major Winters blickte. Es fiel ihr unendlich schwer, sich nichts anmerken zu lassen, wenn ihr Fehler ihr direkt gegenüber saß. Wieso musste er sie aber auch an seinen üblen Sieg erinnern?

»Nein, nicht in jüngster Zeit«, räumte ihr Onkel ein und war so mit dem Essen beschäftigt, dass er nicht mitbekam, wie verlangend der Major Michaela betrachtete.

Der Magen drehte sich ihr unter diesem Blick beinahe um. Sie griff nach dem Weinkelch und stieß ihn um. Rotwein ergoss sich über das irische Leinen.

»Sieh nur, was du angerichtet hast«, schimpfte ihr Onkel und versuchte vergeblich, den Wein wegzutupfen. »Ungeschicktes Frauenzimmer!«

Major Anthony Winters lachte leise. Das war zu viel. Unterdrückt schluchzend sprang sie auf und verließ den Raum, obwohl ihr Onkel verlangte, sie solle zurückkommen.

Vor dem Speisezimmer blieb sie stehen und befahl sich, in Gegenwart dieser Männer die Beherrschung zu behalten. Es war einfach gewesen, die beiden davon zu überzeugen, dass sie auf ihr herumtrampeln konnten. Nun musste sie dabei auch bleiben.

Sie blickte zurück. Die zwei waren bereits wieder in ein Gespräch versunken und hatten sie völlig vergessen. Das war vorhersehbar gewesen. Michaela ging in die Küche, um Mrs Stockard zu gestehen, dass sie schon wieder ein Tischtuch ruiniert hatte.

Auf Strümpfen schlich Michaela durch den dunklen Korridor und wartete vor den ehemaligen Gemächern ihres Vaters, bis ihr die Geräusche verrieten, dass ihr Onkel zu Bett gegangen war. Sobald das Licht erlosch, kehrte sie in ihre Kammer zurück, schloss ab, entledigte sich der Kleider und öffnete einen großen Korb. Unter den darin aufbewahrten Sachen holte sie Hosen, ein Hemd und eine dicke Wolljacke heraus, zog die Sachen zusammen mit Stiefeln an, versteckte das Haar unter ihrer Mütze und tastete nach dem Messer mit dem Griff aus Knochen.

Es schien Ewigkeiten her zu sein, dass sie den Captain getroffen hatte, nicht erst zwei Tage. Bei der Erinnerung an sein Lächeln stockte ihr der Atem, und ihr Herz schlug schneller.

Dieser Mann weckte Gefühle, die sie sorgfältig in sich verschlossen hatte. Trotzdem hoffte sie, dass er überlebt hatte. Michaela bückte sich und schob das Messer in den Stiefel.

Dunkelheit hatte sich über den Pier gesenkt. Es roch nach Fisch und Meer, und der Mond stand hoch am schwarzen Himmel. Temple lehnte mit verschränkten Armen an der Reling und sah zu, wie sein Arbeitgeber das Pferd aus dem Verschlag holte, die Hufe auskratzte, das Fell striegelte und ihm einen Futtersack umhängte, bevor er ihm den spanischen Sattel auf den Rücken legte.

»Du verwöhnst ihn wie ein Kind.«

»Er ist auch erst drei«, antwortete Rein und streichelte Naraka wie eine Katze.

Temple hätte schwören können, dass der Hengst schnurrte. »Du kannst nicht reiten. Du bist verletzt.«

»Cabai hat mich zwei Tage bemuttert. Das reicht. Ich brauche Bewegung.«

Auf einen Berg zu steigen oder in einem Gewässer zu schwimmen, in dem sich Haie tummelten, entsprach Reins Vorstellung von Vergnügen. Temple wollte sich gar nicht ausmalen, was der Captain jetzt plante. »Wenn du zu Madame Goulier möchtest, schließe ich mich an.«

Rein sah ihn über den Rücken des Pferdes hinweg an. »Kommt nicht infrage.«

»Madame oder ein Begleiter kommt nicht in Frage?«

»Beides.« Rein saß auf und enthüllte dabei das Waffenarsenal im Hosenbund. »Halte dich da heraus, Matthews, ist das klar?«

Captain Rein Montegomery wartete auf keine Antwort, sondern trieb Naraka den Landungssteg hinunter und gab ihm die Sporen. Die Leute wichen blitzartig zur Seite. Temple sah ihm nach, ehe er sich von der Reling abstieß und zum Landungssteg ging.

»Folgt ihm nicht, Kamerad.«

Temple drehte sich zu Leelan um.

Der alte Mann biss in einen Apfel und deutete in die Richtung, in der Rein verschwunden war. »Er braucht keinen Aufpasser.«

Temple lächelte trocken. »Aber vielleicht einen Freund.«

»Kaum. Außerdem wird er von Dämonen getrieben, die Ihr Euch nicht einmal vorstellen könnt.«

»O doch, das kann ich«, erwiderte Temple hart.

Argyle saß auf seinem Pferd zwischen den Bäumen und sah zu, wie Michaela vorsichtig ihr Reittier aus dem Stall führte. Das musste er dem Mädchen lassen, sie war so leise und geschickt, dass der Junge, der im Stall schlief, nicht einmal wach wurde.

Argyle wartete, bis sie sich ein Stück entfernt hatte, ehe er losritt. Er hatte keine Ahnung, was sie vorhatte, und es spielte auch keine Rolle. Lächelnd duckte er sich unter einem tief hängenden Ast und erinnerte sich daran, wie das kleine Mädchen mit Zöpfen auf einem Kamel ausgeritten war. Damals hatte ihr Verschwinden eine ganze Brigade alarmiert, weil man dachte, sie wäre von Beduinen entführt worden. Er hatte sie zurückgeholt, und das arme Kind hatte nach der Bestrafung eine Woche lang nicht sitzen können.

Doch noch während ihr Vater mit ihr schimpfte, hatte sie erklärt, Kamele könnten lächeln, und das wäre seltsam, hätten sie doch angesichts ihrer Hässlichkeit gar keinen Grund dazu. Daraufhin war der Zorn ihres Vaters verflogen, und er hatte sie amüsiert weggeschickt. Die kleine Michaela hatte sich die wunde Rückseite gerieben und an der Tür erklärt, ihr Vater hätte sich keine Sorgen machen müssen. Die Leute in der Wüste hätten sie sicher nicht angefasst, weil sie seine Tochter war.

Was ist sie doch vertrauensvoll und unschuldig gewesen, dachte Argyle, während er sein Pferd antrieb. Zu Lebzeiten ihres Vaters hatte nichts sie treffen können, doch jetzt war er tot, und sie hatte nur noch ihn, Argyle. Michaela wusste es nicht, aber er würde sie niemals im Stich lassen. Das hatte er ihrem Vater auf dem Totenbett geschworen.

Einmal hatte er allerdings schon versagt, und der Preis, den Michaela dafür bezahlte, würde ihn bis zu seinem letzten Atemzug verfolgen.

4

In einer dunklen Ecke der Boar's End Tavern nippte Rein an einem Getränk, das er gar nicht wollte, und beobachtete die Soldaten, die Rum und Frauen genossen. Er bezahlte schon seit Stunden für sie, um Informationen zu erhalten. Als ein stämmiger Mann, der älter als die anderen war, zu ihm kam, stand Rein auf.

»Einen Toast auf die Soldaten Seiner Majestät«, sagte Rein, und der Sergeant Major betrachtete ihn verhalten.

»Einverstanden, wenn Ihr bezahlt.«

»Mache ich. Rein Montegomery«, stellte er sich vor.

Der Mann schien den Namen zu kennen und setzte sich zu ihm. Rein gab der breithüftigen Serviererin einen Wink, die daraufhin an die Theke eilte und mit einem Krug Ale zurückkehrte, den sie lächelnd dem Soldaten vorsetzte.

Der Sergeant Major sah der Frau nach. »Ihr habt die Aufmerksamkeit des Mädchens erregt, Sir.«

»Kaum«, wehrte Rein ab. »Das wart Ihr mit all Euren Orden.«

Der Soldat blickte auf seine Brust. »Damit kann ich nicht bezahlen, und essen kann ich sie auch nicht. Sie machen nur meinen Rock schwerer.«

Ein praktisch veranlagter Mann, dachte Rein und beugte sich vor. »Wo habt Ihr gedient?«

»Kolonien, Marokko, Indien, Kapstadt.« Er zuckte mit den Schultern. »Und an einigen anderen Orten.«

»Wollt Ihr mir davon erzählen?« Rein sprach nie

über seine eigene Vergangenheit, und während er nach Informationen über seinen Vater suchte, horchte er niemanden aus, der über die hässlichen Seiten des Krieges nicht sprechen wollte. Dieser altgediente Sergeant Major sah jedoch so aus, als suchte er ein offenes Ohr.

»Wollt Ihr es wirklich hören?«

»Wenn es Euch nichts ausmacht, Sir«, meinte Rein beiläufig. »Ich habe genug vom Krieg gesehen, um nicht noch einmal an einem teilnehmen zu wollen.« Schlimme Erinnerungen an das Gefängnis des Sultans und Kämpfe gegen Sklavenhändler tauchten vor seinem inneren Auge auf. Von alledem hatte er genug. Schon lange wollte er nicht mehr zu den Waffen greifen und Blut auf den Decksplanken sehen. »Fangt am Anfang an, wenn Ihr wollt, Sergeant Major …«

»Edward Townsend.« Er schüttelte Rein die Hand. »Die meisten nennen mich Rusty.« Er schob die weiße Perücke zurück, unter der feuerrotes Haar zum Vorschein kam. Rein lächelte und bestellte bei der Serviererin für sie beide Abendessen.

Weit nach Mitternacht half Rein endlich Townsend die Treppe zu dem Zimmer hinauf, das er für den tüchtigen Soldaten gemietet hatte.

»Müsst ihr bestimmt nicht in die Kaserne zurück, Sir?«

»Hört auf, mich ›Sir‹ zu nennen, Rein«, erwiderte Rusty. »Ihr seid vielleicht ein verschlossener Kerl.«

»Natürlich bin ich das«, bestätigte Rein lächelnd.

»Und auch merkwürdig.«

Rein ließ den massigen Mann auf das Bett gleiten und wandte sich an die Serviererin, die sich den ganzen Abend um sie beide gekümmert hatte. »Er soll alles bekommen, was er braucht. Ein gutes Frühstück.« Rein hielt den Mann fest, damit der nicht vom Bett rutschte. »Falls er eines verträgt.« Rein zog ihm die Stiefel aus und stellte sie neben das Bett. »Das Zimmer ist für zwei Tage bezahlt, falls er den Rausch einfach ausschlafen will.«

»Ich bin nicht taub, Rein.«

»Nein, aber bis unter die Halskrause abgefüllt.«

Rusty lächelte müde. »Ich habe Euch unter den Tisch getrunken.«

Rein wandte sich noch einmal an die Angestellte der Taverne. »Sag es ihm wortwörtlich«, verlangte er und drückte ihr Münzen in die raue Hand, »sollte er etwas von mir brauchen, muss er nur darum bitten.« Als sie nickte, gab Rein ihr einen Kuss auf die Wange und flüsterte: »Es würde ihm gut tun, beim Essen ein hübsches Gesicht zu sehen, falls er es morgen nach unten schafft, Miss.« Sie errötete wie ein junges Mädchen.

Der Sergeant Major war ein einsamer Mann, der nie geheiratet hatte, um keiner Frau das unstete Leben beim Militär zuzumuten. Jetzt stand er vor dem Ende seiner Laufbahn, und Rein fühlte mit ihm.

Er ließ Rusty zurück und ging nach unten und zu Naraka, der draußen an einem Pfosten angebunden war, saß auf und jagte ziellos in die Nacht hinaus.

Später wollte er über Rustys Schilderungen nachdenken und ergründen, welche Beziehung sie zu seiner Vergangenheit hatten. Im Moment wünschte er sich nichts als Freiheit, und er ritt erst langsamer, als er sich dem Pier näherte.

Geräusche erregten seine Aufmerksamkeit – ein Handgemenge, ein Schmerzensschrei, dann ein Schlag. Rein zügelte Naraka, lauschte, zog die Pistole und drängte den Hengst zu einem dunklen Durchgang. Ein Mann stürmte auf die Straße, hielt sich die Seite und stockte, als er Rein sah. Naraka bäumte sich auf, als der Mann schrie, als wäre Luzifer aufgetaucht, um ihm die

Seele zu rauben, und wegrannte. Rein beruhigte den Hengst und hielt ihn vor dem Durchgang an.

»Komm heraus!«

»Himmel, ich lege mich nicht mit Euresgleichen an, Herr«, erwiderte eine helle Stimme.

»Ich tue dir schon nichts, Kleiner. Komm!«

»Kann ich Euch denn vertrauen?«

Rein zeigte sich unter einer flackernden Straßenlaterne. »Ich könnte auch zu dir kommen und dich holen.«

Es dauerte eine Weile, ehe sich Schritte näherten. Dann trat ein kleiner Junge ins Licht.

»Soll ich dich nach Hause bringen, mein Sohn?«

Der Junge verkrampfte sich, die Schultern hochgezogen. Er schüttelte den Kopf und wollte weitergehen, doch Naraka stieß ihn mit dem Maul an und schob ihn zurück. Der Bursche murmelte etwas Unverständliches, zeigte aber keine Angst vor dem mächtigen Tier und drückte den Kopf des Hengstes beiseite. Das Pferd hielt die Mütze des Jungen fest, und als sie vom Kopf glitt, fiel langes dunkles Haar über die schmalen Schultern.

»Verdammtes Biest!«, rief das Mädchen und fasste nach der Mütze, doch das Pferd hielt es für ein Spiel und hob den Schädel an. In diesem Moment fing Rein den Duft von Zitronen auf und beugte sich herunter, um das Gesicht zu sehen.

»Bei der Göttin des Feuers«, stöhnte er. »Sagt bitte, dass nicht Ihr es seid!«

»Gut. Ich bin es nicht. Der Hengst soll mir die Mütze zurückgeben. Dann ist die Sache erledigt.«

»Seht mich an, Frau!«

Michaela stemmte die Hände in die Hüften und schleuderte die Locken zurück. Vergeblich versuchte sie, sich gegen Reins schimmernde Augen und die

Empfindungen abzuschirmen, die er in ihr weckte. Wie konnte er mit einem einzigen Blick ihr Innerstes entflammen? Und wieso sah er so gut aus?

Allerdings freute sie sich, dass er die Verletzung überstanden hatte. Rasch unterdrückte sie das schlechte Gewissen. Sie musste ihm entkommen, doch er schien ihre Gedanken zu erraten und trieb den Hengst vorwärts, bis sie gegen die Wand gedrückt wurde.

»Hättet Ihr nach meiner Gesellschaft verlangt, Rein, hättet Ihr mich nur einzuladen brauchen.« Es ärgerte sie, wie er sie vom Pferd aus betrachtete, wie sein Blick zu sagen schien: »Ha, jetzt habe ich dich!« Schon dreimal war sie an diesem Abend von Männern in die Enge getrieben worden, und der letzte Mann hatte erst mit einem Loch in der Seite von ihr abgelassen. Was Rein jetzt wohl vorhatte? Wollte er sie zum Gericht schleppen oder sie selbst erschießen, sie eine Mörderin oder Diebin nennen?

»Was treibt Ihr hier so spät, Michaela.«

Lieber Himmel, wenn man sie entdeckte … Sie wollte ausweichen, doch Naraka tänzelte und presste sie gegen die Wand. Eine Hand legte Michaela an Reins Schenkel, die andere an den Hals des Hengstes. »Ihr zerquetscht mich.«

Rein biss die Zähne zusammen, als sein Körper heftig auf die Berührung reagierte. Beim Donner, er wollte nichts für diese Frau empfinden.

»Antwortet mir!«

»Wie denn, wenn ich keine Luft bekomme, Ihr neugieriger Grobian!«

Er zog den Hengst ein Stück zurück, doch sie ließ die Hand auf Reins Schenkel liegen und sah ihm unverwandt in die Augen. Die Geräusche um sie herum erstarben, das dumpfe Lallen der Betrunkenen, die aus den Tavernen kamen, das Schaben eines Gegenstands, der über den Pier gezogen wurde, die gedämpften Stimmen der Matrosen auf den nahen Schiffen.

Unter den Fingern spürte sie harte Muskeln. Ruckartig zog sie die Hand zurück und rieb sie an der Jacke.

»Was macht Ihr um diese Uhrzeit im Hafen und noch dazu allein? Und dann auch noch als Junge verkleidet?«

»Angeln.« Sie ärgerte sich unbeschreiblich über sein unverschämtes Lächeln. Typisch Mann!

Naraka sah sie an, und sie zog erneut an ihrer Mütze, gab jedoch auf, als der Stoff riss.

»Hier draußen ist es viel zu gefährlich für einen Mann, geschweige denn für eine Frau.«

Seine Fürsorge wärmte sie. »Offensichtlich«, meinte sie und deutete auf ihn.

»Kommt.« Er reichte ihr die Hand. »Ich bringe Euch heim.«

Er durfte nicht wissen, wo sie lebte, und ihr Pferd war hinter dem nächsten Gebäude festgebunden. »Ich habe es hierhin geschafft, ich schaffe es auch zurück.« Dieses alberne Biest schwenkte die Mütze vor ihr hin und her. »Er soll mir meine Mütze geben, Rein, sonst schreie ich.«

»Wie es Euch beliebt.« Er deutete um sich, als hätten sie eine Schar von Zuhörern.

»Eure Aufmerksamkeit reicht mir völlig, vielen Dank«, murmelte sie und sah sich nach einem Fluchtweg um.

Rein lächelte bloß nachsichtig. Er war eindeutig nicht gewillt, sie gehen zu lassen, bevor er Antworten auf seine Fragen bekommen hatte.

»Gut, dann behaltet die Mütze.« Sie duckte sich unter dem Bauch des Pferdes hindurch und lief auf die Straße hinaus. Dabei lächelte sie vor sich hin und wünschte sich fast, er würde sie jagen.

Rein drehte sich überrascht um. »Gib mir das verdammte Ding!« Naraka schwenkte den Kopf herum, und Rein nahm ihm die Mütze ab und folgte Michaela, die in einem Durchgang verschwand.

Eine Katze miaute. Rein galoppierte hinter Michaela her. Ihre Haare flatterten. Sie stieß gegen Kisten und rutschte auf herumliegendem Müll aus. Rein rief ihr zu, stehen zu bleiben.

Eine Frau hinter einem Fenster verlangte lautstark nach Ruhe.

Rein holte Michaela ein und trieb sie gegen einen Zaun. »Ich bringe Euch zu Eurem Vater, Mädchen.«

Michaelas Figur wurde vom Licht einer Straßenlaterne beschienen. »Ich habe keinen, und ich lasse mich von Euch zu niemandem bringen.« Insgeheim wollte sie sich zu ihm auf den Hengst schwingen und mit ihm in die Nacht reiten.

»Einen Ehemann?« Hoffentlich war die Kleine wenigstens verheiratet, doch sie gab nur einen verächtlichen Laut von sich. »Ihr sitzt in der Falle.«

»Ach ja?« Holz knarrte, Scherben klirrten, und sie kletterte über den Zaun. Von oben salutierte sie spöttisch, bevor sie auf der anderen Seite hinunterfiel. Holz splitterte, und Michaela stöhnte.

Er lachte leise. »Ihr habt gesiegt, Mädchen.«

»Sieht so aus«, kam ihre Antwort von der anderen Seite des Zauns.

»Gute Nacht, kleine Mörderin.«

Michaela fing die Mütze auf, die über den Zaun flog, und lächelte. »Gute Nacht, Rein.«

Argyle hielt sich mit seinem Pferd in der Dunkelheit und beobachtete, wie unkompliziert Michaela mit Rein Montegomery umging. Nie zuvor hatte er sie so offen oder so scharf mit einem so gefährlichen Mann sprechen hören, und er bedauerte, dass er nur Fetzen der Unterhaltung auffing.

Als Michaela über den Zaun sprang und hart landete, verzog Argyle das Gesicht. Irgendwann brachte sie sich durch ihren Wagemut noch selbst um. Auf der nassen Straße ritt er an Rein vorbei, der ihn nicht beachtete.

Argyle war neugierig, woher die beiden einander kannten, doch er würde niemals fragen. Von Michaela hätte er ohnedies nichts erfahren. Jedenfalls war er froh, dass sie wieder unbeschadet davongekommen war. Er selbst war zu alt, um sich mit jemandem wie Rein Montegomery zu schlagen. Zumindest hätte er hinterher nicht mehr darüber sprechen können.

5

Michaela zupfte an dem dunkelblauen steifen Kleid und den eng anliegenden Ärmeln mit Spitzen und Rüschen, betrachtete sich im Spiegel und seufzte. Das Kleid saß einfach nicht. Sie hatte gehofft, die Näherin würde noch Änderungen durchführen, doch ihr Onkel hatte die Bitte abgeschlagen. Zweimal, dachte sie und berührte die wunde Stelle an der Wange. Sie konnte sich glücklich schätzen, überhaupt ein neues Kleid zu besitzen, das wenigstens die aufgeschrammten Ellbogen verdeckte.

Nachdem sie in die Schuhe geschlüpft war, raffte sie die Röcke und eilte zur Tür, verlor prompt einen der schlecht sitzenden Schuhe und lief zurück. Gerade als sie ihn wieder anziehen wollte, flog die Kammertür auf. Michaela blickte hoch, verlor das Gleichgewicht und landete auf dem Teppich.

Ihr Onkel blickte so eisig auf sie hinab, dass sie sich wie ein Käfer vorkam, der gleich zertreten werden würde. Er half ihr nicht auf, sondern ballte die Hände zu Fäusten, als könnte er sich an ihr beschmutzen.

So würdevoll wie nur möglich erhob sie sich.

»Vermeide das vor unseren Gästen!«

Sie nickte. Glaubte er, dass sie sich absichtlich ungeschickt anstellte?

Er richtete den Blick auf ihre Wange, um festzustellen, ob sie die Spuren mit Puder abgedeckt hatte. Dass er überhaupt keine Reue zeigte, schmerzte fast noch mehr als die Schläge.

»Die meisten Gäste sind bereits eingetroffen«, sagte er vorwurfsvoll, weil sie nicht zur Begrüßung erschienen war. »Geh nach unten, Kind!«

Ich bin kein Kind, dachte sie gereizt, eilte zur Treppe, verfing sich nicht mit dem Rock im Geländer und verfehlte auch nicht die erste Stufe. Dabei lächelte sie so bemüht, dass die Wangen schmerzten. Während Gäste ins Haus strömten und die Musiker sanfte Weisen spielten, wünschte Michaela sich sehr weit fort.

Tu deine Pflicht, ermahnte sie sich, als der Drang zu fliehen übermächtig wurde.

Gäste begrüßten einander – Parlamentsmitglieder, reiche Kaufleute, hoch dekorierte Generäle und der Kriegsminister, der wichtigste Mann der englischen Regierung. Michaela wäre beeindruckt gewesen, wäre die Anwesenheit solcher Leute in diesem Haus ungewöhnlich gewesen. Im Lauf der Jahre hatte sie all diese Männer in verschiedenen Situationen erlebt, von denen die meisten nicht gerade schmeichelhaft gewesen waren.

Ihre Gedanken wurden unterbrochen. »Guten Abend, Mistress Denton.«

Den Rücken kerzengerade durchgedrückt, drehte sie sich um und neigte leicht den Kopf. »Major«, sagte sie höflich, ohne die Lippen zu bewegen.

Er ließ den Blick über sie gleiten, typisch für Männer und vor allem für diesen Mann. Der Magen krampfte sich ihr zusammen, und sie hielt den Fächer so fest, dass das dünne Sandelholz brach.

»Ihr seht bezaubernd aus, meine Liebe.«

Sie sah wie ein Kind im Kleid der Mutter aus, und sie wusste das. »Meinen Dank, Sir«, erwiderte sie und nickte anmutig. »Mein Onkel erwartet Euch. Soll ich Euch anmelden?«

»Das überlässt man der Dienerschaft, Michaela.«

Bei seinem sanften und zugleich herablassenden Ton holte sie tief Atem. »Ich habe Euch gewarnt, dass Ihr mich nicht so nennen sollt.«

»Ich denke, ich habe dazu ein Recht.«

»Ihr denkt?«, fragte sie voll Verachtung. »Bitte, Major, sprecht doch weiter. Damit entlarvt Ihr Euch als kompletter Narr.«

Für einen Moment weiteten sich seine Augen, doch dann zeigte er wieder eine überlegene Miene. »Beruhigt Euch.«

»Ersäuft Euch selbst in der Themse«, murmelte sie und wich seiner ausgestreckten Hand aus. Er war klug genug, ihr nicht zu folgen, doch sie fühlte den missbilligenden Blick ihres Onkels im Rücken, als sie durch den Ballsaal zu einem Tisch ging, auf dem Schalen mit Konfekt und süßem Punsch standen.

Als sie nach der Schöpfkelle griff, zitterte ihre Hand so sehr, dass sie sich an der Tischkante festhalten musste, um gegen Zorn und Schmerz anzukämpfen. Bei Gott, sie hatte mehr als ihre Ideale verloren. Es gab kein Vertrauen mehr. Auf Familie, Blutsverwandtschaft und Gerechtigkeit war kein Verlass. Das alles war innerhalb der letzten drei Jahre zerstört worden.

Auf ihre Weise begehrte sie dagegen auf und versuchte, ihre Ideale am Leben zu erhalten. Sie suchte nach schlichter Freundschaft und riskierte ihr Leben für Gerechtigkeit.

Ihr Blick wanderte über die Versammelten. Die Gefahr lag darin, dass sie ihre Feinde nicht erkannte. Vertraue keinem, damit du überlebst! Michaela füllte eine Tasse mit Punsch, leerte sie und ließ den illegalen Champagner in dem Getränk auf ihre Nerven wirken, bevor sie die Tasse auf das Tablett eines vorbeieilenden Dieners stellte.

Möge dieser Abend ohne Zwischenfall vergehen, betete sie, während sie lächelnd durch den Ballsaal schritt.

Rein betrat Christian Chandlers Haus, entledigte sich des Capes und des Dreispitzes und achtete kaum darauf, wie die Diener vor ihm zurückwichen. Er warf die Kleidungsstücke dem Butler zu und steuerte Christians Arbeitszimmer an, ohne sich daran zu stören, dass ihn wie üblich kaum jemand anzusehen wagte. Erneut dachte er an Michaela und daran, wie sie trotz aller Furcht seinem Blick standgehalten hatte.

»Lieber Himmel, Mann! Mach keine so feindselige Miene. Meine Diener haben schon genug Angst vor dir.«

Christian Chandler, sechzehnter Earl von … Rein erinnerte sich nicht genau, wovon, stand in der offenen Tür seines Arbeitszimmers, das blonde Haar zerzaust, Hemd und Wams offen. Er ist mit einer Frau zusammen gewesen, dachte Rein, als er eine verräterische Spur an Christians Hals entdeckte.

Unbehaglich zog Christian das Hemd zu und ließ braune Flüssigkeit in einem Schwenker kreisen. »Musst du dich stets so dunkel kleiden?« Trotz der teuren Stoffe wirkte Rein wie der Teufel in Menschengestalt.

Rein warf einen Blick auf das Glas. »Schmuggelware?« Echter französischer Weinbrand war selten, da England mit den Kolonisten Krieg führte und Frankreich deren Verbündeter war.

Christian lächelte amüsiert. »Nicht schlecht, wie? Dadurch fühle ich mich fast so verwegen wie du.«

»Könntest du nie sein, Christian«, wehrte Rein trocken ab. »Bei deiner makellosen Herkunft.«

Christian ließ Rein eintreten. »Halte mir die nicht zugute.« Er deutete auf die Anrichte, damit Rein sich selbst bediente. »Ich bemühe mich sehr, das Ansehen meiner puritanischen Vorfahren zu zerstören.«

»Nur schade, dass du das nicht ausreichend genießt«, bemerkte Rein, schenkte sich ein, roch am Glas und verscheuchte die Erinnerungen an Michaela, bevor er trank. Ich habe keine Zeit für Frauen, schon gar nicht für diese, dachte er, während alter Bourbon seinen Magen erwärmte. »Sollte dein Diener dich nicht ankleiden und dein Haar pudern?«

Christian prostete ihm zu und ließ sich auf das Sofa sinken »Bist du auf diese Gala vorbereitet?«

Rein zuckte sorglos die Schultern. »Es wird wie immer laufen. Mein Auftauchen wird für Aufsehen sorgen, und du wirst mit Vergnügen die respektablen englischen Rosen vor meiner heidnischen Seele bewahren und hinterher noch viel besser duften als jetzt.«

»Warum nimmst du überhaupt daran teil und setzt dich all diesen Unverschämtheiten aus?«

Der Zweck heiligt die Mittel, dachte Rein. »Das fragst du viel zu oft, Christian.«

Chandler achtete nicht auf die Warnung. »Und du antwortest nie. Weißt du, das ist höchst ärgerlich.«

Rein amüsierte sich, weil Seine Gnaden wie ein schmollendes Kind dreinsah. »Wie gut von dir, dass du mich erträgst«, sagte er und trat näher ans Feuer. Es war verdammt kalt in diesem Land. Rein vermisste die Wärme von Sanctuary.

»Du bist mein Freund.«

Rein drehte sich um. »Ich verlorene Seele danke dir für deine Freundlichkeit, Sahib.« Er machte eine tiefe Verbeugung und legte die Hand elegant an die Stirn.

Es verblüffte Christian, hatte er doch beinahe Reins ungewöhnliche Herkunft vergessen. »Du machst dich über mich lustig.« Er beneidete Reins Gleichgültigkeit Gerüchten und Anspielungen gegenüber. Während sämtliche Mitglieder der englischen Gesellschaft bemüht waren, ihren Ruf makellos zu halten, glitt von Reins breitem Rücken alles wie das Wasser vom Bug eines seiner verdammten Schiffe ab. Er wusste, was er wollte – die White *Empress* Company mit ihrer unbesiegbaren Flotte. Und Tee.

Die Krone wollte ihn beherrschen, da seine Schiffe Ladung an all jene Orte brachten, die England noch nicht erreicht hatte. Doch er entzog sich jeglicher Macht, und die englische Gesellschaft duldete ihn. Schließlich führte das Land Krieg in den Kolonien, und Rein Montegomery konnte gegen die Sanktionen des britischen Empires verstoßen, wenn er wollte.

Die Krone sollte sich glücklich schätzen, dass dieser Mann sich keinen Deut darum scherte, ob Briten und Amerikaner sich gegenseitig in Stücke schossen.

Lord Stanhope, Christian Chandler, konnte es kaum erwarten zu sehen, wie sich die Spitzen der Britischen Marine und des Parlaments vor einem Mann verneigten, der in ihren Augen ein Paria war. Ein vergnüglicher Abend steht uns bevor, dachte er und stand vom Sofa auf.

Rein warf ihm einen fragenden Blick zu.

»Betrachte mein Haus als deines, Rein.« Christian lächelte. »Lass nur die Dienerinnen in Frieden.«

»Kleide dich geziemend, Mylord. Wir kommen bereits zu spät.« Rein merkte, wie sehr sein Freund sich amüsierte. »Freut mich, dass ich dir so viel Vergnügen bereite«, bemerkte er.

Christian lächelte. »So machen diese reichlich langweiligen Pflichtübungen doch gleich viel mehr Spaß«, erwiderte er und ließ Rein mit seinen Alkoholvorräten allein.

Spaß, dachte Rein verdrossen, leerte sein Glas und stellte es weg. Er erwartete von diesem Abend nichts weiter als üppige Speisen, sanfte Musik und eisige Verachtung sowie pure Neugierde unter dem dünnen Schleier der Höflichkeit. Doch er hatte bei der Suche nach der ganzen Wahrheit schon zahlreiche solcher Abende überstanden. Er stützte sich auf den Kaminsims, starrte in die knisternden Flammen und schob ein Glutstück zurück, bevor es den teuren Teppich versengte. Ein einziger Besuch in England reichte, um ihm zu zeigen, wie wenig er zu dieser Gesellschaft gehörte. Schon jetzt sehnte er sich wieder nach den schwankenden Planken seines Schiffes, den warmen Winden und dem sorglosen Leben auf seiner Insel.

Rein sank in einen Sessel, streckte die langen Beine aus und öffnete das schwarze samtene Wams. Flüchtig strich er über das Medaillon, das unter dem Hemd an einer Kette hing.

Es drückte kühl auf seine Haut.

Rein fühlte die Schwere seiner Taten. Angewidert setzte er sich auf und strich sich durchs Haar. Dieser Abend war mehr als ein opulenter Ball für einen dekorierten britischen Kommandanten. Er war der nächste Schritt zur Zerstörung des Vertrauens der beiden Menschen, die ihn liebten und sich um ihn sorgten, wenn er einsam und allein war. Ransom und Aurora erhellten sein Leben seit zwanzig Jahren.

Er schuldete ihnen Loyalität, doch genau die würde er heute Abend opfern.

Das werden sie mir niemals verzeihen …

Rein wusste nicht, ob er sich selbst jemals den Betrug an den einzigen ihm nahe stehenden Menschen verzeihen würde.

Es blieb ihm jedoch keine andere Wahl.

Er musste es tun, um nicht den Verstand zu verlieren.

Michaela wanderte von einer Gästegruppe zur anderen. Stimmengewirr, das Klingen von Gläsern und Klappern von Porzellan mischten sich, während sie die Diener dirigierte, darauf achtete, dass das Büfett ständig gefüllt wurde, und sich von den Offizieren fern hielt, die mit ihr tanzen wollten.

»Der Wein wird schon knapp, Ma'am«, raunte ihr ein Diener zu.

»Schick James in den Keller«, befahl sie. »Er soll noch zwei Dutzend Flaschen hochholen. Notfalls greifen wir auf die Vorräte im Arbeitszimmer des Brigadiers zurück.«

Der Diener sah sie entsetzt an, doch Michaela lächelte bloß mutwillig und scheuchte ihn weg. Ihr Onkel würde das Opfer billigen, wenn es ihn vor einer Blamage rettete. Er und Major Winters steckten die Köpfe unter den Perücken zusammen und redeten vermutlich über sie, wie die verstohlenen Blicke des Majors andeuteten. Michaelas Miene ließ keinen Zweifel daran, dass sie ihn zur Hölle wünschte, doch er lächelte höchst liebenswürdig zurück. Vermutlich drang in diesen Dickschädel nur eine Kanonenkugel ein!

Jemand berührte sie am Arm, und sie drehte sich hastig um.

»Duncan!«, stieß sie hervor und lächelte, als sie das vertraute Gesicht des früheren Adjutanten ihres Vaters vor sich sah.

Duncan McBain betrachtete sie finster. »Geht es dir gut, Mädchen?« War das ein blauer Fleck auf ihrer Wange?

»Natürlich. Schön, Euch zu sehen. Unterhaltet Euch gut, Captain.« Sie wollte weitergehen, stockte jedoch.

»Michaela?«, fragte Duncan, als ihr Lächeln erstarb. Sie antwortete nicht, und er sah in die Richtung, in die sie starrte. »Dein Onkel lädt interessante Gäste ein, nicht wahr?«

Michaela hörte nicht zu. Das Blut gefror ihr in den Adern, und ihr Herz raste vor Angst.

Schwarz wie die Nacht hob der Mann sich von allen anderen ab, während sein scharfer Blick herausfordernd über die Gästeschar glitt. Einen Moment dachte Michaela noch, fliehen zu können, ohne von ihm bemerkt zu werden. Doch dann richteten sich die hellblauen Augen auf sie und nahmen sie gefangen.

Jetzt brauchte sie Hilfe. »Tanzt mit mir, Duncan«, flehte sie und zerrte an seinem Arm. »Auf der Stelle! Ich bitte Euch!«

6

Bei der Göttin des Lichts, wie hatte er sie jemals für eine Dienerin halten können?

Wer ist der Mann, fragte sich Rein besorgt und betrachtete ihre Hand auf der Uniformjacke eines britischen Offiziers. Stammte dieser von Puder kaum verdeckte blaue Fleck an ihrer Wange von ihm? Dafür schlage ich ihn zusammen, dachte Rein und ballte die Hände, während der Mann mit Michaela tanzte.

Rein sah zu und wollte sich nicht über das Wiedersehen freuen, doch sie vollführte eine Drehung, sah ihn an, und quer durch den ganzen Saal knisterte zwischen ihnen Spannung.

Sie spürte es ebenfalls. Ihre Augen weiteten sich, ihre Schritte wurden unsicher.

Sie war verdammt schön. In Mitternachtsblau gekleidet, schimmerte sie wie ein Saphir zwischen farblosen Steinen. Ihr kupferrotes Haar hob sich rebellisch von den gepuderten Häuptern der anderen Frauen ab. Immer wieder ließ Rein den Blick über ihre Züge gleiten, als könnte sie sich jeden Moment auflösen und er nicht mehr ihre katzenhaften Augen und diesen üppigen Mund sehen. Doch er kannte auch eine andere Michaela, eine starke Frau, deren Kraft ihn wie ein Feuer wärmte.

Sie schien ihn herauszufordern, zu ihr zu kommen, aber er wusste aus Erfahrung, dass schon ein Tanz mit ihm ihren Ruf zerstören würde. Darum verzichtete er darauf, sie jetzt in den Armen zu halten. Doch er achtete nur auf sie, bis er ihren Atem fühlte und den Duft und die Wärme ihrer Haut auffing.

Ihre Augen leuchteten, als fühlte sie die Funken zwischen ihnen, und er erkannte ihre Angst, noch ehe sie den Blick abwandte. Unerträglicher Druck lastete auf seiner Brust. Er atmete schwer und verwünschte seine Mutter dafür, dass sie ihm beigebracht hatte, seine Sinne dermaßen zu schärfen. Und er verfluchte die hässliche Vergangenheit, weil sie alle sanfte Schönheit für ihn unerreichbar machte.

Michaela war eine Lady und daher für ihn verboten. Zwar hatte er das vom ersten Moment an vermutet, doch jetzt konnte er nicht einmal mehr von ihr träumen. Er wandte sich an Brigadier Denton und fing von Christian einen forschenden Blick auf.

»Brigadier.«

Sir Atwell hielt die Hände auf dem Rücken, wodurch seine Brust noch massiger wirkte. »Freut mich, dass Ihr kommen konntet, Montegomery.«

»Braucht Ihr Stoff für Gerüchte, Denton?«, fragte Rein.

Denton lief rot an, und Christian hustete, um ein Lachen zu überspielen.

»Es gäbe keine, würdet Ihr loyal zur Krone stehen.«

»Ich stehe loyal zu mir, meinen Angestellten und meiner Familie, wenn auch nicht unbedingt in dieser Reihenfolge«, sagte Rein. »Habe ich etwas getan, um die Krone zu beleidigen?«

»Ihr besitzt bewaffnete Schiffe und genug Matrosen, um sie zu bemannen. Jeder tüchtige Engländer stellt seine Dienste für den Krieg zur Verfügung.«

»Darin liegt Euer Irrtum«, meinte Rein, nahm vom Tablett eines Dieners einen Weinkelch und leerte ihn zur Hälfte. »Ich bin kein britischer Untertan, und Euer Krieg interessiert mich nicht. Meine Schiffe befördern Tee, Kaffee und Zucker, aber keine Truppen.« Er hielt Dentons Blick über das Glas hinweg fest. »Niemals.«

»Das war von einem Montegomery zu erwarten«, sagte jemand hinter ihm.

Rein drehte sich um und sah einem schlanken Offizier fragend entgegen. »Kennen wir uns?«

»Major Winters, mein Adjutant«, stellte Denton vor. »Mein Vertrauter.«

Rein verneigte sich leicht.

Winters achtete gar nicht darauf. »Titelträger wollen sich nur die eigenen Taschen füllen.«

»Ihr wagt viel, Major«, erklärte Christian.

Winters warf ihm einen trockenen Blick zu. »Tatsächlich? Wann werdet Ihr ein Offizierspatent erwerben und dienen, Euer Gnaden?«

»Wenn es einen Erben gibt, der der nächste Earl werden kann«, fauchte Christian ihn an.

Rein trat vor. »Ihr seid offenbar falsch unterrichtet, Major Winters«, sagte er höflich, wenn auch scharf. »Ich bin weder Erbe noch einziger Sohn. Ransom Montegomery hat mehrere Kinder.«

»Dann ist der Bastard-Lord in die Fußstapfen seines Vaters Granville getreten«, sagte Winters rüde.

Das leere Kristallglas splitterte in Reins Hand, Scherben flogen nach allen Seiten.

Die Umstehenden rangen nach Luft und wichen zurück.

Rein betrachtete Winters kühl, während er die restlichen Splitter von seiner unverletzten Hand schüttelte. Beschimpfungen seiner Person duldete er, aber keine gegen Ran oder Aurora gerichtete. Niemals. Er würde die beiden jedoch nicht hier in der Öffentlichkeit verteidigen. Dass Winters so etwas wagte, bewies, dass er sich sicher fühlte. Die Abrechnung würde bald kommen, und dann half ihm nichts und niemand mehr.

»Ransom Montegomery ist mit einer slawischen Kaiserin verheiratet, nicht wahr, Rein?«, bemerkte Christian in der eingetretenen Stille.

»Ja«, bestätigte er und ließ den Major nicht aus den Augen.

»Ich hörte, sie wäre eine Hexe«, sagte Winters. »Sie praktiziert die Schwarzen Künste.«

Rein lächelte gefährlich. »Glaubt nicht alles, was Ihr hört, Major. Es heißt, dass ich bei Vollmond Jungfrauen opfere und die Herzen meiner Feinde esse sowie denen die Kehle durchschneide, die schlecht über meine Familie sprechen.« Er wich einen Schritt zurück. »Ich versichere Euch, dass Ersteres nicht zutrifft.« Mit einer Verbeugung entfernte er sich.

Christian fiel auf, dass Winters' Adamsapfel heftig auf und ab hüpfte, als er Rein nachblickte. »Noch so ein Auftritt, Major, und Ihr habt kein Offizierspatent mehr.«

Winters straffte sich. Seine goldenen Orden und Bänder schimmerten im Kerzenlicht. »Er wagt allein schon viel, indem er hier auftaucht. Dem Mann fehlt jeglicher Anstand und …«

»Ich habe ihn persönlich eingeladen, Major«, fiel Denton ihm ins Wort.

»Und wir brauchen ihn als Verbündeten«, sagte Christian Chandler. »Er muss sich zumindest neutral verhalten. Der Mann könnte jegliche Fracht durch die britische Blockade in die Kolonien schaffen, wenn er will, und nichts könnte ihn aufhalten.« Der Offizier sah ihn überrascht an. »Ja, Major, um der Krone willen solltet Ihr Rein Montegomery liebenswürdig behandeln. Wir brauchen ihn.« Christian wandte sich an Sir Atwell Denton. »Zügelt Eure Untergebenen, Brigadier«, sagte er in einem Ton, den er seinem Vater abgelauscht hatte.

»Er ist der Bastard eines Bastards«, antwortete Denton geringschätzig. »Ein unzuverlässiger Kerl, der nur auf sein Vergnügen und seinen Gewinn aus ist.«

»Und was ist mit denen?« Chandler deutete auf die Gäste. »Wollt ihr, dass jedermann in England Teelöffel zu Kugeln einschmilzt und Uniformen aus Vorhängen schneidert? Oder wäre es Euch lieber, wir würden uns alle in einem Krieg erschießen lassen, der Englands Schatzkammer ausbluten lässt?«

»Ihr nähert euch der Grenze der Volksverhetzung, Euer Gnaden.«

»Ich spreche nur aus, was Ihr nicht hören wollt, was Euch aber doch ins Auge springt. Ein Mann, der sein Heim verteidigt, ist viel stärker als tausend Männer, die die Deklaration eines Königs verteidigen.«

Denton lief vor Empörung rot an. »Die Kolonisten werden sich ergeben!«

Christian zuckte lässig die Schultern. »Ich möchte, dass dieses Land überlebt, Sir. Und wie sollen die Kolonisten sich ergeben, wenn Howe kommandiert? Wie viele britische Soldaten werden noch umkommen?«

»Keine, gäbe es nicht den Schutzengel der Kolonisten«, sagte Denton und gab Christian einen Wink, ihm an eine Stelle zu folgen, an der man sie nicht belauschen konnte. »Der verdammte Spion arbeitet so gut, dass er einen Angriff zum Scheitern brachte, der wochenlang geplant worden war.« Denton scheuchte Winters, der ihnen folgen wollte, wie ein Kind weg. »Ich erfror fast in diesem gottverlassenen Land, während dieser verdammte Tabakpflanzer aus Virginia neuntausend Mann versammelte …«

Unglaublich! Rein war mit dem Earl gekommen, und Michaela begriff, dass er von Anfang an gewusst hatte, dass er nicht vom Land seiner Lordschaft verjagt werden würde. Dieser Schuft! Woher kennt ein Schiffskapitän ausgerechnet Lord Stanhope, fragte sie sich und trat Duncan erneut auf den Fuß.

»Michaela«, sagte Duncan lächelnd. »Bisher hast du mir noch nie beim Tanzen meine Stiefel schmutzig gemacht. Was bringt dich denn jetzt so durcheinander?«

»Ich bin müde.«

»Du konntest noch nie gut lügen.«

»Mein Onkel sieht zu mir herüber.«

»Wahrscheinlich überlegt er sich, welche Pflicht er dir noch übertragen kann.«

Bei seinem bitteren Ton sah sie ihn an und fing den zornigen Blick auf, den er auf ihre (lädierte)? Wange warf. »Schwört mir, dass Ihr nicht für mich eintreten werdet.«

»Wäre mein Rang hoch genug, würde ich es tun«, grollte er.

»Und würdet Ihr Euch noch steifer halten, würdet ihr in der Mitte auseinanderbrechen«, sagte eine junge Frau hinter Duncan.

»Cassandra!« Michaela freute sich über eine Verbündete zwischen all den Männern.

»Hallo, Michaela«, erwiderte Cassandra, umarmte sie, lud sie für die nächste Woche zum Mittagessen ein und lächelte Duncan McBain mutwillig an.

»Wo sind Eure Brüder?«, fragte er. »Sollte Euch nicht jemand an der Leine führen?«

»Duncan!«, rief Michaela.

Cassandra winkte ab. »Captain Steif sähe mich am liebsten in einem Turmverlies, nicht wahr?«

»Ja, allerdings, und ohne Aussicht auf Begnadigung.«

Cassandra lächelte bloß. »Meine Brüder passen gut auf.« Sie winkte den drei Männern zu, die wie Schildwachen vor einer Reihe hoher Topfpflanzen standen. »Ihr seid keine Bedrohung. Ihr seid zu scheinheilig, um mir lästig zu werden.«

Michaela musste über Duncans Gesicht lachen.

»Und Ihr seid mir lästig«, sagte er, als sie aneinander vorbeitanzten.

»Duncan, seid bitte höflich«, mahnte Michaela und merkte, dass Rein sie beobachtete.

Die Partner wechselten, und Duncan blickte plötzlich in Cassandras herausfordernde blaue Augen. »Zu ihr? Das Mädchen weiß nicht einmal, was das Wort bedeutet.«

Cassandra legte den Kopf zurück, sodass ihre schwarzen Locken die nackten Schultern berührten. »Ihr seid unglaublich attraktiv, wenn Ihr zornig seid, Duncan.«

»Benehmt Euch, Kind.«

»Seht Ihr denn nicht, dass ich kein Kind mehr bin?« Ihr Ton verwirrte ihn, während sie sich trennten und wieder aufeinander zutraten. »Es macht außerdem kein Vergnügen, sich gut zu benehmen. Ihr solltet es ausprobieren.« Ihr Blick berührte ihn tiefer, als ihm lieb war. »Das Vergnügen, meine ich. Risiken eingehen, Chancen ergreifen.«

»Lieber Himmel, jemand sollte Euch zähmen«, grollte Duncan.

»Ihr ganz sicher nicht«, wehrte sie geringschätzig ab.

»Das möchte ich auch gar nicht.« Er schob sie härter als nötig ihrem Partner zu. »Seid vorsichtig, Lieutenant. Die Kleine hier hat ein viel zu scharfes Mundwerk für eine höfliche Gesellschaft.«

Cassandras Lachen ärgerte ihn noch, als er sich erneut Michaela zuwandte und mit ihr tanzte, ohne sich an ihrem belustigten Lächeln zu stören.

»Randi ist reizend, findet Ihr nicht auch?«

»Randi?«, wiederholte er Cassandras Spitznamen verächtlich. »Das Mädchen ist locker.«

Michaela amüsierte sich und fand, dass er in diesem Moment wie ein zorniger kleiner Junge wirkte. Über seine Schulter hinweg fiel ihr Blick auf Rein. »Dieser Mann, der mit Seiner Gnaden eintraf, der dunkle Typ – wer ist das?«

Duncan wandte sich kurz um. »Montegomery?«

Montegomery …

Großartig. Sie wagte nicht zu fragen, ob er sich seiner Sache sicher war, um nicht zu viel Interesse zu zeigen. Sie wusste bereits Bescheid. Jeder kannte diesen Mann dem Namen und seinem Ruf nach, aber kaum jemand hatte ihn persönlich zu Gesicht bekommen. Er war bestimmt nicht zum Vergnügen, sondern mit einem ganz bestimmten Ziel hier, und Michaela fürchtete, dieses Ziel zu sein.

»Ich glaube, er ist Seefahrer«, sagte Duncan, »und handelt mit Tee und Kaffee.« Dabei verzichtete er darauf, unbestätigte Gerüchte über den Mann zu wiederholen.

Beinahe hätte Michaela sich verraten. Sie war froh, als die Musik endete. Am liebsten hätte sie Duncan erklärt, dass es nicht nur um Tee und Kaffee ging, sondern vor allem um Schiffe. Schwer bewaffnete und schnelle Schiffe. Über ein Dutzend, wenn sie sich recht erinnerte. Doch das war es nicht, was sie bedrückte. Für sie zählte, dass sie einen solch mächtigen Mann angeschossen hatte.

»Michaela, vielleicht solltest du dich ausruhen«, meinte Duncan stirnrunzelnd. »Du siehst blass aus.«

Vielleicht sollte ich in ein spanisches Kloster flüchten, dachte sie, während Duncan sie von der Tanzfläche führte. Wenn Rein Montegomery sie beschuldigte, ihn verletzt und bestohlen zu haben, war sie erledigt. Dann warf ihr Onkel sie aus dem Haus, und sie hatte die letzten Jahre vergeblich gearbeitet. Rein Montegomery konnte das durchaus erreichen. Er besaß die nötigen Beziehungen. Ihr Onkel und seine Freunde hatten schon oft über seinen Einfluss geflucht. Er war mit dem König von Spanien und Portugal, dem Emir, dem Schah und etlichen Herrschern des Osmanischen Reichs verbündet. Über seine Kontakte wurde nur geflüstert. Michaela fürchtete, auf seinen Wunsch hin noch an diesem Abend an einem Strick zu baumeln.

Bitte, Rein, sprecht nicht darüber, wenigstens nicht hier, dachte sie und ließ sich auf den Sitz sinken. Vielleicht tat er es nicht. Es schien ihm wieder gut zu gehen, und schließlich hatte er bisher nichts verraten.

»Michaela?«

Duncan reichte ihr eine Schale Punsch. Einige Soldaten knieten vor ihr, und einer bot ihr Essen auf einem Teller an, als wäre sie eine Göttin. Auch das noch! Dadurch wurde nur mehr Aufmerksamkeit auf sie gelenkt.

»Lasst diesen Unfug.« Sie lehnte den Punsch ab und versuchte aufzustehen. »Ich fühle mich gut.«

Er drückte sie behutsam zurück. »Du siehst aber nicht so aus.«

»Hört auf, mich in Watte zu packen, Captain«, verlangte sie.

Lächelnd reichte er ihr erneut die Schale. »Dann bleib sitzen und unterhalte mich.«

Sie betrachtete die jungen Dragoner, fühlte sich viel älter als sie und fing den scharfen Blick ihres Onkels auf. Prompt blieb sie sitzen und nahm das Essen an. Duncan trat hinter den Stuhl, und Michaela widmete sich den Soldaten. Für gewöhnlich ging es den jungen

Männern nur um ein gutes Essen, das sie nichts kostete. Bei den vielen hübschen Mädchen im Saal begriff sie nicht, wieso diese Männer ausgerechnet mit ihr flirteten.

Ungewollt blickte sie zu Rein, der auf der anderen Seite des Saals stand. Worte wie »heidnisch« und »unzivilisiert« schwirrten durch den Raum. Michaela bemerkte, dass es Rein ein geradezu sadistisches Vergnügen bereitete, Frauen einen Blick zuzuwerfen, bei dem sie auf den nächsten Stuhl oder in die Arme ihres Begleiters sanken.

Er hält alle zum Narren, dachte sie. Einige Frauen waren sicher mutig genug, um sich ihm ohne Beschützer zu nähern. Katherine Hawley, Lady Buckland, war noch mutiger als die anderen. Mylady wurde von drei Männern (ver)?gefolgt, die Michaela nicht kannte. Lass dir nicht anmerken, liebste Katherine, wie sehr du nach ihm gierst, dachte Michaela.

Rein beobachtete Michaela mit gemischten Gefühlen. Er wollte sich über sie erkundigen, um zu erfahren, wer sie war und warum sie sich hier aufhielt. Dann wiederum sagte er sich, dass das gar keine Rolle spielte. Sie kam für ihn nicht infrage. Trotzdem biss er die Zähne zusammen, weil sie von etlichen jungen Männern umringt war.

»Madame.« Er verneigte sich. Lady Buckland nickte ihm zu. »Ihr seht heute Abend unbeschreiblich aus.« Noch nie hatte er ein verlebtes Gesicht gesehen, das so kunstvoll mit Schminke übertüncht war. Im Näherkommen ließ sie den Blick mit unverhülltem Verlangen über ihn gleiten. Zu jedem anderen Zeitpunkt hätte er die Einladung gern angenommen, doch heute Abend musste er ablehnen.

»Wie Ihr, Mr Montegomery.«

»Mister? So förmlich, Mylady?«

»Ihr seid keck, Sir.« Sie klopfte ihm mit dem geschlossenen Fächer auf den Arm.

»Was sollte ich in Eurer Gesellschaft sonst sein?« Er nahm von einem Diener ein Glas Wein entgegen. »Sind das Eure Beschützer, Katherine?« Er nickte zu ihren Begleitern. »Oder bieten sie Euch, was Ihr begehrt?«

»Woher wollt Ihr wissen, was ich begehre?«

»Das weiß ich eben, Lady Buckland«, behauptete er und hob das Glas an die Lippen. »Eine volle Börse ist kostbarer als Euer Körper«, fügte er hinzu und nahm einen Schluck.

Sie wurde rot und schnappte nach Luft. »Ihr wagt es, mich zu beleidigen!«, zischte sie und sah sich um, ob jemand mitgehört hatte.

Er zuckte nur mit den Schultern. »Ich war schon immer für Offenheit, Mylady.«

Lady Katherine hatte nicht vergessen, was er zum Abschied gesagt hatte, nämlich dass sie nie mehr als diese eine Nacht mit ihm erwarten sollte. Noch jetzt ärgerte sie sich über die Zurückweisung, und schon die bloße Vorstellung, seine Berührung erneut zu fühlen, ließ Hitze in ihr hochsteigen. Rein Montegomery war einzigartig, geheimnisvoll, zärtlich und gleichzeitig zurückhaltend wie ein wildes Tier in Ketten. Sie hätte gern die Enden dieser Ketten in Händen gehalten.

»Dein Blick verrät dich«, raunte er ihr zu. »Sei vorsichtig.«

Noch einmal blickte sie sich verunsichert um, ehe sie schmollend sagte: »Ihr seid grausam, mich dermaßen von Euch zu weisen, Rein.«

»Ich hatte dich nie wirklich, Katherine«, flüsterte er und verzichtete auf jegliche Höflichkeit. »Und das wissen wir beide.«

Die Frau besaß keinen Stolz und war darüber hinaus selbstsüchtig. Die Erinnerung an die Nacht mit ihr war ihm unangenehm. Er warf ihr einen abweisenden Blick zu, als sie ihn ihren Begleitern vorstellen wollte. Rein ließ sich nicht täuschen. Weder sie noch ein anderer Gast wollte sich mit ihm anfreunden, und das Gleiche galt umgekehrt auch für ihn. Er suchte sich seine Freunde sehr sorgfältig aus und blickte sich über die Köpfe der Anwesenden hinweg nach Michaela um.

Christian näherte sich ihm. »Suchst du jemanden, Rein?«

Sofort achtete Katherine scharf darauf, für wen er sich interessierte.

»Nein«, erwiderte Rein seinem Freund. Konnte er denn nichts unbeobachtet machen?

»Stell mich vor«, verlangte Christian und wandte sich an Lady Katherine. Rein betrachtete die beiden. Wenn Christian dumm genug war, sich auf eine Beziehung mit dieser Frau einzulassen, verdiente er nichts Besseres. Rein übernahm die Vorstellung, ließ die beiden allein und entdeckte Michaela in der Menge. Am liebsten wäre er zu ihr geeilt und hätte die lüsternen Rotröcke aus ihrer Nähe vertrieben.

Der Teufel soll mich holen, dachte er und trank einen Schluck. Wieso entlockte ihm diese Frau eine so heftige Reaktion, wenn Katherine ihn bloß für einige Stunden erregte, mehr aber nicht?

Michaela lächelte bemüht und war sichtlich gelangweilt, obwohl ihr so viel Aufmerksamkeit zuteil wurde. Sie fühlte sich unbehaglich. Das Kleid saß schlecht, eine Haarsträhne hatte sich gelöst, und Rein hätte das Haar am liebsten um seinen Finger geschlungen und die seidig glatte Haut berührt.

Plötzlich richtete sie den Blick auf ihn, errötete, runzelte jedoch die Stirn und tastete über die lose Haarsträhne. Fürchte dich nicht vor mir, dachte er eindringlich. Ihre Augen weiteten sich, und sie blickte sich um, als hätte jemand zu ihr gesprochen. Danach sah sie ihn erneut an und betrachtete ihn noch eingehender.

In diesem Moment kam Rein sich unerklärlich verwundbar vor.

Einer ihrer Bewunderer drehte sich um und wollte feststellen, wer ihr Interesse geweckt hatte. Rein wandte sich hastig ab, um ihren Ruf nicht zu gefährden. Was war er doch für ein Narr! Er war ein Halbblut, ein mutterloser Bastard, auf den sich bloß Frauen wie Katherine einließen. Er hatte kein Recht auf einen einzigen Gedanken an Michaela.

Rein seufzte tief und war dankbar, als ihn zwei wohlhabende Kaufleute, mit denen er gelegentlich Geschäfte machte, in eine Unterhaltung verwickelten.

»Ihr wollt, dass ein Gerichtshof der Admiralität über das Schicksal von Kaufleuten entscheidet?«, bemerkte er. »Was verstehen denn diese Leute von Handelsschifffahrt und Ladelisten?«

»Vertretet Ihr die Interessen der Engländer, Mr Montegomery? Es hört sich ganz so an.«

Rein betrachtete Burgess, einen kleinen, schlanken Mann. »Weshalb fragt Ihr, wenn Ihr ohnehin wisst, dass es nicht auf mich zutrifft?«

»Weshalb sprecht Ihr Eure Meinung zu einer Angelegenheit aus, die Euch nichts bedeutet?«

»Weil ich mit Freude etliche Pfund Sterling einstreiche, Sir, die Ihr verliert.« Rein lächelte amüsiert, als Burgess rot anlief. »Und behauptet nicht, Ihr würdet anders handeln. Könnte England die Welt regieren, würde es das auch tun.«

»Wir versuchen es, Sir.« Die Antwort löste gedämpfte Heiterkeit aus, und Rein wurde dem Kriegsminister Lord Germain, Viscount Sackville, vorgestellt.

Rein erstarrte innerlich und betrachtete aufmerksam das Gesicht des Mannes. Während sich das Gespräch um den Verlauf des Krieges drehte, entging Rein nicht die Verachtung dieses Mannes und seine unglaubliche Arroganz. Er war der typische englische Aristokrat, der seine hohen moralischen Werte vor sich hertrug, als besäße er die uneingeschränkte Macht des Königs.

In diesem Moment besaß er zumindest Reins uneingeschränkte Aufmerksamkeit.

Der Viscount war nämlich einer der Männer, die als sein leiblicher Vater infrage kamen.

7

Rein krampfte sich der Magen zusammen, während er in Germains Gesicht nach Ähnlichkeiten suchte. Zwar fand er keine, doch das Aussehen hing schließlich auch davon ab, wie jemand aufwuchs. Je länger sich das Gespräch hinzog, desto heftiger betete Rein darum, das Blut dieses Mannes möge bloß nicht in seinen Adern fließen. Diese Hochnäsigkeit des Viscounts, die aus der viele Jahrhunderte alten Überzeugung stammte, nur aufgrund seiner Herkunft etwas Besseres zu sein als andere, widerstrebte ihm.

Rein wusste nicht, was er tun sollte, wenn er endlich den Schleier von seiner Vergangenheit zog. Wie sollte er sich verhalten, falls Germain der Mann war, der seiner Mutter Treue versprochen, sie genommen und dann verlassen hatte? Er holte Atem und verschloss seine Empfindungen tief in sich, wo sie ihn nicht schmerzten. Das hatte er schon als Straßenkind gelernt. Behutsam steuerte er das Gespräch auf Eroberungen in der Vergangenheit. Germain trank viel und nannte bereitwillig Daten, Orte und sogar Namen.

Als der eingebildete Mann die weniger ruhmreichen Erfolge im Haushalt des Maharadschas aufzählte, biss Rein die Zähne hart zusammen.

Seine Mutter, eines von einem Dutzend Geschwistern, war Zofe einer der Prinzessinnen gewesen.

Mit Sergeant Major Townsends Hilfe ließen sich die Angaben über die britischen Schiffe und Brigaden in der damaligen Zeit einengen.

»Da war dieses süße Ding, zierlich und mit dunklen Augen, schimmerndem Haar und brauner Haut«, erzählte Germain, und Rein musste sich zurückhalten, um sich nicht auf ihn zu stürzen. »Sie wurde meinem Kommandeur geschenkt, doch er war bei einer Safari verwundet worden und konnte mit dem Mädchen nichts anfangen. Daher …« Er vollendete den Satz nicht.

»Sie war wohl kaum eine Tochter des Maharadschas«, bemerkte Rein ungeduldig. »Das hätte unabsehbare Folgen gehabt.«

Germain warf Rein einen herablassenden Blick zu. »Folgen für wen, Mr Montegomery? Es handelte sich um ein Hausmädchen. Also keinerlei Folgen.«

»Könntet Ihr auch so zu dem Vater des Mädchens sprechen?«, fragte Rein bitter.

»Ihr Vater schenkte sie meinem Kommandeur«, erwiderte Germain.

Rein beschränkte sich darauf zuzuhören, während die anderen die Arbeit für ihn erledigten und dem Viscount Geheimnisse entlockten. Ein Name, dachte Rein. Ich brauche einen Namen. Und dann fiel er. Varuna.

Seine Mutter hieß Sakari.

Erleichterung packte ihn. Er starrte in sein Glas. Rauch sowie der Geruch von Schweiß und Essen hingen in der Luft. Es schnürte ihm den Hals zu, als Erinnerungen hochkamen. Plötzlich war er wieder ein einsames, hungriges Kind, das die Frauen anstarrte, die in den Minen Essen verteilten. Könnte eine von ihnen meine Mutter sein, hatte er sich immer wieder gefragt.

Rasch entschuldigte er sich und ging zu den offenen Terrassentüren. Hundert Augenpaare waren auf ihn gerichtet, als er in den Park hinaustrat, doch er achtete nicht darauf. Er sah sich nur nach Michaela um und sehnte sich nach einem einzigen Blick. Als er sie endlich fand, wurde er von unglaublicher Wärme erfüllt.

Neugierde und Abwehr spiegelten sich in ihrem Gesicht. Sie schluckte heftig, und bevor jemandem etwas auffallen konnte, verließ er den Saal. Im Freien lehnte er sich gegen die Steinmauer und atmete tief die kühle Luft ein. Beim Gott des Donners, was sollte diese Quälerei denn bringen? Was hoffte er denn zu erreichen?

Erleichterung, dachte er.

Aurora hätte ihn gewarnt, dass dies nicht gut für seinen Geist war.

Karma zu Karma, dachte er. Was ich in diesem Leben nicht löse, werde ich im nächsten lösen.

Auf seine Haut drückte das Geschenk, das sein Vater seiner Mutter achtlos zugeworfen hatte, eine Erinnerung an den Verlust, den sie für eine Nacht mit ihm erduldet hatte. Rein litt mit der Frau, die er nie gekannt hatte, und glaubte tief in seinem Herzen, dass Aurora ihren Geist in sich trug. Kein Junge hätte sich mehr geliebt fühlen können als in Auroras Fürsorge und unter Ransoms Anleitung.

Er zwang sich dazu, an schöne Dinge zu denken – an die See mit ihrem ewigen Herzschlag. Lange verharrte er so, an die Mauer gelehnt und von wildem Wein verdeckt. Sein Blick fiel in den Ballsaal. Rauch hing in der Luft, und das Kerzenlicht flackerte in den kristallenen Verzierungen der Lüster. Diese Welt schien für ihn unerreichbar zu sein. Flüchtig beobachtete er Christian, wie Katherine ihn verstohlen berührte und streichelte, um ihre Falle vorzubereiten. Armer Narr, dachte er und hielt gegen seinen Willen Ausschau nach Michaela. Der Brigadier winkte ihr soeben heftig.

Wieso trug sie bloß ein Tablett zu dem alten Mann?

Rein schob sich bis an die Mauerkante vor und ließ Michaela nicht aus den Augen. Sie tat ihm leid, weil das Kleid wirklich entsetzlich schlecht saß. Das war einfach nicht zu übersehen, während sie den Saal durchquerte und die Gläser auf dem silbernen Tablett gefährlich wackelten.

Der Saum behinderte Michaela bei jedem Schritt. Sie konnte nicht schneller gehen, mochte ihr Onkel sich auch noch so ungeduldig anstellen und ihr zuwinken, als wäre er in der Wüste am Verdursten. Um einen Gast vorbeizulassen, wich sie einen Schritt zurück und verlor zum dritten Mal an diesem Abend einen Schuh. Onkel Atwell machte ein finsteres Gesicht, als sie alles andere als elegant wieder in den Schuh schlüpfte. Prompt verfing sich ein Absatz im Saum. Michaela stolperte und versuchte, das Gleichgewicht zu halten, und die Gläser fielen vom Tablett und zerbarsten klirrend auf dem Fußboden.

Duncan McBain packte sie am Arm, sonst wäre sie gestürzt. »Alles in Ordnung?«, fragte er betroffen.

»Ja, Duncan, vielen Dank.« Sie blies eine Haarsträhne aus dem Gesicht, lächelte schwach und blickte zu ihrem Onkel. »Ach, du lieber Himmel«, murmelte sie. Der Portwein hatte Major Winters getroffen. Die dunkelrote Flüssigkeit tropfte von seiner Nase, während er sich zornig mit einem Tuch abtrocknete.

Ihr Onkel stürmte auf sie zu, und Michaela musste sich zusammennehmen, um nicht zurückzuweichen.

»Du dummes Ding!«, zischte er. Duncan trat schützend an ihre Seite, doch Denton achtete nicht auf ihn, sondern nur auf seine Nichte. »Kannst du denn gar nichts richtig machen, Mädchen?« Sein Atem roch nach Alkohol, sein Gesicht war vor Wut verzerrt.

»Entschuldige, Onkel, aber das Kleid ist zu lang. Hättest du erlaubt …«

»Schweig! Du bist eine Schande!« Als die Gespräche in ihrer Nähe verstummten, dämpfte er sofort seine Stimme. »Deine völlige Unfähigkeit ist beschämend. Dass ein dermaßen hilfloses und ungeschicktes Frauenzimmer mein Blut in den Adern hat, ist eine … Schmach!« Leise Ausrufe erklangen. Leute wichen zurück, steckten die Köpfe zusammen und flüsterten miteinander. »Sieh dir nur den Major an!« Er zeigte auf seinen Adjutanten. »Seine Uniform ist ruiniert.«

Nur eine Pistolenkugel könnte sie ruinieren, dachte Michaela beißend, bezweifelte jedoch, dass ihr Onkel im Moment an ihrer Meinung interessiert war.

Glas knirschte unter Onkel Atwells Schuhen, als er näherkam und sie drohend ansah. »Das hast du absichtlich getan.«

Erschrocken ließ sie den Blick zwischen den beiden Männern hin und her wandern. »Nein!« Hoffentlich schlug er sie nicht hier vor aller Augen!

»Widersprich mir nicht«, brüllte er und ballte die Hand zur Faust. Am liebsten hätte er dem Mädchen auf diese Weise Verstand beigebracht. »Hol jemanden, der aufräumt!« Sein Blick kündigte an, dass er sich später mit ihr beschäftigen würde. »Und geh mir aus den Augen!«

Michaela starrte ihn an, biss sich auf die Unterlippe, um ihm keine heftige Antwort zu geben, und wagte nicht, jemanden anzublicken, um kein Mitleid zu sehen. Sie drückte ihm das Tablett in die Hände und raffte die Röcke.

»Wenn du mich entschuldigst«, sagte sie leise und eilte mit der Würde einer Königin zu den Terrassentüren.

Der Mondschein tauchte sie in silbriges Licht. Rein wäre am liebsten zu ihr gegangen, um sie zu trösten, etwas, das ihm völlig fremd war und ihn schwach machte. Denton hatte sich abscheulich aufgeführt. Michaela war mit Sicherheit keine Dienerin. Wie rechtfertigte dieser Kerl seine Drohungen? War er ihr Vormund? Der Brigadier war nie verheiratet gewesen.

Rein sah ihr nach, als sie tiefer in den Park hineinwanderte. Sie weinte nicht wegen der Demütigung. Wahrscheinlich litt sie bereits ihr Leben lang. Schon wollte er sich bemerkbar machen, als sie einen Blick zurück in den Ballsaal warf.

Worauf war das Mädchen denn aus? Rein zog sich tiefer in die Dunkelheit zurück und beobachtete.

Michaela überzeugte sich davon, dass ihr Onkel das Haus nicht verlassen hatte. Nur allmählich kam wieder Stimmung auf. Sehr gut. Die Leute hatten etwas zu reden. Man würde sie erst vermissen, wenn ihr Onkel etwas brauchte.

Argyle kam zu ihr, und sie ging ihm lächelnd entgegen.

»Ich habe einige Gläser zerbrochen.«

»Das habe ich gehört.«

»Kennst du jemanden, der es noch nicht gehört hat?«, fragte sie. »Dann beeilen wir uns, damit sie es von uns und nicht aus zweiter Hand hören.«

Er hatte für ihren Humor nichts übrig, sondern hielt ihr das Umhängetuch hin, das sie gehorsam über die nackten Schultern legte. »Es ist grausam, wie er mit dir umspringt, Mädchen«, sagte er leise. »Noch dazu in der Öffentlichkeit.«

Schon vor langer Zeit hatte sie herausgefunden, dass sie keinen Platz im Herzen ihres Onkels besaß, und sie hatte auch aufgehört, sich einen erobern zu wollen. »Damit beschämt er nur sich selbst, Argyle«, entgegnete sie lächelnd. »Er ist bloß zu aufgeblasen, um das zu erkennen.«

Lachend bot er ihr den Arm, und sie hakte sich bei ihm unter und lehnte den Kopf an seine breite Schulter.

»Allerdings hat er Recht«, fuhr sie seufzend fort. »Ich bin tatsächlich ungeschickt und unelegant.« Sie hasste sich für das Selbstmitleid, das in diesen Worten mitschwang.

»Das Kleid ist zu lang, kleines Fräulein.«

»Eine andere Frau wäre trotzdem nicht gestolpert.«

»Eine andere Frau müsste kein zu großes Kleid tragen.«

»Vielleicht sollte ich so viel essen, dass ich hineinpasse.« Michaela zupfte an der Korsage, die sie nicht einmal annähernd ausfüllte.

Er lachte kurz. »Ich hole jemanden, der den Major säubert, Mädchen.«

»Wie wäre es, wenn Ihr ihn in die Pferdetränke taucht?«

»Ich würde sagen, der Portwein steht ihm so gut, dass er ruhig noch eine Weile damit herumlaufen kann.« Argyle wandte sich ab. »Und vorher verpasse ich dem Großmaul noch einen Faustschlag«, murmelte er vor sich hin und ließ sie allein.

Michaela zog die schwere Uhr ihres Vaters aus der Tasche des Kleides und las die Zeit ab. Dann sah sie sich um, ging die Stufen zum Pavillon hinunter und um den Brunnen herum zu einer Reihe von Bäumen. Unterwegs pflückte sie eine Blüte, roch daran und überzeugte sich davon, dass sie allein war. Lässig schlenderte sie weiter und blieb vor einer Granitstatue der Persephone stehen. Erneut sah sie auf die Uhr, und Sekunden später kam ihr auf dem Weg ein Mann in zerlumpter Kleidung entgegen. Gemeinsam zogen sie sich in die Dunkelheit zurück.

»Das ist sehr unklug, Mädchen.«

Sie zog ihn am Ärmel seiner Wolljacke tiefer ins Gebüsch. »Es war die einzige Möglichkeit, den Ball zu verlassen, ohne dass es auffiel.« Jetzt hielt Michaela es für einen Glücksfall, dass sie den Portwein verschüttet hatte.

»Beobachtet er dich?«, fragte der Mann besorgt.

»Nein.«

Er sah sie zweifelnd an.

»Würde ich meinem Onkel nicht den Haushalt führen, wäre es ihm am liebsten, ich würde mich in Luft auflösen.«

»Unterschätze ihn nicht, Mädchen. Er würde dich glatt den Hunden vorwerfen, nur um seine Haut zu retten.«

»Das hat er bereits getan«, erwiderte sie schmerzlich.

Rein bewegte sich lautlos zwischen den Bäumen und Steinsäulen des Parks und fand ein Versteck unter einigen Bäumen. Obwohl er angestrengt lauschte, bekam er nichts mehr von dem Gespräch mit, weil der Mann schon wieder verschwunden war. Michaela ging direkt auf ihn zu, ohne zu ahnen, wie nahe er ihr war. Rein hätte gern gewusst, weshalb diese Frau in der Dunkelheit einen Mann traf. Er lächelte. In dem alten Mann hatte er einen Diener erkannt, den er bei der Ankunft gesehen hatte. Den anderen hatte er nicht richtig zu Gesicht bekommen.

Seit mehr als zwei Wochen redete er sich nun ein, dass seine Gefühle bloß auf Einbildungskraft zurückgingen und sein Körper bei dem Gedanken an Michaela nur aus unbefriedigter Lust reagierte. Er hatte bei anderen Männern gesehen, wie sie von heftigen

Empfindungen zerrissen wurden. Ihm selbst war es bisher nie so ergangen, doch nun hatte es auch ihn getroffen.

Michaelas Bild war in sein Gedächtnis eingebrannt – der Sitz ihres Kleides, die Locken, die auf die Schultern hingen, der Duft nach Zitronen. Jetzt bewegte sie sich ziellos durch den Park, pflückte gelegentlich eine Blüte und zerriss sie.

Schließlich duckte sie sich unter dicht belaubten Zweigen und setzte sich auf die Bank in seiner Nähe.

Er ballte die Hände zu Fäusten und fühlte sich einsam und von ihr besessen. Er begriff nicht, wieso er ihr gegenüber verletzlich war. Hätte er sie berührt, hätte er in der Falle gesessen. Wie sie da auf der Steinbank saß, war sie eine Frau, die ihn zerstören konnte.

Sie ahnte nichts von seinem Verlangen. Und er verspürte das Verlangen, von ihr berührt zu werden. Sie sollte ihn ansehen, allerdings nicht wieder so misstrauisch wie bisher. Nur eine Armeslänge von ihr entfernt verschmolz er mit der Dunkelheit. Als sie angestrengt Ausschau hielt, war er sicher, dass sie den Brigadier suchte, mit dem sie höchstwahrscheinlich verwandt war.

Entspannt lehnte sie sich zurück, verschränkte die Hände im Schoß und atmete auf.

Den Blick auf sie fixiert, fühlte er ihren Herzschlag wie seinen eigenen. Unzählige Gedanken schossen ihm durch den Kopf. War sie verlobt? Was hatte sie an jenem Tag auf der Straße gemacht? Was letzte Nacht in einem besonders gefährlichen Teil der Stadt?

Und schmeckten ihre Küsse so wundervoll, wie ihre Lippen es versprachen?

Er bewegte sich noch immer nicht, sondern knüpfte mit allen Sinnen ein Band zwischen ihnen.

Michaela straffte sich, als ein seltsames Prickeln über

ihre Haut lief. »Wer ist da?« Sie fühlte die Nähe eines Menschen so deutlich, als würde ein warmer Lufthauch durch die kühle Nacht streichen. »Wer ist da?«

»Guten Abend, kleine Mörderin.«

Sie sprang auf. »Rein!«

Sein Name klang süß aus ihrem Mund. Rein trat zwischen den Bäumen hervor.

Michaela starrte ihn fassungslos an und genoss seine Nähe, bis ihre mädchenhaften Fantasien verschwanden und das Misstrauen erneut die Oberhand gewann. »Wie lange seid Ihr schon hier?« Hoffentlich hatte er den Mann nicht gesehen.

»Lange genug, um zu wissen, dass Ihr mit dem Brigadier verwandt seid.«

»Ich bin seine Nichte«, räumte sie verdrossen ein.

»Dann war Richard Euer Vater.«

»Ihr kanntet ihn?«

»Nein«, entgegnete er voll Mitgefühl, als sie sich ermattet setzte. »Mein Vater erwähnte ihn bei Gelegenheit.«

Sie nickte und ließ den Blick über ihn wandern. Abgesehen von seinem Gesicht und dem weißen Hemd ähnelte er einem Geist in der Dunkelheit. Wie drinnen im Ballsaal empfand sie Angst und war gleichzeitig fasziniert. Es kam ihr so vor, als könnte er ohne Worte mit ihr sprechen.

»Ihr habt mich zuvor nicht gefürchtet, Michaela.«

Sie liebte es, wie er ihren Namen aussprach. Es klang so melodisch. »Das tue ich jetzt auch nicht.«

»Ihr bebt.«

Sie zuckte zusammen. »Was sind wir doch heute Abend von uns eingenommen«, bemerkte sie hoheitsvoll. »Ich friere.«

Sofort zog er die Jacke aus, legte sie ihr um die Schultern und sah ihr in die Augen. »Trotzdem finde ich da Angst.« Beim Gott des Donners, er wollte nicht, dass diese Frau in seiner Nähe zitterte.

»Euer Ruf eilt Euch voraus.«

»Ist er wirklich so schlimm?«, erkundigte er sich.

»Ja, ganz entsetzlich«, erwiderte sie lächelnd.

»So schlimm bin ich gar nicht, kleine Mörderin.«

Und ob, dachte sie. »Lady Buckland denkt da anders. Sie schwenkt Euren Namen wie ein Turnierbanner.«

Er zog die Hände von ihren Schultern. »Katherine sollte ihre Zunge hüten«, sagte er leise, aber scharf. Es gefiel Michaela nicht, wie leicht ihm der Name dieser Frau über die Lippen kam. Das deutete auf eine Intimität hin, von der sie nichts wissen wollte. »Ich bin lediglich ein schlichter Pflanzer.«

Sie warf ihm einen tadelnden Blick zu. »Erwartet Ihr von mir, dass ich einen solchen Unsinn glaube?«

Sein leises Lachen klang verführerisch. »Glaubt, was Ihr wollt, Michaela, aber ich weiß jetzt schon, dass Ihr mir vertrauen werdet.«

»Ihr wisst gar nichts über mich, Rein Montegomery.«

»Ihr schleicht, als Junge verkleidet, in der Dunkelheit herum und schlitzt Banditen auf. Mit meinem Messer, nehme ich an.«

Sie erstarrte, und er sah fasziniert zu, wie sie etwas zwischen den Brüsten hervorzog.

»Was habt ihr denn da drinnen, Mädchen?«, fragte er und beugte sich vor.

»Rein!«, zischte sie und wurde rot. »Habt Ihr kein Schamgefühl?«

»Schamgefühl bedeutet, dass man sein Handeln bedauert.«

Michaela musste lächeln.

»Und ich könnte es niemals bedauern, Euch angesehen zu haben.«

»Habt Ihr tatsächlich noch mehr von diesem Unsinn auf Lager?«

Lächelnd ließ er den Blick weich wie Samt über sie gleiten. Unbehagliche Stille senkte sich über sie beide, bis Michaela den Arm ausstreckte. In der offenen Hand lag die rasiermesserscharfe Klinge.

Rein starrte wie gebannt auf das Messer. Eine Erinnerung tauchte blitzartig auf – eine blutige Hand, eine Klinge, schlaffe Finger. Der Schmerz traf ihn unerwartet. Michaela sah ihn eindringlich an. Eine Frau, die ihm in der Dunkelheit ein Messer reichte, als wollte sie sich ihm opfern, wusste nichts über ihn und die hässlichen Dinge, die er nicht loswurde.

Rein beugte sich zu ihr und schloss ihre Finger um den Griff.

»Behaltet es.« Wenn sie es nötig fand, sogar jetzt ein Messer bei sich zu tragen, bedeutete es, dass mehr als diese schmale Klinge nötig war, um sie zu beschützen.

»Ihr werdet mich nicht als Diebin entlarven?«

»Natürlich nicht«, wehrte er betroffen ab.

Sie strich sich über die Stirn. »Rein... ich muss Euch fragen ... obwohl ich kein Recht habe, auch nur anzunehmen, Ihr würdet ...«

»Ich werde Euch nicht an den Haaren zum Gericht zerren, weil Ihr auf mich geschossen habt«, fiel er ihr ins Wort. »Michaela, seht mich an«, verlangte er.

Sie gehorchte, und die Schönheit ihrer Augen faszinierte ihn.

»Wollte ich Euch für die Wunde bezahlen lassen, wärt Ihr bereits im Kerker gelandet.«

Vor Erleichterung traten ihr Tränen in die Augen. Sie lehnte sich gegen die raue Baumrinde. »Ich wusste es.«

»Vertraut Ihr mir?«

»Wohl kaum«, wehrte sie ab.

»Ich habe nicht verraten, dass Ihr durch die Stadt gestreift seid«, führte er zu seiner Verteidigung an. »Darüber müssen wir uns übrigens noch unterhalten.«

Sie sah zu ihm hoch. »Werdet Ihr es weitererzählen?«

»Ich glaube, jetzt bin ich im Vorteil.«

»Und Ihr werdet das ausnutzen. Männer machen das immer.«

»Euer Geheimnis ist bei mir sicher«, beteuerte er. »Wer hat Euch geschlagen, Michaela?«

Sie holte tief Atem und fasste sich an die Wange. »Mein Onkel.«

Er blickte durch die Glastüren zum Brigadier, der sich mit Seinesgleichen unterhielt und schallend lachte, als hätte er nicht seine Nichte vor den Spitzen der Londoner Gesellschaft bloßgestellt. Am liebsten hätte Rein den Mann niedergeschlagen.

Lieber Himmel, allein schon sein zorniger Blick genügte, um Michaela frösteln zu lassen. Sie wickelte sich fester in seine Jacke und fühlte den weichen Stoff an der Wange.

»Warum?«

»Spielt das eine Rolle?«

»Nein. Wollt Ihr weg von hier?«

Es dauerte lange, ehe sie antwortete. »Nein.« Sie konnte nicht weg. Dass sie allein und mittellos war, spielte dabei die geringste Rolle.

»Ihr unterwerft Euch lieber …«

Sie ließ das Messer wieder im Mieder verschwinden. »Ich tue nur, was nötig ist.«

»Wieso wart Ihr um Mitternacht am Hafen?«

Jetzt zeigte sie ihm das gleiche herausfordernde Lächeln wie am Abend zuvor und seufzte. Typisch Frau. Er griff zu einem Mittel, von dem er wusste, dass es ihr Unbehagen bereitete. Er sah sie unverwandt an.

Michaela wurde unruhig, weil sie nicht daran gewöhnt war, von einem Mann so eingehend gemustert zu werden. Sie musste sich räuspern, ehe sie sprechen konnte. »Genießt Ihr den Ball?«

»Jetzt schon. Allerdings gebührt normalerweise mir die Ehre, für ein Spektakel zu sorgen.«

Sie gab einen sehr undamenhaften Laut von sich. »Ich werde mich bemühen, mich nicht wieder zu blamieren. Der nächste Auftritt gehört allein Euch.«

»Das habt Ihr nicht verdient, Michaela.«

Sie zuckte die Schultern und wich seinem Blick aus. »Kein Mitleid, Rein, bitte.« Es traf sie schon schwer genug, dass er mit angesehen hatte, wie sehr sie beschämt worden war.

Erneut schwiegen sie eine Weile. Plötzlich setzte er sich zu ihr.

Sie sah sich hastig um, ob jemand sie in dieser skandalträchtigen Lage beobachtete. »Rein?«

»Ja?«

»Wollt Ihr meinen Ruf restlos zerstören?«

Seine Augen funkelten, und sie bereute schon die Wahl ihrer Worte.

»Ich verspreche, Euch nicht in einem Stück zu fressen.«

Lächelnd betrachtete sie seine fein geschnittene Kleidung und die breiten Schultern. Wild wirkte er im silbernen Schein des Mondes, wie ein schwarzer Drache, der aus seiner Höhle spähte. »Nur in kleinen Häppchen?«

»Sagt ein Wort, und ich lasse Euch allein.«

»Und welches Wort ist das?«

Dieses freche Mädchen! »Verschwindet.« Sie sprach es nicht aus, sondern lächelte nur gepresst. Rein ließ den Blick über ihr Gesicht und die katzenhaften Augen wandern. »Ich wusste, dass Ihr ein tapferes Mädchen seid.«

»Ich bin kein Mädchen, Rein«, erwiderte sie spöttisch und zog die Augen zu schmalen Schlitzen zusammen.

»O nein«, bestätigte er und betrachtete ihren Körper. »Ihr seid eine schöne Mörderin, die hübscheste, die mir jemals untergekommen ist.«

»O nein!«, rief sie gedämpft. »Schon wieder ein Schwall Unsinn! Rette sich, wer kann!« Er lächelte, sie nicht. Michaela betrachtete ihn erneut misstrauisch. »Ich habe Euch heute Abend in Gesellschaft schöner Frauen gesehen. Das zeigt mir, dass Ihr zwar schwer von Begriff, aber nicht blind seid.«

Sein Blick ließ ihre Haut prickeln. »Mit meinen Augen ist alles in Ordnung, Michaela Denton«, versicherte er rau.

Michaela fühlte sich von seinen hellen Augen gefangen, und als sie endlich begriff, dass er es ehrlich meinte, wurde sie rot.

Sie lächelte so aufrichtig und hinreißend, dass es Rein wie ein Pfeil ins Herz traf. Er hob die Hand, und Michaela wich nicht aus, als er eine Locke berührte und sachte über ihre Wange strich.

»Rein?«

Er wickelte eine Strähne des kupferroten Haars, dessen Enden ihre Brust streifte, um den Finger.

Sie konnte kaum sprechen. »Sagt, dass Ihr mich nicht küssen werdet.«

Ihre Panik kam unerwartet und war völlig übertrieben. »Und weshalb sagt Ihr das?«

»Weil Ihr diesen Blick habt, der verrät, was Ihr denkt. Ihr denkt, ich schmelze dahin, wenn Ihr mich küsst. Ich versichere Euch aber, dass ich nicht schmelze.«

Er schüttelte den Kopf, ohne den Blick von ihr zu lösen. »Mein Blick verrät nur, dass ich mich frage, ob Ihr Euch von mir küssen lasst. Das frage ich mich, seit

Ihr Euch auf die Unterlippe gebissen habt, als Ihr die Kugel aus meinem Körper entfernt habt. Und es hat mich nicht mehr losgelassen.«

Das Herz schlug ihr bis zum Hals. »Tatsächlich?«, fragte sie atemlos. »So lange schon?«

»Ja.« Sein Blick wurde sanfter, als er sich zu ihr beugte.

»Was ist denn? Müsst Ihr keinen Tee pflanzen … Schiffe führen …« Ihr Blick wanderte zwischen seinen Augen und dem schönen Mund hin und her. »Rein …« Es war halb Ablehnung, halb Flehen. Sie schluckte und strich sich mit der Zungenspitze über die Lippen.

Er atmete schneller und stockte kurz vor ihren Lippen, als sie in Erwartung des Kusses einen ängstlichen Laut von sich gab. Er konnte sie nicht weiter bedrängen und begriff gleichzeitig nicht, weshalb er sich dermaßen nach einer Kostprobe sehnte.

Ihr Blick glitt gehetzt über sein Gesicht, und als sie ihm ein winziges Stück entgegenkam, drückte er die Lippen auf ihren Mund.

Michaela stöhnte leise und schloss die Augen, und ihre Lippen bebten, während Rein sie behutsam und geduldig erforschte. Diese Frau wäre vor ihm geflohen, hätte sie das wahre Ausmaß seines Begehrens auch nur erahnt. Bei der Göttin des Lichts, es war so süß, und er hatte noch nie etwas so Machtvolles erfahren, so hinreißend, dass er es nicht einmal beschreiben konnte. Seine jahrelang geübte Zurückhaltung begann zu bröckeln.

Michaela wusste nicht, ob sie noch auf der Bank saß oder schwebte.

Sie hatte gelogen.

Sie schmolz doch dahin.

8

Der Kuss schmeckte verboten nach exotischen Genüssen und ließ unglaubliche Hitze und Leidenschaft erahnen. Doch gleichzeitig regten sich schmerzliche und hässliche Erinnerungen und vertrieben die schönen Empfindungen. Michaela kämpfte gegen Tränen an. Es war albern, dass ein einziger Kuss sie dermaßen aufwühlte, doch die Berührung seiner feuchten Lippen war so unbeschreiblich zärtlich, dass Michaela sich aufrichtig begehrt und verehrt fühlte.

Das steigerte die Wirkung noch weiter, weil sie nie mehr als diesen Kuss haben konnte. Das galt für Rein wie für jeden anderen Mann. Und diese Erkenntnis war ein schwerer Schlag. Sie hätte schreien können, weil es so ungerecht und grausam war, doch sie genoss nur das Prickeln und die Wärme, die tief in ihr einsetzte. Rein verwöhnte sie sanft, raubte ihr den Atem und löste in ihrem Körper eine Empfindung nach der anderen aus. Nur seine Lippen berührten sie. Er achtete auf Abstand zwischen ihnen, obwohl die Spannung knisterte und Michaela sich danach sehnte, dass er die starken Arme um sie legte. Dabei jagte es ihr Angst ein, sich vorzustellen, was diese Berührung auslösen könnte.

Seine feuchten Lippen küssten die ihren, seine Zunge glitt immer wieder langsam über ihren Mund, bis sie nach Luft rang und ihr eigener Herzschlag in ihren Ohren dröhnte. In diesem Moment wusste sie, dass Rein all ihre Sperren überwinden konnte, wenn er sie nur einfach unaufhörlich küsste und den Rest der Welt vertrieb.

»Michaela«, flüsterte er an ihren Lippen. »Wage es!« Und sie kam ihm entgegen, öffnete die Lippen und presste sie auf seinen Mund. Als seine Zunge in ihren Mund drang, fühlte Michaela einen lustvollen Schock durch ihren ganzen Körper jagen. Ihre Haut erhitzte sich, die Brüste spannten sich unter dem Mieder, und die aufgerichteten Brustspitzen rieben sich an dem locker fallenden Stoff, während seine Zunge mit ihrer spielte.

Ihr Stöhnen mischte sich mit seinem Seufzen.

Sie verkrampfte die Finger in ihrem Kleid und presste die Beine fest zusammen, um das unkontrollierbare Pochen zwischen den Schenkeln zu unterdrücken. Als hätte er ihr Sehnen gespürt, legte er seine warme Hand auf ihre und streichelte sie in langsamen kreisförmigen Bewegungen mit dem Daumen. Als sie die Faust öffnete, zog er ihre Hand an seine Brust. Unter den Fingerspitzen fühlte sie seinen Herzschlag. Es raubte ihr die letzte Abwehrkraft, und ohne zu überlegen, schob sie die Hand über seine Brust höher, legte sie ihm in den Nacken und presste ihn noch fester an sich.

Rein genoss stöhnend ihr Entgegenkommen und nahm, was sie ihm bot. Vielleicht war dies die einzige Gelegenheit, ihre Unschuld zu berühren. Er wollte mehr, wollte ihren weichen Körper an sich drücken, sie nackt unter sich fühlen. Auch wenn er schon jetzt wusste, dass ihn dieses Erlebnis in dunkler Nacht verfolgen würde, legte er ihr die Arme um die Taille, richtete sich auf und zog sie mit sich hoch. Seine Jacke fiel zusammen mit ihrem Umhang auf die Bank, doch Rein unterbrach den Kuss nicht, aus Angst, Michaela könnte sich dann in Nichts auflösen. Seine Gedanken verschwammen, und sein Körper erbebte unter Michaelas Reaktion. Doch als er sie enger an sich drückte, fühlte er, wie sie sich ängstlich verkrampfte und zurückzog. Sofort lockerte er den Griff wieder, vertiefte jedoch den Kuss und ließ der Leidenschaft freien Lauf. Und Michaela klammerte sich an ihn, strich durch das Haar in seinem Nacken und beruhigte und erregte ihn zur selben Zeit.

Gier packte ihn, und er zwang sich, Michaela freizugeben, weil er fürchtete, seine ungezügelte Lust könnte sie verschrecken. Doch ganz konnte er sich nicht von ihr lösen. Er streichelte ihr Gesicht, küsste sie hingebungsvoll auf die Wange und das Kinn und auf die Spuren, die von der Faust ihres Onkels zurückgeblieben waren. Sein Atem strich über ihre Haut, während er zärtliche Küsse auf ihre Lider und die Stirn drückte.

»Michaela«, sagte er leise, »bei der Göttin des Feuers, du bist so süß.«

Michaela neigte den Kopf zurück und sah ihm in die Augen. Sie erfüllte nicht im Geringsten seine Erwartungen, und die Trauer darüber erstickte alles Verlangen in ihr. Sie war befleckt, und die unerfüllbaren Träume verletzten sie.

Rein runzelte die Stirn, als er Tränen in ihren Augen sah, und berührte ihre Wange. »Habe ich dir wehgetan?«

Sie schüttelte den Kopf, doch bevor sie etwas sagen konnte, drangen Stimmen zu ihr. Jemand rief ihren Namen. Ängstlich rang sie nach Luft.

»Niemand hat uns gesehen.« Rein drückte sie an sich, als sie ihn verlassen wollte, und es schmerzte ihn, dass sie beschämt den Blick abwandte. »Und auch jetzt kann uns niemand sehen«, versicherte er.

»Er schickt nach mir.« Sie stemmte sich gegen ihn.

»Er soll warten«, wehrte er rau ab und wollte sie beschützen und nicht gehen lassen.

Sie sah ihm in die Augen. Verlangen lag noch in ihrem Blick. »Ich kann nicht.« Ließ er sich denn niemals abweisen? »Wenn ich hier mit Euch gefunden werde, bin ich ruiniert.« Bei einer Entdeckung durch ihren Onkel war ihr eigenes Schicksal jedoch nicht ihre größte Sorge. Sie wäre zwar auf der Straße gelandet, noch bevor der letzte Gast das Haus verlassen hatte. Es ging jedoch um viel wichtigere Dinge, um derentwillen sie in diesem Haus bleiben musste. So gern sie sich bei Rein zwischen den Büschen versteckt hätte, sie durfte es nicht riskieren. »Bitte, lasst mich gehen.«

Er erfüllte ihre vehement vorgetragene Bitte, und sie trat aus der Deckung hinaus ins helle Mondlicht.

Ein letzter Blick ging zwischen ihnen hin und her, als Rein zwischen den Bäumen zurückblieb.

Der Wind raschelte in den Blättern.

Eine Träne rollte über Michaelas Wange.

Der Anblick war zu viel für Rein.

»Michaela.«

Musste er sie ansehen, als hätte er etwas Unrechtes getan und als wäre sie unschuldig und kostbar? Sie ertrug es nicht, zu hoffen und im selben Moment diese Hoffnung wieder zu zerstören. »Ich hätte das nie zulassen dürfen.« Sie wischte die Träne weg. »Ihr hättet mich nicht berühren sollen.« Er konnte sie nicht begehren. Das war ausgeschlossen.

Rein biss die Zähne zusammen. »Ihr habt es genau wie ich genossen, oder?«

»Müsst Ihr das jetzt noch fragen?«, erwiderte sie mit bebender Stimme. »Natürlich habe ich es genossen.« Was wollte er denn? Sollte sie sagen, dass ihr Blut noch immer in Wallung war und ihr Körper sich danach sehnte, ihn auf sich zu fühlen? Dass sie sich zum ersten Mal seit Jahren nicht angewidert oder beschämt gefühlt hatte, als er und nur er sie berührt hatte? Dass es ihr Angst eingejagt hatte? Nichts davon konnte sie preisgeben, ohne ihr schrecklichstes Geheimnis zu enthüllen. Sie hatte ohnehin kaum noch Stolz. Darum konnte sie sich nicht vor einem Mann, den sie kaum kannte, entblößen. »Wie sollte es auch anders sein? Offenbar seid Ihr Meister darin, wenn es darum geht, Küsse in der Dunkelheit zu rauben.« Seine Zärtlichkeiten waren schön gewesen, doch dass er sie so einfach verführen konnte, bestätigte nur, wie leicht es Männern fiel, Frauen zu manipulieren – und wie schwach sie selbst war.

Er lachte leise über ihre Naivität. Schließlich hatte sie nur die Oberfläche seines Verlangens berührt und ahnte nichts von deren Tiefe. »Ich würde noch viel mehr rauben, Michaela, täuscht Euch nicht.«

Sofort entstand bei seinen leisen Worten tief in ihr eine kaum zu ertragende Sehnsucht. Doch sie durfte sich nicht noch mehr wünschen, schon gar nicht mit einem solchen Mann, mochte er nun ein Ausgestoßener sein oder nicht. Es war ihr ganz persönliches Gift, das alles zerstörte und Reue und Zorn auslöste.

»Ich brauche keinen Mann wie Euch in meinem Leben, Rein Montegomery.« Ihre Zukunft war vor langer Zeit zerstört worden, und ein dermaßen bekannter Mann hätte alle ihre sorgfältigen Pläne zerstört. So versuchte sie zumindest, sich vor sich selbst zu rechtfertigen. Dennoch traf sie der Schmerz in seinen Augen.

Rein hasste es, dass ihn Worte noch immer verletzen konnten. Er bemühte sich um eine undurchdringliche Miene und schwor sich, sich vor Michaela nie wieder dermaßen bloßzustellen. »Ihr glaubt, ich hätte mehr als nur ein flüchtiges Interesse an Euch?« Er ließ den

Blick über sie gleiten, und seine nächsten Worte kamen hart und scharf. »Glaubt es nicht.« Er nahm seine Jacke von der Bank. »Alles Gute, kleine Mörderin.«

Er verschwand in der Dunkelheit, und Michaela konnte sich nicht von der Stelle rühren. Er wollte nicht mehr als all die anderen. Es hätte sie nicht dermaßen schmerzen dürfen. Sie hätte sich gewünscht, er würde sich von den übrigen Männern unterscheiden. Doch wollte sie nicht ohnedies allein und unbeachtet sein, um die vor ihr liegenden Aufgaben bewältigen zu können? Weshalb wünschte sie sich trotzdem, er möge ihr gegenüber nicht so gleichgültig und abweisend sein? Am liebsten wäre sie Rein nachgeeilt, doch die Rufe nach ihr wurden lauter. Es blieb ihr nichts anderes übrig, als nach dem Umhang zu greifen und zu dem wartenden Diener zu gehen.

Rein sah ihr nach, und ein gefährliches Verlangen erfüllte ihn. Er presste die Lippen aufeinander. Jede andere Frau hätte er auf die kalte Steinbank gedrückt und verführt, bis sie die eigene Leidenschaft nicht mehr ertragen hätte. Doch Michaela war eine tugendhafte Lady. Sie hatte Recht. Er hätte sie nicht berühren dürfen. Er sollte froh sein, dass sie seine Fehler nicht kannte, sonst hätte sie ihm keinen einzigen Blick mehr zugeworfen. Ungeduldig zog er seine Jacke an und stöhnte, als er Michaelas Duft auffing. Er strich sich durch die Haare. Auf den Lippen glaubte er noch ihren Kuss zu spüren, und er dachte daran, wie ihr Körper sich an ihn gedrückt hatte.

Das Verlangen peinigte ihn. Er war so erregt, dass er in diesem Zustand nicht in den Ballsaal zurückkehren konnte. Er lehnte sich gegen einen Baumstamm, holte eine Zigarre hervor, biss das Ende ab und zündete sie an. Rauchringe stiegen in der kühlen Nachtluft hoch, die sein Begehren nicht dämpfte. Nichts konnte das, und dabei hatte er sich und seinem Ziel bereits Schaden zugefügt. Michaela übte Macht über ihn aus, und das war so schlimm, dass er nicht weiter darüber nachdenken wollte. Nur einen letzten Blick warf er noch zum Haus. Michaela verschwand soeben um die Ecke.

Lauf, kleine Mörderin, und verstecke dich, dachte er. Denn wenn ich dir noch einmal in der Dunkelheit begegne, könnte ich der Leidenschaft nachgeben und dich nicht mehr gehen lassen.

Michaela flüchtete sich zu einem Nebeneingang und warf einen Blick zurück, doch Rein war nirgendwo zu sehen. So einsam hatte sie sich noch nie gefühlt. Sie schloss die Augen, betastete ihre Lippen, auf denen sie seinen Kuss fühlte, und versuchte, die Gefühle zu verdrängen, die er in ihr ausgelöst hatte. Hinter James ging sie in die Küche.

Alle Gedanken an Rein schwanden, als sie die Dienerschaft in heller Aufregung vorfand. Die Leute liefen hektisch von einem Tisch zum anderen. Geschirr klirrte, und in der Eile stellten sie sich ungeschickt an. Eine Schüssel zerschellte auf dem Fußboden, Sahne spritzte gegen die Wände. Schreie und Flüche erklangen.

Michaela hielt eines der Mädchen an. »Millie, beruhige dich.«

»Aber die Gäste essen alles so schnell auf, wie wir es zubereiten, Ma'am.«

Lächelnd rückte Michaela das Häubchen des Mädchens zurecht. »Die Gäste halten sich an die Getränke, bis ihr Nachschub bringt.« Millie sah sie zweifelnd an. »Niemand wird behaupten, es gäbe zu wenig zu essen, wenn sich die Tische förmlich unter der Last biegen. Damit würde er sich als Vielfraß hinstellen.« Michaela bemühte sich, den nasalen Tonfall ihres Onkels nachzuahmen. »Vor allem, wenn wir uns im Krieg befinden und Opfer bringen sollten.«

Millie kicherte, wurde jedoch gleich wieder ernst. »Diese vornehmen Leute stören sich nicht im Geringsten daran«, bemerkte sie verdrossen.

Michaela nahm ein Törtchen von dem Teller des Mädchens und hielt es Millie an die Lippen.

»Dann sollten wir uns ein oder zwei Bissen gönnen, damit wir auch dicker werden, nicht wahr?«, sagte sie und schob dem Mädchen das Törtchen in den Mund. Agnes blickte lächelnd zu ihr herüber, und Michaela überzeugte sich davon, dass ihr Onkel nicht in der Küche aufgetaucht war, ehe sie durch den Raum ging und allen etwas von dem Essen anbot, an dem sie seit der Morgendämmerung arbeiteten. Es gelang ihr, die allgemeine Spannung zu verringern. Die Leute gingen ruhiger wieder an die Arbeit.

Agnes bildete eine Ausnahme. Sie tippte Michaela auf den Arm und winkte sie zur Seite. »Wo seid Ihr gewesen?«

»Im Park. Wieso?« Sie drückte die Hand der Köchin. »War er hier und hat mich gesucht?«

»Nein, aber es ist offensichtlich, dass Ihr … beschäftigt wart.« Sie hielt eine silberne Servierplatte hoch, und Michaela betrachtete ihr Spiegelbild. Die Frisur war in Ordnung, doch ihre Lippen waren leicht geschwollen, und Reins Bart hatte eine leichte Rötung auf der Haut zurückgelassen.

»Hat es Euch gefallen?«

»Agnes!«, wehrte Michaela verlegen ab.

Die Köchin betrachtete sie genauer. »Ja, es hat Euch gefallen.«

»Sei still!«

»Mistress Denton!«, rief James und blickte den Korridor entlang. »Kommt!«

Michaela erkannte, was los war. Ihr Onkel hatte bemerkt, dass sie noch nicht in den Ballsaal zurückgekehrt war. Sie verwünschte Rein und seine Küsse. Jetzt hatte sie keine Zeit mehr, in ihr Zimmer zu laufen und Puder aufzutragen. Stattdessen drängte sie sich an Agnes vorbei, griff in den Mehltopf, verteilte etwas im Gesicht und wischte das überschüssige Mehl wieder weg. Agnes lachte leise. Das musste reichen. Schon wollte Michaela die Silberplatte aus der Hand legen, als sie darin einen vertrauten dunklen Schatten entdeckte. Betroffen fuhr sie herum, doch niemand stand in der offenen Küchentür. Dennoch prickelte ihre Haut. Rein war bestimmt nicht hier. Allerdings brachte ein Windhauch den Geruch von Rauch mit sich. Schon wollte sie nachsehen, doch James rief erneut nach ihr. Sie reichte der Köchin das Tablett und eilte aus der Küche und zum Ballsaal.

Auf dem Korridor im Erdgeschoss hörte sie Stimmen aus dem Arbeitszimmer ihres Onkels und ging langsamer.

»Wir segeln in zwei Wochen mit der Abendflut los.«

Da die Tür einen Spalt offen stand, wagte Michaela nicht, hinzusehen und herauszufinden, zu wem die Stimmen gehörten. Sie blickte sich nur heimlich um und lauschte. Lord George Germain, der Kriegsminister!

»Bei seiner Ankunft bei den Kolonisten werden ihn nahezu siebentausend Soldaten erwarten.«

»Lieber Himmel, diese Kosten! Gibt es wirklich keine andere Möglichkeit?«

»Nein, keine. Stört Euch nicht an den Kosten. Der König ist längst nicht mehr zögerlich, dessen seid versichert. Und diesmal sind wir gut vorbereitet.«

Jemand lachte verächtlich, und Michaela bemühte sich, der Stimme ein Gesicht zuzuordnen. »Wie in Tighcondaroga?«

»Da irrten wir in den Zahlen.«

»Die Spanier mischen sich jetzt ein.«

Wieder ertönte ein abfälliges Lachen. »Die Spanier verstehen es nicht, in der Wildnis zu kämpfen.«

»Aber die Kolonisten. Es ist ihr Land.«

»Es ist das Land des Königs!«, behauptete Germain großspurig.

»Bewaffnung?«

»Was eine ganze Garnison hergibt und zusätzlich vier Schiffe mit Nachschub.«

Michaela prägte sich die Worte ein. Zwei Wochen, vier Schiffe, siebentausend. Als das Gespräch zu vergangenen Siegen umschwenkte, eilte sie weiter zum Ballsaal und sah sich noch einmal um, ob sie entdeckt worden war.

Ihr Onkel sprach gerade mit Rein, als sie den Saal betrat, und ihr stockte der Atem. Rein hielt Dreispitz und Cape in den Händen, schüttelte den Kopf und ging zur Tür, obwohl ihr Onkel hinter ihm herrief.

»Guten Abend, Mistress Denton«, sagte er knapp, als er an ihr vorbeiging, ohne sie auch nur anzusehen. Michaela blieb von ihm nichts weiter als ein letzter Blick auf seinen Rücken – und die Gasse, die von den Gästen für diesen finsteren Einzelgänger gebildet worden war.

9

Rein verzichtete auf ein Glas, setzte die Rumflasche an die Lippen und nahm einen ordentlichen Schluck. Der Alkohol brannte im Hals und im Magen und ging ihm sofort ins Blut. Der Rum steigerte jedoch nur den Zorn, der in ihm siedete. Er lächelte geringschätzig und trank noch einen Schluck. Wie stolz war er doch immer auf seine Selbstbeherrschung, die Leute in seiner Nähe, seine Schiffe und vor allem auf sich selbst gewesen. Doch heute Abend hatte sich seine Fähigkeit, seine Gefühle im Griff zu halten, verabschiedet.

Ich brauche keinen Mann wie Euch in meinem Leben, Rein Montegomery …

Er lachte verächtlich. Sie brauchte ihn nicht. Kein Bedürfnis. Das Mädchen hatte wahrscheinlich gar keine Bedürfnisse.

Es milderte seinen Zorn nicht, dass Michaela gut daran tat, ihn abzulehnen. Aber wollte er sie für einige schöne Stunden, einen verstohlenen Kuss oder eine heimliche Unterhaltung ruinieren?

Vielleicht fand sie in diesem Winter einen standesgemäßen Partner. Doch allein schon bei dem Gedanken daran kam ihm die Galle hoch. Nur selten näherte er sich so tugendhaften Frauen. Für gewöhnlich befriedigte er seine Lust bei Huren. Bei ihnen gab es keine Verpflichtungen, und sie stellten auch keine Ansprüche an Hautfarbe oder Herkunft. Ließ er sich mit ihnen ein, blieb nichts zurück.

Lange starrte er auf die Flasche, ehe er sie gegen die

Kabinenwand schleuderte. Die Scherben fielen klirrend zu Boden. Rein strich sich durchs Haar, rieb sich den Nacken und wankte zum Schreibtisch.

Es klopfte.

»Verschwindet!«

Die Tür öffnete sich. Temple warf einen Blick in die Kabine und runzelte die Stirn über Reins Aussehen. Er trug keinen Mantel, das Wams war geöffnet, und das Hemd hing aus der Hose.

Rein warf ihm einen finsteren Blick zu. Der Mann war offenbar zu dumm, um zu erkennen, dass er ungelegen kam.

»Wolltest du nicht den Abend beim Earl verbringen?«

Rein ließ sich auf den Stuhl hinter dem Schreibtisch fallen und legte die Füße auf die Tischplatte.

Er öffnete eine zweite Flasche, trank einen Schluck und wischte sich mit dem Handrücken über den Mund. »Ein Abend in einem Haus, in dem die letzte Hure neben einer der Damen verblasst ... ich weiß nicht ...« Er zuckte mit den Schultern. »Das war nicht das Wahre.« Schließlich besaß er trotz allem Stolz, der ihm jedoch nichts nützte. Auch Geld und Macht halfen ihm nichts. Er war noch immer allein.

Temple kam näher.

»Verschwinde!«

»Was denn, Freund, ich soll dich allein leiden lassen? Nicht im Traum.« Als er einen abweisenden Blick von Rein auffing, lenkte er ein. »Allerdings hat es auch seine Vorteile, wenn man allein leidet«, meinte er, verließ die Kabine und schloss die Tür.

Rein stellte die Flasche auf seinen Bauch. Das Glas klickte gegen das Medaillon unter dem Hemd. Seine Miene verdüsterte sich noch weiter. Der Abend hatte nur einen einzigen Lichtblick gebracht. Germain, dieser hochnäsige Bastard, war nicht sein Vater. Das sollte ihn eigentlich freuen, aber Rein ärgerte sich darüber, dass er unbedingt den Mann finden wollte, dessen Blut in seinen Adern floss. Nach der Begegnung mit Michaela war er noch entschlossener als vorher, diese Qualen zu beenden.

Ich finde dich, Vater, dachte er betrunken, und vielleicht zermalme ich dich.

Sein Blick fiel auf die Jacke, die er achtlos auf den Tisch geworfen hatte. Er zog die Augen zu schmalen Schlitzen zusammen, als er sich daran erinnerte, wie Michaela das Kleidungsstück um ihre zarte Gestalt gezogen hatte. Es wäre besser gewesen, er hätte darauf verzichtet, doch er griff nach der Jacke und drückte sie an sein Gesicht. Michaelas Duft hing noch im Stoff. Die Sehnsucht nach ihr war überwältigend. Trotzdem wollte er nie wieder in ihre Nähe kommen. Er verstand besser als jeder andere, was Vermutungen, Spekulationen und Gerüchte anrichten konnten.

Nein, er ließ nicht zu, dass noch eine Frau starb, weil sie befleckt worden war.

Lieber hätte er sein Leben hingegeben.

Lady Katherine stieg aus ihrer Kutsche, blieb am Landungssteg stehen und biss sich auf die Unterlippe, während sie die Männer betrachtete, die an der Mole Segel flickten und Gin tranken. Bewundernde Blicke flogen ihr zu. Obwohl sich ihr der Magen schon bei der Vorstellung zusammenzog, diese Männer könnten sie berühren, antwortete sie mit einem höflichen Kopfnicken, ehe sie den Steg betrat. Die *White Empress* war sicher vertäut, die Segel waren eingerollt, und an Deck hielt sich nur das Pferd auf. Es ärgerte sie, dass dieser Kerl sein Pferd verwöhnte, sie jedoch abwies. Heute war sie hier, um das zu ändern, und Rein erschien prompt, als sie den Fuß an Deck setzte. Sein Haar war zerzaust, die Kleidung verknittert. Wehrlos, dachte sie lächelnd.

»Rein, Ärmster!«

Er blickte ruckartig hoch und kniff die Augen gegen das Sonnenlicht zusammen. »Allmächtiger«, sagte er grimmig. »Verschwinde hier, Kat. Ich bin nicht in der Stimmung für Besuch.«

Sie zögerte nur einen Moment, ehe sie auf ihn zuging. »Nun sieh dich doch an«, murmelte sie sanft und wollte ihm die Haare aus der Stirn streichen, doch er hielt sie fest.

»Nein!«, befahl er gereizt. »Verschwinde von meinem Schiff!«

»Ich bin hier, weil ich dich unbedingt sehen muss.«

»Ich wünsche aber Euren Besuch nicht, Lady Buckland. Offenbar habe ich mich bei unserem letzten Zusammentreffen nicht klar genug ausgedrückt.«

Er führte sie am Arm zur Reling, doch sie drehte sich um und drückte sich an ihn. Rein erstarrte, weil sein Körper auf die weiblichen Formen reagierte, doch sein Verlangen galt einem rothaarigen Mädchen mit scharfer Zunge und unschuldigen Augen. Gern hätte er dieses hemmungslose Miststück hier in seine Kabine mitgenommen und sich an ihr abreagiert, um alles andere zu vergessen. Doch das konnte er nicht tun. Katherine wollte ihn an die Leine legen.

»Du hast mir gefehlt, Rein. Erkennst du nicht, wie sehr ich dich liebe?«

Er lachte beleidigend. Sie liebte Geld und Macht, sonst nichts. »Habt Ihr bereits nach einer Nacht die Unterstützung durch den Earl verloren?«

Sie wirkte nicht reizvoller, wenn sie schmollte. »Er war dumpf und langweilig, gar nicht wie du.«

Mit der freien Hand berührte sie ihn im Schritt. Er stieß sie von sich. »Männer jagen lieber, Katherine, und nur, wer kein Gentleman ist, lässt sich vor anderen anfassen.« Erneut schob er sie zum Landungssteg.

»Ich werde nicht betteln«, warnte Katherine.

»Dann schlage ich vor, Ihr lernt, Eure Begierden selbst zu stillen. Damit werdet Ihr bestimmt mehr Erfolg haben.«

Sie holte tief Atem und versetzte ihm eine Ohrfeige.

Er zog lediglich eine Augenbraue hoch. »Fahrt nach Hause, Lady Buckland, und achtet genauer darauf, welche Männer Ihr in Euer Bett lasst. Es könnte sonst Euren Untergang bedeuten.«

Katherine sah alle ihre Hoffnungen schwinden. »Habt Ihr das auch zu ihr gesagt, Rein?« Als sich seine Miene verfinsterte und seine hellen Augen wild aufleuchteten, erschrak sie. Er sah drein, als würde er ihr am liebsten mit bloßen Händen das Genick brechen.

»Achtet auf Eure Worte, Mylady«, warnte er heiser

Sie richtete sich hoch auf. »Ist das eine Drohung?«

»Ich habe keine Zeit für Drohungen.«

Sie presste die Lippen aufeinander und warf ihm einen wütenden Blick zu. »Das werdet Ihr bereuen, Rein. Ich sorge dafür, dass Ihr in der Hölle landet.«

»Wo ich auf Eure Ankunft warten werde, Mylady.« Seine Geduld war erschöpft. Er stieß sie von seinem Schiff.

Katherine taumelte, raffte die Röcke und sah noch einmal zornig zurück. »Dafür werdet Ihr bezahlen«, kündigte sie an und schritt den Landungssteg hinunter.

Die Matrosen lachten, und einer rief ihr zu, er würde sich gern zur Verfügung stellen, falls sie einen Lachs in ihrem Eimer haben wollte. Sie warf den Männern einen geringschätzigen Blick zu. Als einige näherkamen, geriet sie in Panik und wandte sich zu Rein um, doch er stand mit verschränkten Armen und gespreizten Beinen regungslos an Deck. Eisige Kälte strömte von ihm aus. Bei seinem Anblick klopfte ihr Herz schneller, und sie wollte zu ihm zurückkehren.

»Lieber Himmel, was muss ich denn noch machen, Frau?«

»Mich lieben … oder mich töten!«

Rein fluchte wild, während sie endlich in ihre Kutsche stieg, und wartete, bis das Gefährt den Pier verlassen hatte.

Lord Heyward runzelte die Stirn, als Montegomery die Münzen einstrich, in seine Tasche schob und aufstand.

»Können wir Euch nicht dazu überreden, bei uns am Spieltisch zu bleiben, damit wir etwas zurückgewinnen?«, fragte er und handelte sich einen kühlen Blick ein.

»Ihr habt bereits bei mir Spielschulden, Mylord. Das wollt Ihr doch nicht noch verschlimmern, oder?«

Nein, dachte Heyward und seufzte. Montegomery konnte mit Karten viel zu gut umgehen. Wahrscheinlich lag es daran, dass er so viel Zeit auf hoher See verbrachte, wo er mit Kartenspielen die Zeit totschlug.

»Verdammt, Montegomery«, sagte Sir Sheppard am Spieltisch. »Meine Frau reißt mir den Kopf ab.«

»Ihr habt vermutlich ein Versprechen gebrochen.«

Sheppard wurde verlegen und sah sich um, ob es ungebetene Lauscher gab, während Montegomery lässig das Wams schloss und das Halstuch zurechtzog. Dabei fand Sheppard, dass Montegomery nicht so zufrieden dreinsah, wie man das von einem Gewinner erwarten konnte.

»Gebt Frauen nie ein Versprechen, Randal. Ihr zahlt sonst einen zu hohen Preis, wenn Ihr es brecht.« Ein Diener mit Reins Mantel und Dreispitz näherte sich. Rein nahm beides entgegen, und Sheppard beobachtete überrascht, wie er dem alten Mann zahlreiche Münzen in die Hand drückte.

»Ich habe gehört«, warf Heyward ein, »dass Katherine anders darüber denkt.«

»Genau das meine ich«, sagte Rein verächtlich.

»Das haben wir davon, wenn wir einen Mann seiner Sorte in zivilisierte Kreise einführen«, bemerkte der Vierte im Bund, Lieutenant Ridgely, und warf seine wertlosen Karten auf den Tisch. Die anderen wandten sich ihm zu.

»Bei Gott, Ridgely«, murmelte Heyward. »Hütet Eure Zunge.«

Ridgely zog die Uniformjacke zurecht. Seiner Meinung nach hatte Montegomery, dieser Heide, nichts in einem angesehenen Spielsalon zu suchen.

»Und was für eine Sorte ist das, Sir?«

Heyward staunte, dass Montegomery völlig unberührt wirkte, während er die Handschuhe anzog und auf den unreifen Lieutenant hinunterblickte. Heyward wusste es jedoch besser. Dies war nur die Ruhe vor dem Sturm.

»Ein betrügerischer Bastard und noch dazu ein Halbblut.«

Ringsherum stießen die Leute gedämpfte Rufe aus. Sheppard warf dem jungen Mann einen scharfen Blick zu. Heyward murmelte eine Verwünschung und fasste sich an den Kopf.

Rein warf dem Soldaten einen gelangweilten Blick zu. »Ihr könnt Eure Anschuldigung vermutlich beweisen, stimmt das?«

»Wie sonst hättet Ihr von uns so viel Geld gewonnen?«, fragte dieser und deutete auf den jetzt leeren Tisch.

Rein zuckte die Schultern und bereitete sich auf einen Kampf vor, den er nicht wünschte. »Ich bin eben der bessere Spieler, aber vielleicht sollte ich mein Geld in Zukunft an andere Orte tragen.« Er wandte sich an Lord Heyward. »Die Engländer scheinen es nicht zu brauchen.«

Heyward sah zu einem anderen Mann im Raum. Lord North machte zwar auch ein finsteres Gesicht, doch Heyward verstand die stumme Warnung. Falls Montegomery beschloss, seine Waren über den Pazifik zu verschiffen, wurde England noch mehr geschwächt, und das alles wäre dann einem unverschämten Offizier zu verdanken gewesen.

»Überstürzt nichts, Rein«, meinte Heyward beschwichtigend.

Ridgely lachte abfällig und stand auf.

»Setzt Euch, mein Sohn, bevor er Euch bei lebendigem Leib häutet«, murmelte Sheppard.

»Ridgely!« Alle wandten sich um, als ein hoch gewachsener, dunkelhaariger Mann zwischen den Tischen hindurch auf den jungen Captain zuging. Der Mann verbeugte sich steif vor den Anwesenden und blieb vor Montegomery stehen. »Captain McBain.«

Rein nickte grüßend. Er kannte den Mann vom Fest des Brigadiers her.

»Vergebt dem Jungen, Sir. Er kommt direkt vom Schlachtfeld zurück und ist voll ...«

»Niemand braucht für mich zu sprechen, Captain. Er hat betrogen.«

»Das hat er nicht, und Ihr wisst das, Ridgely. Tragt Eure Verluste wie ein Mann.« McBain war überzeugt, dass Montegomery ein Mann von unantastbarer Ehre war.

»Er hat eine schwere Beschuldigung erhoben, Captain.« Rein betrachtete den hasserfüllten Lieutenant. Ridgely musste ungefähr so alt sein wie sein Vater damals, als er sich seine Mutter genommen hatte – gewaltsam. »Möchtet Ihr Euch mit mir duellieren?«

Ridgely kniff die Augen zusammen. Der Alkohol mochte seinen Verstand benebelt haben, aber er hatte nicht vergessen, welchen Ruf Montegomery genoss, was Waffen anging.

»Ich versichere Euch, dass ich ein Bastard sein mag, aber mit Pistolen oder Schwertern umgehen kann«, sagte Rein. »Ihr habt die Wahl.«

»Entschuldigt Euch, Lieutenant«, drängte McBain.

Heyward sah in Reins Augen eine Drohung, die trotz der gleichgültigen Miene warnte. »Lieutenant!«

»Bitte verzeiht ...«, stieß Ridgely hervor und verstummte, als Montegomery sich zu ihm beugte und ihn der scharfe Blick aus diesen wilden Augen bis auf den Grund des Herzens traf.

»Ihr bleibt am Leben, mein Junge. Vergeudet es nicht.« Rein wandte sich an die anderen. »Guten Abend, Gentlemen.« Er verbeugte sich, winkte und ging zur Tür.

Vor dem White's rief Rein nach seinem Pferd und schritt auf und ab, während er darauf wartete, dass der Knecht Naraka brachte. Zivilisierte Kreise! Rein kannte Hafenarbeiter mit besseren Manieren. Eigentlich sollte er sich über den Vorfall nur amüsieren, dachte er, während er dem Jungen eine Münze zuwarf und sich auf Naraka schwang.

Es war nicht immer angenehm, Informationen zu sammeln. Es störte ihn eigentlich nicht, Zielscheibe von Scherzen zu sein, und er sollte den jungen Offizier verschonen, der ein Produkt seiner Erziehung war. Oder den Mangel daran. Rein ließ Naraka sich selbst den Weg suchen und dachte darüber nach, was er herausgefunden hatte. Nachdem er Germain von seiner Liste gestrichen hatte, blieben ihm noch drei Kandidaten, die sein Vater sein konnten. Sein Erzeuger war offenbar sogar nach so langer Zeit sehr einflussreich, denn Rein wurden sofort sämtliche Türen vor der Nase zugeschlagen, stellte er auch nur eine einzige Frage in dieser Richtung.

Naraka blieb plötzlich stehen, und Rein entdeckte drei Männer, die ihm den Weg versperrten. Aha, wenn man vom Teufel sprach! Er beugte sich im Sattel vor, stützte sich aufs Sattelhorn und hielt die Zügel locker in den Händen. »Gentlemen?«

»Rückt es raus!«

Im ersten Moment dachte Rein, Ridgely hätte seinen Mut wiedergefunden, doch dessen Vorgesetzter war wohl kein Mann, der ihn so schnell aus den Augen ließ.

Rein löste den Geldbeutel vom Wams und hielt ihn dem Mann hin.

»Nicht das«, sagte der ungeduldig.

Rein versuchte, die Herkunft des starken Akzents einzuordnen. »Was dann, Gentleman? Mein Hemd? Meine Stiefel?«

»Das Medaillon.«

»Welches Medaillon?«

»Stellt Euch nicht so dumm.« Es knackte laut auf der stillen Straße, als eine Pistole gespannt wurde. »Das kostet Euch sonst das Leben.«

»Und das wollen wir doch nicht, oder?«

Der Mann in der Mitte machte eine Handbewegung, und sein Begleiter richtete die Pistole mit dem langen Lauf auf Reins Herz. Rein zuckte nicht einmal mit der Wimper, sondern sah nur zu.

»Öffnet das Hemd!«

Rein richtete sich auf, und der Mann wich einen Schritt zurück, während Rein unter dem Wams zwei Duellpistolen hervorzog.

Rein ließ den Blick von einem zum anderen wandern. »Ich kann mindestens zwei von euch mitnehmen.«

»Aber Ihr seid dann auch tot.«

»Sicher?«, fragte Rein.

Der dunkel gekleidete Mann kam näher, und Rein richtete die Mündung auf seinen Kopf. »Habt Ihr unser erstes Zusammentreffen vielleicht schon völlig vergessen?«

Alle bis auf einen wichen zurück. Ein Schuss krachte, ein Lichtblitz zuckte durch die Dunkelheit, und die Kugel pfiff an Reins Ohr vorbei. Er erwiderte das Feuer und tötete den Mann auf der Stelle. Der zweite Mann feuerte, und Rein schoss ihm gezielt ins Bein. Der Mann stürzte schreiend zu Boden und fasste sich an die Wunde. Rein schob die leere Waffe in den Gürtel und holte ein Messer hervor, stellte es auf die Spitze und ließ es im Mondschein auf der Spitze tanzen.

Der Anblick hielt den Mann gefangen. Rein beugte sich zu ihm hinunter, packte ihn am Mantel und hob ihn zornig von der Erde hoch. »Sagt eurem Auftraggeber, dass er selbst zu mir kommen soll, weil ich nie aufgeben werde!« Der Mann riss beim harten Klang von Reins Stimme die Augen weit auf. »Niemals!«

Rein öffnete die Faust, ließ den Mann fallen und trieb Naraka an dem Verletzten vorbei an.

Nein, Vater, dachte er, diesmal werde *ich* gewinnen!

10

Händler riefen ihre letzten Angebote, bevor sie ihre Waren einpackten. Menschen drängelten, Männer, Frauen und Hafenarbeiter, und einige Soldaten tranken Gin, bevor für sie die einsame Nacht begann.

Michaela kämpfte sich durch das East End voran. Sie hielt den Kopf gesenkt, drückte einen Sack an sich und hatte einen Wollschal nicht nur zur Tarnung vors Gesicht gezogen. Abwässer flossen auf den Straßen offen zum Hafen. Nicht einmal Regen hätte den Schmutz wegwaschen können.

Sie drängte sich zwischen Leuten durch, die nach Hause eilten. Schmale, hohe Gebäude reihten sich aneinander, stützten sich gegenseitig. Die Hauswände waren von vorbeifahrenden Kutschen und altem Waschwasser bespritzt. Der Inhalt von Nachttöpfen, die aus den Fenstern geleert worden waren, klebte an ihnen. Schmutzige Kinder suchten in den Müllhaufen nach Essbarem, und hätte Michaela Geld bei sich gehabt, hätte sie es verteilt, um Derartiges nicht mitansehen zu müssen. Doch sie durfte sich nicht aufhalten, sondern lief durch die Straßen, rutschte auf dem glitschigen Pflaster aus und hielt sich am Arm eines Matrosen fest. Er schrie sie an und schob sie von sich, und gleichzeitig tauchte seine Hand auf der Suche nach Geld in ihre Taschen. Sie wehrte sich, schlug nach ihm und wandte sich von seiner fauligen Alkoholfahne ab.

Nach einem Schlag mit dem Sack gegen seinen Kopf kam sie frei und hetzte weiter, während er hinter ihr lachte. Atemlos blieb sie stehen, versteckte sich eine Weile, ging weiter und zog ihr Messer aus dem Stiefel, als ein anderer Mann versuchte, sie zu berauben. Hier, mitten im East End, hielt sie sich dicht an den Hauswänden, zählte die Gebäude und verschwand schließlich zwischen zweien in einem schmalen Durchgang. Michaela blickte sich immer wieder um, ob sie verfolgt wurde. Durch einen Spalt in einem Holzzaun betrat sie einen Hinterhof, ging zum Kutschenhaus und blieb hinter Büschen, Wagen und Pferden in Deckung. Im dunklen Stall lehnte sie sich an die Wand, warf einen Blick ins Freie und umklammerte fest das Messer. Das Herz schlug ihr bis zum Hals. Erst jetzt wurde ihr klar, wie gefährlich ihr Vorhaben war.

Angst brachte gar nichts, und schließlich machte sie so etwas nicht zum ersten Mal. Sie wartete, bis ihr Herz wieder ruhiger schlug, holte tief Atem und löste sich von der Holzwand. Der Mantel blieb an einem Nagel hängen und riss ein Stück auf. Mit dem Rücken stieß sie gegen die verfallene Wand. Heu fiel von oben herunter, und Michaela wartete nur darauf, dass ihr das Dach auf den Kopf krachte. Ein passendes Ende, dachte sie.

Eine Hand presste sich auf ihren Mund. Sie wurde gegen eine harte Brust gedrückt. Blitzartig wehrte sie sich, glitt zu Boden, wirbelte herum und hielt dem Mann das Messer an die Kehle.

»Sehr gut, Schätzchen«, sagte er leise.

Sie seufzte gereizt. Damit hätte sie rechnen sollen. Der Kerl schlich sich gern an sie heran.

»Hast du hier irgendwo mein Herz gesehen, alter Mann?« Sie drückte ihm die Messerspitze gegen das Kinn. »Ich habe es vermutlich verloren.«

Lächelnd drückte er ihr die Pistole in die Seite. »Wen nennst du alt?«

Sie hob das Knie an seinen Schritt. »Dich mit deinem grauen Haar«, erwiderte sie und betrachtete seinen silbergrauen Kopf.

Er richtete den Pistolenlauf zur Decke und wich zurück. »Wo ist deine Pistole, Mädchen?«, fragte er besorgt. Er hatte schon zu viel in seinem Leben gesehen.

»Die habe ich auch verloren.«

»Ich habe noch eine, falls du sie brauchst.«

Sie schüttelte den Kopf. Er benötigte die Waffe dringender. Schließlich war er als Rebellenführer im Feindesland.

»Komm, du siehst hungrig aus.«

»Wie sieht man hungrig aus?«

Er wandte sich kopfschüttelnd ab. »Blass.«

Trotz seiner fast sechzig Jahre hielt er sich kerzengerade und hatte breite Schultern. Er sah hinreißend aus, und Michaela fragte sich, wie viele Herzen er wohl in seiner Jugend gebrochen hatte. Sie wartete neben ihm, während er sich bückte und im Heu nach dem eisernen Ring einer Falltür suchte und sie öffnete. Er stieg in die Dunkelheit hinunter, Michaela folgte ihm, und sobald sie den Lehmboden erreichte, stieg er noch einmal nach oben und schloss die Tür.

Sie sah sich in der vertrauten Umgebung um. Die Liege war für seine Größe nicht lang genug. Außerdem gab es einen Tisch und zwei Stühle. »Wir müssen etwas für deine Bequemlichkeit tun, Nickolas.«

»Ich habe schon schlimmer gehaust«, wehrte er lächelnd ab.

Trotz der Bitterkeit in seiner Stimme stellte sie keine Fragen. »Du kommst nur her, wenn dir jemand auf den Fersen ist. Wirst du verfolgt?«

Er setzte sich an den Tisch, auf dem eine Kerze flackerte. Michaela ließ sich auf den zweiten Stuhl sinken.

»Nein, aber man weiß nie. Wie bist du weggekommen?« Er wusste, dass sie zur Tarnung tagsüber in einer Suppenküche arbeitete, was ihrem Onkel wenig gefiel.

»Ich habe Laudanum in den Weinbrand getan.«

»Lieber Himmel, Mädchen!«

»Tadele mich nicht, Nickolas«, erwiderte sie. »Ich weiß schon, was ich mache. Es war nicht so viel, dass es jemandem schaden würde, aber für einen guten Schlaf ausreichend. Wolltest du nicht an deinem Akzent arbeiten?« Er kam aus Carolina, was man ihm anhörte.

»Das habe ich, Mädchen«, versicherte er und sah zu, als sie den Sack auf den Tisch legte und öffnete.

»Agnes hat gebacken, und ich habe ihr etwas gemaust«, erklärte sie lächelnd und legte Fleischpasteten, einen Laib Brot und einen Zimtkuchen auf den Tisch.

Wenn Nick lächelte, wirkte er um Jahre jünger. »Meine Frau hat mein Herz mit solchem Backwerk erobert«, sagte er, achtete nicht auf das Fleisch und das Brot und packte den Kuchen aus, als wäre er aus purem Gold. In seinem Gesicht malte sich Sehnsucht ab, als er kostete. Michaela wusste, dass er seine Familie vermisste, und fühlte mit ihm. Die Seinen waren in Amerika zum Glück alle am Leben, wussten jedoch nicht einmal, ob er noch lebte oder tot war.

Er schluckte den Bissen und packte den Kuchen wieder ein. »Vielen Dank, Michaela.«

Lächelnd schob sie ihm eine Fleischpastete zu. »Iss erst einmal.« Er gehorchte und aß mit so viel Anstand, dass Michaela an die Bemerkungen der Ballgäste denken musste. Sie hatten die Kolonisten als ungeschliffene Barbaren bezeichnet. Michaela fand jedoch, dass sie eine Stärke und Würde besaßen, die kaum ein Engländer vorweisen konnte. Bei jedem Zusammentreffen mit Nickolas wuchs ihre Bewunderung für ihn. Die britische Obrigkeit hatte ihn schrecklich behandelt, ins Gefängnis gesteckt und zum Dienst in der Marine gezwungen. Auf seinem Rücken konnte man die Meinung der Engländer über den Kommandanten der Kolonisten ablesen. Seit zwanzig Jahren kämpfte er für die Freiheit der Kolonien von britischer Herrschaft. Nach allem, was Michaela wusste, hatten sich seine Leute von keiner einzigen Sanktion der Krone von ihrem Ziel abbringen lassen.

Solches Durchhaltevermögen musste man einfach bewundern. Das Mindeste, was sie als Hilfe anbieten konnte, waren Spionagedienste. Michaela wünschte sich ebenfalls Freiheit, was sich bei ihr weniger auf die Zwänge der britischen Gesellschaft bezog, sondern eher die Hoffnung auf einen Neuanfang war. Sie hatte mitangesehen, wie grausam sich ihre Landsleute in Marokko, Schwarzafrika und Indien aufgeführt hatten. Sie hatte Tyrannei und Grauen erlebt und das Verlangen, jeden Winkel dieser Erde zu beherrschen. Sogar ihre eigenen Landsleute wurden wie Aussätzige behandelt, wenn sie kein Geld besaßen und sich auch keines verschaffen konnten. Michaela war nicht viel besser dran als die Straßenkinder. Sie hatte zwar ein Bett und Essen, das schon, doch sie besaß keine Familie und hatte auch kein Geld. Sie war wie alle anderen gefangen.

Wir machen die ganze Welt zu England, hatte Germain gesagt.

War für ein Unsinn!

Michaela betrachtete die Spionage für die amerikanischen Rebellen als ihre ganz persönliche Rache an den Männern, die sie entehrt hatten. Und diesmal hatte sie sich geschworen, siegreich aus dem Kampf hervorzugehen. Dafür würde sie freudig sterben – oder töten.

»Hast du auch Wein mitgebracht, Mädchen?«

Sie holte eine Flasche aus dem Sack und sah sich nach Bechern um, fand keine und zog den Korken aus dem Hals. »Wir trinken wie die Wikinger«, sagte sie und setzte die Flasche an die Lippen.

Nickolas lächelte, lehnte sich zurück und wischte sich über den Mund. »Du würdest gut zu meinen Töchtern passen«, sagte er voll Zuneigung.

»Das schmeichelt mir«, erwiderte sie, stellte die Flasche auf den Tisch und schob sie ihm zu.

Nickolas runzelte die Stirn. Michaela war manchmal sehr verschlossen und entrückt. Dabei war es für einen jungen Menschen nicht gut, seine Gefühle dermaßen zu verbergen, vor allem nicht für eine Frau. »Michaela, wie soll ich dir helfen, wenn du mir nicht erzählst, was dich so bedrückt?«

»Es ist unwichtig.« Seit Jahren lebte sie mit der Schande, die sie nicht durch eine Erzählung wiedererwecken wollte. »Außerdem bin ich hier, um dir zu helfen.« Sie griff über den Tisch und drückte herzlich seine Hand. »Diesmal habe ich wichtige Informationen.«

»Du hast immer wichtige Informationen. Habe ich dir schon einmal gesagt, wie dankbar wir dir sind?«

»Ja, zu meinem größten Ärger«, wehrte sie ab und verdrehte die Augen. »Also, du musst dich mit deinem Mann in Verbindung setzen und ihn mit dem nächsten Schiff losschicken, das nach Westen segelt. Wenn ich mich nicht irre …«

»Das tust du nie.«

»In vierzehn Tagen stechen Schiffe zu den Kolonien in See und bringen siebentausend Soldaten …«

Nickolas hörte aufmerksam zu und merkte sich jedes Detail. Andere mochten in Michaela eine zurückhaltende Frau sehen, die sich etwas ungeschickt anstellte. Er kannte sie jedoch besser.

Michaela Denton war die wichtigste Waffe der Kolonisten, allgemein als »Schutzengel« bekannt. Es war geradezu unheimlich, wie scharf sie auf alle Kleinigkeiten achtete und aus scheinbar zusammenhanglosen Wortfetzen Informationen heraushörte. Ihre Warnungen, die manchmal nur auf Gerüchten basierten, hatten schon unzähligen Menschen das Leben gerettet und sie der Freiheit ein Stück näher gebracht. Er verdankte ihr sein Leben, und sein Land konnte sie gar nicht angemessen entschädigen. Michaela befand sich in einer Position, in der sie viel genauere Informationen als andere beschaffen konnte. Betrachtete er Michaela mit ihrem rötlichen Haar und den grünen Augen, sah er seine eigenen Töchter vor sich. Ständig fürchtete Nickolas um ihre Sicherheit. Aus diesem Grund hatte er die Hilfe eines alten Freundes erbeten.

Sie lehnte sich sichtlich besorgt zurück.

»Was ist denn?«

»Gar nichts«, wehrte sie ab.

»Michaela«, warnte er, »geh kein unnötiges Risiko ein. Das Treffen beim Ball war schon gefährlich genug.«

Sie wehrte sich gegen die Erinnerung an jene Nacht, weil sie nicht an Rein und seine Küsse denken wollte, stand seufzend auf und rückte Mütze und Schal zurecht. Wenn sie noch eine Nacht nicht schlafen konnte, weil sie zusätzlich zu den seit drei Jahren quälenden Albträumen auch noch an Rein dachte, war sie nutzlos für die Menschen, die sich auf sie verließen. Dann konnte sie auch der Sache nicht weiter dienen.

»Ich werde das Gefühl nicht los, dass in meinem Haus irgendetwas unter der Oberfläche läuft. Onkel Atwell tut oft sehr geheimnisvoll. Normalerweise unterhält er sich weitgehend ungezwungen mit seinen Freunden, doch in der letzten Zeit ...« Sie zuckte mit den Schultern. »Ich bin mir nicht sicher, weil ich sie nur zweimal dabei ertappt habe, dass sie miteinander flüsterten.« Sie trat an die Leiter, stellte den Fuß auf die unterste Sprosse und warf einen Blick zurück. »Nächstes Mal in der Wohnung? Ich habe nichts dagegen, mich als Junge zu verkleiden.« Sie sah sich im Raum um. »Ich mag es nur nicht, dass du dich wie ein Dieb versteckst.«

»Ich bin ein Dieb«, erwiderte er lächelnd. »Oder stehlen wir die Informationen vielleicht nicht?«

»Wir begehen Hochverrat, Nickolas.«

Ihr ernster Ton erinnerte ihn daran, dass sie in viel größerer Gefahr schwebte als er. »Michaela.« Er räusperte sich und wich ihrem Blick aus.

»Was gibt es?«, fragte sie.

»Die Informationen anderer Kontaktpersonen haben sich als falsch herausgestellt.«

Sie überlegte angestrengt. Die Agenten kannten einander nicht. Das war eine Vorsichtsmaßnahme, damit keiner im Fall seiner Ergreifung einen anderen verraten konnte. »Glaubst du, dass jemand bewusst falsche Informationen liefert?«

»Das, oder er arbeitet für beide Seiten.«

Ein Doppelagent! In ihren Augen blitzte es auf. »Hast du mich im Verdacht?«

»Nein«, erwiderte er geradezu beleidigt. »Du bist die Einzige, die ich ausnehme, aber ich stehe mit dieser Meinung allein da.«

Er hatte Vorgesetzte, und Michaela wusste, dass bei den Amerikanern die Mehrheit zählte. Falls es zu einer ernsten Vertrauenskrise kam, würde Nickolas gezwungen sein, alles in Betracht zu ziehen und eine Entscheidung zu treffen. Und sie würde verlieren – und für die Freiheit sterben. »Warne die anderen, Nickolas. Ich bin dir und nur dir verantwortlich.«

Er wusste sehr genau, dass das stimmte, weil sie sich

mehr als einmal geweigert hatte, mit seinem Boten zu sprechen. »Ich werde dich verständigen.«

Hatte Nickolas eine Nachricht für sie, oder wollte er etwas von ihr wissen, befestigte er Tücher verschiedener Farbe an der Brücke oder schickte sie ihr zu. Auf diese Weise wusste sie, wo sie sich trafen. Sie ahnte nicht, wie er das schaffte. Von ihren Gemächern aus konnte sie den bunten Schal stets mit Hilfe des Fernrohrs ihres Vaters sehen. Und wenn sie Nickolas sprechen musste, ging sie genauso vor, obwohl es für sie schwierig war, unbemerkt auf den Dachboden und das Dach zu gelangen.

Michaela überlegte einen Moment, ob sie ihm von Rein erzählen und erwähnen sollte, dass er sie auf der Straße entdeckt hatte, als sie sich auf dem Heimweg befunden hatte, doch Nickolas hatte größere Sorgen. Sie war überzeugt, selbst mit allem fertig zu werden. Michaela sah zur Falltür hinauf und hoffte, noch vor der Dunkelheit ohne Zwischenfall nach Hause zu gelangen.

»Sei vorsichtig, Mädchen.«

»Ich werde mich auf jeden Fall bemühen.« Sie kletterte nach oben, hob die Falltür ein Stück an, warf einen Blick in den Stall und stieg endlich aus dem Versteck. Wortlos schloss sie die Klappe wieder und fand, dass dies ein schlimmer Ort war, um dort eine Nacht zu verbringen. Aber wenigstens wechselte Nickolas von einem Haus zum anderen, von einer Wirtschaft zur nächsten. Daher wusste sie nie, ob und wo sie ihn finden würde. Lautlos durchquerte sie den Stall, presste sich gegen die Wand und zog das Messer, bevor sie sich wieder auf die stinkenden Straßen des East Ends wagte.

Narakas Hufschläge klangen so unregelmäßig, dass Rein sich aus dem Sattel gleiten ließ und die Hufe nach Steinen untersuchte. Er fand einen, löste ihn und ging neben Naraka her. Er war zornig, weil er einen Mann hatte erschießen müssen, und es nagte an ihm, dass er so wenig erfahren hatte. Zorn packte ihn, weil er nichts dagegen machen konnte. Kehrte er jetzt auf sein Schiff zurück, konnte er bestimmt nicht schlafen, weil er dermaßen aufgewühlt war. Als er an einem Bordell vorbeikam, überlegte er kurz, ob er die Dienste einer Hure in Anspruch nehmen sollte, um diese unerträgliche Anspannung abzubauen. Er verzichtete jedoch und ging weiter. Es kam auch nicht infrage, sich zu betrinken. Noch jetzt warnten ihn die späten Nachwirkungen des Alkohols, dem er vor fast einer Woche zu stark zugesprochen hatte.

Verdammt, Michaela! Er dachte an ihre Tränen und an ihren harten Blick, als sie ihn aus ihrem Leben verbannt hatte. Er kannte sie zu wenig, um sie zu verstehen. Er wusste nur, dass er nicht das Recht hatte, in ihren Kreisen zu verkehren. Allerdings konnte sie nicht lügen, wenn sie küsste. Sie war süß und tugendhaft, doch in ihr schlummerte verdrängte Leidenschaft.

Sie schwächte ihn, und gleichzeitig weckte sie seine Lebensgeister.

Jemand stieß ihn an und warf ihn gegen das Pferd. Rein packte zu, aber der Kerl wehrte sich und trat ihm hart gegen das Schienbein.

Rein fluchte und hielt den jungen Mann an den Schultern fest. »Vorsicht, Junge, sonst … Beim Gott des Donners, verfolgt Ihr mich?«

Michaela starrte in sein gut geschnittenes Gesicht. Ihr Herz hämmerte noch, weil sie auf der Flucht war. Diese Verzögerung konnte sie beide das Leben kosten! »Ihr bildet Euch viel zu viel ein, Rein.« Sie warf einen

Blick zurück und horchte auf Hufschlag und Schritte. »Lasst mich los!« Die Soldaten kommen!

»Erst verratet Ihr mir, was Ihr schon wieder um diese Uhrzeit im East End zu suchen habt.« Dann hörte auch er die Reiter und die Rufe. Rein drehte sich um und entdeckte die Männer, die ihn bedroht hatten. Diesmal hatten sie Verstärkung dabei. Schüsse krachten, Kugeln prallten in ihrer Nähe von der Steinwand ab. Er zog Michaela in den nächsten Durchgang, presste sich gegen die Mauer und hielt dem Mädchen den Mund zu. Kugeln rissen Verputz von den Wänden, während er einen Blick ins Freie warf.

»Kein Wort«, flüsterte er. »Naraka, leg dich.« Der mächtige Hengst legte sich auf den Boden und drückte sich gegen die Mauer.

Michaela schob Reins Hand weg, wich jedoch nicht von seiner Seite. Durch Zufall war sie den Soldaten begegnet und hoffte jetzt, Nickolas nicht ungewollt verraten zu haben. Hätte auch nur einer der Soldaten sie erkannt, hätte man sie zu ihrem Onkel geschleppt, der glaubte, sie würde in ihrem Gemach schlafen. Und dann hätte sie Prügel bezogen wie nie zuvor, oder man hätte sie nach Newgate gebracht.

Rein zog die Pistole hervor und überprüfte sie. Als er sich vorbeugte und zielen wollte, hielt Michaela ihn am Arm fest und schüttelte den Kopf. Diesem Blick konnte er nicht widerstehen.

»Wollt Ihr am Leben bleiben?«, fragte er.

Sie nickte.

»Dann tut, was ich sage, und ich bringe Euch nach Hause.«

Sie schüttelte heftig den Kopf, doch als sie etwas sagen wollte, hielt er ihr erneut den Mund zu und drückte sie mit seinem Körper gegen die Mauer.

»Michaela, ich versichere Euch, dass Ihr keine Ahnung habt, in was Ihr da hineingeraten seid. Es ist mir gleichgültig, warum Ihr Euch um diese Zeit in diesem Pestloch aufhaltet. Ich will auch nicht, dass Ihr mein Leben noch komplizierter macht. Doch diese Männer da draußen sind auf der Suche, und eine als Junge verkleidete Frau in meiner Gesellschaft wird mehr als ihren kostbaren Ruf verlieren. Ist das klar?«

Sie nickte, obwohl ihr sein schroffer Ton und der harte Ausdruck in seinen Augen nicht gefielen. Er zog die Hand weg, beugte sich wieder vor und wich hastig zurück, als Reiter an ihrem Versteck vorbeigaloppierten. Rein lauschte auf den Hufschlag und befahl Michaela dann, auf sein Pferd zu steigen. Sobald sie es getan hatte, flüsterte er einen Befehl. Naraka erhob sich, und Rein schwang sich hinter Michaela in den Sattel und drückte sie an sich.

»Der Ritt wird hart und schnell, Mädchen. Haltet Euch fest.«

Er zog Naraka herum und jagte in halsbrecherischem Galopp durch die schmale Gasse. Michaela riss die Augen weit auf und klammerte sich am Sattelhorn fest, als das Pferd über leere Kisten sprang. Der Ritt führte sie durch eine zweite Gasse, über eine breite Straße hinweg und erneut in eine enge Passage hinein. Michaela stockte der Atem, während Rein den Hengst immer weiter von den Soldaten weglenkte und der Rappe keinen Moment langsamer wurde.

Rein kannte sich in diesen Straßen offenbar besser aus als sie und zögerte während der Flucht keinen Moment. Und sie fragte sich, wie oft Rein Montegomery schon um sein Leben geritten war.

Lady Buckland trat an die Kutsche heran und blickte zu ihrem Kutscher hoch. Der kleine Mann schwankte auf seinem Sitz. »Kannst du mich wenigstens lebend nach Hause bringen, Clancey?«

Er nickte, vergaß die Ginflasche in seiner Hand und winkte damit, ehe er sie schnell versteckte.

Katherine warf ihm noch einen zornigen Blick zu, griff nach dem Halteriemen und zwängte sich mit dem lästigen Kleid in die Kutsche. Sie vermisste ihren Pagen, doch diese Ausgabe sparte sie sich. Nachdem sie an die Decke geklopft hatte, schaffte es Clancey, nach den Zügeln zu greifen und das Gespann in Bewegung zu setzen. Der alte Kerl hatte sich nicht die Mühe gemacht, die Lampe anzuzünden, doch Katherine kümmerte sich nicht darum, sondern schloss die Augen und genoss das gleichmäßige Schwanken der Kutsche. Ihr Körper war von dem Liebeserlebnis erhitzt, und sie sehnte ihren Liebhaber herbei, damit er sie in der dunklen Kutsche verwöhnte. Wie herrlich verrucht, dachte sie noch, ehe sie einen Schmerz am Hals spürte. Sie begriff gar nicht, was geschah, als der Schmerz schon von einem Ohr zum anderen quer über ihre Kehle raste. Der Atem stockte ihr, als die Lungen sich mit Blut füllten. Sie zuckte krampfhaft, während sie versuchte, Luft zu bekommen, und presste die Hand auf die offene Wunde. Entsetzt starrte sie auf ihre blutigen Hände.

O Gott, o Gott, dachte sie. Hilf mir! Hilf mir!

Doch es gab keine Hilfe. Und während die Kutsche unter einer Straßenlaterne hindurchfuhr, erblickte sie ihren Mörder, der entspannt die Arme verschränkt hielt und zusah, wie sie starb.

Sekunden später schoss der Mörder durch die Decke der Kutsche, und als der Kutscher auf die Straße fiel und von den Rädern zermalmt wurde, warf der Mörder das Messer in den blutgetränkten Schoß seines Opfers.

11

Rein presste Michaela an sich. Die Verfolger waren unermüdlich, ein Anzeichen dafür, dass sie seinen Tod und nicht bloß sein Medaillon wünschten. Und Michaela war in die Schusslinie geraten. Die Soldaten waren ihnen dicht auf den Fersen, als Rein sein Pferd einen steilen Abhang hinunterlenkte und sich unter einer Brücke versteckte. Er lauschte, während die Männer oben weiterritten. Die Brücke erbebte unter dem Donnern des Hufschlags.

Erst jetzt betrachtete er Michaela. Unter der Mütze hervor liefen trotz der Kälte Schweißtropfen über ihre Schläfe. Sie hatte den Kopf zurückgeneigt und blickte nach oben, ohne darauf zu achten, dass schmutziges Wasser auf ihr Gesicht tropfte. In ihren Augen sah er keine Angst, nur Entschlossenheit, und er bewunderte sie dafür. Die meisten Frauen hätten entsetzliche Angst ausgestanden. Vielleicht begriff sie gar nicht, wie gefährlich ihre Ausflüge in der Dunkelheit waren.

»Warum treibt Ihr Euch zu dieser späten Stunde im East End herum, Michaela?«

Sie sah ihn einen Moment an, ehe sie antwortete. »Vermutlich habt Ihr schon erraten, dass niemand weiß, dass ich nicht wie ein braves kleines Mädchen daheim im Bett liege.«

Seine finstere Miene hellte sich nicht auf. »Allerdings.«

»Zur größten Enttäuschung meines Onkels arbeite ich in einer Suppenküche.«

Er spürte, dass sie log. »Ihr kamt nicht aus einer Küche für Obdachlose, Mädchen.« In dieser Gegend gab es gar keine.

Sie warf ihm einen beleidigten Blick zu. »Nennt Ihr mich eine Lügnerin?«

»Ja, noch dazu eine unverschämte.«

»Ich werde keine Zeit damit verschwenden, Euch zu überzeugen.« Sie deutete auf die Flecken auf ihrem Mantel und zeigte ihm die fettigen Handschuhe.

Rein glaubte ihr noch immer nicht, doch vielleicht sagte sie tatsächlich die Wahrheit. Fest stand, dass mehr als eine Strafpredigt ihres Onkels auf sie wartete, sollte sie jetzt ergriffen werden, und Rein wollte keinesfalls, dass sie noch einmal geschlagen wurde.

»Ich bringe Euch nach Hause und in Eure Gemächer, aber …«

»Ich brauche Eure Hilfe nicht«, fiel sie ihm ins Wort. »Und hättet Ihr mich nicht festgehalten …«

Er nahm sie so an den Schultern, dass sie ihn ansehen musste. »Macht Euch nichts vor, Michaela. Ihr wäret getötet worden. Blutgierige Männer bringen auch bedenkenlos ein schmutziges kleines Mädchen um, wenn es um ihre eigentliche Beute geht.«

»Soll das heißen, dass diese Männer hinter Euch her waren?«

Je weniger sie mit seinen Angelegenheiten zu tun hatte, desto besser war es. »Darum geht es hier nicht. Ich bin bewaffnet, Ihr seid es nicht.«

»Und Ihr seid ein Mann, ich bin keiner, nicht wahr? Ich bin eine hilflose …«

»Es reicht!«

Sie zuckte bei seinem eisigen Ton zusammen.

Rasch sah er sich um und hoffte, dass niemand auf sie beide aufmerksam wurde. »Ihr seid ein schwieriges Frauenzimmer. Ich weiß, dass Ihr nicht hilflos seid.

Schließlich trage ich Narben als Beweis mit mir herum. Aber Ihr dürft Euer Leben nicht so sorglos aufs Spiel setzen.« Er wollte es nicht aussprechen und tat es doch. »Schon gar nicht für einen Liebhaber, der Euch nicht beschützt.«

»Eine Lügnerin, ein Dummkopf und jetzt auch noch eine Hure? Als was schimpft Ihr mich denn noch?«

»Ihr wisst, dass ich das nicht so gemeint habe«, fauchte er sie an.

»Ach ja?«

»Michaela ...« Nur mühsam beherrschte er sich. Hatte sie einen heimlichen Liebhaber?

»Ich tue, was ich tun muss. Das versteht Ihr bestimmt.«

Für eine Suppenküche? »Lasst Euch nicht wieder von mir auf der Straße aufgreifen, sonst gehe ich nicht mehr so sanft mit Euch um.«

Dann würde er sie eigenhändig ihrem Onkel ausliefern. Das war ihr klar. Gut, wich sie ihm eben aus. »Und was habt Ihr so weit vom Pier entfernt gemacht, wenn ich fragen darf?«

Einen Mann erschossen, dachte er. »Offenbar war es nicht weit genug.« Er drückte sie wieder an sich, griff zu den Zügeln und trieb Naraka unter der Brücke hervor und den Hang hinauf. Eine Kutsche rollte so schnell an ihnen vorbei, dass er zwischen die Bäume zurückweichen musste und wild fluchte.

»Es saß kein Kutscher auf dem Bock. Sollten wir nicht etwas unternehmen?« Sein Blick warnte Michaela davor, ihn zu bedrängen. Plötzlich öffneten sich die Schleusen des Himmels, und innerhalb von Sekunden waren sie bis auf die Haut durchnässt.

»Was für eine Nacht«, murmelte Rein und ritt weiter.

Bei dem Galopp des Hengstes drückte ihr Po immer wieder gegen Reins Schritt. Er achtete nicht darauf, auch nicht darauf, wie tapfer und bezaubernd Michaela war und wie verlockend es war, sie zu fühlen. Stattdessen konzentrierte er sich auf seinen Zorn über ihre Unvorsichtigkeit. Nur wegen des unglücklichen Zusammentreffens mit ihm war sie in Lebensgefahr geraten.

Michaela versuchte, Abstand zu Rein zu halten.

»Bewegt Euch nicht!«

»Euer Medaillon drückt gegen mich.«

Er erstarrte zu Stein. »Was?«, fragte er scharf und ließ das Pferd langsamer laufen.

»Euer Medaillon. Ich habe es gesehen, als ich die Kugel entfernte.«

Er packte sie an der Schulter und drehte sie zu sich herum. »Was wisst Ihr darüber?«

Sie blickte in sein vom Regen nasses Gesicht. »Mein Onkel hat ein ähnliches.«

Lieber Himmel! Sein erster Gedanke war, dass ihr Onkel womöglich sein Vater sein könnte und sie beide somit verwandt waren. Der Magen krampfte sich ihm zusammen. Sein zweiter Gedanke war, dass ein einziges Wort von ihr ausreichte, dass seine Verfolger auch sie töten würden.

»Schwört mir, dass Ihr mit niemandem über dieses Medaillon sprechen werdet!«

»Aber …«

Er schüttelte sie. »Schwört!«

»Schwört Ihr dann, mein nächtliches Abenteuer für Euch zu behalten?«

Sein Lächeln jagte ihr einen kalten Schauer über den Rücken. »Ja, abgemacht.« Er schob das Medaillon auf seinen Rücken und trieb Naraka erneut durch die Dunkelheit voran.

Schweigend ritten sie bis zu dem Besitz. Michaela erklärte ihm, wie er zur Seite des Hauses gelangte. Schließlich hielt er das Pferd an und blickte durch den Regen zum Fenster hoch.

»Auf diesem Weg könnt Ihr nicht hinein.«

»Aber sicher kann ich das.«

»Ich möchte mir diese Nacht nicht restlos verderben, indem ich Eure sterblichen Überreste von der Erde aufsammeln muss.«

»Ihr wollt wohl Eure schöne Kleidung nicht schmutzig machen, nicht wahr, Rein?«

Er lachte leise und saß ab. Sie presste die Lippen zusammen, achtete nicht auf die entgegengestreckte Hand und ließ sich zu Boden gleiten, rutschte auf dem Schlamm aus und hielt sich am Sattel fest.

Es ärgerte sie, dass Reins Gesicht auch jetzt nicht die geringste Gefühlsregung verriet.

»Erreicht Ihr Eure Gemächer durch die Küche?«

»Ja, aber die Türen sind verschlossen.«

Er zog sie an der Hand zur Hausecke und zwischen Bäumen und Büschen hindurch. Sie riss sich los und folgte ihm freiwillig. Im Haus war alles dunkel, und ihre Schritte auf dem nassen Boden klangen überlaut. Rein duckte sich, als er sich der Hintertür näherte. Trotz der zwischen ihnen herrschenden Spannung drückte Michaela sich an seinen Rücken und blickte ihm über die Schulter, als er einen Metallstab aus dem Stiefel holte und ins Schloss schob.

»Wie wollt ihr damit die Tür …«

Die Tür schwang auf.

»... öffnen?«

Er zuckte lässig die Schultern. »Es war wohl nicht richtig abgeschlossen.«

Sie selbst hatte den Schlüssel herumgedreht. »Ihr seid also auch ein Meisterdieb?«

»Kein besserer als Ihr«, erwiderte er amüsiert.
»Das bezweifle ich.«
Er drückte die Tür weiter auf. »Geht hinein, bevor jemandem der Luftzug auffällt.«
Sie nickte, rührte sich jedoch nicht von der Stelle.
»Bitte, Michaela, geht!«, zischte er. »Ich kann sonst nicht länger widerstehen.«
Ihr Gesicht wurde sofort sanfter. Mochte er auch noch so viel mit ihr schimpfen, so war er doch ein Gentleman. Er hatte ihr erneut das Leben gerettet.
»Unsere Abmachung gilt?«
Er stach sich mit dem Metallstab in den Daumen und zeigte ihr den Blutstropfen. Mit einem zärtlichen Lächeln drückte sie ihren Finger gegen die scharfe Spitze. Daumen an Daumen gepresst, sahen sie einander in die Augen, während der Regen auf sie niedertrommelte.
»Schweigen um Schweigen.«
»Ja«, bestätigte sie. »Erklärt Ihr mir eines Tages die Gründe?«
»Nein«, erwiderte er hart und wich einen Schritt zurück.
Verwirrt zog Michaela sich ins Haus zurück und blickte ins Freie, während Rein sich entfernte, stehen blieb, ihr den Rücken zuwandte und den Kopf senkte. Regen prasselte auf seinen Mantel, und Wasser lief von seinem Dreispitz. Trotzdem bewegte er sich nicht, sondern ballte die Hände zu Fäusten. Michaela hielt den Atem an und wartete.
Er wusste, dass er gehen musste, sonst gefährdete er seine Pläne. Blieb er, verlor er womöglich die Kontrolle über seine Gefühle, eine Kontrolle, die er im Lauf der Jahre entwickelt hatte. Es war eine hoffnungslose Lage. Und das alles wegen einer Frau, die so erfri-

schend widerspenstig war, dass er sie berühren wollte und sich nach ihrer Berührung sehnte.

Plötzlich drehte er sich um, war mit drei Schritten bei ihr, legte die Arme um sie und presste sie an sich. Sie rang nach Luft, stöhnte leise und legte den Kopf in den Nacken. Er verlor keine Zeit, schob die Finger unter ihre Mütze, zog sie ihr vom Kopf und befreite ihr Haar, während sein Blick über ihr Gesicht wanderte, als wollte er sich ihre Züge einprägen. Verlangen ergriff sie, Sehnsucht, wild und wagemutig – doch sie durfte nicht nachgeben. Niemals.

»Ich sehe mehr in deinen Augen, als dir lieb ist«, flüsterte er.

»Ihr seht nichts, sondern bildet Euch alles nur ein«, wehrte sie ab.

Er lächelte. »Ach ja? Ist das so?« Erneut sprach er ohne Worte mit ihr. Seine Empfindungen strömten auf sie über, erwärmten ihre kalte Haut, als hätte er sie gestreichelt, und ihre Leidenschaft wurde angeheizt. »Wir haben heute Nacht eine Abmachung getroffen, kleine Mörderin, und mit Blut beschworen. Dein Geheimnis stirbt mit mir.«

»Und mit mir«, hauchte sie.

Er sah sie zweifelnd an, als hätte sie keine Ahnung, was es bedeutete, sein Leben für die Ehre zu opfern. Der alberne Mann!

Seine Hand glitt in ihren Nacken, und sie wusste, dass er sie küssen würde. Endlich! Sein Mund senkte sich auf ihren und eroberte sie, und sie gab sich ohne Zögern und Angst hin.

Rein wusste, dass dies vielleicht die letzte, die einzige Gelegenheit für ihn war, ihre Küsse zu kosten und sie in sein Gedächtnis aufzunehmen. Einen Moment lang gab er seine Selbstkontrolle auf. Und sie kam ihm entgegen, ließ die Zunge in seinen Mund eindringen und schob die Hand unter sein Cape und sein Wams. Stöhnend drückte er sie an sich. Er wollte mehr von ihr.

Michaela sah die Bilder, ohne zu wissen, woher sie kamen, Bilder leidenschaftlicher Szenen. Sie wehrte sich dagegen, doch sie erblickte nackte Körper, die sich aneinander rieben, Lippen, die über nackte Haut glitten, Zungen, die Stellen berührten, von denen sie nicht einmal geträumt hätte. Und sie wusste noch immer nicht, wieso dieser und nur dieser Mann dermaßen auf sie wirkte.

Seine Lippen verwöhnten die ihren, doch sie wollte keinen Mann in ihrem Leben, konnte sich keine Bindungen leisten. Diesen einen Moment gönnte sie sich jedoch, weil er nicht mit Scham verbunden war und sie nicht anwiderte. Er war rein und frei von Schuld, und Michaela drückte sich fester an Rein, schob die Hände auf seinen starken Rücken und berührte das Medaillon.

Und diesmal erreichte er ihre Seele.

Seine Lippen strichen über ihren Mund, während er sie anhob und gegen den Türstock drückte. Verwegen winkelte sie das Bein an, um ihn besser fühlen zu können. Durch ihre dünne Hose spürte sie seine Erregung, und Hitze stieg in ihr auf. Doch plötzlich zog er sich aufstöhnend zurück, legte ihr die Hände an die Wangen und sah ihr tief in die Augen.

»Geh ins Haus und in deine sicheren Gemächer, kleine Mörderin. Und falls du mich brauchst, komme ich zu dir.«

»Woher willst du wissen, wann ich dich brauche?«

Er lächelte wehmütig. »Ich werde es wissen.«

In ihren Augen fand Rein noch immer Leidenschaft und wusste nicht, wie er sich von ihr zurückziehen sollte, wollte er sie doch wieder an sich drücken und mit ihr fortreiten. Doch er ließ sie los, schob sie ins Haus und schloss die Tür.

Abwartend stand er da und flüsterte: »Geh, Michaela, bevor man dich mit mir findet.«

Michaela eilte in ihr Gemach, blieb stehen, zog die nassen Stiefel aus und holte tief Atem.

Ich bin lüstern, wie mein Onkel behauptet, dachte sie. Ich bin es nicht wert, geliebt zu werden. Sie schloss die Tür ab, ging ans Fenster, zog den Vorhang zurück und entdeckte das Pferd in der Dunkelheit. Und dann sah sie Rein, wie er unter dem Blätterdach eines Baums stand und zu ihr heraufblickte. Die ganze Nacht hätte sie hier stehen können, doch sie wusste, dass er warten würde, bis bei ihr kein Licht mehr brannte.

Michaela griff nach einer Kerze und bewegte die Hand einmal, zweimal vor der Flamme. Erst dann ging Rein zu seinem herrlichen Hengst. Dabei hinkte er. Sie blies die Flamme aus, und als sich seine Gestalt allmählich entfernte und in der Dunkelheit verschwand, sank sie gegen das Fensterbrett. Zu ihren Füßen hatte sich eine Regenpfütze gebildet. Ihr schauderte, und doch war ihr warm. Tief in ihrem geheimsten Inneren fühlte sie sich lebendig und empfand eine ungestillte Sehnsucht.

Michaela schloss die Augen. Dieser Mann hatte ihr in einem einzigen Moment einer regnerischen Nacht gezeigt, wie es war, sich wieder als Frau zu fühlen, als Frau, die verehrt und begehrt wurde.

Argyle machte ein finsteres Gesicht, als er Montegomery wegreiten sah. Warum hatte sich das Mädchen von dem Mann erwischen lassen! Er gab sich selbst die Schuld daran. Argyle lenkte den Blick zu ihrem Fenster hinauf und dann wieder auf die dunkle Gestalt, die im Regen verschwand. Die beiden waren also Freunde, oder? Ob Michaela wusste, dass ihre Flucht durch das East End bei weitem nicht so gefährlich gewesen war wie dieser Teehändler? Argyle nahm sich vor, schärfer auf sie zu achten. Sie war tüchtig und schwer festzuhalten, und während er sein Pferd in den Stall führte, staunte er darüber, dass Montegomery es geschafft hatte, sie für kurze Zeit zu zähmen – und sie sogar zu küssen.

Der Bote wartete gelassen an der Hintertür der Küche und wollte nur mit Michaela sprechen. Mrs Stockard rang die Hände und blickte den Korridor entlang zum Arbeitszimmer des Brigadiers und dann zur Dienstbotentreppe in der Küche, über die Millie zu Michaela geeilt war, um sie zu wecken. Erleichtert atmete sie auf, als Michaela in Nachthemd und Hausmantel herunterkam und wie Aschenputtel auf der Treppe einen Schuh verlor. Beinahe hätte Agnes ihr zugerufen, sie solle sich beeilen, bevor der Bote entdeckt wurde.

»Agnes?« Michaela trat gähnend in die Küche. »Lieber Himmel, die Sonne ist gerade erst aufgegangen. Millie sagte, ein Päckchen wäre für mich gekommen.« Michaela stockte, als sie den jungen Mann in einem schwarzen Mantel und mit Dreispitz, verbrämt mit Silber und Weiß, entdeckte.

»Mistress Denton?«

Ein Hindu, dachte sie. »Ja«, erwiderte sie vorsichtig und zog den Hausmantel am Kinn zusammen. Der attraktive, schlanke junge Mann kam näher. Er wirkte vertraut auf sie, und als sie den Grund erkannte, stockte ihr der Atem. Er schien es nicht zu merken, sondern überreichte ihr mit ausgestreckten Armen und gesenktem Kopf ein Päckchen, als würde es die Juwelen des Maharadschas enthalten.

Sie griff danach, stellte das hölzerne Kästchen vorsichtig auf den Tisch und löste das silberne Band. Als sie den Deckel hob, holte sie tief Atem. In der Mitte ruhte eine herrliche Orchidee, schwarz wie die Nacht, umrahmt von weißen Gardenien.

Ein Stück Pergament lag obenauf. Ihre Hand bebte leicht, als sie danach griff. Es trug ein wächsernes Siegel, das mit schlichten Strichen das Profil einer Frau mit langem Haar zeigte. *White Empress*, dachte sie, die weiße Herrscherin, und strich über das schwarze Wachs. Dann zerbrach sie das Siegel und las.

Weil ich weiß, dass Du nicht brav sein wirst.
R.M.

Sie wandte sich fragend an den jungen Mann, der jedoch keine Miene verzog. Seltsam. Sie fasste noch einmal in die Schatulle und ertastete Metall und Holz. Michaela brauchte nicht unter den duftenden Blüten nachzusehen, um zu wissen, dass dort die Pistole ihres Vaters lag, gereinigt und geölt.

Und höchstwahrscheinlich auch geladen.

Leise lachend schüttelte sie den Kopf.

»Darf ich meinem Auftraggeber ausrichten, dass *Mem Sahib* zufrieden ist?«, fragte er.

»Ja, das bin ich.«

Der junge Mann verbeugte sich und legte grüßend die Hand an die Stirn, und im selben Moment bimmelte die Glocke. Michaela warf einen Blick auf das Anzeigebrett. Onkel Atwells Arbeitszimmer. Sie nickte Agnes zu, damit sie dem Ruf nachkam, und als sie sich wieder zu dem jungen Mann umdrehte, war er verschwunden.

12

Rahjin lag auf dem Boden neben dem Bett und gab leise, besorgte Laute von sich, als ihr Herr sich aufbäumte und um sich schlug. Die Kerzen und Lampen zischten und knisterten. Bilder tauchten auf, beruhigten ihn in dem einen Moment und quälten ihn im nächsten.

Michaela lag warm und anschmiegsam unter ihm. Ihre Körper waren miteinander vereinigt, und er hatte sich tief mit ihr verbunden. Sie rang nach Luft, rief seinen Namen, berührte sein Gesicht und seine Brust und legte die Hände an seine Hüften, um ihn noch tiefer in sich zu ziehen. Sie war köstlich, aber als er sich zu ihr beugte und sie küsste, hustete sie plötzlich, und Blut floss aus ihrem Mund und über seine Hände. Auf die Knie aufgerichtet, drückte er sie an sich. Ihr Kopf sank zur Seite, und er starrte in leblose haselnussbraune Augen und dann auf die Klinge in seiner Hand. Nein, nein, nicht sie, nicht sie! Wie ein verwundetes Tier warf er den Kopf in den Nacken und schrie.

Rein wurde ruckartig wach und begriff auf der Stelle, dass ihn seine eigene Stimme geweckt hatte. Schweiß lief ihm über die Brust, als er sich aufsetzte. Rahjin kauerte auf der Bettkante. Rein achtete nicht auf sie. Er erschauerte und trieb die schrecklichen Bilder zurück in die Welt der Träume. Trotzdem kannte er ihre Bedeutung. Er schlug die Laken zurück und schwang die Beine über die Bettkante. Noch jetzt hatte er vor Angst Herzklopfen.

Seit er Michaela wieder geküsst hatte, versuchte er,

sie zu vergessen. Vielleicht wollte ihm der Traum nur sagen, dass er kein Recht auf sie hatte und dass sie zugrunde gehen würde und nicht er.

Zu viele Menschen hingen von ihm ab, als dass er sich jetzt der Lust hingeben durfte. Er dachte an seinen Handel, an die Menschen auf den Feldern, an die schlichten Häuser rings um die Plantagen. Daran hielt er sich, während er aufstand, sich wusch und hastig ankleidete und schließlich nach den Verträgen griff.

Bedrückende Träume oder nicht, er musste Verabredungen einhalten und seine Waren verkaufen.

Und er musste seinen Vater finden.

Christian Chandler betrachtete lächelnd den hoch gewachsenen Araber, der ihn in Reins Kabine führte. »Dein Leibdiener?«, fragte er mit einem Blick auf Cabai, und der Eunuch lächelte, als er sich zurückzog.

Rein stand hinter dem Schreibtisch. Die Hemdsärmel hatte er aufgekrempelt, und in der Hand hielt er einen Winkelmesser. »Allerdings.«

»Verdammt, Rein«, sagte Christian und sah sich um. »Das ist ja ein richtiger Palast.«

»Es ist ganz bequem.«

Christian ließ den Blick schweifen. Die Kapitänskajüte war stets die schönste Kabine auf einem Schiff, doch eine solche hatte er noch nie gesehen. Der Schreibtisch aus Teakholz legte Zeugnis von der Kunstfertigkeit japanischer Handwerker ab. Der ursprünglich dunkelrote Ledersessel war schon ganz hell geworden. Vermutlich hatte das Stück Ransom, Reins Vater, gehört. Links neben der Tür stand ein langer Tisch mit mehreren Stühlen. Schränke und Vitrinen bedeckten die Kabinenwand bis zur Bettkante. Ein Sofa, ein Kleiderschrank und eine Kupferwanne in der Ecke vervollständigten die Einrichtung. Die schwersten Gegenstände waren am Boden und an den Wänden befestigt.

Das war zwar alles höchst komfortabel, doch Christian fragte sich, weshalb Rein hier wohnte, obwohl er ein Haus und Wohnungen in der feinsten Gegend Londons besaß.

»Lieber Himmel!« Christian wich einen Schritt zurück, als die schwarze Pantherin unter der Fensterbank hervorkam und durch den Raum schlich.

Rein lächelte nur, während die riesige Katze um seine Beine strich. »Rahjin, du erschrickst unseren Besucher«, sagte er und streichelte das Tier.

Christian war sichtlich beeindruckt.

»Geh an die Arbeit.« Die Pantherin fauchte Christian an, ehe sie hoheitsvoll wie eine Prinzessin die Kabine verließ.

Rein öffnete einen Schrank und wählte einen Weinbrand aus, füllte zwei Gläser und deutete auf das Sofa. Christian starrte noch auf die offene Tür.

»Wo hast du dieses Biest gefunden?«

»Sie hat mich gefunden.« Rein bot seinem Freund ein Glas an. »Was führt Euer Gnaden zu den Docks?«

Er kommt immer gleich zur Sache, dachte Christian und nahm einen kleinen Schluck. »Der Brigadier hat nicht auf der *Camden* gedient. Er war der *Ogelthorpe* zugeteilt, obwohl es fraglich ist, ob er jemals einen Fuß an Bord gesetzt hat. Der junge Denton scheint mit dem Meer nicht viel im Sinn gehabt zu haben.«

Rein setzte sich hinter den Schreibtisch und legte ein Bein über die Seitenlehne. Die Information erleichterte ihn. Darauf gönnte er sich einen ordentlichen Schluck. Es hatte ihn fast verrückt gemacht, möglicherweise mit Michaela verwandt zu sein. Da er nun wusste, dass sie nicht Cousin und Cousine waren, musste er erneut etwas gegen seine Fantasien unternehmen.

Christian saß ihm gegenüber auf dem Sofa und hielt den Cognacschwenker auf dem Knie. »Hinterher blieb er eindeutig an Land. Meiner Meinung nach hätte er besser zur See fahren sollen. Richard übertraf ihn so sehr, dass er keine bemerkenswerte Karriere schaffte.«

Rein interessierte sich nicht für des Brigadiers Karriere oder seine Unsicherheit, die er schon beim ersten Zusammentreffen erkannt hatte. Der Mann setzte andere unter Druck, um sich selbst stark zu fühlen. Michaela hatte die Spuren davon an der Wange getragen.

»Also, wieso hast du dich nach ihm erkundigt?«

Rein hatte sich zwei Tage lang gut überlegt, ob er Christian in seine Angelegenheiten hineinziehen sollte. Je weniger andere wussten, desto besser war es. Diese Information hatte Christian jedoch dank seiner Stellung beschaffen können, ohne Aufmerksamkeit auf sich zu ziehen. Rein hingegen hätte erklären müssen, wieso er sich für bestimmte Dinge interessierte.

»Kurz bevor ich den Ball verließ, wollte er eines meiner Schiffe mieten.« Das stimmte, und der Zeitpunkt war bewusst so gewählt worden, dass alle diesen Wunsch hörten. »Er sagte allerdings nicht, worum es ging.«

Christian sah ihn fragend an. »Du hast ihn vermutlich abgewiesen.«

»Allerdings.« Rein war nicht in der Stimmung gewesen, irgendeine Bitte zu erfüllen. »Auf meinen Schiffen geschieht nichts ohne mein Wissen.« Denton hatte hinzugefügt, dass er selbst das Kommando übernehmen wollte. Das kam gar nicht infrage. Rein hatte nicht die Absicht, ein Schiff einfach einem anderen zu überlassen, nur damit der Brigadier seine nicht gerade kometenhafte Karriere zur See fortführen konnte. Kein Geld der Welt würde ihn dazu bringen.

»Es überrascht mich, Chris, dass du allein unterwegs bist.« Er sah seinen Freund über das Glas hinweg an, während er das Thema wechselte und von sich ablenkte. »Wo ist Lady Buckland? Ich hatte erwartet, sie würde wie eine Klette an dir hängen.«

»Das ist merkwürdig«, erwiderte Christian. »Ich habe sie seit Tagen nicht gesehen, obwohl ich ihr zwei Nachrichten geschickt habe. Aber es kam auch keine Antwort. Schade, sie war sehr unterhaltsam.«

Rein zuckte achtlos die Schultern. »Vielleicht hat sie einen anderen Beschützer gefunden.«

»Sie wollte nur dich.«

»Eine Laune, mehr nicht«, wehrte Rein ab. »Mein Ruf, was Frauen angeht, entspricht in keiner Weise den Tatsachen.«

Christian lächelte amüsiert. »Ich weiß, ich weiß, aber es zerstört den Stolz eines Mannes, im Bett mit einer Frau zu liegen, die einen anderen begehrt.«

»Meinetwegen kannst du das glauben, wenn du dich dann besser fühlst.«

Christian leerte das Glas und stand auf. »Besser das, als zu glauben, ich könnte sie nicht befriedigen.«

Rein stemmte sich vom Stuhl hoch. »Ich fürchte, das schafft kein Mann.« Er folgte seinem Freund an Deck. Die Sonne versank bereits zwischen den im Hafen ankernden Schiffen und tauchte die Piers in goldenen Schein.

»Ziemlich viele Soldaten hier in der Gegend«, bemerkte Christian, als sie sich der Reling näherten.

Seit der letzten Nacht hoben sich die Rotröcke deutlich von den dumpfen Grau- und Brauntönen des Hafens ab. »Bestimmt suchen sie nach Verstecken der Rebellen.« Ein Gerücht reichte aus, um das gesamte

Königreich in Panik zu versetzen. Rein achtete zwar selten darauf, was geredet wurde, hatte jedoch gehört, dass Nickolas Ryder, ein Freund seines Vaters, in der Stadt war.

Temple rief schon nach ihm, während er auf die *Empress* zueilte.

Rein staunte über die ungewohnte Hast des Mannes. »Kommst du zu spät zu einem Rendezvous, Temp?«

Temple winkte ab. »Sie ist tot!«

Rein verschränkte die Arme und wartete ab. Einen Moment dachte er, es ginge um Michaela, und sein Herz krampfte sich zusammen.

»Katherine! Lady Buckland! Ermordet!«

Rein fluchte, und Christian wurde blass und fasste sich an die Stirn.

»Bist du sicher?«

»Ja, dass sie tot ist, nein, was den Grund angeht. Ich habe gehört, dass es schon vor zwei Tagen passiert ist.«

»Gibt es einen Verdächtigen?«, fragte Christian Chandler.

»Offenbar mehrere.« Temple machte eine kreisförmige Handbewegung. »Und wir drei gehören dazu.«

13

Die Polizisten holten Rein mitten in der Nacht. Er fand diesen dramatischen Auftritt eher amüsant, hatte schon damit gerechnet und seine Mannschaft vor unüberlegten Handlungen gewarnt. Die ganze Stadt verlangte nach Gerechtigkeit, und er war nun einmal einer der Verdächtigen.

Rein saß ungefesselt im Büro der Polizeiwache, streckte die Beine von sich und sah zu, wie der Chef der Truppe auf und ab ging.

»Ihr wart der Letzte, der Lady Buckland lebend sah«, erklärte Sir Henry, »und Ihr habt diese Gegend in großer Eile verlassen.«

»Das kann wohl so kaum stimmen, Mylord. Eure Polizisten und Soldaten waren zu jenem Zeitpunkt in der ganzen Stadt verteilt, und Katherines Mörder war eindeutig der Letzte, der sie lebend sah.«

Zwei Männer in schäbiger dunkler Kleidung traten auf ihn zu. Rein warf ihnen nur einen lässigen Blick zu, musterte sie und wandte sich erneut an ihren Vorgesetzten.

»Unsere Quellen berichten, dass Sie mit dem Opfer vor einigen Tagen einen Streit hatten.«

»Das stimmt.«

»Darf ich fragen, worum es ging?«

»Nein, dürft Ihr nicht.« Rein wollte nicht schlecht über Katherine sprechen, um ihren Ruf nicht gänzlich zu zerstören.

»Lauteten ihre letzten Worte ›Liebt oder tötet mich‹?«

»Richtig.«

»Habt Ihr sie getötet?«, fragte ein Polizist.

Rein wandte sich ihm zu. »Nein.«

Ein zweiter Polizist, der neben ihm stand und mit dem Schlagstock in seine Handfläche klopfte, sagte: »Ihr wart der Einzige, der in jener Nacht auffallend eilig unterwegs war.«

Rein stand langsam auf. »Ich glaube, Gentlemen, das haben wir alles schon besprochen.«

»Beantwortet die Frage!« Der Schlagstock sauste auf seinen Kopf zu. Lord Henry bellte einen scharfen Befehl, während Rein dem Mann den Stock entriss, ihn einmal hochwarf und dem Polizisten mit einem eisigen Lächeln zurückgab. Danach wandte er sich an Henry.

»Wir haben da draußen einen Mann, der behauptet, Ihr hättet auf ihn geschossen.«

»Möglich. Man schoss auf mich, und ich erwiderte das Feuer. So einfach ist das.«

»Warum sollte er Euch berauben wollen?«

Rein richtete den Blick auf den Polizisten. »Von einem Raub habe ich nichts gesagt.«

»Warum sonst sollte auf Euch geschossen worden sein, Mr Montegomery?«, fragte Henry.

Das hat alles gar nichts mit Katherine zu tun, dachte Rein und stand auf. »Vielleicht, weil sich herumgesprochen hatte, dass ich kurz zuvor beim Kartenspiel gewonnen hatte. Ihr habt Euch doch darüber informiert, was ich den ganzen Abend über getan habe, nicht wahr? Aber ja, natürlich habt Ihr das. Ihr würdet mich nicht zu einer dermaßen unchristlichen Stunde hierher schleppen, ohne zuvor mit den anderen Spielern gesprochen zu haben.«

Der Polizist schlug ihm mit dem Stock auf den Rücken, und Rein zuckte unter dem Scherz zusammen.

Langsam richtete er sich auf, wirbelte herum und riss das Bein in einem Bogen hoch. Der Absatz des Stiefels traf den Mann im Gesicht und riss ihm den Kopf zur Seite. Blut spritzte gegen die Wand, bevor der Polizist zusammenbrach. Ein zweiter Mann stürzte sich auf Rein. Rein versetzte ihm einen harten Schlag gegen den Hals, der ihn auf die Knie brachte, und rammte ihm den Ellbogen zwischen die Schulterblätter. Mit dem Gesicht voran krachte der Polizist auf den Fußboden.

»Also«, sagte Rein, griff nach seinem Mantel und zog ihn an, »wenn Ihr keine Anklage erhebt, Sir …«

In diesem Moment flog die Tür auf. Christian Chandler stürmte nur nachlässig gekleidet herein, das Gesicht gerötet. Er stockte, als er die beiden Polizisten auf dem Fußboden sah.

»Lieber Himmel, Rein, man hat mich offenbar völlig unnötig aus dem Bett geholt.«

Rein runzelte die Stirn und schloss den Mantel. Woher wusste sein Freund Bescheid?

Chandler wandte sich zornig an Sir Henry. »Sofern Ihr noch Fragen habt, stellt Ihr sie in meiner Gegenwart, ist das klar?«

Henry verneigte sich. »Natürlich, Euer Gnaden.«

»Und tut es zu einer anständigen Zeit, Mann!«

»Sicherlich, Euer Gnaden.«

Rein ging zur Tür und murmelte: »Euer Gnaden haben das Wams verkehrt herum angezogen.«

Chandler blickte an sich hinunter, stöhnte leise und ließ Rein den Vortritt.

»Mr Montegomery!«

Rein drehte sich um. Der Polizeichef blickte auf die regungslos daliegenden Männer hinunter.

»Habt Ihr ein Alibi für den ganzen Abend?«

Rein dachte an Michaela. »Nein. Habt Ihr eines?«

Sir Henry lief rot an und presste die Lippen aufeinander. »Guten Abend, Sir.« Er nickte Christian Chandler zu. »Euer Gnaden.«

Als die beiden Freunde auf die Straße traten, sagte Rein: »Ich brauchte deine Hilfe nicht.«

»Ich weiß, aber er wollte mir nicht glauben.« Christian deutete auf einen Mann, der sich auf einem Pferd aus der Dunkelheit löste. »Und er begriff offenbar nicht, was es bedeutet, dass der Earl um diese Zeit bereits schläft.«

Rein lächelte Rusty Townsend zu. »Offenbar.«

»Stellt Euch nicht so an, Mylord. Ihr hattet mit dem Mädchen ohnehin nichts mehr im Sinn.«

Rein wandte sich fragend an Christian.

»Er kam direkt in meine Privatgemächer. Das Mädchen hat die Störung ganz gut aufgenommen«, meinte der.

Rein lächelte, als er sich die Situation vorstellte, und blickte wieder zu Rusty.

»Polizisten sind nicht gerade für ihre zarte Seele bekannt, Rein.« Er zuckte mit den massigen Schultern. »Wollte nicht, dass Euer hübsches Gesicht ruiniert wird.«

Rein neigte dankend den Kopf. »Ich glaube nicht, dass sie es auf mein Gesicht abgesehen hatten.«

Rusty Townsend nickte. Sein Lächeln erreichte nicht die Augen, als er das Pferd herumzog.

»Ich wurde auch befragt«, bemerkte Chandler.

Ja, dachte Rein, das war zu erwarten. Aber zu ihm waren die Polizisten vermutlich mit dem Hut in der Hand und äußerst höflich gekommen, und ihn hatten sie sicher nicht mitten in der Nacht aus dem Bett geholt, um ihn zu verprügeln.

Hier ging es um mehr als einen unchristlichen Zeitpunkt und um Gerüchte. Hier sprach sein Vater zu ihm, ohne ein einziges Wort zu sagen.

Livrierte Diener öffneten die Türen des Theaters, stockten jedoch, als sie den Wolkenbruch und die langsam durch die Drury Lane rollenden Kutschen sahen. Rein drängte sich an den Dienern vorbei, warf sich den Mantel um die Schultern und setzte den Dreispitz auf. Sobald er die Menschenmenge und die neugierigen Blicke hinter sich gelassen hatte, holte er eine Zigarre hervor, zündete sie an, zog und blies den Rauch in die feuchte Luft.

Das hat sich nicht gelohnt, dachte er, lehnte sich an eine Säule und blickte auf die Straße mit den Kutschen hinaus. Er war bei der Suche nach seinem Vater so vorsichtig wie möglich vorgegangen, doch die englische Admiralität schützte ihre Geheimnisse, und jetzt konnte er genauso gut eine Stecknadel im Heuhaufen suchen. Dabei störte es ihn gar nicht, dass sein Leben bedroht wurde. Aber wenn andere hineingezogen wurden, Michaela zum Beispiel … Daran wollte er nicht denken. Ihre Treffen mussten geheim bleiben.

Er hielt die Zigarre mit den Zähnen fest und zog die Handschuhe an.

»Das war verdammt langweilig«, sagte Temple und kam näher.

»Du hättest nicht bis zum Ende der Vorstellung bleiben müssen.«

»Dann hätte ich den Aufruhr versäumt, den du verursacht hast.«

»Du redest wie ein Kind.«

»Es war köstlich, Mann, gib es doch zu. Hätten dich die Leute noch eingehender beschnüffelt, wärst du jetzt klatschnass. Wer hätte sich jemals träumen lassen, dass das Teegeschäft so aufregend sein könnte.« Temple sah zu, wie drei Mitglieder des Parlaments das Theater verließen und unhöflich genug waren, auf seinen Arbeitgeber zu zeigen.

»Es ist erst aufregend, seit die Kolonisten den englischen Tee in den Hafen von Boston schütteten.« Rein nickte den Männern zu. Sie nickten zurück und lächelten eine Spur zu freundlich. Die Theaterbesucher drängten sich unter dem Baldachin, bis sie die Kutschen bestiegen, von denen sie sicher nach Hause gebracht wurden. Er hatte es nicht eilig. Der Abend war nicht zum erhofften Erfolg geworden, und bei der Enttäuschung darüber war er kein angenehmer Begleiter.

»Ich … ich fahre nicht mit dir zurück.«

Rein blickte zu Temple und dann zu der Frau in Rot, die den Fächer vors Gesicht hielt. Ihre Augen waren auf Temple gerichtet. Obwohl sie elegant gekleidet war, erkannte Rein den Ausdruck in ihren Augen. Gier. Sie wird Temp bei lebendigem Leib auffressen, dachte er. »Denk daran, was ich dir über deinen Geschmack bei Frauen gesagt habe.«

Temple grinste. »Sie hatte während des ganzen zweiten Aktes ihre Hand in meiner Hose.«

»Und ich dachte schon, du hättest mich im Stich gelassen, weil ich mich nicht ausreichend gewaschen habe.« Da seine Warnung unbeachtet blieb, fügte Rein hinzu: »Achte auf deinen Geldbeutel, Mann, und nimm die Kutsche.«

Das Gefährt mit dem weißen Emblem der White *Empress* Company auf der schimmernden schwarzen Tür hielt vor ihnen.

»Wirklich?«, fragte Temple.

»Dann seid ihr wenigstens ungestört.« Wie diese Frau Matthews ansah, lag er bestimmt schon zwischen ihren Beinen, bevor sie die nächste Ecke erreichten. »Ich miete eine Kutsche.«

Temple bedankte sich, sprang zur offenen Tür und machte eine galante Handbewegung. Die Frau eilte die Stufen hinunter und blieb vor Rein stehen. Viel zu süßliches Parfum wehte ihm entgegen. Er dachte an Zitronenduft. Sie stellte sich auf die Zehenspitzen, drückte ihm einen Kuss auf die Wange und lenkte damit die allgemeine Aufmerksamkeit auf ihn.

Die Leute tuschelten, als sie zur Kutsche eilte, aufreizend mit der Hand über Temples Brust strich und einstieg. Das Gefährt reihte sich in den allgemeinen Verkehrsstrom ein.

»Abscheulicher Abend, Rein. Soll ich dich mitnehmen?«, fragte Lord Christian Chandler und deutete auf die sich entfernende Kutsche. Eine junge Frau in opulentem goldenem Gewand hing an seinem Arm.

Rein ließ den Blick zwischen den beiden hin und her wandern. »Ich komme schon zurecht«, sagte er, bot dem Earl eine Zigarre an und lehnte sich wieder an die Säule. Christian stellte seine Begleiterin vor, Lady Brandice Coldsworth, griff nach der Zigarre und wollte sie anzünden. Die Lady flüsterte ihm jedoch etwas zu und betrachtete Rein dabei unbehaglich. Christian machte ein gereiztes Gesicht, als die Frau sich von ihm löste und zu einer Gruppe von Leuten ging.

»Tut mir leid, Rein.«

»Ich bin daran gewöhnt, dass ich junge Damen vertreibe.« Er lächelte flüchtig. »Sie ist sehr jung, Christian, sogar für dich.«

Christian sah ihn entgeistert an. »Mann, setz bloß keine Gerüchte in die Welt. Sie ist mein Mündel!« Er sog an der Zigarre. »Sie ist allerdings sehr schüchtern Ein Sturz vom Pferd hat sie vor kurzer Zeit sehr verstört, und nach dem ganzen Wirbel um Katherine und die Vermutung, dass ein Rebell sie umgebracht hat, verstehe ich sie. Man hat übrigens Katherines Kutscher gefunden. Erschossen und überfahren.«

Rein hatte schon Schlimmeres gesehen, verzog aber trotzdem das Gesicht.

»Ein Jammer«, fügte Christian hinzu.

»Es ist immer schlimm, wenn ein Mensch stirbt, Christian.«

»Hast du irgendwelche Vermutungen?«

»Man muss mit dem Motiv beginnen. Das führt dann zu einem Verdächtigen.«

Rein verspürte ein Prickeln auf der Haut und war sofort alarmiert. Diskret blickte er an Christian vorbei, und sein Herz schlug schneller. Michaela sah zwischen den Leuten zu ihm herüber. Niemals hätte er sich träumen lassen, dass ihm der bloße Anblick einer Frau solche Freude bereiten könnte.

Er nickte ihr herzlich zu. Sie erwiderte verhalten den Gruß und fasste an das grüne Seidenkleid. Ihre Finger berührten den Ausschnitt. Rein lächelte in sich hinein. Zwischen den Brüsten trug sie das Messer bei sich. Sie wurde rot, und Rein dachte an die Leidenschaft in dunkler, regnerischer Nacht. Die Erinnerungen verfolgten ihn ständig. Um sich abzulenken und nicht zu einer Hure zu gehen, hatte er heute Abend auf Arbeit verzichtet und war ins Theater gegangen.

Jetzt stand das Objekt seiner unerfüllten Lust nur wenige Meter von ihm entfernt. Ob sie mit ihrem schrecklichen Onkel oder einem der britischen Offiziere hier war, die sich in ihrer Nähe aufhielten? Er warf einen flüchtigen Blick auf die Gruppe und erkannte Cassandra Whitfield und ihre Brüder, die sich schützend um ihre dunkelhaarige Schwester drängten. Lady Coldsworth trat zu den anderen Frauen. Michaela hielt sich etwas abseits und fühlte sich unter so vielen Menschen sichtlich unwohl.

»Rein?«, fragte Christian Chandler.

Er wandte sich ihm zu und hoffte, dass seine Miene nichts verriet.

»Wer erregt deine Aufmerksamkeit? Cassandra?«

»Kümmere dich um deine eigenen Angelegenheiten, Euer Gnaden«, warnte Rein. »Sonst setze ich doch ein Gerücht über dich in die Welt.«

Als Adam Whitfield ihnen Champagner anbot, achtete Rein nur auf Michaela. Er schickte Christian allein zu der Gruppe und blieb stehen, wo er war, weil er befürchtete, sich nicht ausreichend beherrschen zu können. Nicht, wenn er sich sehnlichst wünschte, zu Michaela zu gehen und sie zu küssen.

Rein lehnte mit einer Handbewegung den Champagner ab, rauchte und verschluckte sich beinahe, als Major Winters hinter Michaela trat. Er hätte gern gehört, was die beiden miteinander sprachen, und biss die Zähne zusammen, als der Mann ihr vertraulich die Hand an die Taille legte. Dann lächelte er allerdings, als Michaela von ihm fortwich und sich etwas näher zu Lady Whitfield stellte.

Michaela fühlte den Blick des Majors im Rücken, als sie ein Glas Champagner entgegennahm. Sie hatte ein schlechtes Gewissen, dieses sündhaft teure Zeug zu trinken, während Menschen im East End verhungerten. Rasch leerte sie das Glas.

»Danke, Randi.«

»Ich habe genau gesehen, wie er dich berührt hat. Er ist unerträglich«, sagte Cassandra mit einem Blick auf den Major. »Sieh nur, wie er sich an Lady Coldsworth heranmacht.«

Wie ein gieriger Ziegenbock, dachte Michaela. »Vielleicht sollten wir sie warnen.«

»Ach nein. Sie wirkt heute Abend schrecklich ernst, findest du nicht auch? Lieutenant Ridgely könnte sie ablenken. Er ist Brandice so nahe, dass er in ihrem Kleid ersticken könnte.«

Michaela musste lachen. »Der Major hätte keine Bedenken, ihn zu vertreiben.«

»Unmöglicher Kerl. Es ist mir unbegreiflich, wie dein Onkel diesen Mann erträgt.«

»Mir auch.« Michaela versuchte, nicht zu Rein zu sehen, doch es gelang ihr nicht. Unter gesenkten Wimpern hervor ließ sie ihren Blick über seine hohe Gestalt gleiten und erinnerte sich daran, wie er sie geküsst hatte. Er sah in der schwarzen Abendkleidung hinreißend aus, und die hohen Stiefel betonten die langen Beine. Keiner der anwesenden Männer konnte sich mit ihm messen. Er wirkte exotisch wie eine Wildkatze, die jederzeit zuschlagen konnte.

»Und ich dachte schon, der Abend würde nichts weiter bieten als schlechte Schauspieler, pausenloses Gerede darüber, wie der Schutzengel erneut einen Plan durchkreuzt hat, und zu wenig Essen.« Cassandra stieß sie an. »Er ist faszinierend, nicht wahr?«

Michaela sah Cassandra fragend an.

»Montegomery«, flüsterte ihre Freundin. »So dunkel und geheimnisvoll. Und er beobachtet dich.«

»Das bezweifle ich.«

»Ist doch traurig, dass er immer abseits steht.«

»Ich glaube, Randi, er will das so.« Rein war stets dort, wo er sein wollte. Auch in deinen Armen, sagte eine innere Stimme und löste damit ein Verlangen aus, das sie bis in ihr tiefstes Inneres verspürte.

»Ich glaube das nicht.«

Michaela hoffte, niemand würde bemerken, dass sie rot wurde.

»Er ist ein Rätsel, ein Menschenfeind, obwohl er das Recht dazu hat.«

Michaela runzelte die Stirn. »Du solltest dich deutlicher ausdrücken, Randi. Offenbar kenne ich nicht alle Gerüchte.«

»Es geht nicht um ein Gerücht, sondern um die Wahrheit.«

»Randi!«, drängte Michaela.

Cassandra hakte sich bei ihr unter. »Es ist wirklich traurig, diese schlimme Sache mit seiner Ehefrau.«

»Ehefrau?«, stieß Michaela hervor. Sie hatte einen verheirateten Mann geküsst! Es war ihr schrecklich peinlich, und es machte sie zornig auf Rein, weil er nichts erwähnt hatte.

»Er war noch sehr jung, so viel ich weiß. Man fand sie in ihrem Bett, und überall war Blut. Ihre Kehle ...«

»Ich möchte keine Einzelheiten hören.« Michaela wurde blass und bekam weiche Knie.

»Er wurde dafür eingesperrt.«

»Du willst doch nicht sagen, dass er ... dass er sie getötet hat?«

»Wer weiß das schon?« Cassandra zuckte die Schultern. »Er saß einige Zeit in Newgate, bis ein neuer Zeuge auftauchte. Die meisten Leute glaubten, er hätte den Mann bezahlt. Meine Brüder haben mir erzählt, dass er rehabilitiert wurde, aber der Schaden war bereits angerichtet.« Cassandra betrachtete mitfühlend den Mann, der alle anderen mit seiner hohen, dunklen Gestalt überragte. »Der arme Mann.«

Michaela schluckte. Mord. Das konnte sie sich nicht vorstellen. Cassandra war dafür bekannt, dass sie stets übertrieb.

Cassandras Bruder näherte sich ihnen. »Ich sehe, dass du wieder Unfug im Sinn hast, Cassandra.«

Sie lächelte ihm zu. »Hättest du eine Ehefrau, würdest du dich nicht mehr so viel um mich kümmern, Adam.«

»Wie soll ich eine Braut finden, wenn du meine ganze Zeit in Anspruch nimmst?« Er tippte ihr lächelnd auf die Nase, und Michaela fragte sich, wie es sein mochte, von so vielen Menschen geliebt zu werden.

»Du hast mit Montegomery Geschäfte gemacht, nicht wahr?«

»Ja«, bestätigte er.

»Erzähl mir etwas über ihn«, bat Cassandra.

»Wohlerzogene Damen sprechen in der Öffentlichkeit nicht über Gentlemen«, wehrte er ab und sah Michaela und seine Schwester an.

»Sie hat gefragt, nicht ich«, verteidigte sich Michaela.

»Ich bin zwar schuldig, aber heute Abend sind wir nicht wohlerzogen.« Cassandra wollte Adam in die Seite kneifen, erwischte jedoch nur Stoff. »Verdammt.«

»Cassandra!«, zischte er.

»Stimmt es, dass er irgendwo auf einer Insel lebt und Plantagen auf Madagaskar und in Mozambique besitzt?«

»Ja, und er verspeist Kinder zum Frühstück.«

Sie trat ihm auf die Zehen, und er ächzte und schob sie von sich.

»Wenn du dich anständig benimmst, lernst du ihn vielleicht kennen.«

Ihre Augen funkelten vor Aufregung.

»Nein.« Die beiden sahen Michaela an. »Nein«, wiederholte sie. »Ich will ihn nicht begrüßen.« Das schaffte sie nicht, ohne wie ein Schulmädchen zu erröten und sich daran zu erinnern, wie er sie geküsst und sie sich an ihn geschmiegt hatte.

»Er ist ein recht umgänglicher Mann, Miss Denton«, meinte Adam und blickte zu Montegomery. »Nun ja, jetzt beschäftigt er sich mit Eurem Onkel.«

Michaela drehte sich hastig um. Rein war in ein Gespräch mit ihrem Onkel vertieft. Ängstlich presste sie den Fächer fester an sich. Sie fühlte sich gefangen, doch als Rein ihr an Onkel Atwell vorbei einen Blick zuwarf und sich mit dem Daumen über die Lippen strich, wusste sie, dass er sich an den Schwur halten würde. Aber welches Versprechen sollte man einem Mann glauben, der des Mordes angeklagt gewesen war?

»Michaela, du machst ein Gesicht, als hättest du einen Geist gesehen.«

Sie blickte zu Boden.

»Du hast doch keine Angst vor ihm, oder?«, fragte Cassandra, und Adam murmelte etwas über den Hang seiner Schwester zu unsinnigen Geschichten.

»Also gut, gehen wir«, sagte Michaela, weil sonst alle gemerkt hätten, dass etwas nicht stimmte. Adam führte sie und seine Schwester zu Rein, der Adam Whitfield mit einem offenen Lächeln und einem herzlichen Händedruck begrüßte.

Onkel Atwell sah Michaela finster an. »Meine Nichte, Sir, Richards Tochter.«

Michaela nickte und streckte die Hand aus. Rein ergriff sie leicht und beugte sich darüber, um einen Kuss auf den Handschuh zu hauchen. Sie hielt den Atem an.

»Rein Montegomery, zu Euren Diensten, Mistress.« Seine Stimme klang leise und sanft und jagte ihr einen wohligen Schauer über den Rücken. Randi hatte sich diese Geschichten wahrscheinlich nur ausgedacht. Es war unmöglich, dass Rein solche Gefühle bei ihr auslöste, wenn er ein derartiges Verbrechen begangen hatte.

»Es ist mir ein Vergnügen, Sir.« Sie knickste, und er lächelte amüsiert.

»Fein, fein.« Atwell zog ihre Hand rüde von Montegomery weg. »Lass uns jetzt allein, Kind. Das Gespräch ist vertraulich.«

»Ich würde mich anders ausdrücken«, sagte Rein ärgerlich. »Das Gespräch ist beendet.«

»Gut. Dann besucht mich doch morgen Mittag.«

Rein löste den Blick von Michaela und sah den britischen Offizier an. »Ich bin schon verabredet.«

»Ich verlange …«

Rein zog die Augen zu schmalen Schlitzen zusammen und brachte ihn damit zum Schweigen. »Wir haben dieses Thema schon früher erörtert, Denton. Meine Beziehungen zu England beschränken sich auf die Märkte und erstrecken sich nicht auf das Militär.«

»Ach, kommen Sie, Montegomery«, drängte Denton.

Chandler mischte sich ein. »Genug vom Geschäft.« Er hob die Champagnerflasche und füllte die Gläser. »Trinkt, damit wir Adams Keller leeren.« Die anderen lachten.

Regen prasselte auf den Bürgersteig.

Leute stiegen in Kutschen, die gleich darauf anrollten. Rein achtete nicht auf den zornigen Blick des Brigadiers und zog sich zurück, ließ sich die Gelegenheit jedoch nicht entgehen. Er beobachtete Michaela, wie sie trank. Sie wirkte auch heute auf ihn wie beim ersten Zusammentreffen, und als sie ihn heimlich ansah, reagierte sein Körper sofort darauf.

Plötzlich zuckte sie zusammen, verschüttete Champagner auf ihre Handschuhe und wandte sich verlegen ab. Major Winters lächelte ihr zu. Sie erwiderte das Lächeln nicht und wich seiner Berührung aus.

Rein unterdrückte das ungewohnte besitzergreifende Gefühl, das ihn bei Michaela packte. Sie war für ihn unerreichbar, und Major Winters würde höchstwahrscheinlich in ihrer Hochzeitsnacht neben ihr liegen. Der Gedanke brachte ihn fast um.

Er trat auf die Straße und versuchte, eine Mietkutsche anzuhalten. Dabei bekam er nur Bruchstücke der Unterhaltung mit.

»Die verdammten Rebellen sollte man erschießen, wenn man sie findet.«

»Das macht man für gewöhnlich auch.«

»Ich hörte, sie wäre erdrosselt worden.«

»Nein, erschossen.«

»Müssen wir darüber sprechen?«, fragte Lady Coldsworth. Sie schien einer Ohnmacht nahe zu sein und lehnte sich an Lieutenant Ridgely.

»Ich habe gehört, dass man ihre Habe durchsucht und mit ihren Dienern gesprochen hat. Ihre Kutsche raste ohne Kutscher über die nördliche Straße.«

Michaelas und Reins Blicke trafen aufeinander. Jetzt wussten sie beide, dass sie in jener Nacht diese Kutsche gesehen hatten.

»Mehrere Personen wurden befragt. Lady Buckland wurde zuletzt am Pier gesehen.« Lieutenant Ridgely wandte sich an Rein. »In Eurer Gesellschaft, Mr Montegomery.«

»Habt Ihr noch etwas zu sagen, Ridgely?« Die Frage klang mehr wie eine Drohung.

»Sagt es lieber nicht, mein Sohn«, murmelte Christian Chandler sehr leise.

Ridgely ärgerte sich über den Tadel. »Ich hörte heute Morgen, man hätte ihr die Kehle durchgeschnitten. Von einem Ohr zum anderen.«

Alle um ihn herum stießen betroffene Rufe aus.

»Wie bei Eurer Ehefrau.«

Rein spannte sich an. Aus dem Augenwinkel heraus sah er, wie Michaela blass wurde und zurückwich. Für einen Moment schloss er die Augen und wünschte, dieses unselige Zusammentreffen rückgängig machen zu können. Dann sah er Michaela direkt an und fand blankes Entsetzen in ihren Augen.

Sie hatte jegliches Vertrauen zu ihm verloren.

Als er in die Kutsche stieg, dachte er niedergeschlagen, dass ihn seine Vergangenheit nun endgültig eingeholt hatte.

14

An den Besanmast gelehnt, legte Rein den Kopf in den Nacken. Die Sonne zeigte sich zum ersten Mal seit Tagen, und er genoss die Wärme. Vielleicht vertrieben die Strahlen die Krankheit, die sich in seinem Körper festgesetzt hatte. Zehn Jahre tauchten mit einer Stärke wieder auf, die ihm alle sanfteren Empfindungen raubte. Dieses hässliche Wiedererwachen von Albträumen und Anschuldigungen hatte er vermeiden wollen, doch er vergaß nicht die Angst und das Misstrauen in Michaelas Gesicht. Es schmerzte ihn, und er erinnerte sich wieder daran, wie die Menschen damals vor ihm zurückgewichen waren, wenn er sie nur angesehen hatte.

Es wäre einfacher gewesen, hätten die Anschuldigungen keinerlei Wahrheit enthalten. Jene Nacht wollte aus seiner Erinnerung aufsteigen, doch Rein wehrte sich dagegen. Es hatte lange genug gedauert, bis er sogar für seine Freunde und Angestellten wieder erträglich geworden war. So weit durfte es nicht mehr kommen.

Räder ratterten auf der Mole, und eine Kutsche hielt. Der Lakai sah zerzaust und verärgert aus, als er herunterstieg und die Tür öffnete. Temple schob sich aus der Kutsche und stolperte auf der Stufe. Rein trat an die Reling und sah zu, wie er unsicher den Landungssteg heraufkam. Einen Moment sah es so aus, als würde er ins Wasser fallen.

»Guten Tag, Captain.« Temple nahm den Dreispitz

ab, verbeugte sich tief und schwankte wie ein Baum im Wind.

Rein verschränkte die Arme vor der Brust und betrachtete ihn vom Scheitel bis zur Sohle.

Temple grinste.

Rein lächelte nicht einmal. Der Mann roch nach Wein, Sex und Parfum. Schon wieder.

»Hast du die Pferde und meinen Kutscher den ganzen Abend herumgejagt, oder habt ihr ein Zimmer ...?« Rein verstummte, als Temple den Kopf schüttelte.

»Tut mir leid. Ich entschuldige mich später bei Fergus.«

»Beim Donner, Temp, es ist ungesund, dermaßen besessen und unvorsichtig ...«

»Du bist nur eifersüchtig.«

»Und du bist nicht besser als eine billige Hure«, erwiderte Rein geringschätzig.

Temple richtete sich gerade auf. »Ja, das bin ich.«

»Das muss aber nicht sein.«

»Hebe deine Rechtschaffenheit für jemanden auf, der sie haben will«, fauchte Temple. »Denn wir beide, Captain, sind aus demselben Holz geschnitzt.«

Reins Gesicht verschloss sich.

Michaela trug das schwere Tablett mit der Teekanne und dem Gebäck vorsichtig zum Arbeitszimmer. Seit Stunden servierte sie nun schon. Die fünf Männer saßen bereits beinahe den ganzen Vormittag beisammen. Sie betrachtete die Teekanne, verlor sich für einen Moment in Gedanken an einen hoch gewachsenen und sagenhaft aussehenden Mann, vom Regen durchnässt und allein, und dachte daran, wie sie die Daumen in einem geheimen Schwur aneinander pressten. In jenem Moment war ein zerbrechliches Vertrauen entstanden.

Gestern Abend war es zerstört worden.

Sie holte tief Luft und schritt weiter durch den langen Korridor.

Seine Ehefrau. Er hatte seine Frau umgebracht. Es gab keinen Beweis und keinen Gegenbeweis. Nur er kannte die Wahrheit. Michaela wusste zwar nicht mehr genau, was Cassandra ihr erzählt hatte, doch sie wollte glauben, dass die Anschuldigungen unbegründet waren. Aber er war geflohen … Andererseits wusste sie nicht genug von Rein, um über ihn zu urteilen, und sie hatte keine Ahnung, was für ein Mann er in den zehn Jahren seit dem Vorfall geworden war. Sie ahnte nicht einmal, ob er jetzt zu einer solchen Tat fähig gewesen wäre.

Wenn Lady Buckland auf die gleiche Art gestorben war, dann … nun, dann musste es noch weitere Beweise geben.

Sie blieb vor der Tür stehen und wollte mit dem Fuß dagegen klopfen, tat es jedoch nicht, als Reins Name fiel. Michaela beugte sich näher zur Tür.

Sprecht doch lauter, dachte sie gereizt.

»Er weigerte sich«, sagte Onkel Atwell.

»Nun, es war dumm von Euch, ihn zu fragen.«

»Wie bitte?«

»Er ist ein Verbrecher.«

Michaela hätte gern gewusst, was sie von Rein verlangt hatten. Es freute sie allerdings, dass er abgelehnt hatte.

»Und wie sollen wir eines bekommen? Stehlen?«

»Als ob das möglich wäre«, sagte eine vertraute Stimme. Winters, der elende Kerl.

»Habt Ihr eines? Irgendeiner von uns? Bei ihm würde es kein Misstrauen erregen. Er segelt ständig in gefährlichen Gewässern.«

»Das machen seine Männer. Er ist selten in London, aber zweimal im Jahr.«

»Dann müssen wir zugreifen, bevor sie lossegelt.«

Wer? Ein Schiff oder eine Frau?

»Unmöglich. Es würde nicht einmal das offene Meer erreichen.«

Also ein Schiff.

Eine Weile herrschte Stille, dann hörte Michaela etwas, das sie wie ein Schlag traf.

»Sobald wir uns die Ladung Gold angeeignet haben, ist der Krieg für uns vorüber.«

Das Tablett fiel ihr aus der Hand und krachte auf den Fußboden. Heißer Tee, Marmelade und Butter spritzten nach allen Seiten. Brötchen und Kuchenstücke rollten davon. Michaela sank auf die Knie, als die Tür aufgerissen wurde.

»Verzeih, Onkel«, schluchzte sie. »Ich bin ausgerutscht. Ich wollte klopfen, konnte aber das schwere Tablett nicht halten. Alles kaputt«, jammerte sie. »Einfach alles!« Hastig sammelte sie die Scherben ein.

Agnes erschien am Ende des Korridors. Michaela sah sie flehend an.

Onkel Atwell packte sie am Arm und zerrte sie vom Boden hoch. »Wie lange bist du schon hier?«

Sie sah ihn ängstlich und verwirrt an. »Ich verstehe dich nicht.« Hoffentlich wirkte sie dumm genug.

»Wie lange?«, schrie er und schüttelte sie.

»Hier im Haus? Nun, den ganzen Vormittag.«

Er versetzte ihr eine harte Ohrfeige. »Antworte!«

Tränen liefen ihr über die schmerzende Wange. »Ich verstehe dich nicht, Onkel. Ich habe nur getan, was du verlangt hast … das Tablett … und ich wollte klopfen …« Sie rang nach Atem. »Es ist mir aus der Hand gefallen. Was willst du denn noch wissen?«, rief sie weinend. Aus dem Augenwinkel sah sie, wie Major

Winters aus seinem Sessel aufstand und näher kam, während ihr die anderen Männer den Rücken zuwandten. Sie erkannte allerdings Rathgoode an seinem Spitzbart und Colonel Prather.

»Wenn du lügst ...« Ihr Onkel stieß sie so heftig von sich, dass sie zu Boden sank und schon dachte, er würde sie treten. »Räum das hier weg und bring dann ein anderes Tablett. Und beeil dich!« Er wich zurück und schloss die Tür.

Es folgte ein erhitztes, leises Gespräch, und während Michaela eilig aufräumte, hörte sie »eine Plage« und »so ein völlig ungeschicktes Wesen«. Ihr Onkel wurde bemitleidet, weil er eine solche Frau im Haus hatte. Sie wischte die Tränen von den Wangen und sammelte die Scherben ein.

»Ach, Miss«, sagte Agnes voll Mitgefühl.

»Es ist schon gut, Agnes. Tut mir nur leid um das Geschirr.«

»Macht Euch deshalb keine Gedanken, meine Liebe. Geht nach oben und säubert Euch. Ich erledige das hier.«

Michaela schniefte und nickte, legte einen gesprungenen Deckel auf das Tablett und ging zur Treppe. Ihr Gesicht brannte von dem Schlag, und während sie nach oben eilte, hoffte sie nur, dass man keine Spuren sah.

Argyle bekommt einen Tobsuchtsanfall, dachte sie. Wenn er auch nur ein Wort gegen ihren Onkel sagte, wurde er gefeuert, aber sie brauchte ihre wenigen Freunde. In ihrem Gemach angekommen, verschloss sie die Tür. Das Feuer im Erdgeschoss wärmte über Röhren auch ihr Zimmer. Sie kniete neben dem kleinen Ofen und lauschte auf die Stimmen, die durch die Röhren zu ihr drangen. Sie brauchte noch mehr Informationen, und dies war die einzige Möglichkeit, weil sie nicht wieder vor dem Arbeitszimmer lauschen konnte.

»Die *Victoria*«, hörte sie. »... Tausende Pfund ... für den Zugriff.«

Pfunde wovon? Schießpulver? Munition? Nein. Die *Victoria* brachte Nachschub und Bezahlung für die Männer, die bereits in Amerika kämpften. Lieber Himmel, dachte sie, mit »Pfund« waren Pfund Sterling gemeint.

Michaela schnappte nur zusammenhanglose Wortfetzen auf und hätte den Männern am liebsten zugeschrien, sie sollten nicht durch den Raum gehen, sondern in den Ofen sprechen. Plötzlich erfüllte ihr einer den Wunsch.

»Wir müssen uns ihren Forderungen ohnehin beugen. Es wird bald vorüber sein.«

Wollte England die Rechte der Amerikaner anerkennen? Oder nur diese Männer? Aber was war das für eine schwache Rechtfertigung für einen Diebstahl!

»... in drei Monaten segeln, und ... keiner von uns der Kapitän ist, müssen wir Gewalt anwenden.«

Michaela holte scharf Atem. Sie wollten das Geld rauben, mit dem ihre eigenen Truppen mit Nahrung und Kleidung versorgt werden sollten? Die Soldaten gehorchten nur den Befehlen und dienten König und Vaterland.

Einen Moment wog sie gegeneinander ab, was es bedeutete, den Feind mit Informationen zu versorgen oder die eigenen Truppen zu bestehlen, die bereits seit Monaten keine richtigen Rationen mehr erhalten hatten. Diese fünf britischen Offizieren wollten ihre eigenen Landsleute hungern und deren Familien in den Schuldturm wandern lassen. Sie handelten aus bloßer Gier, obwohl sie sowieso schon mehr als die meisten Menschen besaßen.

Und wenn sie das Schiff überfielen, mussten sie alle an Bord töten, um keine Spuren zu hinterlassen. Vor Zorn ballte sie die Hände zu Fäusten. Dafür sollten diese Männer erschossen werden, doch es handelte sich nur um einen Plan. Ein Gespräch war kein Beweis.

Solange der Angriff auf das Schiff nicht erfolgte, hatte sie nichts gegen sie in der Hand.

Nickolas dagegen konnte vielleicht etwas unternehmen.

Er war der Einzige, der diese Information den richtigen Leuten zuspielen konnte, Leuten, die sich auf diesen Angriff vorbereiten würden.

Die Unterhaltung lief gedämpft weiter, und Michaela beugte sich weiter vor, um noch etwas zu hören. Das Feuer im Ofen knisterte, und sie sog prüfend die Luft ein und blickte an sich hinunter. Ihr Kleid war in Brand geraten.

»Lieber Himmel!«

Sie schlug auf den glosenden Stoff, doch die Glut breitete sich aus. Wunderbar, dachte sie, sprang auf und lief zum Wasserkrug auf der Kommode, griff danach und leerte ihn über dem Kleid aus. Der Stoff rauchte. Seufzend fasste Michaela sich an die Stirn und hinterließ einen Rußfleck. Es war wirklich sehr ärgerlich, wie sie das Pech anzog. Wie sollte sie bloß diese Revolution überleben?

Schließlich kehrte sie zum Ofen zurück, achtete auf den nötigen Abstand und lauschte, bis die Männer sich trennten. Dann stieg sie die Hintertreppe mit einem bunten Schal in der Hand zum Dachboden hinauf.

15

Michaela beugte sich weit über den brodelnden Kessel, tauchte die Schöpfkelle tief ein und füllte eine hölzerne Schale, die sie dem nächsten Kind reichen wollte. Es war ein Junge mit brauner Haut und langem schwarzem Haar. Ihr Blick tauchte in seine braunen Augen, doch sie sah helle Augen vor sich. Es versetzte ihr einen Stich ins Herz. Sie konnte sich nicht vorstellen, dass der Mann, der sie so sanft geküsst hatte, seiner Ehefrau die Kehle durchgeschnitten hatte.

»Wir sollen ihnen zu essen geben«, sagte neben ihr eine Stimme, und sie erhielt einen Stoß in die Seite. »Sie sollen hier keine Wurzeln schlagen.«

Michaela sah zuerst Cassandra und dann die Schlange armer Iren, Inder und Juden an. Rasch entschuldigte sie sich und verteilte weiter das Essen.

»Ich komme mir wie ein Hündchen an der Leine vor.« Cassandra deutete zur Tür, an der einer ihrer Brüder stand und jeden Mann beäugte, als wollte er seine Schwester ermorden.

»Sei froh, dass sich jemand um dich kümmert, Randi.«

»Kümmern und erdrücken ist nicht dasselbe. Und wie nennst du deinen Wachhund?«

Michaela stöhnte leise, als sie Major Winters in der Tür entdeckte. Er sah sich angewidert um. »Den nenne ich einen Speichellecker«, sagte sie leise. »Ich habe ihn jedenfalls nicht eingeladen.«

»Ich habe selbst mehrmals gesehen, wie du ihn abgewiesen hast. Entweder ist er verliebt, oder er hat wenig Verstand.«

»Er hat gar keinen.« Ob ihr Onkel ihn geschickt hatte? Nachdem sie beim Lauschen ertappt worden war, hatte er vielleicht Angst vor Verrat.

In diesem Moment kam Pater Pete zu ihnen und meinte, die Schlange wäre schon kürzer geworden, und er und die Schwestern könnten jetzt übernehmen. Michaela wischte sich die Hände an der Schürze ab, und die beiden Frauen traten ans Waschbecken.

Michaela sah auf die Uhr ihres Vaters. Nickolas würde zwar am Treffpunkt auf sie warten, doch es war für ihn sehr riskant, sich lange an einem Ort aufzuhalten. Der Doppelagent bedrohte sie alle. Ihr eigenes Leben war für die Rebellion unwichtig, doch Nickolas war unentbehrlich. »Ich muss kurz weg«, flüsterte sie.

Cassandra sah sie erstaunt an. »Ohne Begleitung?«

»Es muss sein, Randi.«

Cassandra nickte. »Ich kümmere mich darum. Hol deinen Mantel und schleich dich weg. Ich lenke ihn ab. Mein Bruder lässt ihn ohnehin nicht zu uns«, fügte sie hinzu. »Und achte darauf, dass ich es nicht bereue.«

»Ich bin bewaffnet«, flüsterte Michaela, nahm die schmutzige Schürze ab und warf sie zu den anderen.

»Du bist sehr tapfer«, flüsterte Cassandra neidisch.

»Oder nur unbeschreiblich dumm.« Es war höchst riskant, ohne Verkleidung durch die Straßen zu laufen.

»Soll Argyle dich abholen?«

Sie nickte. »Sag dem Major, ich müsste einkaufen.«

Cassandra sah sich um. Winters unterhielt sich mit Adam. »Eines Tages wirst du mir verraten, wieso du nicht einfach heiratest, um von allem wegzukommen. Und ich werde dir zuhören, ohne über dich zu urteilen.«

Michaela war gerührt. Ihre Freundin sprach aus Zuneigung und Sorge und nicht aus Neugierde. »Danke, Randi.«

»Sei vorsichtig. Und ich hoffe, dass er attraktiv ist.«

Michaela schüttelte verblüfft den Kopf.

»Der Mann, den du triffst.«

Michaela ließ ihre Freundin in dem Glauben und holte ihren Mantel, während Randi zu ihrem Bruder ging. Dabei tat sie, als würde sie stolpern, und fiel gegen Winters. Er legte ihr sofort die Hände an die schmale Taille. Michaela wartete nicht ab, wie es weiterging, sondern schlüpfte zur Tür hinaus und lief auf die Straße. Entschlossen eilte sie zur Kirche, in der sie sich auf Nickolas' Weisung dem Priester anvertrauen sollte. Obwohl sie lieber vorsichtig gewesen wäre, hielt sie sich an seine Entscheidung. Sie hatte Pater Joseph schon bei Kleidersammlungen kennen gelernt. Er hatte auch mehrmals Lebensmittel an Briten geschickt, die von den Amerikanern gefangen gehalten wurden. Die Briten ließen diese Lieferungen durch ihre Blockade, und die Amerikaner waren großzügig genug, um sie ihren Gefangenen auszuhändigen. Michaela bezweifelte, dass dies auch umgekehrt funktioniert hätte. Es war jedenfalls die einzige Möglichkeit, um Versorgung ins Land zu schicken. Engländer, die mit den Rebellen sympathisierten, traten einen Teil der Lieferungen an die bunt zusammengewürfelte Armee ab.

Sie erreichte die Kirche ohne Zwischenfall und ging durch die Sakristei hinein. Kerzen brannten in einigen Ecken. Michaela hatte zwar schon lange keine Kirche mehr aufgesucht, doch es erschien ihr frevlerisch, das geheiligte Gebäude für ein Treffen zu missbrauchen.

Der alte Priester tauchte langsam aus der Dunkelheit auf und kam vorsichtig auf sie zu. Michaela bekreuzigte sich und betrat den Mittelgang. Pater Joseph blieb stehen und stützte sich auf eine Kirchenbank.

»Guten Tag, Pater.«

»Geht, Kind.«

»Das kann ich nicht. Ich muss ihn hier treffen.« Sie sah sich nach Nickolas um.

Der Geistliche verzog das Gesicht und presste die Lippen so fest zusammen, dass sie nur einen weißen Strich bildeten. Dann beugte er sich vor, als wollte er ihr etwas ins Ohr flüstern. Sie neigte den Kopf. Plötzlich fiel er gegen sie. Michaela wankte und stützte ihn an den Schultern – und sah den Messergriff aus seinem Rücken ragen.

»Um Himmels willen.« Sie versuchte, in der Dunkelheit den Mörder auszumachen, wurde jedoch durch den schweren Körper zu Boden gedrückt. »Pater! Pater!« Sie hielt ihn in den Armen und wagte nicht, das Messer herauszuziehen, um ihn nicht noch schwerer zu verletzen.

»Lauf, Kind«, stieß er hervor, krallte sich an ihrem Arm fest und holte ein letztes Mal Luft. »Lauf!«

Er sackte schlaff gegen sie. Michaela befreite sich von dem Toten und lief zum Altar. Dabei zog sie die Pistole. Schnelle Schritte folgten ihr. Sie raffte die Röcke und rannte zur Tür. Der Riegel klemmte. Sie zerrte und zog daran. Die Schritte kamen näher. Noch ein harter Ruck am Riegel. Sie schickte ein Stoßgebet zum Himmel, und die Tür flog auf. Michaela rannte durch einen schmalen Durchgang zur Straße, ohne sich umzudrehen. An der Ecke rutschte sie auf dem Schmutz aus, hielt sich an der Wand fest und hielt Ausschau nach vertrauten Gesichtern, Soldaten oder Polizisten. Dann erst mischte sie sich mit gesenktem Kopf unter die Passanten. An der nächsten Seitenstraße packte jemand sie an den Schultern. Sofort richtete sie die Waffe auf seine Magengrube und hob den Kopf.

»Nickolas!«

»Joseph wird sich aufregen, wenn du abdrückst.«

Sie zog sich in einen leeren Hauseingang zurück. »Er ist tot«, sagte sie tonlos und steckte die Pistole weg. »Pater Joseph ist tot.«

Er fluchte und zog sie mit sich von der Kirche weg. »Hat dich jemand gesehen?«

Sie überlegte.

»Es war zu dunkel.«

»Das wollen wir hoffen.« Er drückte sie fest an sich und machte so lange Schritte, dass sie neben ihm laufen musste. »Der Mörder war hinter dem Schutzengel her.«

Sie verzog keine Miene, weil sie das Risiko kannte. »Ich passe schon auf mich auf. Wusste jemand, dass wir uns dort treffen würden?«

»Nein, aber es ist ein Treffpunkt für die anderen. Das ändert nun vieles, Michaela. Der Pater half mir bei der Suche nach dem Verräter. Ich muss dich von hier wegschaffen. Erwarte mich oder den ›Händler‹. Keinen anderen, ist das klar?«

»Ja, natürlich«, erwiderte sie betroffen. »Das Schlimmste hast du aber noch gar nicht gehört.«

Ein Schrei gellte. Dann riefen Leute durcheinander. Der Aufruhr fand ganz in der Nähe statt. Soldaten liefen in Scharen zur Kirche.

»Geh, geh!«, drängte Nickolas, als sie ihm etwas sagen wollte. »Triff mich in vier Tagen im Red Badger.«

Sie flohen in entgegengesetzte Richtungen, rannten zwischen Leuten durch, duckten sich hinter Kutschen und Verkaufsstände und tauchten erneut ins Gewühl ein. Michaela sah sich um, ging langsamer und hielt sich die schmerzende Seite.

Soldaten schwärmten durch die Straßen, hielten unschuldige Menschen an und überprüften ihre Gesichter. Michaela beeilte sich, lief, ging ein Stück und lief wieder. Schließlich sprang sie hinten auf eine fahrende Kutsche auf und verstauchte sich beinahe den Fuß, als sie wieder absprang. Erleichtert überquerte sie die Straße zur Suppenküche. Als sie um die Ecke bog, wischte sie sich mit dem Saum des Mantels über das verschwitzte Gesicht und sah sich nach Argyle um. Er war nicht hier. Danach warf sie einen Blick in das heruntergekommene Lagerhaus und betrachtete die Leute, die eine warme Schlafstelle suchten. Cassandra war nicht mehr da, aber vielleicht hielt sich der Major noch in der Nähe auf, um sie zu belästigen.

»Einkaufen gewesen?«

Sie stieß einen Schrei aus und wirbelte mit der Pistole im Anschlag herum. »Mach das nie wieder!«, rief sie und versetzte Argyle einen Stoß. »Niemals wieder!«

Er zog sie lächelnd an den Schultern zu sich heran. »Ich weiß nicht, was du im Schilde führst, Mädchen«, sagte er leise, als er sie beben fühlte. »Aber ich bringe dich nach Hause.«

Sie nickte, wich zurück, steckte die Pistole weg und stieg neben ihm auf den Karren. Argyle sah sie besorgt an und ruckte an den Zügeln. Der Karren setzte sich in Bewegung, und sie lehnte sich erschöpft auf dem harten Sitz zurück. Tränen brannten in ihren Augen. Sie sah den alten Priester mit dem Messer im Rücken vor sich. Es war doch sinnlos, ihn zu töten, dachte sie. Dafür werden die Schuldigen bezahlen.

Vielleicht bekam sie keine Chance mehr, für Gerechtigkeit zu sorgen. Wenn der Mörder sie gesehen hatte, würde sie noch heute verhaftet werden. Der Gedanke beunruhigte sie weniger als erwartet. Sie zweifelte nicht daran, dass der Doppelagent der Mörder war. Der Priester hatte vermutlich herausgefunden, von wem die falschen Informationen stammten. Nickolas befand sich in größerer Gefahr als sie. Vielleicht hatte er diesen Agenten sogar persönlich getroffen, und Nick war nicht nur der Anführer der Rebellen in England. Er hatte zwar nie darüber gesprochen, aber die Söhne der Freiheit mischten sich auch unter die Spitzen der englischen Gesellschaft. Ihr Leben war bedroht, doch für Nickolas war es viel schlimmer. Er hatte mehr zu verlieren.

Er hatte eine Familie, die ihn vermissen würde.

Wie sollte sie das Haus verlassen und zum Red Badger gelangen, ohne dass Onkel Atwell Verdacht schöpfte? Vor allem, wenn sie keine Ausrede parat hatte?

Niemand bemerkte das Blut an seinen Händen. Trotzdem holte er ein weißes Taschentuch hervor und wischte damit über die Flecken. Soldaten stießen ihn an, während er die Straße entlangging, und liefen zum Schauplatz des Verbrechens. Er ging langsamer und schluckte heftig. Es war schon einige Zeit her, dass er töten musste. Das Gefühl war nicht so abstoßend, wie er in Erinnerung hatte. Er ließ das befleckte Taschentuch fallen und ging weiter. Er musste noch andere Pflichten erledigen. Dazu gehörte, den Schutzengel zu entlarven.

Nickolas ging in dem gemieteten Zimmer auf und ab und strich sich durchs Haar. Er befand sich in Aufruhr. Schon früher hatten Frauen für ihn gearbeitet. Sie hielten gewaltigem Druck besser stand als Männer. Seine eigene Frau war dafür ein hervorragendes Beispiel. Doch Michaela war für ihn wie eine Tochter, auch wenn es unklug war, sie angesichts der ihr drohenden Gefahren so zu sehen.

Er gewann nur Abstand, wenn er um Hilfe bat. Da

sich ein Doppelagent eingeschlichen hatte, konnte er Michaela nur durch übergroße Vorsicht und ein Mindestmaß an Vertrauen am Leben erhalten. Seine besten Leute, Amerikas treueste Söhne, achteten auf sie und sollten jede Veränderung in Atwells Haushalt melden. Auch verdächtiges Verhalten konnte ihn zu dem Doppelagent führen, der Michaela nach dem Mord an dem Priester gesehen hatte. Doch Nickolas wartete noch auf Nachricht.

Er trat ans Fenster, zog den Vorhang zurück und blickte auf die Straße hinunter. Die Herberge war weit genug von der Innenstadt mit ihrem Schmutz entfernt. Er riskierte viel, indem er sich hier so lange aufhielt. Trotzdem wollte er warten, auch wenn Michaela erst in zwei Tagen eintreffen sollte. Falls seine Gebete nicht erhört wurden, musste er sie selbst suchen.

Es klopfte an der Tür. Nickolas holte die Pistole unter dem Wams hervor und löschte die Kerzen.

»Ja?«

»Verdammt, Mann, öffne!«

Seufzend zog Nickolas die Tür einen Spalt auf und hielt die Pistole schussbereit.

Rein blickte ungeduldig auf die Waffe.

Nick ließ ihn eintreten, und Rein schloss die Tür.

»Schön, dich zu sehen, Nick«, sagte Rein lächelnd und reichte ihm die Hand.

»Dabei will ich gar nicht gesehen werden.« Nick ergriff seine Hand.

Rein runzelte die Stirn. »Du bist in Schwierigkeiten.«

»Ein wenig.« Nick deutete auf den kleinen Tisch und die Stühle neben dem Feuer, und Rein nahm den Umhang von den Schultern und warf ihn aufs Bett. Nickolas zündete die Kerzen wieder an und füllte Gläser aus der Karaffe auf dem Tisch.

»Ich brauche deine Hilfe.«

»Ich soll ich drei Tagen in See stechen, Nick.« Rein wählte den Stuhl neben dem Feuer.

»Ich würde dich nicht bitten, ginge es nicht um Leben und Tod.«

Rein lehnte sich zurück. Nickolas Ryder war einer der besten Freunde seines Vaters. Ihm eine Bitte abzuschlagen, wäre einem Verrat an Ransom gleichgekommen. Er schloss kurz die Augen. Obwohl er von Michaela weit weg wollte, würde er um des Mannes willen, der ihn aufgezogen hatte, bleiben.

Als er die Augen öffnete, sah Nick ihn an und wartete auf seine Antwort. »Ich kann an meiner Stelle einen anderen auf See schicken«, sagte Rein.

Nickolas nickte. »Danke.«

»Euer Kampf kostet dich viel mehr als mich, Nick.« Nick hatte eine Familie, die ihn brauchte, und eine Frau, die ihn anbetete. Hätte Rein so viel besessen, hätte ihn kein Krieg von daheim fern gehalten.

»Es ginge schneller, würdest du zu uns stoßen«, meinte Nickolas.

Rein lächelte und schüttelte den Kopf. »Ich bin mit Kämpfen gegen Piraten und britische Sklavenhändler aufgewachsen und will nichts mehr von dem Gemetzel wissen.«

»Ich habe auch zu viel vom Krieg gesehen. Doch jetzt treiben mich wie damals Ransom die Grausamkeiten und die Unterdrückung an.«

»Lügner«, wehrte Rein ab. »Dich treiben bittere Erinnerungen und Vergeltung an.«

Nickolas zuckte zurück. »Unverschämter Kerl!«

»Ja, und ein Bastard, aber ich habe mehr Grund als du, mein Freund, die Briten zu verachten. Dein Kampf für Freiheit wird nichts in meinem Leben ändern. Ich kann lediglich meine Zeit hier ertragen, bis ich wieder nach Hause zurückkehre.«

Nick zog die grauen Augenbrauen zusammen. »Ich sehe nicht den Mann vor mir, den Ransom aufgezogen hat. Dieser Mann würde sich nicht von denen abwenden, die ihn brauchen.«

»Öffne deine Augen, Nickolas!«, zischte Rein. »Dieser Junge wurde schon vor Jahren selbstständig. Ich wende mich von niemandem ab, der mich braucht. Wenn ihr euren Kampf nicht gewinnt, werden Tausende verlieren, die an eure Ideale glauben. Und wie wird England sie dann bestrafen? Falls ich zu euch stoße, würden Hunderte darunter leiden. Ich bin für zu viele unschuldige Menschen verantwortlich, die nichts von den Kolonien und der verdammten Rebellion wissen. Sie überleben nur durch mich. Wer will entscheiden, welches Menschenleben mehr wert ist? Und wer bin ich, dass ich anderen meine Ansichten aufzwinge und sie dafür mit allem bezahlen lasse, wofür sie gearbeitet haben?«

Nick lächelte stolz. »Jetzt sprichst du wie Aurora.«

»Ein Kompliment? Beim Gott des Donners!«

»Wir werden siegen«, versicherte Nick.

»Das ist mir gleichgültig.« Rein zuckte mit den Schultern. »Ich habe dir meine Hilfe zugesagt, Nick. Für Ran werde ich dich aus dem Land schaffen und …«

»Es geht nicht um mich, sondern um einen meiner Helfer.«

»Ich bin kein Kindermädchen für die Spione der Rebellen.«

»Es ist der Schutzengel.«

Rein starrte ins Feuer und nahm einen Schluck. »Ich soll diesen Unruhestifter für dich verstecken?«

»Nein, du sollst ihn beschützen.«

Rein fluchte.

»Der Schutzengel war sehr lange Zeit völlig sicher.

Doch er wurde Zeuge eines Mordes, und ich habe keine Ahnung, ob der Mörder ihn erkannt hat.«

»Du bist sicher, dass nicht der Schutzengel der Mörder ist?«

»Ganz sicher.«

»Wenn er unschuldig ist, was macht er jetzt? Versteckt er sich?«

»Er lebt und hat vermutlich Todesangst.«

»Er könnte jederzeit verhaftet werden.«

»Es gibt keine Beweise. Nur ich weiß, wer der Schutzengel ist und was er für unsere Sache getan hat.«

Rein war entschlossen zu helfen. »Was brauchst du von mir?«

»Halte dich bereit. Sollte der Schutzengel entlarvt werden, musst du ihn in Sicherheit bringen.«

»Und es macht dir nichts aus, dass du dabei meine Schiffe und meine Leute in Gefahr bringst.«

Nick störte sich nicht an dem bitteren Ton. »Du bist geschickt, Rein. Niemand wird eine Spur finden, die zu dir führt.«

»Ich fühle mich geehrt, Nick, aber ich wurde wegen Lady Bucklands Tod verhört. Seither beschatten mich einige Polizisten.«

»Sie werden dich nicht anrühren. Lord North würde das nicht zulassen. Es ist viel zu wichtig, dass du weiterhin neutral bleibst.«

»Hoffentlich bereue ich meine Entscheidung nicht.« Rein leerte sein Glas und stand auf. »Lass dich warnen. Wenn ich mich zwischen dir und diesem Spion entscheiden muss, fällt meine Wahl auf dich.«

»Nein!« Nick sprang auf. »Schwöre mir auf der Stelle, Rein, dass du den Schutzengel retten wirst!«

Rein staunte über diese Heftigkeit. »Und wenn ich das nicht tue?«

»Dann«, antwortete Nick leise, »muss ich den Schutzengel eigenhändig töten.«

»Das ist nicht dein Ernst.«

»Wolltest du vielleicht sehen, wie ein ... ein Landsmann gefoltert wird? Und wir beide wissen, dass das geschehen würde. Es ist bereits grundlos vorgekommen. Das wünsche ich keinem meiner Helfer, Rein, und diesem schon gar nicht.«

Nach kurzem Zögern leistete Rein den gewünschten Schwur, und Nick war grenzenlos erleichtert. Er ließ sich wieder auf den Stuhl fallen.

»Du bist äußerst loyal, Nick.«

»Solltest du den Schutzengel jemals kennen lernen, wirst du mich verstehen.«

Nach dieser rätselhaften Bemerkung erklärte Nickolas den Plan zur Kontaktaufnahme und zur Befreiung des Schutzengels aus den Klauen der Machthaber, sollte das jemals nötig sein.

»Ich muss wissen, um wen es sich handelt.«

»Nur, wenn es absolut nötig ist. Vielleicht handelt es sich um falschen Alarm.«

»Aha, du vertraust nicht einmal mir.«

»Das ist Unsinn! Aber wenn du den Namen nicht kennst, kannst du ihn nicht enthüllen. Wärst du nicht auch lieber gestorben, als zu verraten, dass Ram der Red Lion war?«

»Ich würde jederzeit für ihn sterben, das weißt du.« Rein lehnte sich zurück. »Aber was ist, wenn dir etwas zustößt? Was dann? Was wird in diesem Fall aus deinem kostbaren Schutzengel?«

»Ich bin nicht in Gefahr. Niemand weiß, dass ich überhaupt in England bin.«

»*Ich* wusste es. Ich konnte dich nur nicht finden.«

»Du bist kein durchschnittlicher Londoner«, wehrte Nick ab.

Rein lachte bitter. »Wenn du wie die anderen denkst, ich hätte eine Ahnung, was in dieser Stadt vor sich geht, irrst du dich gewaltig. Für mich bleiben die Türen verschlossen.« Er stand auf, ging zur Tür und wandte sich noch einmal an den ältesten Freund seines Vaters. »Ich warte auf eine Nachricht, aber sie muss direkt von dir kommen.«

Die Tür schloss sich hinter Rein. Nickolas lauschte auf den Hufschlag, der sich von der Herberge entfernte. Und er fragte sich, ob Ransom ihm verzeihen würde, dass er seinen ältesten Sohn in diese Sache hineingezogen hatte.

16

Vom Achterdeck der *Empress* aus beobachtete Rein, wie ihr Schwesterschiff, die *Sentinel*, in den Hafen segelte. Das Boot der Hafenbehörde fuhr ihr bereits entgegen, um die Ladung zu überprüfen. Offenbar bedeutete Mordverdacht, dass er auch als Händler nicht mehr vertrauenswürdig war.

Rein hob das Fernglas ans Auge. Er erkannte zwei der Männer, aber nicht die begleitenden Offiziere. Benson ist anständig und gerecht, dachte Rein, obwohl die Zeiten in England unsicher waren. Er wollte nicht, dass seine Schiffe und Leute in den Aufruhr verwickelt wurden.

Er war kein englischer Untertan, und seine Geschäfte wurden auch nicht unter der Herrschaft der Krone abgewickelt. Rein wollte aber auch nicht seine britischen Kontakte zerstören, indem er die Autoritäten wegen des Krieges verärgerte.

England würde immer wieder irgendein armes, ahnungsloses Land erobern.

Jetzt musste er jemanden finden, auf den er sich verlassen konnte. Sein Stellvertreter musste in Afrika wegen der Ernte verhandeln, damit er, Rein, das Nickolas gegebene Versprechen halten konnte. Verdammt, dachte er und wünschte sich, die Welt mit ihrem Chaos würde sich wenigstens für zwei Wochen in Nichts auflösen.

»Captain?«

»Ja?«

»Er ist wach.«

Rein schob das Fernglas zusammen und wandte sich zu Leelan.

Mr Baynes deutete nach unten, und Rein beugte sich vor und sah Temple an Deck wanken. Rein fühlte förmlich die Leiden des Mannes. Matthews zog den Dreispitz in die Stirn und schirmte die Augen gegen die Sonne ab.

Wenigstens hat er gebadet und trägt saubere Kleidung, dachte Rein und trat an die Reling. »Mr Matthews!«, rief er lauter und fröhlicher als nötig nach unten.

Temple zuckte zusammen. »Aye, Captain.«

»Bereite dich darauf vor, an Bord der *Sentinel* zu gehen.«

Temple warf einen Blick über das Wasser und wandte sich dann wieder Rein zu.

Vorsichtig näherte er sich der Leiter zum Achterdeck, als würde die kleinste Bewegung seinen Körper erschüttern. Leelan lachte leise.

»Sir?« Temple kletterte herauf, klammerte sich dabei an die Leiter und schwor sich, nie wieder zu trinken.

»Suche deine Sachen zusammen und geh an Bord der *Sentinel*. Sie hat nur einen Ersten Maat. Du verdrängst also niemanden, wenn du Captain wirst. Lass die Ladung löschen, und nimm Vorräte für eine einmonatige Reise an Bord. Auf Madagaskar lässt du sie beladen. Danach geht es nach Kapstadt. Ich möchte, dass du den Preis für die Darjeeling-Ernte aushandelst.« Rein verstand Temples Erstaunen. Er ließ selten einen anderen den Preis für den kostbaren Tee vereinbaren, weil davon die Gehälter seiner Angestellten abhingen. »Ich nehme an, du wirst eine anständige Summe erzielen.« Rein wusste, dass Temple ein ehrlicher Mann war. Temple nickte. »Ausgezeichnet. Du stichst mit der Abendflut in See.«

Temple warf noch einen Blick auf das Schiff und wandte sich wieder an Rein. Kapstadt war der letzte Ort der Welt, an den er sich wünschte, und Rein wusste das.

»Willst du noch etwas sagen?«

»Nein, Sir.« Temple verzog das Gesicht wegen des Lärms auf dem Pier. »Wohin geht es nach Kapstadt … Sir?«

»Hierher zurück. Bericht nur an mich.«

Temple nickte und stöhnte, weil sein Kopf schmerzte.

»Versuche es mit Kaffee. Die Wirkung ist erstaunlich.«

Temple lächelte schwach und kletterte vorsichtig die Leiter wieder hinunter.

Rein wandte sich von der Reling ab. »Sagt kein Wort«, warnte er Leelan, der ihn kritisch betrachtete.

Baynes nickte. »Ihr glaubt, die Reise kann einen gebrochenen Mann heilen?«

Rein seufzte schwer. »Wer weiß? Aber ich bin sicher, dass es mit ihm nicht noch weiter abwärts gehen kann. Es ist eine Sache, seinen Platz und seine Aussichten im Leben zu kennen und sie zu akzeptieren. Es ist eine andere Sache, sogar das zu missachten und noch tiefer zu sinken.«

»Haltet Ihr Euch an Euren eigenen Rat?«

Rein sah ihn scharf an.

»Ich habe seit Jahren nicht gesehen, dass Ihr einer Frau den Hof macht.«

»Das hat wenig mit Frauen zu tun, Leelan.«

Der Steuermann deutete zur *Sentinel*. »Ihr schickt ihn weg, weil er sich nicht zügeln kann.«

»Doch, er kann es. Er will es nur nicht.« Rein

brauchte Temple und wusste, dass er ihm vertrauen konnte. »Auch wenn er mit jeder Frau auf dieser Welt schläft, wird er nicht die vergessen, die er tötete, Leelan. Er muss damit fertig werden, sonst verliert er seine Arbeit. Ich kann in meiner Company solche Unordnung nicht dulden. Ein wenig Enthaltsamkeit wird ihm gut tun«, sagte er, als Temple sein Zeug an Deck brachte und den Rest holen ging.

»Ihr richtet über ihn.«

»Ich achte auf meine Company und auf meinen Freund.«

»Und warum nicht auch auf Euch selbst?« Leelan deutete auf Temples Sachen. »Er schläft mit jeder, und Ihr fasst keine an, die einem im Gedächtnis bleibt.«

Rein runzelte die Stirn. »Das stimmt zwar nicht, aber ohne Heirat berühre ich keine Dame. Auf diese Weise wird nicht wieder eine Frau verletzt, Leelan.«

Der Steuermann schüttelte den Kopf. »Nur Ihr selbst. Temple leugnet einen Todesfall, und Ihr leugnet ein Leben für Euch selbst. Verdammt, Ihr seid reicher als Euer Vater und sein Vater. Wollt ihr das Geld mit ins Grab nehmen? Ihr seid ein guter Mensch, Rein. Ransom und Aurora sind sehr stolz auf Euch. Aber sie wollen bestimmt nicht, dass Ihr allein bleibt, nur weil ihr Blut nicht so rein ist wie blaues englisches Blut.«

Rein verschränkte die Arme vor der Brust. »Ihr seid heute Morgen höchst philosophisch gestimmt. Mir ist es gleichgültig, ob mein Blut weiß, rot oder grün ist.«

»Das ist der größte Unsinn, den ich jemals gehört habe.«

Rein zog die Augenbrauen hoch.

»Ransom hat gemischtes Blut, und seht Euch nur an, wie glücklich er ist.«

»Dank Aurora.«

»Ihr glaubt, dass es nur eine wie sie gibt?«

»Ja.«

Leelan lächelte. »Stimmt, sie ist eine ganz besondere Frau, doch das heißt nicht, dass es nicht noch eine zweite von dieser Art gibt.«

»Es reicht!«, wehrte Rein ab. »Aurora hat mir beigebracht, dass wir alle gleich sind, ungeachtet des Bluts in unseren Adern und unserer Vergangenheit. Das habe ich akzeptiert. Ich gönne jedem Menschen das Leben, zu dem er sich entschließt. Das ändert aber nichts daran, wie andere das sehen. Und Ihr wisst, dass das stimmt.«

Leelan seufzte und polierte das Messing am Steuerrad. »Allerdings.«

Rein stieg die Leiter hinunter. Als er die Kante erreichte, hörte er Leelan sagen: »Dickköpfiges Halbblut.«

Rein stieg wieder eine Sprosse höher. »Hässlicher Engländer«, erwiderte er, und Leelan lächelte.

Rein ging an Temple und dessen Gepäck vorbei in seine Kabine und schloss die Tür hinter sich. Er mochte Leelan wie einen Onkel, aber der Steuermann wagte sich auf ein Gebiet vor, von dem er sich besser fern halten sollte.

An seinem Schreibtisch arbeitete Rein an Ladelisten und Verträgen und sorgte dafür, dass zwei seiner Londoner Wohnsitze hergerichtet wurden. Es mochte nötig werden, dass sie bewohnbar waren, weil es wohl am leichtesten war, diesen Spion als Diener oder Matrosen auszugeben – sofern es sich nicht um eine bekannte Persönlichkeit handelte, was Rein allerdings stark vermutete. Andernfalls hätte Nickolas wohl nicht so eisern auf Schutz bestanden.

Es klopfte. Cabai erschien und ließ einen Gast eintreten.

»Rusty!« Rein stand lächelnd auf.

»Nett habt Ihr es hier«, erwiderte er und sah sich in der Kapitänskajüte um. »Soll ich Euch mit Sir ansprechen?«

»Bloß nicht«, wehrte er ab und bot seinem Besucher etwas zu trinken an, was abgelehnt wurde. Eine Zigarre nahm Rusty dagegen an. Rein lehnte sich an den Schreibtisch und deutete auf das Sofa.

Rusty ließ sich in die Kissen sinken. »Ich habe Neuigkeiten. Die drei sollen in zwei Monaten nach Marokko reisen.«

»Alle drei?«

»Ja. Seltsam. Kein Grund vorhanden, außer dass sie Truppen inspizieren, die nichts weiter machen, als die Pritschen in den Kasernen zu belegen.«

Zwei Monate, dachte Rein. Ob diese Sache mit dem Schutzengel vorher beendet sein würde? Scheiterte sein Unternehmen wegen des Versprechens, das er Nickolas gegeben hatte?

»Werdet Ihr ihn umbringen?«

Rein hob ruckartig den Kopf.

Rusty zuckte die Schultern. »Ich nehme an, Ihr habt mit einem von ihnen ein Hühnchen zu rupfen, auch wenn ich nicht weiß, um wen und worum es geht.«

»Das braucht Ihr auch nicht zu wissen.«

Rusty stieß den Rauch aus und nickte nachdenklich. »Ja, Ihr habt Recht. Ich will es auch gar nicht wissen.«

»Ihr bin Euch dankbar, dass Ihr Euch für mich umgehört habt.«

»Ihr erregt Misstrauen, nicht wahr?«, fragte Rusty seinen neuesten Freund. Es lag nicht an Reins Aussehen, sondern an seiner würdevollen Haltung, als könnte ihn nichts auf der Welt berühren.

Rein holte einen Beutel aus der obersten Schublade des Schreibtisches und warf ihn Rusty zu.

»Das ist zu viel«, stellte der fest, nachdem er den Beutel betastet hatte, und wollte ihn zurückgeben, doch Rein winkte ab.

Seit Katherines Tod erfuhr er gar nichts mehr, und er galt als Verdächtiger. Wegen des Versprechens, das er Nick gegeben hatte, konnte er nach seinem Vater erst wieder suchen, wenn dieser Spion in Sicherheit oder außer Landes war. »Ihr habt es Euch verdient, glaubt mir.«

»Schön, ich kann es gebrauchen.« Der Soldat steckte den Beutel lächelnd in sein Wams. »Ich möchte mir ein Haus kaufen.«

»Und vermutlich wollt Ihr dort nicht allein leben.«

Rusty grinste. »Mabel aus der Taverne.«

Rein erinnerte sich. »Ihr habt sie umworben?«

»Mann, ich habe sie überredet, einen alten Kerl wie mich zu heiraten.«

Heirat, dachte Rein, und prompt tauchte Michaelas Bild vor ihm auf. Seit dem Abend im Theater hatte er nichts mehr von ihr gehört. Bei seinen vorsichtigen Erkundigungen hatte er wenig Schmeichelhaftes über eine ungeschickte und langweilige Frau gehört. Das war jedoch nicht die Frau, die er kannte. Vielleicht lief sie jetzt schon wieder durch Londons Straßen.

»Seht zu, was Ihr noch herausfinden könnt, Sergeant Major.« In Straßenkleidung sah Rusty nicht mehr wie der Sergeant Major aus, den er in der Taverne kennen gelernt hatte. Für einen Mann, der in der Schlacht vielfachen Tod gesehen hatte, wirkte er außerdem sehr gut gelaunt. Rein erkundigte sich nach dem Grund.

»Ich werde in Zukunft in Frieden leben.«

Rein deutete auf die Jacke, in der das Geld steckte. »Den Frieden bringt Euch ein eigenes Haus?«

»Nein, eine Frau.«

»Gesellschaft für eine oder zwei Nächte könntet Ihr

überall für wenige Pennys finden.« Rein hasste seine zynischen Worte, doch einige Stunden mit bezahlten Frauen waren alles, was er in den letzten zehn Jahren erlebt hatte. Erst durch Michaela wusste er wieder, wie ein schlichter Kuss war.

»Nein, nein. Für einen großzügigen Mann seid Ihr manchmal schrecklich kalt. Hat Euch das jemals jemand gesagt? Eine Frau will mich mit allen meinen Fehlern. Mabel glaubt nicht, sie wäre besser als ich oder umgekehrt. Wir sind gleichwertig.«

Rein freute sich, dass Rusty jemanden gefunden hatte, mit dem er sein Leben teilen konnte. Vor Jahren war er selbst mit einer solchen Verbindung zufrieden gewesen. Doch die Beziehung mit der Tochter eines einfachen Inselbewohners war nur kurzlebig gewesen. Noch heute bereute er, seine unschuldige junge Frau nicht davor gewarnt zu haben, wie grausam die Welt außerhalb von Sanctuary sein konnte.

»Ich freue mich für Euch«, sagte er schließlich, als er merkte, dass Rusty ihn merkwürdig betrachtete, und stand auf.

Rusty erhob sich ebenfalls und steckte noch einige Zigarren aus der geschnitzten Schatulle auf dem Tisch ein. »Wollt Ihr darüber reden?«

»Nicht dieses Mal.«

»Ihr könnt gut zuhören, gebt aber selbst nichts preis.«

»Offenbar nicht.« Rein schrieb etwas auf ein Blatt Papier und reichte es ihm. »Wenn Ihr mich hier nicht findet, seht dort nach.«

Rusty steckte das Blatt ein, ohne auf die Adresse zu achten. »Habt Ihr Schwierigkeiten, Rein? Wenn euch vielleicht die Polizisten stören …«

»Nein, die haben sich zurückgezogen. Ich glaube nicht, dass ich ihr Hauptverdächtiger bin.«

Rusty zog an der Zigarre. »Ich bin keiner, der über eine Frau redet, noch dazu, wo Lady Buckland zum Adel gehörte. Aber die Frau war vertraut mit … gewissen Leuten.«

»Genau das hat mir die Schwierigkeiten verschafft.«

Rusty lachte leise. »Wahrscheinlich hat es auch Spaß gemacht. Aber wenn man sich genauer umsieht, findet man jede Menge Verdächtiger.«

Katherine hatte die Gesellschaft von mächtigen Männern genossen, die in die Geheimnisse ihres Landes eingeweiht waren.

Männer wie sein Vater.

»Germain, North, Rathgoode, Kipler.« Rusty ging zur Tür. »Sucht es Euch aus. Die Liste ist lang.«

Rein fragte sich, was diese Männer erzählt hatten, wenn sie in Katherines Armen gelegen hatten. Jedenfalls genug, dass ihr die Kehle durchgeschnitten wurde.

Michaela sah unsicher Lord Whitfield und dann ihren Onkel an, dem es sichtlich missfiel, dass sie einige Tage bei Cassandra verbringen sollte.

»Ihr könnt sicher auf sie verzichten«, sagte Adam. »Sie ist schließlich keine Dienstbotin.« Michaela blickte hastig zu Boden. Gut gemacht, Adam, dachte sie. »Schließlich gehört ihr das Haus.« O ja, ausgezeichnet.

»Ich bin ihr Vormund.«

»Vergebt mir, aber sie ist alt genug, um ihre Interessen selbst zu vertreten, Brigadier.« Er blickte kurz zu Michaela. »Das sollte keine Beleidigung sein.«

»So habe ich es auch nicht verstanden, Euer Gnaden.«

»Und wenn sie noch etwas erledigen soll, kann sie das gern jetzt tun.« Adam zog die Handschuhe aus.

»Nein, im Moment nicht, aber …«

Nein, dachte Michaela, die Geldeintreiber sind noch nicht hier.

Cassandra, die bisher klugerweise geschwiegen hatte, trat nun vor den Brigadier. »Die Wahrheit ist, Sir Denton, dass mein Bruder meint, ich würde ein Kindermädchen brauchen.« Sie warf Adam einen verdrossenen Blick zu. »Ich hätte lieber keines, und wenn Michaela auch eine etwas steife Matrone ist …« – Michaela verschluckte sich beinahe und überspielte es mit einem leichten Husten – »… so ist sie doch die meiste Zeit eine angenehme Gesellschafterin.«

Cassandra trat zu Michaelas Onkel und schob die Hand auf seinen Arm. Dabei schenkte sie ihm einen unwiderstehlichen Blick.

»Ich hoffe, dass Michaela Cassandras … unvorsichtige Natur während meiner Abwesenheit dämpft.«

»Bitte, Sir Denton«, sagte Cassandra.

»Zwei Tage.«

»Wir brauchen sie für mindestens vier.« Adam sah Michaela freundlich an. »Und wir würden sie auch gern länger bei uns behalten.«

»Also vier Tage.« Denton wandte sich an Michaela. »Ich muss dich wohl nicht daran erinnern, dass du dich angemessen benehmen sollst.«

»Das hast du soeben getan.« Du aufgeblasene Kröte!

»Ich danke Euch, Sir Denton.« Cassandra hauchte ihm einen Kuss auf die Wange, und Michaela ärgerte sich, als Onkel Atwell Cassandra herzlich anlächelte und ihre Hand tätschelte. Ihr gegenüber verhielt er sich nie so.

Sie brachen hastig auf. Lord Whitfield behauptete, unbedingt sicherstellen zu müssen, dass die beiden Damen in Cravenwood Hall sicher untergebracht waren, bevor er abreiste.

»Er ist ein selbstgefälliger, dünkelhafter Kerl.«

»Cassandra!«, tadelte Adam gereizt und zog die Handschuhe an, während die Kutsche sich in Bewegung setzte.

Michaela unterdrückte ein Lächeln, während Cassandra die Röcke glatt strich und ein Fell über ihre Beine legte.

»Das ist er, Adam, und du bist nur zu freundlich, um es auszusprechen.«

»Das nennt man Manieren. Du solltest es auch einmal damit versuchen.«

»Er hat Michaela erlaubt, mit uns zu fahren, oder?«

Adam murmelte etwas von den Launen der Frauen und der Gefahr, ihre Fähigkeit zu unterschätzen. »Ja, meine Liebste. Ich verlasse mich darauf, dass du dich benimmst, während ich den Kontinent bereise.«

»Was sollte ich sonst machen? Du nimmst mich ja nicht mit.«

»Wenn du nicht vorsichtig bist, bitte ich Captain McBain, auf dich aufzupassen.«

»Das würdest du doch nicht tun!«

»Cassandra, Vorsicht!« Michaela stieß sie an. »Du gräbst dir eine noch größere Grube, in die du fällst.«

»Hör auf sie, meine Liebe. Würdest du dich deiner Stellung gemäß verhalten, müssten Jace, Markus und ich nicht ständig unsere Pläne ändern, damit dich einer von uns bewacht.«

Cassandra gab sich sofort reuig. »Ich weiß, dass ich eine Last bin.«

»Und ich bete dich an«, versicherte ihr Bruder »Allerdings musst du Zurückhaltung lernen. Wie Michaela.«

»Ich bin nur zurückhaltend, weil ich keine Freiheit habe«, entgegnete Michaela.

»Bitte, Michaela, ich kenne Euch nun seit über zehn

Jahren. Nennt mich Adam. Ich höre meinen Namen so selten, dass ich ihn fast vergesse. In ein oder zwei Tagen werde ich Eurem Onkel eine Nachricht schicken, dass ich aufgehalten werde und Ihr Cassandra unbedingt noch Gesellschaft leisten müsst.«

Sie lächelte. »Lügt nicht für mich, Adam.«

Cassandra drückte ihre Hand. »Er lügt für mich.«

Michaela blickte aus dem Fenster, hatte jedoch keinen Blick für die Landschaft übrig. Sie selbst log und benutzte die beiden. In zwei Tagen sollte sie sich mit Nickolas treffen, und sie hoffte, dass Cassandra ihr helfen würde, wollte die Freundin jedoch nicht in ihre Probleme verstricken. Sie sollte nur für Ablenkung sorgen.

Michaela lehnte sich gegen das Fenster. Sie ahnte, dass sie nicht mehr lange als Spionin nützlich sein würde. Es war durchaus möglich, dass ihre wahre Identität aufflog. Und dann würde man sie ganz unauffällig eliminieren.

17

Michaela spürte, dass jemand sie beobachtete. Verstohlen sah sie sich um und achtete nicht auf Cassandras Plaudern, während sie an den eleganten Geschäften entlanggingen. Adam Whitfields Page und der bewaffnete Kutscher begleiteten sie, doch noch jemand achtete auf jede ihrer Bewegungen.

»Du bist sehr still«, sagte Cassandra.

Michaela lächelte ihr zu. »Du lässt mich ja kaum zu Wort kommen.«

»Ich freue mich einfach darüber, dass ich mit dir unterwegs bin.«

»Ich freue mich auch.« Michaela seufzte und betrachtete die Kleider im Schaufenster. »Es ist schon lange her, dass ich einkaufen war.«

»Dann wollen wir.« Bevor Michaela sie zurückhalten konnte, betrat Cassandra ein Geschäft. »Vielleicht französische Dessous?« Sie hob ein hauchdünnes Unterhemd mit Satinbesatz hoch und hielt es an ihre schlanke Gestalt.

»Wozu denn das?«, wehrte Michaela ab, obwohl sie sich insgeheim nach einem dermaßen frivolen Kleidungsstück sehnte.

»Es ist so herrlich sündig«, flüsterte Cassandra ihr mutwillig zu.

»Du wirst zum Stadtgespräch, wenn du das nicht aus der Hand legst.« Michaela deutete zum Schaufenster. Captain McBain stand davor und ließ sie beide nicht aus den Augen.

Cassandra schwenkte das durchsichtige Kleidungsstück, und McBain wurde rot und wandte sich missbilligend ab.

»Du bist schamlos, Randi«, zischte Michaela und nahm ihr das Unterhemd aus der Hand. »Du willst den armen Mann nur reizen.«

»Vermutlich hat er so etwas noch nie gesehen.« Sie wandte sich zum Schaufenster. »Ich wette, er zieht sich nur in der Dunkelheit aus und war noch nie mit einer Frau zusammen, sonst wäre er nicht so verklemmt.«

»Er ist ein wahrer Gentleman, und du solltest dich anständig benehmen.«

»Fang du nicht auch noch damit an«, stöhnte Cassandra und verließ das Geschäft. »Ich hatte gehofft, in dir eine Verbündete zu finden!«

»Vergiss es. Du brauchst keine Hilfe, um dich selbst in Schwierigkeiten zu bringen.« Schon zweimal an diesem Vormittag hatte sie Cassandra an ihrer Seite gewähnt und entdeckt, dass sie verschwunden war. Und sie hatte ihre Freundin in ziemlich anrüchigen Gegenden suchen müssen.

Sie näherten sich dem Laden einer Modistin. »Siehst du, wie die Männer dich anstarren?«

Michaela warf ihrer Freundin einen Blick zu. »Ich bin zu alt für solche Fantasien.« Sie war beinahe schon eine alte Jungfer und machte sich über ihr Aussehen keine Illusionen.

»Du müsstest einmal ordentlich geküsst werden«, behauptete Cassandra.

»Wie bitte?«

»Geküsst. Du weißt schon – wenn man Lippen auf Lippen drückt«, sagte sie amüsiert. »Vor allem mit jemandem vom anderen Geschlecht.«

Michaela dachte an Rein und die Lust, die sein Mund schenkte, und ihr wurde trotz der Kälte warm.

»Vielleicht mit ihm«, sagte Cassandra.

Michaela blickte an ihr vorbei. Rein! Er saß auf seinem Rappen und blickte über die Straße herüber. Imposant hob er sich auf dem Pferd vor der weißen Mauer ab. Sein Blick glitt über ihre Kleidung, und er lächelte andeutungsweise, als wollte er sagen, dass er sie so lieber sah als in der Kleidung eines Jungen. Der Wind spielte mit einer Strähne ihres Haars. Michaela schob sie zurück, und Rein verfolgte die Bewegung. Ihr Herz schlug schneller. Sie wollte nicht daran denken, dass er etwas mit ihrem Onkel zu tun hatte und noch immer unter Mordverdacht stand.

»Vielleicht hat er dich schon geküsst.«

»Nein!«, log Michaela. »Wieso sollte er?«

»Offenbar erkennst du nicht das Verlangen in den Augen eines Mannes, vor allem *dieses* Mannes.«

Rein war wieder verschwunden. Michaela wandte sich an Randi. »Und wen hast du geküsst, dass du Verlangen erkennst, wenn ich fragen darf?«

»Du darfst nicht.« Cassandra blieb vor einem Schaufenster stehen.

»Randi, ich möchte nicht, dass du einen Mann reizt«, warnte sie. »Das ist gefährlich.«

»Es war eigentlich nur ein Junge«, gestand Cassandra befangen. »Ich war vierzehn. Es war nett. Der Kuss eines Mannes ist bestimmt noch viel schöner.«

Michaela packte sie am Arm und drehte sie zu sich herum. »Schwöre mir, dass du das nicht ausprobierst!«

»Was ist denn mit dir?«, fragte Cassandra erstaunt.

Ein Schuss krachte. Jemand schrie. Die Schaufensterscheibe platzte. Scherben ergossen sich über die beiden Frauen und das Pflaster. Leute flohen, während Michaela ihre Freundin zum Eingang zog und zu Boden drückte. Erst jetzt sah sie Blut auf Randis Ärmel.

»Um Himmels willen!«, stieß sie hervor, fasste unter die Röcke und riss einen Streifen ihres Unterrocks ab.

Pfiffe gellten. Polizisten und Soldaten liefen auf sie zu.

Cassandra starrte auf den Blutfleck, der sich ständig vergrößerte. »Ach, du liebe Zeit! Meine Brüder werden sehr böse auf mich sein.«

»Das ist doch nicht deine Schuld.« Michaela band den Arm ab, sah sich um und wünschte sich, ihre Waffe nicht in Cravenwood zurückgelassen zu haben, weil sie kein passendes Versteck dafür gefunden hatte.

Captain McBain tauchte vor ihnen auf und schützte sie beide mit seinem Körper. »Mein Gott, Cassandra!«

Sie lächelte ihn schwach an. »Ach, Captain Steif, schön, dass Ihr hier seid.«

Michaela streckte die Hand aus und wollte hastig die Tür des Geschäfts öffnen, als auch schon ein zweiter Schuss krachte. Die Kugel schlug über ihrem Kopf ins Holz. Offenbar war *sie* das Ziel! Captain McBain hielt seine Waffe in der Hand und musterte scharf die umliegenden Gebäude. Leute starrten zu ihnen herüber, als warteten sie auf noch mehr Blut. Michaela musste weg von hier, weg von Menschen, die versehentlich von einer Kugel getroffen werden konnten. Sie erhob sich.

Duncan zog sie wieder herunter. »Bist du verrückt? Die erschießen dich!«

Sie packte ihn an der Jacke und schüttelte ihn rau. »Hört zu, Duncan.« Sie deutete auf Randis Wunde. »Das ist nur ein kleiner Vorgeschmack dessen, was noch geschieht, wenn ich nicht sofort fliehe!«

»Du bist verstört«, sagte er beruhigend.

Sie schüttelte den Kopf. »Versteckt sie, versorgt ihre Wunde und schützt sie, aber schickt niemanden hinter mir her. Schwört es mir beim Grab meines Vaters!«

Er sah ihr forschend in die Augen. »Worauf hast du dich eingelassen, Michaela?«

»Schwört!«

»Ja, ich schwöre!«

Sie beugte sich zu Cassandra und flüsterte: »Du hast dich nach Aufregung gesehnt, Randi. Bist du jetzt glücklich?«

Cassandra stöhnte, und Duncan wurde blass. Michaela nutzte die Gelegenheit und floh mitten in die Menschenmenge hinein. Duncan fluchte hinter ihr her und gab einigen Soldaten ein Zeichen, die ihr daraufhin folgten.

»Erinnert mich daran, nie Euren Schwüren zu glauben«, sagte Cassandra schleppend.

»Schweigt, Lady Whitfield«, fauchte er sie zornig an. »Ihr seid zu einem klaren Urteil nicht in der Lage.«

Die Kutsche der Whitfields hielt neben ihnen. Der Kutscher lief zu ihnen, der Page sprang vom Bock, um die Tür zu öffnen. Duncan steckte seine Waffe weg, hob Cassandra hoch und trug sie in die Kutsche. Während das Gefährt anrollte, hielt er sie auf dem Schoß und musterte die Straße. Bestimmt bereute er seinen Schwur.

»Sie wird es überleben«, flüsterte Cassandra. Duncans Hand zitterte, als er ihr die Haare aus dem Gesicht strich. »Sie ist viel stärker als wir alle.«

Duncan hielt sie fest an sich gedrückt und betete, dass Michaela Denton nicht nur mutig, sondern auch klug war.

Michaela hörte Rufe und laute Schritte hinter sich. Verdammt, Duncan, dachte sie, blickte zurück und entdeckte mehrere Soldaten, die sie suchten. Sie war in dem Kleid und mit dem von Cassandra geliehenen

Mantel viel zu auffällig, wirkte zu reich und lockte Diebe geradezu an. Ein Mann griff nach ihr, und sie trat nach ihm und riss sich los. Die Kapuze tief ins Gesicht gezogen, hastete sie weiter. Ihre einzige Hoffnung war, Nickolas zu erreichen. Wahrscheinlich wartete er im Red Badger auf sie. Sie hatte gar keine andere Wahl, obwohl eine Frau, die schon auf der West Side auffiel, im East End noch viel mehr Aufmerksamkeit erregte.

Michaela tastete nach ihrem Messer und hielt die Hände und die Tasche unter dem Mantel verborgen. Die Sonne sank, und es wurde kühler. Bestimmt schaffte sie es nicht vor Einbruch der Dunkelheit zur Herberge. Als die Schritte hinter ihr lauter wurden, tauchte sie in eine schmale Gasse. Ein Mann folgte ihr, doch ein Stich nach seinem Arm jagte ihn zurück auf die Straße. Sie presste sich an die Mauer und überlegte angestrengt. Vermutlich war es am besten, sie verbrachte die Nacht in dem alten Stall. Soldaten marschierten an der schmalen Gasse vorbei. Michaela wartete. Die Absätze ihrer zierlichen Schuhe versanken im Schlamm.

Ratten raschelten. Eine Katze fauchte laut und nahm die Verfolgung über Kisten hinweg auf. Mäuse liefen Michaela über die Füße. Sie unterdrückte einen Aufschrei und presste sich fester an die Mauer. Zur Zeit des Abendessens waren die Straßen weitgehend leer. Sie holte die Taschenuhr ihres Vaters hervor und hielt sie ins Licht. Zwei Stunden, dachte sie. Wenn sie sich bloß zwei Stunden lang verstecken konnte. Schon gingen durch die Straße Laternenanzünder auf Stelzen, um an die hohen Lampen heranzureichen. Das Geräusch der Kutschenräder war jetzt immer seltener zu hören.

Michaela hatte sich oft genug in den Straßen aufgehalten, um zu wissen, wann es dort am sichersten war.

Doch bisher war sie stets gut bewaffnet gewesen. Ungeduldig holte sie einen Taschenspiegel hervor und spähte um die Mauerkante. Schließlich wagte sie sich ins Freie und eilte zum Stall.

Duncan ging in der Bibliothek auf und ab. »Vielleicht sollten wir noch mehr Soldaten ins East End schicken.«

»Dorthin wagt sie sich nicht«, erwiderte Michaelas Onkel. »Dafür ist das Mädchen zu ängstlich, sage ich Euch. Sie kann kaum einen Korridor entlanggehen, ohne über ihre eigenen Füße zu stolpern, und Ihr denkt, sie würde auch nur eine Stunde in den Eingeweiden Londons überleben?«

Duncan blieb stehen. Der Brigadier wählte Süßigkeiten von einem Teller und steckte sie sich in den Mund, ohne auch nur aufzublicken. »Wo versteckt sie sich dann Eurer Meinung nach seit zwei Tagen?«, wollte er wissen.

»Vielleicht in einer Kirche oder in dieser wohltätigen Einrichtung.« Der Brigadier winkte ab und schlürfte Tee.

Duncan hatte schon alle Kirchen und auch die Suppenküche überprüft. Er hatte unzählige Fragen gestellt und zusammen mit Cassandras Brüdern viel Geld in London verteilt, um irgendwelche Informationen zu erhalten.

Es gab keine. Michaela war verschwunden.

Er erreichte nichts, wenn er hier blieb.

»Sucht weiter nach meiner lieben Nichte, Captain«, sagte der Brigadier, doch in seiner Stimme schwang keine Zuneigung mit. »Ich erwarte Euren Bericht.«

»Ja, Sir, guten Tag, Sir.« Duncan salutierte und verließ die Bibliothek, zog an der Haustür die Handschuhe an und fragte sich, ob es überhaupt richtig war, Michaela in dieses Haus zurückzubringen.

Nickolas saß verzweifelt auf dem Bett. Michaela war schon einen Tag überfällig, und seine Kontaktleute in der ganzen Stadt fanden nicht die geringste Spur von ihr. Stundenlang hatte er selbst nach ihr an allen üblichen Treffpunkten gesucht. Die Schüsse auf Michaela und Lady Whitfield bestätigten, dass der Mörder des Priesters annahm, Michaela hätte ihn gesehen. Das bedeutete allerdings noch nicht, dass der Mörder in ihr auch den Schutzengel erkannt hatte. Trotzdem durften sie nicht mehr das geringste Risiko eingehen.

Nickolas stand auf und ging unruhig auf und ab. Bilder von Michaela – zerschlagen, blutig, hilflos – quälten ihn.

Wenn diese Unsicherheit noch lange andauerte, verlor er bestimmt den Verstand.

18

»Ich versichere dir, dass ich alle Verstecke des Schutzengels überprüft habe.«

Rein lehnte am Kaminsims und starrte ins Feuer. Nickolas wich seinen Fragen aus. Rein verlor allmählich die Geduld. »Soll ich diese Person nun finden oder nicht?«

»Ich bin dir für deine Bemühungen dankbar, aber …«

»Ich habe mich noch gar nicht bemüht«, wehrte Rein ab. »Und wenn du nicht mit dieser ewigen Heimlichtuerei aufhörst und mir endlich den Schutzengel beschreibst, kehre ich auf mein Schiff zurück.«

Nickolas hielt den Blick in sein Glas gerichtet. »Rotes Haar, grünbraune Augen.« Er trank den letzten Schluck. »Zuletzt wurde der Schutzengel gesehen in … in einem grünen Kleid.«

Rein warf ihm einen erstaunten Blick zu. »Soll das heißen, dass dein Spitzenagent eine Frau ist?«

»Ja.«

»Ihren Namen!« Eine böse Vorahnung stieg in ihm hoch.

»Michaela …« Rein fluchte, noch ehe Nickolas »Denton« hinzugefügt hatte.

»Verdammt, wie konntest du sie dermaßen in Gefahr bringen?« Rein nahm Dreispitz und Umhang vom Bett. Er sah Michaela schon verletzt und hilflos irgendwo in der Stadt, und die Bilder trafen ihn wie Messerstiche.

»Sie bot sich freiwillig an, Rein. Und sie weiß sich zu helfen.«

Rein überprüfte seine Pistolen. »Was hast du mir noch verschwiegen, Nickolas?«

»Sie kann sich an niemanden wenden. Sie vertraut keinen Sympathisanten der Rebellen, und sie wird auch dir nicht vertrauen. Es wird dir schwer fallen, sie davon zu überzeugen, dass ich dich zu ihr geschickt habe, selbst wenn du ihr sagst, dass du der ›Händler‹ bist.«

»Ich schaffe das.« Und ich drehe ihr den Hals um, weil sie ihr Leben riskiert hat.

»Und …«

Rein richtete die hellblauen Augen eisig auf Nickolas.

»Jemand hat auf sie geschossen. Lady Whitfield wurde getroffen. Es war nur ein Kratzer.«

Rein schob die Pistolen in den Hosenbund. »Du weißt, dass Michaela bereits tot sein könnte. Wie gefällt dir denn das?«

Nickolas krampfte sich der Magen zusammen. »Meinst du nicht, dass ich darunter leide?«

Rein empfand nur wenig Mitgefühl mit ihm. »Wo könnte sie sich versteckt haben?« Er sollte zuerst in ihrem Haus nachsehen, würde damit aber Verdacht erregen. Was für eine komplizierte Lage!

»Ich sagte doch, dass ich schon …«

»Die Verstecke!«, fauchte Rein und hätte sich am liebsten auf Nickolas gestürzt, doch das hätte Michaela nicht geholfen.

Nickolas rang mit sich, ob er alles preisgeben sollte, resignierte und nannte sämtliche Orte, ausgenommen einen mitten im East End und einen im Westen der Stadt.

»Da ist noch etwas.«

Rein warf ihm einen scharfen Blick zu. »Du lieber Himmel, Nick!«

»Lady Buckland ...« Nickolas schluckte schwer. »Katherine war eine von uns.«

Rein erstarrte. »Weiß Michaela das?«

»Nein, nur du und ich.«

»Und der Mörder.«

»Möglicherweise«, lenkte Nickolas ein. »Katherine hatte viele einflussreiche ... Bekannte.«

Niemand brauchte Rein an Katherines Lebensweise zu erinnern. Er verließ das Zimmer der Herberge und schloss die Tür hinter sich.

Nickolas ließ sich auf einen Stuhl sinken und starrte ins Feuer. Er kannte Rein von Kindheit an und hatte ihn noch nie so aufgeregt gesehen wie jetzt. Ob Michaela bei ihm tatsächlich in Sicherheit war? Oder musste er sich erneut Sorgen machen?

Rein verließ die Herberge, ohne sich noch einmal umzudrehen, scheuchte den Lakai weg und ging in den Stall zu Naraka. Schon griff er nach dem Sattelknauf und wollte aufsitzen, zögerte jedoch und senkte den Kopf, um nachzudenken.

Beim Gott des Donners! Der Schutzengel! Er hätte es ahnen müssen und kam sich wie ein Narr vor.

Jede englische Behörde suchte nach ihr. Niemand würde sich das Geld und den Ruhm als Belohnung für ihre Ergreifung entgehen lassen. Der Preis auf ihren Kopf war auf annähernd zweitausend Pfund gestiegen! Das stellte für sie eine unbeschreibliche Gefahr dar. Und Lady Buckland ... diese Frau hätte nicht im Untergrund arbeiten dürfen. Sie war zu seicht gewesen und hatte zu viel geredet. Für Geld hätte sie die Rebellion und Michaela verraten. Nur die Tatsache, dass kein Spion einen anderen kannte, konnte Michaela noch retten. Hoffentlich kannte Nick seine Leute auch wirklich. Rein musste allerdings in Betracht ziehen, dass man Michaela schon verhaftet hatte und sie in Newgate unter der Folter schmachtete.

Oder bereits tot war.

Entschlossen saß er auf und trieb Naraka in die Nacht hinaus. Er wollte zum Pier reiten und einige Leute daran erinnern, dass sie ihm noch einen Gefallen schuldeten. Und er wollte nicht ruhen, bis er Michaela gefunden hatte. Danach würde er sie nicht mehr aus den Augen lassen, bis dieser Krieg vorüber war.

Rein betrachtete das Dutzend Männer, die an dem Tisch saßen. Er hatte erfolglos bis zum Morgengrauen gesucht und den halben Vormittag gebraucht, um eine Entscheidung zu treffen. Jetzt gab es keine Umkehr mehr. Diese Männer hatten ihm Treue geschworen, als er sie angeheuert hatte. Jetzt schworen sie Verschwiegenheit. Keiner kannte den Grund, doch sie verließen sich blindlings auf sein Wort, und er wusste, dass jeder von ihnen eher sterben würde, als wortbrüchig zu werden.

»Meine Herren, wir müssen eine Dame finden. Äußerste Diskretion. Wir müssen dafür sorgen, dass sie am Leben bleibt.«

»Wer ist es, Sir?«

»Die Frau, die auf mich geschossen hat.«

Die Hälfte der Männer machte ein finsteres Gesicht, die anderen schmunzelten. »Wollt Ihr es ihr heimzahlen?«

»Nein, Mr Ashburn, ich werde sie beschützen.«

Ashburn sah ihn überrascht an. »Wenn Ihr es sagt, Captain.«

»Ich sage es.« Das Schiff schaukelte leicht. Die Bewegung wirkte beruhigend. Rein hatte die ganze Nacht über Geld an die richtigen Leute verteilt und wartete auf Informationen. Die Straßenkinder, Diebe und Witwen würden der Polizei gegenüber kein einziges Wort verlauten lassen. Jetzt zahlte es sich aus, dass er die Straßen von Ceylon überlebt hatte.

»Was machen wir zuerst, Sir?«

Rein beschrieb den Männern Michaela, behielt jedoch ihren Namen für sich. »Wir suchen nur nach Informationen, nach einer Spur, einer Örtlichkeit. Ihr nähert euch der Frau nicht.« Keiner seiner Männer sollte zu Schaden kommen. Er wollte das Risiko ganz allein tragen. »Mr Baynes bleibt an Bord. Ihr berichtet nur ihm oder mir persönlich.«

Leelan betrachtete ihn amüsiert.

»Mr Popewell, Mr Bushmara, Ihr beginnt mit den Kneipen.« Der schwarzhaarige junge Engländer lächelte den Bootsmaat an, der missmutig dreinsah. Fadi Bushmara war ein Maure und durfte nichts trinken. »Ihr werdet doch kein Bier trinken und alles verraten?«

»Sicher nicht, Sir.« Bushmara neigte den Kopf und warf seinem Partner einen scharfen Blick zu.

»Mr Veslic, Mr Basilia und Mr Bigby, Ihr übernehmt die Docks. Mr O'Toole geht ins Viertel der Iren.« Der Rothaarige nickte. Rein warf ihm einen warnenden Blick zu, damit er nicht bis zum Morgengrauen mit seinen Landsleuten trank. »Mr Quimby, Mr Needham und Mr Beswick sehen sich auf den Straßen um.« Sie waren Engländer und stammten aus dem East End, sodass sie dort nicht weiter auffielen. Rein wandte sich an den Mann zu seiner Rechten. »Mr Gilbèrt, Ihr habt das Privileg, Euch um die gefallenen Mädchen dieser Stadt zu kümmern.«

Prompt beschwerten sich die anderen.

Unter Reins Blick verstummten sie. »Wäre Mr Matthews hier, würde er diese Aufgabe übernehmen, aber er ist es nicht. Mr Gilbèrts gewandte Zunge wirkt stets bei den Damen.«

»Oui«, erwiderte der. »Das bereitet ihnen höchstes Vergnügen, nicht wahr?« Mit der Anspielung löste er allgemeine Heiterkeit aus. »Ich schätze die Mesdemoiselles«, fuhr er mit seinem starken belgischen Akzent fort. »Ihr anderen steigt bloß auf und reitet.«

»Ich habe nichts davon gesagt, dass Ihr Euch vergnügen sollt, Sir.«

Gilbèrt wandte sich flehend an den Kapitän. »Aber, Capitaine, eine liebevoll verwöhnte Frau erzählt bestimmt mehr als ...«

»Als eine, die man unbeschreiblich erregt hat?« Rein richtete den Blick auf Cabai. Der Araber nickte ihm zu. Er wusste, dass sein Aussehen zu auffällig war.

»Darf ich fragen, was Ihr machen werdet, Sir?«

Rein wandte sich an Leelan. »Nein.« Es war allein seine Angelegenheit, dass er sich in den besseren Teilen der Stadt Zutritt zu Clubs und Restaurants verschaffen wollte. Es wäre so grausam wie das Vorurteil selbst gewesen, Lokale zu erwähnen, in die seine Männer nicht eingelassen wurden. »Ihr könnt gehen.« Sie standen auf und drängten zum Ausgang.

»Warum sucht Ihr jetzt dieses Mädchen?«, fragte Leelan.

»Sie wird vermisst.«

So einfach ist das bestimmt nicht, dachte Leelan. »Vielleicht will sie nicht nach Hause gebracht werden.«

»Darüber hat sie nicht zu entscheiden«, erwiderte Rein scharf.

Leelan lächelte vor sich hin, als er Rein verließ.

Als sich die Tür schloss, ließ Rein erschöpft die

Schultern hängen. Er hatte die Verstecke zweimal überprüft, auch den Keller eines Jagdhauses am Stadtrand. Bei Dunkelheit wollte er es noch einmal versuchen, aber was war, wenn Michaela nicht gefunden werden wollte? Und was geschah, falls er sie entdeckte? Würde sie fliehen?

Er kannte die Antwort. Sie vertraute ihm nicht.

Adam Whitfield betrachtete seine Brüder und Captain McBain und wandte sich wieder zu Cassandra. Sie saß auf der Fensterbank, die Stirn gegen die Scheibe gedrückt, und blickte gedankenverloren aus dem Fenster. Sie hatte sich geweigert, im Bett zu bleiben. Die Wunde am Arm heilte bereits, aber Adam machte sich trotzdem Sorgen. Seit Captain McBain sie vor Tagen nach Hause gebracht hatte, sprach sie nicht.

»Cassandra, du solltest dich wirklich etwas ausruhen.«

»Ich stimme dem zu, Lady Whitfield.«

Sie drehte sich kurz zu Duncan McBain um. »Vergesst es«, sagte sie verächtlich.

Sie störte sich nicht an den tadelnden Mienen der Männer, sondern sah erneut auf den vom Regen aufgeweichten Rasen hinaus. Der Arm schmerzte. Es handelte sich tatsächlich bloß um einen Kratzer, doch der Vorfall hatte ihr die Augen geöffnet. Sie hatte erkannt, dass sie aus den falschen Gründen rebellierte und sich gegen die falschen Leute wehrte. Ihre Brüder liebten und verwöhnten sie, doch Cassandra sehnte sich nach Freiheit und beneidete Michaela um die Chance, ihr eigenes Leben zu führen. Sie seufzte. Dies war eine Welt der Männer.

»Wir werden sie finden«, sagte Adam.

»Nein, das werdet ihr nicht.«

»Verlier nicht die Hoffnung, Randi«, bat Markus.

Sie wandte sich wieder an Duncan. »Ihr hättet nicht die Männer hinter ihr herschicken sollen.«

»Sie hatte Angst. Jedem wäre das so ergangen.« Nur dir nicht, dachte Duncan. Cassandra Whitfield war völlig ruhig geblieben.

»Das ist beschissen«, sagte sie und stand auf.

»Cassandra!«

»Was ist?«, fragte sie ihre Brüder. »Gefällt euch meine Ausdrucksweise nicht? Mein Benehmen? Ein Jammer! So bin ich eben, und ich werde mich nicht länger verstellen, nur um euch dreien zu gefallen.« Sie blickte zu Duncan. »Euch vieren«, fügte sie hinzu und ging zur Tür.

»Mylady.« Duncan streckte die Hand nach ihr aus, doch sie wich ihm aus und betrachtete ihn voll Verachtung.

Sie sah ihm in die grauen Augen und sehnte sich nach innerem Frieden.

Und dann versetzte sie ihm eine harte Ohrfeige.

Ihre Brüder sprangen auf. »Cassandra, entschuldige dich auf der Stelle!«

Duncan sah sie nur weiterhin eisig an.

»Ihr habt das Versprechen gebrochen, Captain, das Ihr Michaela gegeben habt.«

Die Spuren ihrer Finger auf seiner Wange zeichneten sich deutlich ab.

»Ihr habt einen Eid geschworen und ihn bedenkenlos gebrochen. Und sie weiß das. Man darf Euch nicht vertrauen.«

»Sie war verstört, Lady Whitfield«, erwiderte er bedauernd. »Sie gab sich die Schuld an Eurer Verletzung.«

»Sie hatte Angst um uns!«

»Ich hätte sie beschützt.«

»Ihr wollt ihre Ehre beschützen«, erwiderte sie zornig. »Manchmal ist es aber nicht die beste Lösung, wenn man sich richtig und geziemend verhält. Wir sind ihre Freunde, doch jetzt fühlt sie sich von uns betrogen. Sie denkt, ich hätte sie betrogen.«

»Michaela weiß, dass es meine Verpflichtung war …«

»Verpflichtung?«, fiel sie ihm ins Wort. »Und was ist mit der Verpflichtung, die ihr Onkel ihr gegenüber hat? Sein Bruder vertraute darauf, dass er sich um sein einziges Kind kümmern würde, und seht nur, wie er es nach seinem Gutdünken gedreht hat.«

»Was willst du damit sagen, Randi?«, fragte Jace, als er den Kummer in den Augen seiner Schwester erkannte.

»Ist euch nicht in den Sinn gekommen, dass sie nicht gefunden werden möchte?«, fragte sie Duncan und wandte sich an ihre Brüder. »Habt ihr eine Ahnung, was sie in diesem Haus erleiden musste? Wie oft sie für das kleinste Vergehen geschlagen wurde?«

»Wieso hast du nichts gesagt?«, fragte Jace entsetzt.

»Weil ich Stillschweigen geschworen habe. Jeder hätte es sehen können. Sie lehnte allerdings Hilfe ab, weil sie den Brigadier selbst bezwingen wollte.« Cassandra liebte ihre Brüder, doch sie waren viel zu oft engstirnig. »Sie floh in die Freiheit, und ihr habt fünfzig Soldaten losgeschickt, die in der Stadt nach ihr suchen. Bestimmt fürchtet sie die Strafe, die auf sie wartet, wenn sie wieder in dieses Haus geschleppt wird.«

»Der Brigadier hat die Soldaten losgeschickt, Randi.«

Cassandra schüttelte zornig den Kopf. »Und ich bin sicher, dass der Kerl vor Sorge fast stirbt. Lieber Himmel, seid ihr wirklich alle so blind? Denton kontrolliert ihr Haus und ihre Apanage, und er will ihr Erbe. Himmel, Adam!« Sie trat zu ihrem ältesten Bruder und sank in einer Wolke von Musselin zu seinen Füßen. Mit Tränen in den schönen Augen blickte sie zu ihm hoch. »Hast du nicht daran gedacht, dass der Brigadier einen Mörder auf sie ansetzen könnte, um alles zu bekommen?«

»Das ist doch lächerlich!«, meinte er.

»Ach ja, ist es das? Er kann nicht an ihr Geld heran, wenn sie unter seiner Fürsorge steht. Als sein Mündel konnte sie ihn nicht hinauswerfen. Sollte sie aber heiraten, bliebe er ohne Geld zurück, weil ihre Mitgift beträchtlich wäre und das Haus ihr gehören würde. Das weißt du.«

»Und warum hat sie dann nicht einfach geheiratet, um von ihm loszukommen?«

»Er hat etwas unternommen, um das zu verhindern. Leider hat sie mir nie anvertraut, was das war.« Cassandra hegte allerdings einen schlimmen Verdacht.

Adam wandte sich an seine Brüder und den Captain. »Ist er dazu fähig, Captain?«

Duncan hielt den Kopf gesenkt. »Ich bin mir da nicht sicher.«

Cassandra sprang auf. »Ihr lügt, Duncan!«

Er hob ruckartig den Kopf.

»Cassandra!«, riefen ihre Brüder wie aus einem Mund, doch sie achtete nur auf den Mann, den sie bisher für ehrenhaft und stark gehalten hatte.

»Wann werdet Ihr aufhören, in Sicherheit und Anstand zu leben und zu dem würdigen Anführer des Clans werden, der Ihr seid?«

Duncan ballte die Hände zu Fäusten. »Zum Teufel mit Euch, Lady Whitfield!«, fauchte er sie an.

»Ja, und zum Teufel mit Euch, Laird Duncan McBain, weil Ihr so schwach seid und den Weg des geringsten Widerstandes und nicht den des Kampfes geht!« Sie eilte an ihm vorbei zur Tür, wandte sich an der Schwelle noch einmal um und stellte zufrieden fest, dass er endlich seinem Hass freien Lauf ließ und ihn zeigte. »Befolgt Eure Befehle, Captain. Um Euretwillen bete ich darum, dass Michaela sichere Zuflucht findet und kein Soldat des Brigadiers sie *zufällig* erschießt. Sie hat wahre Freiheit kennen gelernt und wird nie zurückkehren.«

Nachdem sie den Raum verlassen hatte, stand Duncan noch sekundenlang heftig atmend da, ehe er grußlos ging.

Leelan blieb mit einem Tablett in der Hand auf der Schwelle der Kapitänskajüte stehen. »Ihr müsst etwas essen, mein Sohn.«

»Geht weg, Leelan.« Rein saß zusammengesunken da. Keine einzige Information, kein einziger Hinweis. Er befürchtete das Schlimmste. Sie war tot, und nur der Verwesungsgeruch würde ihn zu ihr führen. Er hatte seine eigenen Kundschafter in der Stadt losgeschickt und unzählige Hände geschmiert, aber gar nichts erreicht. Er hatte jede Herberge und jede Kneipe aufgesucht. Verdammt!, dachte er. Sogar in etliche zugenagelte Gebäude war er eingedrungen, weil er gehofft hatte, Michaela würde sich dort verstecken.

Sie war verschwunden.

»Eine Nachricht?«, fragte Rein überflüssigerweise.

»Das hätte ich sofort gesagt.«

»Ich weiß.« Rein stand vom Sofa auf und ging durch die Kabine. Von ihrem Platz unter dem Fenster beobachtete Rahjin ihn, den Kopf auf die dicken Pfoten gelegt.

Leelan schloss die Tür und stellte das Tablett auf

den Tisch. So verkrampft und angespannt hatte er den Kapitän noch nie gesehen. Fettlampen flackerten und zischten bei seinen unruhigen Bewegungen. Wasser dampfte in einer Schüssel auf der Kommode. Leelan schenkte eine Tasse Tee mit Zimt ein.

»Warum habt Ihr es nicht getan?«

Rein kniff die Augen zu schmalen Schlitzen zusammen.

Leelan deutete auf den Dampf und die Lampen. »Ihr besitzt die Macht, Rein. Wieso benutzt Ihr sie nicht?«

»Dann würde ich sie zu meinem Nutzen einsetzen.«

»Was ist mit der Frau?«

Rein starrte zu Boden. Es war schon lange her, seit er sich an die Elemente gewandt hatte. Die meiste Zeit unterdrückte er die Energie, die ihn wie eine zweite Haut umgab.

»Eure Mutter hat Euch gelehrt, damit Ihr anderen helfen könnt – und damit Ihr Eure Gefühle kontrolliert. Was würde passieren, wenn Ihr sie freisetzt?«

»Ich weiß es nicht. Verdammt, Leelan, ich könnte uns alle umbringen.«

»Ihr könnt die Energie dieser Frau kontrollieren?«

»Nein«, wehrte Rein ab. »Sie kontrolliert die meine.«

Leelan lächelte überrascht. »An Eurer Stelle würde ich mich fragen, ob das Mädchen das Risiko nicht doch wert ist.«

Rahjin stand langsam auf und ging geschmeidig zu Rein, der sie nachdenklich streichelte. Es konnte das Schiff mit allen an Bord zerstören, wenn er die Energie freisetzte, doch es war die letzte Möglichkeit.

»Warnt die Männer«, verlangte er von Leelan, der nur nickte, und Rein trat an die Schüssel und schloss die Augen. Einmal, zweimal bewegte er die Hände über der kupfernen Wanne hin und her. Das Wasser begann zu brodeln.

Er blickte in die trübe Flüssigkeit. Beim Donner, er musste mehr Kontrolle gewinnen! Er zog sich aus, goss kaltes Wasser nach und stieg in die Wanne.

Eine Stunde später kniete Rein auf Kissen, die auf dem Boden verstreut lagen, und legte die Hände auf die Schenkel. Langsam neigte er den Kopf zurück und bewegte die Lippen in einem leisen Singsang. Im Raum wurde es wärmer und wärmer, bis ihm der Schweiß ausbrach und über seine Brust floss. Vor ihm auf dem Boden standen drei irdene Krüge mit silbernen Rändern. An den Wänden sah man alte Runen und keltische Zeichen aus dem Heimatland seiner Mutter, Symbole für Orte der Macht. In den Krügen befanden sich Erde von der Isle of Skye, Schlehdornzweige von einem Druiden-Ritus, Tropfen frisch gefallenen Regens und der Wind der Moore.

Rahjin hatte sich unter der Bank klein zusammengerollt und schnüffelte. Gerüche mischten sich, Myrrhe, Ingwer, Sandelholz und Minze. Rein betete darum, zu beherrschen und erobern, zu leiten und zu wirken. Luft strich über die Papiere auf dem Schreibtisch und warf Kerzen um, die vorsichtshalber nicht angezündet worden waren. Die Laken auf dem Bett hoben sich und sanken zurück, als Rein die Kontrolle übernahm.

Die Elemente antworteten ihm, ließen seine Energie durch die Straßen der Stadt wandern, durch Passagen und Fenster und über Menschen, die nur einen warmen Lufthauch fühlten. In seinen Gedanken sah er Farben und Licht wechseln, ließ sie auf sich einstürmen. Und dann sah er Michaela – vage und verschwommen. Beinahe verlor er den Halt. Er unterdrückte seine Gefühle und schärfte seinen Blick.

Plötzlich entflammten die Zweige, das Wasser kochte über, und ein Windstoß verstreute die Erde auf dem Boden.

Rahjin fauchte und sträubte das Fell, als Rein den Kopf zurückwarf. Sein Schmerzensschrei ließ die Luft erzittern – und steckte die Wände in Brand.

19

Der Stock traf Michaela noch einmal auf den Rücken und schleuderte sie in das dunkle Kellerloch zurück.

»Mademoiselle«, sagte eine kultivierte Stimme, »versucht das nicht noch einmal.«

»Dann lasst mich hinaus, verdammt noch mal!«, stieß Michaela hervor und presste die Augen gegen den Schmerz zusammen. Sie wankte und sah den Mann durch ihr zerzaustes Haar hindurch zornig an.

Er klopfte mit dem Stock gegen seinen Stiefel. »Wahre Damen befleißigen sich nicht einer solchen Sprache.«

Michaela straffte sich und spuckte ihm ins Gesicht. Langsam wischte er den Speichel weg und hob die Hand erneut zum Schlag. Michaela starrte ihn nieder, und er lächelte und senkte den Arm.

»Zwingt mich nicht, *chérie*. Verletzt seid Ihr mir nicht von Nutzen.« Sein charmantes Lächeln wurde böse. »Dann brauche ich Euch auch nicht lebend.« Ein Messer glitt aus seinem Ärmel in seine Hand, und blitzartig hob er die silberne Klinge und strich ihr damit über die Wange.

Michaela wich zurück und stieß dabei gegen die Pritsche in der Ecke. Elegant in dunkles Grau gekleidet, stand ihr Peiniger nur einen Schritt von ihr entfernt.

Lächelnd steckte er das Messer weg. »Ihr könnt mir nicht entkommen.«

Zweimal war es ihr bereits gelungen, doch sie hatte

es nur bis ins Erdgeschoss geschafft und jedes Mal ein halbes Dutzend wohl gezielter Hiebe erhalten.

»Versucht Ihr es noch einmal, stirbt sie.« Er richtete den Blick auf das zerlumpte Mädchen, das in der Ecke kauerte, und das Kind drückte sich wimmernd gegen die Wand.

Michaela zweifelte nicht daran, dass er die Drohung wahrmachen würde. Diana, nicht älter als dreizehn, war hager. Das kurz geschnittene gelockte Haar klebte ihr am Kopf. Seit Michaelas Ankunft hatte sie nicht gesprochen. Michaela wusste gar nicht mehr, wie lange es her war, dass sie auf der Straße aufgegriffen worden war. Dianas dünne Beine waren zerschrammt, ihr schmutziger Körper unter einem dünnen Kleidchen war mit blauen Flecken übersät.

Michaela richtete den Blick auf Jean-Pierre und nickte.

»Ausgezeichnet. Benehmt Euch, und Ihr dürft nach oben kommen.«

»Ich ertrage kaum die Vorfreude«, sagte Jean-Pierre und grinste gemein.

Michaela schluckte. Beinahe wäre ihr die Brotkruste, die sie am Morgen gegessen hatte, wieder hochgekommen.

Er drehte sich um, putzte nicht vorhandenen Staub vom Wams und klopfte mit dem Stock, während er zur Treppe ging. Das Geräusch würde sie bis an ihr Lebensende verfolgen. Sie ließ sich auf die Pritsche sinken und wirbelte Staub auf. Ungeziefer wurde aufgescheucht. Michaela sprang wieder hoch, doch es hatte wenig Sinn, die schmerzenden Beine zu belasten. Langsam ließ sie sich auf das Stroh sinken.

Diesmal sitze ich in der Klemme, dachte sie und erinnerte sich an ihre Flucht vor den Soldaten und daran, wie sie einem Gentleman in die Arme gelaufen war.

Von wegen! Einen Moment hatte sie gedacht, in Sicherheit zu sein; in der Kutsche konnte sie den Männern entkommen, die seit Tagen hinter ihr her waren. Doch während sie noch unentschlossen dastand, hatte Jean-Pierre DuMere sie in das Gefährt gestoßen und ihr ein nach Mandeln riechendes Taschentuch auf den Mund gedrückt. Danach war alles verschwommen.

Hier war sie wieder aufgewacht.

»Diana, alles in Ordnung?«, fragte Michaela.

Das Mädchen nickte, kaute auf dem Daumen und sah sich nervös im Keller um. Die Drohung, Diana zu töten, war eine neue Form der Folter. Michaela durfte sich nicht länger widersetzen. Allerdings wusste sie noch immer nicht, welche Pläne dieser Mann mit ihr hatte.

Ein dumpfer Schmerz im Kopf holte sie aus einem Reich, in dem es keinen Schmerz gab. Es duftete süßlich nach Parfüm. Sie versuchte, sich zu erinnern. Ihr Mund war trocken, und als sie sich die Augen reiben wollte, konnte sie den Arm nicht bewegen. Ihre Hände waren am Kopfende eines Bettes festgebunden.

Michaela wurde schlagartig wach und sah sich im schwachen Lichtschein um. Sie lag auf einer weichen Matratze, und als sie nach oben sah, erblickte sie rosafarbene golddurchwirkte Seidenbahnen.

Das war ganz sicher nicht mehr der Keller. Michaela drehte den Kopf. Sie befand sich im Boudoir einer Dame. Panik ergriff sie, als ihr bewusst wurde, um was für eine Dame es sich dabei handelte. Sie sah einen Paravent, zwei Schränke, eine Kommode, Sessel und ein Sofa am Kamin. Sie selbst lag auf einem breiten Bett mit samtenen Decken und Satinkissen.

Schlagartig wurde ihr klar, weshalb sie entführt worden war.

Sie wollte nicht einmal darüber nachdenken, was diese Lederriemen und ledernen Halsbänder neben dem Bett zu bedeuten hatten.

Sie versuchte, sich aufzusetzen, doch die seidenen Bande fesselten sie an den Bettpfosten. Das Bett bebte, als sie sinnlos zog und zerrte. Sie durfte nicht weiter denken, sonst hätte sie den Verstand verloren. Vorsichtig versuchte sie, höher zu rutschen, doch jede Stelle ihres Körpers schmerzte. Und sie roch noch nach dem Keller.

Die Tür flog auf. Eine Frau, in silbernen Taft gekleidet, kam herein. »Na also, höchste Zeit, dass du wach bist.«

»Wie komme ich hierher?«, krächzte Michaela.

Die junge Frau lächelte bitter. »Wie die meisten von uns. Von der Straße weggeschnappt. Ist kein schlechtes Leben. Ich schlafe auf Satin und Seide und habe genug zu essen.« Als ob das eine Entführung gerechtfertigt hätte!

»Bindet mich sofort los!«, verlangte Michaela.

Die dunkelhaarige Frau schüttelte den Kopf. »Wenn du Forderungen stellst, Süße, gibt es Prügel. Du bist nicht in der Lage, etwas zu verlangen.« Sie stützte die Hand in die Hüfte. »Was hast du denn getan, dass Jean-Pierre so sauer war?«

»Ich habe wohl nicht nach Wunsch gehandelt.«

Die Frau sah sie warnend an. »Gehorche ihm, sonst stirbst du.« Sie trat an eine Kommode, füllte Wasser in eine Schüssel und holte ein Handtuch aus dem Schrank. »Sie bringen heißes Wasser für dich herauf.«

Michaela stöhnte beinahe auf. Endlich konnte sie sich waschen. Am ganzen Körper verspürte sie ein Kribbeln und wagte nicht einmal, sich vorzustellen, woher es stammte.

»Ich bin Guinevere. Er ändert unsere Namen. Du

brauchst mir also den deinen gar nicht zu sagen.« Sie trat ans Bett. »Die meisten nennen mich Gwen.« Es klopfte, doch sie achtete nicht darauf, sondern griff nach den Fesseln und löste sie. Michaela setzte sich ruckartig auf, und Gwen wich hastig zurück.

»Ich tue dir nichts«, versicherte Michaela und bewegte die Arme, als sie frei war.

»Das sagen alle.« Gwen deutete zur Tür. »Komm mit.«

Michaela rührte sich nicht von der Stelle. »Wohin?«

»Baden. Du bist hübsch, aber du stinkst.«

Lächelnd kratzte sich Michaela am Arm. »Was plant er für mich?«

Gwen sah sie mitfühlend an. »Ein Bad und ein Essen. Mehr weiß ich nicht.«

Michaela wollte keinesfalls auf baden und essen verzichten. Sie brauchte Kraft, um sich zu wehren. Darum folgte sie Gwen aus dem Zimmer, obwohl ihr schwindelig wurde und sie sich am Türrahmen abstützen musste.

»Komm, Mädchen, es gibt Brötchen und Marmelade und Tee.« Gwen zog sie am Arm weiter.

An jedem Ende des langen Korridors stand ein bewaffneter Mann. Alle Türen waren geschlossen. Die Wächter versperrten die Fluchtwege. Unter den Mänteln sichtbar trugen sie Pistolen. Also musste sie auf eine günstige Gelegenheit warten, doch ohne Diana konnte sie nicht fliehen. Sie konnte sich nicht vorstellen, wie ein Mann sich an einem so jungen Wesen vergreifen konnte.

Hinter einer Tür knarrte ein Bett. Michaela stolperte. Eine Frau schrie auf, ein Mann stöhnte.

Sie schluckte und ging hastig weiter.

Man wollte sie zur Hure machen.

Onkel Atwell hätte sich sicher darüber gefreut.

Michaela hörte Stimmen hinter dem Vorhang und stockte. Sie konnte das nicht machen. Ausgeschlossen. Es war unvorstellbar, wie ein Pferd verkauft zu werden. Die anderen Frauen hielten es für eine Ehre, dass sie versteigert wurde, und meinten, sie würde vielleicht die Geliebte eines wohlhabenden Adeligen oder die Kurtisane eines Prinzen. Michaela konnte jedoch nur daran denken, dass es für sie kein Entkommen gab. Zweimal war sie seit dem Bad geschlagen worden. Die Rückseiten ihrer Beine brannten jetzt noch von Madame Gouliers Weidenrute. Wurde sie noch öfter geschlagen, konnte sie nicht mehr sitzen und schon gar nicht auf dem Rücken liegen.

»Soll ich dich eigenhändig mit mir ziehen?«, flüsterte Jean-Pierre ihr zu.

»Ist es Euch nicht vertraut, Monsieur, Frauen zu etwas zu zwingen?«, schleuderte sie ihm entgegen.

»Hüte deine Zunge, *chérie*.« Er deutete zu einer Nische.

»Diana!«, stieß Michaela hervor. Das Kind stand zwischen zwei kräftigen Männern, die es an den Händen festhielten. Michaela sah die Angst der Kleinen und gehorchte. Jean-Pierre konnte das Mädchen trotzdem töten, doch Michaela durfte kein Risiko eingehen. Sie raffte die Röcke und stieg auf das Podest.

Sie verschränkte die Hände ineinander und straffte die Schultern. Dadurch wurden die Brüste gegen den anstößig tiefen Rand des Ausschnitts des schwarzen Samtkleides gepresst.

»Sehr hübsch«, sagte er, zog den Saum zurecht und umrundete sie bewundernd, als wäre sie seine Schöpfung. In gewisser Weise war sie das wohl auch. Sie sah absolut nicht mehr wie sie selbst aus. Ihr Haar war so frisiert, dass die Aufmerksamkeit auf ihre nackten Schultern gelenkt wurde. Ihr Gesicht war geschminkt und gepudert, und ihr Körper war in das Kleid gezwängt worden.

Wie sehnte sie sich doch jetzt nach dem schlichten alten Kleid, das sie vor Tagen verbrannt hatte.

»Lächle!«

»Fahrt in die Hölle«, sagte sie mit zusammengebissenen Zähnen.

Er lachte und warf einen Blick zu Diana. Er spielte mit ihrer Angst und wurde davon erregt.

»Dafür lasse ich euch bezahlen, Sir.«

Er lachte leise und betrat neben ihr das Podest. »*Mais non.* Ihr und Euer hübscher Körper, *ma petite*, werden mich bezahlen.« Er legte eine Hand auf ihre Brüste, seine Finger schoben sich unter den Stoff.

Michaela biss die Zähne zusammen. Bitterer Geschmack breitete sich in ihrem Mund aus.

Amüsiert verließ er das Podest wieder.

Hinter dem Vorhang kündigte eine Frauenstimme ihr Erscheinen an. Ihr Narren, dachte Michaela. Ich töte euch lieber bei der ersten Gelegenheit, als dass ich mich von einem Mann anfassen lasse.

Der Vorhang wurde zurückgezogen. Männer machten anerkennende Bemerkungen, doch Michaela sah ihre Gesichter nicht, sondern starrte auf die gegenüberliegende Wand.

Madame Goulier, schlank, hoch gewachsen, das schwarze Haar auf dem Kopf aufgetürmt, so wenig Französin, wie Michaela Irin war, kam näher und wandte sich an die Männer. Michaela kämpfte gegen den Wunsch an, ihr in den Rücken zu treten und zur Tür zu laufen.

»Habe ich nicht eine wilde irische Schönheit versprochen, Gentlemen? Ist sie nicht reizend?« Verschiedene Stimmen mit fremdartigen Akzenten antworteten. Michaela hatte erfahren, dass in diesem

Haus vorwiegend Fremde verkehrten. »Die Versteigerung beginnt bei hundert Pfund.«

Einhundert! Sollte Michaela sich geschmeichelt fühlen?

Zu ihrem Entsetzen stieg das Gebot, und die Männer machten anzügliche Bemerkungen über ihren Körper und was allein ihre Brüste wert seien. Sie hielt sich steif, als Madame ihre Röcke anhob, damit die Käufer die Beine sehen konnten, und ballte die Hände, um ihr nicht die Augen auszukratzen. Madame blickte hoch, lächelte und wandte sich wieder den Männern zu.

Zweihundert Pfund, zweihundertfünfzig, dreihundert, vierhundert. Ein Vermögen. Dann herrschte Schweigen, und Madame sagte: »Ah, fünfhundert Pfund für diese irische Schönheit, Gentlemen. Zum Ersten, zum Zweiten, zum Dritten …«

Michaela wartete atemlos auf das Wort *verkauft*.

»Ihr könnt nicht verkaufen, was Euch nicht gehört, Madame«, sagte eine tiefe Stimme.

Michaela verkrampfte die Finger im Kleid. Dem Himmel sei Dank! Sie wagte nicht hinzusehen, betete darum, dass es die Polizei war, und hoffte, sie wäre es nicht. Die Schande, dass jemand sie so sah, war fast unerträglich. Die Männer protestierten, und Michaela hielt Ausschau nach dem Eindringling. Ganz hinten am Vorhang zum Foyer stand jemand.

Zwei Männer traten ein, Mauren in langen wehenden Gewändern und mit weißen *kaffiyehs* auf den Köpfen. Sollte sie in einen Harem geschafft werden?

Dann schob ein dritter Mann den Vorhang beiseite, sah sich verächtlich um und kam mit langen Schritten, die an die einer Raubkatze erinnerten, näher. Ein weißes Gewand umspielte seine Beine in schwarzen Stiefeln und einer ledernen Hose. Michaelas Blick wanderte höher zu den Pistolen und einem riesigen, mit Juwelen besetzten Säbel in einer Scheide und weiter zu dem schlichten schwarzen Hemd. Ein schwarzes Tuch wurde auf dem Kopf von Goldkordeln festgehalten und verhüllte den unteren Teil des Gesichts.

Und dann blickte sie in vertraute hellblaue Augen.

Ihr stockte der Atem.

Lieber Himmel, wieso ausgerechnet er? Ihr Gesicht wurde rot vor Scham.

Sie konnte ihn nicht länger ansehen und senkte den Blick zu Boden.

»Diese Versteigerung findet nur für geladene Gäste statt, Monsieur«, sagte Madame und gab den Helfern ein Zeichen, damit sie eingriffen.

»Jetzt nicht mehr.«

Madame runzelte die Stirn. »Wer seid Ihr, und wieso dringt Ihr hier ein?«

»Ich bin Scheich Kaseem Ibn Abduli, Sohn des Rahman.« Er zog das Tuch vom Gesicht. »Ihr versteigert eine meiner Frauen.«

Michaela stockte bei dieser unglaublichen Behauptung der Atem.

Rein wandte sich an die anwesenden Männer. »Wollt Ihr nehmen, was bereits mir gehört?«

»Sie sagte kein Wort davon.« Madame warf Michaela einen harten Blick zu.

»Weil ich nicht …«

Rein brachte sie mit einem warnenden Blick zum Schweigen.

Michaela presste die Lippen aufeinander und wartete ab.

»Sie möchte die erste *kadine* sein, aber …« Er seufzte. »Sie hat nicht begriffen, wo ihr Platz ist, wie Ihr seht.«

Madame stimmte ihm zu und überlegte, ob sie von

dem Scheich vielleicht noch mehr Geld bekommen konnte. »Ich habe bereits viel für sie ausgegeben.«

»Ich auch.«

»Ich erwartete einen Gewinn.«

»Ihr werdet für Eure Mühe entschädigt«, lenkte Rein ein.

»Ihr Preis ist fünfhundert Pfund.«

Er betrachtete Michaela, als wäre sie eine Kuh auf dem Mark. Am liebsten hätte sie nach ihm getreten.

Jean-Pierre flüsterte Madame etwas zu.

»Sie steht nicht mehr zum Verkauf«, sagte die Frau.

Rein verschränkte die Arme. »Ich bekomme, was mir gehört.«

»Wirklich?« Madame winkte, und etliche Männer traten hinter dem Vorhang hervor. Doch als sie näherkamen, wurden zahlreiche Pistolen gespannt. Das Klicken der Hämmer durchbrach die Stille. Madame sah sich hastig um, als vermummte Männer durch Fenster und Türen eindrangen und die Waffen auf sie richteten. Die Käufer wollten aufspringen und fliehen, doch die Männer drückten sie auf ihre Sitze zurück.

Madame wandte sich nervös an den Scheich.

»Ich werde dieses Haus vernichten, seid dessen versichert, Frau. Ich mache die Öffentlichkeit auf euer heimliches Treiben aufmerksam.«

Sie riss ängstlich die Augen auf. Die Identität ihrer Kunden war ein Geheimnis. Sollte es gelüftet werden, würde sie alles verlieren. Rein zählte darauf, löste einen Beutel vom Gürtel und warf ihn ihr zu. Sie fing ihn auf und betrachtete das Vermögen an wertvollen Steinen, das in ihre Handfläche glitt. Rein schnippte mit den Fingern, und der Größte seiner Begleiter drängte sich durch die Menge zu ihm.

Rein ließ sich nichts anmerken, als er Michaela ansah und den Schmerz in ihren Augen erkannte. Sie war noch schöner als je zuvor. »Komm!«, sagte er schroff und streckte ihr die Hand entgegen.

Sie zögerte. »Ich kann nicht«, erwiderte sie und blickte zu Diana.

Sein Gesicht verdüsterte sich. »Unverschämte Frau.« Er griff nach ihrer Hand, schob einen Arm unter ihre Beine und warf sie sich über die Schulter. Sie schrie auf, doch Rein musste das Spiel zu Ende führen. Während er zur Tür ging, zogen seine Männer sich langsam zurück. Cabai deckte seinen Rücken.

»Lasst mich herunter.«

»Schweig, Frau«, zischte er und näherte sich im Freien rasch einer wartenden Kutsche. Er hielt Michaela jetzt auf den Armen und sah nicht die Spuren ihrer Gefangenschaft, sonst hätte er das Haus in Schutt und Asche gelegt. Cabai öffnete die Tür, und Rein ließ Michaela behutsam auf die Sitzbank gleiten.

Michaela konnte trotzdem ein Stöhnen nicht unterdrücken. Rein legte ihr mitfühlend den Umhang um die Schultern.

»Ich kann nicht weg«, stieß sie schmerzgepeinigt hervor.

Er klopfte gegen das Dach, und die Kutsche setzte sich in Bewegung. »Wollt Ihr als Hure verkauft werden?«

»Natürlich nicht, aber er wird sie jetzt umbringen. Diana ist noch ein Kind.«

Rein warf einen Blick zum Haus zurück. »Diana? Hager, blonde Löckchen?«

»Ja.«

Rein lehnte sich zurück. »Michaela, sie ist im Haus, um durch sie Frauen gefügig machen zu können. Diana ist eine Komplizin von Madame.«

Michaela starrte betroffen aus dem Fenster.

Rein zog sie zurück und schloss den Vorhang.

»Soll die ganze Welt sehen, wie Ihr dieses Haus verlasst?«

Sie schüttelte seine Hand ab, obwohl ihre Schulter schmerzte. Hätte sie doch bloß einen Monat lang schlafen können. »Mein Ruf ist ohnehin schon ruiniert«, sagte sie atemlos. »Ich werde seit Tagen vermisst.«

»Seit fast zwei Wochen«, sagte er leise. Es waren zwölf entsetzliche Tage gewesen.

Sie warf ihm einen harten Blick zu. »Warum unternimmt niemand etwas gegen dieses Haus?«

Er zog die *kaffiyeh* vom Kopf und warf sie auf den Sitz. »Weil die besten Kunden genau diejenigen sind, die es eigentlich schließen sollten.«

»Ihr wisst das aus Erfahrung?«

Der weiße Sklavenmarkt war ein lukratives und auch weit verbreitetes Geschäft, doch dass sie ihm zutraute, eine Frau zu kaufen, ärgerte ihn. »Wieso interessiert Euch das?«

»Es interessiert mich nicht«, log sie. »Bringt mich bitte nach Hause.«

»Ihr könnt nicht nach Hause, Michaela, oder habt Ihr vergessen, dass Euch jemand töten will?«

»Nein, ich …« Sie stockte. »Woher wisst Ihr das? Und woher wusstet Ihr, wo ich war? Wieso habt Ihr dieses …« Sie deutete auf seinen Umhang. »… dieses Schauspiel …«

»Die Befreiung? Die Rettung?«

»Ich musste nicht gerettet werden.«

»Aber nein, natürlich nicht«, spottete er. »Wäre es euch lieber gewesen, die Leute hätten erfahren, wer Euch mitnahm?«

»Nein. Es ist schlimm genug, als Schlampe gebrandmarkt zu sein.«

Sein Gesicht verschloss sich. In der Vision hatte er

gesehen, wo sie versteckt war. Danach hatte es noch einen Tag gedauert, um das finstere Verlies diesem eleganten Haus zuzuordnen. Er verdankte Mr Gilbèrt die Information. Jetzt war Michaela bei ihm, und er ließ sie nicht mehr fort, mochte sie von ihm denken, was sie wollte.

»Nickolas hat mich gebeten, Euch zu finden.«

»Wer?«

Rein bewunderte ihre Stärke. Sie musste am ganzen Körper schreckliche Schmerzen leiden. »Ryder. Ein hoch gewachsener, grauhaariger Mann aus Carolina, ungefähr sechzig.«

Sie runzelte nachdenklich die Stirn. »Ich glaube nicht, dass ich ihn kenne.«

Sie ist gut, dachte er. »Ich weiß, dass Ihr der Schutzengel seid.«

»Soll das ein Scherz sein?«, fragte sie spöttisch. »Ich? Eine amerikanische Spionin? Ihr habt eindeutig den Verstand verloren, Scheich Abduli.« Michaela lachte. »Haltet die Kutsche an.« Sie durfte niemanden mehr in Gefahr bringen und musste Nickolas beruhigen. »Ich möchte aussteigen.«

»Nein.« Er verschränkte die Arme und streckte die Beine aus, obwohl er Michaela am liebsten an sich gezogen hätte.

»Ihr habt kein Recht, mich festzuhalten.«

Dieses undankbare Mädchen! »Ich habe soeben ein kleines Vermögen für Eure Freiheit verloren, Michaela. Was meint ihr, soll ich jetzt machen?«

»Ich werde es Euch zurückzahlen.«

»Und wenn ich sofort eine Entschädigung verlange?«

Sie hatte kein Geld und saß in der Falle. »Was habt Ihr mit mir vor? Wollt Ihr mich zu Eurer Sklavin, Eurer Hure machen?«

Ein Muskel zuckte an seiner Wange, und Michaela wurde von seinem Blick gefangen gehalten.

»Nein, meine kleine *rasha.*« Er beugte sich zu ihr. »Zu meiner Ehefrau.«

20

Nur eine Sekunde lang erlaubte Michaela sich, an Heirat, Familie und ein Zuhause zu glauben und darauf zu hoffen. Doch im nächsten Moment wusste sie, dass das völlig unmöglich war. Ihr Misstrauen gegenüber Rein war nicht verschwunden, sondern wuchs sogar noch.

»Nein«, sagte sie leise. »Nein.« Er war mit ihrem Onkel verbündet und hatte seine Frau und vielleicht auch seine Geliebte getötet. Allerdings hatte er sie gerettet …

Die Zurückweisung schmerzte Rein. Damit hätte er jedoch rechnen müssen. »Hört gut zu, Michaela. Leugnet, so viel Ihr wollt. Eure verdammte Rebellion ist mir gleichgültig. Ich habe Nickolas allerdings geschworen, Euch um jeden Preis zu beschützen. Und wenn eine Heirat die beste Möglichkeit ist, werde ich sie ergreifen.«

»Aber ich kenne keinen Ryder.«

»Genug!«, rief er, als die Kutsche langsamer wurde. Er schlug den Vorhang zurück. »Setzt die Kapuze auf, beeilt Euch, und haltet den Kopf gesenkt.«

Die Tür wurde geöffnet, und Michaela erkannte einen von Reins Matrosen. Sie wollte Rein schon sagen, dass sie allein nach Hause fand, doch er ließ sie nicht zu Wort kommen.

»Nein, keine Erklärungen und kein Widerspruch«, sagte er ungeduldig. »Bewahrt Eure Geheimnisse, aber ich habe viel aufs Spiel gesetzt – meine Männer, mein Geschäft, meine Beziehungen in diesem Land und sogar meine Schiffe, um Euch zu befreien. Ich bin der ›Händler‹.« In ihren Augen blitzte es auf. »Es interessiert mich nicht, ob Ihr eine Verräterin seid oder nicht, aber ich werde nicht das Wort brechen, das ich Nickolas gegeben habe, auch nicht wegen Eurer Sturheit.«

»Ich vertraue Euch nicht«, sagte sie, als sie seine Hand ergriff.

»Das ist auch nicht nötig. Tut bloß, was ich sage, und Ihr seid in Sicherheit.«

»Ihr seid gar nicht von Euch überzeugt, nicht wahr?«, murmelte sie und stieg aus. Eine andere Kutsche stand gefährlich nahe. Aus der offenen Tür stieg eine Frau in einem Umhang. Eine rothaarige Frau von ihrer Statur. Michaela empfand Eifersucht, zu der sie kein Recht hatte, als die Frau Rein auf die Wange küsste und dann in ihre Kutsche stieg.

Rein schob Michaela in das andere Gefährt, und beide Kutschen fuhren an, die eine nach Osten zum Pier, die andere nach Westen.

»Ein Ablenkungsmanöver«, sagte Michaela.

Er blickte aus dem Fenster. Zwei wie Beduinen gekleidete Reiter folgten der anderen Kutsche. »Ja.«

Sie lehnte sich zurück. Rein stand auf, hob das Sitzkissen hoch und holte aus dem Versteck einen Mantel, einen Dreispitz und ein Wams, legte den Säbel in die Vertiefung und verschloss sie.

»Wohin fahren wir?«, fragte sie, nachdem er sich angezogen hatte.

Rein schwieg. Sie würde es früh genug erfahren, und er wollte nicht, dass sie aus der fahrenden Kutsche sprang.

Na schön, dachte sie. »Ihr seid gut im Rauben von Frauen, Rein.«

»Fügt ihr jetzt die Entführung unschuldiger Mädchen in der Dunkelheit der Nacht zu meinen unzähligen Fehlern hinzu?«, neckte er sie.

»Gehört Mord dazu?«, fragte sie und bereute die Worte auf der Stelle.

Er warf ihr einen so wilden Blick zu, dass Michaela den Atem anhielt. In seinen Augen sah sie puren Schmerz.

»Ich könnte Euch das Gleiche fragen, kleine Mörderin.«

»Ich habe Euch nicht getötet.«

Rein schwieg, und die Anschuldigung stand zwischen ihnen.

»Leugnet Ihr?«

Er stieß den Atem aus. »Würdet Ihr mir denn vertrauen?«

Sie zögerte. »Ja.«

Er lehnte sich mit einem verächtlichen Lachen zurück. »Euer Leben bestand in den letzten drei Jahren nur aus Geheimnissen und Misstrauen, Michaela. Ihr könnt gar nicht vertrauen.«

Woher wusste er das alles? Nickolas hatte es ihm bestimmt nicht erzählt. Sie starrte auf ihre Hände, während die Kutsche die besseren Stadtviertel erreichte. Weshalb sollte Nickolas einem solchen Mann vertrauen? Welche Beziehung bestand zwischen den beiden? Rein mochte sogar der Doppelagent sein, doch er hatte den Decknamen genannt. Eine solche Information gab Nickolas nicht leichtfertig weiter. Eine Frage quälte sie allerdings.

»Warum wollt Ihr mich heiraten? Was soll das bringen?«

»Den Namen meiner Familie und meinen Ruf, den Ihr so sehr fürchtet«, erwiderte er schneidend. »Beides wird Euch jetzt beschützen, sollte Euch jemand entdecken.«

»Aber Ihr wollt dafür sorgen, dass es nicht dazu kommt?«

»Nicht, bevor Nickolas den Abtrünnigen entlarvt hat.«

»Und dann?«

Er zuckte mit den Schultern. »Dann habt Ihr die Wahl.«

Also bot er ihr die Ehe als Schutz und aus Pflichtgefühl an, weil er Nickolas einen Eid geschworen hatte, aus keinem anderen Grund. Sie gestand sich ein, dass sie in Gefahr war, bis Nickolas den Verschwörer entlarvte. Trotzdem hatte sie gehofft, Rein hätte auch noch andere Gründe für eine Heirat. Doch was sollte er schon von einer ungeschickten Frau wollen, die über ihre eigenen Füße stolperte? Oder von einer entehrten Frau, von der er sich abgewandt hätte, wenn er die Wahrheit erfahren hätte?

»Ich muss Nickolas sehen.« Sie musste ihn über die Goldladung und die Pläne ihres Onkels und seiner Komplizen informieren.

»Ihr gebt also zu, ihn zu kennen?«

Sie schwieg. Jetzt konnte sie nicht mehr leugnen.

»Ausgeschlossen.«

»Es muss sein!«

»Stellt keine Forderungen, Michaela«, warnte er kalt. »Ich kann notfalls ein unerträglicher Bastard sein.«

»Ach ja, wer hätte das gedacht?«, fragte sie spöttisch. »Wie lange werde ich bei Euch bleiben?«

Er zuckte die Schultern.

»Ich werde Euch nicht heiraten.«

Er sah sie nur stumm an.

»Ihr könnt mich nicht dazu zwingen.«

Er schwieg noch immer.

»Ich will nicht den Namen eines Mannes nur als Schutz.« Ich will ihn aus Liebe, dachte sie.

»Dann wollt Ihr Euch also wieder auf Londons Straßen wagen, obwohl jemand nur darauf wartet, Euch eine Kugel in den Kopf zu jagen?«

»Nein.«

»Wollt Ihr vielleicht in den Schoß Eurer liebenden Familie zurückkehren?«

Michaela verzog das Gesicht und fühlte sich in die Ecke getrieben. »Nein.«

»Sieht so aus, als hättet ihr keine Wahl.«

»Eine Heirat kommt jedenfalls nicht infrage.«

Die Kutsche rumpelte durch eine Bodenrille und schwankte. Michaela wurde gegen die Wand geschleudert und schrie auf. Rein stützte sie, als die Stäbe des Korsetts über ihre Haut kratzten, und schob die Hand in ihren Mantel.

»Was macht Ihr?« Sie wollte ihn von sich stoßen, als er über ihr Kleid tastete. »Au! Hört auf, ich bitte Euch!«

»Pst«, flüsterte er und zog an den Verschnürungen.

Endlich gab das Kleidungsstück nach, und Michaela stöhnte vor Erleichterung. »Danke. Woher wusstet Ihr Bescheid?«

Seine Stimme klang rau. »Sagte ich Euch nicht, ich würde da sein, wenn Ihr mich braucht?«

Das stimmte. »Aber wie habt Ihr das angestellt?«

»Wenn Ihr mir eines Tages vertraut, Michaela Denton, und wenn Ihr meinen Worten glaubt, werde ich Euch alles erzählen.«

Sie blickte forschend in sein gut geschnittenes Gesicht und merkte erst jetzt, wie erschöpft er aussah. »Ihr seid ein seltsamer Mann, Rein Montegomery.«

»Das hat man mir schon gesagt.« Er sah ihr in die Augen, fing ihren Duft auf, lauschte auf ihren Atem und sehnte sich danach, sie zu küssen. Sein Blick wanderte zu ihren üppigen Lippen und zurück zu ihren

Augen. Als sie ihn betroffen ansah, rutschte er auf seinen Sitz zurück.

Sie schniefte und nahm das Taschentuch entgegen, das er ihr reichte. »Nur wenige Junggesellen würden so leicht ihre Freiheit aufgeben.«

Es spielte keine Rolle, ob er Junggeselle blieb oder nicht. Wenn er sie heiratete, geschah das nur zu ihrer Sicherheit. Vorher aber musste sie die Folgen einer solchen Verbindung kennen. Es würde ihm schwer fallen, ihr seine Vergangenheit zu enthüllen, und er bildete sich nicht ein, sie würde ihm eine echte Ehefrau sein. Doch zum ersten Mal würde ihm sein Ruf helfen. Niemand forderte ihn heraus. Die Engländer wollten seinen Tee und wünschten vor allem, dass er den Amerikanern nichts lieferte.

Die Kutsche wurde langsamer. Rein griff nach der Pistole, die neben ihm auf dem Sitz lag.

»Was ist?«, fragte Michaela ängstlich.

»Wir sind in Sicherheit.« Die Kutsche hielt, die Tür wurde geöffnet. »Rasch, bevor es zu regnen beginnt.« Er stieg aus. Michaela folgte ihm und betrachtete das riesige dunkle Haus. Nur im Eingang brannte ein Licht. Rein führte sie eilig nach drinnen.

Michaela schob die Kapuze zurück, während hinter ihr drei Männer hereinkamen. Rein stellte sie vor.

»Mr Bushmara.« Er verbeugte sich lächelnd.

»Mr Popewell.« Der dunkelhaarige junge Mann nahm lächelnd die *kaffiyeh* ab.

»Und Cabai.«

Michaela blickte hoch, lächelte, als er sich tief verbeugte, und machte einen Knicks. »Es ist mir eine Freude, Gentlemen.«

Rein schloss die Tür und verriegelte sie.

Er sah ihr an, dass sie sich wieder als Gefangene fühlte. Die Hände hielt sie unter dem Mantel verborgen, während er seinen Leuten Anweisungen erteilte, sie dann wegschickte und Cabai Mantel und Dreispitz überreichte. Rein deutete zur Treppe, und Michaela ging ihm voraus, weil ihr nichts anderes übrig blieb. Er stieg hinter ihr die Stufen hinauf und beobachtete das verführerische Schwingen ihrer Hüften. Dennoch ahnte er ihre Sorge, die er ihr irgendwie nehmen wollte. Ihr Misstrauen störte ihn mehr, als es eigentlich sollte. Er deutete in den linken Korridor, öffnete eine Tür und überlegte, wie er Michaela die Angst nehmen konnte. Sie sollte Stolz und Würde nicht verlieren. Ihm war das zu oft passiert, und daher wusste er genau, worum es ging.

Michaela betrat den Raum. »Sehr hübsch.« Ein flackerndes Feuer tauchte die Wände und die hellgrünen Vorhänge und Bezüge in warmes Licht.

»Ein Bad ist für Euch vorbereitet.« Er zeigte ihr einen Raum auf der rechten Seite, in dem ebenfalls ein Feuer brannte. »Bestimmt seid Ihr müde. Ich lasse Euch Essen heraufschicken.« Rein öffnete einen Schrank, begutachtete die darin hängenden Frauenkleider und fing einen fragenden Blick von Michaela auf. »Nein, sie haben nicht ihr gehört.« Dass sie ihn für so herzlos hielt, ihr die Kleider einer Toten zu geben, ärgerte ihn. »Was ihr gehörte, wurde verbrannt.«

Michaela versuchte, seinen Gesichtsausdruck zu deuten, während er ihr den Klingelzug zeigte. Sie nickte, trat zu dem weichen Sofa am Kamin und wärmte sich. Als sie den Mantel ablegte, enthüllte das geöffnete schwarze Kleid einen großen Teil ihres Busens. Rein sehnte sich danach, ihr das Kleidungsstück von den Schultern zu ziehen und ihre Haut zu küssen. Ihr Anblick stellte seine Willenskraft auf eine harte Probe.

»Ich fürchte, dass ich Euch kein Mädchen bieten

kann«, sagte er. »Es wäre zu gefährlich, noch jemanden ins Vertrauen zu ziehen.«

»Ich bin auch bisher ohne eines ausgekommen. Wissen Eure Männer Bescheid?«

»Sie wissen nur, dass wir Euch beschützen müssen, Michaela, mehr nicht. Und dabei wird es auch bleiben.«

Sie nickte. Ihr war klar, welch eine Bürde sie für ihn darstellte und wie viel er für sie wagte. Dafür sollte sie ihn zumindest höflich behandeln.

»Cabai könnte Euch beim Bad zur Hand gehen.«

»Das ist nicht Euer Ernst«, entgegnete sie betroffen.

»Er ist ein Eunuch, Michaela«, erklärte er lächelnd.

»Das ist mir egal«, wehrte sie ab. »Kein Mann braucht mir bei einem einfachen Bad zu helfen.«

»Gut. Dann kümmere ich mich um Euch, falls Ihr Unterstützung braucht.«

»Das kommt nicht infrage! Es schickt sich nicht.«

»Legt Eure Scheu ab, Michaela. Wir werden für einige Zeit im selben Haus leben. Wie sehr schickt sich denn das?« Er trat an die Tür des Baderaums. »Meine Räume liegen hier.« Er durchquerte den Raum und fühlte, dass sie ihm folgte, als er seine Tür öffnete. Nach dieser Frau sehnte er sich wie nach keiner anderen. Während sie sein Bett betrachtete, dachte er daran, sie zu sich auf dieses Lager zu ziehen und alle ihre Geheimnisse zu erforschen.

Er begehrte diese Frau ohne Angst und Reue, doch er würde sie nie bekommen. Dafür war sein Ruf zu schlecht, und Gerüchte hatten Michaelas Urteil über ihn bereits gefärbt.

Er betrat das Zimmer und ging an einen hohen Eichenschrank, öffnete die Türen, holte eine polierte hölzerne Kassette heraus und reichte sie Michaela.

»Ihr seid hier sicher«, sagte er leise. »Niemand weiß,

dass mir dieses Haus gehört, und es liegt weit genug von der Stadt entfernt. Innerhalb dieser Mauern könnt Ihr tun, was immer Euch beliebt, und wenn Ihr etwas wollt, verlangt es. Das Grundstück ist von Mauern umgeben und wird von zwölf Männern bewacht.«

Lauter Männer, dachte sie. »Ich bin eine Gefangene.«

»Wenn Ihr es so sehen wollt. Ihr fürchtet mich, was mir nicht gefällt. Das hier …« Er hob den Deckel an und zeigte ihr zwei Pistolen und zwei Messer. »Das hier sollte Euch ein Gefühl der Sicherheit geben. Setzt diese Waffen gegen mich ein, wenn es Euch nötig erscheint«, fügte er mit einem angedeuteten Lächeln hinzu.

Michaela betrachtete die Pistolen und die in die Griffe eingeritzten Initialen. »Mit Hilfe dieser Waffen könnte ich fliehen.« Sie schloss den Deckel.

»Ja.«

»Trotzdem vertraut Ihr mir?«

»Sobald Ihr Euch die Zeit nehmt, über die möglichen Folgen nachzudenken, werdet Ihr mir Recht geben.«

»Ich hasse es, dass Ihr stets so selbstsicher seid, Rein Montegomery«, erklärte sie. »Wisst Ihr das?«

»Ich weiß es.« Obwohl er lächelte, verdüsterten sich seine Augen, während sein Blick über ihr Haar, ihr sorgfältig geschminktes Gesicht, ihre nackten Schultern und den Busen glitt. Beim Gott des Donners, sie war schön. Selbst als Verführerin gekleidet, erkannte er ihre Reinheit, sehnte sich danach und wollte in einem Kuss das Feuer fühlen, das er bereits früher freigesetzt hatte.

»Wäre ich mir in allem so sicher, meine *rasha*«, sagte er kopfschüttelnd, »würde ich die Versuchung nicht in mein Haus einladen.« Er hob die Hand an ihre Wange, ohne sie zu berühren.

Michaela sah ihn unverwandt an, drückte die Schatulle an sich und hätte sich gern sicher und geliebt gefühlt. Sie wollte annehmen, was er ihr mit seinem Blick anbot, und sie verfluchte die Männer, die ihre Träume zerstört hatten. »Ladet sie nicht ein, Rein. Ihr würdet nicht mögen, was ihr findet.«

Er zog seufzend die Hand zurück und schloss die Tür zu seinen Räumen.

Michaela stieß den Atem aus. Sie war völlig erschöpft. Dieser starke Mann beherrschte alle Empfindungen, die ihren Körper erfüllten, und sie sehnte sich fast unerträglich nach ihm. Voll Bedauern stellte sie die Schatulle weg, zog sich das Kleid aus und stieg in die Wanne.

Während sie sich ins Wasser sinken ließ, fragte sie sich, ob sie nicht eher zur Dirne als zur Spionin taugte.

Rein hörte sie stöhnen, als das Wasser plätscherte, und lehnte sich an die Wand. Ich bin verrückt, dass ich mich darauf eingelassen habe, dachte er und löste sich wieder von der Wand. Wenn er Michaela noch einmal stöhnen hörte, würde er zu ihr vordringen und ihre Schmerzen lindern. Er verließ seine Gemächer und ging nach unten, um für sie Essen zubereiten zu lassen. Vielleicht bekam er so sein Verlangen in den Griff. Am Fuß der Treppe blieb er stehen, blickte nach oben und stellte sich ihren Körper vor, nackt, nass und schaumbedeckt. Wie gern hätte er diesen Schaum von ihrer Haut geleckt und …

Er biss die Zähne zusammen und ging in die Küche.

Er hatte keine Zeit für solche Fantasien.

Er musste einen Mörder entlarven, einen Vater finden und ein Gerücht in die Welt setzen.

Argyle Campbell saß im Schutz der Dunkelheit auf seinem Pferd. Schon seit einer Stunde beobachtete er durch die Gittertore des Hauses die Gestalten, die sich hinter den Vorhängen bewegten. Im ersten Stock brannte Licht. Er wusste, dass Michaela da drinnen war, obwohl er sie nicht genau gesehen hatte, als sie das Haus mit Montegomery betreten hatte. Er hatte jedoch ihren Gang erkannt. Sie war freiwillig hier. Das hatte er daran gemerkt, dass sie den Wächtern zugelächelt hatte. Trotzdem ärgerte er sich, weil sie wieder weggelaufen war und sich in Gefahr gebracht hatte. Ihr Ruf wurde außerdem noch stärker beschädigt, wenn jemand erfuhr, dass sie hier war. Ihr Onkel hatte sich schon bei allen Leuten über ihr Verhalten beschwert, als könnte man von Richards Tochter nichts anderes erwarten, als wie ein ängstliches Kaninchen fortzulaufen. Oder zusammen mit einem Nichtsnutz, wie der Brigadier seit Neuestem behauptete.

Die Bezeichnung passte nicht auf Rein Montegomery. Argyle wusste nur, dass Michaela lebte und Montegomery sie sicher versteckte. Sie befand sich in einer Festung, und darüber war er so erleichtert, dass seine Augen feucht wurden. Wenigstens konnte er Agnes beruhigen. Sonst würde er niemandem von seiner Entdeckung erzählen. Allerdings wollte er Montegomery weiterhin im Auge behalten.

Argyle hatte allerdings in jener regnerischen Nacht gesehen, wie Montegomery sie küsste. Und Michaela war Rein bereitwillig entgegengekommen. Zwischen den beiden braute sich etwas zusammen. Davon war Argyle überzeugt. Wenn er klug war, kam er Montegomery nicht in die Quere.

Michaela brauchte diesen Mann, weil sie sich an niemanden mehr wenden konnte, der solche Macht besaß.

21

Rein stand neben dem Bett und blickte auf Michaela hinunter. Sie lag, in Decken gehüllt, auf der Seite. In ihrem Gesicht zeichnete sich Schmerz ab, und er sah vor seinem geistigen Auge, wie DuMere sie schlug und Madame ihre Schenkel peitschte. Das Bild hatte ihn bis zu dem Moment verfolgt, in dem er sie auf dem Podium erblickt hatte.

»Wollt ihr mich ewig anstarren?«, zischte sie. »Oder ist es für euch normal, das Gemach einer Dame zu betreten und den Voyeur zu spielen?«

Er kniete sich vor das Bett und strich ihr das Haar von der Wange. »Müsst Ihr immer so tapfer sein?«

»Ja, mein Vater bestand darauf. Das war der Fluch, nicht als Junge auf die Welt gekommen zu sein.«

»Ihr braucht nicht zu leiden«, sagte er lächelnd.

»Wollt Ihr vielleicht behaupten, ein Heiler zu sein?« Immerhin hatte er sich von der Schusswunde erstaunlich schnell erholt, fiel ihr ein.

»Ich behaupte nur etwas, das ich weiß.«

»Könnt Ihr mir keine klare Antwort geben?« Sie versuchte sich aufzusetzen, und zuckte zusammen. »Müsst Ihr stets so geheimnisvoll sein?«

»Zieht das Nachthemd aus. Ist das klar genug?«

»Das mache ich nicht.«

Er seufzte ungeduldig. »Ihr könnt mich damit in Schach halten«, erwiderte er und holte die Pistole unter dem Kopfkissen hervor.

Sie wurde vor Verlegenheit rot, verriet jedoch keinerlei Gefühle, als er eine Kerze anzündete. Der Lichtschein fiel auf zahlreiche Fläschchen und eine Schüssel auf der Kommode.

Er stand auf und wandte ihr den Rücken zu. »Gehorcht, Michaela. Ich ertrage Euer schmerzliches Stöhnen nicht mehr.«

»Habe ich Euren Schlaf gestört?«

Er schüttelte den Kopf und hörte das Rascheln von Stoff, sagte jedoch nichts. Sie wollte nichts von ihm hören, und vielleicht würde sie nie dazu bereit sein. Er warf verstohlen einen Blick über die Schulter, und als er sah, wie sie sich abmühte, drehte er sich um.

»Kniet Euch auf das Bett.« Er half ihr, sich aufzusetzen. »Ihr braucht das Nachthemd nur herunterzuziehen, damit ich den Schaden sehe.«

Sie schwankte zwischen Schamgefühl und Schmerz, gehorchte schließlich und sah ihn besorgt an, als sie die dünnen Bänder des Nachthemds am Hals löste. Dann wandte sie ihm zögernd den Rücken zu und zog das Nachthemd über die Schultern.

Rein fluchte. »Der Bastard war schonungslos.« Offenbar hatte sie sich aus Kräften gewehrt.

»Ist es so schlimm?« Sie hielt eine Decke vor die Brust und wirkte zart und zerbrechlich. »Bleiben Narben zurück?«

»Nein, es wird heilen.« Er stützte ein Knie auf das Bett.

Michaela verkrampfte sich auf der Stelle.

Er drückte ihr die Pistole in die Hand. »Ich tue Euch nichts, das verspreche ich.«

Sie suchte in seinen hellen Augen die Wahrheit, nickte und starrte gegen die Wand, während hinter ihr Fläschchen klirrten und Wasser in eine Schale floss.

Als sie sich umdrehen wollte, hinderte Rein sie daran. »Blickt zur Wand und denkt an etwas Angenehmes.«

»Was werdet Ihr machen?«

»Euch heilen.«

Sie seufzte zweifelnd.

Rein lächelte und forderte sie auf, weiter in die Mitte des Bettes zu rutschen. Dann kniete er sich hinter sie, trug aber kein Heilmittel auf die Wunden auf, wie Michaela erwartete. Verwirrt blickte sie über die Schulter. Er hatte den Kopf gesenkt und die Hände auf seine Schenkel gelegt.

»Was macht Ihr da?«

»Seht zur Wand, konzentriert Euch auf das Gemälde. Denkt nur an die Farben und die Pinselstriche.«

Ich soll mich ablenken, dachte sie und erwartete, dass die Heilung schmerzhafter sein würde als die Wunden.

Rein konzentrierte seine Gedanken und zog Energie in sich – aus dem Feuer im Kamin, dem Wasser in der Schale, der Luft im Raum. Sein Körper begann unter der Hitze zu prickeln, die er in seine Hände schickte, bevor er sie zu Michaelas Rücken hob. Dunkelblaue Striemen und rote Male verliefen kreuz und quer über die zarte Haut. Er ließ seine Hände darüber gleiten, ohne sie zu berühren, und sog behutsam Michaelas Energie und ihren Schmerz in sich auf. Während er an den Fingerspitzen und den Handflächen ein Brennen verspürte, schwand die Verfärbung ihrer Haut, und die Striemen verblassten.

Michaela stöhnte nicht bewusst, sondern aus Erleichterung über das Verschwinden der Schmerzen. Sie richtete sich hoch auf und ließ das Nachthemd fallen. Dabei enthüllte sie den Po und die Schenkel – und die blutverkrusteten Spuren der Peitsche. Rein verdrängte seinen Zorn und den Wunsch nach Rache und ließ seine Hände über ihre Haut gleiten. Hitze zog sich von seinen Handflächen durch die Arme bis in seine Brust hoch, und er biss die Zähne zusammen und warf den Kopf in den Nacken.

Pure Energie vibrierte in seinem Blut.

Das Feuer flackerte im Kamin auf.

Eisblumen schmolzen an den Fensterscheiben.

Michaela seufzte vor Erleichterung. Rein glitt vom Bett und legte sie behutsam auf die Matratze.

»Ihr habt mich nicht berührt«, flüsterte sie schläfrig.

»Das war nicht nötig.« Und dafür war er dankbar, denn hätte er sie berührt, hätte es seine Willenskraft zerstört. Es fiel ihm ohnehin schwer, sich zu beherrschen.

Nachdem er ein Schlafmittel gemischt hatte, hielt er ihr die Tasse an die Lippen und ließ sie trinken.

»Das schmeckt scheußlich. Was ist in dem Getränk?«

»Das sage ich Euch lieber nicht«, erwiderte er, zog ihr das Nachthemd über die Schultern hoch und verknotete das Band. Eine Träne lief ihr aus den geschlossenen Augen und versickerte im Kopfkissen. Als er bei dem Anblick stöhnte, hob sie die Hand und strich ihm über die Wange und die Lippen.

»Danke«, hauchte sie. »Danke.«

»Nicht weinen, bitte.« Ihre Tränen machten ihn schwach und hilflos. Er nahm ihre Hand in seine, beugte sich zu ihr, weil er nicht länger widerstehen konnte, und hauchte ihr einen Kuss auf die Lippen.

»Das ist noch besser als Eure Kuren«, flüsterte sie und versank bereits in ihren Träumen.

Er konnte sich nicht bewegen. Verlangen packte ihn, und er wollte Michaela die ganze Nacht in den Armen halten. Wegen des Energieverlustes würde sie jedoch mindestens einen Tag schlafen, und bis dahin konnte er sein Verlangen hoffentlich bezähmen.

Nachdem er ihr die Decke über die Schultern hochgezogen hatte, stand er auf und sammelte seine Kräuter ein. Rasch ging er in seine Gemächer hinüber und warf keinen Blick zurück. Wie lange konnte er ihr etwas vormachen – und sich selbst?

Was sein Leben anging, war Rein sich nur in einem Punkt absolut sicher. Er hatte Katherine Hawley nicht getötet. Die Frage war, wer es getan hatte und warum. Die Sache war Stadtgespräch, ebenso Michaelas Verschwinden. Rein nutzte die Gelegenheit und goss Öl ins Feuer, um von Michaela abzulenken. Er brauchte nur die Gerüchte anzuheizen. Die Behauptung, Michaela wäre bereits tot, gab ihm eine gute Gelegenheit.

»Ihr nehmt doch nicht an, dass er sie auch getötet hat?«

Rein hob den Blick von den Karten und richtete ihn auf Mr Burgess, Lord Heyward, Lord Sheppard und Chandler. Er hatte schon herausgefunden, dass Christian schlimmer als ein Marktweib war, wenn es um Gerüchte ging.

»Was macht Euch so sicher, dass ein Mann Lady Buckland ermordet hat? Es hätte durchaus auch eine rachsüchtige Frau sein können.« Rein legte eine Karte ab, und Sheppard gab ihm eine neue.

Heyward und Chandler wechselten einen Blick.

»Das ist nicht dein Ernst«, sagte Christian.

»O doch.« Rein verschwieg, dass Katherine eine Spionin gewesen war und ihr Mörder das wahrscheinlich wusste.

»Verschweigt Ihr etwas, Rein?«, fragte Heyward. »Kommt schon, redet!«

Rein betrachtete sein Blatt. »Katherine ging mit vielen verheirateten Männern ins Bett. Welche betrogene Ehefrau nimmt das schon hin?«

»Es ist doch kein Verbrechen, sich eine Geliebte zu halten«, bemerkte Burgess. »Ich hatte jedenfalls keine Beziehung mit Katherine.«

»Ich schon.«

»Das wissen wir.«

Rein lächelte und legte seine Karten ab. »Ich meine, es war kein Geheimnis, dass Katherine meine Geliebte sein wollte. Das wisst Ihr und die halbe Stadt.«

»Worauf willst du hinaus, Rein?«, fragte Christian.

»Angesichts der Umstände, unter denen meine Frau starb, bin ich ein perfekter Verdächtiger für jede Gräueltat«, erwiderte Rein. »Ich behauptete stets, Shaarai hätte sich selbst das Leben genommen, aber was ist, wenn das nicht stimmt? Lady Bucklands Ermordung war eine Möglichkeit, wieder mit dem Finger auf mich zu zeigen und vom wirklichen Täter abzulenken.«

»Ihr habt es nicht getan?«, platzte Sheppard heraus.

»Nein.« Rein lächelte amüsiert. »Und ich danke Euch, dass Ihr Euch jahrelang mit einem Verdächtigen abgegeben habt, Mylord. Das zeigt große Stärke.« Er wünschte sich, Michaela ließe sich auch so leicht überzeugen.

»Ich dachte nie, dass Ihr der Mörder gewesen sein könntet, Rein«, ereiferte sich Sheppard. »Es ist nur … nun ja, Ihr seid stets so still und finster.« Er wurde verlegen. »Und Ihr habt es nie geleugnet.«

»O doch, und ich habe dafür sieben Monate in Newgate hinter Gittern verbracht. Nur dank Christians Eingreifen bin ich jetzt nicht dort.«

Christian Chandler betrachtete seine Karten. »Ich habe nicht als Einziger für dich gesprochen. Auch Brigadier Denton.«

Rein blickte überrascht zu dem Mann, der am Büfett stand. »Interessant«, murmelte er. Der Brigadier wollte offenbar noch immer das Schiff haben. Aber wenn er dachte, für seinen Gefallen eine Fregatte zu erhalten, täuschte er sich. Trotzdem nickte Rein ihm zu. Der Brigadier hob grüßend sein Glas. »Der Verlust seiner Nichte scheint ihn nicht sonderlich zu treffen«, stellte Rein fest.

»Er behauptet, sie würde sich aus Scham und Verlegenheit irgendwo verstecken. Aber sie ist nun schon so lange fort, dass sie vielleicht mit einem Liebhaber geflohen ist.«

Rein wandte sich an Christian. »Nachdem auf sie geschossen wurde?«

»Die Kugel galt Lady Whitfield.«

»Bist du sicher? Nun ja, vielleicht stimmt es«, räumte Rein hastig ein. »Sie ist die Schwachstelle ihrer Brüder. Gibt es eine bessere Möglichkeit, ihnen zu drohen?«

»Allerdings besaß Mistress Denton das Vermögen«, sagte Heyward gedämpft. »Der Brigadier hingegen hat nichts weiter als die Pension, die auf ihn wartet. Vielleicht wurde Mistress Denton entführt.«

»Entführt?«, sagte Sheppard und überlegte angestrengt. »Meint Ihr?«

Treffer, dachte Rein und unterdrückte ein Lächeln.

»Wurde Lösegeld gefordert?«

»Ich habe nichts davon gehört«, murmelte Chandler und machte eine verdrießliche Miene, weil er schlechte Karten hatte. »Captain McBain hat zusammen mit Major Winters Tag für Tag nach ihr gesucht.«

Das erregte Reins Aufmerksamkeit. »Der Adjutant?«

»Richtig«, bestätigte Christian. »Der Brigadier hoffte, aus seiner Nichte und dem Adjutanten könnte ein Paar werden, aber die beiden überwarfen sich offenbar.«

»Weshalb sollte sie sich von ihm zurückziehen?«, sagte Burgess. »Diese Frau kann nicht wählerisch sein, diese unscheinbare Person. Mal abgesehen von ihrem Haar. Ein Mann wünscht sich eine Frau mit etwas Feuer.«

Hättet ihr eine Ahnung, dachte Rein bei sich. »Ich fand sie bezaubernd«, bemerkte er und zog die Blicke auf sich. »Sie ist klug, geistreich und hübsch anzusehen. Ich entdeckte keine Fehler, die sie zur alten Jungfer verdammen.«

»Nun, sie muss aber welche haben, weil sie schon über das heiratsfähige Alter hinaus ist.«

»Vielleicht bleibt sie mangels passender Kandidaten lieber unverheiratet.« Rein lächelte seinen Partnern zu. »Wenn man Euch als Maßstab nimmt, ist es kein Wunder, dass diese Frau lieber allein ist.«

Die Männer lachten.

»Nehmt Ihr an, sie hätte Euch erhört?«, fragte Burgess.

Rein legte eine Karte ab. »Ich, Sir, bin der allerletzte Mann, den eine Frau wie Michaela Denton zum Ehemann nehmen würde.« Er wandte sich an Sheppard. »Wie Ihr sagtet, Mylord, bin ich nachdenklich und schweigsam, und meine schreckliche Vergangenheit würde eine Frau für den Rest ihrer Tage verfolgen und sie nachts nicht schlafen lassen. Keine Frau könnte mir vertrauen.« Schon gar nicht Michaela. »Das Thema ist also vom Tisch.«

»Du hörst dich an, Rein, als würdest du das bedauern«, sagte Chandler leise.

»Möglich. Manchmal kann man nichts gegen die Umstände unternehmen, die zu einem Wendepunkt im Leben führen. Könnten wir das, würden wir alle rechtzeitig eingreifen und unser Schicksal verändern.«

»Dann glaubt Ihr nicht, dass das Leben vorherbestimmt ist?«

Rein warf Heyward einen Blick zu und legte seinen Einsatz auf den Tisch. »Ich glaube, dass ich in einem späteren Leben nachholen werde, was ich in diesem Leben nicht schaffe. Wenn es mein Karma ist, allein zu sein, dann sei es so. Das heißt aber nicht, dass ich mich nicht bemühen werde, das zu ändern.«

»Wollt Ihr damit sagen, dass es eine Frau in Eurem Leben gibt?«

Rein winkte ab. »Ich bin zu beschäftigt für die Spielchen der Frauen. Das heißt, dass es mein Schicksal ist, Eure Taschen zu leeren.« Er legte seine Karten fächerartig auf den Tisch.

Alle blickten auf die Asse, seufzten und warfen missmutig ihre Karten auf den Tisch.

Das Gespräch drehte sich wieder um Katherine, und die Männer versuchten, deren Liebhaber aufzuzählen. Rein stand an der Spitze der Liste, doch er wies ausdrücklich darauf hin, dass er mit der Viper aus dem West End nur eine einzige Nacht verbracht hatte, noch dazu schon vor über neun Monaten.

»Ich dachte eigentlich, ich wäre ihr Letzter gewesen«, sagte Christian.

»Wolltest du unsterblich werden, Chris?«

Lord Chandler wurde rot. »Nein, es gab noch einen anderen.«

»Und noch einen anderen und noch einen«, scherzte Sheppard, aber Rein achtete nicht auf ihn, sondern nur auf Christian.

»Warum hast du das der Polizei verschwiegen?«

Der Earl fand sämtliche Blicke auf sich gerichtet. »Ich … ich … nun ja, da gibt es nichts zu sagen. Wir hatten einen Streit, eigentlich nur eine kleine Auseinandersetzung. Ich werde nicht verraten, worum es ging. Sie lief weg, und danach sah ich sie nicht wieder.«

Rein überlegte, ob Katherine zu Nickolas gegangen war, möglicherweise um ihm eine Information zu überbringen. War sie dabei ertappt worden? Von wem? Christian? Rathgoode? Germain? Winters?

»Ich nehme allerdings an, dass der Mann jung war.«

Rein teilte die Karten aus. »Wieso?« Er selbst war zwei Jahre älter als Christian. Das bedeutete, dass Katherine zu einem Mann gegangen war, der jünger als dreißig war.

»Sie meinte, Jugend hätte ihre Vorteile«, murmelte Christian. »Energie. Das war das Wort, das sie benützte.«

»Energie«, wiederholte Rein. »Katherine konnte einen Mann mit ihrer überschäumenden Energie töten.«

»Bei Gott, Ihr zwei seid ein interessantes Paar«, bemerkte Heyward breit lächelnd.

»Einmal hatte sie ein helles Haar auf dem Kleid.«

»Kat war blond«, bemerkte Rein.

»Ja, aber dieses gelockte Haar stammte nicht von ihr.«

Die Männer schwiegen. Rein überlegte, weshalb Christian bisher nicht darüber gesprochen hatte. In Gedanken ging er die Liste der Verdächtigen und Liebhaber durch.

Temple Matthews hatte gelocktes Haar, allerdings passte die Farbe nicht. Auch das Alter stimmte nicht.

Christian hatte helles Haar, allerdings einen ziemlich dunklen Teint.

Major Winters, dachte Rein, blickte zu dem Mann und fühlte dessen Hass. Aufgeblasen und rüde war er ganz sicher, doch das traf auf viele Engländer zu. Winters interessierte ihn im Moment nicht. Stattdessen sah er sich um.

Lieutenant Ridgely war blond, hatte gelocktes Haar und war jung. Er war dafür bekannt, dass er die Damen mit seinem jungenhaften Gesicht und dem roten Rock für sich gewann. Rein hatte gehört, dass Ridgely es zurzeit bei Christians Mündel Brandice Coldsworth versuchte.

Rein schloss nicht aus, dass Christian eifersüchtig gewesen war, weil er eines anderen Liebhabers wegen verschmäht worden war. Katherine war auf der Suche nach körperlicher Befriedigung von einem Bett ins andere gewandert. Mindestens ein halbes Dutzend der mächtigen Männer, die bei ihr gewesen waren, hatten helles Haar. Zwei dieser Männer waren blond – und beide kamen als Reins leiblicher Vater infrage.

22

Michaela hörte Hufschlag und das Klirren von Zaumzeug. Sie lief ans Fenster, zog die Vorhänge zurück und sah Rein in den Hof reiten. Ihr Herz schlug schneller, als er sich aus dem Sattel schwang und die Zügel einem Mann zuwarf.

Sie schlüpfte in die Hausschuhe und eilte den Korridor entlang. Als sie den oberen Treppenabsatz erreichte, flog die Haustür auf. Zögernd blieb sie stehen, als sie seine tiefe Stimme hörte, und wartete.

Er spürte ihre Nähe und hob den Kopf.

Ihre Blicke trafen sich.

Michaelas Haut erwärmte sich, und unter dem durchdringenden Blick kam ihr das Nachthemd viel zu dünn vor. Bei der Musterung wartete sie auf die üblichen Schamgefühle, empfand jedoch nur Sehnsucht.

Erst dann merkte sie, dass er blutete.

Rein erstarrte, als sie die Treppe herunterkam. Weicher Batist umspielte ihren Körper. Der dicke rötliche Zopf berührte ihre Hüften. Von einem solchen Moment hatte er geträumt – jemand wartete auf seine Rückkehr. Sie kam ohne Angst auf ihn zu.

»Ihr seid verletzt«, sagte sie und hob die Hand zu seinem Gesicht.

Behutsam strich sie über die Schramme an seiner Wange, und er spürte die Berührung bis in sein tiefstes Inneres. Wie konnte man sie bloß für schlicht und langweilig halten? »Und Ihr solltet im Bett liegen.«

»Mir geht es gut. Darüber möchte ich mit Euch bei Gelegenheit sprechen.«

»Wie Ihr wünscht.« Ohne den Blick von ihr zu wenden, zog er die Handschuhe aus, nahm den Dreispitz ab und reichte ihn zusammen mit dem Umhang an Cabai weiter. Dann deutete er zu einem Zimmer auf der rechten Seite. Bevor er Michaela jedoch hineinführte, flüsterte er Cabai etwas zu.

Die Hände in die schmalen Hüften gestützt, stand Rein vor ihr. Das helle Hemd schmiegte sich so eng wie die braune Lederhose um seinen Körper. Nichts blieb der Fantasie überlassen. Wie gern hätte sie ihm das dichte schwarze Haar aus dem Gesicht gestrichen, um seine Miene besser deuten zu können! Sie wusste, dass er sie betrachtete. Sie fühlte es am ganzen Körper. Die Spannung knisterte zwischen ihnen. Seit albtraumhaften drei Jahren kam es gar nicht infrage, dass ein Mann sie berührte, doch nach Rein sehnte sie sich, auch wenn sie wusste, dass er eine bessere Frau als sie verdiente.

»Friert Ihr?«, fragte er und riss sie damit aus ihren Gedanken.

»Mir ist warm, danke«, erwiderte sie. Ob er wusste, dass sie das seiner Wirkung verdankte?

Er wusste es sehr genau, weil sein Körper ebenso auf ihre Nähe reagierte. Er trat an den Kamin. »Setzt Euch«, forderte er sie auf, schürte das Feuer und legte ein Scheit nach. Sie machte es sich auf dem Sofa bequem, und als er sich umdrehte, standen die Hausschuhe auf dem Boden, und sie hatte die Füße unter den weiten Falten des Hausmantels verborgen. Fürsorglich legte er ihr eine Decke über den Schoß.

»Ihr braucht mich nicht zu verwöhnen. Ich sorge schon seit einiger Zeit für mich selbst.«

Seiner Meinung nach sollte sie sich endlich mehr

um sich als um die Revolution kümmern. »Habt Ihr Hunger?«

»Nein.«

»Durst?«

Sie strich sich eine Locke aus dem Gesicht. »Habt Ihr Weinbrand?«

Er sah sie erstaunt an.

»So sind wir Spione eben.«

Amüsiert trat er an den Servierwagen und füllte ein Glas. Ihre Hand bebte leicht, als sie den Schwenker entgegennahm und einen Schluck trank.

Er kniete sich zu ihr. »Was ist?«

Sie zuckte die Schultern. »Als ich erwachte, wurde mir klar, welches Glück ich hatte, einem Schicksal entkommen zu sein, das schlimmer als der Tod ist. Und dann hörte ich, dass Ihr nicht hier seid ...« Sie trank noch einen Schluck. »Ich fühlte ...«

Er hielt ihre Hand fest, als sie erneut trinken wollte. »Seht mich an, Michaela.«

Sie richtete den Blick auf eine hellen Augen.

»Ihr seid in Sicherheit.«

Sie seufzte tief. »Ich komme mir albern vor, aber es ist neu für mich, beschützt zu werden.«

Er schenkte ihr dieses zärtliche Lächeln, bei dem sie nicht mehr denken konnte. Ihr Blick wanderte zu seinen Mund.

»Niemand kann Euch etwas tun, so lange Ihr Euch an meine Regeln haltet, das schwöre ich.« Er wartete einen Moment. »Michaela?«

Sie richtete die Augen auf ihn. »Ja, ich habe es gehört.«

»Es ist gefährlich, wie Ihr mich anseht.«

Erneut schlug sie den Blick nieder. »Ich weiß«, erwiderte sie leise.

Traurigkeit erfasste Michaela. Diese seltsame Beziehung, die vor einigen Wochen begonnen hatte, war kompliziert. Jahrelang hatte sie ihre Gefühle unterdrückt, doch in seiner Nähe erwachten sie alle wieder.

Sie vertraute ihm nicht und liebte ihn auch nicht. Selbst wenn sein Angebot nur für eine gewisse Zeit galt, gab es keinen Grund, sich in eine Ehe zu stürzen. Trotz seiner düsteren Vergangenheit und der Verpflichtung Nickolas gegenüber verdiente er eine bessere Ehefrau.

Sie war eine Verräterin.

Sie war befleckt.

Es war undenkbar, ihn dermaßen zu entehren.

Trotzdem wünschte sie sich, ihre verbrannten Träume könnten aus der Asche auferstehen.

»Rein?« Sie versuchte, ihm den Schwenker zu entziehen.

»Ja.«

»Holt euch selbst etwas zu trinken. Das ist mein Glas.«

Er lächelte.

»Wollt Ihr mir erzählen, was geschehen ist?« Sie stellte ihr Glas auf den Tisch, ergriff seine Hand und strich über die Kratzer.

Er zog sich zurück, stand auf und stützte sich auf den Kaminsims.

Michaela reckte sich, um sein Gesicht zu sehen. Er wirkte höchst besorgt.

Als es an der Tür klopfte, rief er einen so scharfen Befehl, dass Michaela zusammenzuckte.

»Rein, das ist ein Haus, kein Schiff«, mahnte sie, während Cabai ein Tablett mit einer Schüssel und Kleidung hereinbrachte. Michaela nahm es entgegen. Cabai verbeugte sich und verließ den Raum. Sie setzte sich wieder auf das Sofa und klopfte auf das Kissen neben sich. »Eure Wunden werden sich entzünden, wenn Ihr sie nicht säubert.«

Rein setzte sich zu ihr.

Mit der Schüssel auf dem Schoß, tauchte sie ein Tuch ins Wasser. »Himmel, das ist ja eiskalt.« Rein beugte sich vor, sah ihr in die Augen und strich mit der Hand über das Wasser. Sofort fühlte sie die Wärme durch das Porzellan. »Wie habt Ihr das gemacht?«

»Energie«, erwiderte er.

»Das erklärt natürlich alles«, sagte sie spöttisch. »Wie dumm von mir.«

»Ich beherrsche die Wärme in mir und übertrage sie auf das Wasser.«

»Habt Ihr das auch mit mir gemacht?«, fragte sie nachdenklich und säuberte seine Wange und sein Kinn von Schmutz und Blut.

»Ja.« Es erfüllte ihn mit Frieden, dass sie sich um ihn kümmerte.

»Wie ist das passiert?« Behutsam drückte sie das feuchte Tuch auf seine Knöchel, die nicht einmal geschwollen waren.

Rein betrachtete ihren gesenkten Kopf, überlegte sich eine Lüge und entschied sich für die Wahrheit. »Jean-Pierre hat dafür bezahlt, was er Euch angetan hat.«

Hastig hob sie den Kopf. Nie zuvor war sie von jemandem gerächt worden. »Habt Ihr ihn umgebracht?«, fragte sie betroffen.

Ruckartig stand er auf. »Ihr seid wirklich überzeugt, ich könnte so einfach ein Menschenleben auslöschen?«

»Ich weiß nicht, was ich glauben soll, Rein. Gestern Abend hatte ich noch Schmerzen und ...«

»Vorgestern Abend, Michaela.«

Sie sah ihn verwirrt an. »Was soll ich glauben?«, wiederholte sie und stellte die Schüssel beiseite.

»Was Euch Euer Herz sagt.«

»Gebe ich meinem Herzen nach, sitze ich vielleicht in der Falle«, entgegnete sie scharf und verdrängte erneut alle ihre Gefühle.

»Und misstraut Ihr mir jetzt, lebt Ihr nicht mehr lange.«

Sie sprang auf. »Ihr taucht immer wieder in meinem Leben auf und haltet mich von meiner Pflicht ab.«

»Glaubt Ihr, ich wäre auch ein Spion?«, fuhr er sie an. »Vielleicht der Doppelagent?«

»Das wäre eine Möglichkeit.«

»Über die Ihr bestimmt lange nachgedacht habt, kleine Betrügerin.«

»Ihr habt Verpflichtungen auf beiden Seiten, gegenüber Nickolas und gegenüber Euren englischen Handelspartnern.«

Er verschränkte die Arme. »Sprecht nur weiter. Vor Spannung verschlägt es mir den Atem.«

»Mein Onkel hat sich an Euch herangemacht.«

»Er wollte eines meiner Schiffe, nannte aber keinen Grund. Er hat es nicht erhalten. Zufrieden?«

Sie dachte an die Goldladung und nickte. Ihr Onkel brauchte ein bewaffnetes Schiff, um die *Victoria* anzugreifen. Wie dumm von ihm, Rein darauf anzusprechen.

Sie weiß etwas, dachte Rein.

»Ihr habt auf Eure Rettung verzichtet, um das mir gegebene Versprechen zu halten«, fuhr sie fort.

Seine Miene wurde sanfter, als er an den Blutschwur dachte.

»Ihr hättet der Polizei sagen können, dass Ihr in der Nacht von Lady Bucklands Ermordung mit mir zusammen wart. Dadurch hättet Ihr Euch das Verhör erspart.«

»Trotzdem haltet ihr mich für fähig, ihr kaltblütig die Kehle durchzuschneiden?«

»Ihr wart in jener Nacht auch auf der Flucht, Rein.«

»Ich habe Feinde.« Keinesfalls wollte er sie in die Suche nach seinem Vater hineinziehen.

»Würde ich Euch heiraten, wären sie auch meine Feinde, nicht wahr?«

»Wie die Euren jetzt die meinen sind.«

»Damit habt Ihr halb England gegen Euch. Ihr könntet wegen Hochverrats verhaftet werden.«

»Ich besitze die Mittel zum Kampf, Michaela, Ihr nicht«, entgegnete er heftig.

»Ich komme seit drei Jahren sehr gut ohne fremde Hilfe aus«, wehrte sie ab.

»Ihr erkennt nicht einmal das Ausmaß der Gefahr. Ist das alles nur ein Spiel für Euch?«

»Natürlich nicht!«

»Wäret Ihr nicht so sorglos, wäre Lady Whitfield nicht angeschossen worden.« Er störte sich nicht daran, dass sie erbleichte. »Der Mörder des Priesters suchte Euch. Und ihr wusstet das. Trotzdem habt Ihr Eure Freundin bedenkenlos in die Sache hineingezogen.«

»Ich hatte keine andere Wahl. Hätte ich Adam Whitfield ohne Erklärung abweisen sollen?«

»Ihr unterschätzt Eure Talente, liebste Michaela. Ich habe genau beobachtet, wie Ihr Euch vor anderen als geistlosen und gehorsamen Fußabstreifer tarnt. Ihr hättet behaupten können, krank zu sein oder Euch den Fuß verstaucht zu haben. Und Ihr hättet im Untergrund bleiben sollen!«

»Ich hatte höchst wichtige Informationen für Nickolas.«

»Gebt sie mir, und ich übermittle sie ihm.«

»Nein, das ist jetzt sinnlos geworden«, behauptete sie.

Bestimmt log sie. Rein wandte sich ab, schenkte sich ein und trank einen Schluck. »Der Mörder des Priesters könnte wissen, dass Ihr der Schutzengel seid. Das spielt allerdings keine Rolle mehr. Er hält euch für eine Zeugin, die ihn wiedererkennen kann. Captain McBain ist hinter Euch her, höchstwahrscheinlich auch Euer Mann Argyle Campbell. Was würden die Rebellen wohl machen, käme er ihnen zu nahe?«

»Ihn töten«, flüsterte sie betroffen.

Er wandte sich ihr wieder zu. »Allmählich beginnt Ihr zu begreifen.«

»Sieht so aus«, sagte sie und ließ sich auf das Sofa sinken.

»Euer Onkel lässt McBain mit einer ganzen Brigade die Straßen Londons nach Euch absuchen. Und Winters führt sie persönlich an.«

Wurde sie hier gefunden, würde ihr Onkel sie zwingen, den Adjutanten zu heiraten. War sie mit Winters verheiratet, konnte sie ihre Stimme nicht mehr gegen ihn erheben. Sie musste im Verborgenen bleiben, aber wie lange?

»Sollte Jean-Pierre von jemandem Eure Beschreibung hören …« Er schwieg und hoffte, sie würde endlich die Gefahr erkennen, in der sie schwebte. Allerdings hatte er dem Bastard Allahs Zorn angedroht, sollte er auch nur ein Wort über Scheich Abdulis Frau verlauten lassen. »Dieser Doppelagent stellt für Euch jetzt kaum eine Bedrohung dar, aber sollte er den Priester ermordet haben, seid Ihr das nächste Opfer.«

Sie sprang auf.

»Er oder sie wird weiterhin Euer kostbares Agentennetz zerstören.« Man hörte ihm an, wie wenig er von ihrem Anliegen hielt. »Der Himmel allein weiß, was Euer Onkel oder Winters machen werden. Übrigens«, fügte er lässig hinzu, »gehörte Lady Buckland zu Nickolas' Leuten.«

Sie erstarrte und sah ihn aus weit aufgerissenen Augen an.

»Vielleicht wurde sie wegen ihrer Spionagetätigkeit ermordet«, fügte er hinzu.

»Sofern ihr Geheimnis enthüllt wurde«, sagte Michaela mit einer Ruhe, die ihn in Erstaunen versetzte. »Vielleicht gab es für ihren Tod aber auch einen anderen Grund. Sie war nicht diskret. Bestimmt wünschten ihr viele verheiratete Frauen den Tod und konnten leicht jemanden finden, der dafür sorgte.«

Das dachte auch er, doch das verschwieg er zusammen mit seinem Plan. »Die Heirat mit mir ist Eure einzige Rettung, Michaela.«

»Ich weiß!«

»Warum streitet Ihr Euch dann mit mir?«, fragte er erstaunt.

»Ich streite nicht, sondern diskutiere!«

»Ihr seid eine schrecklich widerspenstige Frau!«

Sie stand auf und stellte sich vor ihn. »Trotzdem habt Ihr Euer Leben und das Eurer Männer eingesetzt, um mich von Jean-Pierre wegzuholen. Ihr gebt mir Kleidung, Essen und Schutz. Und Ihr habt mich geheilt, als ich Schmerzen litt.« Sie wartete auf eine Antwort, und als er nur weiterhin in sein leeres Glas blickte, gestand sie leise: »Ich bin schrecklich verwirrt. Oft könnte ich schwören, dass Eiswasser in Euren Adern fließt, doch dann riskiert Ihr wieder alles, um Euer Versprechen zu halten, das Ihr einem Verräter gegeben habt. Ihr könntet den Earl hierher einladen und mich zu einer Heirat zwingen, doch Ihr tut es nicht. Und ich habe noch nie gehört, dass jemand mit seinen Händen das Gleiche erreicht wie Ihr. Manchmal, Rein, glaube ich, dass Ihr gar nicht wirklich seid.«

Er hob den Kopf so schnell, dass sie erschrak, stellte das Glas weg und zog sie in die Arme. Sie sank gegen ihn, und sein Körper reagierte so heftig, dass es keinen Zweifel an seinen Empfindungen gab.

»Ich bin wirklich«, sagte er leise und voll Verlangen. »Ich blute und fühle Schmerz, und ich … sehne mich.« Seine Lippen berührten die ihren zuerst sanft, dann heftiger, und sie öffnete sich für ihn, legte ihm die Hände in den Nacken und erlaubte seiner Zunge den Zutritt zu ihrem Mund.

Als sie leise stöhnte, presste er sie fester an sich, streichelte und küsste sie unablässig, bis er sie endlich zum Sofa trug, sich darauf sinken ließ und sie auf seinen Schoß zog.

Michaela drehte sich, um sich an seine Brust drücken zu können. Jetzt empfand sie keine Angst, dachte auch nicht länger nach. Sie wollte bloß mehr von Reins unbeschreiblicher Hitze fühlen.

Sie beugte sich zurück und schob die Finger in sein Haar, während sie den Kuss genoss. Nie würde er vergessen, wie sie sich ihm hingab, ihn berührte und streichelte.

Rein bebte. Ihre Hände streichelten über sein Gesicht und hielten ihn fest, als wollte er sie verlassen. Niemals, dachte er. Jetzt lag sie in seinen Armen, nachdem er sich nächtelang nach ihr verzehrt hatte.

Unter dem dünnen Stoff fühlte er die schmale Taille, die wohl gerundete Hüfte, und er wollte spüren, wie ihre Haut vor Verlangen feucht wurde. Michaela zog das Bein an, um ihm noch näher zu sein, und das Nachthemd entblößte die Wade.

Rein strich über ihr Bein und merkte, wie sie zusammenzuckte. Sie atmete heftig, als er den Kopf hob und ihr in die Augen sah, in denen er Unsicherheit und Verwirrung entdeckte.

»Was machst du mit mir?«, hauchte sie und schob die Finger noch tiefer in sein Haar. »Wieso du?«

»Kismet?«

»Unfug!«

Lächelnd beugte er sich herunter und gab ihr einen zärtlichen Kuss, ehe er sich aufsetzte und sie mit sich auf die Beine zog. Enttäuscht blickte sie zu ihm hoch.

»Trotz allem vertraust du mir nicht, Michaela. Und ohne Heirat wirst du nichts weiter erforschen. Ich bin das Ergebnis von solcher Sorglosigkeit, und ich werde niemals zulassen, dass meine Familie leidet.«

»Du weißt nicht, was du verlangst, Rein.«

»Ich glaube schon.«

Sie schüttelte den Kopf. »Wenn du mich heiratest, musst du mir versprechen, nie zu mir … in unser Bett … mit Gewalt zu kommen. Oder mich zu schlagen.«

Es traf ihn, dass sie so oft misshandelt worden war, dass sie diese Bedingung stellen musste. »Das ist absurd.«

»Das Versprechen oder die Misshandlung?«

»Habe ich dir einen Grund gegeben, mir solche Brutalität zuzutrauen?«

»Sieh deine Hände an.« Michaela deutete auf seine geballten Hände. »Du bist jetzt zornig. Was könnten diese Fäuste wohl mit mir machen?«

Er öffnete die Fäuste. »Dich halten und streicheln. Und dich beschützen. Und wenn du es verlangst, werden sie dich nie berühren.«

»Das würdest du tun?« Tränen stiegen ihr in die Augen.

»Der letzte Kuss hat bewiesen, dass du dich nicht vor meiner Berührung scheust.«

»Ich habe mich nicht beklagt.«

»Wenn du mehr willst, musst du zu mir kommen.«

Das Verlangen nach seinen Küssen brachte sie fast um den Verstand, doch es war etwas ganz anderes, ihm zu erlauben, auf ihr zu liegen und sich mit ihr zu vereinigen. Natürlich würde sie ihn nicht zwingen, an der Ehe aus bloßem Pflichtgefühl festzuhalten.

»Lässt du dich von mir scheiden, wenn alles vorüber ist?«

Seine Miene erstarrte. Er senkte die Hand und wich zurück.

»Wie ich schon sagte – das ist deine Entscheidung.«

Damit verließ er den Raum.

Kurz vor Morgengrauen wurde Rein von Schluchzen geweckt. Hastig stand er auf, griff nach seinem Hausmantel und zog ihn an, während er durch den Baderaum Michaelas Gemach betrat. Sie hatte einen Albtraum, krümmte sich und hielt die Arme über den Kopf, als wollte sie einen Schlag abfangen.

Im Schlaf schluchzte sie herzzerreißend. Rein kniete sich auf das Bett und legte ihr die Hände auf die Schultern. Sie schlug um sich und wehrte sich gegen ihn.

»Es ist nur ein Traum, ein Traum. Dir kann nichts geschehen. Du bist stärker als alle Träume.«

Doch sie wehrte sich noch heftiger, trat nach ihm und zog die Arme nicht vom Kopf. Ohne sie zu berühren, setzte er sich zu ihr und versuchte, sie mit seiner Willenskraft zu berühren, aber es gelang ihm nicht.

Immer wieder stöhnte sie die gleichen Worte. »Papa, hilf mir. Papa, hilf mir!«

Rein litt mit ihr. Michaela war stets stark, doch die Folter überfiel sie gerade dann, wenn sie sich sicher fühlte. Behutsam streichelte er ihren Rücken, aber es dauerte fast zehn Minuten, bis sie Frieden fand und nicht länger wie ein verstörtes Kind um Hilfe flehte.

Auch danach blieb er bei ihr und schwor, sie vor weiterem Leid zu schützen. Hoffentlich vertraute sie ihm eines Tages ihre Geheimnisse an, damit er gemeinsam mit ihr gegen ihre Dämonen ankämpfen konnte. Auf diesem Gebiet besaß er schließlich reiche Erfahrung.

Rein verlor keine Zeit. Am Morgen hämmerte er gegen Michaelas Tür und befahl sie »an Deck«. Kaum war sie in ihr Kleid geschlüpft und hatte es geschlossen, als er auch schon eintrat.

»Der Geistliche wartet.« Obwohl sie müde aussah, schien sie sich nicht an die Albträume der letzten Nacht zu erinnern, auch nicht daran, dass er bei ihr gewesen war.

»Jetzt?«

Er band sein Halstuch und schob eine Nadel mit einem Smaragd hinein.

Ein Aufschub bringt nichts, dachte sie und ging auf ihn zu. Er hielt sie fest und drehte sie mit dem Rücken zu sich.

»Du hättest Hilfe anfordern sollen«, raunte er ihr ins Ohr, sodass sie einen wohligen Schauer verspürte, und befestigte die Haken richtig. Sie hatte auf das Korsett verzichtet und trug unter dem grauen Kleid so wenig, dass es sein Verlangen weckte.

Michaela drehte sich um und betrachtete sein attraktives Gesicht.

»Sehr schön«, stellte er fest und ließ den Blick über sie gleiten.

Bei dem ungewohnten Kompliment wurde sie rot. »Nachdem du letzte Nacht gegangen warst … ich hatte … ich meine, mir wurde klar …«

»Was willst du mir denn sagen?«

»Ich möchte mich entschuldigen.«

Seine Miene wurde undurchdringlich.

»Mir wurde klar, dass du Katherine nicht getötet hast. Ich war ungerecht zu dir. Du hast mir keinen Anlass gegeben, dir eine solche Tat zuzutrauen. Und es tut mir leid, dass ich auf die Gerüchte gehört habe.«

»Und wie bist du zu diesem Schluss gelangt?«

»Ihr Tod ist dem deiner Frau viel zu ähnlich, sodass alles auf dich hindeutet.« Sie zog die Anstecknadel heraus und band sein Halstuch neu. »Das war eine Falle für dich.«

»Aha, eine kluge Frau und noch dazu eine berüchtigte Spionin! Welch eine Entdeckung!«

»Was sind wir heute Morgen doch geistreich«, erwiderte sie und zog sein Halstuch fest zu.

Er zupfte daran. »So wirkt es eben auf einen Mann, wenn er von seiner Verlobten für unschuldig erklärt wird.«

Michaela zuckte zusammen, als hätte ihr jemand eine Ohrfeige versetzt. Gleich würden sie heiraten. Und das bedeutete, dass sie heute Nacht das Bett teilen würden. Ihr wurde schwindelig.

»Michaela?« Sie war weiß wie Schnee.

»Du musst mich nicht heiraten, Rein.« Sie steckte die Nadel wieder ins Halstuch. »Ich brauche deinen Schutz, das stimmt, und ich bin dir dafür auch dankbar. Ich tue, was du willst, aber für mich musst du deine Freiheit nicht aufgeben.«

Offenbar hatte sie Angst. Sie konnte nicht überspielen, dass ihre Hände zitterten, indem sie an seinem Halstuch zupfte.

Als er ihre Hände festhielt, hob sie den Blick.

»Ich bin bereits kompromittiert.« Sag ihm alles, befahl eine innere Stimme. Sag es ihm!

»Nein, das bist du nicht«, widersprach er. »Das Gerede der feinen Gesellschaft hat schon einmal getötet, Michaela. Ich würde lieber sterben, als das erneut zuzulassen.« Damit legte er ihre Hand auf seinen Arm.

»Du wirst dich doch nicht duellieren? Das würde ich nicht ertragen.«

Die Sorge in ihrer Stimme tat ihm gut. »Zweifelst du an meinen Fähigkeiten als Schütze?«

»Rein!«, zischte sie und blieb stehen, weil er ihr auswich. Damit zog sie die Aufmerksamkeit seiner Männer auf sich, die sich im Foyer versammelt hatten. Ein älterer Geistlicher stand inmitten der Gruppe und blickte zu ihnen hoch. Der hagere kahlköpfige Mann mit einer Brille auf der Nase blinzelte und drückte eine Bibel an sich.

»Erkläre mir, wie du es gemeint hast«, verlangte sie.

Er seufzte. »Alle glauben, du wärst entführt worden.«

»Das trifft weitgehend die Wahrheit, Scheich Abduli.«

»Wegen Lösegeld entführt.«

»Niemand würde etwas für mich bezahlen.«

Es schmerzte ihn, wie überzeugt sie klang. »Ich würde.«

Während er sie die Treppe hinuntergeleitete, sah sie ihn forschend an und versuchte, seine Gedanken zu erraten. Plötzlich blieb er stehen und küsste sie tief und innig, und sie erwiderte den Kuss, ohne an die Männer zu denken, die alles sahen, Bemerkungen machten und leise lachten. Rein fand kein Ende und drückte sie an sich, und sie hielt sich an ihm fest und verlangte mehr und mehr.

Verzweifelt sehnte er sich danach, nicht nur ihr Ehemann und Beschützer zu sein. »Heirate mich, Rebellin!«

Sie senkte den Blick tief in seine Augen.

»Nicht nur für eine begrenzte Zeit.« Seine Stimme wurde rau. »Für immer.«

Für immer. Das wollte sie, auch wenn sie ihn belog und ihm ihre Geheimnisse und ihr Vertrauen vorenthielt. Sie wollte diesen zarten Faden festhalten und zusammen mit ihren Träumen in sich aufbewahren.

»Ja, ich will.«

Zehn Minuten später wurden Rein und Michaela zu Mann und Frau erklärt. Reins Männer gaben ihr jeder einen verhaltenen Kuss auf die Wange und klopften Rein auf den Rücken. Leelan Baynes, der Steuermann, lächelte pausenlos, was ihren Ehemann offenbar ärgerte.

Rein bezahlte den Geistlichen und gab Michaela unter den Jubelrufen seiner Männer einen leidenschaftlichen Kuss. Ein Bote traf ein, ein junger Mann in der Uniform der *White Empress*. Nachdem Rein die Nachricht gelesen hatte, küsste er Michaela noch einmal, erklärte nur, er werde bald zurückkommen, und ging.

Stunden vergingen, doch er zeigte sich nicht. Cabai brachte Michaela ein üppiges Abendessen. Sie kostete nur davon, machte sich zu viel Sorgen, um zu essen, und blickte immer wieder aus dem Fenster. Als es dunkel wurde, zwang sie sich, nach oben zu gehen und sich auf die Hochzeitsnacht vorzubereiten – eine Nacht, die Reins Glauben an sie zerstören würde. Die Uhr schlug die Stunde, und mit jedem Glockenschlag verkrampfte Michaela sich mehr.

Rein kam nicht zurück.

Als die Sonne aufging, war er noch immer nicht bei seiner Braut aufgetaucht.

23

Brigadier Atwell Denton warf einen Blick auf den Boten und öffnete die Nachricht, holte eine rötliche Haarlocke aus dem Umschlag und warf sie auf den Tisch.

»Wer hat Euch das gegeben?«, fragte er.

»Eine Frau.«

Denton blickte hoch.

»Und sie sagte, dass ein Mann ihr das gegeben hat, und dem hat es wieder ein anderer zugesteckt.« Der heruntergekommene Matrose zog die Nase hoch und wischte mit dem Ärmel darüber, ehe er sich im Raum umsah und den mit Essen beladenen Tisch und die Seeoffiziere betrachtete. »Der Brief ist bestimmt durch einige Hände gegangen.«

Winters trat vor, und Denton überreichte ihm das Schreiben. »Ohne Unterschrift. Wisst Ihr, was hier steht?«

»Nein, Commodore.«

»Major«, fauchte er. »Ihr könntet ein Komplize sein.«

»Und wie, Major? Ich weiß nicht, was drinnen steht, weil ich nicht lesen kann, und der Brief war außerdem versiegelt.«

Denton entspannte sich, trat zu dem Matrosen, gab ihm eine Münze, schob ihn zur Tür und rief nach Campbell. Keine Antwort. Dieser unfähige Kerl ließ sich noch weniger blicken als früher! Denton musste den Boten selbst hinausbegleiten, damit er unterwegs nichts stahl. Danach ging er sofort zurück.

»Entführt. Wer hat sie bloß entführt?«

Die drei anderen sahen ihn und dann Winters an.

»Haltet ihr etwa mich für den Schuldigen?«, fragte dieser betroffen.

»Ihr wolltet sie zur Frau«, hielt Atwell ihm vor.

»Nicht mehr, seit sie so lange vermisst wird. Sie ist jetzt in aller Öffentlichkeit kompromittiert.«

Denton murmelte, dass dieses Mädchen nur auf der Welt sei, um ihn zu quälen.

»Gebt Ihr die Suche schon auf?«

Winters schoss Prather einen Blick zu. »Nein, wir müssen sie finden, um zu erfahren, was sie gehört hat.«

»Seid kein Narr, Tony. Das hier ...« Prather deutete auf die Nachricht, die Denton in der Hand hielt. »Das beweist eindeutig, dass sie gar nichts gehört hat. Sie wäre sonst gleich zur Polizei gegangen oder hätte Whitfield alles erzählt.«

»Das hier ist eigentlich keine Überraschung mehr. Es hieß bereits, sie wäre entführt worden.« Rathgoode lehnte sich auf dem Stuhl zurück und strich über seinen Spitzbart.

Denton stimmte ihm zu. »Die Summe ist unverschämt. Wer soll ein solches Lösegeld bezahlen?«

»Offenbar erwartet man das von Euch«, sagte Rathgoode gelassen.

»Tausend Pfund?«, fragte Denton empört. »Unmöglich. So viel Geld habe ich nicht.«

»Aber Michaela.« Winters verschränkte die Arme. »Vielleicht solltet Ihr die Nachricht von diesem Brief verbreiten und betonen, dass Ihr nicht zahlen könnt. Michaela hat etliche einflussreiche Freunde.«

»Drückt Euch deutlicher aus, Mann«, verlangte Denton ungeduldig.

»Whitfield und McBain haben wegen der Sache ein sehr schlechtes Gewissen.«

Atwell kniff die Augen zusammen, ehe er sich an die anderen wandte.

»Der Earl würde auf seine eigenen Mittel zurückgreifen.«

»Es ist schwierig, so viel Geld aufzutreiben«, warf Prather ein.

»Wieso ausgerechnet sie?«, wollte Denton wissen.

»Das Vermögen ihrer Mutter ist kein Geheimnis, auch nicht, dass ihr Vater es für ihre Mitgift zusammengehalten hat.«

»Verdammt, Rath, erzählt mir etwas, das ich noch nicht weiß.«

»Wer immer dahinter steckt, weiß nicht, dass Ihr pleite seid«, sagte Rathgoode lachend.

Denton warf ihm einen harten Blick zu. »Ich möchte sinnvolle Vorschläge hören, Colonel.«

Sie wandten sich an den fünften Mann, der die langen Beine ausgestreckt hielt und ins Feuer blickte. Die Kopfstützen des Sessels verdeckten sein Gesicht, doch als er sprach, regte sich niemand im Raum. »Unternehmt gar nichts.«

»Das kann ich nicht. Ich bin bereits mittellos.«

»Vielleicht hättet Ihr mit dem Geld Eurer Nichte vorsichtiger umgehen sollen.«

Denton wurde zornig, unterdrückte jedoch eine heftige Antwort.

»Es wäre gefährlich, Whitfield in die Sache zu verwickeln. Er würde Fragen stellen und über die Übergabe des Lösegeldes informiert sein. McBain ist so aufrecht, dass es einen anwidert. Er würde darauf bestehen, zuvor einen Rettungsversuch zu unternehmen.«

Die Übrigen sahen einander an.

»Stellt den Antrag, dass Michaelas Treuhandfonds für das Lösegeld freigegeben wird.« Der Mann schwieg, doch die anderen merkten, dass er noch nicht geendet hatte. »Falls der Antrag abgelehnt wird, überlasst sie den Banditen. In etwas mehr als zwei Monaten werden wir alle sehr reich sein.«

Lächelnd steckte Denton den Brief ein und setzte sich. Während er sich Tee einschenkte, schwenkte das Gespräch rasch auf andere Themen um.

Argyle Campbell hatte genug gehört und entfernte sich von der Tür. Er glaubte keinen Moment, dass Rein Montegomery für Michaela Lösegeld forderte. Er war bereits um ein Vielfaches reicher als Seinesgleichen, und er ging mit seinem Vermögen sehr großzügig um. Wie der Plan auch aussehen mochte, Argyle würde ihn unterstützen. Wenn Rein Montegomery wollte, dass alle an Michaelas Entführung glaubten, sollte es so sein. Argyle hatte die Ankunft und den baldigen Aufbruch des Geistlichen in Reins Haus beobachtet. Das bedeutete, dass Michaela entweder tot oder mit Montegomery verheiratet war. Argyle tippte auf Letzteres, weil es gegen Ende laut hergegangen war und der Geistliche gelächelt hatte, als er das Haus verlassen hatte.

Argyle eilte durch die Küche zum Stall. Was hätte der Brigadier wohl getan, hätte er gewusst, dass seine Nichte mit einem dermaßen beeindruckenden Mann verheiratet war, der sie seinem Einfluss entzog? Sie war jetzt bei einem Mann, der Denton zerstören konnte – oder sogar töten.

»Du siehst schon zum dritten Mal auf die Uhr.«

Rein blickte zu Christian hoch. »Ich habe noch einige Verabredungen.«

»Lügner. Es geht um eine Frau.«

»Wie kommst du darauf?«, fragte Rein, obwohl er

sich viel zu sehr nach seiner Braut sehnte. Die letzte Nacht auf seinem Schiff zu verbringen, hatte seine Willenskraft auf eine harte Probe gestellt. Er hatte die Zeit genutzt, um die Lösegeldforderung zu schreiben und eine Menschenkette zu schaffen, die man nicht zurückverfolgen konnte. Schließlich wusste er, dass Michaela das Bett nicht mit ihm teilen wollte. Sie hatte sogar Angst davor. Es war am klügsten, ihr eine Nacht zuzugestehen, in der sie sich an den Gedanken gewöhnen konnte, mit ihm verheiratet zu sein. Ihm fiel es schließlich auch schwer, sich darauf einzustellen.

»Ich weiß nicht, wie ich darauf komme, aber du hast dich verändert.«

Lord Heyward beugte sich vor. »Ja, da stimme ich euch zu, Sir. Ihr seid … entspannt, könnte man sagen.«

»Nein, das ist es nicht«, behauptete Sheppard. »Er ist immer viel zu entspannt. Das ärgert ja alle so an ihm. Nein, er ist zufrieden.«

Rein lächelte, weil man ihn für gewöhnlich mit wesentlich schlimmeren Eigenschaften in Verbindung brachte.

»Seht Euch dieses Lächeln an«, bemerkte Sheppard.

Christian wischte sich mit der Leinenserviette über den Mund und betrachtete seinen Freund. »Du hast Interesse für Michaela Denton gezeigt. Ich hörte heute Vormittag, dass der Brigadier eine Lösegeldforderung für sie erhielt. Darüber lächelst du also nicht.«

»Lösegeld?« Rein hoffte, betroffen genug zu klingen. »Du lieber Himmel!«

Die Männer beugten sich vor. »Wollt Ihr vielleicht für das Mädchen zahlen?«

Rein hielt die Hand vors Gesicht, um seine Miene zu verbergen. Der Brief mit der Lösegeldforderung hatte nur den Sinn, den Verdacht von Michaela abzulenken. Die Leute sollten spekulieren, wer sie gefangen hielt. Außerdem musste Rein persönliches Interesse an ihr zeigen für den Fall, dass sie sich irgendwann als Ehepaar zeigen würden. Die letzte Nacht und den heutigen Tag hatte er benutzt, um dafür den Grundstein zu legen. Die Lösegeldforderung und die Tatsache, dass er sich nach Michaela erkundigt hatte, waren ein Samenkorn, das bald aufgehen würde. Nur ungern setzte er seine Freunde zu diesem Zweck ein, doch er hatte keine andere Wahl. Es ging um Michaelas Leben. Der Doppelagent sollte sich sicher wähnen und Michaela nicht länger als Bedrohung betrachten. Das gab Nickolas dann die Gelegenheit, ihn zu entlarven. Falls der Mörder des Priesters und der Doppelagent nicht ein und dieselbe Person waren, sollte der Mörder zur Unvorsichtigkeit verführt werden. Katherines Ermordung hatte mit alledem zu tun. Davon war Rein überzeugt, und er hatte es eilig, nach Hause zurückzukehren und selbst dafür zu sorgen, dass niemand sich an Michaela vergriff.

»Wenn Ihr mich entschuldigt.« Er stand auf.

Sie sahen ihm nach, während er die Rechnung beglich und den Club verließ.

Heyward wandte sich an seine Tischgefährten. »Ich hätte nie gedacht, dass ihn die Sache mit dem Mädchen so trifft.«

»Ich auch nicht.« Chandler blickte noch lange zur Tür, nachdem Rein fort war.

»Er will sie«, stellte Sheppard fest.

»Obwohl sie kompromittiert ist?« Heyward empfand Mitgefühl mit dem Mädchen und konnte sich die Kleine nicht mit einem so rätselhaften Mann wie Montegomery vorstellen.

»Sein Ruf ist nicht makellos.« Sheppard ließ sich das

Essen schmecken. »Was glaubt ihr, wer sie entführt hat? Und wie viel wird für ihre Freilassung verlangt?«

»Tausend Pfund Sterling, habe ich gehört«, erwiderte Heyward.

Christian stieß einen leisen Pfiff aus. »Glaubt Ihr, dass er so viel für sie zahlen wird?«

Die anderen nickten. Heyward lachte gedämpft. »Falls wir bisher daran zweifelten, ob er ein Herz besitzt, sollten wir das fortan nicht mehr tun.«

Christian sah durch das Fenster, wie Rein aufsaß und wegritt. Rein und Mistress Denton. Interessant.

Sergeant Major Townsend nickte diskret, als Rein ihn in der Taverne in einer Ecke bei mehreren jungen Soldaten sitzen sah. Rein wollte gern höflich sein, hatte es jedoch eilig, nach Hause zu kommen, und ging direkt an den Tisch. Zwei Soldaten machten ihm Platz. Rein gab einem Diener einen Wink und bestellte eine Runde für die Soldaten.

»Was kann ich für Euch tun, Sir?«, fragte der Colonel.

Rein war froh, dass er sich hatte umziehen können. Jetzt wirkte er wie ein Bauer und nicht wie ein Gentleman. Er setzte sich. »Ich bin Dahrein, Sohn von Sakari Vasin.«

Der Mann verzog keine Miene.

»Ihr wart vor mehr als dreißig Jahren auf der *Camden*, die damals vor der nördlichen Küste von Indien ankerte.«

Der Mann überlegte einen Moment. »Ja.«

Die Getränke wurden gebracht, und Rein griff nach seinem Glas Ale. »Sakari hat von Euch gesprochen.«

Colonel Braetwell scheuchte die Soldaten weg. »Ich kenne diese Frau nicht.«

»Hattet Ihr keinen Zutritt zum Palast?«

»Doch.«

»Sie war ein Mädchen der ältesten Prinzessin.«

»Aha.« Der Colonel strich mit dem Daumen den buschigen Schnurrbart glatt. Er sah wie ein altes Walross aus. Das blonde Haar war dicht von silbergrauen Strähnen durchzogen, und seine blauen Augen waren scharf. »Ich erinnere mich. Sie war größer als die anderen.« Er ließ den Blick über Rein gleiten. »Wieso erkundigt Ihr Euch nach ihr?«

»Weil sie eine Verwandte ist.«

Braetwell beugte sich vor und stützte sich auf den Tisch. »Ich bin nicht derjenige, den Ihr sucht, mein Sohn«, sagte er leise und wissend. »Ich bin seit fünfunddreißig Jahren verheiratet und liebe meine Sally heute noch wie am Tag unserer Hochzeit. Ich habe nie eines dieser kleinen Hindu-Mädchen angefasst. Die sind nichts für mich.«

»Verstehe.«

»Nein, tut Ihr nicht«, behauptete der Colonel düster. »Die Frauen des Maharadschas waren von höchstem Adel. Das wäre gewesen, als wollte man mit der Königin ins Bett gehen, Mann. Die Strafen waren hart.« Er fuhr sich mit dem Zeigefinger über die Kehle.

»Die meisten entgingen der Bestrafung, Colonel.« Sehr oft sahen es die Vorgesetzten durch den Krieg für gerechtfertigt an, wenn die Männer vergewaltigten.

»Ich weiß, ich weiß, aber damals hatte ich England zum ersten Mal verlassen. Ich mochte die Hitze so wenig wie das Ungeziefer und die Gebräuche. Ich konnte es kaum erwarten, wieder nach Hause zurückzukehren. Nur um an Bord oder in der Kaserne bleiben zu können, meldete ich mich so oft wie möglich zum Wachdienst.«

Rein blickte dem Mann in die Augen, um herauszufinden, ob er die Wahrheit sprach.

»Ich habe nicht viel gesehen, und ich freue mich auch jetzt nicht auf Marokko.«

Dann war das also kein Geheimnis. Reins Vermutung, die hochrangigen Offiziere würden sich dort aus einem anderen Grund treffen, löste sich in Nichts auf.

»Wir ließen zwei Offiziere und eine Schwadron zurück, müsst ihr wissen.«

Rein wusste es, brauchte jedoch die Bestätigung, dass er sich noch immer auf dem richtigen Weg befand. »Und wer blieb da?«

Colonel Braetwell betrachtete sein Gegenüber genauer und stellte eine gewisse Ähnlichkeit fest, aber die zerlumpte Kleidung irritierte ihn. Ein niedriger Mann war das aber sicher nicht. Dafür hielt er sich viel zu straff und gleichzeitig zu anmutig. Das war allerdings nicht der Grund, aus dem der Colonel vorsichtig war. Er sah Rachedurst im Blick dieses Mannes und war froh, dass er seiner Frau treu geblieben war. Andernfalls könnte er jetzt in die Augen seines Sohnes blicken.

»Wer?«

»Ihr wisst es bereits, nicht wahr?«

Rein schwieg, hob den Steinkrug an die Lippen und trank.

»Ich kann es nicht mit Sicherheit sagen, Sir, weil ich vorausgeschickt und dann zu den Royal Guards abkommandiert wurde. Aber ich finde, ein Mann hat das Recht darauf zu wissen, woher er stammt.«

Rein fluchte in sich hinein. Er musste vorsichtiger sein, doch es machte ihn zornig, dass sein Vater ihn kannte, während er hinter der Wahrheit herjagte.

Der Colonel zog seine Uhr hervor. Sally wartete bestimmt schon mit dem Abendessen auf ihn. Er stand auf, ohne seinen Krug zu leeren. »Was werdet Ihr machen, wenn Ihr ihn findet?«

Rein erhob sich ebenfalls, trank das restliche Ale und stellte den Krug behutsam auf den Tisch. Dabei hielt er den Blick auf seine Finger gerichtet.

Braetwell beugte sich zu ihm. »Es gab schon genug Tote, Sir. Macht nicht weiter.«

»Ich will nur etwas beenden«, erwiderte Rein.

Eine Gestalt hielt sich in der Dunkelheit versteckt und sah zu, wie Montegomery auf seinen Rappen stieg und wegritt. Der Beobachter schwang sich auf ein gewöhnliches Pferd, nahm Seitengassen und Passagen und folgte Montegomery, der bestimmt wusste, wo sich diese unbeholfene alte Jungfer versteckte.

Rein stieß die Haustür auf, reichte Cabai Dreispitz und Umhang und lief die Treppe hinauf. Er eilte den Korridor entlang und blieb vor Michaelas Tür stehen.

Um sich zu beruhigen, holte er tief Atem. Himmel, hatte er sie vermisst!

Er klopfte.

Sie forderte ihn zum Eintreten auf, und er griff nach der Klinke und öffnete die Tür. Doch er kam nicht weit. Die Pistole, die auf seine Brust zielte, hielt ihn auf.

24

»Du selbst hast gesagt, dass ich sie gegen dich richten darf.«

»Zum zweiten Mal deinem Mann ein Loch in den Körper zu schießen, ist wohl nicht die richtige Art, eine Ehe zu beginnen.«

»Auch nicht, mich an unserem Hochzeitstag ohne Nachricht allein zu lassen.«

»Ich sagte, dass ich zurückkommen würde«, entgegnete Rein sanfter.

»Vor zwei Tagen.«

Er trat auf sie zu.

Sie spannte die Pistole. Ihre Hände zitterten, und Tränen stiegen ihr in die Augen.

Wäre er ihr gleichgültig gewesen, hätte sie sich bestimmt nicht so aufgeregt.

»Du bist zornig. Das verstehe ich.«

»Komm mir nicht so herablassend, Rein Montegomery! Ich bin wütend! Und du verstehst gar nichts!« Wie sollte er auch? Er konnte nicht ahnen, dass sie sich seit zwei Tagen den Moment vorstellte, in dem er die Wahrheit herausfand – dass sie befleckt war. Und sie hatte überlegt, ob er es vielleicht schon entdeckt und sie deshalb verlassen hatte. Das hatte jegliches Selbstvertrauen zerstört.

»Erkläre es mir, damit ich es verstehe.«

»Nein. Zuerst sagst du mir, wo und bei wem du warst, Gemahl.«

War sie eifersüchtig? »Legst du die Pistole weg?«

»Wenn mir deine Entschuldigung nicht gefällt, drücke ich ab.«

Er trat auf sie zu, bis sich der Lauf gegen seine Brust presste, und sah ihr in die Augen. »Du hast dir Sorgen gemacht.«

»Das stimmt nicht.«

»Du dachtest, ich hätte dich für immer verlassen.«

»Ich dachte, irgendein Kerl hätte dir ein Loch in deinen hohlen Schädel geschossen!«

Er lächelte. »Wie du das jetzt gern machen würdest?«

Sie ärgerte sich über seine Heiterkeit. »O ja, Rein, ja!« Sie nickte heftig. »Sprich, und führe mich nicht in Versuchung!«

»Ich habe deinem Onkel eine Lösegeldforderung geschickt.«

Michaela runzelte die Stirn. »Wie bitte?«

»Dann habe ich mich in der Stadt nach dir erkundigt. Ich hatte bereits das Gerücht ausgestreut, dass du entführt wurdest. Jetzt musste ich herausfinden, wie weit sich dieses Gerücht verbreitet hat.«

»Du wolltest meinen Namen in den Schmutz ziehen?«

»Nein«, wehrte er mitfühlend ab. »Ich wollte, dass die Leute und die Verschwörer glauben, ich würde dich suchen, weil ich eine Schwäche für dich habe.« Sie sah ihn so zweifelnd an, dass ihm nur sehr viel Geduld und absolute Offenheit helfen konnten. »Es wäre doch unsinnig, wenn alle glauben, ich hätte nichts mit dir zu tun, und du irgendwann als meine Ehefrau auftauchst.«

»Oh.« Eine Träne lief ihr über die Wange. »Das klingt einleuchtend.« Nach einem Moment fragte sie: »Und was hast du herausgefunden?«

»Dein Onkel hat sich nicht an die Polizei gewandt.«

Das entlockte ihr ein bitteres Lachen. »Hast du das von ihm erwartet? Ich hätte dich für klüger gehalten.«

»Du bist seine einzige Angehörige.«

»Ich bin seine einzige Geldquelle, Rein. Er bezahlt nicht einmal seine Rechnungen. Das mache ich.«

Das hatte er nicht gewusst. »Wieso?«

»Er lebte über seine Verhältnisse und griff deshalb meinen Treuhandfonds an. Wenn ich nichts mehr unterschreibe, ist er völlig mittellos.«

»Er ist ein Mann, ein General, bei Vishnu! Er ist nicht arm und kann selbst für seinen Unterhalt aufkommen.« Bisher hatte Rein angenommen, Michaela wäre gut versorgt. Nie hätte er angenommen, Denton würde auf ihre Kosten leben. »Warum hast du ihn nicht fortgejagt?«

»Durch das Testament meines Vaters ist er mein gesetzlicher Vormund. Mir blieb keine andere Wahl.«

Offenbar war sie erpresst worden. Rein hob sich seinen Zorn für einen besseren Zeitpunkt auf. Mit einer Heirat hätte sie ihre Probleme lösen können. Er fragte sich, weshalb sie nicht schon längst zu diesem Mittel gegriffen hatte. Jedenfalls wollte er sich mit dem Brigadier befassen, und er konnte es kaum erwarten.

»Also, wie viel bin ich denn wert, Rein?«, fragte sie schmerzlich.

»Mehr, als ich verlangt habe.«

Sie sah ihn unverwandt an.

»Tausend Pfund Sterling.«

Michaela riss die Augen auf. »Das ist gut! Warum nicht gleich die Kronjuwelen?«

»Was habe ich doch für ein kluges Mädchen geheiratet«, erwiderte Rein lächelnd. »Ich will die Aufmerksamkeit von dir ablenken und auf mich ziehen, Michaela. Alle sollen denken, ein schrecklicher Kerl würde dich wegen deines Vermögens gefangen halten.

Es wird keine Forderungen mehr geben, solange es nicht nötig ist. Deine Entführung entkräftet jeglichen Verdacht, du könntest eine Verräterin sein, und wird auch den Doppelagenten beruhigen.«

»Verstehe.« Er hatte sich wirklich um jede Kleinigkeit gekümmert. »Was ist, wenn mein Onkel sich das Geld von anderen beschafft?« Sie glaubte nicht daran. Dafür war er zu begierig, das Gold der englischen Truppen zu rauben, und diese Ladung übertraf ihren Treuhandfonds bei weitem. »Nein«, antwortete sie sich selbst. »Entweder kümmert er sich nicht weiter um mich und überlässt mich den Wölfen, oder er sorgt dafür, dass mein Treuhandfonds für die Bezahlung des Lösegelds freigegeben wird.«

»Wenn du wieder auftauchst, muss er dir das Geld zurückgeben.«

»Er wird es einfach behalten«, erklärte sie kühl. »Ich bilde mir nicht ein, dass dieser Mann sich für mich interessiert. Es geht ihm nur um mein Geld.«

»Das tut mir leid.« Rein dachte an Aurora und Ransom und die Liebe, die sie ihm geschenkt hatten.

Michaela zuckte mit den Schultern. »Ich bin überzeugt, dass mein Vater deshalb keine Ruhe in seinem Grab findet. Wann werde ich wieder auftauchen?«

»Erst, wenn Nickolas seine Aufgabe erfüllt hat. Er wird den Verräter finden. Wenn du dich vorher ins Freie wagst, würde der Mörder zuschlagen. Wir müssen abwarten, bis die Gerüchte verstummen und der Mörder glaubt, dass ich an seiner Stelle nach dir suche.«

Und der Mörder würde ihm folgen. Wieso übernahm er diese Bürde von ihr? »Bist du sicher, dass du so diskret wie möglich warst? In dieser Stadt fällst du immer auf, egal, wie du dich kleidest.« Ihr Blick wanderte über seine schlichte Hose und das raue Hemd, doch an ihrem Ehemann war nichts schlicht.

»Ich kann mich nur nach Kräften bemühen.«

Seufzend suchte sie nach Löchern in seinem Plan.

»Willst du noch immer abdrücken?«, fragte Rein.

»Ich habe mich noch nicht entschieden.«

»Das musst du aber, Michaela.« Er beugte sich über die Pistole. »Soll ich dein Ehemann sein oder nicht? Sind wir Partner oder Gegner?« Seine leise Stimme klang beruhigend, und der Blick aus seinen hellen Augen hielt sie gefangen, während er behutsam die Hand um die Waffe legte. »Was willst du, Gemahlin? Ein Duell oder eine Spur von Vertrauen?«

Es klang sehr einfach. Eine Spur von Vertrauen. Wie gern hätte sie ihm ihre Geheimnisse mitgeteilt. Er hatte ihre Anschuldigungen ertragen und öffentliche Beleidigungen mit Würde hingenommen. Bestimmt würde er verstehen, dass … Ihre Lippen bebten, während sie seine Hände und sein Gesicht betrachtete. Langsam ließ sie die Waffe los, und er nahm sie ihr weg. Michaela legte ihm die Hände an die Brust, als er sie an sich zog.

Hinter ihrem Rücken entspannte er vorsichtig die Pistole und warf sie aufs Bett. »Danke«, flüsterte er ihr ins Ohr.

»Du hättest einen großartigen Spion abgegeben, Rein«, wisperte sie. »Aber dass ich dich nicht erschossen habe, heißt nicht, dass ich dir verziehen habe.« Um Abstand von seinen faszinierenden Augen zu gewinnen, wich sie ein Stück zurück. »Es gefällt mir nicht, wie du ohne meine Zustimmung über mein Leben verfügst.«

»Ich bitte um Verzeihung. Von jetzt an werde ich alles mit dir besprechen«, versicherte er lächelnd.

»Jetzt gleich. Bitte.«

»Beim Essen. Ich habe Hunger.«

Er ging zur Tür.

Michaela folgte ihm nicht.

»Kommst du?«

Zögernd trat sie zu ihm. »Nur, weil ich schon lange nichts mehr gegessen habe.«

Er ließ ihr den Vortritt. »Hat Cabai dich nicht gefüttert?«

Gereizt blickte sie über die Schulter zurück. »Ich bin kein Haustier, Rein. Doch, er hat für mich gesorgt. Das Hochzeitsmahl war sehr gut.«

»Michaela«, beteuerte er, »ich wäre geblieben, wäre es möglich gewesen.« Am Fuß der Treppe hielt er sie am Arm fest. »Du hast dir Sorgen gemacht. Gib es zu.«

»Wir sind verheiratet, Rein. Natürlich mache ich mir Sorgen um dich.«

Starrsinnige Frau, dachte er und lächelte. »Nur, weil wir denselben Namen tragen?«

Seine Stimme klang unwiderstehlich intim. Es machte sie nervös. Wie sollte sie ihm etwas erklären, das sie selbst nicht verstand? Rein hatte Nickolas versprochen, sie um jeden Preis zu beschützen. Und das hatte er getan. Was sollte aus ihr werden, wenn er sich von ihr scheiden ließ, weil er erfuhr, dass sie befleckt war? Die Ehe bestand nur auf dem Papier, und dabei musste es auch bleiben, bis sie annulliert wurde.

Er verdiente eine richtige Ehefrau.

Doch als sie ihm in die Augen blickte, wusste sie, dass es nicht nur um den gemeinsamen Namen ging. Sie empfand viel für ihn, weil er ihr Hoffnung auf eine gemeinsame Zukunft gab, obwohl sie überzeugt gewesen war, an Einsamkeit zu sterben. Sie wollte die Frau sein, für die er sie hielt und für die er jedes Risiko auf sich nahm. Doch sie war diese Frau nicht und würde es auch nie sein.

Als sie beharrlich schwieg und ihn nur rätselhaft ansah, beugte er sich zu ihr, bis seine Lippen beinahe ihren Mund berührten. »Ich habe mir Sorgen gemacht«, flüsterte er. »Und ich habe dich vermisst.«

In diesem Moment gab sie alle Zurückhaltung auf, schlang ihm die Arme um den Nacken und küsste ihn voll Verlangen, raubte ihm den Atem und nahm sich jenen Genuss und jene Zuneigung, die ihr so lange vorenthalten worden waren.

Leise stöhnend drückte er sie an sich, und sie gewährte seiner Zunge Einlass und kam ihm entgegen. Er begehrte sie – jetzt gleich. Doch er hatte ihr Ehrlichkeit versprochen und wollte nicht wieder dieselben Fehler begehen.

Rein beendete den Kuss. »Wir müssen miteinander reden. Es gibt einiges, das du von mir wissen musst.«

»Jetzt?«, flüsterte sie.

»Zwischen uns darf es keine Geheimnisse geben, Michaela«, raunte er ihr ins Ohr. »Ich habe schon einmal versagt und werde diese Ehe nicht durch Halbwahrheiten gefährden.«

Sie schloss die Augen und sehnte sich nach seiner Nähe, doch sie konnte seine Worte nicht vergessen. Keine Geheimnisse! Wenn er über seine Vergangenheit sprechen wollte, würde sie ihm zuhören. Doch wenn er sie in seinem Bett begehrte, würde er hinter ihre Lügen kommen.

Noch war sie nicht bereit, wieder allein zu sein.

Langsam gab er sie frei. Tief in ihr pochte das Verlangen nach ihm, und als ihr Blick über seine schlanke Gestalt glitt, wurde ihr heiß bei dem erregenden Gedanken, nackt in seinen Armen zu liegen.

Rein hatte jedoch bemerkt, dass sich ihre Wangen gerötet hatten, als ihr Blick über seinen Körper geglitten war, bevor sie ihn beschämt gesenkt hatte. Das war für eine Jungfrau eine normale Reaktion, und doch glaubte er, dass hinter ihrer Furcht mehr als die Scheu vor der Hochzeitsnacht steckte. Er konnte außerdem kaum glauben, dass die tüchtigste Spionin der Kolonisten so gar nichts von Männern und Frauen wusste.

»Abendessen?«, fragte er, reichte ihr die Hand und betete um Geduld.

Sie ließ sich von ihm zur Küche führen.

Mr Bushmara tauchte aus dem Schatten auf und nickte Michaela grüßend zu.

»Guten Abend«, sagte sie auf Farsi.

Rein runzelte erstaunt die Stirn.

»Wie ich sehe, habt Ihr ihm doch kein Loch in seinen Wanst geschossen«, erwiderte Bushmara in seiner Muttersprache.

»Dann hätte ich ja die Kugel selbst herausholen müssen. Habt Ihr heute Abend schon gegessen?«

Er nickte. »Könnt Ihr kochen?«

»Die Meinungen über das Ergebnis gehen auseinander, aber ich kann kochen.«

»Nun, Gemahlin ...«

Sie wandte den Blick von Bushmara zu Rein.

»Welche Geheimnisse werde ich noch bei dir entdecken?«

Das traf zu genau zu. Hastig blickte sie weg und sagte in fehlerfreiem Hindi: »Es gibt einige Dinge, die eine Frau für sich behalten muss.«

Hinter diesen Worten lagen so viel Resignation und Kummer, dass er sanft auf Hindi sagte: »Ich werde sie wohl hüten, meine Taube. Wann wirst du das einsehen?«

Meine Taube ... Es schnürte ihr die Kehle zu. »Es ist nicht klug, alles ans Licht zu ziehen, Gemahl.«

Er schenkte ihr sein zärtlichstes Lächeln und folgte ihr zur Küche. Und er sah zu, wie sie Teewasser aufsetzte, eine Schale mit Obst auf den Arbeitstisch stellte und nach einem Messer griff. Er spürte ihr Unbehagen. Sie hielt sich verkrampft, als wollte sie jeden Moment fliehen. In der Speisekammer inspizierte sie die Regale, und sein Blick wanderte über ihren schlanken Hals zu ihren Brüsten. Das dunkelbraune Kleid betonte ihre helle, makellose Haut und die Farbe des lose geflochtenen Haars und der Augen. Wie sie da regungslos stand, wirkte sie wie einem Gemälde entstiegen. Wusste sie, dass er sie beobachtete? Empfand sie die gleichen Gefühle wie er, wenn ihre Blicke sich trafen?

»Du hast in Indien gelebt?«

»Einige Jahre«, erwiderte sie und wählte die nötigen Zutaten aus.

»Hat es dir gefallen?«

»Sehr.« Michaela brachte alles zum Tisch.

»Ich habe es gehasst.«

»Wirklich?«

»Ja.« Er setzte sich auf einen Hocker, während sie ein Stück Schweinefleisch auspackte.

»Du isst doch Schwein?«

»Ja, aber kein Rindfleisch«, erwiderte er lächelnd.

Sie nickte, griff nach einem Messer und schnitt das Fleisch auf. Cabai kam herein und sah sich empört um, weil sie seine saubere Küche in Unordnung brachte.

Rein scheuchte ihn hinaus. »Ich wurde im Palast des Maharadschas geboren und dann meiner Mutter gestohlen. Sie war Zofe einer Prinzessin.«

»Wie schrecklich«, sagte Michaela voll Mitgefühl.

Er nahm eine Scheibe Brot. »Das hat man mir nur erzählt. Ich erinnere mich an nichts.«

»Du glaubst es nicht?« Sie schob ihm den Teller hin, damit er sich bediente.

»Ich muss es glauben. Meine erste Erinnerung ist, dass ich zusammen mit etlichen anderen verwaisten Jungen in einer Diamantenmine arbeiten musste. Wir waren nicht einmal fünf Jahre alt. Nachdem ich fliehen konnte, lebte ich auf der Straße als Taschendieb.«

Sie litt mit dem kleinen Jungen, diesem Halbblut. Es war schrecklich, so lange nicht zu wissen, woher man kam und ob eine Mutter nach einem suchte. »Wie hast du schließlich alles erfahren?«

»Ich machte mich auf die Suche und fand eine Tante meiner Mutter. Obwohl sie schon im Sterben lag, erkannte sie meine Ähnlichkeit mit ihrer Nichte und gab mir das hier.« Er holte das Medaillon unter dem Hemd hervor. Auf der Vorderseite war die *Camden* eingraviert, auf der Rückseite der Rang seines Vaters und das Jahr, jedoch kein Name. »Es gehörte meinem Vater.«

Michaela erinnerte sich, dass Offiziere solche Medaillons erhielten. Es kam nicht oft vor, sondern nur nach einer großen Schlacht oder einer erfolgreichen Belagerung. Ihrer Meinung nach hatte ihr Onkel sein Medaillon ungerechtfertigt erhalten, hatte jedoch nie darüber gesprochen.

»Du bist halb Engländer«, stellte sie fest. »Mehr hast du nicht von ihm?«

»Das und meine Augen.«

»Es sind schöne Augen, Rein.«

Er lächelte schwach und verbarg das Medaillon wieder. »Ich suche seither nach ihm.«

Sie goss das Wasser in die Teekanne und stellte Tassen auf ein Tablett. »Hattest du Erfolg?«

»Teilweise.« Er stand auf und fand eine Flasche Wein und Kelche. »Ich habe die Möglichkeiten eingeengt. Aber das war es nicht, worüber ich mit dir sprechen wollte.«

»Ich muss nicht alles wissen, Rein.«

»O doch. Meine erste Frau Shaarai wusste nicht alles, und das hat sie umgebracht.«

Michaela hatte ihre Zweifel. »Wenn du meinst.«

»Sie war die Tochter eines Stammesanführers auf einer Insel, die meinem Adoptivvater gehört.« Er reichte ihr ein Glas Wein. »Ich wollte mein Glück suchen und mit ihr fortlaufen, war aber klug genug, allein aufzubrechen. Ihr Stamm hält Frauen streng von den Männern getrennt, um ihre Reinheit zu garantieren. Als ich zurückkehrte, heiratete ich sie entgegen den Wünschen aller und brachte sie nach England. Ich war noch keine zwanzig Jahre alt, hielt mich jedoch für einen Mann«, sagte er bitter. »Ich hatte damals ein einträgliches Geschäft, und Shaarai wollte England unbedingt sehen. Und sie wollte dazugehören.« Er schwieg und dachte an das knapp siebzehnjährige Mädchen, das ihm ständig Fragen gestellt hatte. »Sie lernte Französisch und Latein, die Wahl der richtigen Kleider und das perfekte Decken eines Tisches. Sie ging ins Theater. Und sie veränderte sich.«

Michaela legte Fleisch auf eine Scheibe Brot. »Inwiefern?«, fragte sie und biss ab.

»Ihr kam es nur darauf an, den Damen der Gesellschaft zu gefallen. Sie dachte nicht mehr an sich. Bis dahin hatte sie nie mehr als ein schlichtes Kleid am Leib getragen. Jetzt zwängte sie sich in Korsetts und Schuhe und ließ sich die Haare aufdrehen. Und sie achtete sorgfältig darauf, dass kein Schatten auf unser Haus fiel. Nach zwei Jahren erkannte ich das Inselmädchen kaum wieder.«

»Sie wusste nicht, dass du der Sohn einer Zofe und eines Engländers warst?«, fragte Michaela leise.

Er trank einen Schluck Wein. »Ich hätte es ihr sagen sollen, aber ich war mir über die möglichen Folgen nicht im Klaren. Aurora erzog mich in dem Glauben, dass es nicht auf das Blut ankommt.«

»Aurora?«

»Die Frau, die mich adoptierte. Sie warnte mich davor, Shaarai von ihren Leuten wegzubringen, weil sie nicht auf die Welt außerhalb der Insel vorbereitet war. Du ahnst nicht, wie oft ich mir seither gewünscht habe, auf Aurora gehört zu haben. Beim Tee eröffnete eine Frau Shaarai ziemlich schroff, was für einen Mann sie geheiratet hatte. Alle im Raum hörten es. Shaarai stritt das ab, doch als sie mich direkt darauf ansprach und die Wahrheit erfuhr, verlor ich ihre Liebe. Ich hatte sie hintergangen. Es gab keine Einladungen mehr und keine Besucher. Ihre Freunde wandten sich auf der Straße von ihr ab.«

Er spielte mit einem Messer und drehte es immer schneller auf dem Tisch.

»In ihren Augen hatte sie alles verloren, die Stellung in der Gesellschaft und das Ansehen. Sie zog sich zurück, sprach nicht mehr mit mir und verbannte mich aus ihrem Bett. Monatelang ließ ich sie gewähren und hoffte, sie würde sich besinnen, doch sie zog sich noch mehr zurück. Das machte mich zornig.« Er schlug mit der Hand auf die Messerklinge. »Am Abend ihres Todes hatten wir einen Streit.«

»Das will ich nicht hören.« Michaela sprang auf. »Sag nichts mehr.«

Rein versperrte ihr den Weg. »Du musst es hören.«

»Ich will aber nicht, nein.« Sie ertrug nichts, das ihn womöglich belastete.

Er hielt sie an den Armen fest. »Sieh mich an«, verlangte er leise. »Sieh mich an. Ich hielt sie wie jetzt dich, und ich schüttelte sie. Ich verlangte, sie sollte sich für ein Fest anziehen, das für meine Geschäftsbeziehungen wichtig war. Sie weigerte sich, und ich ließ sie so plötzlich los, dass sie zu Boden stürzte. Ich ging, ohne ihren Schmerz zu sehen. Ich sah nur den meinen.« Er streichelte Michaelas Arme und führte sie zum Tisch zurück. Auch als sie nebeneinander saßen, ließ er ihre Hand nicht los. »Ich stand im Ballsaal und verhandelte über einen neuen Vertrag, als mir klar wurde, dass ich mit Shaarai zu schroff umgegangen war. Sie war von ihrer Insel direkt nach England gekommen, und sie war noch so unschuldig.«

Er strich sich über das Gesicht. Michaela hatte noch nie bei einem Menschen solche Reue gesehen.

»Ich kam heim und fand sie. Ihre Kehle war durchgeschnitten.«

»Du brauchst nicht ...« setzte Michaela an.

»Doch.« Er drückte ihre Hand fester. »Ich nahm meine Frau in die Arme und klagte wie ein Kind. Ich weinte wegen meiner Lügen und wegen meiner Gier nach Geld, das ich haben wollte, damit niemand mehr meine Herkunft infrage stellen würde. Ich brachte Shaarai ohne Vorwarnung in diese Welt.«

»Dich trifft keine Schuld an ihrem Selbstmord«, versicherte Michaela mit Tränen in den Augen.

»Begreifst du nicht? Sie führte einen zehn Zentimeter tiefen Schnitt aus. Das war keine Frau, die sterben wollte. Das war eine Frau, die sich selbst bestrafen wollte. Ich habe sie dazu getrieben.«

»Nein!« Sie sah ihm beschwörend in die gequälten Augen. »Das konntest du nicht vorhersehen. Sie allein legte solchen Wert auf ihre gesellschaftliche Position, und sie griff nach dem Messer. Du hast sie gebeten zu überleben, aber sie war nicht stark genug. Woher solltest du das wissen? Rein«, drängte sie sanft, »du kannst nicht die Last ihrer Entscheidung tragen.«

Ihr Verständnis überwältigte ihn. »Ich übernehme meinen Anteil an der Verantwortung, Michaela. Die Monate im Gefängnis waren nichts im Vergleich dazu, ihrem Vater ins Auge zu sehen und ihm zu sagen, dass seine einzige Tochter tot und warum sie gestorben war.« Er ließ ihre Hand los und strich sich durchs Haar.

»Die Dienerschaft war aus Angst geflohen, aber Ransom fand einen, der meine Unschuld bestätigte, bevor ich gehängt werden konnte.« Er goss Wein in ein Glas. »Der Öffentlichkeit genügte das nicht.«

Darum kümmert er sich nicht, dachte Michaela, während sie zusah, wie er trank. Er hatte seine Frau an ungeschriebene Regeln für richtiges Verhalten verloren und störte sich nicht mehr im Geringsten daran, was die feine Gesellschaft dachte oder sagte. Er war gebrandmarkt und hielt sich von respektablen Frauen fern, damit sie nicht unter den Spekulationen über den Tod seiner Frau litten. Das war äußerst ehrenhaft. Trotzdem machte es sie zornig, dass er deshalb einsam leben musste und sie selbst zu jener Öffentlichkeit gehörte, die ihn dazu zwang.

Heute Abend hatte er ihr seine Seele geöffnet. »Es tut mir leid«, sagte sie leise.

»Wieso?«, fragte er erschöpft.

»Weil ich wie alle anderen war und dachte, du hättest deine Frau und Katherine das Leben genommen.«

»Und ich könnte vielleicht auch dich töten?«

»Nein«, wehrte sie ab. »Das habe ich nie befürchtet.«

»Lügnerin«, erwiderte er mit einem bitteren Lächeln.

»Ich mag mich vor dir gefürchtet haben, Rein, und deine finstere Haltung hat die Gerüchte unterstützt, aber ich habe dich anders kennen gelernt.«

Das schien er ihr nicht zu glauben.

»Nur ein Mann von höchster Ehre würde für ein Versprechen, das er einem Freund gegeben hat, so viel opfern.«

»Du glaubst, ich hätte dich geheiratet, weil ich Nickolas einen Schwur geleistet habe?«

»Ich bin fünfundzwanzig Jahre alt und habe keinen

einzigen Verehrer.« Michaela spielte mit dem Ende des Zopfes. »Ich weiß, was ich bin. Ich habe mich drei Jahre im Hintergrund gehalten und bin nicht mehr aufgefallen als ein Dienstmädchen.«

»Du hast die unbeholfene alte Jungfer gespielt.«

»Das war nicht gespielt.«

Am Zopf zog er sie näher zu sich heran. »Jeder Mensch mit gesunden Augen muss sehen, dass du etwas verbirgst, Michaela. Sind dir meine Matrosen nicht aufgefallen?«

»Ich habe ihre Blicke bemerkt, und wenn man bedenkt, wo sie mich gefunden haben …«

Rein schüttelte den Kopf. »Sie beneiden mich.«

»Du redest schon wieder Unsinn«, hielt sie ihm vor.

Sein Blick wanderte über sie. »Offenbar muss ich dich erst überzeugen.« Im nächsten Moment zog er sie vom Hocker und in seine Arme und küsste sie, doch sie drückte die Hände gegen seine Brust, als wollte sie ihn abwehren. Er küsste sie trotzdem weiter, und ihre Zunge drang in seinen Mund ein.

Ihr wohliges Stöhnen weckte sein Verlangen. Er küsste ihre Wangen und ihren Hals, und als sie sich an ihn klammerte, drückte Rein das Gesicht gegen ihre Brüste.

Als er eine der weichen Rundungen umfasste und die Spitze durch den Stoff hindurch streichelte, erwachten Begehren und Angst in ihr. Rein lockte sie weiter, drückte zarte Küsse auf ihre Brüste und sah ihr in die Augen, während er die Korsage herunterzog.

»Ich will dich kosten«, sagte er heiser, umschloss die rosige Spitze mit den Lippen und entlockte Michaela ein lustvolles Seufzen.

In einem innigen Kuss miteinander verschmolzen, setzte er sie auf den Tisch und drängte sich zwischen ihre Beine. Während er ihre von seinen Küssen feuchten Brüste streichelte und mit den Spitzen spielte, ließ sie die Hände über ihn gleiten, als müsste sie sein Aussehen wie eine Blinde ertasten. Ihre Hand glitt über seinen Hals unter sein Hemd und tiefer, um mehr von seiner warmen Haut zu fühlen. Michaela sehnte sich nach seiner nackten Haut und bekam nicht genug, zuckte jedoch zusammen, als er die Hand unter ihren Röcken auf ihren Schenkel legte. Rein hielt still und wartete, bis sie sich daran gewöhnt hatte. Dann erst glitt seine Hand langsam höher. Er zögerte einen Moment, als er entdeckte, dass sie unter dem Kleid nackt war. Sein Lächeln machte sie verlegen, doch er lenkte sie ab, verwöhnte die Brustspitzen und legte eine Spur aus Küssen über ihren Hals bis zu ihrem Mund. Sie stöhnte an seinen Lippen und drückte sich ihm entgegen.

Rein legte die Hände auf ihren nackten Po und presste sie an sich, und dann tauchte seine Hand zwischen ihre Schenkel.

Sie verkrampfte sich und grub die Finger in seine Schultern. Ein verunsicherter Blick traf ihn.

»Ich werde dir nicht wehtun, Michaela«, beteuerte er und streichelte sie. »Ich werde dir nie wehtun.«

Forschend ließ er einen Finger eindringen und ent lockte ihr ein Stöhnen, zog sich zurück und drang erneut vor, während sie die Schenkel gegen ihn presste und die Hüften unter seiner Bewegung wand.

»Öffne dich für mich, *rasha*, nimm es an«, flüsterte er an ihren Lippen und küsste sie.

»Ich kann nicht«, stöhnte sie.

Seine Finger glitten tiefer. »Du bist schon zu nahe … nimm sie an.«

»Was?«, stieß sie hervor.

»Die Lust«, hauchte er leidenschaftlich, streichelte und erregte sie pausenlos. Ihr Körper bewegte sich wie von selbst, und sie spannte sich an, als Rein fest an einer Brustspitze sog. Ihre Fingernägel gruben sich in seine Haut.

»Lass dich gehen.«

»Ich … ich habe Angst.«

»Lege deine Hand auf meine.«

»Nein«, hauchte sie, und ihr stieg das Blut in die Wangen.

»Doch«, lockte er.

Sie gehorchte zögernd, und er erfüllte sie mit einem zweiten Finger. Michaela rang nach Luft und kam ihm weiter entgegen.

»Zeige mir, wie ich dich verwöhnen kann, Michaela.«

Die Hände an seinen Kopf gelegt, drückte sie seinen Mund an ihre Brüste, und er küsste sie, während er ihre Leidenschaft steigerte.

»Lass dich gehen, *rasha*, für mich. Komm schon … ja, ich fühle deine Lust«, flüsterte er ihr ins Ohr, küsste sie auf den Hals, auf die Lippen, drückte seine Stirn gegen die ihre und sah ihr tief in die Augen, während ihr Körper erschauerte und sich anspannte. Sein Name kam über ihre Lippen, während sich unbeschreibliche Hitze tief in ihr ausbreitete und sie von heftigen Wellen gepackt wurde, die niemals enden sollten. Schluchzend presste sie ihren Mund auf seine Lippen, stöhnte und rang nach Luft. Lange hielt er sie auf dem Gipfel und trieb sie zur Ekstase. Endlich erlebte sie den befreienden Moment des Höhepunkts und sank gegen Rein.

Er streichelte sie, bis sie allmählich wieder zu sich kam.

Der Beweis seiner Erregung drückte gegen sie.

»Ich könnte dich immer nur ansehen.«

Sie senkte den Blick und errötete. Er bedeckte ihren Hals und ihre Brüste mit Küssen und zog das Kleid ein Stück höher.

Michaela betrachtete ihn unsicher und verängstigt, als wartete sie auf etwas. So sehr er sich auch nach ihr sehnte, hielt er sich doch zurück.

»Müde?«

»Ich könnte eine ganze Woche schlafen«, murmelte sie und schloss die Augen.

Mit einer fließenden Bewegung hob er sie hoch und trug sie aus der Küche. Die Arme um seinen Nacken gelegt, schmiegte sie den Kopf an seine Schulter. Auf jeder Stufe verkrampfte sie sich mehr, und er küsste sie auf die Stirn, betrat ihr Gemach und legte sie auf das Bett. Nach einem letzten zarten Kuss wich er zurück.

»Ich bin ein geduldiger Mann, Michaela Montegomery.«

In ihrem Blick sah er Überraschung, als hätte sie erst jetzt begriffen, wer sie nun war.

»Du besitzt die Macht über mich. Wenn du mir erzählen willst, was dich ängstigt und von mir fern hält, werde ich dir zuhören.« Damit drehte er sich um, und Michaela sah ihm schweigend nach, als er durch den Baderaum in sein Schlafzimmer ging und hinter sich die Tür schloss.

25

Atwell Denton ballte die Fäuste. »Wenn er glaubt, dass ich ihm meine Nichte zur Frau gebe, wenn er sie findet, irrt er sich.«

»Das ist aber wohl seine Absicht.«

»Ich wünsche nicht, dass mein Name mit jemandem aus dieser Familie in Verbindung gebracht wird«, erregte sich der Brigadier.

»Eine Brut halbblütiger Bastarde«, bestätigte Anthony und war erfreut, dass der Brigadier sich nicht von Montegomerys Angebot beeinflussen ließ.

»Hat er denn etwas erfahren?«

»Er vertraut sich mir nicht an, Sir.«

»Ja, schon gut, natürlich nicht. Ihr reizt ihn.«

Anthony richtete sich starr auf. Denton setzte ihn wie sein eigener Vater ständig herab. Irgendwann verlor er bestimmt die Geduld und ließ den Brigadier seine Faust kosten.

»Ich möchte, dass es über die ganze Stadt verbreitet wird. Er ist inakzeptabel, selbst wenn er das Mädchen finden sollte.«

»Dann hört er vielleicht auf, nach ihr zu suchen.«

»Der nicht. Der ist wie ein Hund, der hinter einem Knochen her ist. Er gibt nicht auf.« Denton hielt die Hände auf dem Rücken verschränkt und blickte zwischen den Samtvorhängen hindurch aus dem Fenster. »Er ist nicht gut genug für ein richtiges englisches Mädchen.«

»Weiß sie das auch?«

Denton runzelte die Stirn. »Nach dieser Schande wird sie den Ehemann nehmen, den ich ihr gebe!«

Anthony lächelte hinter dem Rücken des Brigadiers.

»Beobachtet ihn, Anthony. Findet heraus, mit wem er spricht und wohin er geht.« Der Brigadier warf einen Blick über die Schulter. »Wir finden sie noch vor ihm.«

Michaela genoss das duftende Bad, das sie erregte und Erinnerungen an die letzte Nacht weckte. Lustvolles Prickeln setzte ein, und sie schloss die Augen, legte die Hände auf ihre Brüste und sah Reins Mund, wie er mit ihr spielte. Das Verlangen nach Erfüllung stieg in ihr hoch, doch diese Erfüllung fand sie ohne ihn nicht.

Er schenkte ihr Lust und verlangte nichts dafür.

Du besitzt die Macht über mich …

Michaela lächelte. Wie sehr sie das genoss!

Als sie leises Knarren hörte, öffnete sie ein Auge und setzte sich auf, als sich die Tür zu Reins Zimmer langsam öffnete. Rasch bedeckte sie die Brüste mit einem Waschlappen, sah zu ihrem Bademantel und überlegte, ob sie ihn erreichte, ohne gesehen zu werden.

Als sie sich ein Stück aus der Wanne erhob und vorbeugte, schwang die Tür ganz auf. Rein stand nackt über ein Becken gebeugt und rasierte sich. Michaela sank in die Wanne zurück, Wasser spritzte heraus, und bei dem Geräusch blickte Rein hoch und sah sie im Spiegel.

Während er sich fertig rasierte, hielt er den Blick auf sie gerichtet. Zuletzt wischte er den verbliebenen Schaum mit einem Tuch weg.

»Guten Morgen, Gemahlin.«

Gemahlin. Er sagte das Wort sinnlich und voller Verlangen.

»Guten Morgen, Rein.« Sie ließ sich bis zum Hals in den Schaum sinken. »Könntest du die Tür schließen?«

Er legte das Handtuch weg und griff nach der Hose, und Michaela beobachtete, wie die Muskeln an seinem Rücken und seinem Po spielten, während er sich anzog. Er war ihr Ehemann. Also durfte sie ihn betrachten. Und er war schön. Es gab kein anderes Wort dafür. Lächelnd kam er an die Tür.

Es erregte Rein allein schon, sich vorzustellen, was sich unter diesem Schaum verbarg. »Hast du gut geschlafen?«

Nein. Sie hatte sich ausgemalt, wie er sie berührte, bis sie beinahe seine Tür aufgebrochen hätte. Doch das brauchte er nicht zu hören. Sein Blick verriet, dass er es ahnte.

»Ganz gut«, erwiderte sie lässig und hielt den Blick auf seine muskulöse Brust gerichtet. Wie gern sie ihn gestreichelt hätte! »Die Tür, wenn ich bitten darf.«

»Mein Hemd«, erwiderte er und trat zu dem Haken neben der Wanne.

Als Michaela scharf Luft holte, drehte er sich um.

»Lieber Himmel, Rein, was ist da passiert?«, rief sie und starrte auf seine Wade.

Er schenkte der alten Verletzung nicht einmal einen Blick. »Ein Hai hielt mich für ein delikates Mahl.«

Sie beugte sich über den Wannenrand und achtete nur auf sein Bein.

Sein Blick wanderte über sie, während sie die Narbe berührte.

»Ein Wunder, dass du das Bein nicht verloren hast.« Bis zum Knie hinauf waren noch die Spuren von Nähten zu erkennen.

»Als ich am nächsten Morgen erwachte, wünschte ich, es verloren zu haben.«

»O Rein! Was für Schmerzen! Wieso bist du zwischen Haien geschwommen?«

»Ein Mann, der Aurora töten wollte, legte innerhalb des Riffs blutiges Fleisch als Köder aus, und ein Hai überwand die Felsen. Aurora schwamm dort, und ich war ihr Wächter. Sie rief mir zu, nicht ins Wasser zu kommen. Sie würde allein mit dem Hai fertig werden. Aber ich hatte zu viel Angst um sie.«

»Verständlich.« Michaela beugte sich noch weiter zu seinem Bein und bot ihm einen köstlichen Anblick ihrer nackten Brüste. »Der Hai hat nicht sie, sondern dich angegriffen.«

»Aurora hat mir das Bein gerettet.« Sie hatte mit dem Schiffsarzt gestritten, damit er es nicht amputierte, und dafür war er ihr ewig dankbar.

»Aber du hinkst gar nicht. Wenn du dich bewegst, merkt man nichts.«

»Das Bein wird bei Regenwetter steif. Ich habe das stets vor allen verborgen.« Unzählige Male war er auf Berge geklettert, um die geschwächten Muskeln wieder zu stärken.

»Warum?«

Er hielt ihrem Blick stand. »Weil ich mich dadurch noch mehr von anderen unterschieden hätte.«

»Du bist nicht wie die anderen«, beteuerte sie. »Und darauf kannst du stolz sein. Du hast den Angriff eines Hais überlebt, Rein. Anderen wäre das nicht gelungen. Du bist zu bewundern. Solche Stärke findet man selten.«

Bestimmt ahnte sie nicht, wie viel ihm ihre Worte bedeuteten. Sie betrachtete ihn nicht angewidert. Sogar Katherine hatte darauf bestanden, dass er das Bein verdeckte.

Lächelnd streichelte er ihre Wange, beugte sich hinunter und küsste sie sanft. Und in diesem zärtlichen Kuss spürte sie seine Dankbarkeit.

Für einen Moment wurde der Kuss leidenschaftlicher. Dann murmelte Rein: »Ich habe die ganze letzte Nacht mit deinem Bild geschlafen.«

»Wirklich?«

»Immer wieder erlebte ich, wie meine Hand dir Lust verschafft hat.« Als sie sich abwandte, legte er ihr die Finger unters Kinn, damit sie ihn wieder ansah. »Du weißt gar nichts über dich.«

Verwirrung zeichnete sich auf ihrem Gesicht ab.

»Die Liebe mit mir jagt dir Angst ein, Michaela. Nein, streite es nicht ab. Das wäre unsinnig. Du brauchst einen Mann, um Lust zu finden.«

Darüber wollte sie nicht sprechen. Er sah es in ihren Augen.

»Soll ich es dir beweisen?«

»Das ist nicht nötig«, wehrte sie hastig ab. »Das Wasser wird kalt.«

»Dann musst du heraussteigen.« Er griff nach ihrem Bademantel und hielt ihn ihr hin.

»Das kann ich allein.«

»Ich bin dein Ehemann, Michaela, und irgendwann wirst du nichts mehr vor mir verbergen.«

Irgendwann würde er sie aus dem Haus werfen. Er hielt ihrem Blick herausfordernd stand, und Michaela drehte sich um und stand auf. Erst nachdem er ihren anmutigen Rücken und den schönen Po ausgiebig betrachtet hatte, legte er ihr das Kleidungsstück um die Schultern.

Sie hüllte sich darin ein und hielt den Saum über Wasser, während sie aus der Wanne stieg.

Den Rücken Rein zugewandt, band sie mit bebenden Händen den Gürtel. Es erregte sie, wie maskulin Rein aussah, und als er ihr die Hände auf die Schultern legte und ihr die Lippen auf den Hals drückte, berührte sein Körper den ihren – Brust an Rücken, Schenkel an Schenkel. Seine Haut verströmte solche Wärme, dass Michaela sich nach ihm sehnte und sich ihre Brustspitzen aufrichteten.

Plötzlich wich seine Wärme, und als sie sich umdrehte, schloss sich bereits die Tür hinter ihm.

Wasser tropfte auf ihre nackten Füße und floss auf den Boden.

Michaela stieß gegen den Tisch mit den Fläschchen voll Badesalz und Seifenpulver. Die Behälter klirrten, und ihr Körper erschauerte. Rein hielt sich an sein Wort. Er nahm sie nicht, sondern wartete darauf, dass sie zu ihm kam.

Seufzend sank sie auf den Hocker und presste die Beine fest zusammen, doch die harte Oberfläche erregte sie nur noch mehr. Den Kopf in die Hände gestützt, rang sie nach Atem, um sich wieder zu beruhigen. Es war nicht vernünftig, Rein dermaßen zu begehren und sich gleichzeitig vor den unvermeidlichen Folgen zu fürchten. Wie lange konnte er sich überhaupt noch zurückhalten?

Auf der anderen Seite der Tür kämpfte Rein um Beherrschung. Die Hose wurde ihm so eng, dass die Knöpfe abzuplatzen drohten. Michaela war seine größte Schwäche. Die Hände gegen die Tür gepresst, senkte er den Kopf. Sie begehrte ihn und wäre schon nach kurzer Verführung in sein Bett gekommen. Doch sie sollte nichts bedauern. Er hatte bereits darüber nachgedacht, weshalb sie ihn fürchtete und sich dermaßen heftig gegen ihr eigenes Verlangen wehrte. Und er war zu einem schmerzhaft brutalen Schluss gelangt.

Michaela saß am Schminktisch, bürstete ihr feuchtes Haar und versuchte, die Locken zu zähmen. Wie die Stäbe eines alten Weidenkorbes sprangen sie immer wieder hoch. Am liebsten hätte sie zur Schere gegriffen. Das offene Kleid rutschte von ihren Schultern. Sie warf die Bürste aus der Hand und verbarg das Gesicht in den Händen. Auch jetzt noch prickelte ihr Körper von den Empfindungen, die Rein gestern Abend und heute Morgen in ihr ausgelöst hatte. Ihre Haut erwärmte sich, und tief in ihr setzte ein lustvolles Gefühl ein.

Als sich die Tür öffnete, verkrampfte sie sich, weil sie Rein jetzt nicht sehen wollte. Noch nicht. Doch als sie den Kopf drehte, kam Cabai auf sie zu. Sie zog das Kleid hoch und hielt es vor die Brüste.

»Was macht Ihr hier drinnen?«

Er sagte nichts, sondern blieb hinter ihr stehen und schloss das Kleid.

Sie betrachtete ihn im Spiegel. »Ich brauche keine Hilfe.«

Sein Blick sagte, dass sie doch welche brauchte und nur zu starrsinnig war, um darum zu bitten. Dann griff er nach der Bürste und widmete sich ihrem Haar. Er wollte sie frisieren? Cabai war wohl kaum eine Kammerzofe. Ähnlich wie Rein gestern Abend, trug er ein schlichtes Hemd, Kniehosen und Stiefel. Sein Kopf war kahl geschoren.

Als sie sich nach hinten neigte, um ihn anzusehen, drückte er sie wieder nach vorne und flocht ihr Haar. »Ist Rein im Haus?«

Er schüttelte den Kopf und steckte den Zopf fest.

»Auf dem Schiff?«

Erneut schüttelte er den Kopf, lächelte und imitierte die Bewegungen eines Reiters.

»Aha, verstehe.« Sie suchte nach einem Gesprächsthema. »Hat Rein Euch aus dem Harem geholt?«

Er runzelte die Stirn.

»Ihr seid geflohen?«

Cabai nickte.

»War es schlimm, ständig von Frauen umgeben zu sein?«

Er hielt kurz inne, ehe er die letzte Nadel ins Haar schob, nach einer vergoldeten Schatulle griff und eine Perlenkette herausholte. Rein hatte ihr ein Vermögen an Juwelen zur Verfügung gestellt, doch bisher hatte sie kein einziges Stück angerührt. Cabai legte ihr die Kette um und schloss sie.

»Ihr habt mir nicht geantwortet, Cabai.«

Er reichte ihr die passenden Ohrringe. »Die Frauen redeten zu viel. Es war verboten, sie zu berühren, und ich hatte auch kein Verlangen danach.«

Michaela wirbelte auf dem Sitz herum. »Ihr kleiner Satan!«

Er lächelte breit und zeigte dabei perfekte Zähne.

»Weiß jemand, dass Ihr sprechen könnt?«, erkundigte sie sich und befestigte die Ohrringe.

»Nur mein Herr.«

Langsam ließ sie die Hände sinken. »Rein ist nicht Euer Herr, und ich bin nicht Eure Herrin.«

»Ich lebe, um zu dienen.« Er verbeugte sich, hob die Hand grüßend an die Stirn und zog sich zurück.

Michaela begriff, dass es Menschen gab, die zum Dienen geboren waren. Sie stand auf und folgte ihm. »Ich werde Euer Geheimnis wahren, wenn Ihr das wünscht.«

»Deshalb habe ich es Euch enthüllt, Herrin. Ich stehe zu Euren Diensten.«

Michaela blickte zu ihm hoch und wusste, dass sie in diesem riesenhaften Mann einen Freund gefunden hatte. »Ich müsste eine Nachricht …«, setzte sie an, doch er schüttelte schon den Kopf. »Bitte! Es gibt Leute, die sich Sorgen machen.« Trotz der Gefahr musste sie Nickolas verständigen, doch Cabai schüttelte den

Kopf und verschränkte die mächtigen Arme vor der Brust. »Nun gut«, meinte sie lächelnd, »dann sorgt für Essen. Ich habe Hunger.«

»Das kommt von der Liebe«, sagte er grinsend.

Ob er letzte Nacht etwas gehört hatte? Wohl kaum. Sie blickte weg. »Es ist unziemlich, über diese Dinge zu sprechen.«

»Ihr seid seine Ehefrau.« Cabai zuckte mit den breiten Schultern. »Es ist Eure Pflicht.«

»Vielleicht war das im Haus des Sultans ...«

»Mein Herr wird Euch nichts antun, sondern stets nur auf Euch warten.«

Seit heute wusste sie das.

»Ich habe Euer Gesicht gesehen, wenn Ihr mit ihm zusammen seid.« Plötzlich machte er eine finstere Miene und wirkte gefährlich. »Ihr belügt Euer eigenes Herz.«

»Erhalte ich von jetzt an mit meiner täglichen Toilette einen solchen Rat? Warnt mich, Cabai, damit ich mich darauf einstellen kann.«

»Falls es nötig ist.«

Großartig. Ein Eunuch, der sich in das Liebesleben der Herrschaft einmischte.

»Ich werde über alles sehr genau nachdenken.«

»Tut das, Mistress, und beeilt Euch. Er ist ein Mann.«

Mit starkem Verlangen. Würde er anderswo Befriedigung suchen, wenn er sie nicht bei seiner Frau fand? Die Eifersucht traf sie wie ein Speer. Rein war ihr Ehemann, und es machte sie zornig, als sie ihn sich in den Armen einer anderen Frau vorstellte.

»Aha«, sagte Cabai und lächelte wissend.

»Ihr haltet Euch ja für sehr klug.« Michaela eilte an ihm vorbei, achtete nicht auf sein leises Lachen und ging energisch nach unten.

Zwei Stunden später wurde Michaela aus der Küche geschickt, als sie ihren Wächtern Essen machen wollte. Niemand erfüllte ihre Bitte, Nick eine Nachricht zuzustellen. Aus Enttäuschung griff sie nach einem Tuch, um sich beim Putzen abzureagieren, kam jedoch nicht dazu. Cabai nahm ihr das Tuch wieder weg, schob sie zum Arbeitszimmer und ermahnte sie, sich an die Regeln des Herrn zu halten, sonst würde sie ihr Leben aufs Spiel setzen. Der Herr! Ja, Rein herrschte tatsächlich. Er ließ sie auf sich warten. Sie war allein und langweilte sich.

Ihr dunkelbraunes Kleid raschelte leise, als sie im Arbeitszimmer auf und ab ging. Der Raum war warm erleuchtet. Aus Sicherheitsgründen waren die Vorhänge zugezogen. Michaela widerstand der Versuchung, einen Blick ins Freie zu werfen. Sie trat an die Bücherregale und lächelte, als sie einen Band fand, den sie daheim nicht zu Ende gelesen hatte. Daheim. Dies war jetzt ihr Heim. Sie blätterte, bis sie die richtige Stelle fand, stand vor dem Regal und las, bis sie müde wurde und sich setzen wollte. Doch sie verfehlte die Kante des Sofas und landete auf dem Fußboden. Ach, du lieber Himmel, dachte sie und wollte wieder aufstehen, doch das weite Kleid behinderte sie.

Stiefel tauchten vor ihr auf. Als sie hochblickte, sah Rein amüsiert auf sie hinunter.

Wundervoll, dachte sie und hätte ihn am liebsten gekniffen.

»Das muss ein faszinierendes Werk sein.« Er beugte sich zu ihr, um den Titel zu lesen. »*Der Widerspenstigen Zähmung*. Ein Ratgeber für Ehemänner?«

Sie lächelte gekünstelt, während ihr vor Verlegenheit heiß wurde. »Nein, es ist für Frauen mit begriffsstutzigen Männern gedacht.« Sie versuchte aufzustehen, doch das Kleid hinderte sie noch immer daran. »Rein!«

»Was ist?«

Sie schlug ihm mit dem Buch auf die Schulter.

»Soll ich dich retten, Gemahlin?«, fragte er lachend. Sein Blick glitt über ihre Schultern und ihre Brüste, und Michaela erinnerte sich an ihr letztes Beisammensein. Und er auch …

Behutsam ergriff er sie an der Taille und zog sie hoch. Das Buch fiel auf den Fußboden, während Rein sie an sich drückte, als wäre sie federleicht, und ihre Füße den Teppich nicht berührten. Sie legte ihm die Hände auf die Schultern. Ihr Schuh fiel zu Boden.

Rein unterdrückte ein Lachen. »Du bist eine Gefahr für dich selbst, Michaela.«

Verspürten auf einmal alle Männer in diesem Haus den unwiderstehlichen Drang, sie zu necken? »Bist du fertig?«

Er ließ sie an seinem Körper heruntergleiten, bis sie wieder auf eigenen Füßen stand. Ihre weichen Brüste drückten gegen seine Brust. »Ich konnte nicht widerstehen. Verzeih mir.«

Sie musste lächeln, weil er so verwegen und jungenhaft dreinsah. »Mir fehlt die Kniehose.«

Er betrachtete ihr schönes Gesicht und ihr Haar. »Du siehst auch so hinreißend aus.«

Ihr Lächeln traf ihn wie ein Pfeil in die Brust.

»Wieso entledigst du dich nicht dieser lästigen Unterwäsche? Wir sind nicht in der Öffentlichkeit.«

»So etwas solltest du nicht sagen.«

»Ich würde noch viel mehr sagen, nur um dich erröten zu sehen.« Er beugte sich zu ihr und hauchte ihr einen Kuss auf die Wange. »Ich würde dir zum Beispiel sagen, dass mich der Duft deines Verlangens verfolgt und ich es gern kosten würde.«

Der Atem stockte ihr, während ihr Körper von Begierde erfüllt wurde. Ihre Blicke trafen sich, ihre Lippen waren nur einen Hauch voneinander entfernt.

Sein Mund verschmolz mit ihrem und er zog ihren Kopf zurück, doch sie wand sich sofort und wehrte sich. Stirnrunzelnd ließ er sie los. Sie wich schwankend zurück und sah ihn vorwurfsvoll an.

»Michaela?« Ihre Angst war fast greifbar.

»Nein, nein«, murmelte sie, schüttelte den Kopf und wandte sich ab. »Entschuldige.«

»Sprich mit mir, *rasha*.«

»Ich muss Nick eine Nachricht schicken.«

Er spürte, dass sie log und sich ihm nicht anvertraute. »Nein«, wehrte er ab.

»Dann bring ihn zu mir.«

»Damit ich sein und dein Leben riskiere? Niemals.«

»Rein, ich muss …«

Er verschränkte die Arme. »Du musst aufhören, meine Leute überreden zu wollen, meine Befehle zu ignorieren.«

»Für einen stummen Mann hat Cabai einen sehr großen Mund. Cassandra und Argyle werden sich Sorgen machen.«

Er zuckte die Schultern. »Das ist der Preis für dein Spionieren.«

Wie immer hatte er Recht, doch es gefiel ihr trotzdem nicht. An seinem Schreibtisch blieb sie stehen und betrachtete die darauf liegenden Papiere mit seiner flüssigen Schrift.

»Lass das«, verlangte er, doch sie griff bereits nach einem Blatt.

»Himmel, Rein!« Sie warf einen Blick auf die Worte. »Gegen welche Mächte stellst du dich jetzt?« Obwohl er sich bemüht hatte, seine Handschrift zu verstellen, war sie zu erkennen.

Auf dem Blatt stand eine einzige Zeile.

Ich weiß, dass Ihr Katherine getötet habt.

Ein Stempel zum Siegeln lag daneben. Schwarze Wachstropfen klebten daran.

»Ich sagte, dass du es lassen sollst, Michaela.«

»Hast du schon etwas losgeschickt?«, fragte sie heftig.

Er kam wortlos näher.

»Was soll das sein?«

»Köder.«

Sie packte ihn an den Armen. »Tu das nicht!«

»Machst du dir Sorgen?«, fragte er lächelnd.

»Ja, ich mache mir Sorgen, dass du den Verstand völlig verloren hast.«

»Michaela«, setzte er ihr geduldig auseinander. »Ich stehe noch immer unter Verdacht, und das bedeutet, dass alle meine Bewegungen überwacht werden. Ich kann dich nicht schützen, wenn ich um meine Freiheit fürchten muss.«

Sie bemühte sich wenigstens um etwas Verständnis. »Deine Handschrift kann man erkennen. Willst du, dass dieser Kerl dich umbringt?«

»Ich kann mich wehren.«

»Dieser Mörder ist ein Feigling und wird sich nicht offen zeigen. Hast du daran gedacht? Er könnte dir eine Falle stellen.«

Er zog sie näher zu sich heran. »Ich habe mich mehrfach abgesichert. Vertrau mir«, bat er sanfter.

»Du hast mir versprochen, dich vorher mit mir abzusprechen«, klagte sie.

»In Dingen, die dich betreffen. Das hier hat nichts mit dir zu tun.«

»Natürlich hat es das«, wehrte sie ab und stieß ihn von sich. »Wenn es sich nun um dieselbe Person handelt, die den Priester ermordet hat? Wir wissen das nicht.«

»Du hast nie erwähnt, dass du beim Tod des Priesters noch jemanden bemerkt hast.«

»Doch.«

»Daran würde ich mich erinnern.«

»Ich habe nichts gesehen, womit man etwas anfangen kann, nur einen Schatten.«

Wortlos löschte er die Lampen im Zimmer und führt Michaela an der Hand zum Sofa. »Lehn dich zurück und mach es dir bequem.«

Sie zögerte einen Moment, ehe sie gehorchte, den Rock zurechtzog und den Kopf auf ein Kissen legte.

»Was machst du jetzt?«

»Schließ die Augen.«

Auch das tat sie, und er zog ihr die Schuhe aus und deckte sie mit einer Decke zu. Dann setzte er sich auf den Fußboden. »Achte auf den Klang meiner Stimme, auf sonst nichts. Hol tief Atem und konzentriere dich auf die Luft, die deine Lungen füllt. Stell dir einen klaren Teich vor, in den ein Stein fällt. Wellen breiten sich ringförmig auf der Oberfläche aus, laufen weiter und immer weiter. Nein, nicht sprechen«, warnte er, als sie dazu ansetzte. »Du wanderst zu jenem Tag zurück, ohne die Ablenkungen und ohne das Risiko.« Rein zählte rückwärts und achtete darauf, ob Michaela auch diesen Traumzustand annahm und sich seinen geistigen Kräften überließ.

Ihre verkrampften Finger entspannten, ihre Lippen öffneten sich, und ihr Körper sank tiefer in die Kissen.

Durch den Klang seiner Stimme versetzte er sie zurück in die Kirche, zurück zu jenem Moment, in dem der Priester auftauchte. Er führte sie durch Korridore und Torbögen, machte sie wieder mit der Umgebung vertraut, ließ sie die Kerzen sehen und den Boden unter den Füßen spüren. Und als der Priester vor ihr erschien, leitete er sie zu der Gestalt, die hinter dem Geistlichen in der Dunkelheit lauerte.

»Ein Mann, ja, es ist ein Mann. Seine Hände sind groß.«

»Sag mir genau, was du siehst. Er kann dir nichts tun. Du beobachtest das alles nur.«

»Er trägt einen Umhang mit einer Kapuze. Es ist nichts zu erkennen.«

»Bleib ruhig, meine Süße, atme.« Als sie gehorchte, fuhr er fort: »Sieh ihn dir genau an.«

»Er trägt Stiefel«, flüsterte sie. »Da ist etwas am Absatz.«

»Schmutz? Lehm? Sporen?«

»Nein.« Sie runzelte die Stirn. »Es sieht nach Ziffern oder Buchstaben aus, doch sie sind zu klein, als dass ich sie erkennen könnte.«

Er hörte die Enttäuschung in ihrer Stimme und beruhigte sie wieder. »Noch etwas, Michaela?«

Sie schüttelte den Kopf, und Rein beschloss, sie wieder zurückzuholen, bevor es zu dem Mord kam. Langsam zählte er vorwärts und versicherte ihr, dass sie in Sicherheit war, dass er bei ihr war und ihr keine Gefahr drohte.

Michaela blinzelte, während sie sich orientierte, und sah ihn an. »Du bist ein erstaunlicher Mann, Rein Montegomery«, flüsterte sie und drehte sich auf die Seite.

Lächelnd nahm er das Lob entgegen. »Freust du dich darüber, dass du mit mir verheiratet bist?«

In seinen Augen fand Michaela eine Verletzlichkeit, die ihr sagte, dass sein Abwehrpanzer einen Sprung bekommen hatte. Seine Frage ging viel tiefer, als es auf den ersten Blick schien. »Ja, ich freue mich, mit dir verheiratet zu sein«, versicherte sie und streichelte seine Wange.

Als er sich zu ihr beugte, blickte sie auf seinen Mund.

»Verheiratet? Mit wem?«, rief eine Stimme hinter ihnen plötzlich.

Rein hob ruckartig den Kopf.

Michaela setzte sich auf. »Onkel Rusty!«, rief sie, sprang vom Sofa und warf sich dem massigen Mann in die Arme. Er hob sie vom Boden hoch und drückte sie fest an sich.

»Himmel, Mädchen, ich dachte, du wärst tot!«

»Ach, Rusty, ist das schön, dich zu sehen!«

Rein räusperte sich, doch die beiden achteten nicht auf ihn.

Townsend stellte sie wieder auf die Beine und betrachtete sie prüfend. »Geht es dir gut?«

»Ja«, versicherte sie und umarmte ihn noch einmal.

»Michaela«, sagte Rein und wünschte sich, er könnte ihr ein so strahlendes Lächeln entlocken.

»Rusty und mein Vater stammten aus demselben Dorf und wuchsen zusammen auf. Ich habe ihn seit dem Tod meines Vaters nicht mehr gesehen.«

»Ich war sehr traurig, als ich es erfuhr.« Er tätschelte ihr befangen den Rücken, und sie drückte sich noch einmal an ihn, ehe sie zurückwich.

Townsend wandte sich an Rein. »Stimmt es, dass Ihr meine Micky geheiratet habt?«

»Micky?«, fragte Rein lächelnd.

Michaela errötete und stieß Rusty an.

»Dann stimmt es also?« Sie drehten sich zu Temple Matthews um, der in der Tür stand.

»Einer meiner Kapitäne«, erklärte Rein. »Du bist ja zeitig zurück«, sagte er zu Temple.

»Du bist verheiratet!« Er blickte zwischen Rein und Michaela hin und her.

»Allerdings.«

»Lieber Himmel ...« Er nahm sich zusammen. »Verzeiht, Madame«, bat er und verbeugte sich. »Das ist für mich ein ziemlicher Schock, da Rein geschworen hatte, nie wieder zu heiraten.«

»Tatsächlich?«

»Ich will alles erfahren«, verlangte Rusty. »Sofort.«

»Ich glaube nicht, dass Euch das etwas angeht.«

»Wäre Michaelas Vater hier, würdet Ihr ihm an meiner Stelle antworten«, erwiderte Rusty starrsinnig. »Da er nicht hier ist, stehe ich ihr so nahe wie nur möglich.«

Michaela lächelte in sich hinein.

Rein sah Sergeant Major Townsend finster an.

Temple wusste gar nicht, auf wen er am meisten achten sollte.

»Vielleicht später«, wehrte Rein ab. »Jetzt müssen wir über wichtige Dinge sprechen.«

Michaela stemmte die Hände in die Hüften. »Rein, was hast du mit Rusty zu tun?«

»Das betrifft dich nicht«, versicherte Rein, um sie zu beruhigen. Auch wenn sie wusste, dass er seinen Vater suchte, brauchte sie die Einzelheiten nicht zu erfahren.

Sie stampfte ungeduldig mit dem Fuß auf und sah ihn durchdringend an. »Brichst du stets deine Versprechen, wie es dir beliebt, Gemahl?«

Zwar hatte er ihr versprochen, sie über alles zu informieren, aber ... »Michaela, meine Liebste, das ist eine andere Sache.«

»Sie kann unmöglich gefährlicher sein als alles, was ich bereits erlebt habe.«

Seine Stimme klang rau, als er ihre Wange streichelte. »Ich möchte dich vor jeglichem Leid bewahren.«

»Dann sag mir alles, Rein«, bat sie sanfter. »Ich will nicht mehr überrascht werden.« Dabei warf sie einen bedeutungsvollen Blick auf das Blatt auf seinem Schreibtisch.

Temple schnippte mit den Fingern. »Jetzt weiß ich, wer Ihr seid!«

Alle wandten sich ihm zu.

Temple lächelte Reins Ehefrau an. »Ihr habt auf ihn geschossen!«

Rein strich sich seufzend durchs Haar.

Rusty lachte schallend los. »Du hast dich wohl gar nicht geändert, Mädchen, nicht wahr?«

Michaela verschränkte die Arme. »Was macht denn die alte Verletzung, Rusty? Ich habe mich damals dafür entschuldigt, oder etwa nicht?«

26

Beißend kalter Wind pfiff durch Risse in der Hütte, die an einem verfallenen Gebäude lehnte. Rusty hielt sich angewidert die Nase zu, als ihm der Geruch von ungewaschenen Körpern und Müll entgegenschlug. Er klopfte gegen die Tür.

»Kümmerte sich denn niemand um sie?«, fragte Rein.

»Nein. Er hat sein Geld nie gespart, sondern alles für Gin ausgegeben.«

Schlurfende Schritte näherten sich der Tür. Rein blickte sich um und erschauerte. Ratten liefen über die Müllhaufen.

»Habt Ihr Angst vor Ratten?«, fragte Rusty überrascht.

Die Schritte waren sehr langsam und wurden von leisem Stöhnen begleitet.

»Nein.« Rein zuckte mit den Schultern. »Aber ich bekomme Gänsehaut.«

Townsend grinste. »Darum haltet Ihr Euch auch den größten Mäusefänger, den ich je gesehen habe.«

»Rahjin verdient sich redlich ihren Unterhalt. In den Minen musste ich mit Ratten leben und mit ihnen um jeden Bissen Nahrung kämpfen. Damals schwor ich, nie wieder eine Ratte im Umkreis von einer Meile zu dulden.«

Rusty nickte. »Jeder von uns hat seine Ängste.«

Der Riegel schabte, die Tür öffnete sich einen Spalt, und blasse braune Augen und graues Haar erschienen dahinter.

»Mrs Eagen?«
»Wer fragt das?«
»Ich bin Sergeant Major Townsend, Madame, und dieser Gentleman ist Rein Montegomery.«
Die braunen Augen weiteten sich, der Blick wanderte zwischen den beiden Männern hin und her.
»Könnten wir ein Wort mit Euch sprechen?«
»Nein, geht.«
»Madame, es ist sehr wichtig.«
»Ich will nichts von Euch hören. Das habe ich auch schon dem anderen Mann gesagt.«
»Was für einem Mann?«, fragte Rein leise.
Die braunen Augen richteten sich auf ihn.
»Jung mit hellem Haar.«
Christian hatte blondes Haar erwähnt. »Gelockt?«
»Nein.«
Wind zerrte an Reins Mantel. »Madame, dürfen wir bitte hereinkommen? Wir möchten nur mit Euch sprechen und tun Euch nichts.«
Die Augen verschwanden. An ihrer Stelle erschien der Lauf einer Waffe.
Rein und Rusty wichen aus der Schusslinie. Die Tür öffnete sich und hing schief in den Angeln.
Die Frau winkte mit der Pistole. Die beiden Männer traten ein und mussten sich wegen der niedrigen Decke bücken. Rein hatte Mühe, das Gesicht nicht zu verziehen. Der Gestank war entsetzlich. Der Lehmboden war noch vom letzten Regenguss schlammig. In der Ecke lag ein Strohsack, aufgeweicht von der Feuchtigkeit des Bodens. Neben dem Feuer stand in der Mitte des Raums ein Tisch mit zwei Stühlen. Ein Schrank lehnte an der Wand. Die Regalbretter waren leer, abgesehen von einer Schale und einer gesprungenen Tasse. Auf dem Tisch stand jedoch eine Vase mit frischen Blumen, wodurch die Schäbigkeit der Behau-

sung der alten Frau nur noch stärker auffiel. Wind drang zwischen den Brettern und durch die nicht dicht schließenden Fenster herein.

Die Frau schlurfte zum Feuer und ließ sich langsam in einen Schaukelstuhl sinken. Die Pistole legte sie in den Schoß. Licht fiel auf ihr faltiges Gesicht. Rein dachte, dass sie vielleicht gar nicht so alt war, wie er auf den ersten Blick angenommen hatte. In ihren Augen sah er Hoffnungslosigkeit. Sie fand keinen Sinn mehr im Leben.

»Clancey war kein schlechter Mann«, sagte sie heiser. »Er hat sich immer um mich gekümmert und nur ein wenig für seinen Gin ausgegeben.«

»Was ist passiert, Mrs Eagen? Sie und Ihr Mann haben doch sicher nicht hier gelebt, als er noch Lady Buckland diente?«

Sie lachte schroff. »Nein, wir hatten eine kleine Wohnung im Kutschenhaus.« Rein griff nach ihrer Tasse und schöpfte Wasser aus einem Eimer hinein. »Aber die Gläubiger übernahmen das Haus und warfen mich hinaus.« Er reichte ihr die Tasse, und sie trank begierig.

»Nannte der Mann, der hier war, einen Namen?«

Sie schüttelte den Kopf.

Er legte Holz ins Feuer und merkte erst hinterher, dass es zerkleinerte Teile von alten Möbelstücken waren. »Könnt Ihr ihn beschreiben?«

»Nicht groß, aber größer als ich.«

Das passt auch auf ein Kind, dachte Rein.

»Sehr von sich eingenommen, das war er. Und er sagte, dass ich den Mund halten soll.« Sie zuckte die Schultern. »Ich habe sowieso niemanden, bei dem ich den Mund aufmachen kann. Also spielt es keine Rolle.«

»Worüber sollt Ihr den Mund halten, Madame?«

»Was ich gesehen habe und was Clancey mir von der Lady erzählt hat.«

Rein wandte sich an Rusty und zeigte auf den kleinen Holzstapel, und der Mann ging hinaus, um mehr zu sammeln. Die Frau zitterte unter einem Windstoß. Rein zog seine Handschuhe aus, nahm ihr die Tasse ab und zog ihr die Handschuhe über die knochigen Finger. Sie lächelte flüchtig.

»Ich bin keine, die tratscht.«

Jetzt lächelte Rein, weil er das Gegenteil hoffte.

»Aber die Lady war eine Schlampe, und mein Clancey war oft die ganze Nacht unterwegs.«

»Wisst Ihr, wen sie traf oder besuchte, bevor sie starb?«

»Nein, aber eine Kutsche brachte den Besucher zum Haus. Sie ist für den Mann nicht weggefahren.«

Rein runzelte die Stirn. »Habt Ihr diese Person erkannt?«

»Er war in einen Umhang gehüllt. Nicht sehr groß, soweit ich das vom Kutschenhaus aus erkennen konnte.«

»Habt Ihr das Gesicht gesehen?«

»Habe ich nicht gerade gesagt, dass er einen Umhang getragen hat?«, erwiderte sie, als wäre er schwer von Begriff. »Sie hat sich auch mit diesem Chandler-Jungen getroffen.«

Es ging Rein um die Zeit zwischen Chandler und Katherines Tod. »Erinnert Ihr Euch an irgendetwas in der Nacht, in der Euer Mann getötet wurde?«

Sie dachte angestrengt nach. »Es war das einzige Mal, dass sie zu diesem Liebhaber fuhr und er nicht zu ihr kam.«

»Wusste Clancey, wohin diese Fahrt ging?«

Rusty kam herein und trug auf den starken Armen eine Ladung dicker Holzscheite.

Mrs Eagen winkte ihm zu. »Macht Euch nützlich, junger Mann.« Sie zeigte auf das Feuer, und Rusty legte lächelnd ein Scheit in die Glut. Die Zehen ragten aus den alten Lederschuhen, als die Frau die Füße zum Feuer hielt.

»Madame?«

»Als er heimkam, nachdem er sie weggebracht hatte, sagte er, sie wäre sehr vorsichtig gewesen. Niemand sollte wissen, wohin sie wollte. Daher ließ sie sich nur zu einer Straße, nicht zu dem Haus bringen. Sie sagte, sie wollte ein Stück gehen. Das war ungewöhnlich.«

»Welches Haus war es?«, fragte Rein.

»Das Wildhüterhaus auf dem Grundstück des Chandler-Jungen.«

Rein hob ruckartig den Kopf. »Seid Ihr sicher?«

Christian hatte keinen Grund gehabt, seine Affäre mit Katherine geheim zu halten. Weshalb hätten sich die beiden im Wald verstecken sollen? Andererseits stand das Wildhüterhaus tief im Wald und war weit vom Herrenhaus entfernt. Jemand hätte es ohne Christians Wissen benutzen können.

»Natürlich bin ich sicher. Mein Clancey hat sich beschwert, weil sie ihn weggeschickt hat. Er sollte durch die ganze Stadt fahren und immer wieder halten.« Sie beugte sich vor und schlug einen verschwörerischen Tonfall an. »Das hat er aber nicht gemacht. Er ist heimgekommen, und er hat gesagt, dass sie ihn schon seit einer Woche nicht mehr bezahlt hatte. Er sollte sie später abholen. Es hat ihn geärgert, weil er nicht viel trinken konnte, wenn er in der Stadt herumfuhr. Dabei hat er ganz gern getrunken, wenn er stundenlang nur dasitzen und warten musste. Er hat dann in der Kutsche geschlafen, und ich habe ihm was zu essen eingepackt.« Ihre Stimme brach. »Dann ist er losgefahren, um sie zu holen … und ist nicht mehr zurückgekommen.«

Sie verstummte und ließ sich im Schaukelstuhl zurücksinken.

Katherine hatte also den Anschein erwecken wollen, sie hätte sich in jener Nacht anderswo aufgehalten. Wahrscheinlich hatte sie gehofft, dass ihr niemand zu dem Wildhüterhaus gefolgt war. Wen hatte sie dort heimlich getroffen? Vielleicht Nickolas? Das musste Rein noch heute Abend herausfinden, bevor er weitermachte. Er holte seine Geldtasche hervor und drückte der alten Frau einige Münzen in die Hand. Sie betrachtete ausdruckslos das Geld und schob es dann in die Tasche der löchrigen Schürze.

»Ich danke Euch, Madame.« Rein erhob sich. »Darf ich Euch eine Kutsche schicken, die Euch in ein Hotel bringt?«

»Wozu?«

»Ich werde veranlassen, dass Ihr versorgt werdet.«

Die Frau sah mit verletztem Stolz zu ihm hoch. »Ich bin noch nicht tot. Verschwindet aus meinem Haus.« Sie winkte, und Rein verbeugte sich tief, ging und schloss die Tür hinter sich. Fest in den Mantel gehüllt, stemmte er sich gegen den Wind und näherte sich Naraka.

Rusty warf einen Blick zur Hütte zurück, sammelte dann noch mehr Holz ein und legte es neben die Tür, bevor er aufsaß. »Stolz ist manchmal eine sehr schlechte Sache«, bemerkte er nur, bevor sie losritten.

»Nein, ich habe mich in jener Nacht nicht mit Katherine getroffen. Ich war hier mit Michaela.« Nick spießte ein Stück Fleisch auf. »Und Katherine arbeitete nie direkt mit mir. Sie hatte einen anderen einflussreicheren Kontaktmann, einen Sohn der Freiheit.«

»Wen?«

»Das kann ich dir nicht sagen.«

»Verdammt, Nick!«

»Nein.« Er warf die Gabel auf den Tisch. »Ein einzelner Spion kann dieses Flechtwerk nicht zerstören, Rein. Ich kann dir keine Liste aushändigen. Denk doch an die Menschenleben, die auf dem Spiel stehen.«

»Ich denke nur an ein einziges.« Rein setzte den Dreispitz auf und trat an die Tür. »Michaela gehört nicht mehr zu deinem Verräterring«, sagte er angewidert. »Ich werde nicht zulassen, dass sie weitermacht.«

»Hast du sie geheiratet, um sie zurückzuhalten?«

Nein, dachte Rein, das war nicht der Grund. Doch er schluckte Nickolas' Köder nicht. Er brauchte in den nächsten Stunden einen klaren Kopf.

»Ich habe sie geheiratet, um sie zu beschützen, wie ich dir versprochen habe.«

»Das macht sie nicht mit. Du wirst sie verlieren, wenn du sie zwingst aufzuhören. Es liegt ihr im Blut, uns zum Sieg zu verhelfen.«

Rein war fest entschlossen, Michaela das Spionieren zu verbieten, damit sie nicht eines Tages gevierteilt wurde. »Wenn sie tot ist, sieht sie euren kostbaren Sieg nicht mehr, nicht wahr?«

Nickolas seufzte schwer. »Ich kann dir nur sagen, dass Katherine sich in jener Nacht nicht mit ihrer Kontaktperson getroffen hat.«

Rein hatte das schon vermutet. Wenn er Katherines Verhalten in jener Nacht richtig beurteilte, hatte sie in der Waldhütte eine Affäre gesucht. Kurz darauf hatte jemand sie ermordet und versucht, ihm die Schuld in die Schuhe zu schieben. Wenn es Rein gelang herauszufinden, wer bei Katherine in der Waldhütte gewesen war, hatte er sich dem Mörder ein beträchtliches Stück genähert. Die Botschaften, die er in der Stadt verteilte, würden diesen Bastard zwingen, sich ihm zu stellen. Rein rechnete von jetzt an jederzeit mit einer Kugel im Rücken.

»Ich bringe das noch heute Nacht zu Ende.« Er sah Nick warnend an. »Finde deinen Doppelagenten, Nickolas. Denn eines schwöre ich dir – um die Sicherheit meiner Frau zu garantieren, lasse ich notfalls eure ganze Rebellion platzen!«

Michaela wurde allmählich wahnsinnig. Schon seit dem Morgen waren Rein und Rusty fort, nachdem sie ihr einen ihrer Meinung nach sehr schwachen Plan vorgelegt hatten. Danach hatten sie Mr Matthews mit einem Auftrag losgeschickt. Rein hatte sie Cabai und seinen treuen Männern überlassen, nachdem er ihr einen so machtvollen und hinreißenden Kuss gegeben hatte, dass sie schwach zurückgeblieben war … schwach und verängstigt. Es war ein Kuss gewesen, als würde Rein damit rechnen, sie niemals wieder zu sehen.

Bei der Vorstellung krampfte sich ihr der Magen zusammen. Michaela wurde bewusst, dass sie lieber sterben als ohne Rein leben würde. Sie schluckte heftig.

Er hätte ihr doch wenigstens eine Nachricht zukommen lassen können! Aufgeregt ging sie den Korridor entlang. Cabai setzte ihr ein leichtes Essen vor, das sie jedoch nicht anrührte. Sie trug das Tablett aus dem Speisezimmer zurück in die Küche und stellte es hart auf den Tisch.

»Gebt mir etwas zu tun«, bat sie den Araber.

Er blickte sich in der makellos sauberen Küche um und zuckte hilflos die Schultern.

»Wäsche waschen?« Er starrte sie an, als hätte sie den Verstand verloren. »Staub wischen?«

Er schüttelte den Kopf. Sein freundliches Lächeln machte sie noch wütender, und sie wirbelte herum und eilte aufgeregt ins Arbeitszimmer. Dort fühlte sie sich Rein näher. Mit zitternden Händen griff sie nach dem bereits kalt gewordenen Tee und nahm einen Schluck. Danach ließ sie sich in einen Sessel fallen und schlug die Hände vors Gesicht.

Es gab zu viele mächtige Verdächtige. Männer, die einen Menschen auslöschen konnten, ohne dass jemand Fragen zu stellen wagte.

Und Rein provozierte sie mit einer gefährlichen Anklage.

Ihre Augen brannten. Achte auf dich, mein Gemahl, dachte sie. In diesem Moment zerbarst das Fenster hinter ihr.

Ich weiß, dass Ihr Katherine getötet habt.
Um Mitternacht im Wildhüterhaus.

Christian zerknüllte den Brief und verfluchte Katherine für ihre Schönheit und ihre unersättliche Gier, die er nicht hatte stillen können. Er warf das Pergament in den Kamin und sah zu, wie es von den Flammen verzehrt wurde. Danach trat er an den Waffenschrank. Er hatte nicht weiter darauf geachtet, als der Stallbursche von einem Licht im Wald gesprochen hatte, doch jetzt sollte ihn der Teufel holen, wenn er zuließ, dass ein anderer auf seinem Land einen Mörder jagte.

Er lud eine Pistole, schob sie in den Hosenbund und griff nach einer Flinte mit langem Lauf. Er verließ das Haus, wartete nicht auf den Stallburschen, sondern sattelte selbst sein Pferd. Die Flinte steckte er in das Halfter und ritt in den Wald zur Hütte des Wildhüters. Seit Jahren lebte dort niemand mehr, weil der Mann eine zu große Familie für das kleine Haus mit zwei Räumen hatte.

Die Bäume standen hier enger zusammen. Christian musste sich bücken und Zweige zur Seite schieben, während das Pferd sich einen Weg über Baumstämme und durch Dornengebüsch hindurch suchte. Als die Hütte vor ihm auftauchte, schlug sein Herz schneller. Licht schimmerte hinter den Fenstern.

Der Bastard! Christian zog das Gewehr aus der Halterung und trieb das Pferd weiter. Äste versperrten die Sicht durch die Fenster, doch die Tür stand offen. Ein Schatten glitt über den Fußboden. Christian saß ab, legte die Flinte an und näherte sich. Als er merkte, dass sich drinnen mehr als eine Person aufhielt, blieb er stehen.

»Wenn du den Mund hältst, läuft alles glatt.«

Christian runzelte die Stirn, weil ihm die Stimme bekannt vorkam, trat nach rechts und erkannte Lieutenant Ridgely neben dem Kamin. Er sprach mit jemandem, der im Lehnstuhl saß. Christian sah jetzt nicht den arroganten Soldaten vor sich, der Rein im White's und vor dem Theater beleidigt hatte. Ihm fielen die dunklen Ringe unter den Augen des Lieutenants auf. Seine Kleidung war verschmutzt. Eine Pistole lag auf dem Tisch, auf dem eine brennende Kerze in einer Flasche steckte. Ganz links stand die Tür zum zweiten leeren Zimmer offen.

»Offenbar läuft nicht alles glatt, sonst würden diese Briefe nicht in ganz London auftauchen.«

So ist das also, dachte Christian. Eine Gänsehaut lief ihm beim Klang der zweiten Stimme über den Rücken.

»Das bedeutet, dass er nicht die geringste Ahnung hat.«

»Sei nicht albern. Hättest du Montegomery in Ruhe gelassen und wärst in die Kaserne gegangen …«

Aus Ridgelys Augen schoss ein harter Blick. »Du sprichst über mein Verhalten? Wenn du mich jetzt betrügen willst ...«

»Wie könnte ich? Schließlich habe ich mehr zu verlieren als du.«

Christian krampfte sich bei dieser heiseren Frauenstimme der Magen zusammen.

Ridgely lächelte hart, trat auf den Sessel zu und öffnete seinen schlichten Mantel und die Hose. »Nun, wir möchten nicht, dass er etwas herausfindet, nicht wahr?«

»Du bist grausam.«

Er lachte verächtlich.

»Ich hasse dich.«

Ridgely blickte auf die Frau im Sessel hinunter und verschwand aus Christians Blickfeld, als er sich hinkniete. Christian hörte heftiges Atmen, das Reißen von Stoff und dann Stöhnen, als die Körper gegen die Rückenlehne stießen. Ein schlankes Bein zeigte zur Decke, und Ridgely krallte sich an der hohen Sessellehne fest, während er den Höhepunkt erreichte.

Eine Weile herrschte Stille. »Sie war besser.«

Ridgely stand auf, brachte seine Kleidung in Ordnung und blickte mit einer Mischung aus Hass und Reue nach unten.

Christian trat in die Tür. Ridgely wurde blass und sah zu seiner Waffe. Die Frau stand auf und drehte sich um. Christian ließ die Flinte sinken.

»Brandice!«

Sie trug Männerkleidung und zielte mit zwei Pistolen. »Ich warnte dich doch davor, es wäre gefährlich, hier herzukommen«, sagte sie zu Ridgely.

»Früher oder später mussten sie die Wahrheit entdecken.«

»Über dich, aber nicht über mich!«, rief sie, und

Ridgely verkrampfte sich und starrte auf die Pistole auf dem Tisch.

Christian hob die Flinte. »Ich treffe zuerst«, warnte er den Lieutenant und sagte zu Brandice: »Leg diese Pistolen weg, um Himmels willen.«

»Ich kann sehr gut damit umgehen, versichere ich dir«, erwiderte sie.

Der Schock traf Christian. In ihren Augen erkannte er die schreckliche Wahrheit und eine Härte, die auch von den blonden Locken nicht gemildert wurde. »Brandice, was hast du getan, Kind?«

»Ich bin kein Kind!«, fauchte sie ihn an. »Himmel, du bist so blind! Du hast mich verschmäht und stattdessen eine Hure geliebt.« Lady Coldsworth lachte böse. »Du hast sie besser als eine Königin behandelt. Ihr alle habt das getan.« Ihre Geste umfasste sämtliche Männer. »Du hast ihr vertraut, als würde sie dich lieben.« Mit einem verschlagenen Lächeln fügte sie hinzu: »Sie entwendete deine Briefe und spionierte dich aus, bis du keinen Wert mehr für sie hattest.«

Christian rang entsetzt nach Atem. »Brandice, Schatz, was ist geschehen?«

»Mach dich nicht weiterhin zum Narren«, zischte sie ihn an. »Du hast Kat angebetet, doch sie wollte Montegomery.«

»Aber sie war *ihre* Geliebte«, sagte Ridgely.

Brandice zielte mit der Pistole auf ihn. »Du Bastard!«

Christian wurde übel. »Hast du kein Schamgefühl, Frau?«

»Ich? Du warst doch wie ein gieriger Hund hinter ihr her und hast an ihren Röcken geschnüffelt, obwohl sie für halb London die Beine breit gemacht hat. Es war erbärmlich.«

»Ich habe sie nicht geliebt.«

Ihr Gesicht verzerrte sich vor Wut. »Ich habe dich belauscht! Du hast es immer wieder geschrien, als du sie auf dem Fußboden der Bibliothek genommen hast!«

»Das geschah in Leidenschaft. Ich habe sie nie geliebt.«

Mitgefühl zeichnete sich plötzlich in Brandices' Gesicht ab. »Sie hatte für niemanden ein Herz, Christian, für niemanden. Nicht einmal für mich. Sie erpresste mich sogar schon, bevor die Leidenschaft starb.« Ihre Stimme wurde leiser. »Sie drohte, dir und anderen alles zu verraten. Das hätte ich nicht ertragen. Und als ich herausfand, dass uns jemand hierher gefolgt war und es einen Zeugen gab …« Ihr Blick fiel auf den Soldaten. »Ich fand eine Möglichkeit, den Schaden rückgängig zu machen.«

»Brandi«, warnte Ridgely, »wir müssen ihn töten.«

Die beiden beachteten ihn nicht weiter. »Sie wurde in ihrer Kutsche getötet.« Christian schüttelte den Kopf. Er wollte einfach nicht an Brandices' Schuld glauben. »Du konntest ihr von hier aus nicht zur Kutsche zuvorkommen.«

Brandice lächelte kalt. »Sie trug ein Kleid, ich war so wie jetzt angezogen. Natürlich konnte ich.«

»Aber dein Bein?«

»Das habe ich mir erst verstaucht, als ich von der Kutsche absprang.«

Und Ridgely brachte sie in jener Nacht nach Hause, dachte Christian. Angeblich ein Reitunfall. Das Blut stammte nicht von Brandice, sondern von Katherine. Christian wandte sich an den Soldaten. »Ihr habt sie beschützt und die Gerüchte über Rein in die Welt gesetzt? Und das alles nur, weil er sich gegen Eure Anschuldigung gewehrt hatte?«

Ridgely zuckte mit den Schultern und trat zu seinen Pistolen. »Ich liebte sie.«

Brandice atmete tief durch. »Du lügst. Du wolltest ihn dafür zahlen lassen, dass er dich gedemütigt hatte! Aber du warst nicht Manns genug, um dich mit ihm zu duellieren, nicht wahr?« Sie wich an den Kamin zurück. »Darum wolltest du ihm Katherine wegnehmen.« Ihr Lachen klang hysterisch. »Doch sie wies dich ab, du elender Feigling, und wenn du Montegomery schon nicht die Geliebte nehmen konntest, wolltest du ihn wenigstens seiner Freiheit berauben!«

»Sag mir, dass du sie nicht getötet hast, Brandice«, flehte Christian.

Ihr Blick wanderte fiebrig zwischen Christian und Ridgely hin und her. »Der Kutscher war betrunken. Es war nicht schwer, ihn abzulenken.«

»O Gott«, murmelte Christian.

»Sei doch endlich still, Frau!«

Rein trat aus dem zweiten Zimmer. »Sie hat Katherine nicht getötet. *Er* hat das getan.«

Ridgely wollte zur Tür hinauslaufen, doch bevor ihm jemand folgen konnte, wankte er zurück, eine Pistole auf seine Stirn gerichtet.

»Nehmt die Hände hoch, Lieutenant!« Rusty nickte Rein zu. »Ihr hattet Recht. Sie hatte nicht die Kraft, Katherine die Kehle so tief durchzuschneiden.«

Rein wandte den Blick nicht von Brandice. Sie war nicht bei klarem Verstand und hielt noch immer zwei geladene Waffen in den Händen. »Ihr seid zusammen geritten, und Ihr habt den Kutscher abgelenkt, bis Ridgely in der Kutsche war?«

Brandice nickte wie ein gehorsames Kind.

»Sag kein Wort mehr, Brandi!«, rief Ridgely.

Rusty rammte ihm den Lauf in den Nacken.

»Es ist aus«, sagte Brandice zu ihm.

»Brandi, Schatz, gib mir die Pistolen«, bat Christian.

Ihr Blick wurde sanfter, und sie senkte die Waffen ein kleines Stück.

»Dränge sie nicht«, zischte Rein.

Ridgely ballte die Hände zu Fäusten.

»Brandice, die Waffen, Liebes. Lege sie weg.«

Als sie sich bückte, um zu gehorchen, warf Ridgely sich auf sie. Brandice schoss. Er fiel auf die Knie, und auf seinem Gesicht malte sich ungläubiges Erstaunen ab, während er nach vorn kippte und starb.

Brandice hob langsam den Kopf. »Ihr wisst jetzt Bescheid.«

Rein erkannte die Resignation, die Scham und die Niederlage in ihren Augen. Er stürzte sich auf die zweite Waffe, doch Brandice kam ihm zuvor. Sie jagte sich die Kugel in die Schläfe. Ihr Kopf wurde herumgerissen. Blut spritzte, bevor sie zu Boden sank.

Christian wandte sich stöhnend ab.

Rein starrte auf das Mädchen hinunter und schloss die Augen. »Gentlemen!«

Der Polizeichef und Lord Henry traten ein, gefolgt von Temple Matthews.

Lord Henry vermied es, die Tote anzusehen, und schluckte heftig. »Meine aufrichtigste Entschuldigung, Mr Montegomery. Ich versichere Euch, dass volle Rehabilitierung …«

Unter Reins Blick wich Henry einen Schritt zurück. »Ich brauche nichts von Euch oder England. Lasst mich einfach in Ruhe.« Er wandte sich zu Christian Chandler und legte ihm die Hand auf die Schulter.

Christian sah Rein verwirrt an. »Mein Gott, sie war so scheu und liebenswert.«

»Sie wurde von den beiden betrogen, Christian«, sagte Rein, während Rusty sie mit einer alten Decke verhüllte. Sein Blick fiel auf Brandice' und dann auf

Ridgelys Füße. Er fröstelte. Ridgelys Stiefel trugen Initialen, doch die Buchstaben waren schon zu verblasst, um sie zu lesen. Er bückte sich und strich mit dem Finger über das Leder.

»Wem gehören diese Stiefel?

Christian blickte von seinem Mündel zu Rein. »Mir.«

Rein sah betroffen hoch.

»Ich warf sie weg.« Christian zuckte die Schultern. »Ich überließ sie den Stallburschen.«

»Wann?«

»Ungefähr vor einem Monat, vielleicht auch schon früher. Möglicherweise gab sie ihm die Stiefel.«

»Möglicherweise.« Rein richtete sich auf und ging zu seinem Pferd. Er schwang sich in den Sattel, und ohne auf Rusty oder Temple zu warten, ritt er nach Hause – zu seiner Frau.

27

Der Horizont glühte rot. Gewaltiger weißer Rauch stieg in den schwarzen Nachthimmel. Rein blieb das Herz stehen. Flammen vernichteten sein Haus und schlugen an den Mauern hoch. Er sprang aus dem Sattel, noch ehe Naraka zum Stillstand kam. Der Hengst floh vor dem Feuer, während Rein zu den Stufen rannte Die Haustür war geschlossen.

Niemand befand sich im Freien.

Er warf sich mit der Schulter gegen die Tür und kniff die Augen gegen den Rauch zusammen, der unter dem Holz hervorquoll. Rusty war hinter ihm. Gemeinsam prallten sie gegen die schwere Eichentür. Sie sprang auf und schlug innen an die Wand.

Eine Stichflamme raste ins Freie. Rein schrie nach Michaela.

»Ihr hier entlang!« Rein zeigte auf den Korridor. Rusty lief mit gesenktem Kopf durch das Haus, den Arm zum Schutz gegen den Rauch vor den Mund gedrückt. Rein fand Fadi mit einer Kugel in der Seite am Fuß der Treppe. Temple stürmte hinter Rein in den Korridor. »Schaff ihn hinaus! Geh um das Haus herum! Vielleicht kannst du von hinten in die Küche eindringen!«

Temple hob Fadi auf die Schulter und trug ihn durch den brennenden Eingang ins Freie.

Rein kämpfte sich zum Arbeitszimmer vor und betete, dass Michaela nicht dort war. Es stand in hellen Flammen. Er schrie nach ihr. Rauch brannte mit jedem Atemzug in seinen Lungen. Die Bücherregale stürzten um und rissen Tische mit. Funken und Asche schossen in die Luft. Rein kauerte sich hin, suchte den Boden ab, stieß brennende Sessel beiseite und fürchtete, Michaelas verkohlten Leichnam zu entdecken.

Holz brannte prasselnd. Glas zerplatzte.

»Michaela!«, schrie Rein, bis er heiser wurde. Er fand sie unter dem Schreibtisch. Sie bewegte sich nicht. Rein kniff die Augen gegen den Rauch zusammen, zog sie in seine Arme und floh mit ihr durch die Flammen. Das Feuer versengte seinen Rücken. Er stolperte über Trümmer, stürzte, rollte sich ab und presste Michaela schützend an sich.

Keuchend und hustend legte er sie auf den Rücken und strich ihr das Haar aus dem Gesicht. Sie atmete nicht.

»Michaela! Beim Gott des Donners, Michaela, bitte nicht! Bitte, Liebste, bitte!« Er schüttelte sie, doch ihr Kopf rollte haltlos hin und her. »Michaela! Verdammt, es würde dir ähnlich sehen, mich jetzt zu verlassen!«

Er verharrte hilflos über sie gebeugt, während ihm das Herz brach. Entschlossen hielt er ihren Kopf fest, presste den Mund auf ihre Lippen und hauchte ihr Luft und seine Energie ein.

Komm zurück, meine rasha, kommt zurück zu mir! Atme!

Ihr Brustkorb hob sich, und dann bäumte sie sich auf und rollte hustend auf die Seite. Er schlang die Arme um sie, drückte sie an seine Brust und wiegte sie.

»Bei der Göttin des Lichts, ich dachte, du wärst tot!«

»Das werde ich auch bald sein«, keuchte sie, »wenn du mich erstickst.«

Er gab ihr Gesicht frei, damit sie tief atmen konnte. Sie hielt die Augen geschlossen. Seine Hand zitterte, als er ihre Wange streichelte. »Du hast mich zu Tode erschreckt.«

Michaela öffnete die Augen. Sein Gesicht war rußgeschwärzt, Asche hing in seinem Haar, doch aus seinen vom Rauch geröteten Augen traf sie ein durchdringender Blick.

Sie berührte seine Wange und den Pfad, den Tränen vom Ruß reingewaschen hatten. Er drückte das Gesicht in ihre Hand und schloss die Augen.

Holz krachte, und sie blickten hoch, als der Westflügel einstürzte.

»Cabai! Wo ist Cabai?« Michaela richtete sich auf und sah zum Garten. »Und Andy!« Sie packte Rein am Arm und kämpfte gegen die Übelkeit an. »Andy fehlt!«

Acht der zwölf Männer waren auf dem Rasen zu sehen. »Ich sehe sie nicht.«

»Er ist noch drinnen.« Sie wollte aufstehen, doch Rein hielt sie zurück.

»Bist du verrückt?« Flammen schossen aus dem ersten Stock in den Himmel.

»Cabai ging vor dem Brand nach oben, um die Pistolen zu holen. Rein, er ist noch drinnen!«

Rein lief zum Eingang, als Balken brachen und das Haus in sich zusammenstürzte. Michaela stemmte sich hoch und wankte auf ihn zu. Das Fenster des Speisezimmers barst, und Rein zog Michaela zurück und schützte sie gegen die Scherben, während eine Gestalt durch die Öffnung taumelte und zu Boden stürzte.

Rein packte den Mann am versengten Arm und zog ihn in Sicherheit. Michaela sank neben ihnen auf die Knie, als Rein ihn umdrehte.

»Cabai!« Michaela bettete seinen Kopf in ihren Schoß. »Cabai, wieso seid Ihr nicht ins Freie gelaufen?«

Er reichte ihr die Holzschatulle, die er gegen die

Brust gedrückt hatte. »Ich lebe, um zu dienen, meine Herrin.«

»Wir müssen ernsthaft darüber sprechen, wie weit das gehen darf.« Mit dem Saum ihres Kleides wischte sie Schweiß und Asche von seiner Stirn. »Ich bin eigentlich ziemlich anspruchslos.«

Rein lachte spöttisch und ließ sich auf den Rücken sinken. »Seit wann?«

Michaela betrachtete ihren Ehemann. »Wie nett von dir, unversehrt und in einem Stück nach Hause zu kommen.« Ihr Blick drohte an, dass sie demnächst noch viel mehr dazu sagen würde.

»Du hättest dafür sorgen können, dass bei meiner Rückkehr auch das Haus unversehrt und in einem Stück ist.«

Sie blickte zu dem brennenden Gebäude. »Alle diese schönen Dinge!«

Rein stützte sich auf den Ellbogen und zuckte zusammen. »Die kann man ersetzen, dich nicht.« Er strich mit dem Daumen über ihre Lippen und küsste sie.

Cabai räusperte sich, schob die beiden auseinander und stand auf. Danach nickte er ihnen zu, damit sie weitermachten.

Sie sah Cabai genauer an. Die Hose war am Schenkel verbrannt, und sein Hemd war geschwärzt und zerrissen. »Ihr seid nicht verletzt?«

Er achtete nicht auf den schmerzenden Arm. »Ich werde es überleben«, sagte er leise und ließ sie beide allein.

»Ich muss mich um die anderen kümmern.« Rein öffnete die Schatulle und überprüfte die Ladung der Pistolen, ehe er Michaela eine reichte. »Die Schuldigen könnten noch in der Nähe sein.«

Michaela nickte, stand auf und schmiegte sich an

ihn, während sie sich zwischen die Bäume zurückzogen.

Rusty kam zu ihr und umarmte sie. »Dem Himmel sei Dank, Kleines.«

Rein hustete vom Rauch und musterte seine Männer. Zu seiner Erleichterung war Leelan unverletzt.

»Euer Mr Bushmara ist tot. Eine Kugel.«

Michaela stieß einen Schrei aus, lief zu dem Mauren und sank auf die Knie. Tränen flossen aus ihren Augen, als sie ihm das schwarze Haar aus dem dunklen Gesicht strich. »Nein, o nein«, schluchzte sie und blickte zu Rein hoch. »Wurde noch jemand verletzt?«

Rusty blickte zu Boden, während Rein zu ihr trat und sie auf die Beine zog.

Sie stützte sich auf seine Arme. »Ich will es wissen!«

»Andy lebt, aber Renée Gilbèrt ist tot.«

»Nein!«, schrie sie und brach zusammen. »O nein, das ist meine Schuld, nur meine Schuld!«

Rein fing sie auf und trug sie weg.

Weinend klammerte sie sich an ihn.

»Niemand konnte das vorhersehen«, redete Rein auf sie ein.

Sie nickte, konnte jedoch nicht aufhören zu weinen. »Niemand wusste, dass ich hier bin … dass wir hier sind. Wer hat das getan?«

Temple räusperte sich. Er hielt eine Waffe in der Hand und beobachtete ihre Umgebung. »Ich fürchte, es ist mein Fehler. Ich wusste nicht, dass du sie hier versteckst«, sagte er zu Rein. »Jeder hätte mir vom Schiff hierher folgen können.«

»Das musste früher oder später geschehen.« Rein lächelte seiner Frau matt zu. »Ich konnte dich nicht so lange nur für mich allein behalten.«

Seine Wärme tröstete sie. »Das war kein Befreiungsversuch, Rein. Falls jemand dachte, du hättest mich entführt, hätte er nicht das Haus mit mir darin niedergebrannt, um mich zu meiner Familie zurückzubringen.«

»Du meinst, das war gegen dich gerichtet?«

»Es wurden vorher mehrere Schüsse auf das Fenster abgegeben«, erklärte sie. »Auf mich.« Sie zeigte ihm eine Platzwunde von zerbrochenem Glas, und Rein entfernte einen Splitter, riss ein Stück von seinem Ärmel ab und drückte es auf die Verletzung. »Mir geht es gut, um Himmels willen.« Sie schob seine Hände weg. »Das Feuer begann am Fenster, vermutlich ein brennender Lappen, der um einen Stein gewickelt war. Es geschah sehr schnell. Und es wurde auch noch geschossen, als es schon brannte. Ich konnte nicht fliehen.«

Rein befahl seinen Männern, so viele Pferde wie möglich aufzutreiben. Wenigstens war der Stall unversehrt.

Michaela raffte das zerrissene Kleid. »Ich bin durch mein Verschwinden kompromittiert worden.«

»Ich habe mich bemüht«, versicherte Rein, um sie aufzuheitern.

»Ich glaube, die Söhne der Freiheit nehmen an, ich hätte ihre Geheimnisse verraten.«

»Du meinst«, sagte er erstaunt, »die Leute, denen du drei Jahre geholfen hast, wollten dich töten?«

»Ich kannte die Gefahren, Rein, als ich mich auf dieses Leben einließ«, versicherte sie kampflustig. »Mir waren auch die Folgen klar, sollte ich gefangen werden. Ich stelle eine Bedrohung dar.«

Rein wollte Nickolas eine Botschaft zukommen lassen, um Klarheit zu erhalten. Seine Entscheidung, Michaela nie mehr spionieren zu lassen, war soeben unwiderruflich geworden. Er musste sie außer Landes schaffen. Noch heute Nacht. Und er kannte keinen Ort, der sicherer war als Sanctuary.

Michaela betrat die Kabine und bemerkte, dass die Wände in der Nähe des Fußbodens von Flammen geschwärzt waren. Fragend wandte sie sich an Rein.

Er räusperte sich. »Etwas zu viel … unkontrollierte Energie.«

»Könnte ich mich daran verbrennen?«

»Nur, wenn du das willst«, raunte er ihr ins Ohr und führte sie weiter in die Kabine hinein.

Nach drei Schritten blieb Michaela stehen und starrte auf die Pantherin, die unter der Fensterbank hervorkam. »Rein …« Sie wich zurück. »Rein!«

Die Pantherin knurrte leise und beschnüffelte Michaelas versengtes Kleid.

»Ganz ruhig«, flüsterte er.

»Das ist vielleicht ein niedliches Haustier«, zischte sie.

»Ja, allerdings. Rahjin, das ist meine Frau.«

Rahjin blickte hoch und setzte sich.

Michaela hielt die Hand vor das Gesicht des schönen Tieres. Rahjin schnüffelte daran, fing wohl Reins Geruch auf ihrer Haut auf und drückte ihr den Kopf in die Handfläche. Lächelnd streichelte Michaela die Raubkatze, und als Rahjin leise schnurrte, ging sie in die Hocke.

»Wir werden uns verbünden, wir Mädchen«, flüsterte sie, und Rein lächelte. Dann stand sie wieder auf, streichelte die Pantherin weiter und sah sich dabei um. Als sie das letzte Mal hier gewesen war, hatte sie kaum etwas anderes als Rein gesehen und das Loch, das von ihrer Kugel stammte. Doch jetzt betrachtete sie die

Umgebung, in der sie die nächsten Tage verbringen sollte.

Ihr Blick fiel auf das Bett mit einem Moskitonetz. Es erinnerte sie an Indien. Dicke Samtdecken lagen darauf. Sie hielt den Atem an. In wenigen Stunden würden sie beide diese Liegestatt teilen.

»Ein Bad ist für dich bereit.«

Sie zuckte beim Klang seiner Stimme zusammen. Rein fühlte ihren inneren Aufruhr, und er fragte sich, wann sie endlich den Mut finden würde, ihm ihre Geheimnisse zu gestehen.

Michaela sah zu, wie er an die Wanne trat und mit den Händen über das Wasser strich. Dampf stieg hoch. Neugierig betrachtete sie den Mann, den sie geheiratet hatte. Er faszinierte sie immer wieder aufs Neue. Selbst wenn er so schmutzig und müde war wie jetzt, strömte sein hoch gewachsener, schlanker Körper eine unbeschreibliche Kraft aus. Ihm lag viel an anderen Menschen, nur nicht an sich selbst. Sie bewunderte ihn für seine Stärke. Er ließ sich von nichts einschüchtern, verschwendete keine Zeit und tat stets, was nötig war. Immer war er allen anderen einen Schritt voraus, besonders ihr. Und als er für sie ein Handtuch und Seife bereitlegte, wurde ihr klar, wie glücklich sie sich schätzen konnte, ihn zum Ehemann zu haben.

Wann würde sie ihm endlich die Ehrlichkeit schenken, die er verdiente? Hastig blickte sie weg und kraulte Rahjins Fell. Rein wartete geduldig, bis Michaela zu ihm trat und ihm den Rücken zuwandte.

Wortlos schob er ihr Haar beiseite und öffnete das Kleid.

»Ich habe leider nur einen Bademantel für dich.«

Sie nickte, hielt das Kleidungsstück vor die Brüste und drehte sich um. Er lächelte nicht, während sein Blick über sie wanderte.

Rein dachte an den Moment, in dem ihre Seele fast ihren Körper verlassen hatte. Am liebsten hätte er sie jetzt mit Küssen überschüttet und sie an sich gepresst, doch sie zitterte. Sie brauchte Ruhe und vor allem Schlaf, aber er sehnte sich so nach ihr, dass er sie behutsam an sich zog. Sie lehnte den Kopf an seine Brust und seufzte, als er ihren Rücken streichelte. Sie schlang die Arme um seine Taille.

Er küsste sie auf die Stirn. »Bade und leg dich dann ins Bett.«

»Ist das ein Befehl, Captain?«

»Ja.« Er gab sie frei. »Rahjin, bewache sie!« Die Pantherin schlich lässig zum Bett. »O nein, nicht dort.« Rein blinzelte Michaela zu. Rahjin trottete zur Tür und legte sich auf den Boden. Nach einem letzten sanften Kuss wich er zurück. »Ich muss mich um das Schiff kümmern.«

Michaela nickte, und Rein zwang sich, sie allein zu lassen. Leise schloss er die Tür. An Deck befahl er, die Vorräte und die Taue zu überprüfen.

Hoffentlich erledigte Nickolas seine Aufgabe.

Vorher kam es gar nicht infrage, dass er Michaela auch nur in die Nähe von England zurückkehrte. Er warf einen Blick zurück. Wie würde sie darauf reagieren, wenn er sie bei seiner Familie zurückließ und die Suche nach seinem leiblichen Vater fortsetzte? Verunsichert stieg er zum Achterdeck. Er musste zu einem Ende kommen. Der letzte Kandidat würde in vierzehn Tagen in Marokko sein.

Eine Stunde später traf Rein mit Cabai zusammen, der soeben Michaelas versengte Kleider aus der Kabine brachte. Rein blickte an Cabai vorbei in den Raum. Er sah Michaela nicht, hörte jedoch Wasser plätschern.

»Noch immer im Bad?« Das Wasser musste längst kalt sein.

Cabai zuckte die Schultern, und Rein betrat an ihm vorbei die Kabine und schloss die Tür. Rahjin gab einen sanften Laut von sich und sah ihn und ihre neue Herrin an. Das Haar hatte Michaela schon gewaschen und hochgesteckt, doch sie schrubbte wie wild die Arme, den Hals und die Finger. Er sprach sie an, aber sie ließ sich nicht stören. Rein kniete sich neben die Wanne, erwärmte das Wasser und griff nach Michaelas Händen.

»Ich bin noch schmutzig«, flüsterte sie, ohne ihn anzusehen.

»Nein, du bist …«

»Doch!« Sie riss sich los und wusch sich weiter.

»Michaela, du wirst noch die Haut vom Körper schrubben, wenn du nicht aufhörst.«

Sie erstarrte. »Er lässt sich nicht abwaschen«, sagte sie tonlos.

»Was denn?«

»Der Fleck.«

»Ich sehe keinen.«

Sie sah ihm unverwandt in die Augen. »Er ist da.«

Rein litt mit ihr, verstand sie jedoch nicht. »Was wäre, wenn dieser Fleck verschwindet?«

Erschöpft und niedergeschlagen ließ sie die Schultern hängen. »Dann könnte ich dir eine wahre Ehefrau sein.«

Die Bedeutung ihrer Worte traf ihn wie ein Schlag. »Das bist du bereits, Michaela, und daran kann sich nichts mehr ändern.«

»Du verdienst eine andere, Rein.«

»Ich verdiene dich.« Er stand auf und zog sie mit sich. Wasser und Schaum flossen an ihrem Körper herunter, doch Rein sah ihr nur in die Augen, als er sie in ein weiches Badetuch wickelte und aus der Wanne hob. Widerstandslos ließ sie sich zur Fensterbank tragen und drückte sich fröstelnd in die Ecke. Geduldig rieb Rein ihre Arme und Schultern und wartete darauf, dass sie sich beruhigte und endlich sprach.

»Wir können alles gemeinsam lösen, was immer dich belastet, Michaela.«

Unsicher tastete sie über sein feuchtes Hemd und fand endlich Trost in seinem festen Blick. »Es war albern zu versuchen, die Vergangenheit abzuwaschen, nicht wahr? Wir können das nicht. Keiner von uns kann das.«

»Es ist unser Schicksal, sich unseren Fehlern zu stellen.«

Sie runzelte die Stirn.

»Lerne in diesem Leben, damit das nächste frei von Bürden ist.«

»Karma. Reinkarnation.« Sie lächelte, weil er sichtlich überrascht war. »Ich habe in Indien auch so einiges gelernt.«

»Lade deine Last ab, Michaela«, bat er und hauchte ihr einen Kuss auf die Lippen. »Ich sehe, wie sie dich bedrückt.«

Sie holte tief Atem, löste sich aus seinen Armen und hielt das Badetuch vor die Brüste. Als er auf den Bademantel deutete, schlüpfte sie rasch in das Kleidungsstück aus schwerem Samt. Es war warm und duftete nach Rein. Allmählich sammelte sie all ihren Mut, setzte sich, zog die Knie an und schlang die Arme um die Beine.

Der Schmerz, der mit dem Betreten dieser Kabine eingesetzt hatte, schwoll an und zerrte an ihrer Beherrschung. Seit sie Rein geheiratet hatte, wusste sie, dass sie alles wieder verlieren konnte. Doch sie konnte nicht so weitermachen. Das wäre ihm gegenüber unehrlich gewesen. Er hatte ihr seine Vergangenheit offenbart, und darum musste sie ihre Zukunft mit ihm riskieren. Es brach ihr das Herz, wie besorgt er sie jetzt betrachtete.

»Major Winters und ich sollten heiraten«, stieß sie endlich hervor.

»Ich weiß.«

Sie sah ihn überrascht an.

»Seit deinem Verschwinden wird darüber geredet.«

Ihr Blick fiel durch das Fenster auf das Wasser. »Es gab eine Zeit, in der ich dachte, ihn unbeschreiblich zu lieben. Er war galant und wirkte in seiner Uniform attraktiv. Wir küssten uns ein paar Mal im Garten. Dann kam er zu mir in mein Gemach. Ich war schockiert. Er wollte mit mir das Bett teilen, ohne das Ehegelöbnis abgelegt zu haben.«

Rein ballte die Hände zu Fäusten.

»Ich weigerte mich, doch er lockte und reizte mich und behauptete, meine Küsse würden zeigen, dass ich ihn will.« Sie sah Rein direkt in die Augen, und er fühlte ihren Schmerz und die Demütigung. »Ich wollte ihn nicht. Ich fühlte mich allein und wollte geliebt werden. Ich wünschte mir ein Zuhause und Kinder, doch nicht, bevor ich dazu das Recht hatte. Als ich ihn bat, mein Gemach zu verlassen, schlug er mich. Ich war wie betäubt. Er dachte, ich würde nachgeben, und als ich mich wehrte, drückte er mich auf das Bett und ...« Sie schluckte und hielt die Tränen zurück. »Und dann nahm er sich das Recht eines Ehemannes.«

Sorgfältig achtete Rein darauf, den in ihm tobenden Aufruhr zu verbergen. So etwas hatte er schon geahnt, doch er hatte nicht wirklich glauben wollen, dass sie sich vergeblich gegen einen Mann gewehrt hatte, der nur seine Lust befriedigen wollte, ohne an den Preis zu denken.

»Was unternahm dein Onkel?«

Ihre Hände zitterten. »Major Winters sprach noch vor mir mit meinem Onkel. Er behauptete, ich hätte ihn in mein Gemach gelockt und ihn dann abgewiesen, als er bereits zu erregt war, um aufzuhören. Aber ein Nein ist und bleibt ein Nein. Was ist daran so schwer zu verstehen?« Tränen liefen ihr über die Wangen.

»Jeder Narr hätte das verstanden, Michaela.« Doch Reins Worte fielen auf taube Ohren. Sie hörte ihm gar nicht zu.

»Mein Onkel glaubte ihm tatsächlich. Er meinte, ich wäre immer schon ein wildes Mädchen gewesen, und jetzt wäre ich haltlos und würde zur Hure werden, gäbe es ihn nicht. Nicht einmal die Spuren der Schläge überzeugten ihn. Dafür hasse ich ihn!«, stieß sie hervor. »Ich bin seine Verwandte, doch er glaubte seinem Adjutanten mehr als mir. Ich sollte froh sein, dass Winters mich noch immer will, meinte er. Und er bestand darauf, dass ich den Mann heirate. Als ich mich weigerte, drohte er zu enthüllen, dass ich Winters verführt hätte. Danach wollte er mich auf die Straße werfen. Ich hatte Angst. Nie zuvor war ich so schrecklich behandelt worden. Ich wusste nicht, was ich tun sollte. Ich konnte Winters nicht heiraten, aber ohne Ehemann würde ich den letzten Penny meines Erbes an meinen Onkel verlieren. Also stimmte ich zu, für ihn und das Haus zu sorgen, wenn er mir dafür ein Dach über dem Kopf bot.«

Sie lehnte den Kopf an die Fensterscheibe.

»Er hielt Wort und erzählte niemandem, was geschehen war. Doch er erinnerte mich ständig daran, dass ich eine ehrlose Frau war und mich dafür entschieden hatte, bis ans Ende meiner Tage nach seinen Regeln zu leben oder mein neu erworbenes Wissen auf den Straßen auszuprobieren.« Angewidert verzog sie das Gesicht. »Winters bedrängte mich ständig, bis ich mit einem Messer nach ihm stach.«

»Er soll froh sein, dass du keine Pistole hattest.«

Matt lächelnd wischte sie sich über die Wangen. »Fast täglich sah ich den Urheber meiner Schande vor mir. Dann traf ich Nickolas in der Suppenküche. Er hörte, welche Meinung ich über die Rebellion vertrat.« Sie fühlte sich sehr allein. »Eine Woche später begann ich, Onkel Atwell auszuspionieren.«

Schweigen trat ein. Michaela blickte aus dem Fenster, und Rein betrachtete sie.

Schließlich holte Rein tief Atem. »Er verdient den Tod.«

Sie wandte sich ihm zu, und der Zorn in seinen Augen wärmte sie und jagte ihr gleichzeitig Angst ein. »Er soll bezahlen, das schon, aber ich bin nicht tot und blute auch nicht.«

Seine Haltung entspannte sich, als sie seine Hände drückte. »Du hast drei Jahre lang geblutet, Michaela. Jetzt ist er an der Reihe.«

»Es ist nicht deine Aufgabe, meine Tugend zu rächen.« Sie senkte den Kopf. »Es wäre dein Recht gewesen, sie mir zu nehmen.«

Beruhigend zog Rein sie in die Arme und drückte die Lippen auf ihr Haar. »Glaubst du, ich will dich jetzt nicht mehr wie vorher?« Als sie nickte, hielt er sie noch fester. »Ich verrate dir ein Geheimnis«, flüsterte er ihr ins Ohr. »Ich bin keine Jungfrau.«

Ihre Schultern bebten, als sie lautlos lachte.

»Du hast nichts Unrechtes getan«, fuhr er fort.

»Vielleicht habe ich ihn irregeleitet. Ich wollte, dass er mich küsst und im Arm hält.«

»Darauf hattest du ein Recht, Michaela, genau wie jeder Mann.«

»Mein Onkel sagte oft, ich wäre nicht besser als eine Hure und …«

Er brachte sie zum Schweigen. Am liebsten hätte er den Brigadier umgebracht, weil er ihre Gefühle zertreten hatte. »Das war falsch, Michaela, völlig falsch. Außerdem war es albern von ihm, so zu sprechen. Du weißt nicht einmal, wie verführerisch du wirklich bist.« Als sie ungläubig den Kopf schüttelte, sah er ihr beschwörend in die Augen. »Du machst mich schwach, meine *rasha*. Du besitzt eine Macht über meine Seele, gegen die ich mich nicht wehren kann. Du beherrschst mich, weißt du das denn nicht?«

Doch, das wusste sie. Er hätte fordern und nehmen können, beugte sich jedoch ihrem Willen und hielt sich zurück, selbst wenn sie mit ihm zusammen sein wollte. Zärtlich strich sie über sein Gesicht und durch sein Haar, berührte den Ring an seinem Ohr und staunte, wie mühelos er alles akzeptierte. »Danke.«

Er küsste sie sanft auf die bebenden Lippen, und sie schmiegte sich in seine Arme und klammerte sich an ihn. Das Schiff schaukelte auf den Wellen, als Rein Michaela in den Armen hielt und spürte, wie sie sich allmählich entspannte.

Rein lehnte den Kopf an den Fensterrahmen. Der Mond beschien sein Gesicht, während er sich fragte, ob sie sich in seinen Armen auch noch wohlfühlen würde, wenn er ihr verbot, jemals wieder zu spionieren.

28

Rein erwachte plötzlich, starrte in die Dunkelheit und blickte auf Michaela hinunter, die sich unruhig bewegte. Er wollte sie fester an sich drücken und beruhigend auf sie einreden, doch sie riss sich von ihm los und schlug seine Hände beiseite.

»Rühr mich nicht an!«, fauchte sie und presste sich gegen die Wand.

»Michaela, ich bin es, Rein.« Doch sie sah ihn nicht, sondern starrte an ihm vorbei. Ein Albtraum hielt sie gefangen. Als Rein die Hand nach ihr ausstreckte, sprang sie hoch und sah ihn empört an.

»Meine Taube, ich bin es!«

Sie floh vor ihm, prallte gegen den kalten Ofen und warf eine Tasse zu Boden. Rein folgte ihr und hielt sie am Arm und an einer Haarsträhne fest.

»Nein!«, schrie sie stöhnend und taumelte gegen die Kommode, griff nach dem Rasiermesser, das darauf lag, und wollte damit die Haare abschneiden, die Rein um die Finger geschlungen hatte. Er packte ihr Handgelenk. Ein hasserfüllter Blick traf ihn aus ihren Augen. Er drückte zu, und mit einem zornigen Aufschrei öffnete sie die Finger. Das Messer fiel zu Boden. Rein ließ ihr Haar los, und sie hielt es verschämt und verängstigt wie eine Decke vor sich.

»Ich bin es, Rein«, wiederholte er immer wieder, während sie reglos dastand, die Augen weit aufgerissen.

Allmählich klärte sich ihr Blick. Sie betrachtete die Haare in ihren Händen und dann Rein.

Es dauerte noch einige Sekunden, bis sie verzweifelt aufstöhnte, die Hände vors Gesicht schlug und zu Boden sank. Rein eilte zu ihr und bot ihr den Schutz seiner starken Arme.

Verzweifelt weinte sie sich den Schmerz von der Seele. Rein wiegte sie behutsam und flüsterte ihr zu, dass sie in Sicherheit war und niemand sie berühren würde, wenn sie das nicht wollte.

»O Gott«, flüsterte sie. »Es tut mir so leid.«

»Nein, nein, *rasha*, es ist nicht deine Schuld.«

»Ich schäme mich so.«

»Er hat dich an den Haaren festgehalten, nicht wahr?«

Sie nickte.

Rein strich ihr die Locken aus dem Gesicht. »Du hast so schönes Haar, Michaela.« Er setzte sich auf den Boden und zog sie zwischen seine Beine. »Und ich bin nicht er.«

»Ich weiß, ich weiß, aber …« Die hässlichen Erinnerungen ließen sie nicht los. »Ich will, dass das aufhört.«

»Es wird mit der Zeit besser, das schwöre ich dir.«

»Du bist dir immer in allem so sicher«, sagte sie und betrachtete seinen Mund.

Er lächelte leicht. »Ärgerlich, nicht wahr?«

»Küss mich.«

Er sah sie fragend an.

»Küss mich«, wiederholte sie. »Bring es zum Verschwinden.«

»Michaela«, warnte er, »das ist keine Lösung.«

»Halt mein Haar fest.«

Er runzelte die Stirn.

»Ich will es abschneiden, Rein, wirklich. Ich will, dass es wie diese Träume verschwindet. Bring sie zum Verschwinden.« Ihre Stimme klang brüchig. »Küss mich. Hol mich aus diesen schlimmen Träumen!«

Ihr Flehen raubte ihm den letzten Rest an Verstand. Behutsam näherte er seine Lippen ihrem Mund und wartete, bis sie den Kuss erwiderte, nach seinen Händen griff und seine Finger in ihr Haar schob.

Als sie stöhnte, zuckte er zurück und forschte in ihrem Gesicht, doch sie kam ihm erneut entgegen und marterte ihn mit ihren weichen Lippen. In seinen Armen kämpfte sie gegen ihre Dämonen an und hasste, dass ein anderer Mann genommen hatte, was eigentlich Rein gehören sollte.

Rein würde ihr nie wehtun. Niemals.

In seinen Armen fand sie sich selbst wieder, überschritt ihre eigenen Grenzen, erlebte Freiheit und nahm seine Energie an. Und als er die Finger in ihrem Haar anspannte, fühlte sie nichts weiter als die Macht, die er zurückhielt, und die Verlockung der exotischen Lust, die nur er ihr schenken konnte. Seine Wangen streichelnd, genoss sie seinen tiefen Kuss. Sein Stöhnen war ihr bereits vertraut. Es steigerte ihr Verlangen und wärmte ihr Herz.

Michaela raubte ihm durch diesen heißblütigen Kuss die Energie, und als sie sich auf seinen Schoß schob, wich ganz allmählich seine Beherrschung. Die Hände auf ihren Po gelegt, drückte er sie an den Beweis seiner Erregung, zwang sich jedoch dazu, sich nicht auf sie zu werfen und das Verlangen zu befriedigen, das sie beide gepackt hielt. Noch war sie zu verletzlich und versuchte, ihre Qualen zu beenden. Wenn sie sich nach Kontrolle sehnte, wollte er sie ihr gern überlassen, weil damit Vertrauen verbunden war. Als sie sich zurückzog, fand er in ihren klaren Augen tiefe Gefühle.

Ihr Atem strich über seine Lippen, und sie schloss die Augen, als er ihr das Haar aus dem Gesicht strich.

»Gemahl«, flüsterte sie und drückte das Gesicht an seinen Hals.

»Ich bin bei dir, *rasha*, für immer.«

»Ich weiß.« Eng schmiegte sie sich an ihn und seufzte. Er streichelte ihren Rücken und sah ihr ins Gesicht. Michaela war lächelnd eingeschlafen. Rein war glücklich.

Michaela genoss die Wärme unter der Decke und verbarg das Gesicht im Kopfkissen. Etwas drückte schwer auf ihre Hüfte, und Reins Hand lag zwischen ihren Brüsten. Seine Berührung löste keine Angst mehr aus, sondern eine Ruhe, die sie bisher nie empfunden hatte. Mit geschlossenen Augen genoss sie die schönen Empfindungen.

Wann hatte er sie in sein Bett getragen? Ihr gemeinsames Bett. Rein hatte sie akzeptiert, ohne zu zögern. Ein schläfriges Lächeln umspielte ihre Lippen. Eigentlich hatte sie von Anfang an gewusst, dass er nicht wie andere Männer war. Das hatte er ihr auch oft genug bewiesen, nur hatte sie nicht den nötigen Mut aufgebracht. Allerdings hatte sie auch nicht damit gerechnet, sich so sehr in ihn zu verlieben. Glücklich öffnete sie die Augen und rollte sich auf den Rücken, um Rein anzusehen.

Er war nackt, vollständig nackt. Wie er da auf dem Bauch lag, einen Arm über ihre Taille gelegt, ein Bein angezogen, erinnerte er sie an Rahjin. Kraftvoll, schlank, muskulös. Ihr Blick wanderte von seinem pechschwarzen Haar, das auf seine Schultern fiel, über seinen Rücken. Am liebsten hätte sie ihn über die bronzefarbene Haut gestreichelt. Erneut wurde sie von Verlangen erfüllt. Rein schlief tief, und die Wärme seines Körpers drang durch die Decke in ihren Körper ein.

Ich liebe diesen Mann, dachte sie. Ich liebe ihn.

»Es ist unhöflich, jemanden so anzustarren«, murmelte er und zog sie an sich.

»Oh, du bist wach«, sagte sie überflüssigerweise.

Er lächelte, ohne die Augen zu öffnen. »Es ist schwer zu schlafen, wenn du mir so nahe bist.«

Sekundenlang betrachtete sie schweigend sein attraktives Gesicht und schob dann eine Locke von seiner Wange. »Dein Haar ist ziemlich stark versengt.«

»Meine Gemahlin wird es mir schneiden«, sagte er schläfrig lächelnd.

»Schläfst du immer, ohne einen Faden am Leib zu tragen?«

»Ja.« Seine Finger berühren ihre Brüste. »Was willst du noch über meine Gewohnheiten wissen?« Die Fingerspitzen beschrieben langsam Kreise auf dem Nachthemd, das sich über ihren Brüsten spannte, und Michaela atmete heftiger. »Ich rasiere mich auch, ohne einen Faden am Leib zu tragen. Ich schwimme, ohne einen Faden am Leib zu tragen.« Er öffnete ein Auge. »Und ich liebe, ohne einen Faden am Leib zu tragen.«

Das Luftholen fiel ihr plötzlich schwer. »Wirklich?«, fragte sie nervös und erregt.

»Wirklich.«

Rein hätte es ihr am liebsten sofort gezeigt, doch der letzte Mann, der mit ihr zusammen gewesen war, hatte sie so gedemütigt, dass sie sich gegen ihre eigenen Wünsche wehrte und sie für schmutzig hielt. Wie gern hätte er diese Bastarde getötet, weil sie Michaela so erniedrigt hatten.

Rein war fest entschlossen, Michaelas Leidenschaft wieder zu wecken, bis sie all die Sinnlichkeit kennen lernte, die sie jetzt noch tief in sich verschloss. Von dieser Freiheit hatte sie letzte Nacht erst eine Kostprobe erhalten.

Die Decken stellten das einzige Hindernis zwischen

ihnen dar, als er Michaela an sich drückte, die Hand auf ihre nackte Schulter legte und sich zu ihr beugte.

»Du hast jetzt wieder diesen Gesichtsausdruck«, flüsterte sie.

Unter schwarzen Wimpern hervor sah er sie durchdringend an.

»Und was ist das für ein Gesichtsausdruck?«

»Er sagt, dass du mich verschlingen willst, bis nichts mehr von mir übrig ist.«

»Nein«, flüsterte er an ihren Lippen. »Du, *rasha*, bist das Feuer, das mich verzehrt.« Sanft drückte er die Lippen auf ihren Mund, bis Michaela den Arm um seinen Nacken schlang. Stöhnend öffnete er ihr Nachthemd, schob die Hände darunter und berührte ihre warme Haut. Voller Verlangen bog sie sich ihm entgegen.

Ihr Kuss wurde leidenschaftlicher. Rein rollte sich auf den Rücken, als ihre Zunge zwischen seine Lippen vordrang, und zog Michaela mit sich. Sie legte die Hände auf seine Brust und hob den Kopf, um ihn zu betrachten. Er lächelte mutwillig, packte ihre Beine in den Kniekehlen und schob ihre Knie neben seine Hüften, während er sich aufsetzte. Es verschlug ihr den Atem, so intim drückte er sich an sie, und tief in ihr wuchs die Sehnsucht nach ihm.

Das Nachthemd glitt von ihren Schultern. Reins Blick wanderte ungehindert über ihre vollen Brüste, seine Hände berührten die Spitzen und entlockten Michaela ein kaum hörbares Stöhnen, ehe er ihre Hand ergriff und jeden Finger einzeln küsste.

»Fühle mich«, flüsterte er und legte ihre Hand auf seine nackte Brust. »Überzeuge dich davon, dass ich nichts an mir habe, das dich verletzen wird.«

Ein Schatten zog über ihr Gesicht, doch Rein hauchte ihr einen Kuss auf die Lippen und hielt sich auch weiterhin zurück. Lächelnd wartete er ab, bis ihre Finger seine unbehaarte Brust erforschten.

Ihre Berührung war so zärtlich, dass Rein befürchtete, die Beherrschung zu verlieren. Ihr Blick war jedoch starr auf sein Gesicht gerichtet.

»Betrachte mich, Michaela.«

Sie strich sich mit der Zungenspitze über die Lippen.

»Lass deine Blicke deiner Hand folgen.«

Erst jetzt gehorchte sie, und ihr Blick wanderte über seinen flachen Bauch zu dem dichten schwarzen Haar zwischen den kraftvollen Schenkeln.

Beruhigend streichelte er ihre Hände, als sie noch tiefer blickte. »Das ist ein Teil von mir, Michaela, wie eine Hand oder ein Arm. Keine Waffe.« Er führte sie näher heran.

»Ich weiß«, hauchte sie und berührte ihn.

Rein stöhnte. »Ich begehre dich, nicht mein Körper. Das gehört zu mir wie …« Er streichelte ihre Brüste. »Wie das zu dir.«

Michaela beugte sich ihm entgegen, als seine Finger zwischen ihre Beine tauchten und er die Lippen um ihre Brustspitze schloss. Sie bot sich ihm an und warf den Kopf in den Nacken, während Rein ihren Körper verwöhnte. Sanft drückte er sie auf den Rücken, küsste ihren Bauch, ihre Hüften und die Schenkel. Als er ihre Beine öffnete, erschien eine Falte auf ihrer Stirn, doch sie sah wie gebannt zu, wie seine Zunge über ihre Haut strich.

Ein gedämpfter Aufschrei entrang sich ihr bei Reins intimem Kuss, und ihre Finger gruben sich in sein Haar. Er lachte leise und unterzog sie einer süßen Folter, unter der sie sich wand, ächzte und ihn anflehte.

Ihre Haut wurde feucht, ihre Finger verkrallten sich in den Decken, doch er hörte nicht auf. Den Blick auf seinen Kopf zwischen ihren Beinen gerichtet, drückte sie sich ihm entgegen – und plötzlich brach ein Damm. Sie verkrampfte sich und wurde von einer unbeschreiblichen Lust mitgerissen.

Erschöpft sank sie auf das Bett zurück.

Er richtete sich auf die Knie auf und streichelte ihre Beine.

»Michaela. Sieh mich an.«

»Muss ich?«, keuchte sie und errötete.

Langsam öffnete sie die Augen und errötete noch stärker, als er lächelnd auf sie herunterblickte.

»Ich könnte unaufhörlich zusehen, wie du Lust empfindest.«

Ihre Miene entspannte sich, so sehr liebte und brauchte sie ihn. »Wie könnte ich widerstehen?«

»Das sollst du auch nicht«, versicherte er leise lachend.

»Und wann darf ich sie dir schenken?«

Sein Blick erhitzte sich allein bei dem Gedanken.

Mutig berührte sie ihn erneut, und er streckte sich neben ihr aus und drehte sie zu sich herum. »Ah, meine *rasha*, du quälst mich«, hauchte er.

»Nicht mehr als du mich. Danach habe ich mich schon seit dem Erwachen gesehnt«, gestand sie und senkte den Kopf.

»Was wünschst du dir noch?«

»Ich will dich erforschen.«

Es klopfte. Rein ließ sich fluchend zurücksinken und hielt Michaelas Hände fest.

»Was gibt es?«, rief er.

»Eine Brigg, Sir. Steuerbord voraus.«

»Komme gleich.«

Er lächelte Michaela enttäuscht und entschuldigend an und stand auf.

Michaela setzte sich auf, hüllte sich in die Decke

und sah zu, wie er sich wusch, kaltes Wasser über seine Erregung goss und ihr dabei einen vorwurfsvollen Blick zuwarf.

»Schmerzt es?«

»Es schmerzt, dir Lust zu bereiten«, erwiderte er und versuchte, die Hose anzuziehen.

»Oh«, flüsterte sie und lächelte verführerisch. »Und du bist ganz sicher, dass ich Lust finden werde?«

Er knöpfte das Hemd zu und trat zu ihr. »Du wirst schreien.« Er legte den Arm um ihre Mitte. »Hast du vom Kamasutra gehört?«

»Ja.« Es war ein Buch, in dem sehr deutlich die Lust des Fleisches beschrieben wurde. Es war sinnlich und verboten. »Ja«, wiederholte sie atemlos.

»Ich habe viel daraus gelernt.«

»Und angewendet?«

Das eifersüchtige Glitzern in ihren Augen gefiel ihm. »Das fängt heute Abend an.«

Es wäre ihr am liebsten gewesen, er hätte sofort damit begonnen. Ihre Hand glitt über seinen Leib. Er klopfte ihr warnend auf die Finger.

Ihr Lächeln verriet, dass sie ihre weibliche Stärke begriffen hatte. »Ich habe eine Verführerin erschaffen«, stellte er fest. Wie sollte er an Deck gehen, wenn sie wie eine Sirene in seinem Bett lag?

Ein letzter Kuss, und Michaela stieg aus dem Bett, presste sich an ihn und strich ihm durchs Haar. Es klopfte erneut an der Tür. »Gleich!«, rief er und küsste Michaela noch einmal.

Sie schob ihn zur Tür, an der er sich ein letztes Mal umdrehte. »Du bist herrlich, meine *rasha*.«

»Ich warte auf dich«, sagte sie leise, als er durch die Tür trat. Er stockte und schloss die Augen, ehe er weiterging.

Danach sehnte er sich – nach dem Vertrauen seiner

Frau und nach ihrem Verlangen. Am liebsten hätte er die Brigg in die Luft gesprengt, um sofort zu Michaela zurückkehren zu können.

Nickolas überflog die Botschaft. Sein Herz klopfte schneller, als er Reins Informationen über Katherines Ermordung und die Schilderung des Überfalls und der Brandstiftung las. Es schmerzte ihn, dass Menschenleben zu beklagen waren. Dass die Söhne der Freiheit einen Mörder auf einen der Ihren hetzten, erfüllte ihn mit Bitterkeit. Sie mochten es getan haben, um sein Leben zu schützen, doch Michaela hätte ihn niemals verraten.

Er zerknüllte das Pergament und warf es ins Feuer, ehe er sich an den kleinen Schreibtisch setzte. Da Michaela nun in Sicherheit war, konnte er seine Mitverschwörer unter Druck setzen. Nickolas tauchte den Federkiel in die Tinte und begann zu schreiben. Er wollte alle Hebel in Bewegung setzen, damit der Verräter sich selbst entlarvte.

Rein blickte durch das Fernglas und befahl, leewärts an das Schiff heranzusegeln und dann Signalflaggen zu setzen. Die Brigg war unkenntlich. Auf diese Entfernung konnte er ihre Farben nicht ausmachen. Allerdings wollte er das Schiff auch nicht angreifen. Die *White Empress* war ein Handelsschiff und zur Verteidigung gegen Seeräuber ausgestattet, aber nicht für eine Schlacht geeignet. Wie gern hätte er jetzt auf den Planken der *Red Lion* gestanden. Plötzlich sehnte er sich nach einem Kampf.

Stirnrunzelnd ließ er das Fernglas sinken.

Lust verwirrt den Verstand.

Rein war klar, dass er sich zusammennehmen musste, um Michaela nicht zu verletzen. Er hatte sie schon vor Stunden bereit und willig zurückgelassen. Und er erinnerte sich an ihre letzten Worte. Wusste sie eigentlich, wie leicht sie ihn bezwang?

»Rein.«

Er warf Leelan einen Blick zu. Der Steuermann gab ihm ein Zeichen, und Rein wandte sich um. »Beim Donner.« Michaela stieg die Leiter zum Achterdeck herauf, in eine dunkle Wildlederhose und ein dünnes Musselinhemd gekleidet. Der Wind spielte mit ihren Haaren.

»Was für ein schöner Anblick.«

Rein warf dem Steuermann einen tadelnden Blick zu, trat an die Leiter und sah, wie seine Matrosen die Arbeit unterbrachen und nur auf Michaela achteten. Rein ballte die Hände. Sie war seine Ehefrau! Nur er dufte sie sehen und erforschen, und er warnte seine Männer mit einem eisigen Blick.

»Erlaubnis erteilt, nach oben zu kommen?«, fragte Michaela.

Er verschränkte die Arme. »Woher hast du diese Sachen?«

»Cabai hat sie für mich geändert. Hast du ihn nicht darum gebeten?«

»Er sollte dein Kleid flicken, bis er dir ein anderes näht.«

»Und du hast erwartet, dass ich allein in der Kabine bleibe, bis du dich wieder bei mir zeigst?«, fragte sie. »Nein, nicht ich.« Sie erreichte das Deck und zwang ihn zurückzuweichen, sonst wäre sie nach unten gestürzt.

Er half ihr nicht und hielt sich von ihr fern. »Ich hätte erwartet, dass du dich vor meiner Mannschaft nur angemessen gekleidet zeigst.«

»Ich bin angemessen bekleidet.«

»Das Hemd ist verdammt durchscheinend!«, zischte er ihr zu. Er sah sogar die Rundungen ihrer Brüste und die dunklen Spitzen. Und das konnte auch jeder andere Mann an Bord sehen. Die verdammte Hose wirkte eher wie nackte Haut und nicht wie Wildleder, und Rein zog hastig das Lederwams aus und reichte es ihr. »Zieh das an und flechte dein Haar, bevor du entdeckt wirst.«

Michaela betrachtete das Wams und dann Reins abweisendes Gesicht. Offenbar wollte er sie nicht hier oben haben. Sie drehte sich um und kletterte hastig die Leiter hinunter.

Rein sah ihr verwirrt nach. Sie hatte diese Hose schon früher getragen, und es hatte ihn nicht gestört. Wieso jetzt?

»Na, das war ja so taktvoll wie ein Stier, der eine Kuh beschnüffelt.«

Er warf Leelan einen scharfen Blick zu, stöhnte und rieb sich den Nacken.

Michaela widerstand dem kindischen Verlangen, die Tür hinter sich zuzuknallen. Rahjin sah ihr entgegen, als sie sich auf die Fensterbank setzte. Zum Teufel mit ihm, dachte Michaela und sprang wieder auf.

Wie konnte er so mit ihr sprechen! Seit Stunden wartete sie schon hier und langweilte sich, und als Cabai ihr die Kleidung gebracht hatte, war sie überzeugt gewesen, Rein würde sich über ihre Gesellschaft freuen. Ha! Offenbar hatte sie keine Ahnung, wie es auf einem Schiff zuging.

Sie zuckte zusammen, als die Tür geöffnet wurde, wandte Rein den Rücken zu und beobachtete die Brigg. Er trat hinter sie.

»Du darfst nicht ohne Erlaubnis an Deck.«

Sie verkrampfte sich. »Ich verstehe.«

»Nein, du verstehst nicht. Eine Frau an Bord bietet Grund genug für Aufruhr und Übergriffe, Michaela. Dein Haar sieht man auf Meilen, von deiner Figur ganz zu schweigen.«

»Verzeiht meine Unwissenheit, Captain.« Das alles mochte stimmen, entschuldigte aber nicht, wie er mit ihr gesprochen hatte. »Ich wusste nicht, dass ich nur Euer Bett, aber nicht Euer Leben mit Euch teilen darf.«

Er ließ die Schultern hängen. »Das ist nicht wahr.«

»Ach?«, fragte sie geringschätzig. »Offenbar muss ich auf eine Einladung warten, bevor ich zu dir kommen darf.«

»Michaela.«

Sie warf ihm über die Schulter einen zornigen Blick zu. »Du hast mich beschämt, Rein. Du hast mich wie ein dummes Kind behandelt, das seinen Platz nicht kennt.« Ihre Stimme brach. »Wie mein Onkel.«

Er stöhnte verzweifelt. »Ich habe nicht nachgedacht … ich hatte Sorge, dass … dass dich jeder Mann an Bord anstarren kann, obwohl du nur mir gehörst!«

Jetzt erst drehte sie sich zu ihm um. »Dann hättest du mir erklären sollen, was von mir erwartet wird, aber nicht vor deiner Mannschaft!« Rahjin kam unter der Bank hervor und verkroch sich unter dem Schreibtisch. »So lasse ich nicht mit mir sprechen.« Mit dem Zeigefinger stieß sie ihm gegen die Brust und zwang ihn dazu zurückzuweichen. »Das war unhöflich und respektlos. Glaube nicht, dass du so mit mir umspringen kannst. Haben wir uns verstanden?«

Rein nickte bloß. Ihr Zorn erregte ihn. Beim Gott des Feuers, sie war wundervoll!

»Ich lasse mich nicht unter Deck einsperren, nur weil du besitzergreifend bist. Und wenn dir nicht gefällt, was ich anziehe, solltest du bei mir bleiben oder mir passende Kleidung besorgen. Ich bin es leid, ständig ausgeschlossen zu werden.« Als sein Blick zu ihrer Brust wanderte, richteten sich die Spitzen unter dem Hemd auf. »Ich wurde drei Jahre lang ignoriert. Ich will mich nicht länger verstecken und wie eine eingesperrte Geliebte gehalten werden.« Sie holte tief Atem. »Und sollte es nötig sein, komme ich auch splitternackt auf dein verdammtes Deck!«

Er beugte sich zu ihr. »Du willst, dass ich dich liebe – jetzt. Du bist so erregt, dass du es nicht erträgst.«

Sie sah ihn betroffen an, allerdings nur für einen Moment. »Versuch nicht, mich mit Leidenschaft nachgiebig zu machen, Rein Montegomery.« Mit beiden Händen versetzte sie ihm einen Stoß. »Dafür bin ich nicht in Stimmung.«

Er riss sie an sich und küsste sie verzehrend, während er sie mit seinen starken Händen an seinen Körper presste.

Als ihre Beine den Dienst versagten, unterbrach er den Kuss und sah ihr heftig atmend in die Augen. »Sag mir, dass du nicht in Stimmung bist.«

Sie rang nach Luft, lächelte mutwillig, grub die Finger in seine Haare und küsste ihn mit einer Leidenschaft, die ihn hilflos machte. Ihre Hände wanderten über seine Brust und seine Hüften. Ja, sie begehrte ihn so heftig, dass sie es nicht ertrug. Hektisch riss sie an den Knöpfen seiner Hose und schob die Hand hinein.

»Liebe mich! Jetzt!«, verlangte sie und streichelte ihn erregt.

Er küsste sie, öffnete die Knöpfe des Hemdes, schob es ihr zusammen mit dem Unterhemd zur Taille hinunter, bog sie nach hinten und schloss die Lippen um eine Brustspitze.

Sie klammerte sich an seinen Schultern fest.

Er zog die zarte Spitze tiefer in den Mund.

»O Rein, ja.«

Ungeduldig riss er am Verschluss ihrer Hose und schob die Hand hinein, spielte mit ihr und drang weiter vor, während er ihr zuflüsterte, wie sehr er sich danach sehnte, sich mit ihr zu vereinigen, dass er schon sein Leben lang auf diesen Moment gewartet hatte und es ihn allein schon erregte, daran zu denken.

»O Rein, ja, schenke mir Lust«, hauchte sie.

Er verwöhnte ihre Brüste mit Zunge und Zähnen, bis sie sich ungeduldig wand. Erst dann richtete er sich auf, zog die Stiefel aus und schob sie zum Bett, während sie seine Lippen und seinen Hals küsste und ihm das Hemd auszog.

»Du gehörst mir«, flüsterte sie. »Ich will es dir zeigen.«

Sie übernahm die Kontrolle und forderte, und Rein ließ es zu, doch als sie seine Hose herunterschob und sich über ihn beugte, zog er sie wieder hoch und drängte die Knie zwischen ihre Beine.

»Aber ich will dich erforschen!«

Die Worte genügten, um ihn vor Erregung erschauern zu lassen.

»Das könnte ich nicht mehr ertragen, und ich möchte in dir sein, wenn es soweit ist«, murmelte er an ihren Lippen.

Schaudernd schloss sie die Augen.

»Ich will dich fühlen …«

Sie stöhnte und rieb sich an ihm.

Er schob die Kleidungsstücke an ihren Hüften hinunter.

»Ich will fühlen, wie du mich aufnimmst«, hauchte er und legte die Hände auf ihren nackten Po.

Während er sie weiter entkleidete, küsste er die Spitzen ihrer Brüste und sank mit ihr aufs Bett. Sie löste sich aus seiner Umarmung, zog ihm die Hose aus und stand wieder auf. Mutwillig lächelnd blickte sie auf ihn hinunter, entledigte sich der restlichen Kleidung und betrachtete ihn verführerisch.

»Du bist eine Hexe«, sagte er leise.

»Und du ein Hexenmeister.«

Michaela packte seine Füße, schob seine Beine auseinander und kniete sich dazwischen. Rein hatte noch nie etwas so Herrliches gesehen wie Michaela, die ihre Sinnlichkeit genoss. Ihr Haar fiel in Locken über ihren üppigen Körper bis zu ihren Hüften hinunter, ihre helle Haut war vor Erregung gerötet, und ihre Augen schimmerten.

Er ließ den Blick immer wieder über sie wandern, als sie sich herunterbeugte und die Narben an seiner Wade küsste. Sinnlich fuhr sie mit der Zunge über seine Haut und schob seine Hände weg, als er nach ihr griff. Stöhnend schloss Rein die Augen und öffnete sie wieder, als er Michaelas Brüste an seinen Schenkeln fühlte.

»Du gehörst mir«, flüsterte sie und streichelte ihn.

»Michaela, du willst doch nicht …«

Sie senkte den Mund tiefer.

»Beim Donner«, stöhnte er und wand sich, und sie entdeckte ein nie gekanntes Verlangen. Es war wunderbar, ihm höchste Lust zu schenken und zu sehen, wie sie seine Erregung immer weiter steigerte.

»Michaela, süße Göttin, Frau, komm her, komm zu mir, Liebste.«

Sie weigerte sich, marterte ihn und wich seinen Händen aus, und er erbebte unter ihr.

Seine Finger verkrampften sich in den Laken, Schweiß stand auf seiner Brust. Rein fluchte, rief ihren Namen und zog sie endlich über sich.

»Madame, Ihr seid gefährlich«, murmelte er, drehte sie auf den Rücken, küsste ihre Brüste, ließ die Zungenspitze über ihren Leib hinabgleiten und küsste sie intim. Und sie öffnete sich für ihn und wollte ihn festhalten, doch er drehte sie auf den Bauch, und seine Zunge glitt über ihren Rücken.

Michaela biss ins Kopfkissen.

»Nein, schrei! Lass es mich hören!«

Sie gehorchte, damit er wusste, wie schön seine Berührung war und dass er ihre empfindsamste Stelle getroffen hatte. Sie ächzte und flehte ihn an, während er sie immer wieder berührte, und ließ sich von ihm erneut auf den Rücken drehen.

Ihre Hände wanderten über jede Stelle seines Körpers, bis er sich überraschend auf den Rücken rollte und sie über sich zog. Michaela setzte sich lächelnd auf und warf ihr langes Haar nach hinten.

Jetzt sah sie wie eine heidnische Göttin aus, und Rein genoss es, dass sie ihre Dämonen vertrieben hatte und von Sinnlichkeit erfüllt war.

»Du bist schön!«

Sie fühlte sich wild und frei, mächtig und geliebt.

Verlockend rieb sie sich auf ihm, bis er die Finger in ihre Hüften grub und um mehr flehte. Und sie gab es ihm, hob sich an und führte ihn.

Erschauernd ließ sie sich auf ihn sinken.

Er setzte sich auf, sah ihr in die leuchtenden Augen, fühlte die Bewegungen ihrer Hüften. Ihr Atem wehte über sein Gesicht, ihre Finger drückten in seine Schultern, und er streichelte ihre Brüste, ohne den Blick von ihren Augen abzuwenden.

»Rein, o Rein.« Sie stöhnte bei jeder Bewegung, sog die Energie auf, die er ihr schenkte, und gab ihrerseits. Sie hatte nicht gewusst, dass die Liebe eines Mannes so schön sein konnte. Seine Haut erhitzte sich, und Michaela flüsterte ihm zu, dass sie alles von ihm wollte und ihn zu sehen begehrte, wenn er sich in ihr verlor.

»Beim Himmel, Frau, du schaffst mich«, ächzte er und drehte sie auf den Rücken, zog sich zurück und senkte sich wieder tief in sie. Wieder und wieder.

Es war faszinierend.

Exotisch kupferfarbene Haut schimmerte an porzellanweißer Haut.

Verlangen und Hitze.

Michaela bewegte sich schneller, trieb ihn an. Suchte, suchte und …

Und fand.

Ihr Körper bog sich ihm entgegen, als sie sich gehen ließ. Sie warf den Kopf zurück, und Rein ließ sich mitreißen. Sie rief seinen Namen, und ihr Höhepunkt zerstörte seine Willenskraft.

Einen Moment nur hielt er still, ehe er den Gipfel der Lust erlebte. Um Michaelas schönen Mund spielte ein Lächeln, während er ihren Atem in sich aufnahm und sie in sein Herz und seine Seele schloss.

29

Rein drehte sich mit Michaela auf die Seite und bedeckte ihr Gesicht und ihren Hals mit Küssen. Lachend legte sie ihr Bein über seine Schenkel und drückte ihn fest an sich. Mit den Zähnen zog sie an dem silbernen Ring an seinem Ohr und lächelte, als Rein aufstöhnte.

»Du bist unglaublich, beim Donner«, murmelte er und rang nach Atem, während er noch immer mit ihr vereinigt war. Ihre Leidenschaft war unbeschreiblich.

»Ja, beim Donner«, sagte sie leise.

»Habe ich dir wehgetan?«

Michaela schüttelte den Kopf und lächelte zärtlich. Ich liebe dich, Rein Montegomery, dachte sie. Nicht einmal im Traum hätte sie gedacht, dass ein Mann geduldig genug sein könnte, die Frau wiederzubeleben, die ihr Onkel und Winters zerstören wollten.

Eine Träne lief ihr über die Wange.

»Sprich mit mir.«

»Ich … ich weiß nicht … ich könnte … das … ich habe so viel gefühlt …« Sie errötete, doch als sie das Gesicht abwenden wollte, hielt er sie fest.

»Sei nicht befangen bei mir, *rasha*, niemals. Es war schön, deine Freiheit zu sehen und zu fühlen. Du bist sehr leidenschaftlich«, fügte er lächelnd hinzu.

»Offenbar.« Sie schlang die Arme um seinen Nacken, als das Geräusch von Schritten durch die Wände drang. »Wird man dich nicht an Deck vermissen?«

»Aha, so ist das also. Du nimmst dir Lust und scheuchst mich dann weg. Willst du mich loswerden?«

»Nicht, nachdem du dich so nützlich gemacht hast.« Sie erschrak über ihre Bemerkung, doch Rein lachte. »Vielleicht solltest du doch nach oben gehen. Wenn du bei mir bleibst, werden alle wissen, was wir machen.«

»Daran wird nach deinen Schreien ohnedies niemand mehr zweifeln.« Rein lachte, als sie das Gesicht an seinem Hals verbarg. Es würde noch einige Zeit dauern, bis sie sich an ihre Leidenschaft gewöhnte. Er betete sie an, sehnte sich nach ihr und glaubte nicht, dass in seinem Körper noch eine Spur von Verlangen übrig geblieben war, bis sie die Hand unter die Bettdecke schob.

»Ich liebe es, dich zu berühren«, wisperte sie. »Deine Haut reizt mich.« Ihre Hand kreiste über seine Brust, und sie fühlte, wie er sich in ihr bewegte. »Oh …«

»Du bist wie eine Sucht.«

Sachte wiegte sie die Hüften. »Zeig mir noch mehr.«

»Sehr gern.« Er rollte sie unter sich.

»Das will ich auch hoffen.«

Als er sich zurückzog und sich erneut in ihr versenkte, schlang sie die Beine um ihn, und Rein beobachtete, wie ihr Verlangen anstieg, während er sie liebte.

»Ich will alles fühlen, Rein«, stieß sie hervor. Gemeinsam erreichten sie den Gipfel und hielten einander dabei fest umschlungen.

»Frau, du bist unersättlich.«

»Nein, danke, Sir, im Moment bin ich sogar völlig gesättigt.«

»Stets zu Euren Diensten«, murmelte er, löste sich von ihr und ließ sich rücklings auf das Bett fallen. Jemand räusperte sich laut vor der Tür und klopfte. »Ja?«

»Die Brigg nähert sich, Sir.«

»Was ist mit ihren Kanonenluken?«

»Sind geschlossen, Sir, aber sie ist schwer bewaffnet.«

»Laden und bereithalten, Mr Basilia.«

»Aye, aye, Captain.« Die Schritte entfernten sich. Rein stand vom Bett auf und trat an die Kommode, wusch sich und kleidete sich an.

Michaela drückte sich in die Kissen und zuckte bloß die Schultern, als er das Hemd hochhielt, das keine Knöpfe mehr hatte. Er setzte sich auf das Fußende des Bettes und zog den zweiten Stiefel an.

»Vermutlich soll ich hier bleiben.«

Er sah sie über die Schulter hinweg an. »Ich weiß nicht, ob diese Brigg Freund oder Feind ist. Seit Stunden lag sie still und kommt jetzt auf uns zu. Wir sind nicht für eine Schlacht ausgerüstet.«

»Schlacht? Es kommt doch sicher zu keiner Schlacht!«

»Man muss immer mit allem rechnen.« Er warf ihr einen viel sagenden Blick zu. »Es war mein Plan, dich so schnell wie möglich nach Sanctuary zu bringen.«

Sie runzelte die Stirn.

»Die Insel meines Vat... Ransoms Insel.«

»Er besitzt eine ganze Insel?«

»Ja.«

»Allein?«

»Nein, meine Süße«, erwiderte er lachend. »Sie ist dicht besiedelt. Im letzten Jahr hat er sogar einige Straßen pflastern lassen, wie ich gehört habe.«

»Wann hast du deine Familie zuletzt gesehen?«

Er wirkte nachdenklich, während er ein frisches Hemd anzog. »Vor vier Jahren. Nein, dazwischen auch einmal.« Aus einem Schrank holte er Pistolen und ein Schwert, dessen Griff mit Juwelen verziert war.

»Herrlich«, sagte sie, stand auf, zog die Bettdecke mit sich, strich über Rubine, Saphire und Topase. Rein drückte ihr den breiten Griff in die Finger. »Es liegt auch gut in der Hand«, stellte sie fachkundig fest.

Es faszinierte ihn, wie sie da stand, in die Bettdecke gehüllt, und sein Schwert begutachtete.

»Waffen scheinen dich zu faszinieren. Muss ich mir Sorgen machen?«

Lächelnd hielt sie ihm die Schwerspitze unter das Kinn. »Mein Vater verlangte, dass ich mit Schusswaffen umgehen lerne, aber er hat mir nur ein Florett erlaubt, kein Schwert.« Sie gab es ihm zurück. Er schob es in die Scheide und schnallte es um.

»Es gehörte Ransom und davor meinem Großvater.« Er seufzte, bekümmert über die Untaten, die er gegen den Mann begangen hatte, der ihm ein Heim geboten hatte. »Und wer weiß, wie vielen Montegomerys davor.«

»Erzähl mir, was dich bedrückt«, verlangte sie.

»Aurora und Ran wissen nicht, dass ich meinen leiblichen Vater suche.«

Sie holte tief Atem.

»Als ich sie das letzte Mal sah, haben wir ... es fielen unschöne Worte.«

Sie konnte nur ahnen, was das bedeutete. »Du musst es ihm sagen. Das schuldest du ihm.«

»Ich weiß«, erwiderte er betrübt. »Aber glaubst du ... ich meine, wirst du ... wirst du mir dann beistehen?«

Sie hätte nie gedacht, dass er irgendetwas auf der Welt fürchten könnte. »Ja«, versicherte sie und legte ihm die Hand auf die Brust. »Natürlich. Und wie du mir Aurora beschrieben hast, wird sie dich verstehen.«

Er hielt ihre Hand fest. »Ich mache mir nicht ihretwegen Sorgen«, sagte er zweifelnd.

»Du glaubst, dass Ransom zornig sein wird?«

»Er hat eine feste Meinung über Männer, die Bastarde in die Welt setzen, weil er selbst einer ist.«

Sie hatte von den Taten Granville Montegomerys

und seiner Nachkommen gehört und kannte sogar Einzelheiten. Trotzdem versicherte sie: »Man kann ein Kind nicht für die Taten eines Elternteils verantwortlich machen. Das ist dir doch sicher klar.«

Er liebte sie für diese Worte. »Trotzdem belastet es ihn, aber das erzähle ich dir später.« Er küsste sie auf die Stirn, drückte sie plötzlich an sich und verschloss ihren Mund mit seinen Lippen, bis sie sich nicht mehr auf den Beinen halten konnte. Es gefiel ihm, dass sie hinterher die Augen nur mit Mühe öffnete. »Falls es zum Schlimmsten kommt«, sagte er besorgt, »unterwirf dich.«

»Nein! Himmel, verlange das nicht von mir!« Sie wollte sich von ihm befreien.

»Doch!« Er schüttelte sie. »Unterwirf dich, damit du am Leben bleibst. Du hast gegen solche Männer keine Chance, und das weißt du. Wenn du am Leben bleibst, werde ich dich finden. Schwöre es mir, Michaela. Ich würde dich eher selbst töten, als dich ihnen zu überlassen. Schwöre!«

»Ja, ich schwöre!«

Er raubte ihr noch einen Kuss, ehe er sie freigab. »Schließ hinter mir ab, Michaela«, verlangte er und zeigte auf den Schrank. »Deine Pistolen liegen da drinnen.«

Es kann nichts geschehen, dachte sie. Niemand wird wagen, ihn oder sein Schiff anzugreifen.

»Rein? Du hast ein Recht, deinen leiblichen Vater zu kennen. Ransom wird das verstehen.«

Aber würde Michaela verstehen, dass er seinen Vater nur suchte, um ihn zu töten?

Nickolas presste sich mit den Schultern unter einer Veranda gegen die Mauer. Regen und Dunkelheit verbargen ihn. Wasser tropfte durch einen Spalt im Dach der Veranda und fiel in seinen Nacken. Ich bin zu alt für so etwas, dachte er fröstelnd und beobachtete den spärlichen Verkehr im East End. Zerlumpte Kinder liefen von Hauseingang zu Hauseingang, suchten Schutz und stahlen Lebensmittel, während die Verkäufer die Stände schlossen.

Hoffentlich war das endlich die entscheidende Nacht. Nickolas war es leid, sich im übelsten Teil Londons zu verstecken, um den Verräter zu fassen. Hoffentlich brachten die falschen Informationen, die er hatte durchsickern lassen, den gewünschten Erfolg. Einige Mitglieder seines Agentennetzes waren bereits eingesperrt worden, bis alles gelöst war. Michaela hatte Glück, dass Rein sich um sie kümmerte und sie vor den Söhnen der Freiheit bewahrte, sonst würde sie jetzt bereits in einem Kellerloch stecken.

Es hatte Stunden gedauert, seine Vorgesetzten zu überzeugen, dass sie nicht die Verräterin war. Nicht einmal ihre hervorragende Arbeit in den letzten drei Jahren hatte allzu viel gezählt. Nun hatte er eine Woche Zeit bekommen, um den Verräter zu entlarven. Nickolas hatte das Gerücht ausgestreut, dass eine Ladung Musketen, die von den Amerikanern benötigt wurden, heute Nacht auf die Docks gebracht wurde. Damit es überzeugend wirkte, hatte Nickolas sogar ein Schiff zur Verfügung, auf das die leeren Kisten geschafft werden sollten. Der Kapitän versteckte sich ihm gegenüber auf der anderen Straßenseite.

Es war verdammt großzügig von Rein, ihm dieses Schiff zu leihen, auch wenn Montegomery seine eigenen Gründe dafür hatte. Nick unterbrach seine Gedanken und fasste eine hoch gewachsene Gestalt, die sich verdächtig von jeglicher Lichtquelle fern hielt, scharf ins Auge. Er löste sich von der Wand und blickte zu Reins Mann. Temple Matthews nickte. Auch er hatte den Mann entdeckt und folgte ihm. Rein hatte versichert, dass Captain Matthews vertrauenswürdig war, doch Nick war vorsichtig, auch wenn Rein ein guter Menschenkenner war.

Hufe klapperten, Rädern ratterten, Leute redeten miteinander, während sie sichere und warme Wohnungen aufsuchten. Nick betrachtete den Reiter auf dem herrlichen Pferd, der sich verstohlen dem Pier näherte. Trotz der gewöhnlichen Kleidung erkannte Nick an der Haltung, dass er es mit einem Adeligen zu tun hatte. Nickolas gab zwei anderen Männern, die sich in Einfahrten versteckten, einen Wink und trat in den Regen hinaus, die Hände unter dem Ölzeug an seinen Waffen. Heute Nacht wollte er einen Verräter entlarven.

Und einen Mörder.

Die *White Empress* glitt vor der Brigg über das Wasser. Rein ging kein Risiko ein, wenn er seine Frau an Bord hatte. Er beobachtete durch das Fernglas das sich nähernde Schiff. Nur wenige Besatzungsmitglieder hielten sich an Deck auf, doch die Segel waren zur Verfolgung gesetzt. Das Schiff lag gefährlich tief im Wasser. Rein ließ das Fernglas sinken.

»Befehle, Sir?«, fragte Basilia.

»Öffnet die Luken. Wenn sie uns noch eine halbe Seemeile folgen, feuert einen Schuss vor den Bug.« Das sollte die Brigg aufhalten, dachte Rein.

Basilia lächelte zufrieden. Der Grieche entfernte sich und gab die Befehle weiter. Geschwindigkeit war der größte Vorteil der *Empress*.

Die Brigg ließ nicht ab, und die Kanonenluken öffneten sich. Rein versuchte, die Galionsfigur auszumachen. Gleich darauf schob er das Fernglas zusammen und trat an die Reling.

»Feuert, sobald wir bereit sind. Das ist die *Galley Raider*!«, rief Rein und befahl einen Warnschuss. Unter seinen Füßen rollte die Kanone in Position, doch bevor sie schoss, eröffnete die *Raider* das Feuer. Noch war die Entfernung zu groß, als dass wesentlicher Schaden auf der *Empress* entstanden wäre.

»Steuerbord Feuer!« Die *Empress* spuckte Rauch und Metall aus dem schlanken Rumpf. Wasser spritzte hoch über die Brigg.

Rein war auf dem Achterdeck deutlich zu sehen und bot ein leichtes Ziel. Er hatte keine Zeit, sich mit den Piraten auseinander zu setzen, die offenbar ihre Beute schützen wollten, und suchte ein schnelles Ende des Scharmützels.

»Kommt, Mr Baynes. Wir bringen das hinter uns.«

Leelan grinste und beobachtete das Wasser, während er das Steuerrad drehte. Die *Empress* neigte sich gefährlich zur Seite, und Rein dachte an seine Frau, die jetzt wahrscheinlich quer durch die Kabine torkelte. Hoffentlich kam sie mit blauen Flecken davon.

Die *Raider* erwiderte das Feuer noch nicht, und Rein dachte, dass sie entweder Mangel an Munition hatten und daher auf eine möglichst geringe Distanz warteten, oder nur wenig zerstören wollten, weil sie das Schiff zu kapern planten.

Leelan wandte sich an Rein. »Wir rammen sie?«

»Nein. Weiter!«

»Captain …«

»Weiter.«

»Wir stoßen zusammen.«

»Weiter, Leelan!«

Baynes presste die Lippen aufeinander. »Volle Segel! Fall-Leinen bereit!«

Männer kletterten in die Wanten wie Affen in die Bäume. Taue wurden entrollt, und die Flaschenzüge quietschten, während die weißen Segel im Wind flatterten. Die *Empress* jagte über die Wellen.

»Backbord, Leelan«, sagte Rein. »Kurz bevor wir ...«

»Bevor wir zusammenstoßen?«

Rein lächelte. »Aye.«

Leelan grinste, und die *Empress* segelte neben die Brigg. Bewaffnete standen an der Reling. Die Kanonenluken des Piratenschiffs waren geöffnet.

»Feuer, Gentlemen«, rief Rein gedämpft in die atemlose Stille hinein, und die Kanonen donnerten und spuckten Sechzehnpfünder in die Brigg. Der Hauptmast stürzte wie ein gefällter Baum und erschlug Männer auf dem Deck, während die Kanonen der *Empress* zurückrollten, um neu geladen zu werden. Reins Gesicht erstarrte bei den Schreien und dem Blut auf dem Deck der Brigg.

Er nahm Töten nicht auf die leichte Schulter.

»Kanonen bereit!«, meldete Leelan.

Rein nickte nur.

Unter Deck blickte Michaela aus dem Fenster. Die Kabine war verwüstet. Michaela klammerte sich an Wandhaken fest, während sie an der Brigg vorbeizogen, und fragte sich, was Rein plante. Kartätschen trafen den Rumpf und durchbohrten das Holz vor ihrem Gesicht. Sie zuckte zurück, krallte sich an den Tisch und betete ums nackte Überleben. Die *Empress* erbebte unter Kanonenfeuer. Dabei hatte Rein behauptet, sie wären nicht für eine Schlacht ausgerüstet.

Plötzlich trat Stille ein. Michaela hob Bücher vom Boden auf. Rufe erklangen. In Reins Stimme schwang Wut mit. Die *Empress* jagte so hart über das Wasser, dass Michaela stürzte. Sie raffte sich wieder auf und trat ans Fenster. Die Brigg brannte, der Hauptmast war gebrochen, und in der Seite hatte sie oberhalb der Wasserlinie ein Loch. Während Matrosen versuchten, das Feuer zu löschen, kletterte ein Mann durch den Rauch auf die Ankerwinde. Er war groß und hielt die massigen sonnengebräunten Arme vor der Brust über dem schwarzen Hemd verschränkt. Sein Haar war ungewöhnlich lang und flatterte im Wind. Um die Mitte spannte sich ein breiter Gurt, in dem Waffen steckten. Wie bei Rein.

Die Tür flog auf. Rein stürmte herein, löste das Schwert vom Gürtel und warf es beiseite. Es fiel auf den Schreibtisch und rutschte zu Boden, während Rein die Pistolen fluchend auf den Tisch legte.

Immer wieder ballte er die Hände zu Fäusten und öffnete sie. Das Wasser im Becken dampfte. Michaela sah sich um. In der Kabine wurde es unerträglich heiß. Eine Flasche zerplatzte, Weinbrand ergoss sich auf den Teppich. Rahjin wollte unter dem Schreibtisch hervorkommen, doch Michaela scheuchte die Pantherin weg. Sie zog sich vorsichtig wieder zurück.

»Rein?«

Er hob ruckartig den Kopf, und Michaela stockte angesichts seiner Wut der Atem. Sie wich gegen die Wand und stützte sich ab.

»Himmel, Rein!« Er sah aus, als wollte er sie bei lebendigem Leib verschlingen.

Rein blinzelte, ließ die Schultern hängen und legte den Kopf zurück.

»Was ist passiert?« Sie trat einen Schritt näher.

»Bleib stehen!«

Sie erstarrte.

Rein fürchtete, sie mit seiner Energie zu töten, wenn sie ihm zu nahe kam. »Verdammt, warum hat die Brigg nicht Farbe gezeigt«, murmelte er.

»Wer war das?«

»Die *Galley Raider.*«

»Um Himmels willen.« Sie sank auf die Bank. Piraten. Der Kapitän der *Raider* stand noch immer auf der Ankerwinde und sah zu ihnen herüber. Und wenn sie sich nicht irrte, lächelte er. »Ich verstehe das nicht. Du bist ein großartiger Kapitän, und du hast ihn hereingelegt. Ich will sicher nicht, dass der Kampf weitergeht, aber die Brigg ist schwer bewaffnet und hat mehr Kanonen als wir. Warum verfolgt sie uns nicht?«

Rein zeigte durch das Fenster auf das brennende Schiff. »Weil dieser räuberische Narr mein kleiner Bruder ist!«

30

Rein zog sich von ihr zurück. Michaela spürte das. Es lag an seiner Enttäuschung über seinen Bruder. Stunden waren vergangen, und die Sonne sank, aber Rein verlangte nur nach Essen und einem Bad. Sie saß auf dem Sofa und hatte eine Decke um die Schultern gelegt, während sie zusah, wie er die geschwärzte Kleidung auszog und in die Wanne stieg.

Vermutlich war jetzt nicht der richtige Zeitpunkt, um ihm von der Goldladung zu erzählen. Während der Schlacht hatte sie beschlossen, ihn sofort nach seiner Rückkehr zu informieren. Doch jetzt wartete sie darauf, dass er mit ihr sprach.

Endlich stand sie auf und trat zu ihm. Er blickte nicht hoch.

»Komm mir nicht zu nahe, Frau. Ich habe dich gewarnt.«

Tränen flossen aus ihren Augen. Trotz seines Zorns erkannte sie, wie sehr das Handeln seines Bruders Colin ihn verletzte. Sein Bruder musste gewusst haben, dass er die *Empress* angriff. Dafür gab es keine Entschuldigung. In dem Moment hätte Michaela diesen Colin am liebsten verprügelt, weil er Rein dermaßen verletzt hatte. Leelan hatte sie schon darüber informiert, dass das Piratentum offenbar in der Familie Montegomery lag.

»Rein, bitte, sieh mich an.«

Sie wich zurück, als sie in seinen Augen eindeutig Begierde sah. Fleischliche, primitive Lust. Sein Blick richtete sich auf ihre Brüste, die von dem dünnen Hemd kaum verborgen wurden. Hastig verschränkte sie die Arme.

Rein schloss die Augen und ließ sich ins Wasser sinken. Und Michaela eilte zum Bett, glitt unter die Decke und fragte sich, ob sie ihren Ehemann überhaupt kannte

Aber wenigstens hatte er sie gewarnt.

Temple Matthews duckte sich hinter Fässer vor dem Lagerhaus. Der Magen drehte sich ihm um bei dem Gestank von verdorbenem Fisch. Er wartete darauf, dass etwas geschah, als er hinter sich etwas hörte.

»Ich bin es, Großvater.«

Temple lächelte. Er fand die Sache mit den Decknamen ziemlich amüsant. Für ihn war es ein Schock gewesen zu erfahren, dass Reins Frau der Schutzengel war. Jetzt beneidete er seinen Arbeitgeber um eine so aufregende Frau. Und verdammt sanfte Augen hatte sie auch. Kein Wunder, dass Rein sie für sich behalten hatte.

Großvater stieß ihn an.

»Geht nach links«, flüsterte Nick. »Rechts sind drei unserer Männer.« Er deutete auf die Gestalt vor dem breiten Tor des Lagerhauses. In einiger Entfernung schwankten Schiffe rhythmisch am Pier. »Er wird sich mit unserem Mann treffen, wenn der Wagen eintrifft.«

»Und wenn er es nicht tut?«

»Dann habe ich der falschen Person vertraut, und mein Mann behält die Gewehre für sich.« Nickolas hob das Fernglas ans Auge und richtete es auf die Stiefel des Mannes.

»Wie gut sind Eure Augen, alter Mann?«

»So gut wie meine Fäuste, unverschämter Jüngling.«

Temple klopfte gegen die Brille, die aus Nicks Manteltasche ragte.

Der Verräter löste sich von der Wand und trat auf die dunkle Straße, als der Wagen heranrollte. Er schlug die Plane zurück, während der Kutscher abstieg, und setzte eine Brechstange an einer Kiste an. Holz knackte. Gedämpfte Stimmen waren zu hören. Nick stieß Temple an, und sie liefen geduckt los. Hoffentlich tauchten nicht ausgerechnet jetzt Polizisten auf. Dann wären sie alle in Zellen in Newgate gelandet. Als der Mann, der sein Gesicht nicht zeigte, ein Gewehr hochhob, trat Nick einen Schritt vor, doch Temple hielt ihn auf.

»Er würde Euch erkennen.« Temple zog den Dreispitz tief in die Stirn, legte den Schal um das Gesicht und ging weiter.

Der Verdächtige drehte sich um und zog eine Pistole.

»Nervös?«, fragte Temple.

Der Mann sagte nichts.

»Ich bin der Kapitän.« Temple deutete auf das Schiff und hoffte, dass man in der Dunkelheit die *Sentinel* nicht erkannte.

Der Mann nickte. »Vierzig Pfund pro Kiste«, sagte er leise.

»Einverstanden.« Temple nahm ihm das Gewehr aus der Hand und legte es wieder in die Kiste.

»Ihr handelt nicht?«

»Dazu haben wir keine Zeit.« Temple zog die Plane über die Kisten und warf einen Blick auf die Waffe, die auf seinen Bauch gerichtet war. »Das Schiff sticht heute Nacht in See.«

»Nein«, erwiderte der Mann. »Es soll erst in sieben Tagen segeln.«

In diesem Moment trat Nickolas vor. »Das wusste nur eine einzige Person.«

Der Mann richtete den Blick auf Nick. »Großvater.«

»Der Teufel soll Euch holen!«, rief Nick geschockt und enttäuscht.

»Das wird er wohl tun.«

Nick trat einen Schritt näher, um die Tarnung zu entfernen, doch der Mann schwenkte die Pistole herum. Temple versetzte Nick einen Stoß, als die Waffe Feuer und Rauch spuckte. Im nächsten Moment schlug der Kutscher den Mann mit der Brechstange nieder.

Leute drängten aus Kneipen und Häusern. Matrosen näherten sich ihnen. Nickolas raffte sich auf und betrachtete den Mann, der auf dem Pflaster lag. Temple hielt sich die Seite, bückte sich und drehte die Stiefel des Mannes herum. »Der hat Nerven!« Er sah zu Nick hoch. »Das sind die gleichen.«

Nick kauerte sich hin und nahm dem Mann den Dreispitz und den Schal ab.

Temple erstarrte. »Das ist der Mann, der Michaela töten wollte?«

»Ja«, sagte Nick betrübt.

»Das wird Rein nicht gefallen«, stellte Temple fest, während er den Mörder betrachtete.

Den Earl of Stanhope, Christian Chandler.

Rein sprach drei Tage nicht, hielt sich an Deck auf und überwachte die Reparaturarbeiten. Von Cabai erfuhr Michaela einiges über die Schlacht, doch sie hatte keine Ahnung, was in Reins Kopf vor sich ging. Beim Essen schwiegen sie, ihr Bett blieb leer, Rein schlief an Deck. Sie versuchte, sich damit zu trösten, dass er das für sie tat, doch sie war es leid, wie scharf er sie ansah, wenn sie etwas sagte, und wie er seine Leute anfauchte.

Sie zupfte an ihrem Samtkleid, das Cabai hervorragend ausgebessert hatte. Die verbrannten Ärmel hatte er bis zu den Ellbogen abgeschnitten. Ohne das zerstörte Krinolinen-Gestell war das Kleid zu lang gewesen. Cabai hatte den überschüssigen Stoff weggeschnitten und den neuen Saum mit einem Goldband gefasst. So kann ich mich wieder zeigen, dachte sie. Ruhelos erhob sie sich von der Bank und trat an das Regal, um ein Buch zu suchen, das sie in den letzten Tagen noch nicht gelesen hatte. Schon hob sie die Hand, ließ sie jedoch wieder sinken und gab Rahjin einen Wink. Die Raubkatze kam zu ihr geschlichen, als fürchtete sie einen Tadel.

»Ach, mein Schatz, es ist schlimm, nicht wahr?«, flüsterte Michaela, ging in die Hocke und streichelte ihre neue Freundin. Die Pantherin legte sich auf den Rücken, und Michaela drückte die Wange gegen ihren Kopf. Sie seufzte zusammen mit Rahjin.

Die Tür öffnete sich. Michaela blickte zu Cabai hoch.

Der Araber lächelte und schloss mit der einen Hand die Tür. In der anderen hielt er ein Tablett.

»Ich bin nicht hungrig.«

»Meine Herrin muss essen.«

»Deiner Herrin ist nicht danach.«

»Herrin«, warnte er leise.

»Leistet Rein mir Gesellschaft?«

Er schüttelte den Kopf.

Michaela sah Rahjin aus nächster Nähe in die Augen. »Das hört jetzt auf«, flüsterte sie. »Am besten gehst du in Deckung.«

Michaela erhob sich und schritt zur Tür. Dabei ignorierte sie Cabais inständige Bitten, nichts zu unternehmen. Als sie ins Freie trat, atmete sie die frische Seeluft ein. Es war bereits tropisch warm, doch Rein hatte ihr nicht einmal verraten, ob sie der Insel nahe waren oder nicht.

Er hatte ihr auch keinen guten Morgen gewünscht!

Michaela trat in den Sonnenschein hinaus und atmete tief ein.

Warmer Wind zerrte an den Segeln. An Deck herrschte rege Aktivität. Sie entdeckte ihren Mann auf dem Achterdeck, den Fuß auf das Geländer gestellt, den Blick in die Ferne gerichtet. Er wartet auf Colin, dachte sie und lächelte den Matrosen zu, die ihr auswichen oder ihr über Taurollen hinweghalfen. Am Fuß der Leiter raffte sie die Röcke und kletterte nach oben.

Als ihr Kopf über der Kante auftauchte, warf Leelan ihr einen warnenden Blick zu. Danach wandte der Steuermann sich wieder dem Kapitän zu. Michaela stieg weiter hinauf. Sofort eilten ihr zwei Maate zu Hilfe.

»Guten Morgen, Mr Basilia, Mr Quimby.«

Während der Engländer errötete, lächelte der Grieche. »Guten Morgen, Mylady.«

»Wie weit sind wir noch von der Insel entfernt?«

Basilia und Quimby warfen einen Blick auf Reins Rücken und dann auf den Steuermann.

Leelan deutete mit einem Kopfnicken nach vorne. Michaela wurde zornig. Sanctuary war keine Stunde mehr von ihnen entfernt. Bald sollte sie Reins Familie kennen lernen – seine Mutter und seinen Vater sowie seine Freunde. Doch er hatte sie nicht darauf vorbereitet. Wieder fühlte sie sich ausgeschlossen. In den nächsten Tagen würden seine Angehörigen sie scharf im Auge behalten, und sie wollte ein Bild perfekter Harmonie bieten. Doch Rein beachtete sie nicht.

Sie trat an seine Seite. »Ich will mit dir sprechen.«

»Jetzt nicht.« Er sah sie nicht einmal an.

»Doch, jetzt.«

»Michaela.«

Sie beugte sich zu ihm. »Er ist weg und kommt nicht zurück. Er hatte seine Gründe für den Angriff, und du kannst jetzt nichts mehr machen. Du musst auf das nächste Zusammentreffen warten.«

»Das betrifft dich nicht.«

Sein abweisender Ton verletzte sie. »Wenn du mich noch einmal von dir stößt, Rein Montegomery, helfe dir Gott«, zischte sie. »Dann durchbohre ich dich mit dem Schwert deines Großvaters!«

Er verkrampfte sich. »Das war nicht mein Großvater.«

»Doch, und Ransom ist dein Vater. Aurora ist deine Mutter. Und deine finstere Miene … deine Angehörigen werden es erfahren, sobald wir von Bord gehen. Wirst du erzählen, dass Colin Seeräuber ist?«

»Nein.«

»Dann wird also zwischen uns beiden eisiges Schweigen herrschen?« Michaelas Mitgefühl schwand und machte großem Zorn Platz. »Ich will mit meinem Mann und nicht mit einer verdammten Mauer reden! Ich will ihn nachts in meinen Armen halten und ihn besänftigen, selbst wenn er …« Ihre Stimme brach. »Selbst wenn er mich nicht will.«

Er hielt den Blick weiterhin auf das schäumende Kielwasser der *Empress* gerichtet, ballte jedoch die Faust.

»Komm in die Kabine und sprich mit mir.«

»Es gibt nichts zu besprechen.«

»Verstehe. Offenbar bedeutet dir unsere Ehe sehr wenig, wenn du in der entsprechenden Stimmung bist.«

Seine Augen flackerten wild. »Ich will dein Mitgefühl nicht, Frau. Diese Angelegenheit geht dich nichts an und wird dich auch nie betreffen. Geh in die Kabine, und lass mich in Ruhe!«

Um sie herum rissen die Matrosen die Augen auf, doch Michaela hielt Rein stand. »Jetzt verstehe ich, wieso er auf dich geschossen hat«, fauchte sie. »Du bist in die Fußstapfen des Bastards getreten, dem du nicht ähnlich werden wolltest!«

Reins Augen blitzten auf, als er ihr nachblickte, wie sie zur Leiter eilte. Sie stieg nicht hinunter, sondern sprang. Rein stürzte zur Reling und sah Michaela in Cabais Armen. Rasch trug der riesenhafte Mann sie weg. Rein wollte ihr schon folgen, drehte sich dann jedoch um und bezog wieder Posten auf dem Achterdeck. Und er blickte erneut auf die See hinaus und wartete auf Colin, um den unverschämten Kerl dafür zu verprügeln, dass er ihn zum Kampf herausgefordert hatte.

Michaela stand im Bug. Nachdem sie sich ausgeweint hatte, war sie wieder ruhig. Wie konnte Rein so liebenswürdig und offen sein und sie dann nach Wochen so herzlos von sich stoßen? Jetzt verstand sie, woher sein Ruf stammte. Sie war verletzt und versuchte, alles von Reins Standpunkt aus zu sehen und zu verstehen, weshalb Colins Angriff ihn dermaßen getroffen hatte. Vielleicht wandte er sich ihr wieder zu, wenn sie ihn in Ruhe ließ. Sie konnte ihm wenigstens Frieden schenken, nachdem er ihr so viel gegeben hatte. Ihr blieb auch keine andere Wahl. Selbst wenn er neben ihr stand, war er weit von ihr entfernt.

Die *Empress* näherte sich dem Land, umsegelte Untiefen und Klippen und erreichte eine Durchfahrt, die für kein Schiff geeignet war, das größer als die *Empress* war. Und auch sie konnte nur bei Flut passieren. Leelan hatte ihr alles erklärt.

Michaela hielt den Atem an, als sie die Lücke im Riff und die gezackten Felsen unter der Oberfläche entdeckte. Die Klippen links und rechts waren so nahe, dass sie die Felsen fast berühren konnte. Doch die *Empress* glitt mühelos hindurch und erreichte ruhiges Gewässer. Die Matrosen holten die Segel ein und banden sie fest. Jetzt verstand Michaela, wieso Reins Vater diese Insel ausgewählt hatte. Man sah von außen nicht, dass sie bewohnt war, und wer es nicht verstand, durch die Lücke im Riff zu navigieren, erlitt unweigerlich Schiffbruch.

Ihr Blick schweifte über die Matrosen, die sich schon auf den Landgang freuten, zu ihrem Mann. Er erteilte ungeduldig die Befehle und sah zu ihr. Nur einen Moment stockte er. Rahjin stupste ihre Hand an, und sie streichelte das weiche Fell.

»Bist du noch meine Freundin?« Die Pantherin lehnte sich schnurrend gegen sie. Michaela hielt sich an der Reling fest und betrachtete die Insel.

Sie sah eine Stadt vor sich. Üppige Vegetation bedeckte das Land, Wolken hingen über den Bergen, die sich vor dem Himmel abhoben. Hinter der sandigen Küstenlinie leuchteten unzählige Blumen. Menschen hielten sich auf den Straßen und vor Häusern mit großen Gärten auf. Die Hauptstraße zog sich an der Küste entlang, an der es weiter entfernt einen Ausguck gab. An den Berghängen wuchsen Kaffee und Zuckerrohr. Michaela entdeckte Geschäfte, sah spielende Kinder, hörte Lachen und fing den köstlichen Geruch gerösteter Schweine und frisch gebackenen Brotes auf.

Ein Paradies, dachte sie, beschirmte die Augen und hob den Blick zum größten Haus oberhalb der Siedlung. Einstöckig, breit und mit einer von der Sonne weiß gebleichten Fassade, schmiegte es sich an den Berg. Veranden und Balkone passten sich mit Stelzen dem unebenen Boden an. Eine gepflasterte Straße führte von der Siedlung zum Haus hinauf, gesäumt von Büschen und blühenden Bäumen. Der Duft der Blüten hing in der Luft. Michaela atmete ihn tief ein und wünschte sich, hier aufgewachsen zu sein.

Das Geräusch von Schritten und Hufschlag lenkte ihre Aufmerksamkeit zur Siedlung. Ein Mann ritt auf den Kai zu, eine Frau saß vor ihm. Mehrere Leute folgten und winkten den Männern an Bord aufgeregt zu. Michaela warf einen Blick zu Rein. Er starrte noch immer aufs Meer hinaus.

Männer sprangen über die Reling und warteten nicht auf den Landungssteg, um ihre Freunde und Angehörigen zu begrüßen. Michaela krampfte sich das Herz zusammen, als ein Kind freudig in die Arme seines Vaters eilte. Leelan stand auf dem Kai. Ob er eine Familie hatte? Gleich darauf erkannte sie, dass die meisten Kinder zu ihm rannten.

Ihr Blick kehrte zu dem Paar zurück. Mühelos erkannte sie die Ähnlichkeit zwischen Colin und diesem Mann.

Ransom. *Amar Asad*. Der Rote Löwe.

Gleich würde sie eine Legende kennen lernen.

Ihr Blick wanderte zu der Frau. Aurora. Sie war zierlich. Das schwarze Haar, von silbernen Strähnen durchzogen, fiel über ihre Schultern bis auf den Bauch des Pferdes hinunter. Ein schlichtes blaues Kleid umhüllte ihre Gestalt.

Mit Rahjin an ihrer Seite trat Michaela an die Reling. Der Landungssteg lag bereits an seinem Platz. Sie wandte sich zu Rein. Sein Gesicht war angespannt.

Ein Ruf erklang in der Menge. Ransom und Aurora saßen soeben ab. Ransom ging voraus, blieb jedoch mit verschränkten Armen am Fuß des Landungsstegs stehen.

Aurora schob ihn beiseite. Er sah lächelnd auf sie hinunter und betrachtete sie, während sie an Bord eilte und sich Michaela zuwandte.

»Ihr müsst Aurora sein«, sagte Michaela.

»Die bin ich. Und wer seid Ihr?«

Michaela warf einen Blick auf Reins Rücken. »Ich bin Reins Ehefrau Michaela.«

»Wie schön!« Aurora ergriff Michaelas Hände und rief Ransom zu: »Ich hatte Recht!«

Ransom warf Rein einen finsteren Blick zu. »Sage deinem Sohn, dass er sofort dieses Schiff verlassen und uns angemessen begrüßen soll.«

Aurora lachte und deutete auf Rein. »Er ist wohl im Moment ein klein wenig biestig, nicht wahr?«

Michaela tat es leid, dass ihr erstes Zusammentreffen mit seiner Familie so verlief. »Ein klein wenig.«

Aurora drehte sich um und rief energischer, als man ihr zugetraut hätte: »Dahrein Vasin Montegomery!«

Rein richtete sich hoch auf, drehte sich um und trat zur Leiter.

»Dahrein?«, fragte Michaela und sah ihrem Mann entgegen.

»Aha«, sagte Aurora. »Dann hat er dich also auch belogen?«

31

Rein blickte auf Aurora hinunter. Zwischen ihnen herrschte Schweigen. Dann hob sie die Hand und strich ihm die Haare aus der Stirn, wie sie das schon tausende Male getan hatte. Er dachte daran, wie er bei ihr aufgewachsen war und was er von ihr gelernt hatte. Und er erinnerte sich an die letzten Worte, die er zu ihr gesagt hatte. Sie waren hart gewesen und hatten sie verletzt. Und noch vor dem Ende dieses Besuchs würde er sie erneut verletzen.

Rein schluckte heftig, hielt ihre Hand fest und zog sie an seine Lippen. »Verzeih mir, Mutter.«

Michaela beobachtete die beiden und beneidete sie um die Bindung, die eindeutig zwischen ihnen bestand. Sie sprachen ohne Worte miteinander. In Auroras Augen standen Tränen.

»Ich habe dir schon an dem Tag verziehen, an dem du uns verlassen hast, mein Sohn«, sagte sie und streichelte seine Wange. Er lächelte zum ersten Mal seit Tagen zärtlich, umarmte sie und hob sie von den Planken hoch. Und sie erwiderte die Umarmung.

Rein stellte Aurora wieder auf die Beine und betrachtete ihr schönes Gesicht. Etwas in ihm brach. Sie legte die Hand an seine Schulter auf die Stelle, an der ihn Michaelas Kugel getroffen hatte.

»Das ist gut verheilt«, sagte sie. Michaela rang nach Luft.

»Das weißt du doch«, bestätigte er lächelnd.

»Ich habe deine Frau schon kennen gelernt.« Es war

ein Tadel, weil er Michaela nicht vorgestellt hatte. Er blickte zu Michaela, die verloren an der Reling stand und mühsam lächelte. Und er kam sich wie der letzte Schuft vor. Er hatte sie beschämt, hatte sie angeschrien, und dabei hatte sie doch nur ihn. Er kam zu ihr und legte ihr den Arm um die Taille. Obwohl sie sich verkrampfte, drückte er einen Kuss auf ihr Haar. Erst als sie sich von ihm löste, erkannte er den Schaden, den er mit seinem unbeherrschten Zorn angerichtet hatte.

Aurora beobachtete sie beide. Es war klar, dass sie Rein die Schuld zuschob. »Kommt, Ransom wird schon ungeduldig.«

Rein betrat mit seiner Mutter und seiner Frau den Landungssteg und blieb vor seinem Vater stehen. Rein zog sich das Herz zusammen. Ransom war etwas grauer und fülliger geworden, hatte sich sonst jedoch nicht verändert. Endlich lächelte Ransom und umarmte ihn.

»Wir haben dich vermisst.« Er drückte Rein fester an sich. »Und wenn du deine Mutter noch einmal warten lässt und auf die See hinausstarrst«, flüsterte er ihm ins Ohr, »versohle ich dir den Hintern, dass du nicht mehr sitzen kannst.«

Rein lächelte. »Aye, Sir.« Er zog Michaela näher zu sich heran. Sie betrachtete Ransom voll Ehrfurcht. »Meine Frau, Michaela Denton.«

Sie streckte die Hand aus. »Montegomery«, sagte sie leise und knickste. »Es ist mir eine große Freude, Mylord.«

Ransom küsste ihr lächelnd die Hand. »Seht mich nicht so ängstlich an, Mädchen. Ich beiße nicht.«

»Doch, Liebster, das tust du sogar sehr oft«, bemerkte seine Frau. »Und genau an den richtigen Stellen.«

»Freches Frauenzimmer«, murmelte er lächelnd.

»Stimmt«, erwiderte sie und wandte sich an Michaela. »Kommt ins Haus. Ihr müsst hungrig und müde sein.«

»Hungrig schon, müde nicht. Ich habe während der Überfahrt nichts getan, als mich in der Kabine auszuruhen.«

Aurora warf Rein einen tadelnden Blick zu. »Offenbar kein guter Ehemann«, stellte sie fest, legte den Arm um Michaela und zog sie von ihm weg.

Die beiden Frauen schritten nebeneinander und unterhielten sich leise. Rahjin folgte Michaela auf dem Fuße. Rein und Ransom gingen hinter ihnen, wobei Ransom das Pferd am Halfter führte.

»Sie ist schön«, stellte Ransom fest. »General Richard Dentons Tochter?«

Es überraschte Rein, dass Ransom informiert war. »Ja.«

»Was stimmt zwischen euch nicht?«

Rein blickte starr geradeaus. »Nichts.«

»Belüge mich nicht, Dahrein.« Ran beugte sich zu seinem Ohr. »Das sieht jeder. Bring in Ordnung, was du verpatzt hast, und zwar schnell.«

»Du gibst mir die Schuld?«, fragte Rein abwehrend.

»Ich gebe niemandem die Schuld, weil ich nicht weiß, wieso du deine Frau so unhöflich behandelst, aber ich kenne dich, mein Sohn.«

Rein zuckte zusammen.

»Dein verdammtes Temperament ist zusammen mit dir gewachsen. Muss ich dich daran erinnern«, fuhr Ransom schärfer fort, »dass du das letzte Mal deine Mutter gekränkt hast?«

Rein schämte sich, weil er Aurora angeschrien hatte, sie solle aufhören, ihn mit ihrer Fürsorge zu ersticken. Sie solle doch daran denken, was geschehen war, als er Shaarai geheiratet hatte, und er wäre gern allein und wollte es auch bleiben. Und er hatte ihr auch gesagt, sie sollte sich aus seinem Leben heraushalten. Danach hatte Ran ihn verprügelt.

»Ich habe eure Wünsche erfüllt und geheiratet.«

»Sie wollte dich glücklich sehen, das ist alles«, erwiderte Ransom müde und folgte den anderen. »Solche Gefühle findet man selten«, sagte er mit einem Blick auf seine Frau. »Beachtet man sie nicht, bezahlt man mit seiner Seele.«

Rein betrachtete ihn zweifelnd.

»Wenn man mit deiner Mutter unter demselben Dach lebt, lernt man so einiges«, sagte Ransom trocken.

Begeisterte Rufe ertönten. Kinder liefen auf Rein zu. Ransom wich lächelnd zurück, während die Kinder Rein umarmten und an ihm hochhüpften, bis er sich herunterbeugte und sie ihn auf die Wangen küssen konnten. Lächelnd hob er einen zehnjährigen Jungen auf den Rücken und nahm ein jüngeres Mädchen auf die Arme, während ein braunhaariger Junge sich an sein Bein klammerte. Das Kind mit sich ziehend, trat er zu Michaela.

»Diese Affen sind meine Geschwister«, erklärte er und stellte sie einzeln vor, doch bevor Michaela etwas sagen konnte, blickte er an ihr vorbei. Sie drehte sich um und sah eine junge Frau, die nicht älter als siebzehn sein konnte, ein atemberaubendes Ebenbild ihrer Mutter. Rötliche Strähnen durchzogen das schwarze Haar, das seitlich bis über die Hüften herunterhing.

Rein blinzelte ihr zu.

Die Hände in die schmalen Hüften gestützt, streckte sie ihm die Zunge heraus, und die Kinder ließen sich wie Eichhörnchen von einem Baum fallen, bevor Rein hinter ihr herlief. Sie floh, aber er fing sie, warf sie sich über die Schulter und ließ sie dann auf seine Arme gleiten.

Nach einigen Schritten stellte er sie wieder auf den Boden. »Michaela, das ist Viva, meine kleine Schwester.«

»Wenn ich wie eine kleine Schwester auf dich wirke, brauchst du eine Brille, weil du schon so alt bist.«

»Frecher Rabenbraten.«

»Strolch.« Sie hauchte ihm einen Kuss auf die Wange und flüsterte: »Willkommen zu Hause, Bruder.« Danach wandte sie sich an Michaela. »Geneviève«, sagte sie und rammte ihm den Ellbogen in die Seite.

»Freut mich«, erwiderte Michaela. Rein lächelte strahlend, und sie wünschte sich, es würde ihr gelten.

»Geneviève? Wie erwachsen«, spottete er und zerzauste ihr das Haar.

Sie schrie auf und strich es wieder glatt. »Offenbar benehme ich mich erwachsener als du.« Damit nahm sie das kleinste Kind auf den Arm und scheuchte die anderen vor ihren Eltern her.

»Sie ist schön«, stellte Michaela fest.

»Und wild.« Sein Lächeln erlosch, als er den Schmerz in ihren Augen sah.

»Eine große, liebevolle Familie – was für eine Überraschung«, sagte sie scharf, und Rein begriff, dass er sie nicht darauf vorbereitet hatte. »Was geschieht mit uns, Rein?«, fragte sie leise.

Sofort verschloss sich seine Miene. Er wehrte sich gegen die bittere Enttäuschung über Colin und seinen eigenen Anteil an Colins Entscheidung für das Piratenleben. »Nichts. Wir sind noch dieselben.«

»Ich schon, aber du zeigst mir, wie kaltherzig du sein kannst. Aber wieso nur mir gegenüber?« Sie wandte sich ab und ging steif weiter.

Rein sah ihr finster nach und nahm alle Schuld auf sich. Das Wiedersehen mit Colin hatte ihn härter getroffen, als er für möglich gehalten hätte. Er brauchte Zeit, um seinen Zorn in den Griff zu bekommen. Während er Michaela folgte, überlegte er, dass sie vielleicht nicht mehr mit ihm sprechen wollte, wenn er Frieden gefunden hatte. Doch er konnte sie nicht anrühren. Er hatte ihr versprochen, das niemals im Zorn zu tun. Hoffentlich verstand sie das.

Die Kinder liefen nach allen Richtungen auseinander. Aurora wartete an der Haustür und führte Michaela sofort durch das Haus in den ersten Stock und in ein Zimmer. Rahjin kam hinter ihr her, suchte sich eine Stelle und streckte sich auf dem Fußboden aus. Rein stand in der Tür und sah zu, wie seine Mutter sich in seinem alten Schlafzimmer zu schaffen machte. Sie bestand darauf, dass seine Frau Kräutertee trank, ob sie nun krank war oder nicht. Aurora bemühte sich, damit Michaela sich wie zu Hause fühlte. Er sah Michaela jedoch an, dass ihr so viel Aufmerksamkeit unangenehm war.

»Wenn Euer Gepäck gebracht wird …«

»Ich habe kein Gepäck.«

Aurora sah Rein tadelnd an.

Er winkte ab, bevor sie mit ihm schimpfen konnte. »Wir haben London in größter Eile verlassen.«

Aurora betrachtete Michaelas Gestalt. »Ich habe einiges, das Ihr anziehen könnt, und Viva auch.«

»Viva ist ein Kind«, wandte Rein ein. »Ihre Kleider sind am Busen zu eng.«

Michaela wurde rot, und Aurora lächelte. »Bist du denn mit ihrem Busen vertraut genug, um das zu wissen?«

»Beim Donner«, grollte er.

Cabai trat ein und verbeugte sich tief vor Aurora.

Sie erwiderte den Gruß. »Cabai gehört zur Familie«, erklärte sie Michaela. »Ich überlasse Euch seiner Fürsorge.« An der Tür drehte sie sich noch einmal um. »Ich rufe Euch zum Essen.«

Rein wollte sich an Aurora vorbeizwängen, doch sie verwehrte ihm den Eintritt und schob ihn energisch wieder aus dem Zimmer. »Ich muss dir etwas sagen, Dahrein. Komm!«

Michaela lächelte über seine hilflose Miene, als ihn seine zierliche Mutter auf den Korridor beförderte und die Tür schloss. Allerdings bezweifelte sie, dass ihre Schwiegermutter Reins Stimmung ändern konnte.

Sie ließ sich auf das Bett sinken. Cabai kniete sich hin und zog ihr die Schuhe aus. Danach drückte er sie auf das Bett. Obwohl sie behauptete, nicht müde zu sein, schlief sie sofort ein.

Aurora ging den Korridor entlang und die geschwungene Treppe hinunter, ohne sich umzusehen, ob Rein ihr folgte. Sie wusste es, genau wie sie wusste, dass er sich seiner Frau gegenüber unmöglich verhalten hatte. Sie hatte alles in ihrem *keek stane* gesehen, die rötlichen Locken und noch viel mehr. Aber als sie das letzte Mal mit ihm darüber gesprochen hatte, war er für Jahre weggegangen. Daher behielt sie ihr Wissen für sich.

Sie ließ Rein in Ransoms Arbeitszimmer eintreten und schloss hinter ihm die Tür.

Ransom stand am Fenster und hielt die Hände auf dem Rücken verschränkt. »Soll ich das Porzellan wegräumen?«, fragte er.

Sie lächelte und betrachtete Rein voller Stolz. Er war zu einem kraftvollen und attraktiven Mann herangewachsen. »Du hast den Pfad deines Bruders gekreuzt.«

Reins Gesicht erstarrte.

»Ich habe es letzte Nacht geträumt, aber ich kenne den Grund nicht.«

»Er führt eine Brigg mit vierzig Kanonen, und er hat auf die *Empress* gefeuert.«

Ransom fluchte.

»Er betreibt Piraterie.«

Ransom sah drein, als wollte er explodieren.

»Ich hätte beinahe seine Brigg versenkt. Und er lachte auch noch. Es ist, als wollte er getötet werden!« Rein rieb sich den Nacken. »Er hegt Groll gegen mich.« Bis jetzt hatte er jedoch nicht gewusst, wie groß dieser Groll war.

»Er ist schon eine Weile fort, und es ist nicht deine Schuld, dass du vor ihm in unser Leben getreten bist.«

»Er glaubt, ich habe euch ihm weggenommen. Er ist euer Erstgeborener.«

»Das bist du«, versicherte Aurora und hielt ihn an den Armen fest. »Wir haben ihm das Gleiche gegeben wie dir.«

Sie alle wussten, dass Colin mehr hatte. Er hatte Ransom und Aurora sein ganzes Leben lang gehabt. Rein verwünschte ihn dafür, dass er nicht begriff, wie glücklich er sein sollte. »Lieber hätte ich die *Empress* geopfert, als ihm etwas anzutun, und er weiß das. Er hat meine Loyalität ausgenutzt, verdammt. Ich würde ihn am liebsten verprügeln!«

Aurora blickte ihn mahnend an. Als er sich etwas beruhigt hatte, drückte sie seine Arme.

»Es ist nicht deine Schuld. Nur Colin weiß, was in seinem Herzen vor sich geht. Er will du sein. Er neidet dir das Leben, das du hattest – dass du mit Ransom gesegelt bist und die ganze Welt herausgefordert hast. Doch es war seine Entscheidung, Pirat zu werden.« Sie zuckte die Schultern. »Du kannst bei ihm nicht länger den klugen älteren Bruder spielen. Er ist ein erwachsener Mann.«

Es sah seiner Mutter ähnlich, alles im richtigen Zusammenhang zu betrachten. »Weshalb hat er seine Bildung nicht genutzt, sondern fährt zur See und tritt in die Fußstapfen seines Vaters?«

Ransom lachte leise. »Das tut er nicht, wenn er sich mit Räuberei durchs Leben schlägt.«

»Er wusste, dass es mein Schiff war«, erklärte Rein. »Er wusste auch, dass ich ihn nicht versenken würde. Und er überließ es mir, euch zu unterrichten.«

»Colin muss erst noch reifer werden, Rein«, sagte sein Vater bedauernd. »Und dafür müssen wir ihn in Ruhe lassen.«

»Und wenn er sich dafür einen Strick um den Hals einhandelt?«

Aurora zuckte zurück. »Ich werde über ihn wachen.«

»Was ist, wenn du zu weit von ihm weg bist und wir alle ihm nicht helfen können?«

»Deine Mutter hat Recht«, meinte Ransom.

Aurora wandte sich an ihren Mann. »Mit Komplimenten erreichst du nichts bei mir, Ransom Montegomery.«

»Bisher habe ich damit immerhin über ein halbes Dutzend Kinder erreicht, Liebste«, antwortete er lächelnd und küsste sie auf die Nasenspitze. »Und die zahlreichen Versuche zwischen den einzelnen Kindern.« Er sah Rein an, während er seine Frau an sich drückte. »Wenn Colin Manns genug ist, ein Schiff zu führen, ist er auch Manns genug, dafür den Preis zu bezahlen.«

Rein war nicht überzeugt.

»Vertraue auf die Methoden deiner Mutter, Rein.«

»Das tue ich«, erwiderte Rein.

Nun war Aurora nicht überzeugt.

»Was habe ich jetzt wieder getan?«, fragte Rein seine Eltern.

»Beherrsche deinen Zorn und richte ihn niemals gegen diejenigen, die ihn nicht verdienen«, mahnte Aurora. »Sonst verlierst du mehr, als du ahnst. Ich habe dir beigebracht, wie du den Aufruhr in dir beschwichtigen kannst, Rein. Aber es gibt auch noch andere Methoden. Geh zu deiner Frau und lass dir von ihr helfen.«

»Das kann ich nicht. Ich fürchte, dass ich sie verletzen könnte. Ich habe ihr versprochen, nicht im Zorn zu ihr zu kommen, und kann diesen Schwur nicht brechen. Nicht nachdem … Ich kann es einfach nicht.«

Aurora nickte und zog Ransom mit sich. »Komm, Schatz. Ich muss mich um das Essen kümmern und die Kinder suchen.«

Ransom zog sie an sich und strich ihr die Haare aus dem Gesicht. »Nein, ich muss meine Frau lieben. Rein, lass uns allein.«

Rein gehorchte und schloss rasch die Tür, als Ransom Aurora küsste. Er blickte die Treppe hinauf und lief nach oben. Sein Zimmer war jedoch leer. Nur die Vertiefung im Kopfkissen bewies, dass Michaela hier gewesen war. Cabai verstaute soeben geliehene Kleidung in Schubladen und im Schrank, zuckte auf Reins Fragen jedoch mit den Schultern und war sichtlich verärgert.

Rein lief nach unten und durch die Küche, fand dort aber nur Diener, die er begrüßte, bevor er ins Freie eilte. Nach einer Stunde machte er sich bereits Sorgen, bis er Lachen hörte.

Zwischen Zweigen hindurch blickte Rein in den Garten neben dem Haus. Viva und Michaela saßen nebeneinander, hatten die Röcke hochgezogen und ließen die nackten Füße in einen Brunnen hängen. Rein lehnte sich gegen einen Baumstamm und sah ihnen zu. Der Kontrast zwischen den beiden war atemberaubend. Viva war ein schönes, wildes Wesen, doch noch ein Kind. Ihr schlanker Körper war bei weitem nicht der einer Frau. Michaela dagegen war wohl gerundet, üppig und … reif. Wie Viva trug sie das Haar offen. Die rötlichen Locken flatterten im Wind. Er sehnte sich nach ihr, wusste jedoch, dass sie nicht mit ihm sprechen würde, Genau wie er wusste, dass Aurora mittels ihres verdammten *keek stane* über Colin wachen würde. Flüchtig fragte er sich, ob es ihn vielleicht nur ärgerte, dass er im Gegensatz zu ihr nichts in dem schwarzen Glas der Seherin erkannte.

Dann fing er seinen Namen auf. Viva beugte sich zu seiner Frau und flüsterte mit ihr. Michaela reagierte betroffen. Das sah Viva ähnlich. Schließlich stand seine Schwester auf, griff nach ihren Sandalen und winkte Michaela, ihr zu folgen. Michaela bot Rein einen reizvollen Anblick, als sie sich bückte. Und er erinnerte sich daran, wie er sie das letzte Mal geliebt hatte.

Er fühlte noch, wie sie ihn in sich aufgenommen hatte.

Als das Verlangen unerträglich wurde, stieß er sich von dem Baum ab und ging zu dem Berg.

»Dort ist er«, sagte Viva und zeigte auf den Berg.

Michaela blickte in die angegebene Richtung. »Ach, du liebe Güte«, hauchte sie. Ohne Hemd und Stiefel, das Haar offen, bewegte Rein sich wie ein Tier, das im Dschungel aufgewachsen war. Die Muskeln in seinem Rücken und an seinen langen Armen spannten sich, während er höher kletterte. Michaela reckte sich, als er zwischen Bäumen verschwand, und rang nach Luft, als er vor einer Felswand wieder auftauchte. »Das ist zu gefährlich«, flüsterte sie. Ihr Herz hämmerte, während er sich höher zog und sich nur mit den Fingern und den nackten Zehen an der Wand festhielt.

»Für ihn ist das, als würde er eine Treppe hinaufsteigen«, erwiderte Viva gelassen und zog Michaela mit sich. Doch Michaela wehrte sich. Der Anblick seines geschmeidigen muskulösen Körpers faszinierte sie. Er kletterte wie eine Katze höher und immer höher. Dies war eine seiner Seiten, die weit von dem Gentleman entfernt war, der im White's gespielt hatte und sich stets so würdevoll gab. Dieser Mann war exotisch und ursprünglich, und hier befand er sich in seinem Element.

Michaela sehnte sich danach, bei ihm zu sein.

Viva hatte jedoch andere Vorstellungen. Michaela stolperte, weil Viva an ihrer Hand zerrte, und folgte ihr endlich. Als sie noch einmal zurückblickte, war Rein verschwunden. Zusammen mit Viva besuchte sie ein kleines Geschäft, angefüllt mit Kräutern und Tinkturen, dann einen Laden für Gewürze. Aurora stieß mit einem dunkelhaarigen Baby zu ihnen, und als sie endlich wieder das Haus erreichten, dachte Michaela nur noch an das Wiedersehen mit ihrem Mann.

Sie fand ihn. Er war soeben schmutzbedeckt und verschwitzt vom Berg zurückgekehrt und wirkte unwiderstehlich anziehend.

Die Stiefel hielt er in der Hand, das Hemd hatte er sich über die Schulter gehängt. Rein blieb in der Diele stehen, achtete nicht auf seine Mutter und seine Geschwister, sondern sah nur seine Frau an.

Ihre Blicke hielten einander umfangen.

Er war außer Atem und sah wild aus.

Sie war erhitzt und barfuß.

»Michaela, ich …«

Er kam einen Schritt näher. Sie wich zurück, und in ihren Augen entdeckte er Angst. Es brachte ihn fast um. Sein Vater rief nach ihm und erschien in der Diele.

Rein und Michaela achteten nicht auf ihn.

»Wasch dich und reite mit mir auf die Felder, Dahrein. Vielleicht solltest du dir ansehen, was du verkaufst.«

»Michaela, könnt Ihr mir mit diesen beiden hier helfen?«, fragte Aurora, und ein Kind prallte gegen Michaelas Bein und hielt sich fest. Sie verlor das Gleichgewicht. Rein sprang auf sie zu und stützte sie.

»Ich muss mit dir sprechen.«

Ihre Augen verdüsterten sich. »Ich glaube, du hast heute schon genug gesagt.«

Er stöhnte leise. »Michaela ...«

Innerer Widerstand strömte von ihr aus, als sie sich ihm entzog.

Rein wusste nicht, ob er lächeln sollte oder nicht. Ransom rief erneut nach ihm, und die Kinder zogen Michaela zur Küche. Seufzend wandte Rein sich ab.

Rein versuchte noch zweimal, mit Michaela zu sprechen, doch in diesem verdammten Haus gab ihm niemand dazu die Gelegenheit. Wenn seine Mutter nicht gerade Michaela zeigte, wie man Tinkturen herstellte, oder Viva über Leelan Baynes' ältesten Jungen sprach, der sehr attraktiv geworden war, wich sie ihm aus und sorgte dafür, dass er sie nicht berührte. Das verdiente er, weil er sie so schlecht behandelt hatte, doch es hätte ihm genügt, sie einen Moment für sich zu haben.

Der Riss zwischen ihnen ging tief, und Rein wollte nicht, dass sich die Kluft wegen seines albernen Verhaltens noch erweiterte. Endlich fand er sie im kleinsten Zimmer des Hauses. Sie hielt Max, seinen jüngsten Bruder, in den Armen. Der Anblick traf ihn wie ein Schlag. Er stützte sich an den Türrahmen und sah zu, wie sie die Wange des Babys streichelte und einen Kuss auf die weichen Haare drückte. Er runzelte die Stirn, als sie das Baby an ihre Brust drückte, als hätte sie sonst niemanden, an den sie sich halten konnte. Und dann hörte er sie leise weinen.

Er wich zurück und lehnte sich neben der Tür an die Wand. Er hatte Angst, sie zu verlieren, und zerbrach sich den Kopf, wie er sich ihr nähern konnte. Mit gesenktem Kopf blickte er zur offenen Tür.

Seine Mutter eilte mit frisch gewaschener Wäsche auf den Armen an ihm vorbei. »Du machst wieder dieses viel sagende Gesicht«, raunte sie ihm zu.

Rein lächelte, weil er von Michaela schon oft etwas Ähnliches gehört hatte. »Ich weiß«, erwiderte er und zog ganz bewusst eine lüsterne Miene.

Sie schüttelte den Kopf, eilte weiter und verbarg ihr Lächeln hinter der sonnengebleichten Wäsche.

32

Er kam lautlos zu ihr.

Nur Wärme auf ihrer Haut.

»Verzeih mir, Liebste«, hauchte Rein in der Dunkelheit. »Bitte, verzeih mir.«

»Wo warst du?«, fragte Michaela mit brüchiger Stimme.

»Weg, Liebste, damit ich dir nicht wehtun kann. Ich habe dir versprochen, dich nie im Zorn zu berühren. Ich habe es fest versprochen.«

Die Decke glitt von ihrem warmen Körper und enthüllte die fraulichen Rundungen.

Michaela öffnete die Augen. Rein war nichts weiter als ein Schatten vor dem silbrigen Mondlicht, das in ihr Zimmer fiel.

»Verzeih mir«, flüsterte er heiser. »Ich wollte nicht so grausam sein.«

Sie strich sein Haar zurück und legte ihm die Hände an die Wangen. »Colin hat dich verletzt, ich weiß. Hättest du bloß mit mir geredet, Rein, hätten wir …«

Er legte ihr den Zeigefinger an die Lippen. »Ich hatte Angst, dich zu berühren. Womöglich hätte ich dich so begehrt und versucht, meinen Schmerz auf dir abzuladen, dass ich dich mehr als mit Worten verwundet hätte.«

»Ach, Rein!«, rief sie voll Mitgefühl, zog ihn zu sich herunter und stöhnte, als sie seine Lippen und seinen warmen, nackten Körper fühlte. Er drückte sie auf die Matratze, hielt sie an sein Herz gepresst und erwiderte ihren Kuss. Mit den Fingern in seinem Haar entlockte sie ihm ein tiefes Stöhnen. Rein ließ sich auf den Rücken sinken und zog sie mit sich.

Seine Hände marterten sie mit langsamen und gezielten Zärtlichkeiten, sein Mund suchte die weiche Haut an ihrem Hals. Michaela bog sich ihm entgegen. Sein Mund fand ihre Brustspitze, und Michaela überließ sich ihm, gab sich seinen erregenden Berührungen hin.

Rein drehte sie auf den Bauch und ertastete ihre Weiblichkeit. Während er sie streichelte, raunte er ihr zu, wie sehr er ihren Körper liebte, wie verführerisch sie war und wie er sich danach sehnte, sich mit ihr zu vereinigen. Er beschrieb ihr, wie ihn ihr Stöhnen entflammte. Und er ermutigte sie, selbst Lust zu suchen, schob die Hände auf ihre Brüste und versprach ihr, sie bis zum Sonnenaufgang zu lieben. Und während er jeden Zentimeter ihres Körpers genoss, drückte Michaela sich ein Kissen auf den Mund, um ihr Stöhnen zu dämpfen. Mehr und immer mehr schenkte Rein ihr, ließ sich jedoch nicht von ihr berühren. Er wollte den Höhepunkt in ihr und mit ihr erleben.

Michaela fühlte sich unter seinen Blicken begehrt und verwöhnt, verführerisch und verlockend. Ihr Haar fiel auf die weißen Laken. Den Kopf in den Nacken gelegt, bot sie ihm ihre Brüste dar und tastete nach ihm, doch er wehrte sie ab und brachte sie nur in die Nähe des Gipfels, bis sie ihn anflehte, sie zu erfüllen, und sogar drohte, zu schreien und das ganze Haus zu wecken. Mit einem rauen Lachen drückte er ihre Hände gegen das geschnitzte Kopfteil des Betts und flüsterte ihr zu, dies wäre eine Nacht fleischlicher Genüsse, und sie wäre dabei das köstlichste Hauptgericht.

»Genug, Rein, bitte. Komm zu mir«, keuchte sie und verschlang den Anblick seiner breiten Schultern und des muskulösen Körpers, schwang sich über ihn und führte ihn. Er warf den Kopf in den Nacken, vereinigte sich mit ihr und strich ihr Haar beiseite, um ihren Hals und ihre Schulter zu küssen. Sie zog sich zurück, und Rein stieß zischend die Luft aus.

Ihre Körper bewegten sich rhythmisch.

Haut schimmerte feucht.

Nur heftiges Atmen war zu hören.

Rein liebte seine Frau in der Abgeschiedenheit seines ehemaligen Kinderzimmers, klammerte sich an sie, flüsterte ihren Namen und ergriff von ihrer Schönheit Besitz. Nur sie konnte sein Verlangen stillen. Und sie gab sich hin und beherrschte seine Seele mit jedem Atemzug und jeder Berührung. Gemeinsam erreichten sie den Höhepunkt, und Rein fand auch jetzt wieder die Bestätigung dessen, was er von Anfang an gewusst hatte. Sein Leben begann mit ihr.

Rein erwachte von einem Prickeln im Bein. Er öffnete die Augen, drehte sich auf den Rücken und versuchte, in der Dunkelheit etwas zu erkennen. Ein Schatten beugte sich über seine Füße und küsste die vernarbte Wade und das Knie. Lächelnd genoss er die Aufmerksamkeit.

»Du stellst erstaunliche Dinge mit deinem Mund an.«

»Danke, Liebster. Lass dir zeigen, was ich alles kann.«

Ihre Lippen umschlossen ihn und lösten eine Lust aus, die fast schon an Schmerz grenzte. Als er Michaela über sich ziehen wollte, verstärkte sie nur ihre Anstrengungen, und er konnte bloß hilflos zusehen.

»Beim Donner!« Er grub die Finger ins Bettlaken. »Michaela!«, zischte er.

»Soll ich aufhören?«

»Nein! Ja!«

Leise und zufrieden lachend widmete sie sich ihm, brachte ihn zum Erbeben und stützte sich auf seine Schenkel. Als er es nicht länger aushielt, packte er sie, drehte sie auf den Rücken und senkte sich in sie. Michaela lachte über seine Hast und genoss ihre Macht, die ihm den Verstand raubte. Gemeinsam erlebten sie eng umschlungen den schönsten Moment.

»Michaela, meine *rasha*«, flüsterte er und küsste sie. »Ich … verzeih mir. Ich wollte nicht so grob sein.«

Ihr Lachen kam für ihn völlig überraschend.

»Ich fand es wunderbar.«

Er hob ruckartig den Kopf.

»Habe ich dich schockiert?«, erkundigte sie sich, nicht im Geringsten reuig.

»Eigentlich schon«, räumte er ein.

»Ich wollte dich eben ein wenig quälen«, erklärte sie lächelnd und strich sein Haar zurück, um sein Gesicht in der Dunkelheit besser erkennen zu können. »Mein Hindi ist zwar nicht sonderlich gut, aber ich habe einige interessante Stellen gelesen.«

Das Kamasutra, dachte er. »Kluge kleine Wildkatze.«

Stolz beugte sie sich über ihn, drückte die Brüste an seine Brust und flüsterte: »Da war eine Stelle, die ich nicht ganz verstand: Die Freuden zweier Münder gleichzeitig …«

Mit einem lustvollen Stöhnen ließ er sich zurücksinken und zeigte ihr, was gemeint war. Bis weit in die Nacht hinein genoss er die Leidenschaft einer Frau, die nichts mehr zurückhielt.

Und dabei war er Michaela und ihren Wünschen schutzlos ausgeliefert.

Licht fiel durch eine halb offene Tür, als Michaela leise den Korridor entlang zur Treppe ging, und zog ihre Aufmerksamkeit an. Aurora hielt das Baby in den Armen. Vor Müdigkeit sank ihr bereits der Kopf auf die Brust, doch sie richtete sich wieder auf. Max spielte auf ihrem Schoß mit einem Holzpferd, strampelte mit den Beinchen und kaute auf dem Kopf des Tieres herum. Voll Neid betrat Michaela den Raum und freute sich, als Max sie erkannte und auf dem Schoß seiner Mutter auf und ab hüpfte.

»Bei der Göttin des Lichts, geh schlafen, Kind«, sagte Aurora leise und drückte einen Kuss auf den Kopf des Babys. Müde hob sie den Blick und lächelte. »Er ist ein typischer Mann. Weckt mitten in der Nacht ein Mädchen auf, um seine Bedürfnisse zu stillen.« Ihr Blick streifte den offenen Bademantel und die Brust, die sie dem Kind gereicht hatte.

Michaela lächelte über die unverblümten Worte, trat näher und streckte die Hände nach dem Kind aus. »Geht zu Bett, Aurora. Ich kümmere mich um ihn.«

Aurora schloss den Bademantel. »Eigentlich müsste ich dich zu Rein schicken, aber nach dem Lärm, den man durch die Wände gehört hat, solltest du ihn vermutlich eine Weile ruhen lassen.«

»O nein«, flüsterte Michaela und wurde rot. »Es tut mir leid.«

Aurora winkte ab. »Liebe ist keine Schande.« Lächelnd erhob sie sich aus dem Schaukelstuhl. »Der Himmel weiß, dass ich das in ausreichendem Maß bewiesen habe.« Sie gab Max noch einen Kuss und lächelte mutwillig. »Es hat großen Spaß gemacht, so viele Kinder zu bekommen.«

Michaela mochte die Direktheit dieser Frau.

»Rein himmelt dich an, das weißt du.«

»Ich liebe ihn, Aurora.« Bisher hatte Michaela sich

davor gescheut, diese Worte zu ihm zu sagen. Sie hatte gefürchtet, er könnte sie abweisen.

»Das weiß ich«, erwiderte Aurora zufrieden. »Und er braucht dich.«

»Oft glaube ich, dass er niemanden braucht.«

»Wir alle tun das, meine Liebe.« Sie sah Michaela tief in die Augen. »Ich kenne meinen Dahrein, aber nicht immer den Mann, den du geheiratet hast. Trotz all meines Zuredens und all meiner Ratschläge verschließt er noch immer viel zu viel in sich.« Sie schüttelte betrübt den Kopf. »Es wird nicht leicht sein, etwas zu ändern, fürchte ich.«

Michaela dachte daran, dass ihr Mann seinen Eltern noch eröffnen musste, dass er seinen leiblichen Vater suchte.

»Er wird schon noch lernen.«

Michaela schüttelte den Kopf. »Ihr sprecht so selbstsicher und voll Überzeugung wie er.«

»Bei Männern kann man seiner Sache nie sicher sein, nicht wahr?«, erwiderte Aurora lachend. »Schon gar nicht bei einem Montegomery.«

»Das habe ich bereits erfahren. Colin ist ein Beweis dafür.«

Auroras Gesicht verdüsterte sich. »Colin muss noch den Mann in sich entdecken, doch er wird es schaffen.«

Schon wieder diese Überzeugung!

Als Aurora gähnte, nahm Michaela ihr das Baby ab. »Geht zu Bett«, drängte sie. »Ich komme mit Max zurecht. Er wird mir beim Zubereiten eines leichten Mahls helfen, nicht wahr, mein Kleiner?«, fragte sie den Jungen.

Max lächelte strahlend und strampelte in ihren Armen, und Aurora lächelte zärtlich. »Er hatte schon sein leichtes Mahl«, sagte sie belustigt, ging mit Michaela den Korridor entlang und blieb vor ihrer Tür stehen. »Mein Sohn ist ein harter Mann, Michaela. Hart zu sich selbst. Und er möchte, dass sich die Welt seinem Willen beugt.«

»In dieser Hinsicht ist er ziemlich erfolgreich.«

»Ja, aber gib für ihn nicht deine eigenen Überzeugungen auf. Er ist herrisch wie Ransom, doch Liebe bedeutet auch, etwas hinzunehmen. Später würdest du bereuen, auf deine Überzeugungen verzichtet zu haben.«

Michaela runzelte die Stirn. Wusste Aurora, dass sie eine Spionin war und Nickolas über die Goldlieferung informieren musste, ob es Rein nun gefiel oder nicht?

»Dein Glück ist ebenfalls wichtig.«

»Ja«, bestätigte Michaela, und Aurora verschwand zufrieden in ihrem Zimmer. Leise ging Michaela weiter zur Treppe. Unten angekommen, entzündete sie eine Kerze, obwohl durch die vielen Fenster Mondlicht ins Haus fiel. In der Küche hielt sie Max auf dem Arm, redete leise mit dem dunkelhaarigen Jungen mit den grünen Augen und suchte nach etwas Essbarem.

Eine Stunde später warf Rein einen Blick in die Küche und seufzte erleichtert, als er Michaela sah. Er war erschrocken, als er beim Erwachen das Bett neben sich leer vorgefunden hatte. Die ganze Nacht hatten sie einander in den Armen gehalten, und er hatte nicht gewollt, dass es Morgen wurde. Nichts sollte die zarten Stunden mit Michaela beenden. Er blieb in der Dunkelheit stehen. Wieder dachte er an die sinnlichen Stunden mit ihr. Sie mit Max zu sehen, brachte ihn auf einen anderen Gedanken. Ob in ihr bereits sein Kind entstand? In diesem Moment wünschte er sich das sehnlich.

Michaela sollte durch Fleisch und Blut an ihn gebunden sein wie er an sie.

Über ein Jahrzehnt hatte er solche Gedanken verbannt, da Shaarai nicht empfangen hatte und er gedacht hatte, die Schuld läge bei ihm. Über diese Möglichkeit hatte er mit Michaela nicht gesprochen, und er wollte auch jetzt ihre Träume nicht verdüstern. Bei Max zeigte sie nun die gleichen mütterlich fürsorglichen Eigenschaften wie damals auf der Landstraße bei den Entenküken. Es war klar, dass sie sich Kinder wünschte.

Rein lächelte sanft, als er sie mit Max sprechen hörte. Der Kleine saß mitten auf dem Tisch und schob sich ein Stück Brot in den Mund. Michaela schnitt Brot, Käse und Fleisch auf und legte alles auf eine Platte.

»Habe ich Euch schon für den Rundgang durch das Haus gedankt, Sir?«, fragte sie das Baby lächelnd.

Max lächelte und brabbelte vor sich hin. Krümel klebten an seinen Wangen.

»Ja, es ist eine zauberhafte Nacht. Ist es hier stets so warm?«

Max wackelte mit dem Kopf. Michaela arbeitete ungestört weiter. »Ihr solltet Euren älteren Bruder genauer kennen lernen. Er ist ein wunderbarer Mann.« Sie warf dem Baby einen Blick zu. »Genau wie Ihr eines Tages einer sein werdet.«

Er legte den Kopf schief, und Michaela hätte schwören können, dass er jedes Wort verstand. »Also, Maxwell Montegomery.« Sie verteilte das Fleisch auf der Platte. »Was wirst du denn später werden?«

Max sah sie unverwandt an.

»Ja, sicher, es ist noch etwas früh, um schon über die Zukunft nachzudenken. Das ist richtig. Aber es macht Spaß, sich etwas auszumalen. Vielleicht Rechtsanwalt.« Er stieß einen fröhlichen Schrei aus. »Schiffsbauer? O nein, mein Kleiner«, sagte sie und hinderte ihn daran, nach der Butter zu greifen, stellte den Tiegel beiseite und setzte Max auf die Tischkante. »Mal sehen.« Sie betrachtete ihn genauer. »Kaufmann wie Rein?« Sie schüttelte den Kopf, und er ahmte sie nach. »Etwa Pirat wie Colin? Lieber nicht«, flüsterte sie, als er munter quietschte. Max streckte ihr das feuchte Stück Brot hin, und sie tat so, als bisse sie davon ab.

Er bot es ihr erneut an, und sie biss nun doch ab, um ihn zufrieden zu stellen, verzog jedoch das Gesicht.

»Äußerst köstlich.«

»Ich bin auch hungrig«, sagte Rein in diesem Moment.

Michaela wirbelte herum. Wie kann man nur dermaßen gut aussehen, dachte sie. Rein hatte nur die Kniehose angezogen. Das Haar war zerzaust. »Es ist unhöflich zu lauschen. Wir haben eine ganz private Unterhaltung geführt. Sag es ihm«, forderte sie Max auf.

Max sah Rein an, und Rein wurde vom Blick aus den grünen Augen des Kindes getroffen. Eine alte Seele ist in diesem Körper eingeschlossen, dachte er, ehe Max unverständlich zu plappern begann.

»Kluges Kerlchen«, sagte Michaela zu dem Jungen, hob ihn vom Tisch und drückte ihm einen Kuss auf das Bäuchlein. Er lachte und strampelte. So hatte Rein seine Frau noch nie lächeln gesehen. Es kommt aus tiefstem Herzen, dachte er und trat näher.

»Sollte ich eifersüchtig werden?«, fragte er und streichelte Max.

»Ja, unbedingt. Ich bin rettungslos in ihn verliebt.«

»Wirklich?«

»Es ist soeben geschehen.« Sie küsste den Jungen auf die Wange, und Max versuchte erneut, nach der Butter zu greifen.

»Ich würde ihn deinetwegen sofort zum Duell herausfordern, aber ich fürchte, das wäre ein sehr ungleicher Kampf.« Noch während Rein sprach, legte er ihr die Hand an die Taille und zog sie an sich, küsste sie und ließ die Zungenspitze über ihre Lippen gleiten. Michaela seufzte lustvoll und drückte sich an ihn. Max beschwerte sich.

Rein spürte, wie sich mehr als die üppigen Formen seiner Frau an ihn drückten. Max hatte die Butterschale gepackt und gegen ihn gestoßen! Rein öffnete ein Auge und fing blitzartig den Tiegel auf, küsste Michaela noch einmal und warf dem Kind einen warnenden Blick zu. Dann stellte er die Butterschale wieder auf den Tisch. Seine Mutter würde mit dem Kleinen noch viel Arbeit haben. Als ob Viva nicht schon für ausreichend Wirbel gesorgt hätte. Er nahm Michaela den Jungen ab und drückte ihr noch einen Kuss auf den Hals.

»Ich habe dich in unserem Bett vermisst.«

»Du hast geschnarcht und mich gar nicht vermisst.«

»Ich schnarche nicht!«, behauptete er beleidigt.

»Na schön, dann waren eben Bienen in unserem Schlafzimmer.« Er presste sie fester an sich, als sie sanft seine nackte Brust streichelte und mit den Nägeln über seine Haut kratzte.

Er stieß den Atem aus. »Bring das Tablett nach oben, und wenn wir gegessen haben …« Noch ein Kuss auf ihre feuchten Lippen. »Dann werde ich dich verspeisen.«

Seufzend kam sie seinem Kuss entgegen. »Ich stehe dir liebend gern zur Verfügung«, sagte sie leise.

Sie ging mit dem Tablett voraus durch das Haus. Rein drückte seinen schläfrigen Bruder an seine Brust und legte ihn mitten auf das Bett. Mit untergeschlagenen Beinen saßen sie neben dem Kind, ließen es sich schmecken und tauschten Küsse und warme Blicke. Max drehte sich schließlich auf die Seite und schlief ein.

Michaela blickte auf ihn hinunter und strich ihm die dunklen Locken aus der Stirn. »Er ist schön«, sagte sie gerührt und bewunderte die winzigen Hände und Finger. Im Traum zog er das Näschen kraus.

»Du kannst sehr gut mit ihm umgehen.«

»Er ist ein liebenswertes Kerlchen. Es ist doch unmöglich, ein so hilfloses und unschuldiges Wesen nicht zu lieben.«

Reins Miene verschloss sich. Das hatte er auch gedacht, als er Colin das erste Mal gesehen hatte. Doch Rein war von seinem leiblichen Vater wie ein alter Stiefel weggeworfen worden. Das war der Beweis, dass manche Menschen einem Kind den Rücken kehren und ihr eigenes Leben führen konnten.

Er holte tief Atem und sagte leise: »Du könntest jetzt schon schwanger sein.«

Sie lächelte. »Ich weiß. Stört dich das?«

»Würde es mich stören, Michaela, hätte ich es verhindert.«

Sie sah ihn fragend an.

»Meine Mutter versteht sich auf Tinkturen, auch wenn sie nicht absolut sicher wirken.«

»Offenbar«, meinte sie leise lachend. Das ganze Haus war von Kindern erfüllt.

Da er kein Blutsverwandter war, erwähnte er nicht, dass die Montegomerys für ihre Potenz bekannt waren. »Willst du ein Kind?«

»Nein«, erwiderte sie. Als er die Stirn runzelte, fügte sie hinzu: »Ich will *viele* Kinder.« Eine Weile betrachtete sie Max. »Wieso jagst du deinen leiblichen Vater, Rein, wenn du das alles hier hast?«

»Michaela«, warnte er leise.

»Er ist nichts weiter als ein selbstsüchtiger Narr. Er verdient deine Aufmerksamkeit gar nicht.« Sie strich ihr Haar zurück und sah ihn direkt an. »Gib doch endlich auf.«

»Das kann ich nicht. Ich muss es hinter mich bringen, damit ich neu beginnen kann.«

»Ich dachte, das hätten wir bereits getan«, sagte sie enttäuscht.

Rein sah ihr forschend in die Augen. »Kannst du das Gleiche von deiner Revolution sagen?«

Wie jedes Mal, wenn er über ihre Herzensangelegenheit sprach, funkelten ihre Augen. »Das ist nicht das Gleiche, und du weißt das. Bei mir geht es um viele Menschen und nicht um eine Einzelperson. Deshalb wird die Rebellion auch siegreich sein. Wenn es soweit ist, werden viele gewinnen.«

»Du würdest auch weiterhin spionieren?«

»Ich muss es zu Ende bringen.«

Er zog die Hand zurück. »Wie ich die Suche nach meinem Erzeuger.«

Sie setzte schon zum Sprechen an, verzichtete jedoch darauf, um diese Nacht nicht durch einen Streit zu verderben. Diese Sache konnte noch eine Weile warten. Sie wischte die Krümel von Max' Gesicht, hob ihn hoch und stieg vom Bett.

Rein folgte ihr. »Überlass ihn mir.« Max regte sich, als Rein ihn übernahm, und schmiegte sich dann zufrieden seufzend in die Arme seines großen Bruders. »Wir müssen unter vier Augen ein Wort miteinander wechseln.«

»Aha«, sagte sie und lächelte wissend. »Offenbar typische Männerangelegenheiten.«

Rein tätschelte den Rücken des Kindes und verließ den Raum. Sie hörte durch die Wand, wie Rein leise mit Max sprach. Sie stellte das Tablett weg, zog den

Hausmantel aus und legte sich ins Bett. Rein kehrte zurück und zögerte an der Bettkante, bis Michaela ihm die Hand entgegenstreckte. Erst jetzt zog er die Hose aus und kam in ihre Arme.

Voll Hingabe und Verzweiflung liebte er ihren Körper und ihre Seele, drückte sie fest an sich und hoffte, sie würde ihm verzeihen, wenn er ihr das Herz brach.

33

Rein erwachte und sah sich im Raum nach seiner Frau um. Sie saß frisch gebadet und angezogen am Fenster. Cabai stand hinter ihr und bürstete ihr Haar. Rein stützte sich auf einen Ellbogen und sah zu. Sie runzelte einen Moment die Stirn, ehe sie lächelte.

»Denkst du gerade an mich?«, fragte Rein.

Michaela wandte den Kopf und sah ihn voll Wärme an. »Ja, allerdings«, gestand sie, während Cabai die letzte Nadel ins Haar schob und ihr etwas zuflüsterte. Als Cabai den Raum verließ, stand Michaela auf und kam, in grünen Musselin gehüllt, zu Rein. »Ich dachte gerade, dass deine Angehörigen glauben werden, ich hätte dich ans Bett gefesselt, wenn du dich heute gar nicht im Erdgeschoss zeigst.«

Lächelnd streckte er die Hand nach ihr aus und zog sie aufs Bett. »Interessanter Gedanke«, murmelte er und küsste sie.

Michaela fühlte, wie ihr Körper unter dem Kuss zu neuem Leben erwachte. Sie liebte diesen Mann und wollte es ihm sagen, doch er sollte nicht glauben, sie würde nur wegen der Intimitäten der letzten Nacht so sprechen. Sie war alles andere als ein junges träumerisches Mädchen. Ihre Gefühle waren echt und stark und erfüllten sie mit tiefem, unerwartetem Glück. Rein hatte sie die ganze Nacht geliebt. Mit jeder seiner Berührungen wurde ein Teil des Schadens behoben, den Winters angerichtet hatte. Und es bereitete ihr unbeschreibliche Freude, immer neue Seiten an sich selbst zu entdecken.

Rein stöhnte, als sie die Zungenspitze über seine Lippen gleiten ließ. Ihr warmer Körper entzündete erneut seine Leidenschaft. Ein Kuss genügte, und er bekam nicht mehr genug von ihr. Vor allem freute es ihn, dass sie sich ihm so bereitwillig gab.

Er rang ihr noch einen Kuss ab, als sie sich aufrichten wollte, ließ sie los und betrachtete ihr Kleid. »Das könnte ich dir blitzartig ausziehen.«

»Dann würde deine Mutter uns hier finden. Sie wartet schon auf mich.«

Er neigte fragend den Kopf.

»Ich habe mich nach ihren Kuren erkundigt, und sie will mir einiges beibringen.«

»Dann wirst du den ganzen Tag mit ihr verbringen«, beklagte er sich.

»Kannst du dich denn nicht eine Weile mit etwas anderem beschäftigen?«

»Eigentlich wollte ich mich mit dir beschäftigen«, erwiderte er.

Michaela küsste ihn zärtlich und genoss sein heftiges Atmen. »Ach, dann bin ich also nichts weiter als ein Spielzeug?«

»Ich spiele nicht«, wehrte er heftig ab, zog sie über sich und küsste sie hingebungsvoll, schob die Hände unter ihren Rock und streichelte ihre Schenkel. Stöhnend eroberte sie seinen Mund und raubte ihm den Verstand.

Jemand rief ihren Namen durch das Haus. Michaela stand auf. Rein schleuderte die Decke beiseite, um ihr zu zeigen, wie bereit er war. »Du wirst mich doch nicht so hier zurücklassen, oder?«

Michaela lächelte, weil er sich wie ein kleiner Junge anhörte, dem man eine Süßigkeit vorenthielt.

»O doch, das werde ich.« Hastig zog sie sich aus seiner Reichweite zurück. »Dafür wird es später umso schöner.«

»Wie viel später?«

Sie überlegte einen Moment. »Später«, sagte sie, eilte zur Tür, blieb mit der Hand auf der Klinke stehen und blickte noch einmal zurück.

Rein entdeckte in ihren Augen einen Hauch von Traurigkeit. »Alle werden dich necken.«

»Ich schäme mich nicht für das, was ich getan habe, auch wenn es nur uns beide etwas angeht, mein Gemahl.«

»Wie ich sehe, hast du dir die offene Art meiner Mutter angewöhnt«, stellte er lächelnd fest.

»Hier bleibt mir nichts anderes übrig«, erwiderte sie, und als wieder nach ihr gerufen wurde, warf sie ihm einen letzten vielversprechenden Blick zu und schloss die Tür. Rein strich sich durch das Haar, sah sich im Raum und, stand dann auf und stieg in die Badewanne. Und dabei dachte er, dass dieses »später« viel früher sein würde, als Michaela glaubte.

Rein rollte die Hemdsärmel hoch und betrachtete seine Frau, als er das Erdgeschoss erreichte. Sie saß im Esszimmer zwischen seiner Mutter und Max, fütterte den Kleinen und unterhielt sich mit ihm. Nachdem Michaela aus dem Schlafzimmer gegangen war, hatte Rein seine Kleidung frisch gebürstet und ordentlich bereitgelegt vorgefunden. Seine Stiefel waren vom Schlamm befreit und blank geputzt gewesen. Cabai wehrte seinen Dank ab. Michaela hatte sich um alles gekümmert. Diese Aufmerksamkeit machte sie für Rein noch liebenswerter und erinnerte ihn daran, dass er so lange allein gelebt hatte, dass er schon vergessen hatte, wie es war, wenn sich jemand die Zeit und Mühe nahm, für einen zu sorgen.

Während er in der Tür stand, griff Michaela nach einem süßen Brötchen. Er trat ein und begrüßte seine Familie, hatte jedoch nur Augen für seine Frau. Mit Max' Löffelchen in der Hand, blickte sie hoch. Er beugte sich hinunter.

Michaela gab ihm bereitwillig einen Kuss. Rasch setzte Rein sich neben Max, um die Wirkung zu verbergen. »Ist es jetzt später?«, raunte er ihr zu, und sie wurde rot.

»Noch nicht«, sagte sie und fütterte Max, der ihr den Löffel wegnahm und selbst essen wollte.

»Höchste Zeit, dass du aufstehst«, sagte Ransom, der am Kopfende des Tisches saß.

»Ransom«, tadelte Aurora, »lass die beiden doch. Hast du gut geschlafen?«, fragte sie ihren Sohn.

»Ich wette, er hat gar nicht geschlafen«, bemerkte Ransom amüsiert.

Michaela errötete. »Also, es war ...« Rein brachte sie mit einem Kuss zum Schweigen, und alle am Tisch lachten.

»Falls du dich von den Rockschößen deiner Frau lösen kannst, mein Sohn, würde ich deine Hilfe brauchen.«

Rein warf Ransom einen warnenden Blick zu, dass er nicht weiter geneckt werden wollte. »Ich muss mich vorher um die Reparaturen auf der *Empress* kümmern«, sagte Rein und trank Kaffee. Michaela griff nach seiner Hand. Er drückte ihre Finger und stand auf. »Entschuldigt mich.«

Michaela blickte ihm nach, erhob sich, warf die Serviette auf den Tisch und sah seine Eltern bittend an. Als sie später auf die Veranda trat, ritt Rein soeben auf Naraka weg.

Ransom kam zu ihr. »Was bedrückt ihn?«, fragte er besorgt.

»Das wird er dir sagen, wenn er bereit ist, Ransom. Mehr kann ich nicht verraten.«

Ransom nickte und ging weg. Michaela bewunderte ihren Mann, der auf dem schwarzen Hengst einen herrlichen Anblick bot, wie er die Straße entlangritt. Und sie verwünschte seinen Drang, sein Gewissen zu reinigen. Dabei verstand sie den Aufruhr, der in ihm tobte, weil es ihr wie ihm erging. Sie kehrte ins Haus zurück. Es kam ihr so vor, als könnte ihre Zufriedenheit jeden Moment von Kanonendonner zerstört werden. Heute Morgen hatte sie mit Rein über die Goldladung reden wollen, doch dann hatte sie erkannt, wie sehr es ihn bedrückte, dass er mit Ransom und Aurora über seine Suche sprechen musste. Darum hatte sie ihr Geständnis verschoben. Im Moment sollte Rein nicht noch eine weitere Bürde tragen. Er brauchte ihre Unterstützung. Doch lange konnte sie nicht mehr warten. Bestimmt hatte ihr Onkel bereits ein Schiff gefunden und stach womöglich bald in See, um die *Victoria* zu kapern.

Sie musste sich mit Nickolas in Verbindung setzen, und das bedeutete, dass sie Rein begleiten würde, wenn er die Suche nach seinem leiblichen Vater fortsetzte. Nichts konnte sie von dem Mann trennen, den sie liebte. Daran musste sie glauben, denn eines stand fest. Wenn er von der Goldladung hörte, reagierte er bestimmt nicht erfreut.

»Michaela, du konzentrierst dich nicht.«

Michaela lächelte entschuldigend und wischte die verschüttete Tinktur weg. »Ich mache mir nur Sorgen, weil Rein schon so lange fort ist.«

»Bis vor ungefähr einer Stunde war er auf dem Schiff«, erwiderte Aurora.

Wieso kam er dann nicht zu ihr? Plötzlich wusste sie es und zog an den Schürzenbändern. Er schloss sie wieder aus, wie er das schon in seinem Zorn über Colin getan hatte. Doch sie konnte diese Trennung nicht mehr riskieren, weil die Kluft zu schwer zu überbrücken war. Sie entschuldigte sich, ging rasch zum Stall und trat ein.

Über den Rücken einer Fuchsstute hinweg sah ihr ein junger Mann fragend entgegen.

»Ich brauche ein Pferd.«

Er antwortete nicht, sondern blickte an ihr vorbei. Als sie sich umdrehte, kam Ransom auf sie zu.

»Ich muss zu ihm.«

Er gab dem Jungen einen Wink, ein Pferd für sie zu satteln. »Wie kann ich dir helfen?«

Michaela lächelte betrübt und legte Ransom die Hand auf den Arm. »Liebe ihn.«

»Der Himmel weiß, dass ich das tue. Er mag ein erwachsener und selbstständiger Mann geworden sein, doch meine Gefühle für ihn haben sich nicht verändert.« Ransom zeigte besorgt zu einer Lichtung. »Dort oben gibt es eine Höhle. Vielleicht ist er da. Er meint, das wäre sein großes Geheimnis, aber wir alle wissen Bescheid.«

Sie beugte sich zu ihm und küsste ihn auf die Wange, als er sanft lächelte. »Mein Mann kann sich glücklich schätzen, einen Vater wie dich zu haben, Ransom.«

Er drückte ihren Arm. »Dein Vater war auch ein guter Mann, Michaela.«

Sie holte tief Atem.

»Ich ging mit ihm zur Schule, und ich habe noch Briefe von ihm, falls du sie lesen möchtest.« Michaela nickte. »Es tut mir leid, dass du ihn verloren hast. Hoffentlich wirst du uns alle eines Tages als deine Familie akzeptieren.«

»Das tue ich, Ransom«, versicherte sie mit Tränen in den Augen.

Bei diesem Anblick zog er sie in die Arme und klopfte ihr hilflos auf den Rücken. »Geh, Mädchen.« Der Helfer brachte das Pferd und verschränkte die Hände ineinander, damit sie aufsteigen konnte. Michaela schwang sich in den Sattel und zog den Rock zurecht.

Ransom betrachtete sie skeptisch. »Ich habe auf Elefanten reiten gelernt«, sagte sie beruhigend.

»Dein Vater hasste die Biester.«

»Auch Kamele«, erwiderte sie und lächelte bei der Erinnerung. »Zu seiner größten Enttäuschung habe ich diese hässlichen Tiere beherrscht. Ich glaube, er wollte mich entmutigen, weil er sich einen Sohn wünschte.«

Ransom lächelte. »Er hat wohl genau bekommen, was er sich wünschte.«

Er erklärte ihr den Weg und sah ihr nach, als sie die alte Straße zu Shoikais Höhle nahm. Und er war etwas eifersüchtig, weil nun diese Frau das Vertrauen seines Sohnes genoss, das ihm so viele Jahre lang gehört hatte.

Michaela fand die Höhle, deren Eingang hinter Ranken verborgen war. Die Öffnung war groß genug für sie, doch die Höhle war leer. Sie entdeckte nur einen alten Topf mit einem Sprung und die Reste eines Feuers. Michaela kehrte zu ihrem Pferd zurück, als sie Naraka wiehern hörte, und folgte dem Geräusch. Die Büsche und Bäume wuchsen hier so dicht, dass es immer dunkler wurde, doch sie erkannte noch den Pfad, den sich der Hengst durchs Unterholz gebahnt hatte. Allmählich lichtete sich der Dschungel. Michaela blieb am Rand einer kleinen Lichtung stehen. Dahinter rauschte Wasser in einem Tal.

Sie sah sich um und entdeckte Rein rechts von ihr. Er stand unter einem mächtigen Baum. Blühende Ranken hingen von den Zweigen. Michaela seufzte erleichtert. Er wirkte entspannt, doch sie spürte seine Besorgnis. Wie ein Tier, das zum Sprung ansetzt, hielt er sich straff aufrecht, die Hände auf dem Rücken verborgen. Sie versuchte zu verstehen, wieso er einen Mann suchen musste, der seine Kindheit zerstört hatte. Eines stand für sie allerdings fest. Er musste ehrlich zu Ransom und Aurora sein.

»Rein!«, rief sie, doch er hörte sie erst beim dritten Mal und warf ihr einen gehetzten Blick zu. »Liebster!« Sie eilte zu ihm. Bei seinem kühlen Blick blieb sie einen Schritt von ihm entfernt stehen. Wortlos sah er sie an und prägte sich ihre Züge ein.

Rein berührte sie nicht. Er konnte es nicht, weil seine Selbstverachtung so groß war, dass er fürchtete, Michaela zu verletzen.

»Sprich mit mir, bitte! Ich ertrage dieses Schweigen nicht. Lass dir von mir helfen.« Mit zitternden Fingern strich sie ihm eine Haarlocke aus der Stirn.

Unter ihrer Berührung schmolz er dahin, hielt ihre Hand fest und drückte einen Kuss darauf. »Ach, meine *rasha*. Verzeih mir, ich habe mich selbst in diese Lage gebracht.«

»Was wäre ich denn für eine Ehefrau, würde ich deinen Schmerz nicht mit dir teilen und versuchen, ihn zu lindern?«, flüsterte sie.

»Ich könnte dich verletzen.«

»Nur, wenn du alles in dir verschließt.« Sie kam näher, bis ihr Rock seine Beine berührte.

Er konnte ihr nicht die Wahrheit sagen, wollte nicht

die Verachtung in ihrem Blick sehen, wenn sie seine wahren Absichten entdeckte. Darum wandte er sich ab.

Michaela kam es so vor, als hätte er ihr eine Tür vor der Nase zugeschlagen. »Bist du sicher, dass du das alles nicht nur machst, um dich selbst von einer Last zu befreien? Ich sehe nämlich nichts Gutes dabei herauskommen, wenn du mit deinen Eltern darüber sprichst.«

»Ich habe sie nie belogen, Michaela. Ich kann es nicht länger für mich behalten.« Rein fluchte. »Dabei wünsche ich mir sogar manchmal, nie mit dieser Suche begonnen zu haben.«

»Weshalb machst du dann weiter?«

»Ich … ich brauche Antworten auf einige Fragen. Und ich muss wissen, wieso dieser Mann meinen Tod wünscht.« Als sie scharf Atem holte, sah er sie schmerzlich an. »Ja, in der Nacht, in der Katherine ermordet wurde, schickte er Männer los. Sie wollten mir das Medaillon, das Beweisstück, abnehmen. Und sie sollten mich dafür sogar töten.«

»Du willst ihn bloßstellen und beschämen?«

Unruhig ging er auf und ab und zertrat zarte Blumen unter den Stiefeln.

»Rein!«

Er sah sie zornig an.

»Nein!«, stieß sie hervor, als sie begriff. »Du willst ihn töten!«

Sie wich betroffen zurück. Der weiche Boden gab unter ihren Füßen nach.

Erschrocken sprang er auf sie zu, streckte die Hände nach ihr aus und verfehlte sie. Die Erde gab nach. Michaela schlug entsetzt um sich. Rein packte sie im letzten Moment um die Taille und zog sie von der gefährlichen Kante weg.

Heftig atmend presste er sie an sich und blickte auf

die in der Tiefe liegenden Felsen hinunter. Er zitterte am ganzen Körper, und mit einem Fluch zog er sie weiter vom Abgrund weg. Michaela krallte sich an ihn und spürte seinen hämmernden Herzschlag.

Bebend sank er auf die Knie. »O Michaela, Liebste! Um Himmels willen«, stöhnte er und strich immer wieder über ihren Rücken und ihre Schultern. Beinahe hätte er sie verloren, und ohne sie wäre er leer gewesen. Ihm wurde aber auch bewusst, dass es nur durch seinen Zorn so weit gekommen war.

Allmählich atmete er ruhiger, lockerte den Griff und küsste Michaela verzehrend.

Sie nahm alles an – seinen Zorn und seine Angst –, verwandelte beides in Leidenschaft und drängte ihn, sich gehen zu lassen. Ihr Kuss ließ ihm gar keine andere Wahl. Ihre Hände glitten wild über ihn, heizten sein Verlangen an und brannten seinen Zorn auf einen unbekannten Mann weg.

»Ich hätte dich verlieren können«, flüsterte er an ihrem Ohr und ließ die Lippen über ihren Hals und ihre Brüste gleiten, ehe er ihren Mund eroberte.

»Das hast du aber nicht. Du hast mich festgehalten, Rein, und ich bin noch immer bei dir«, redete sie beruhigend auf ihn ein und zwang ihn, sie anzusehen. »Ich werde immer bei dir sein.«

»Verzeih mir.«

»Da ist nichts zu verzeihen, Lieber, aber wenn du das tun musst – wenn du deinen Vater finden musst …«

Seine hellen Augen flammten. »Ich muss.«

»Dann werde ich für dich da sein.«

Seine Miene entspannte sich.

»Du weißt, was du brauchst, um glücklich zu sein. Wenn du diesen Mann findest, werde ich … zu deiner Entscheidung stehen.«

»Und wenn ich diesen Mann töte?«, fragte er ungläubig.

Ihre Unterlippe bebte. »Du bist stark und ehrenhaft, Rein. Jetzt sagst du, dass du ihm das Leben nehmen willst. Aber ich kenne dich. Aus einem solchen Grund kannst du kein Menschenleben auslöschen. Stelle ihn zur Rede, ja. Sage ihm deine Meinung, ja. Das kannst du. Aber Mord …« Sie schüttelte den Kopf. »Dazu bist du nicht fähig.«

Er drückte ihre Hände an seine Brust. »Du bist dir da sicher, ich nicht.«

»Ich glaube an dich«, versicherte sie, obwohl sich seine Miene verschloss. »Ich glaube an den Mann, der mit mir flirtete, während ich eine Kugel aus seinem Körper holte. Der meinen Ruf dadurch wahren wollte, dass er in der Öffentlichkeit nicht zeigte, dass wir uns kennen. Ich glaube an den Gentleman, der sein Leben riskierte, um das einem Freund gegebene Versprechen zu halten. Und an den Mann, der sich verkleidete, um mich davor zu bewahren, an den Meistbietenden verkauft zu werden.« Ihre Stimme wurde sanfter. »Ich akzeptiere den Mann, der seinen Zorn verbarg aus Angst, mich zu verletzen, und ich bewundere die zarte Seele, die mir behutsam über meinen Schmerz hinweggeholfen hat und mir zeigte, wie leicht es ist zu lieben.«

Er schluckte schwer. »Michaela«, flüsterte er, und seine Stimme brach.

Sie legte die Hände an seine Wangen und sah ihm tief in die Augen. »Nicht einmal dein Hass ändert etwas daran. Du beugst dich niemandem, mein Liebster. Du lässt dich von niemandem ändern.«

Seine Augen brannten.

»Ich liebe dich, Rein Montegomery. Ich liebe den Mann, der du bist. Ich will mit dir alles teilen, dir

Söhne und Töchter und Frieden schenken. Und das alles nicht für das vaterlose Kind, das du warst, sondern für den Mann, den ich letzte Nacht in meinen Armen hielt.«

Sie beugte sich zu ihm, bis ihre Lippen einander fast berührten.

»Ich liebe dich, Rein«, hauchte sie an seinem Mund, und er stöhnte leise und küsste sie. Sein Herz schmerzte, so sehr liebte er sie, und er drückte das Gesicht in ihre rötlichen Locken und atmete tief ihren Duft ein.

Lange Zeit hielt er sie schlicht fest und genoss ihre Liebe und Nähe.

Michaela schloss die Augen und redete sich ein, nicht hören zu müssen, dass auch er sie liebte. Es reichte zu wissen, dass er viel für sie empfand. Und vielleicht sprach er ja eines Tages die Worte aus.

Ganz langsam hob er den Kopf und drückte ihr die Lippen ans Ohr.

»Ich liebe dich, meine *rasha*.«

Sie hielt ihn fest und schloss die Augen.

»Du hast mein Herz an dem Tag erobert, an dem du dein Leben aus Albernheit für einige Küken riskiert hast.«

Sie wich zurück, Tränen in den Augen. »Das war nicht albern. Sie waren noch so klein. Und du hast bis jetzt gewartet, um mir das zu sagen?«

»Ich fürchtete, du könntest jemanden wie mich nie lieben.«

Betroffen schob sie ihn von sich, stand auf und ging rasch zu dem Pferd.

»Michaela!« Was hatte er denn jetzt wieder getan?

»Ich hätte nie das Bett mit dir geteilt, Rein, ohne dich zu lieben. Das musste dir doch klar sein.«

»Das wusste ich nicht.«

»Nennst du mich vielleicht ein lockeres Frauenzimmer?«

Mit drei Schritten war er bei ihr und hielt sie am Arm fest, bevor sie aufsitzen konnte, und drehte sie herum.

Sie lächelte strahlend.

»Michaela!«, rief er frustriert und verwirrt.

»Jetzt ist es später, Rein.«

Rein saß auf Naraka und führte die Stute neben sich her. Dabei zeigte er Michaela die Stadt und die Stelle, an der er von dem Hai angegriffen worden war. Er ritt mit ihr über die Wiesen und machte sie unterwegs mit den Leuten bekannt. Sie gab sich offen und freundlich, und als ihr ein Mann, der seine Hand verloren hatte, den Armstumpf hinhielt, ergriff sie ihn, ohne zu zögern, und Rein war sehr stolz auf sie. In diesem Moment liebte er sie noch mehr.

Rein drückte sie fester an sich und senkte sein Gesicht in die Locken, mit denen der Wind spielte.

»Ist es nicht unbequem für dich, mit mir auf dem Pferd zu sitzen?«, fragte er.

Sie lachte und legte den Kopf zurück, um ihn ansehen zu können. »Ziemlich später Zeitpunkt für diese Frage. Oder willst du wissen, ob ich von dir genug habe?«

»Nein«, erwiderte er lächelnd. »Aber da du es erwähnst …« Seine Hand glitt tiefer.

Sie lehnte sich an ihn, legte die Hand um seinen Nacken und kam seinem Kuss entgegen. »Von dir habe ich nie genug, mein Liebster«, flüsterte sie.

Sie liebte ihn. Rein staunte auch jetzt noch darüber, während sie zum Haus zurückritten. Doch dann sah er Aurora, und alles Wohlbehagen löste sich auf. Er saß ab, half Michaela von Naraka herunter und hielt sie noch einen Moment in den Armen.

»Bring es hinter dich, Rein.«

Er band das Pferd an einem Pfosten fest, griff nach Michaelas Hand und ging zu den Verandastufen, auf denen Rein und Aurora nebeneinander standen.

»Ich muss mit euch sprechen – ungestört«, sagte Rein, und die Worte brachten ihn fast um. Aurora betrachtete die beiden und deutete zu Ransoms Arbeits zimmer, öffnete die Tür und ließ sie eintreten. Sie warf Ransom einen Blick zu und zog einen Grashalm aus Michaelas Haar. Ransom lächelte und zuckte mit den Schultern.

Rein wandte sich zu seinen Eltern. Sein Vater setzte sich an den Schreibtisch, seine Mutter lehnte sich an die Tischkante.

Beide warteten.

Michaela drückte Reins Hand und ließ sie wieder los.

»Vor ungefähr drei Jahren fand ich eine Frau, eine Blutsverwandte … meine Großtante …«

Aurora holte tief Atem und blickte zu Ransom, doch seine Miene war undurchdringlich. Er sah unverwandt seinen Sohn an, während Rein die Geschichte seiner Suche erzählte und genau schilderte, wie er einen Mann nach dem anderen als leiblichen Vater ausgeschlossen hatte.

»Ich werde nicht fragen, warum du das machst, weil ich es erkenne«, sagte Aurora.

»Ich nicht«, sagte Ransom leise und schmerzlich.

Rein wünschte sich weit weg.

Aurora ging zu ihrem Mann und legte ihm sanft die Hand auf die Schulter. »Rein, dieser Zorn ist in dir gewachsen, seit du ein kleiner Junge warst. Wenn du diesen Mann finden musst, um damit Schluss zu machen, tu es.«

Rein hob den Blick zu Ransom. »Ich mache das nicht, um euch zu kränken. Könnt ihr verstehen, dass ich ihm gegenübertreten muss?«

Ransom stand auf und kam hinter dem Schreibtisch hervor. »Dieser Schuft, der sich nicht um dich gekümmert hat, ist ein größerer Bastard als wir beide zusammen.«

»Das weiß ich.«

»Warum willst du ihn dann finden?«

»Ran«, flehte Aurora.

»Er verdient es nicht, dass du ihn beachtest, Dahrein. Würde ich auf ihn treffen, ich schwöre, ich würde ihn töten, weil er ein Kind auf der Straße ausgesetzt hat, damit es stirbt.«

Die beiden Männer starrten einander an, bis Aurora sich zwischen sie stellte.

»Du willst ihn töten«, erkannte Ransom.

Aurora stöhnte leise. »Nein, Dahrein, daraus würde nur noch größerer Schaden entstehen.«

Rein sah das ermutigende Lächeln seiner Frau. »Noch gestern hätte ich gedacht, dass ich ihn auf der Stelle töten werde, aber jetzt …«

Michaela trat zu ihm, schlang ihm die Arme um die Taille und hielt ihn einfach fest.

Aurora zog Ransom zur Tür. »Geh zu diesem Mann, Dahrein. Bring es hinter dich, aber vergiss nie, was du riskierst.«

Rein drückte seine Frau an sich und sah die Menschen an, die ihn großgezogen hatten.

»Wen du eigentlich suchst«, sagte Aurora sehr leise, »ist der Mann, der du bereits geworden bist, Rein Montegomery. Dieser gesichtslose Erzeuger wird dir diese Freiheit nicht geben.«

Ransom dagegen sah Rein nur stumm an. In seinem Gesicht zeichnete sich Schmerz ab, und in diesem Moment wirkte er älter. Er ließ die breiten Schultern hängen, wandte sich ab und stützte sich auf Aurora.

Rein schämte sich plötzlich und hoffte, die beiden könnten ihm eines Tages verzeihen.

»Ich liebe dich«, flüsterte Michaela, und er schloss die Augen. In der hereinbrechenden Dunkelheit rollte eine Träne über seine Wange.

34

Zwei Kanonenschüsse weckten Michaela. Rein eilte bereits durch den Raum auf den Balkon. In der Hand ein Fernrohr, blieb er am Geländer stehen und suchte den Horizont ab. Erleichtert schob er das Rohr zusammen und drehte sich wieder um.

»Was ist?«, fragte Michaela und hielt sich die Decke vor die nackten Brüste.

»Ein Schiff.«

»Sollten wir uns nicht auf einen Kampf vorbereiten?« Sie deutete auf die Wände, hinter denen Lärm zu hören war.

»Nein.« Er zog die Hose aus und kam zu ihr ins Bett.

»Nein?«

Lächelnd zog er die Decke herunter und entblößte ihre Brüste. »Es ist die *Sentinel*.«

»Temple?«

»Ja«, murmelte er und senkte die Lippen auf ihre Brust.

»Rein! Das bedeutet, dass der Doppelagent entlarvt wurde.«

»Ich weiß.« Mit seinen erregenden Zärtlichkeiten entlockte er ihr ein Stöhnen.

»Bist du denn gar nicht neugierig?«, hauchte sie.

»Nein.« Er widmete sich ihrer anderen Brust und genoss es, dass Michaela schneller atmete. »Wenn ich seinen Namen erfahre, werde ich mir nur noch wünschen, ihm eine Kugel in den Kopf zu jagen, weil er dir wehgetan hat.«

Sie schob ihn von sich und sah ihm in die Augen. »Bist du immer so rachsüchtig?«

»Erst, seit ich mich in dich verliebt habe.«

Lächelnd sank sie auf das Bett zurück. »Diese Ritterlichkeit müssen wir beide noch in die richtigen Bahnen lenken.«

»Lenke lieber mich in die richtigen Bahnen«, verlangte er verwegen und schob sich zwischen ihre Schenkel.

»Wie soll ich bloß mit dir reden, wenn du nur an ein wenig Lust denkst?«

»Ich hatte auf mehr als ein wenig gehofft.«

»Große Erwartungen!«

»Allerdings.« Er schob die Hand zwischen ihre Körper und streichelte Michaela. Sie drückte sich seinen Fingern entgegen und schob rasch die Decke beiseite, um Rein zu führen. Lächelnd vereinigte er sich mit ihr.

»Er schafft es nicht durch die Passage. Wir haben noch genug Zeit, bis er ans Ufer rudert.«

»Wie viel Zeit?«

»Mindestens zwei Stunden.«

»Dann erwartet uns wirklich mehr als nur ein klein wenig Lust.«

Rein zog sich zurück, drang erneut ein und beobachtete die Leidenschaft in ihrem Gesicht. Sein ganzes Leben würde er nicht müde werden, sie anzusehen. »Nichts an meiner Liebe zu dir ist klein, Michaela.«

»Rein«, hauchte sie und schlang die Arme um seinen Nacken. »Ich liebe dich so.«

»Das hoffe ich«, sagte er an ihren Lippen. »Weil ich ohne dich nicht leben kann.«

»Und ich nicht ohne dich.« Sie nahm ihn tiefer auf, und er stützte sich auf die Ellbogen, vergaß die Welt und dachte nicht mehr an den Mann, den er gestern Abend verletzt hatte, sondern verlor sich in dieser

Frau und ihrer Lust. Er liebte ihren Körper und schenkte ihr seine Seele. Und als sie aufstöhnte und sich unter ihm verkrampfte, warf er den Kopf in den Nacken und rief ihren Namen.

»Du bist wunderbar«, flüsterte Rein, als Michaela aus dem Bad stieg und den türkischen Umhang um sich schlang.

»Danke, Liebster«, erwiderte sie, während er sie auf den Hals küsste. Das war nicht der ernste Mann, den sie letzte Nacht in den Armen gehalten hatte. Jetzt war er nicht mehr von Bedauern und Reue erfüllt, sondern lächelte so verwegen, dass ihr Herz schneller klopfte.

Soeben hatte sie den Hausmantel angezogen, als Ransom in den Raum stürmte.

»Was habe ich gehört? Jemand wollte deine Frau umbringen?«

»Ransom!« Aurora folgte ihm und packte ihn am Arm. »Du musst endlich lernen anzuklopfen. Die beiden hätten im Bett sein können.«

»Das waren wir auch«, entgegnete Rein lächelnd.

Ransom verschränkte die Arme und kümmerte sich nicht im Geringsten darum, ob er störte. »Nun?«

Michaela wartete nicht, bis Rein etwas erklärte. »Ich bin eine amerikanische Spionin.«

»Nickolas' Schutzengel?«, fragte Ransom gepresst.

»Genau der.«

Ran fasste sich an die Stirn, und Aurora trat zu ihm und legte beruhigend den Arm um ihn.

»Ich wurde gejagt und entführt«, erklärte Michaela, »und euer Sohn hat mich gerettet. Er heiratete mich, um mich zu schützen und meinen Ruf zu retten.«

»Ich habe dich geheiratet«, warf Rein sanft ein, »weil ich ohne dich nicht leben kann.«

Sie lächelte.

»Woher wisst ihr das mit Nickolas' Schutzengel?«, fragte Michaela und sah Ransom forschend an.

»Von Temple«, sagte Ransom. »Diesmal hat er das Schiff ohne einen Kratzer durch die Durchfahrt geführt.«

»Ich bin gleich fertig«, sagte Michaela zu Rein. »Warte auf mich. Ransom, hinaus!«, verlangte sie, und Aurora schob ihn zur Tür.

»Bekomme ich denn wenigstens Antworten auf meine Fragen?«, erkundigte sich Ransom.

»Ja, Ransom, wenn Michaela angemessen gekleidet ist.«

»Ich bin ihr Schwiegervater. Sie ist schon angemessen genug gekleidet!«, protestierte Ransom, ließ sich aber von Aurora aus dem Zimmer ziehen.

Michaela lachte, zog den Bademantel aus und ging quer durch den Raum zu ihrem Kleid.

Rein pfiff leise und betrachtete ihre schwingenden Hüften.

Sie kleidete sich an und schob Rein weg, als er ihr helfen wollte. Wenn er sich weiterhin um sie kümmerte und sie reizte, würde sie mit ihrer Toilette nie fertig.

Minuten später stiegen sie zusammen die Treppe hinunter. Ran ging unruhig auf und ab, Aurora ließ ihn nicht aus den Augen, und Temple saß neben Viva und sprach leise mit ihr.

Rein erstarrte. »Verschwinde von meiner Schwester!«

Temple sah überrascht hoch.

»Rein«, sagte Michaela und wollte ihn festhalten, doch er löste sich von ihr und ging zu Temple.

»Matthews, ich schwöre, es passiert ein Unglück, wenn du sie auch nur ansiehst.«

»Rein!«, tadelte Aurora.

Er warf ihr einen Blick zu. »Ich würde ihm mein Leben, aber nie meine kleine Schwester anvertrauen.«

»Sie hat nur seinen Verband kontrolliert.«

Erst jetzt bemerkte Rein das Blut an Temples Seite.

»Ich bin kaum in der Lage, Schaden anzurichten, Kamerad.«

Rein war nicht ganz überzeugt.

Michaela zog ihn weg. »Sieh mich an«, verlangte sie, als er Temple weiterhin finster anstarrte.

»Dieser Mann führt sich bei Frauen auf wie ein Hai bei blutigem Fisch.«

»Ich weiß. Ich habe ihn im Theater gesehen. Warne ihn später, und erkläre jetzt deinem Vater alles Nötige.« Sie lächelte ermutigend. »Bestimmt wird er Temple ausreichend einschüchtern. Aber Temple ist verletzt. Erlaube wenigstens, dass Viva ihn versorgt.«

Rein nickte und entspannte sich etwas, drückte ihr einen Kuss auf die Stirn und wandte sich an Temple.

»Woher?« Er deutete auf die Wunde.

»Euer Doppelagent«, sagte Temple zu Michaela. »Tut mir leid, Rein. Es war Christian.«

»Lord Stanhope!« Michaela sank in einen Sessel und schlug die Hände vors Gesicht. Ihr Nachbar, der Freund ihres Vaters! Er hatte Informationen an beide Seiten verkauft! Es war etwas ganz anderes, ob man für eine Sache kämpfte oder beide Seiten gegeneinander ausspielte und damit den Krieg verlängerte.

Rein starrte zu Boden, die Hände in die Hüften gestützt. Michaela litt mit ihm, stand auf und ging zu ihm. Er nahm sie in die Arme und hielt sie fest.

Rein fühlte sich verraten. Vor allem würde er Christian niemals verzeihen, dass er versucht hatte, Michaela zu töten.

»Nickolas' Falle …«

»Hat er den Mord an dem Priester gestanden?«, unterbrach Rein.

»Nach einem Verhör«, erwiderte Temple.

»Weiß er, dass ich in der Kirche war?«, fragte Michaela.

Temple überlegte. »Er gab nur wenig zu, Michaela, aber er trug die gleichen Stiefel.«

Das reichte als Beweis. Michaela las es in Reins Augen. »Es tut mir leid, Rein.«

»Ridgely trug die Stiefel, als wir ihn entlarvten. Christian gab zu, dass er sie einem Stallburschen gegeben hatte.« Rein schüttelte den Kopf. »Und ich vertraute ihm.«

»Nickolas gab mir das für euch, Michaela.« Temple holte ein zusammengefaltetes Pergament aus der Tasche.

»Ihr braucht Ruhe«, sagte Viva und warf ihrem Bruder einen tadelnden Blick zu. Ransom wollte Temple beim Aufstehen helfen, doch er schaffte es aus eigener Kraft und trat zu Rein.

»Ich würde ihr niemals wehtun, Rein.« Er sah zu Viva. »Nie.« Dann wandte er sich an Michaela. »Ich freue mich, dass Ihr mit ihm glücklich seid.« Er beugte sich zu ihr und flüsterte so laut, dass Rein es hörte: »Obwohl ich nicht begreife, was Ihr an ihm findet.«

»Um das zu verstehen, müsstet Ihr eine Frau sein.« Temple lachte noch, als er von Aurora und Ran hinausgeführt wurde.

»Wenn ich die Kerle auf dieser Insel abwehren kann, Bruder«, sagte Viva zu Rein, »dann auch einen wilden Seemann.«

Rein lächelte. Er hätte es wissen müssen.

Sobald Michaela allein war, betrachtete sie die Nachricht. Das rote Wachssiegel war noch nicht erbrochen. Steif ging sie zu einem Sessel und ließ sich in die Kissen sinken. Ihre Hand bebte leicht, als sie die Locken über die Schulter strich und den Brief hin und her drehte. Plötzlich hatte sie Angst davor, was darin stehen mochte. Ihr Glück wurde bestimmt gestört, wenn Rein ihr auf die Schliche kam.

»Machst du den Brief nicht auf?«, fragte er.

Sie nickte, tat es jedoch nicht. Einerseits wollte sie ihre alte Tätigkeit wieder aufnehmen, doch andererseits wollte sie bleiben, wo sie war. Sie wollte mit ihrem Ehemann zusammen sein, ihn lieben und sich von ihm lieben lassen. Sie wollte für mehr gebraucht werden, als Tee und Brötchen zu servieren. Jetzt war sie verheiratet. Wie konnte sie Nickolas da noch nützen? Rein lebte nicht in England, sondern kam nur zu Besuch hin. Von nun an hatte sie keinen Zugang mehr zu wertvollen Informationen. Doch ihre Rolle war noch nicht beendet, und das konnte sie nicht ignorieren. Wenn sie sich Frieden wünschte, musste sie ihre letzte Mission ausführen. Ein Erfolg ihres Onkels wäre für sie wie ein Scheitern der Revolution gewesen, weil Onkel Atwell ihr schlimmster Feind war.

Sie schob den Daumen unter das Siegel.

Besorgt wartete Rein, während sie das Siegel brach, den Brief entfaltete, ihn überflog und tief einatmete.

»Ich muss nach England, um mit Nickolas zu sprechen.«

»Warum?«

Als sie zögerte, war ihm klar, dass ihm ihre nächsten Worte nicht gefallen würden.

»Die *Victoria* wird mit einer Ladung Gold in See stechen. Sold für die britischen Truppen und neue Waffen. Nickolas weiß nichts davon.«

Er fluchte. Sie hatte Nick eine Nachricht schicken wollen. Bei der Befreiung aus dem Bordell hatte sie verlangt, er solle sie zu Nickolas bringen. »Du behauptest, dass du mir vertraust, Michaela, aber seit wann verschweigst du schon das alles vor mir?«

»Seit dem Abend nach dem Theater.«

»Meinst du nicht, wir hätten mit dieser Information leichter den Mann finden können, der dich töten wollte?«, fragte er scharf.

»Das hatte nichts mit dem Doppelagenten zu tun«, wehrte sie ab. »Und diese Information konnte ich keinem anderen als Nick anvertrauen.«

»Nicht einmal mir?«

Er wollte weggehen. Sie sprang auf und hielt ihn am Arm fest. »Nein, nicht einmal dir. Hör mich an! Rein, die Männer, die in diese Sache verwickelt sind, besitzen mehr Macht als wir alle zusammen. Fünf hochrangige britische Offiziere bereiten einen Angriff auf die *Victoria* vor, um das Gold zu rauben. Sie werden alle an Bord töten, damit es keine Zeugen gibt. Mein Onkel gehört zu ihnen. Deshalb wollte er von dir ein Schiff.«

Er sah sie zornig und enttäuscht an.

»Ich konnte dir nicht vertrauen, solange die Möglichkeit bestand, dass du etwas mit der Sache zu tun hast«, erklärte sie.

»Du wusstest, dass mir die Revolution gleichgültig ist.«

»Du hattest Verbindungen zu beiden Seiten, Rein«, hielt sie ihm vor, »und du besitzt die unglaubliche Fähigkeit, deine Gefühle zu verbergen.« Bis jetzt, dachte sie und erkannte die Wunde, die sie aufgerissen hatte. »Als ich es dir sagen wollte, war es schon zu spät. Wir waren bereits in See gestochen.«

»Wer sind die anderen?«

»Prather, Rathgoode, Winters und noch ein Mann, den ich nicht erkennen konnte. Er ist sehr groß.«

»Und was schlägst du jetzt vor?«, fragte er kühl.

»Man muss sie aufhalten.«

»Warum? Sollen sie doch das Gold nehmen. Dann ist England bankrott und der Krieg ist bald zu Ende.«

»Das Geld ist für die Soldaten bestimmt, für ihre Familien und Kinder. Ich lasse nicht zu, dass Babys das Essen weggenommen wird. Ich möchte auch nicht die Familien im Armenhaus sehen, nur weil mein Onkel mehr als mein Geld haben will.«

Er blickte aus dem Fenster. »Ich informiere Nick an deiner Stelle.«

»Nein. Das ist meine Aufgabe.«

»Jetzt nicht mehr.«

Sie richtete sich hoch auf. »Ich bin Soldat, Rein, ein Teil der Armee. Ich werde mich nicht vor meiner Pflicht drücken. Daher solltest du entweder deinen Vorschlag noch einmal überdenken, oder … oder …«

Er warf ihr einen flüchtigen Blick zu. »Oder?«

»Oder ich segle mit dem nächsten Schiff nach Hause.«

»Du bist zu Hause.«

»Nein, das bin ich nicht.«

»Dann empfehle ich dir, dich daran zu gewöhnen. Du wirst nicht nach England zurückkehren, Michaela.« Seine Augen waren so kalt wie die See im Winter. »Niemals.«

Sie forschte in seinem Gesicht. »Was soll das heißen?«

»Deine Tage als Schutzengel sind vorbei. Ich bin dein Ehemann, und wir beide werden auf meiner Plantage auf Madagaskar leben. Die Revolution muss von jetzt an auf dich verzichten.«

Sie verkrampfte die Hände ineinander. »Du triffst eine solche Entscheidung ohne mich?«

»Es geht nur um dein Wohl.«

»Unsinn!«, herrschte sie ihn an. »Es geht um deines!«

Er richtete sich zornig auf.

»Als mein Onkel mich mit Füßen trat, schloss ich mich der Revolution an. Es tat mir gut, den Amerikanern zu helfen, ihre Freiheit zu erringen. Als ich dich heiratete, gab ich das nicht auf. Als ich sagte, dass ich dich liebe, hieß das nicht, dass ich nicht mehr die bin, die ich immer war. Ich kann nicht meine Pflicht verleugnen. Ich muss das zu Ende führen. Ich bin ... wir sind schon zu nahe am Ziel.«

»Du kannst nicht mehr helfen.«

»Du weißt, dass das nicht stimmt.«

»Ich werde dafür sorgen.«

Sie wich zurück. Wollte er sie entlarven? »Ich könnte gevierteilt werden!«

»Dann bleibe da, wo ich es sage.«

»Versuche nicht, mich zu erpressen, Rein Montegomery!«, schäumte sie.

»Du lässt mir keine andere Wahl, Frau. Du wirst gesucht! Denkst du nicht daran, dass du möglicherweise ein Kind in diesen Krieg mitnimmst?«

Entsetzen packte sie, als sie sich an die Gespräche an diesem Morgen und am Vorabend erinnerte. »Ging es letzte Nacht darum? Wolltest du mich schwängern, um mich aufzuhalten?«

Er sah sie wortlos an.

»Tatsächlich?« Sein Schweigen schmerzte sie. »Ich hätte gedacht, wir würden ein Kind aus Liebe in die Welt setzen und nicht als Waffe.«

Er verzog keine Miene, doch in seinem Blick fand sie Bedauern. »Ich liebe dich, und jedes unserer Kinder wird aus Liebe entstehen.«

Sie legte die Hände an seine Arme, Tränen schwangen in ihrer Stimme mit. »Ich liebe dich so sehr, dass sogar der Gedanke an einen Moment ohne dich schmerzt. Aber ich habe zu dir gehalten, Rein. Als du Ran und Aurora deine Pläne gestanden hast, war ich für dich da. Ich verstehe deinen Wunsch, diesen Kerl zu finden, den du Erzeuger nennst. Selbst wenn du ihn töten solltest, würde ich dich lieben.«

»Michaela«, flehte er, »es ist gefährlich, umso mehr, nachdem Christian aufgeflogen ist. Denkst du nicht daran, dass vielleicht noch jemand mit ihm gearbeitet hat?«

»Chandler stellt für mich keine Bedrohung dar.«

»Wie kannst du so sicher sein?«, hielt er ihr vor. »Du könntest erschossen werden, sobald du auch nur einen Fuß auf englischen Boden setzt.«

»Dann bring du mich hin.«

»Nein, ich segle nach Marokko.«

Sie erstarrte. »Wann?«

»Mit der Morgenflut.«

Sie stieß ihn von sich. »Selbst wenn Temple nicht hergekommen wäre, wärst du ohne mich in See gestochen?«

»Ja. Es wäre nicht nötig gewesen, dass du mich begleitest.«

»Ich bin deine Frau! Wohin gehöre ich denn, wenn nicht zu dir?«

»Hierher, wo du in Sicherheit bist.«

»Du begreifst noch immer nicht! So wie du deinen leiblichen Vater finden musst, muss ich diese Angelegenheit beenden.« Sie hob den Brief hoch. »Dazu bin ich verpflichtet!«

»Du bist *mir* verpflichtet!«

»Und wem bist du verpflichtet, Rein? Nur dir selbst? Deinen Wünschen und Zielen?« Die Wahrheit in ihren Vorwürfen traf ihn wie eine Klinge.

»Du wirst diese Insel nicht verlassen«, erklärte er eisern beherrscht.

»Ich muss.«

»Niemand auf Sanctuary wird gegen meinen Willen verstoßen.«

Sie lachte geringschätzig. »Du bildest dir große Stücke auf deinen Ruf ein, Rein.«

Er sah ihr an, dass sie eine Möglichkeit finden würde. »Du verlässt diese Insel nur um den Preis unserer Ehe.«

Sie hielt den Atem an. Konnte er sie tatsächlich so einfach gehen lassen?

»Du hast die Wahl.«

»Du oder die Rebellion? Das ist unfair, Rein. Was würdest du denn sagen, wenn ich dich vor die gleiche Wahl stellte? Dein leiblicher Vater oder ich?«

»Die Revolution wird ohne dich überleben.«

Zornig und verletzt flüsterte sie: »Und du wirst ohne mich überleben?« Sein Gesicht wirkte wie aus Stein gemeißelt, als ihr Tränen über die Wangen liefen. »Bete darum, dass ich nicht dein Kind in mir trage, Rein. Es würde zwar einmal deinen Namen führen, aber du hast dir heute nicht das Recht verdient, sein Vater zu sein!«

Er trat voll Bedauern auf sie zu, doch sie wich ihm aus und floh aus dem Raum. Sie fühlte sich betrogen, weil ihr Mann, der sie liebte und ihren Körper verwöhnte, sie von der Revolution fern halten wollte. Sie ließ sich nicht umstimmen. Jetzt waren sie dem Sieg schon zu nahe. Zwar waren die Nachrichten nur spärlich eingegangen, doch sie war überzeugt, dass sich die Kolonien endgültig von England trennen würden. Deshalb beugte sie sich Reins Willen nicht. Sie raffte die Röcke und lief die Treppe hinauf. Mit jedem Schritt brach ihr Herz mehr. Sie hatte in einer Fantasie gelebt. Rein konnte sie nicht lieben, wenn er auf alles Gemeinsame zwischen ihnen verzichtete und ihr ein Ultimatum stellte. Wenn sie sich seinem Befehl beugte, verriet sie ihre tiefsten Überzeugungen. Und dann hätte sie nicht mit sich selbst und nicht mit ihm leben können, so schmerzlich das für sie auch war.

Sie musste die Angelegenheit zu Ende führen, zurückkehren und mit Nickolas sprechen, selbst wenn sie zu ihm schwimmen musste!

Rein ließ sich in einen Sessel sinken und verbarg das Gesicht in den Händen. Bei der Göttin des Lichts, was hatte er getan? Er rieb sich die Augen. Würde Michaela ihm jemals verzeihen?

Er liebte sie mehr als alles andere. Sie war seine Frau, verdammt! Es war seine Pflicht, sie zu beschützen – sogar vor sich selbst. Die Vorstellung, dass sie nach England zurückkehrte und wieder durch die Straßen streifte, womöglich mit ihrem Onkel oder Winters zusammentraf, ließ ihm vor Angst das Blut in den Adern gefrieren. Sie bezahlte die Rückkehr nach England mit dem Leben, dessen war er sicher. Wenn Chandler wusste, dass sie in jener Kirche gewesen war, würde er sein Wissen für einen Handel zu seinem Vorteil einsetzen. Und dann wurde Michaela auf der Stelle erschossen. Das durfte er nicht riskieren. Und er konnte sie nicht begleiten. Er musste seinen Vater finden und diese Angelegenheit hinter sich bringen, damit er mit Michaela ein neues Leben beginnen konnte.

Sofern es für ihn noch ein Leben gab, wenn er zurückkam.

Das Herz krampfte sich ihm zusammen, und er bekam kaum noch Luft. Er konnte den tiefen Schmerz in Michaelas Gesicht nicht vergessen. Doch mochte sie jetzt auch verletzt und zornig sein, blieb sie wenigstens am Leben. War sie tot, konnte er sie nicht mehr zurückgewinnen.

Er blickte auf den Brief, der auf dem Fußboden lag, und las:

Die Freiheit ruft. Komm nach Hause.

Großvater.

35

In Kniehosen und einem dunklen Hemd kam Michaela die Treppe herunter und zog Handschuhe an, ohne Rein auch nur eines Blickes zu würdigen. Nichts hätte ihn mehr verletzen können, als dass Michaela ihren Schmerz verbarg.

Er streckte die Hand nach ihr aus. Sie wandte ruckartig den Kopf, und nur für einen Moment erkannte er trotz ihres harten Blicks ihre Liebe.

»Wohin willst du?«

Sie riss sich los. »Das geht dich nichts mehr an, Rein.« Damit verließ sie das Haus seines Vaters und sein Leben. Er wollte ihr folgen, stockte jedoch, als sie pfiff. Naraka trabte zu ihr. Das verräterische Tier ließ sich sogar vorne zu Boden sinken, damit sie aufsteigen konnte! Als Rein wieder klar denken konnte, trieb sie das Pferd schon an, dass die Hufe Grasbüschel aus dem Rasen rissen. Seine Kehle war wie zugeschnürt, und er betete, dass er Michaela jetzt nicht zum letzten Mal gesehen hatte.

Aurora hielt ihn fest, als er zum Stall wollte.

»Lass sie.«

»Ich kann nicht.«

Sie gab ihn nicht frei, als er sich von ihr lösen wollte. »Warum hast du ihr Herz verletzt, Rein?«

»Sie will in den Krieg ziehen, Mutter«, erklärte er verzweifelt. »Sie riskiert ihr Leben für diese Revolution, ohne an sich zu denken oder an mich oder das Kind, das sie vielleicht schon unter dem Herzen trägt.«

»Und darum willst du sie verstecken, damit du dir um sie keine Sorgen machen musst.« Aurora schüttelte den Kopf. »Du bist ein Narr«, behauptete sie und schlug ihm gegen die Stirn. »Ich habe dir mehr Verstand beigebracht. Denkst du denn, Frauen hätten keine Ziele und keine starken Gefühle? Hast du vergessen, dass ich neun Jahre lang nach meinem Vater suchte? Dass eine Frau in England herrschte?« Sie sah ihm fragend in die Augen. »Bei den Göttinnen des Windes, der Erde, des Feuers und des Wassers, Rein, hast du das alles vergessen?«

»Natürlich nicht«, murmelte er.

»Wieso begreifst du dann nicht, dass du ihre Überzeugungen erstickst, wie man das mit mir in Schottland tat? Du unterdrückst sie wie England die Kolonien. Wie kannst du erwarten, dass sie nicht ihrem Herzen folgt?«

Sein Gesicht verschloss sich bei der bloßen Erwähnung der Revolution, die ihm seine Frau entriss.

Aurora streichelte mitfühlend seine Wange. »Michaela liebt dich, wie Shaarai das niemals konnte. Sie liebt deine Seele. Doch die Ehe gibt dir kein Recht, über Michaelas Überzeugungen zu bestimmen, und du weißt das. Jetzt hast du sie gezwungen, eine Wahl zu treffen. Du hast verlangt, dass sie aufgibt, was sie drei Jahre lang am Leben gehalten hat. Vor dir hatte sie nichts.« Unendlich traurig fügte sie hinzu: »Und jetzt ist das alles, was ihr geblieben ist.«

»Sie hat mich! Unser Leben und unsere Zukunft.«

»Nicht nach allem, was ich von dir gehört habe.«

Rein stürmte aus dem Haus und lief zum Stall. Minuten später hatte er ein Pferd gesattelt, doch er verfolgte nicht seine Frau, sondern ritt stattdessen zu seinem Schiff. Je schneller er in See stach, desto früher konnte er zurückkommen und versuchen, den Schaden zu beheben.

Michaela glitt aus dem Sattel, sank auf die Knie und schluchzte verzweifelt. Ihr Weinen hallte durch das Tal, in dem sie ihrem Schmerz ungestört freien Lauf lassen konnte. Sie weinte, bis sie keine Tränen mehr hatte. Sie liebte Rein. Was immer er auch gesagt hatte, sie liebte ihn. Die Sonne sank tiefer, doch Michaela rührte sich nicht von der Stelle, an der er sie geliebt und behauptet hatte, seine Seele würde ihr gehören. Das schien Monate und nicht erst Stunden her zu sein.

Es waren die glücklichsten Momente ihres Lebens gewesen, doch nun war alles zerstört. Nie wieder würde sie in Reins Armen liegen und seine Küsse genießen. Sie legte sich ins Gras und strich über die Vertiefung, die ihre Körper hinterlassen hatten, als sie sich dort geliebt hatten.

Durch Reins Liebe war sie wiedergeboren worden.

Doch jetzt starb ihr Herz.

Stunden später betrat Rein das Schlafzimmer und blieb stehen. Michaela war nicht hier. Seine Koffer standen neben der Tür auf dem Boden. Seine Waffen lagen gereinigt und geladen obenauf, und trotz seines Kummers musste er lächeln. Bis er das Medaillon entdeckte. Er nahm es zögernd und legte es um.

Sein Blick wanderte durch den schwach erleuchteten Raum zu Michaelas Kleidern, die auf einem Sessel lagen, und dem Bett, in dem er sie noch an diesem Morgen geliebt hatte. Alles war durch einige harte Worte, Stolz und Überzeugungen zerstört worden. Rein hasste es, dass er Michaela ein Ultimatum gestellt hatte, um sie am Leben zu erhalten. Am liebsten hätte er sämtliche Kolonisten erschossen, um die Rebellion auf der Stelle zu beenden und das Risiko und den Schmerz auszulöschen.

Zwischen den Laken leuchtete etwas Farbiges. Er trat näher heran und zog ein Band hervor, hielt es an die Nase, atmete Michaelas Duft ein und schlang es um sein Handgelenk. Sein Vater kam aus dem Arbeitszimmer, als Rein mit den Koffern die Diele erreichte.

»Ist sie zurück?«, fragte Rein.

Ran blickte nach rechts. Rein drehte sich um. Das Herz stand ihm still. Michaelas Haar fiel offen auf den Rücken. Ihre Augen waren leicht geschwollen.

Er stellte die Koffer auf den Fußboden. »Ich segle mit der Morgendämmerung.«

»Gute Reise.«

Er trat einen Schritt näher.

Sie hob die Hand.

»Michaela«, flüsterte er schmerzlich.

Ein flammender Blick traf ihn. »Geh!«, sagte sie. »Geh, finde deinen Erzeuger und töte ihn, Rein. Er hat mir so viel Kummer bereitet, dass ich mir seinen Tod wünsche!«

Er fing sie ab, als sie zur Treppe lief. Sie wehrte sich so heftig, dass ihr das Haar vors Gesicht viel, und ihr Seufzen trieb einen Stachel tief in sein Herz. Auch als er sie an sich drückte, kämpfte sie und verwünschte ihn. Er schob die Hand in ihr Haar und zog ihren Kopf zurück. In ihrem Blick fand er Zorn, Schmerz und Liebe.

»Ich will, dass du lebst!«

»Ich muss zu Ende ...« Noch bevor sie den Satz ausgesprpochen hatte, schüttelte er den Kopf.

»Ich liebe dich, meine *rasha*.«

Sie gab einen erstickten Laut von sich.

»Ich liebe dich!«, wiederholte er heftig. »Und ich komme zurück.«

Er küsste sie und hielt sie fest, als sie sich befreien

wollte, küsste sie mit der ganzen Verzweiflung, die ihn gepackt hielt, und mit all der Liebe, die er für sie empfand. Und sie erwiderte stürmisch den Kuss, ehe sie sich losriss und Rein von sich stieß.

Einen Herzschlag lang standen sie sich heftig atmend gegenüber und starrten einander an. Dann lief Michaela die Treppe hinauf, vorbei an Aurora, die soeben herunterkam, und an Viva, die sich an die Wand pressen musste.

Noch lange, nachdem die Tür zugefallen war, blickte Rein den leeren Korridor entlang und hörte Michaela leise weinen. Dann bückte er sich und griff nach den Koffern. Ohne sich noch einmal umzudrehen, verließ er das Haus. Und er fürchtete, dass er bei seiner Rückkehr nichts mehr vorfinden würde.

In der Morgendämmerung stand Michaela auf dem Balkon, während die *Empress* durch den Kanal segelte. Sie sah Rein auf dem Achterdeck. Seine schwarze Kleidung hob sich deutlich von dem weißen Schiff ab. Für sie war es, als würde dort unten ihr Leben entschwinden. Sie hatte überlegt, sich an Bord zu schleichen, doch Rein hätte vielleicht ihre Nähe gespürt, oder er hätte mit ihr gerechnet und das Schiff durchsuchen lassen.

Trotzdem war sie fest entschlossen, diese Insel zu verlassen.

Sie wandte sich ab, kehrte ins Zimmer zurück, sammelte die geliehenen Kleider ein und verstaute sie in einem alten Lederkoffer. Ihre Augen brannten. Nichts war ihr geblieben außer ihrem Kampf für die Freiheit.

So sollte es wohl sein.

Der Mann schüttelte den Kopf, wandte sich ab und achtete nicht weiter auf Michaelas Bitten. Seufzend setzte sie sich auf einen Pflock, um den zahlreiche Taue geschlungen waren. Rein hatte nicht übertrieben. Er hatte jedem Kapitän verboten, sie von der Insel wegzubringen.

Ransom kam zu ihr. Michaela hielt ohne schlechtes Gewissen seinem Blick stand.

»Was machst du hier?«

»Ich versuche, von dieser Insel zu verschwinden.«

»Rein will, dass du bleibst!«

Sie sprang auf. »Rein kann zur Hölle fahren!«

Er verschränkte die Arme. »Er tut das nur zu deinem Besten.«

»Nein, Ransom, er tut das für sich. Es beruhigt ihn zu wissen, dass ich hier festsitze. Er glaubt, ich werde ihm verzeihen, wenn ich nichts weiter zu tun habe, als zu warten. Ich soll mich freuen, wenn er zurückkommt.«

»Soll das heißen, dass du dich nicht freuen wirst?«

Sie blickte auf die See hinaus. Die *Empress* war nur noch ein weißer Fleck am Horizont. »Ich werde mich nicht seinen Wünschen beugen, nur weil er mich wie eine Gefangene halten will.«

»Er liebt dich.«

Das wusste sie, und es drückte schwer auf ihr Herz. »Er hat eine sehr seltsame Art, das zu zeigen«, murmelte sie und legte Ransom die Hand auf den Arm. »Bring mich von der Insel weg, Ransom. Bring mich nach England, damit ich meine Aufgabe beenden und meine Ehe retten kann.«

Ransom wog die Wünsche seines Sohnes gegen ihre Bitten ab. »Nein.«

Sie zog die Hand zurück. »Bringt mich denn niemand nach England?«

»Ich schon.«

Sie wirbelte herum.

Temple ging langsam und lächelnd auf sie zu.

»Ich glaube nicht«, sagte Ransom, »dass Rein seine Frau in Eurer Begleitung sehen will, Matthews.«

»Keine Sorge, Ransom, verheiratete Frauen sind für mich tabu.« Er neigte den Kopf. »Außerdem kann Michaela viel zu gut mit einer Pistole umgehen. Mir hat Rein nichts verboten. Er erwartet sogar, dass die *Sentinel* Euren Zucker nach London schafft.« Er sah auf seine Taschenuhr und sagte zu Michaela: »Wir stechen mit der Flut in See.«

Sie wartete darauf, dass Ransom ihr die Reise verbot.

»Ich bin hier nicht König, Mädchen. Aber wenn du diese Freiheit suchst, denk an die Gefahren.« Damit wandte er sich ab.

»Meinen Dank«, sagte sie zu Temple, freute sich aber bei weitem nicht so, wie sie erwartet hätte.

Er lachte nur. »Sagt mir das, wenn Rein mir dafür das Fell über die Ohren zieht.«

»Ich kann nicht die Kapitänskajüte nehmen.«

Temple stand mit Michaela auf dem Pier. »Es ist für mich kein großes Opfer, Michaela. Sie kann sich nicht mit der auf der *Empress* messen.«

»Trotzdem ist …«

Er winkte ab.

»Ihr tut, was ich sage, damit sich Euch an Bord niemand nähert, und verlasst nie die Kabine ohne ihn.« Er deutete auf Cabai. Michaela nickte. »Ich fürchte, dass Rein mir dafür sein Schwert in die Brust jagen und es auch noch genießen wird.«

»Es liegt ihm nichts an mir.«

»O doch, vielleicht sogar viel zu viel.« Temple seufzte. Was hätte er nicht dafür gegeben, eine Frau so zu lieben, dass er für sie sterben wollte. »Ihr habt noch zehn Minuten Zeit. Dann müssen wir in See stechen. Geht an Bord.«

Sie tat einen Schritt und drehte sich um, als sie ihren Namen hörte.

Auroras weißes Kleid leuchtete im Sonnenschein. Viva folgte ihr. Michaela wappnete sich gegen eine Strafpredigt, doch Aurora betrachtete sie voller Mitgefühl.

»Ich beiße dir schon nicht den Kopf ab, Michaela.«

Sie lächelte. »Dein Mann hätte es am liebsten getan.«

Aurora seufzte. »Ransom glaubt, Rein gegen dich verteidigen zu müssen.«

»Du nicht?«

»Ich weiß, was für ein sturer Esel Rein sein kann.«

Michaela lächelte zwar, doch bei der Erwähnung seines Namens traten ihr Tränen in die Augen.

»Ach, Schatz.« Aurora nahm sie fest in die Arme.

»Ich liebe ihn so sehr, Aurora«, flüsterte sie. »Wie konnte er mir das antun?«

»Er ist ein Mann, und Männer können ihre Ängste oft nur zeigen, indem sie uns unterdrücken.«

Michaela nickte, versuchte zu verstehen und wischte die Tränen von den Wangen. Aurora war so weise!

»Nimm das.« Sie drückte Michaela einen schweren Lederbeutel in die Hände. »Darin findest du eine schwarze Phiole. Wenn du kein Kind willst, musst du bald den ganzen Inhalt trinken.«

Rein hatte von einem solchen Elixier gesprochen. »Nein, das kann ich nicht.«

Aurora nickte bloß. »Genuss sollte keinen so hohen Preis haben. Und kein Kind sollte einen Mann an eine

Frau binden.« Erst jetzt zeigte sie, dass sie sich über ihren Sohn ärgerte, und Michaela vermutete, dass alle im Haus den Streit belauscht hatten. Oder war Aurora nur unglaublich einfühlsam?

»Wenn du wissen willst, ob du schwanger bist, kann ich dir das sagen«, warf Viva ein.

»Wie bitte?«

Aurora lachte über ihr Erstaunen. »Viva fühlt neues Leben, Michaela. So war das bei allen ihren Geschwistern, die nach ihr kamen.«

Unbewusst legte Michaela die Hand auf den Leib. »Ich möchte es lieber nicht wissen.«

Viva zuckte unbekümmert die Schultern. »Das hier ist mein Hochzeitsgeschenk für dich.« Sie legte ein Stoffbündel auf den Ledersack. »Ein neues Kleid, das ich geändert habe.«

»Danke«, sagte Michaela gerührt.

»Vergiss deine Begleiterin nicht.« Viva drehte sich um. Rahjin jagte den Hang herunter, dass die Leute nach allen Seiten auswichen.

Michaela lächelte.

»Sie wird dich beschützen.« Viva streichelte die Pantherin. »Nicht wahr, mein Mädchen?« Die Wildkatze leckte ihr über die Wange und stellte sich neben Michaela.

Sie sahen einander an.

Temple rief nach Michaela.

»In dem Sack ist auch etwas Geld.« Als Michaela das Geschenk zurückgeben wollte, schüttelte Aurora den Kopf. »Nein, du wirst es für Kutschen und Ähnliches brauchen. Es ist nicht viel.«

Temple rief noch einmal, und Viva umarmte Michaela und flüsterte ihr zu, dass alles gut werden würde, wenn sie nur genug Kraft für die bevorstehenden Prüfungen fand. Aurora strich ihr die Haare aus der Stirn.

»Wir sind froh, dass du zu unserer Familie gehörst, Michaela, was immer auch geschehen mag.«

Gerührt umarmte Michaela ihre Schwiegermutter, wandte sich ab und ging mit Rahjin im Gefolge den Landungssteg hinauf. Männer holten den Steg ein, und Michaela stand an Deck, während das Schiff ablegte.

Aurora winkte. »Ist sie schwanger?«

Viva lächelte. »Ja.«

36

Er suchte nach einem Halt wie der halbnackte Junge, der durch die Straßen lief und nach seiner Mutter suchte. Er zupfte an der Kleidung von Fremden, ließ einige Geldtaschen mitgehen und griff … und griff … und konnte nichts festhalten. Alles glitt ihm wie Sand durch die Finger, während ihn der Schmerz tiefer in den dunklen Abgrund zog.

Freiheit … Er bewegte sich und fühlte Pein, krümmte sich und schrie, ohne zu begreifen, dass er seine eigene Stimme hörte. Der Sog trug ihn mit sich, weg von dem Schmerz und weg von ihr …

Frieden fand er nur darin, dass sie in Sicherheit war, weit weg von dem allen hier, und ihn nicht so erniedrigt sah. Für eine letzte Berührung und ein letztes Lächeln von ihr hätte er sein Leben hingegeben. Er hätte sogar auf seinen Stolz verzichtet, hätte er wiederfinden können, was er mit schroffen Worten und harten Forderungen zerstört hatte. Was bin ich doch zu einem abscheulichen Wesen geworden, dachte er und ließ sich in den Abgrund sinken. Viel zu spät hatte er erkannt, dass er ohne sie gar nichts war.

Michaela schwankte zwischen Entschlossenheit, Zorn und Schmerz. Wenn sie sich auf einen Plan konzentrierte, wie sie unbemerkt nach England zurückkehren und zu Nickolas gelangen konnte, wanderten ihre Gedanken stets zu Rein. Sein Bild brachte Liebe und Kummer mit sich, und erneut setzten Bedauern und Schmerz ein. Was ist bloß aus mir geworden, dachte sie.

Es klopfte. Michaela wischte sich über die Wangen und antwortete. Sie rechnete mit Cabai und sah zu ihrer Überraschung Temple. Er kam herein und nahm den Dreispitz vom Kopf. Seit Tagen hatte sie ihn nicht gesehen, weil sie niemandem ihre Stimmung zumuten wollte.

»Wir nähern uns Marokko.«

Sie holte tief Atem, stand vom Bett auf und blickte aus dem Fenster. Rein war dort auf seiner Suche unterwegs. »Ihr braucht meinetwegen die Fahrt nicht zu unterbrechen. Wünschte mein Gemahl meine Gesellschaft, hätte er danach verlangt.«

Temple hörte den Schmerz in ihrer Stimme und überbrachte ihr nur ungern eine schlechte Nachricht. »Die *Empress* liegt im Hafen. Unter Bewachung.«

Leichenblass sank sie auf die Bank. »Was ist geschehen?«

Man sah ihm an, dass er keine Ahnung hatte. »Die Mannschaft hält sich an Bord auf, und auf dem Pier lagern Soldaten.«

»Also dürfen sie nicht an Land. Habt Ihr Rein gesehen?«

»Nein, und ich war zweimal im Ausguck.« Er streichelte Rahjin, die schnurrend um seine Beine strich.

Michaela erhob sich. »Wie lange würden wir bis in den Hafen brauchen?«

»Vielleicht vier Stunden.«

»Ihr hattet ohnedies vor einzulaufen.« Sie wären sonst der Küste nicht so nahe gewesen.

»Ich dachte, wenn Ihr vielleicht … wenn ihr miteinander …« Er wich ihrem Blick aus.

»Temple, in Eurer Brust schlägt das Herz eines Romantikers!«

Er lächelte verwegen. »Verratet es nicht. Ich würde alles abstreiten. Schließlich muss ich meinen Ruf wahren.«

»Nach allem, was ich gehört habe, könnt Ihr auf Euren Ruf nicht stolz sein.«

»Was meint Ihr, was wir machen sollen?«

»Ihr fragt *mich*?«, erkundigte sie sich erstaunt.

»Ihr habt hier einst gelebt.«

»Als Kind, aber …«

Er verschränkte die Arme. »Sind dem Schutzengel die Ideen ausgegangen?«

Die herausfordernden Worte trafen ihr Ziel. »Legt am östlichen Ende des Hafens an, weit weg von der *Empress*. Niemand soll das Schwesterschiff erkennen.« Sie trat zu Vivas Bündel und öffnete es. »Haben wir Marokkaner an Bord?«

»Zwei, glaube ich.«

»Gut. Sagt ihnen, was wir wissen, und schickt sie an Land, damit sie sich umhören.«

Temple lächelte. Während sie in der Kabine die Pistolen bereitlegte und ihre Sachen zusammensuchte, sah er förmlich, wie hinter ihrer Stirn ein Plan entstand.

Michaela fasste in den Sack, den Aurora ihr gegeben hatte. Schon vor Tagen hatte sie die schwarze Phiole aus dem Fenster geworfen, Kamm, Bürste und Toilettenartikel benützt, die Beutel mit Kräutern und das Geld jedoch nicht angefasst. Bis jetzt. Vielleicht war da genug … Sie hielt den Atem an, als in ihre Handfläche schimmernde Goldsovereigns und funkelnde Edelsteine glitten. »Ach, und das soll nicht viel sein«, murmelte sie. Was hielt diese Frau denn für ein Vermögen? »Gebt das den Marokkanern.« Sie warf Temple eine Münze zu. Er fing sie in der Luft auf. »Mietet eine Kutsche, eine feine«, fuhr sie fort und holte das Kleid aus dem Sack. Ach, Viva, dachte sie. Nie zuvor hatte sie etwas so Kostbares gesehen, schwarze Moiréseide, bestickt mit Silberfäden und Zierperlen.

»Was plant Ihr?«

»Man darf die britischen Wachen nicht unterschätzen. Sie führen ihre Befehle aus. Wir müssen herausfinden, wer diese Befehle erteilt hat. Dass der Zugang zum Schiff bewacht wird, bedeutet, dass man Rein fassen will, wenn er an Bord geht. Oder sie haben ihn schon und wollen nicht, dass ihm jemand zu Hilfe kommt.«

»Warum ist er hier?«

Das war kein Geheimnis mehr. Temple hatte bestimmt den Streit gehört. Daher erklärte sie es ihm.

»Glaubt Ihr, sein leiblicher Vater könnte dahinterstecken?«

»Das halte ich für sicher.« Der Mann hatte bereits versucht, Rein zu schaden. Das war einer der Gründe, warum sie diesen Kerl entlarvt und bestraft sehen wollte.

»Und wenn wir herausgefunden haben, was vor sich geht?«

»Dann werde ich mein Gewicht in die Waagschale werfen.«

Er ließ den Blick über sie wandern. »Viel ist da nicht zu werfen.«

»Ich bin die letzte lebende Verwandte von Brigadier General Denton«, erwiderte sie verschlagen lächelnd.

Er wollte sich lachend abwenden.

»Ach, Temple.«

Als er sich noch einmal umdrehte, strich sie das schwarze Kleid glatt. »Ma'am?«

»Wie gut seid Ihr in Fälschungen?«

»Was soll ich fälschen?«

»Das Siegel des Earl of Stanhope.«

Die elegante schwarze Kutsche entfernte sich vom Kai. Die Straße verlief zum Glück entlang der Mole, an der die Schiffe lagen. Daher brauchte Michaela sich nicht auf dem Pier zu zeigen. Sie klopfte gegen das Dach, sah Temple und Cabai an, und als die Kutsche hielt, wartete sie ungeduldig darauf, dass der Lakai die Tür öffnete.

»Seid vorsichtig.« Temple veränderte seine Haltung, um aus dem Fenster zielen zu können.

Michaela nickte, verließ das Gefährt, drehte sich noch einmal um und winkte. Rahjin glitt aus der Kutsche und drückte sich an sie. Die Pantherin trug ein Halsband und ging brav an der Leine. »Benimm dich«, raunte Michaela ihr zu, »und ich gebe dir vielleicht einen englischen Fuß zum Knabbern.«

Aus der Kutsche drang leises Lachen. Michaela ging auf den kurzen Landungssteg zu. Sofort kreuzten zwei Wachen die Gewehre, um sie am Zutritt zu hindern.

»Was bedeutet das?«

»Niemand darf an Bord.«

»Das sehe ich. Wieso?«

»Befehl von Colonel Kipler.«

Kipler, dachte Michaela. Sie kannte ihn. Als Kind hatte sie ihn ein paar Mal gesehen. War er Reins leiblicher Vater?

»Ich möchte mit dem Kapitän des Schiffes sprechen.«

»Nein, Miss.«

Rahjin knurrte. Der Soldat riss die Augen auf und wich zurück. »Soll ich mich an Eure Vorgesetzten wenden? Wo ist Euer Sergeant Major? Euer Lieutenant?«

Die jungen Männer nahmen Haltung an. Rahjin stellte die Haare auf und fletschte die Zähne. Die Männer wichen weiter zurück. Ein Wächter stieß den anderen an und deutete mit einem Kopfnicken zum

Schiff. Michaela wartete scheinbar endlos darauf, ein vertrautes Gesicht zu sehen. Als Leelan auftauchte, verlor sie beinahe das Gleichgewicht und wäre um ein Haar ins Hafenbecken gefallen.

Er kam den Landungssteg herunter und blieb vor ihr stehen.

»Madame.«

Sie gab ihm einen Wink, sich mit ihr zu entfernen. »Wo ist er?«

»Weiß nicht.«

Er war alles andere als freundlich.

»Ich bin hier, um zu helfen«, raunte Michaela.

»Ihr habt schon genug getan. Solltet Ihr nicht in Sanctuary sein?«

Sie packte ihn am Arm und zischte ihm in der Dunkelheit zu: »Er ist mein Ehemann, und was sich zwischen uns abspielt, geht nur uns etwas an, ist das klar? Er sitzt offenbar in dieser hübschen Stadt fest, und ich werde ihn von hier wegbringen. Ihr führt die *Empress* nach England.«

»Wie bitte?«, fragte Leelan ungläubig.

»Versucht, in See zu stechen. Ich möchte, dass wenigstens eines seiner Schiffe heil davonkommt.«

Leelan verschränkte die Arme. »Ich lasse ihn nicht zurück.«

»Ich auch nicht.« Rahjin strich um Michaela herum und fauchte abwechselnd die Wachen und Leelan an. »Und macht Euch auf einige Kugeln gefasst. Es wird bestimmt kein Kinderspiel sein, ihn da herauszuholen, wo er jetzt ist.«

Sie wirbelte herum und ging zwischen den Wachen hindurch, wobei sie die Waffen achtlos beiseite schob. Rahjin folgte ihr, als sie in die Kutsche stieg und die Tür schloss. Ein Wachsoldat schickte Leelan wieder aufs Schiff zurück, doch Leelan blickte der eleganten

Kutsche nach. Mit dem schwarzen Dreispitz und dem schönen Kleid hatte Michaela völlig verändert ausgesehen. Er erkannte die von Viva gestickten keltischen Symbole an Hals und Ärmeln. Leelan lächelte. Sie war ein Hausdrache, aber sie hatte Recht. Was sich zwischen Rein und ihr abspielte, ging ihn nichts an.

Er würde die *Empress* vorbereiten.

Viel konnten die zwölf Soldaten nicht unternehmen, bis das Schiff offenes Gewässer erreichte. Und da es keine Nachricht von Rein gab und niemand wusste, wo er war und was geschehen war, hing Leelan hier nur fest. Das Schiff war entwaffnet worden, abgesehen von den Kanonen, aber ohne Zündschnüre waren sie wertlos.

Der Wächter stieß ihm mit dem Lauf in den Rücken. Leelan wirbelte herum und packte das Gewehr. »Lass das, Kleiner!« Dann ließ er die Waffe los und kehrte an Bord zurück.

Jetzt kam alles auf Michaela an.

Die Kutsche hielt, doch Michaela blickte nur aus dem Fenster. »Das sind unsere Männer. Öffnet die Tür.« Temple gehorchte und winkte, und zwei dunkelhäutige Matrosen stiegen ein und warfen einen ängstlichen Blick auf die Pantherin.

»Wir haben nur sehr wenig Zeit, Gentlemen«, sagte Michaela energisch. »Habt Ihr mit dem Geld etwas erreicht?«

»Die Informationen sind ungenau. Die Diener haben Angst. Aber einer, der die Soldaten mit Essen versorgt, sagte, dass er ein kärgliches Essen in den Keller des Hauptquartiers bringen musste.«

»Nicht in die Zellen bei der Kaserne?«

Der Mann schüttelte den Kopf. Michaela biss sich

auf die Unterlippe. Verdammt, mit Lügen hätte sie sich Zutritt zur Kaserne verschaffen und sogar einen Blick in die Zellen werfen können, aber das Hauptquartier! Das Haus des Kommandanten. Als sie Kipler, damals noch ein junger Captain, in ihrer Jugend kennen gelernt hatte, war er ein ziemlich gewissenhafter Mann gewesen, der sich peinlich genau an alle Vorschriften gehalten hatte. Hoffentlich war er nach so vielen Jahren weniger streng. Warum war Rein im Hauptquartier und nicht im Gefängnis?

Vielleicht sollte niemand wissen, dass es einen Gefangenen gab …

Michaela richtete den Blick auf den Marokkaner. »Habt Ihr herausgefunden, warum der Mann gefangen gehalten wird?«

Der Matrose schüttelte den Kopf und nahm die schwarze Mütze ab. »Madame, man kommt nicht ins Haus des Kommandanten hinein. Es wird schwer bewacht.«

Sie sah die vier Männer der Reihe nach an. »Bezieht Posten auf dem Kutschkasten. Seid Ihr bewaffnet?« Sie nickten. »Ausgezeichnet. Wir fahren zum Haus des Kommandanten.«

»Michaela!«, protestierte Temple.

»Nein, widersprecht mir nicht, Temple. Mir sind britische Offiziere so vertraut wie Euch die See und gefallene Mädchen.«

Darüber musst er zwar lächeln, wurde jedoch auch verlegen.

»Ich komme hinein, weiß im Moment allerdings noch nicht, wie ich wieder herauskomme.«

»Gütiger Himmel, Ihr wollt Euch in die Höhle des Löwen wagen, ohne einen Fluchtplan zu haben?«

»Er wird mich nicht anrühren, Temple. Vertraut mir. Er ist ein Stiefellecker«, schwindelte sie, weil sie zu

Rein gelangen musste. Und sie wurde das Gefühl nicht los, dass höchste Eile angebracht war.

»Wie wollt Ihr erklären, woher Ihr wisst, dass er überhaupt dort ist?«

Sie winkte ab. »Mir fällt schon etwas ein. Falls er nicht gefangen ist, brauchen wir uns nicht zu sorgen. Eine einfache Nachfrage kann nicht schaden. Schließlich weiß niemand, dass Rein und ich verheiratet sind.« Sollte Kipler tatsächlich Reins Vater sein, war dies eine unfreundliche Art, seine Zuneigung zu dem erst jetzt aufgetauchten Erben zu zeigen.

Auf ihren Wink verließen die beiden Marokkaner die Kutsche, die schwankte, als sie hinten aufstiegen. Michaela nickte Temple zu. Er klopfte gegen das Dach.

Rahjin knurrte, weil sie die Aufregung spürte, und Michaela klopfte neben sich auf die Bank. Die Katze sprang hoch, legte sich, drückte die Schnauze an Michaelas Arm und ließ sich streicheln.

Temple beugte sich dicht zu der schwarzen Pantherin. »Ich bin eifersüchtig, meine Süße. Ich dachte nämlich, dass du mich am liebsten hast.« Er bot ihr die Wange an.

Rahjin rollte sich wie ein Hund herum und ließ sich von ihrer Herrin den Bauch kraulen.

»Wankelmütige Frauen«, murmelte Temple.

Michaela hörte nicht hin, sondern blickte in die Nacht hinaus und überlegte sich einen Plan.

»Kipler ist ein Bastard ersten Ranges, Michaela«, sagte Temple. »Man weiß, dass er seine eigenen Leute aus disziplinären Gründen auspeitschen lässt.«

Michaela zog sich der Magen zusammen, doch sie half Rein nicht, wenn sie Angst bekam. »Wir müssen Rein finden.«

Die Kutsche hielt. Michaela warf einen Blick auf das

Haus des Kommandanten, eine von Mauern umgebene Villa mit zahlreichen Wachen.

»Erforscht mit einem Eurer Männer das Grundstück. Vielleicht findet Ihr einen Hintereingang. Irgendwo muss es ein Tor für Kutschen geben«, sagte sie zu Temple, überprüfte ihre Pistole und schob sie in die Tasche, holte ein Messer aus der Handtasche und verbarg sie zwischen den Brüsten im Mieder. Temple lächelte, und sie warf ihm einen tadelnden Blick zu, ehe sie Cabai die zweite Pistole reichte. Er steckte sie neben seinem Säbel in den Hosenbund.

Michaela rückte das Kleid über dem Busen zurecht, ohne sich an Temples leisem Lachen zu stören, zog den feinen Schleier vors Gesicht und stieg aus. Rahjin und Cabai folgten ihr.

Jetzt betete sie darum, dass es ihr gelang, das genaue Gegenteil der unscheinbaren Frau darzustellen, die sie drei Jahre lang gespielt hatte.

Ein schlanker junger Mann mit Turban eilte in den Raum.

»Ich sagte dir doch, dass ich nicht gestört werden will, Halim«, sagte Kipler scharf und unterbrach seine Mahlzeit.

»Ihr habt Besuch, Sir.« Der Boy blickte immer wieder hinter sich.

Nervöser Kerl, dachte Kipler. »Wer ist es?«

»Eine Frau. Eine Engländerin, Sir.«

Katherine, dachte Kipler, stand auf und griff nach seinem Rock. »Lass mir einen Moment Zeit. Dann führst du sie herein.«

Er zog die Uniformjacke zurecht, strich sich über das grau werdende Haar und überprüfte den langen

Schnurrbart. Er drehte sich um, als Halim wieder eintrat und die Doppeltüren aufstieß.

Francis Kipler war verblüfft, als eine Frau in schwarzer Seide elegant in den Raum schwebte. Beim Anblick der schwarzen Pantherin, die ihr auf den Fersen folgte, wich er zurück, und er riss die Augen auf, als sich ein riesenhafter Araber hinter der Frau aufstellte.

Sie knickste. Ihr Gesicht blieb hinter einem Spitzenschleier verborgen, der über ihren schwarzen Dreispitz gelegt war. Die Enden waren unter ihrem Kinn verknotet und fielen über die nackten Schultern nach hinten. Das Kleid gab einen Blick auf ihren Busen frei. Zarte Haut und üppig. Eindeutig nicht Katherine, dachte Kipler. Sie sagte nichts, sondern deutete mit einem Kopfnicken auf Halim. Kipler schickte den Boy weg. Erst als sich die Türen schlossen, wandte die Frau sich ihm zu und hob die Hand.

»Madame«, sagte er, trat näher, ergriff die Hand und hauchte einen Kuss auf den Handschuh. Ihr Schweigen war faszinierend. Er konnte es kaum erwarten, ihre Stimme zu hören. »Light Regiment Commander Francis Kipler, zu Euren Diensten.«

»Das freut mich«, erwiderte sie, und der heisere Klang ihrer Stimme streichelte ihn förmlich. »Ich entschuldige mich dafür, Eure Mahlzeit zu stören.« Sie zog die Hand zurück und deutete auf den Tisch.

»Verschwendet daran keinen Gedanken. Möchtet Ihr mir beim Essen Gesellschaft leisten?« Als sie den Kopf schüttelte, fing er den Duft ihres Parfüms auf. Würzig, exotisch. Noch nie war er von einer Frau so bezaubert gewesen. »Wie kann ich Euch dienen, Mistress?«

»Ich bin Miss, Sir, und ich werde Euch nicht lange aufhalten, Kommandant. Ich komme wegen meines

Onkels zu Euch«, sagte sie und zog langsam den Schleier weg. Kipler sah so interessiert zu, wie die Spitze über ihre Haut glitt, dass er kaum die schwarze Pantherin bemerkte, die sich zwischen sie beide schob. Er blickte nach unten und zuckte zurück. Die Frau beugte sich zu dem Tier und flüsterte etwas auf Hindi. Daraufhin legte sich die Raubkatze neben ihr auf den Boden und richtete die grünen Augen auf ihn. Das Biest machte ihn nervös.

»Wegen Eures Onkels?«

»Ja, und wegen meines Vaters.« Sorgfältig schlug sie den Schleier zurück.

»Sind wir uns schon einmal begegnet?«

»Vor Jahren«, sagte sie so leise, dass er sich zu ihr beugen musste, um sie verstehen zu können, und schenkte ihm einen Augenaufschlag. Er holte tief Atem. Diese grünbraunen Augen fand er unschuldig wie die eines Kindes.

Doch nichts an dieser Frau war kindlich.

»Ich bin Brigadier Atwell Dentons Nichte und Right General Dentons Tochter. Und die einzige Erbin, Sir.«

Er war sichtlich beeindruckt und straffte sich.

»Und ich wünsche Euren Gefangenen zu sehen.«

Sein Gesicht wurde völlig ausdruckslos. »Ich habe keinen Gefangenen.«

Sie ging um die Pantherin herum und trat nahe zu ihm, legte den Kopf zurück und bot ihm den schlanken Hals und den Ansatz ihres Busens dar. »Ich wurde geschickt, um ihn zur Verhandlung nach England zu bringen. Er steht im Verdacht, Verbrechen gegen die Krone begangen zu haben, wie Ihr wisst.«

»Nein, das weiß ich nicht.«

Sie legte ihm die Hand auf den Arm, und als ihr Kleid seine Stiefel streifte, wuchs seine Erregung. »Es hat mit diesem Schutzengel zu tun, soweit ich informiert bin«, raunte sie ihm zu und strich über seinen Arm.

»Weshalb sollte man ausgerechnet Euch schicken?«

»Diskretion. Er ist ein mächtiger Mann, müsst Ihr wissen, mit vielen Freunden an sehr hohen Stellen.«

»Das Halbblut verdient es, da unten zu verrotten.«

»Was hat der Kerl denn getan? Nicht, dass es weiter von Bedeutung wäre.«

Kipler räusperte sich. »Das ist eine private Angelegenheit.«

»Verzeiht meine Aufdringlichkeit, Mylord.«

»Brigadier Denton schickt Euch?«

»Nun, nicht direkt.«

Er runzelte die Stirn.

»Mein Auftraggeber wünscht, ungenannt zu bleiben«, fuhr sie fort, »aber wenn Ihr an mir zweifelt ...« Sie griff in ihr Handtäschchen und holte ein zusammengefaltetes Pergament mit dem Stanhope-Siegel heraus.

In Kiplers Augen blitzte es auf.

»Man hat mich in höchster Eile zu Euch geschickt, Kommandant. Ich besitze die Autorität, ihn mitzunehmen. Mir steht ein Schiff zur Verfügung, das sofort nach London segeln wird. In dieser chaotischen Zeit legt Seine Majestät größten Wert darauf, dass die Gerechtigkeit so schnell wie möglich siegt. Die Amerikaner denken schließlich, sie könnten ihr eigenes Land haben«, sagte sie bitter, und er stimmte ihr zu. »Er soll gehängt werden, aber andererseits ...« Sie senkte die Stimme und beugte sich zu ihm, bis ihre Brüste seinen Arm berührten. »Sogar der König muss in der heutigen Zeit auf eine Gerichtsverhandlung Wert legen.«

»Ich kann das absolut nicht zulassen.«

»Francis ... darf ich Euch so nennen?«, fragte sie in einem Ton, der ihn zum Wahnsinn trieb.

Kipler nickte.

»Vielleicht ist er ja gar nicht transportfähig. Lasst mich wenigstens einen Blick auf ihn werfen, damit wir das gemeinsam entscheiden können. Seid Ihr damit einverstanden?«

Er war unentschlossen und ließ den Blick über ihr Gesicht wandern.

»Vielleicht ist ohnedies alles überflüssig. Sollte er dem Tod schon nahe sein, brauche ich meine Pläne nicht weiter zu verfolgen. Dann könnte ich bleiben und mir von Euch die Stadt zeigen lassen.«

Er lächelte unter dem Schnurrbart.

Sie reichte ihm das versiegelte Dokument. »Man möchte doch den Monarchen nicht verärgern, Sir. Glaubt mir, Georgie … äh, Seine Majestät ist ziemlich ungehalten, weil der Schutzengel noch immer frei ist. Zu viel Aufregung wäre für England das Schlimmste.«

Er betrachtete das Siegel und dann sie. Diesen Brief konnte er nicht ignorieren. Kipler warf ihn auf den Tisch. »Hier entlang, Miss Denton.«

»Michaela, bitte.« Sie verdeckte ihr Gesicht mit dem Schleier und folgte ihm aus dem Raum und durch mehrere Korridore. Die Wachen nahmen Haltung an, wenn er vorbeiging. Vor einer kurzen, schmalen Treppe, die nach unten führte, blieb er stehen.

»Der Bastard ist da drinnen.« Er deutete auf die Tür.

»Ihr begleitet mich nicht?«

Angewidert blickte er an ihr vorbei zur Tür. »Nein. Schützt die Tochter des Generals«, befahl er seinen Männern und wandte sich noch einmal an Michaela. »Nachdem Ihr …« Er deutete zum Keller. »Leistet mir am Morgen Gesellschaft beim Frühstück.«

Sie lächelte verführerisch. »Auf diese Einladung habe ich gewartet, Francis.«

Er errötete wie ein Schuljunge und wandte sich ab.

Michaela sah ihm nach, ehe sie die Treppe hinunterstieg und vor der Tür stehen blieb.

»Das ist ein wilder Kerl, Missy«, warnte der Wächter, als sie ihm ein Zeichen gab, die Tür aufzuschließen. »Bleibt lieber zurück.«

»Ich versichere Euch, Corporal, dass ich auf mich aufpassen kann.« Sie streichelte Rahjin, und der Mann riss die Augen auf.

Er öffnete die Tür.

Gestank schlug ihr entgegen. Michaela schluckte und zwang sich, den Lagerraum zu betreten.

Allmächtiger!

Rein war wie ein Tier angekettet. Ihre Augen brannten, ihre Knie zitterten. Getrocknetes Blut bedeckte seine Kleidung, und sein Gesicht war unkenntlich. Michaela trat einen Schritt näher. Sie hörte keinen Atem.

»Nehmt ihm die Ketten ab!« Die Wachen folgten rasch ihrem Befehl, und Michaela dankte dem Himmel, dass niemand ihr Gesicht sah, als sie Cabai einen Wink gab. »Sei vorsichtig«, hauchte sie. Cabai hob Rein wie ein Kind hoch. Sein Kopf rollte hin und her. Michaela stöhnte leise und widerstand dem Wunsch, sein Haar und sein geschwollenes Gesicht zu streicheln. Vorsichtig hob Cabai ihn höher, und Michaela wankte. Reins Rücken blutete.

Rahjin umkreiste fauchend ihre Beine und die Soldaten.

»Rasch.« Sie mussten von hier verschwinden, bevor Kipler das Siegel zerbrach. Michaela ging voraus. Rahjin bildete den Schluss und schnappte fauchend nach den Männern, die besorgt zurückwichen und die Waffen anlegten.

»Nein!«, wehrte Michaela ab. »Rahjin!« Die Pantherin kam zu ihr und knurrte so wild, dass sogar Michaela eine Gänsehaut bekam. »Öffnet die Tür.«

Die Männer sahen sie stumm an.

»Öffnet die Tür!« Mit einer raschen Bewegung zog sie ihre Pistole hervor und hielt sie einem Soldaten gegen den Kopf. »Ich bin die Tochter eines Generals. Glaubt Ihr, ich kann nicht damit umgehen?«

»Mach es, Benny. Kipler hat es gesagt.«

Der Soldat eilte zur Tür, holte einen Schlüsselring hervor und schloss auf. Frische trockene Luft wehte ihnen entgegen. Rein stöhnte. Michaela ging rasch, aber nicht zu auffällig an den Männern vorbei. Sie konnte niemanden zu Hilfe rufen, solange sie sich auf dem Grundstück befanden. Nur mit Mühe hielt sie sich zurück, während die beiden Wächter am Tor nur langsam öffneten. Als sie auf die staubige Straße hinaustrat, hörte sie Rufe. Das Siegel!

Michaela stieß einen scharfen Pfiff aus und ging schneller. Cabai bemühte sich, Rein möglichst ruhig zu tragen. Michaela betete, dass er noch lebte.

Sie raffte die Röcke und lief. Die Kutsche bog um die Ecke und hielt. Die Tür flog auf. Temple sprang auf die Straße und gab ihnen Deckung.

»Rasch, er hat die Nachricht gelesen!«

Temple warf einen Blick auf Rein. »Um Himmels willen!«

Cabai brachte sich mit Rein in der Kutsche in Sicherheit, als die Soldaten das Feuer eröffneten. Michaela und Temple schossen zurück und warfen sich in die Kutsche. Die vier Pferde des Gespanns zogen an und jagten die Straße zum Meer entlang.

»Warum haben sie ihm das angetan?«

»Ich weiß es nicht. O Gott«, stöhnte Michaela, wagte nicht, Reins blutiges Gesicht zu berühren, und ballte die Hand zur Faust. »Ich bringe den Feigling eigenhändig um, das schwöre ich.« Schüsse krachten durch die Nacht. Eine Kugel traf die Tür der Kutsche.

Rein bewegte sich matt, öffnete die Augen und blickte glasig zu Michaela hoch.

»Du bist in Sicherheit, Liebster, in Sicherheit.«

Sie zog den Schleier weg und nahm den Dreispitz ab.

»Micha …«, flüsterte er, als er sie erkannte.

»Ja, Rein, ich bin hier. Keine Angst«, schluchzte sie und hinderte ihn am Sprechen. »Nein, sag nichts. Schone deine Kräfte.«

Ein Ruck lief durch die Kutsche. Rein schrie vor Schmerz auf, und Michaela glaubte zu sterben. »Sie sollen schneller laufen, Temple! Sie sollen laufen!«

»Das tun sie, Michaela!« Temple lud die Waffen nach. »Die *Empress* ist in See gestochen.«

»Dem Himmel sei Dank!« Die Mannschaft wäre sonst verhaftet und das Schiff verbrannt worden. Das stand für sie fest.

Weiter führte die wilde Fahrt durch die Stadt. Mehr als einmal drohte die Kutsche zu kippen. Und als Michaela schon dachte, die Pferde würden es nicht schaffen, erreichten sie die Docks.

Die *Sentinel* lag vor der Küste. Hastig verließen sie die Kutsche. Cabai bewegte sich vorsichtig. Seine Muskeln spannten sich an, als er sich Rein über die Schulter legte, und Michaela fiel beim Anblick seines Rückens fast in Ohnmacht. Das Hemd war zerfetzt und die Haut aufgerissen.

Temple stützte sie, während Cabai in das Beiboot stieg. »Er wird es schaffen. Er hat auch Euren Schuss überlebt.«

»Das war nur ein Kratzer im Vergleich zu dem hier.« Was sollte sie bloß machen? »Rasch! Rasch!«

Sie sprang ins Boot, half beim Rudern und weinte, während sie die Riemen in die Wellen tauchte. Sie konnte keinen Blick mehr auf ihren Mann werfen, ihren starken und schönen Mann, der wie ein Tier geschlagen worden war. Rahjin kam zu Michaela und legte ihr den Kopf in den Schoß. Sie ruderte weiter. Temple rief etwas zum Schiff hoch, die Strickleiter fiel herunter, und Michaela stürzte fast ins Wasser, als sie danach griff. Sie raffte die Röcke und kletterte hinauf. Die Männer folgten ihr. Temple befahl, die Segel zu setzen.

Cabai schaffte es an Deck. Michaela eilte in die Kabine und zerrte die Decke vom Bett. Cabai legte seinen Herrn darauf. Hastig zog Michaela die Handschuhe aus, füllte die Schüssel mit Wasser und zerriss ein Laken. Cabai stellte einen Stuhl neben das Bett. Ihre Hände zitterten, als sie das Tuch ins Wasser tauchte und behutsam Reins Gesicht abtupfte. Er stöhnte und versuchte, sie von sich zu schieben.

»Cabai, den Beutel. Auroras Beutel! Beeil dich.« Sie leerte ihn auf dem Bett aus, las die Etiketten und versuchte, sich daran zu erinnern, was Aurora ihr beigebracht hatte. »Eine Tasse Wasser.« Cabai reichte ihr eine. Mit den Zähnen entkorkte sie das Fläschchen und schüttete einige Tropfen ins Wasser. Dann hielt sie Reins Kopf und ließ ihn trinken. Wasser träufelte in seinen Mund. »Rein, Liebster, bitte, trink!«

Er legte die Lippen an die Tasse und trank. Wenigstens würde er jetzt nicht mehr so große Schmerzen leiden.

»Cabai, ich brauche warmes Wasser und Tücher. Bring einen kleinen Tisch her. Den dort«, sagte sie und zeigte hin. Dann holte sie das Messer aus dem Mieder und schnitt sich beinahe ins Kleid, als sie zornig das Laken zerteilte.

»Micha …«

Sie ließ das Messer fallen, sank neben dem Bett auf die Knie und strich mit zitternden Fingern eine schmutzige Locke aus seiner Stirn. »Ja, Liebster, ich bin hier.«

»Du hast … hast mir nicht gehorcht.«

»Zu deinem Glück«, erwiderte sie und rang sich ein Lächeln ab.

Seine Lippen zeigten nur den Hauch eines Lächelns. »Verzeihst … du mir?«

Ihre Tränen flossen. »Natürlich, mein Liebster.«

Doch er war schon wieder bewusstlos geworden. Sie fühlte seinen Puls, legte dann den Kopf auf den Strohsack, hielt Reins blutige Hand fest und weinte.

37

Rein ging allein die leere Straße entlang. Seine Schritte hallten, Nebel zog sich um seine Beine. Er blickte zurück zu der offenen Tür, aus der Licht fiel.

Kämpfe für mich, kämpfe …

Er drehte sich um und verschwand in der Dunkelheit. Ein schmutziger, halbnackter Junge lief auf ihn zu und blieb stehen. Er streckte die Hand aus – Gesicht und Augen so vertraut. Bevor seine Finger ihn berührten, verschwand der Junge wie Rauch.

Licht schimmerte am Ende der Straße. Eine Frau, ein großer Mann und ein noch sehr junger Mann hielten einander fest. Der junge Mann sah Rein an und winkte. Dann drehten sich alle drei um und verschwanden in der Dunkelheit. Rein tat einen Schritt, fand jedoch den Weg versperrt.

Shaarai. Ihr Gesicht war im Nebel nur in Umrissen zu erkennen.

Er versuchte, sie zu berühren. »Vergib mir«, flüsterte er.

Ihre Finger an seiner Wange fühlten sich eisig an. Ihr Blick sagte: *»Vergib dir selbst.«* Sie stieß ihn zurück. »Du gehörst nicht hierher.«

Kälte drang in sein Herz.

»Wohin gehöre ich dann?«

Sie versetzte ihm noch einen Stoß und zeigte zur offenen Tür.

Rein drehte den Kopf. In der Tür erschien eine Frau. *»Komm zu mir, Rein, ich liebe dich.«*

Ihre Energie zog ihn an, wurde stärker und stärker.

»Ich liebe dich.«

Michaela! Er lief auf die Tür zu, blieb kurz davor stehen und blickte zurück.

Aurora lächelte, Ransom stand hinter ihr. *Du suchst nach dem, der du bereits bist.*

Rein nickte und trat durch die Tür.

Rein regte sich. Sein Körper fühlte sich taub an. Er zwang sich stillzuhalten. Wenn er sich bewegte, löschte der Schmerz womöglich wieder sein Bewusstsein aus. Wilde Entschlossenheit packte ihn. Er nahm seine Umgebung wahr, ohne sie deutlich zu sehen. Die Gerüche waren süß und frisch. Kühle Luft strich über seine Haut. Er lag auf der Seite. Kissen waren überall um ihn herum angeordnet. Ein dünnes Laken bedeckte ihn, und er fühlte, wie das Schiff über das Wasser glitt. Dann erinnerte er sich.

Michaela in Schwarz. Michaela, wie sie um ihn weinte, ihn rief, ihm verzieh.

Er atmete tief ein. Seine Augen brannten, als er die Lider zu heben versuchte.

Rein blinzelte ins Sonnenlicht, das durch das Bullauge hereinfiel.

Er sah sich in der Kabine um. Das war die *Sentinel*. Auf dem Tisch standen Fläschchen und lagen Lappen. Kleidungsstücke waren verstreut. Und dann fiel sein Blick auf Michaela. Sie saß auf dem Boden und hatte den Kopf auf die Matratze gelegt. Sie wirkte friedlich. Er musste sie berühren und die salzige Spur ihrer Tränen wegwischen.

Behutsam streichelte er über ihr Haar.

Ruckartig wurde sie wach und fing seinen Blick auf. »Dem Himmel sei Dank!«

»Nein, Liebste, dir sei Dank«, flüsterte er rau.

Ihre Tränen schmerzten ihn, weil er sie dermaßen verletzt hatte.

»Liebste, nicht weinen.«

»Ich kann weinen, wann ich will.«

Er lächelte.

»Rein, ich glaubte schon, ich hätte dich verloren.«

»Niemals«, erwiderte er heftig.

»Wie fühlst du dich?«

»Lebendig.«

Ihr liebevoller Blick glitt über ihn. »Du siehst besser aus.«

»Als was?«

»Als tot«, murmelte sie, und die Tränen flossen erneut.

»Es tut mir leid ...«

»Bitte, sprich nicht darüber.« Sie reichte ihm Wasser und ließ ihn trinken. »Kannst du mir erzählen, was geschah?«

Er dachte angestrengt nach. »Ich zog nur eine einzige Erkundigung ein und wurde schon in Eisen gelegt.«

»Kipler?«

»Ja, aber ich erinnere mich nur noch daran, dass ich in einem Raum festgekettet wurde.«

»Wieso haben sie dich dermaßen geschlagen, Rein?«

Er berührte ihre Stirn und ließ die Fingerspitzen über ihre Züge gleiten. »Er will meinen Tod, Michaela, konnte mich aber nicht selbst töten.«

»Ist Kipler der Gesuchte?«

»Ich glaube, dass Kipler nur Befehle ausführt. Er wusste nicht, wovon ich spreche, als ich Sakari erwähnte.«

Michaela nickte und genoss seine Berührung.

»Ich muss dich in den Armen halten, meine *rasha*.«

»Das geht nicht wegen deiner Verletzungen.«

»Meine Sehnsucht nach dir ist größer als meine Schmerzen.«

Zögernd stand sie auf und ließ sich vorsichtig neben ihm auf das Bett sinken. Er drückte das Gesicht in ihr Haar, genoss ihren Duft und ihre Wärme, strich mit der Hand über ihren Leib und drückte sie an sich. Sein Rücken schmerzte, doch er konzentrierte sich auf Michaela.

»Ich werde eine Weile sehr tief schlafen. Lass dich davon nicht ängstigen.«

»Heile dich selbst, mein Gemahl.« Ihr Blick wanderte über sein Gesicht, die dunkel verfärbte Stelle an seinem Kiefer und die Platzwunde oberhalb der Augenbraue. Als er sprechen wollte, hinderte sie ihn daran. »Ich verlasse dich nicht.«

»Niemals, Liebste«, verlangte er lächelnd. »Und wenn ich dich an mich fesseln und mich deiner Sache anschließen muss … wir werden nie wieder getrennt sein.«

»Rein?«

Er drückte sie an sich, ohne auf die Schmerzen zu achten, und flüsterte: »Du hast gewonnen, Michaela. Ich kann nicht gegen dein Rebellenherz kämpfen. Meine Freiheit liegt in dir.«

Michaela schloss die Augen, sank auf die Matratze, fühlte ihren Ehemann neben sich und schlief zum ersten Mal seit vier Tagen.

Auf Kissen gestützt, legte Rein einen Finger an die Lippen, als Cabai die Kabine betrat. Michaela schlief weiter. Ihr Gesicht wirkte entspannt. In den letzten Tagen war sie ihm ständig nahe gewesen. Das hatte er gefühlt und daraus die Kraft gezogen, sich selbst zu heilen, während sie seine Wunden mit Tinkturen gebadet hatte.

Beim Geruch von Essen zog sich ihm der Magen zusammen. Er stemmte sich vorsichtig vom Bett hoch. Cabai reichte ihm eine Hose. Michaela schlief noch immer. Gegen seinen Willen war sie Richtung England gesegelt, doch letztlich hatte er gewusst, dass sie eine Möglichkeit finden würde, von Sanctuary fortzukommen.

Allerdings hatte sie riskiert, England nicht rechtzeitig zu erreichen, um Nick zu warnen. Stattdessen war sie nach Marokko gekommen, um ihn zu retten. Und das zeigte ihm, dass die Kluft zwischen ihnen, für die er verantwortlich war, ihre Liebe nicht zerstört hatte. Wie tapfer sie doch ist, dachte er, setzte sich langsam auf einen Stuhl und schonte den wunden Rücken. Die Abschürfungen an Handgelenken und Knöcheln waren gerötet, aber nicht infiziert. Rein warf einen Blick in den Spiegel. Was hatte erst Michaela gesehen, als sie ihn gefunden hatte, wenn er jetzt noch so schlimm aussah? Die Haut über dem Auge und am Kinn war verfärbt. Er erinnerte sich daran, dass er noch einige Hiebe ausgeteilt hatte, bevor er mit dem Kolben einer Muskete niedergeschlagen worden war.

Cabai stieß ihn an und deutete auf die Suppe und die Brötchen. Rein aß langsam, ohne den Blick von seiner Frau zu wenden.

»Wir sind in offenem Gewässer nahe London?«, fragte er.

Cabai nickte. »Ihr wart fast eine Woche bewusstlos.«

Deutlich erkannte Rein, was das seine Frau gekostet hatte. Sie hatte abgenommen, und die Wangenknochen waren deutlicher zu sehen.

Als Rein mit dem Essen fertig war, räkelte und

streckte sie sich und bot ihre Rundungen unter dem schlichten Rock und der Bluse seinen Blicken dar.

»Was machst du? Wieso bist du nicht im Bett?«, fragte sie, setzte sich auf und stieß sich beinahe den Kopf.

»Ich beobachte dich.«

»Du solltest ruhen.«

»Und du solltest etwas essen, Michaela. Du bist zu dünn.«

Beim Gedanken an Essen wurde ihr flau im Magen. Sie setzte sich auf. »Dann brauche ich wenigstens kein Korsett zu tragen.«

»Von mir aus kannst du nackt herumstolzieren.«

»Ich stolziere nicht.«

Er beugte sich vor und ergriff ihre Hand. »Aber du weichst einem Thema aus, über das wir sprechen müssen.«

»Es gibt nichts ...«

»Michaela.«

»Nein, Rein, ich kann nicht.« Sie hatte ihn beinahe verloren und würde das nicht mehr riskieren.

»Wir sind dicht vor London.«

Sie ließ die Schultern hängen. »Ich weiß.«

»Ich habe ernst gemeint, was ich gesagt habe, Michaela.«

Ihre Augen blitzten auf. »Wann? Als du mir das Spionieren verboten und zugegeben hast, deshalb versucht zu haben, ein Kind mit mir zu zeugen? Oder als du mich gezwungen hast, mich zwischen dir und der Rebellion zu entscheiden?«

»Ich habe dir verboten zu spionieren, damit du nicht erschossen wirst, sobald du England betrittst. Und du hast dich für die Rebellion und gegen mich entschieden.«

»Das war alles, was ich hatte«, sagte sie und trat vor ihn. »Du hast mich verlassen.«

»Ich wäre zurückgekehrt.«

»Und wann, wenn ich dich nicht gefunden hätte? Außerdem hättest du in einem Sarg zurückkehren können. Sprich also nicht von Risiko und Sicherheit, Rein.«

»Du hast Recht«, räumte er schuldbewusst ein.

»Und wie war das mit dem Kind? Wieso warst du in diesem Punkt so hinterhältig?«

»Das war nicht hinterhältig! Ich habe kein Geheimnis daraus gemacht, dass ich mit dir Kinder haben will. Und du hast kein einziges Mal widersprochen, als wir uns liebten, Michaela. Ich gebe zu, dass ich dachte, es würde deinen höllischen Drang dämpfen, für die Amerikaner zu spionieren, wenn du Mutter wirst, aber ...«

»Was aber?«

»Ich hatte Angst«, flüsterte er.

Michaela sank vor ihm auf die Knie.

Er beugte sich zu ihr und ergriff ihre Hände. »Ich hatte Angst, dich durch deine Pflicht zu verlieren. Oder durch die meine. Ich wollte dich an mich binden und wünschte mir eine Gelegenheit, mit dir neu zu beginnen. Doch als ich in See stach, erkannte ich, dass ich bereits hatte, was ich am meisten begehre – eine Frau, die ich liebe, die mich akzeptiert und die zu mir steht. Ich habe dich im Stich gelassen.« Er drückte die Lippen gegen ihre Stirn. »Ich wollte meinen Vater für den Schmerz in meinem Leben und dafür, dass er dir Schmerz verursacht hat, töten. Dabei war ich derjenige, der anderen Menschen Schmerz zufügte – dir.«

»Und jetzt?«

»Ich verschwende keine Energie mehr an ihn.« Er streichelte ihr Haar und ihre Wangen. Wie sehr sie das vermisst hatte! »Ich will sie dafür einsetzen, dich zu lieben. Ich liebe dich, meine *rasha*«, flüsterte er.

»Ich liebe dich«, hauchte sie an seinen Lippen.

»Du verzeihst mir?«, fragte er.
»Ja, und du verzeihst mir, dass ich …«
»Dass du starrsinnig bist? Streitsüchtig?«
»Ja«, sagte sie lächelnd und legte die Hände auf seine Schenkel. »Küss mich, Rein, bevor ich vor Sehnsucht sterbe.«
»Das wollen wir doch nicht riskieren«, murmelte er und küsste sie tief und hingebungsvoll.
»Berühre mich, Liebster, bitte. Das hat mir so gefehlt.«
Er öffnete ihre Bluse, streifte sie ihr von den Schultern und legte die Hände auf ihre Brüste. Stöhnend bog sie sich ihm entgegen und schob die Hände an seinen Schenkeln höher.
»Ich will dich«, sagte er.
»Aber dein Rücken.« Sie küsste ihn, und ihre Hände glitten noch höher. »Oh! Hier bist du offenbar nicht verletzt.«
Leise lachend zog er sie auf seinen Schoß, fasste unter den Rock und streichelte ihre Schenkel. Während seine Lippen ihre Brust verwöhnten, betrachtete er ihr Gesicht. Heftig atmend öffnete sie seine Hose und streichelte ihn erregend, bevor sie sich auf ihn senkte. »Ich hätte nie gedacht, dich noch einmal zu fühlen. Du hast mir gefehlt, und ich liebe dich, Michaela«, stöhnte er.
Lächelnd stützte sie sich auf die Rückenlehne, hob und senkte sich und ließ sich von seinen Händen erregen, die pausenlos über ihren Körper glitten.
Sie konnten sich nicht zurückhalten und überließen sich der Leidenschaft. Rein achtete nicht auf die Schmerzen im Rücken, sondern hielt Michaelas Blick umschlungen und folgte ihr auf dem Weg zum Gipfel. Ihr gehörte seine Seele, in diesem und im nächsten Leben. Er würde sie für immer lieben. Ohne sie war er verloren. Mit ihr lebte er. Und als sie ihm immer wie-

der ihre Liebe versicherte und ihn ohne jede Zurückhaltung küsste, wusste er, dass er nach Hause gekommen war.

Und diesmal würde er sich nicht mehr von ihr trennen.

Auf dem Stuhl sitzend, sah Rein seiner Frau beim Bad zu. »Dir ist die Zeit weggelaufen, nicht wahr? Die *Victoria* könnte schon in See gestochen sein.«

»Möglich. Wenn mein Onkel kein Schiff gefunden hat, brauchen sich die Rebellen keine Sorgen zu machen.«

»Er hat eines gefunden, darauf könnte ich wetten.«

Michaela seifte ihre Brüste ein. »Ich weiß nicht, ob Nickolas noch genug Zeit hat, um ihn aufzuhalten.«

»Dann müssen wir ihn aufhalten.«

»Wie bitte?«, rief sie.

»Ich habe zwei Schiffe hier, Michaela. Das ergibt so viel Kampfkraft, wie die *Victoria* besitzt.«

»Ist das dein Ernst?«

»Sicher, sonst würde ich es dir nicht anbieten.«

Sie strahlte über das ganze Gesicht, packte ihn am Hemd und zog ihn zu sich. »Danke, Liebster.«

»Ich erwarte aber eine Belohnung«, erwiderte er und strich über eine Brustspitze.

»O ja, viele Belohnungen sogar. Sehr viele.« Nach einem Kuss widmete sie sich wieder ihrem Bad.

»Du willst Nickolas sehen, nicht wahr?«

Sie schüttelte den Kopf. »Nein. Ich wollte einen Boten schicken und nach Sanctuary zurückkehren.«

»Und was machen?«

»Auf dich warten.«

»Du wolltest aufgeben, obwohl du schon so nahe an deinem Ziel warst?«

»Natürlich nicht, aber nach dem Unternehmen in Marokko werde ich in England sicher nicht nur wegen Hochverrats gesucht, und ich werde nicht wieder riskieren, dich zu verlieren, Rein.«

»Dann ist es Zeit, dass wir als Mann und Frau auftreten.« Er lächelte. »Cabai kann jeden Moment mit meiner Kleidung kommen, und die Kutsche trifft in einer Stunde ein. Wenn du nicht nackt an meinem Arm durch London stolzieren willst …«

Er lachte, als sie ihn mit Wasser vollspritzte und aus der Wanne stieg. Er ließ den Blick über ihren nassen Körper gleiten und entschied, dass London noch eine Weile warten konnte.

38

Gerüchte schwirrten durch die Stadt.

Michaela Denton war aus den Händen ihrer Entführer befreit worden und wurde ständig in Begleitung von Rein Montegomery gesehen. Hatte er sie gesucht? Hatte er Lösegeld für sie bezahlt und ihr Herz gewonnen? Waren sie verheiratet? Ein Liebespaar? Wer hatte sie entführt und warum? Wieso tat denn der Onkel nichts für dieses bemitleidenswerte Mädchen? War es nicht schamlos, wie das Paar sich in den elegantesten Restaurants und Geschäften zeigte und in Rein Montegomerys Stadthaus verschwand? Die Leute waren schockiert, wie offen die zwei ihre gegenseitige Zuneigung zeigten, wie er sie sinnlich berührte und sie nur Augen für ihn hatte. Er scheute keine Kosten für Kutschen und Lakaien, auch nicht für einen Ring, den er selbst entworfen hatte. Und er bezahlte einen horrenden Preis dafür, dass der Ring in allerkürzester Zeit fertig gestellt wurde. Es war atemberaubend, und sie hatte tatsächlich geweint, als er ihr den Ring angesteckt hatte. Lady Heyward konnte das beschwören.

Rein Montegomery wich der Kleinen keinen Moment von der Seite und duldete nicht die geringste Störung ihrer Privatsphäre. War er nicht ein guter Begleiter, dass er mit ihr einkaufen ging und ihre Pakete trug? Und sah sie abends nicht hübsch aus?

Rein kannte das Gerede und wurde mit neugierigen Fragen überschüttet. Jetzt saß er entspannt in einem

Sessel und sah zu, wie Näherinnen sich um seine Frau kümmerten, als wäre sie eine Königin. Michaela erhielt nur einen Teil jener Aufmerksamkeit, die Denton ihr in den vergangenen drei Jahren vorenthalten hatte. Rein wollte ihr alles zurückgeben, was die Bastarde ihr gestohlen hatten. Und er freute sich schon auf den Kampf, sobald der Brigadier und Winters von der Heirat erfuhren.

Die Goldladung war nun Nickolas' Problem. Rein runzelte die Stirn. Noch wussten sie nicht, ob Denton ein Schiff gefunden hatte. Die *Victoria* verspätete sich aus unbekannten Gründen.

»Rein.« Michaela sah ihn flehend an, während die Näherinnen Nadeln in den Stoff schoben und sie mehr als einmal stachen.

»Genug.«

Die Frauen erstarrten und sahen ihn aus großen Augen an.

Michaela unterdrückte das Lächeln. Die Mädchen wirkten wie verängstigte Rehe, die einen hungrigen Wolf entdeckt hatten. Rein stand auf und kam zu ihr.

»Es gefällt mir auf dem Podest«, sagte sie. »Zum ersten Mal muss ich nicht zu dir emporblicken.«

Er zog ihre Hand an seine Lippen. »Von jetzt an werde ich mich zu dir herunterbeugen, Liebste.«

Die Mädchen seufzten träumerisch.

»Das wirst du nicht tun«, wehrte Michaela ab.

»Was immer du willst, Liebste.«

Um sie herum lagen vier fertige Kleider, und ein weiteres Dutzend war zusammen mit passender Unterwäsche und Schuhen bestellt. »Wann soll ich das alles anziehen?«

Er zog sie von dem Podest in seine Arme. »In den kommenden Jahrhunderten, meine *rasha*«, sagte er und küsste sie sanft. Michaela streichelte über sein verheiltes Gesicht und erwiderte seinen Kuss. Die Mädchen räumten Stoff und Maßbänder weg und zogen sich kichernd zurück.

Rein murmelte eine Verwünschung. »Zieh dich bitte um, ich habe Hunger.« Er ließ die Kleider in das Stadthaus zustellen und ging im Laden auf und ab, bis Michaela endlich erschien. »Ich dachte schon, ich müsste nach dir suchen.« Er deutete zu dem Umkleideraum und dem übrigen Bereich, zu dem Männer keinen Zutritt hatten.

»Es war dein Vorschlag, Rein, dass ich den ganzen Vormittag Kleider anprobiere.«

Er legte ihr den Mantel um die Schultern und flüsterte ihr ins Ohr: »Ich möchte, dass du dieses sofort ausziehst.«

»Nun denn«, erwiderte sie lächelnd, »dann sollten wir uns beeilen, bevor die Schneiderin dich überredet, das ganze Gebäude zu kaufen.« Sie stiegen in die wartende Kutsche, und Rein zog Michaela sofort in die Arme und küsste sie, und sie schmiegte sich an ihn, während die Kutsche anfuhr. Eine Weile hielt er Michaela im Arm, ohne auf die Blicke und die auf sie beide gerichteten Finger zu achten.

»Es tut mir für Cassandra leid, dass sie fortgeschickt wurde.« Michaela gähnte.

»Ich hörte, dass Captain McBain sie begleitet.«

»Das müsste für sie interessant sein. Sie verabscheut ihn.« An Rein gelehnt, schlief sie ein, und er trug sie von der Kutsche ins Haus und direkt ins Schlafzimmer. Als er sie auszog, wurde sie kurz wach und behauptete, ihr ginge es gut, doch er legte sie ins Bett, und sie schlief gleich wieder ein. Er berührte ihre Stirn, fühlte ihren Puls und sagte sich, dass ihre Verfassung nur durch die Aufregung zu erklären war.

Stunden später erwachte Michaela ruckartig, sprang aus dem Bett und musste sich übergeben. Sie kannte den Grund für ihre Erschöpfung. Dafür war sie lange genug bei Agnes gewesen, als diese ihr letztes Kind bekommen hatte. Sie schöpfte sich Wasser ins Gesicht, spülte sich den Mund aus und ließ sich von Cabai ins Kleid helfen. Der heutige Abend wird ganz besonders, dachte sie.

In der Eingangshalle des Royal Theater an der Drury Lane wurde es plötzlich still.

Alle Blicke flogen in eine Richtung.

»Du lieber Himmel, ist das merkwürdig«, flüsterte Michaela.

»Nicht für mich.«

Sie sah Rein mitfühlend an. »Es war sicher nur schwer zu ertragen, dass alle auf dich zeigten und flüsterten.«

Er zuckte mit den Schultern. »Man gewöhnt sich daran.«

»Ich habe dich nur angestarrt, weil du so gut aussiehst.«

Er wurde tatsächlich so rot, dass sie lachte.

»Und du hast mich angesehen, als wünschtest du dir, dass ich keinen Faden am Leib trage.«

Rein beugte sich zu ihr und drückte ihr einen Kuss auf die Schläfe. »Genau das wünschte ich.«

»Da ist schon wieder dieser Gesichtsausdruck.«

Er konnte ein Lächeln nicht unterdrücken. Sie war die schönste Frau weit und breit. Die Männer starrten sie an, doch das merkte sie gar nicht. Rein sah, wie Sheppard auf der anderen Seite des Foyers Heyward anstieß, der seinerseits wiederum Burgess aufmerksam machte.

»Wappne dich. Lord Heyward kommt mit dem halben Parlament auf uns zu.«

»Ich mag ihn. Er ist reizend und pummelig. Er erinnert mich immer an aufgehenden Hefeteig.«

Rein musste lachen, als Michaela Lord Heyward freundlich begrüßte.

»Ihr habt sie also gesucht und gefunden«, sagte Lord Heyward zu Rein.

»Natürlich.«

»Ich hatte keinen Zweifel daran«, sagte Sheppard.

»Wirklich nicht, Mylord?«, fragte Michaela.

»Er wollte Euch unbedingt finden. Wo war das, sagtet Ihr?«

»Ich sagte nichts.«

Sheppards Frau stieß ihn an, und er wurde verlegen. »Ah, ich verstehe. Sagt, hat der Brigadier …?«

»Er hat kein Lösegeld gezahlt«, erwiderte Rein knapp. »Ich war das, folgte den Männern und befreite Michaela. Für ihre Sicherheit hätte ich alles getan.«

Lady Heyward und Lady Sheppard seufzten. »Dürften wir den Ring sehen? Ich habe gehört, er soll herrlich sein.«

Michaela hob lächelnd die Hand. Die beiden Frauen waren begeistert, doch Michaela hätte am liebsten ihre Hand wieder weggezogen. Der Ring war nur ihre Sache, ein Symbol für Reins Liebe, zwei miteinander verschlungene Goldreifen, der eine mit seltenen hellblauen Diamanten, der andere mit Smaragden besetzt. Es war jedoch die Inschrift, die sie so tief berührte: *Du bist meine Freiheit und Liebe.*

»Seht Euch bloß die beiden an. Sie merken gar nicht, dass wir auch noch hier sind.«

Rein wandte lächelnd den Blick von Michaela ab. »Nein, und das macht mir nichts aus.«

»Rein!« Michaela errötete, die anderen lachten, und

als die Glocke erklang, folgten sie den übrigen Besuchern ins Theater.

»Du wirst doch nicht wieder einschlafen?«, fragte Rein, als sie in seiner privaten Loge Platz genommen hatten.

»Nein, ich habe mich gut erholt. Ich bin nur hungrig.«

»Nach diesem gewaltigen Mahl?«

Das Orchester begann zu spielen.

»Nun ja, das stimmt schon, aber …« Sie beugte sich zu ihm. Die Musik schwoll zum Crescendo an und wurde dann wieder leiser, als Rein rief: »Was?«

Köpfe drehten sich, als er Michaela in die Arme zog und mit aller Liebe küsste, die sein Herz erfüllte. Er störte sich nicht an dem Skandal. Es war ihm gleichgültig, wer sie beide sah. Er wollte jubeln, und doch sollte die Neuigkeit ihr Geheimnis bleiben. Immer wieder küsste er seine Frau.

Adam Whitfield saß in der nächsten Loge und applaudierte. »Gute Vorstellung, Rein. Verdammt, ich brauche eine Ehefrau.«

Rein und Michaela lehnten die Einladung zum mitternächtlichen Mahl ab und liefen fast zur Kutsche.

»Vermutlich war es schlimm von mir, es dir ausgerechnet in der Öffentlichkeit zu sagen.«

»Absolut nicht«, versicherte er und lächelte strahlend wie schon den ganzen Abend. »Beim Gott des Donners, ich liebe dich«, flüsterte er heiser, und sie blieb auf der Stufe der Kutsche stehen und küsste ihn.

»Ich weiß«, flüsterte sie und stieg ein. Er folgte ihr.

»Wie fühlst du dich?«, fragt er besorgt.

»Fang bloß nicht an, mich zu bemuttern.«

Sie spricht schon wie Aurora, dachte er. »Lass mich doch.«

Er klopfte gegen das Dach und rutschte zu Michaela. Sie lehnte sich an ihn, während er eine Decke über ihre Beine breitete.

»Glaubst du, mein Onkel weiß schon, dass ich hier bin?«

»Wir haben ihn beschämt, indem wir allgemein bekannt gaben, dass er nicht für dich gezahlt hat. Er hat Antrag auf Verfügungsrecht über dein Erbe gestellt. Noch weiß es niemand, aber das Geld ist weg. Es tut mir leid, Liebste.«

»Es stammte von meiner Mutter. Derjenige, der ihm dabei geholfen hat, es in die Finger zu bekommen, ist mächtiger, als wir dachten.«

Sergeant Major Edward Townsend glitt vom Pferd und eilte die Stufen zum Theater hinauf. Atemlos blieb er stehen, ließ den Blick über die Menge gleiten und verneigte sich kurz vor Lord Sheppard. »Habt Ihr die Montegomerys gesehen?«

»Sie gingen, als der Vorhang fiel«, erwiderte Lady Sheppard. »Und sie waren unzertrennlich. Es war ganz reizend zu sehen …«

»Wie lange ist das her?«, fiel Townsend ihr ins Wort.

»Mindestens eine halbe Stunde, meinst du nicht, Liebster?«, fragte Lady Sheppard ihren Mann.

Er nickte besorgt und trat an den Sergeant Major heran. »Stimmt etwas nicht?«

»Das befürchte ich, Mylord. Waren die Wächter bei ihnen?«

»Nein, sie folgten erst vor wenigen Minuten.«

Rusty verbeugte sich, stieg auf das Pferd und ritt weg. Hätte er nicht vor Mabels Taverne die bewaffnete Kutsche gesehen, hätte er nichts geahnt. Jetzt hatten die anderen einen solchen Vorsprung, dass er befürchtete, ihnen nicht mehr zuvorkommen zu können.

Die Schüsse fielen völlig unerwartet. »Auf den Boden!«, befahl Rein, zog die Pistolen und griff nach zwei anderen. Michaela gehorchte. Rein blickte aus dem Fenster, als weitere Schüsse fielen. Entlang der Baumreihe blitzte es. Rauch stieg auf. Der Kutscher und der Lakai stürzten auf die Straße. Die Kutsche kippte nach vorne.

»Sie haben die Pferde erschossen«, sagte Rein. Wo waren seine berittenen Wächter? Sie hätten die Schüsse hören müssen. Rein saß in der Falle, der Feind war in der Überzahl. »Bleib unten.« Er stieß die Tür auf, schoss und traf einen Soldaten. Er wusste, wem er den Angriff zu verdanken hatte. Michaela reichte ihm eine Pistole. Sie kauerte auf dem Boden und lud die Waffe, als sich die andere Tür öffnete.

Rein hob die Hände. »Nicht schießen!« Er durfte nicht riskieren, dass seine Frau getroffen wurde. Rauch stieg rings um die Kutsche auf, als er ausstieg und sich zu Michaela umdrehte. Er bewunderte den Mut in ihrem Blick. Rein entdeckte den Brigadier und Winters sowie die Soldaten, die hinter den Bäumen hervorgekommen waren. Seine Wächter waren entweder tot oder verhaftet.

Michaela verließ die Kutsche. »Du glaubst doch nicht, dass du damit durchkommst?«, rief sie zornig.

Ihr Onkel lächelte hart. »Bisher habe ich es geschafft.«

»Dafür hattest du keinen Grund!«

»Du weißt, dass ich einen habe, Michaela, nicht wahr?« Er trat auf sie zu. Sie hielt seinem Blick stand.

»Du hast uns an der Nase herumgeführt. Ich sehe jetzt nichts mehr von dem ungeschickten Mädchen vor mir, das in meinem Haus diente.«

»Es war *mein* Haus!«, zischte sie. »Wissen diese Männer, dass du es mir gestohlen hast und keinen Penny besitzt?«

»Das hat sich geändert«, sagte er und lächelte so grausam, dass Michaela ihn nicht wiedererkannte. »Aber das weißt du auch, nicht wahr?«

Er gab einen Wink mit der Pistole, und die Soldaten umringten die beiden. Michaela sah vier Musketen auf Reins Kopf gerichtet. Er verzog keine Miene, doch in seinen Augen funkelte solcher Zorn, dass Michaela fürchtete, er könnte sich zur Wehr setzen und getötet werden.

Denton packte sie am Arm und zog sie von Rein weg.

»Lasst sie los, Denton!«

»Ihr seid nicht gesetzlich verheiratet. Es gab kein Aufgebot. Ich bin ihr Vormund. Ich bestimme, wen sie heiratet, und das wird kein halbblütiger Bastard sein.« Als Michaela sich wehrte, senkte er die Waffe.

Rein trat einen Schritt näher. »Lasst sofort meine Frau los!«, schrie er.

»Sie gehört unter mein Dach.«

»Ihr meint Eure Fäuste.«

Dentons Augen flammten auf. »Wie könnt Ihr es wagen!«

»Wenn es um meine Frau geht, wage ich viel mehr als einige Beleidigungen. Ihr habt nichts weiter getan, als sie zu schlagen und zu bestehlen – und das drei Jahre lang.«

»Das sind harte Worte, Montegomery.« Winters trat zwischen sie beide und richtete seinen Degen auf Reins Brust.

Rein sah ihn hasserfüllt an. »Ihr verdient für Eure Tat den Tod.«

Winters warf Michaela einen Blick zu. »Habt Ihr Geschichten erfunden, meine Liebe?«

»Rein, nicht.« Sie spürte die Energie in ihm brodeln.

Rein entriss Winters den Degen, und Michaela hielt den Atem an. Winters starrte auf Reins Hand. Pistolen wurden gespannt.

»Nicht schießen«, sagte Winters böse lächelnd.

Rein fasste den Degen am Griff. »Gebt ihm eine Waffe«, sagte er zu einem der Soldaten.

»Tu das nicht für mich, Rein. Er hat keine Macht über uns.«

»Er bezahlt heute Abend, Liebste.«

Michaelas Blick wanderte zu Winters und zurück zu Rein, und sie erkannte, dass er sich nicht umstimmen ließ.

Winters streckte die Hand aus und winkte, und ein Soldat reichte ihm eiligst einen Degen, den er in der Hand wog. Unvermittelt schlug er zu. Rein parierte, die Degen verhakten sich an den Griffen ineinander, und er stand Auge in Auge dem Mann gegenüber, der seine Frau missbraucht hatte.

»Ich werde es genießen«, zischte Rein.

»So sehr, wie ich Eure Frau genossen habe?«

Aus Reins Augen traf ihn ein flammender Blick.

»Sie war eine süße Jungfrau, Montegomery, eng und heiß. Und sie fand es sehr angenehm.«

Rein ging nicht auf den Spott ein. Er sammelte seine Energie und schickte sie in seine Klinge. Winters taumelte zurück, als Rein ihm einen Stoß versetzte, und griff an. Rein zog ihm die Klinge über die Brust, zerschnitt seine Jacke und ließ ihn das erste Mal bluten. Winters war ein hervorragender Fechter, doch Rein wurde von Zorn getrieben. Metall klirrte auf Metall.

Funken sprühten, während Rein stach und schlug, parierte und wieder zuschlug.

Zornig und unermüdlich.

Seine Schläge vibrierten durch Winters Arm, bis sich dessen Griff lockerte. Rein teilte einen Schlag nach dem anderen aus und ließ seinem Zorn freien Lauf. Der Major war bereits erschöpft. Rein dagegen wirkte ruhig und gefasst, abgesehen von dem Hass in seiner Miene. Er traf Winters' Degen am Griff, riss den Arm herum, schleuderte die Waffe des Majors beiseite und jagte dem Mann die Klinge ins Herz.

Winters starrte auf die Klinge, hob den Blick, fiel auf die Knie und danach aufs Gesicht.

Denton betrachtete die Degenspitze, die aus Winters' Rücken ragte. »Arroganter Narr«, murmelte er und deutete auf Montegomery. »Ergreift ihn!«

Soldaten stürzten sich auf ihn. Rein wehrte sich und traf einige der Männer. Starke Hände hielten ihn an den Armen, drei Mann versuchten, ihn zu bändigen. Sein Hemd riss auf, und das Medaillon schimmerte im Mondlicht. Lord Germain trat aus der Dunkelheit und blieb vor Rein stehen, griff nach dem Medaillon und sah ihm in die Augen.

Rein ließ den Blick über sein Gesicht wandern und begriff.

»Hallo, Vater.«

Germain zerriss zornig die Kette und steckte das Medaillon ein. »Bringt ihn weg«, befahl er.

»Nein! Rein!«

Denton zerrte Michaela zu seiner Kutsche.

»Michaela!«, schrie Rein und wehrte sich.

Sie riss sich los und lief zu ihm, doch bevor sie ihn berühren konnte, rissen Soldaten sie zurück.

Ein Schlag traf Rein am Hinterkopf. Er brach zusammen und wurde von den Soldaten weggeschleppt.

Michaela wand sich, wollte sich befreien und zu ihm laufen. »Rein, wach auf!«, rief sie.

Denton nickte den Soldaten zu. Sie fesselten und knebelten Michaela und hoben sie in die Kutsche. Denton fuhr mit seiner Nichte weg, während Germain auf Montegomery hinunterblickte, die Finger in sein schwarzes Haar schob und seinen Kopf zurückbog. Sein Blick wanderte über Reins Züge. Angewidert ließ Germain ihn wieder los.

»Bringt ihn nach Newgate.«

39

Rein warf den Kopf in den Nacken und schrie. Der schmerzliche Laut hallte durch die umliegenden leeren Zellen. Er rüttelte an den Gitterstäben. Mörtel rieselte auf seine Haare herunter. Er rechnete mit keiner Antwort. Niemand wusste, dass er hier war, und der Wärter achtete schon seit zwei Tagen nicht auf seine Rufe. Schwer atmend schloss er die Augen und betete darum, dass seine Frau in Sicherheit war.

Ruhelos ging er in der kleinen feuchten Zelle hin und her. Wo war sie? Was war mit ihr geschehen? War sie verletzt? Hatte Denton sie getötet und ihre Leiche in die Themse geworfen? Er strich sich durchs Haar und zuckte zusammen, als er verkrustetes Blut berührte.

Sei am Leben, flehte er.

Er blieb stehen, blickte zur Decke und schloss die Augen.

Michaela …

Er konzentrierte sich, um sie zu fühlen, doch es klappte nicht. Er befand sich an einem toten Ort, und die Angst hatte ihn der Kontrolle beraubt.

Jetzt wusste Rein, wie es war, langsam wahnsinnig zu werden.

Rein hörte Schritte. Er lehnte an der Wand und wartete, ob sie näherkamen. Ein Schatten tauchte an der gegenüberliegenden Wand auf. Rein verkrampfte sich, als Lord Germain vor die Zellentür trat.

Rein starrte in die Augen seines Vaters. Es widerte ihn an, dass er ein Teil dieses Mannes war.

»Hallo, Vater.«

Germain straffte sich. »Nenne mich nicht so.«

»Es stimmt doch, oder?« Rein trat näher. »Wenn nicht, lass mich frei.«

»Damit du überall herumerzählst, du wärst mein Sohn?« Er schüttelte den Kopf. »Du bist nichts weiter als ein Fehler, Montegomery. Das Ergebnis eines Moments sorgloser Lust mit einer Hindu-Schlampe, der mich seit Jahren verfolgt. Wieso konntest du nicht in der Mine sterben?«

Rein ballte die Hände zu Fäusten, während er in die Augen blickte, die den seinen so ähnlich waren. Das war allerdings die einzige Ähnlichkeit. Er spürte, dass Germains Worte nicht den gewünschten Schmerz auslösten. »Dort habe ich gelernt zu überleben. Dafür sollte ich dir danken.« Rein trat ans Gitter. »Ich bin noch hier, und das macht dir Angst.«

Germain verzog das Gesicht.

»Du konntest mich nicht mit deinen eigenen Händen töten.«

Germain verschränkte die Arme auf dem Rücken. »Was willst du von mir?«

Rein kniff die Augen zu schmalen Schlitzen zusammen. »Ich will dich töten.«

Germain schüttelte verächtlich den Kopf. »Niemand kann das.«

Arroganter Narr, dachte Rein. »Du bist die Mühe auch gar nicht wert.«

Es stimmte, was Rein schon geahnt hatte, als er Sanctuary verlassen und die Menschen zurückgelassen hatte, die ihn liebten. Blut war nicht dicker als Wasser. Bindungen entstanden durch Liebe und Fürsorge und nicht durch Zeugung.

»Wo ist meine Frau?«

Germain lächelte dünn. »Du wirst hier sterben, Montegomery.« Er wandte sich ab, blieb jedoch stehen, als Rein ihn noch einmal ansprach.

»Sei nicht so sicher. Das Gleiche hast du schon vor drei Jahrzehnten erwartet.«

Germain warf einen Blick zurück.

»Und wenn meiner Frau etwas geschieht, wirst du sterben.«

Germain ließ den Blick vom Scheitel bis zur Sohle über Rein wandern und sah ihm in die Augen. »Sie ist tot. Der Schutzengel wurde heute Morgen wegen Hochverrats gehängt.«

Rein umklammerte die Gitterstäbe. Es war nicht wahr, weil er es gefühlt hätte.

Ganz sicher.

Göttin, flehte er und presste die Stirn gegen die Stäbe, hilf mir!

Brigadier Atwell Denton stand an Deck. Schweiß lief ihm über die Stirn, der Magen drehte sich ihm um. Er zerrte am Kragen und war froh über die Dunkelheit. Niemand sah, wie er sich fühlte. Es verletzte seinen Stolz, dass er dieses Leiden nie losgeworden war. Richard hatte sich viel besser gehalten. Doch Richard hatte ihn schon als Kind übertroffen.

Lächelnd setzte er sich auf die Bank hinter dem Steuerrad. Was würde sein lieber Bruder davon halten, dass seine wunderbare Tochter die Krone verraten hatte? Oder dass er dieses ganze Unternehmen finanzierte?

Er betrachtete Germain. Was für ein steifer Kerl. Was er wohl mit Montegomery gemacht hatte? Er verriet es nicht. Auch gut, dachte Denton. Er wollte nicht mehr mit Rein zusammentreffen, schon gar nicht auf See.

Ransom Montegomery händigte den Geldbeutel aus und zog seine Pistole. Die Augen des Beschließers weiteten sich. Rans Blick wanderte zwischen dem Gefängniswärter und dem Beschließer hin und her. Er gab den beiden einen Wink mit dem Lauf und folgte ihnen nach unten, immer tiefer in die Eingeweide des Gefängnisses. Hände streckten sich ihm zwischen Gitterstäben entgegen. Er streifte sie ab. In den Gemeinschaftszellen tranken die Gefangenen geschmuggelten Gin und würdigten ihn kaum eines Blickes. Angeekelt sah er sich um.

Der Beschließer blieb vor einer schmalen Zelle stehen. Ransom blickte hinein. Rein kauerte mit angezogenen Knien an der Wand. Ransom stockte das Herz. Er ahnte die Qual, nicht zu wissen, wo Michaela war und ob sie noch lebte.

»Rein!«, rief er, und sein Sohn hob den Kopf. »Wie ich sehe, hast du ein kleines Problem.«

Rein lächelte schwach und stand auf. »Ja, ein kleines.«

Der Beschließer öffnete die Tür.

»Hast du gefunden, was du brauchst?«

»Nein.«

Ransom runzelte die Stirn.

»Ich hatte es die ganze Zeit.«

Ransoms Augen wurden feucht, als Rein auf ihn zutrat.

»Kannst du mir verzeihen, Vater?«

Ransom schlang die Arme um ihn und tätschelte seinen Rücken, wie er das in Reins Kindheit bei einem Albtraum getan hatte. »Ja, mein Sohn, ja. Komm, wir wollen zu deiner Frau.«

»Geht es ihr gut?«, fragte er ängstlich. »Germain sagte, sie wäre tot. Gehängt.«

Ran ahnte die Qualen, die sein Sohn erlitten hatte. »Seit einer Woche wurde niemand gehängt, Rein. Nickolas hätte das erfahren. Germain mag mächtig sein, aber er wird Michaela nichts antun. Blut an seinen Händen, das er nicht mehr wegwischen kann, ist etwas anderes als der Angriff auf ein Schiff mit einer Goldladung. Wir finden Michaela, mein Sohn.«

Die Worte seines Vaters trösteten Rein, während sie dem Ausgang zueilten. »Woher wusstest du, wo ich bin?«

»Wieso fragst du überhaupt? Du kennst doch deine Mutter.«

Zum ersten Mal seit Tagen konnte Rein wieder schwach lächeln.

»Ist dein Rücken übrigens schon verheilt?«

Rein ging schneller und lief der Freiheit entgegen, die sein Vater für ihn mit Säcken voll Gold und viel Gin erkauft hatte.

Mit gefälschten Befehlen wurde Sergeant Major Townsend ein letztes Mal für die Krone tätig. Seine zukünftige Frau befand sich schon bei den Montegomerys in Sicherheit, als er den Pier betrat und die Hälfte der Soldaten, die die Schiffe bewachten, in die Kaserne schickte. Die anderen Männer sandte er zu etlichen ausgewählten Mitgliedern des Parlaments. Sie sollten Nachrichten überbringen, in denen Germain, Denton, Winters – möge er in der Hölle schmoren – Prather und Rathgoode mit dem Angriff auf die *Victoria* in Verbindung gebracht wurden. Zu diesem Zeitpunkt befanden sich die Genannten bereits auf See.

Er folgte den Truppen nur ein Stück, ehe er zu den

Docks zurückkehrte. Die Hufe klapperten. Er glitt vom Pferd und rannte den Landungssteg zu dem bereits ablegenden Schiff hinauf.

Rusty ließ sich atemlos auf eine Kiste sinken. »Mann, dafür bin ich zu alt.«

»Sagt das nie zu Eurer Verlobten«, warnte Rein seinen Freund im Vorbeigehen. Rusty entdeckte Mabel, die mit frischer Kleidung auf den Armen zu ihm kam. Er stand auf, zog den Uniformrock aus, warf ihn über Bord, nahm dann Mabel in die Arme und küsste sie.

Rein kletterte zum Achterdeck hinauf, schob das Fernrohr aus und beobachtete, wie sein Vater aus dem Beiboot an Bord der *Islander* ging. Alle Segel waren gesetzt, und es würde schwierig sein, ohne Schrammen aus dem Hafen zu kommen. Nickolas befand sich auf der *Sentinel* bei Temple, doch sie hatten nur vierzehn Kanonen. Die *Islander* war komfortabel ausgestattet, jedoch nur mit acht leichten Kanonen bestückt. Die *Empress* hatte zwanzig. Zweiundvierzig gegen die vierundzwanzig der *Cavalier* ergab eine gute Ausgangslage. Doch Rein hegte keinen Zweifel, dass sich der Kapitän der *Victoria* mit Denton verbünden und Germains Befehle befolgen würde. Also hatten sie noch einmal fünfzehn Kanonen gegen sich. Rein verließ sich auf sein Geschick.

Es sei denn, die *Victoria* wurde zusätzlich von einem Schiff mit unbekannter Feuerkraft begleitet.

Rein vermutete, dass Michaela sich an Bord der *Cavalier* aufhielt.

Sie war verschwunden. Rein schob das Fernrohr zusammen.

Ich werde dich finden, Liebste! Halte durch!

40

»Schiff ahoi!«, rief die Mannschaft, und Germain warf den Offizieren einen Blick zu. »Geht nach unten, wenn Ihr nicht von Nutzen seid, Denton.«

»Mir geht es gut.«

»Ihr seid fahl im Gesicht.«

»Ich weiß. Verdammt, Mann, habt doch etwas Mitgefühl.«

Germains helle Augen richteten sich hart auf ihn, und Denton fand in diesem Blick etwas Vertrautes, das er jedoch nicht einordnen konnte. »Nicht im Krieg.«

Denton runzelte die Stirn. Rathgoode strich sich über den Schnurrbart. Prather rieb sich die Arme. Alle drei sahen Germain unverwandt an. »Dies ist kein Krieg, Eure Lordschaft. Wir kapern ein Schiff.«

»Ich beabsichtige, Kriegsminister zu bleiben, General«, sagte Germain.

Denton sah die anderen an und betrachtete Germains Rücken. Er schluckte schwer.

Germain würde alle Zeugen töten. Denton fröstelte. Auch seine Komplizen?

»Rein?«, flüsterte Leelan, der nur ungern störte. Rein saß mit untergeschlagenen Beinen auf dem Boden. Vor ihm standen Töpfe und Tiegel. Eine Kerze brannte. Rahjin lag unter der Sitzbank. Die Hitze im Raum war erdrückend. Leelan fürchtete schon, die Wände könnten wieder Feuer fangen. Der Inhalt der Töpfe quoll über, Wasser kochte, warme Luft wirbelte durch den Raum.

Rein hob die Arme und ließ sich von der Energie packen.

Göttinnen des Feuers, der Erde, des Windes und des Wassers, helft mir! Zeigt sie mir …

Sekundenlang hielt er still. Schweiß floss über seinen nackten Rücken. Dann … ein Raum … Bewegung …

Er senkte die Arme und lächelte, und als der Luftstrom versiegte, sah er Leelan an.

»Sie lebt und ist auf der *Cavalier*.«

Leelan grinste breit, und seine Augen schimmerten verdächtig feucht. »Ah, Rein, großartig. Toll. Zwei Schiffe Steuerbord voraus.«

Rein sprang auf und griff nach Hemd und Säbel. An Deck erblickte er die *Cavalier* und dahinter die *Victoria*. Rein drehte sich um. Die *Sentinel* und die *Islander* waren bloß eine Seemeile hinter ihm. Sein Vater stand an Deck.

Rein hob das Fernrohr.

Germain entdeckte die Schiffe, fluchte und befahl alle Mann auf Gefechtsstation. »Denton, holt Eure Nichte!«

»Was!«

»Montegomery will sie wiederhaben.«

Denton wirbelte herum. »Der Himmel stehe uns bei! Ich dachte, Ihr hättet Euch um ihn gekümmert.«

»Offenbar nicht ausreichend.«

»Was wollt ihr von Michaela?«

»Er wird nicht auf uns schießen, wenn sie dadurch in Gefahr gerät.«

»Verlasst Euch nicht darauf, Sir.‹

Prather räusperte sich. »Dann kennt Ihr Montegomery nicht, Sir. Er muss nicht schießen. Er ist wie sein Vater.«

Germain wirbelte herum. »Was wisst Ihr?«

»Er hat sein Leben auf See verbracht«, erwiderte Prather. »Segelte mit dem Red Lion.«

»Das heißt nicht viel.«

»Nun, die Geschichten, die ich hörte …«

»Vielleicht sollten wir den Kapitän der *Victoria* dazu bringen, uns zu verteidigen.«

»Das machen wir.« Drei gegen drei, dachte Germain. Das wird interessant. »Informiert Lackland, signalisiert der *Victoria* und ihrer Eskorte. Sagt, wer sich an Bord dieses Schiffes aufhält und dass wir angegriffen werden. Wir brauchen Hilfe.« Leise fügte er hinzu: »Während des ganzen Aufruhrs übernehmen wir die *Victoria* und wechseln das Schiff. Dann gehört sie uns.«

Denton unterdrückte die aufkommende Übelkeit. Er stieg die Treppe hinunter und ging auf die Luke zu.

»Aufstehen!«

»Geh zum Teufel!«, fauchte Michaela.

Denton packte sie, drehte sie um und durchschnitt ihre Fesseln.

»Warum hast du das getan?«, fragte sie leise.

»Wegen des Vermögens. Bewege dich!«

»Warum hast du mich so schrecklich behandelt, Onkel? Was habe ich dir denn getan?«

»Werde bloß nicht rührselig.« Er schob sie zur Luke.

Sie hielt ihn am Arm fest. »Du musst es mir sagen!«

Er riss sich los. »Du wurdest geboren.«

»Was?«

Er betrachtete ihr Gesicht. Einen so sanften, geradezu liebevollen Blick hatte Michaela noch nie bei ihm gesehen.

»Verdammt, du siehst genau wie sie aus.«

»Wie Mutter?« Auch ihr Vater hatte gesagt, die Ähnlichkeit würde dafür sorgen, dass seine Frau weiterlebte.

»Elizabeth war eine schöne, anmutige Frau. Sie war viel zu gut für Richard.«

Michaela forschte in seinem Gesicht. »Du hast sie geliebt.«

Dentons Gesicht verdüsterte sich. »Ich … nein.« Er wandte sich ab, doch sie hielt ihn am Rock fest.

»Hasst du mich deshalb? Hast du mir deshalb mein Vermögen genommen?«

»Es gehörte mir!«, rief er. »Sie hätte mich heiraten sollen, und das wollte sie auch, bis Richard von der Ausbildung wieder zurückkam. Er stahl sie mir, während ich meinen Dienst versah.«

»Hätte sie dich wirklich geliebt, hätte sie sich nicht für ihn entschieden.«

»Was weißt du denn! Du hast sie getötet!«

Michaela begriff. »Meine Mutter ist nicht bei meiner Geburt gestorben, Onkel. Sie starb an Malaria, als ich sieben war.«

Er starrte sie betroffen an.

»Dein Hass entspringt einem Irrtum.«

»Das spielt keine Rolle mehr«, wehrte er ab und zog sie weiter.

»Was würde Mutter denken, wüsste sie, wie du mich behandelt hast? Du hast zugelassen, dass Winters mich in meinem eigenen Schlafzimmer vergewaltigt hat. O ja, sie weiß es.« Er wurde blass. »Sie blickt auf uns herunter, Onkel, und sie weiß alles. Was bist du doch für ein erbärmlicher Mann.«

»Was würde sie dazu sagen, dass du einen halbblütigen Bastard geheiratet hast?«, erwiderte er böse.

»Sie würde nicht nach seiner Hautfarbe oder seiner Herkunft urteilen, Atwell. Sie würde sich freuen, dass ich ihn liebe, wie sie meinen Vater geliebt hat.«

Denton hob die Hand, um sie zu schlagen, doch Michaela hielt seinem Blick furchtlos stand. Er ließ den Arm wieder sinken.

»Mein Mann wird mich holen.«

»Er ist bereits hier.«

Erleichterung malte sich in ihrem Gesicht ab.

»Er wird nicht gewinnen, Mädchen.« Sein Blick flackerte.

Wenig später begriff Michaela, was er meinte. Vom Hauptmast aus sah sie der *Empress* entgegen. Die Schiffe gingen in Position für die Schlacht, und Michaela fragte sich, ob sie jetzt zusehen musste, wie Rein starb.

Die *Sentinel*, die *Islander* und die *Empress* bildeten eine Abwehrkette. Sie waren leichter als die *Victoria* und die *Cavalier*, die mehr Ladung und schwerere Bewaffnung hatten. Das Begleitschiff war jedoch nur spärlich bewaffnet. Und Rein beschloss, dieses Schiff als Erstes außer Gefecht zu setzen. Danach die *Cavalier*. Ran, er und Nick waren sich einig, dass sie die *Victoria* samt Mannschaft verschonen und nur die Waffen für die Revolution nehmen würden.

Die *Victoria* und die Eskorte befanden sich in Schussweite. Rein gab der *Sentinel* ein Zeichen. Nickolas brannte darauf, die Waffen an sich zu bringen, die seine Landsleute töten sollten. Die *Sentinel* griff an.

Rein achtete auf die *Cavalier*, hob das Fernglas ans

Auge und betrachtete das Deck. Er sah nur wenige Männer.

Dann stockte sein Herz.

Michaela war an den Hauptmast gebunden und deutlich zu sehen. Das werdet ihr bezahlen, dachte er und bemühte sich verzweifelt herauszufinden, ob sie verletzt war. Germain lächelte zufrieden und sah zu ihm herüber.

Rein wandte sich zur *Islander*. Sein Vater hatte ebenfalls die Lage erkannt. Ransom kümmerte sich um das Begleitschiff, weil die *Islander* so schwach bewaffnet war.

Rein klopfte mit dem Fernrohr gegen seine Lippen

»Feuer auf das Achterdeck«, befahl er. »Kein einziger Schuss auf das Hauptdeck. Wir zielen unter die Wasserlinie. Und keine Kartätschen. Sie treffen zu ungenau.«

Popewell gab die Befehle weiter.

»Mr Veslic, signalisiert den Befehl an die *Islander*.« Rein reichte Leelan das Fernrohr.

Der Steuermann seufzte. »Himmel, was ist das nur für ein Feigling.«

»Er ist gerissen. Und er verlässt sich darauf, dass ich nicht angreife. Leelan, bringt uns nahe genug heran.« Rein wollte keine Munition verschwenden.

Leelan befolgte den Befehl.

»Feuer frei!«, befahl Rein, und die *Empress* schwankte, als Rauch aus ihrem Rumpf schoss. Kanonen donnerten unter Deck. Rein beobachtete durch das Fernrohr und bemühte sich, Michaelas ängstlichem Gesicht auszuweichen, als die *Cavalier* erbebte, Holz splitterte und Körper durch die Luft gewirbelt wurden. Rein dachte, dass die britischen Matrosen nicht den Tod wegen der Gier anderer verdient hatten. Er befahl Leelan, die *Empress* längsseits zu bringen.

»Das ist nicht Euer Ernst!«, schrie Leelan. »Sie werden feuern.«

»Volle Segel! Die da drüben haben schwer geladen, Leelan. Kommt, Kampfgeist! Seht nur.«

Die *Victoria* kam der *Cavalier* nicht zu Hilfe, sondern floh.

Rein sah, wie die Kanoniere die Kanonen in Stellung brachten. »Feuer auf die Kanoniere!« Die Salve erschütterte die *Cavalier*. Sie kippte leewärts, Kanonen stürzten ins Meer. Und die *Empress* kam immer näher. Die *Cavalier* feuerte zehn Kanonen gleichzeitig ab. Vier Schüsse trafen, brachen den Bugmast und schleuderten ihn ins Meer. Doch die *Empress* kam noch näher auf Rammkurs und wendete scharf. Rein verließ das Achterdeck und kletterte über Trümmer und Männer.

»Näher, Leelan!«

»Verdammter Narr«, murmelte der Steuermann und gehorchte. Rein kletterte in die Takelage und ergriff zwei Taue. Sein Blick traf über das rauchende Deck hinweg auf Germain. Der Mann stand starr da und brüllte Befehle. Rein befahl Feuer auf das Achterdeck. Germain rührte sich noch immer nicht, als um ihn herum die Kugeln pfiffen. Er lächelte Rein zu und verneigte sich, während Prather und Rathgoode starben.

Rein achtete nur auf Michaela.

Sie lächelte ihm durch den Rauch ängstlich zu.

Und dann sah er, wie Denton mit einem Säbel auf sie zuging.

Ransom und Nickolas griffen gemeinsam das Begleitschiff an. Die *Victoria* segelte schnell, um dem Entern zu entgehen. Nick befahl Dauerfeuer und setzte die

Sentinel vor den Bug des Begleitschiffes. Es feuerte und zerstörte den Besanmast der *Islander*. Männer schrien. Einige sprangen ins Meer, um nicht zu verbrennen. Die kleinere *Islander* schoss zurück, und Nickolas schloss sich an. Minuten später neigte sich das Begleitschiff. Nickolas wendete die *Sentinel* sofort, um die *Victoria* zu jagen.

Ransom stand im Bug und wandte sich an den Kapitän des Begleitschiffes. »Ergebt Ihr Euch?«

Der Kapitän schlug mit seinem Degen durch die Luft. Kanonen donnerten, trafen die *Islander* breitseits und rissen sie fast entzwei.

»Entert!«

Die *Cavalier* feuerte und riss ein Loch ins Deck der *Empress*. Der Vordermast versank im Schiffsrumpf. Rein schwang sich über das Wasser, verlor die Pistolen und landete nahe dem Besanmast. Mit dem Schwert in der Hand eilte er zum Achterdeck, zu Germain.

Michaela schrie ihm eine Warnung zu.

Durch den dichten Rauch sah Rein, wie Germain eine Pistole hob und sorgfältig zielte.

Rein wollte nach seinen Pistolen greifen, doch sie waren verschwunden. Germain lächelte dünn, doch bevor er schießen konnte, wurde er zur Seite geschleudert. Blut spritzte aus seiner Brust. Er schoss weit daneben. Rein sah sich nach seinem Retter um.

Nur hundert Meter entfernt sah er die *Galley Raider* und seinen Bruder Colin mit einem Gewehr.

Colin salutierte, rief und zeigte hinter ihn. Rein wirbelte herum. Ein Degen sauste an seinem Gesicht vorbei. Rein parierte, trieb dem Mann die Klinge in die Brust und kämpfte sich zum Hauptmast, zu seiner Frau, vor.

Doch Denton war näher bei ihr

Ransom ließ die Beiboote aussetzen. Die *Islander* sank rasch. Jemand stieß einen Schrei aus. Ransom drehte sich um. Ein Schiff kam auf sie zu. Dann erkannte er seinen Sohn in der Takelage und lächelte. Der kleine Pirat!

Michaela hustete und wandte das Gesicht von dem beißenden Rauch ab. Sie flehte Männer an, sie zu befreien, doch niemand achtete auf sie. Ihr Onkel wankte auf sie zu, kletterte über seine toten Kameraden. Er kam, um sie zu töten.

Dann sah sie Rein hinter ihm.

Ihr Herz schlug heftiger.

Mann um Mann schaltete er aus, kletterte über Trümmer, wütend und entschlossen. Bei seinem Anblick stemmte sie sich gegen die Fesseln. Er konnte sie nicht vor ihrem Onkel erreichen. Mit ausgestrecktem Bein versuchte sie, den Degen eines Gefallenen zu sich heranzuziehen, während die Männer der *Empress* Planken von Schiff zu Schiff legten und die *Cavalier* enterten. Kugeln schlugen rings um Michaela ein. Sie duckte sich. Ihr Onkel erreichte sie. Entsetzt starrte sie auf den Degen, den er hoch über den Kopf hob.

»Onkel, ich flehe dich an!«

»Michaela!«, schrie Rein entsetzt, als Denton zuschlug und ihre Fesseln durchtrennte. Michaela fiel nach vorne und hielt sich fest.

Denton wirbelte zu Rein herum und hob abwehrend die Waffe.

»Nehmt sie.«

Michaela kroch bereits zu ihrem Mann.

»Schafft sie weg«, keuchte Denton und presste die Hand auf den Magen. Blut sickerte durch seine Finger. »Ich möchte, dass etwas von ... Elizabeth überlebt. Verzeiht mir«, keuchte er und fiel sterbend auf die Knie.

Michaela drückte sich an Rein, als Denton auf das blutige Deck rollte. Es war so gut, wieder bei Rein zu sein und seinen Herzschlag zu spüren.

»Hallo, Gemahl«, murmelte sie bebend. »Du bist rechtzeitig gekommen.«

Lächelnd streichelte er ihr Gesicht. »Beim Gott des Donners, ich dachte, ich hätte dich verloren.«

»Niemals«, flüsterte sie.

Er gab ihr rasch einen Kuss, schob sie zur Besantakelage und drängte sie hinaufzuklettern. »Hat er dir wehgetan?«

»Nein, ich bin nur hungrig!«

Er stieg neben ihr hoch, machte mit einem Seil eine Schlinge und stellte ihren Fuß hinein. »Wir müssen auf die *Empress*. Dieses Schiff sinkt.«

»Nein.« Sie schüttelte den Kopf. »Können wir nicht die Planken benützen?« Im selben Moment neigte sich das Schiff, und die Planken stürzten ins Wasser.

Er packte die Seile und schlang die Arme um Michaela. »Vertraust du mir?«

»Natürlich.«

Er stieß sich ab, und sie schrie und klammerte sich an ihn, während sie über das Wasser schwangen. Hände griffen nach ihnen und zogen sie aufs Achterdeck. Rusty lächelte Michaela zu, doch Rein nahm sie sofort in die Arme und küsste sie, presste sie an sich und strich ihr durchs Haar.

»Ich liebe dich, ich liebe dich«, murmelte sie an seinen Lippen.

»Michaela, ich dachte … nie wieder … beim Donner …« Seine Stimme brach, während er sie festhielt und erschauerte.

Kanonendonner zwang die beiden, sich umzudrehen.

Sofort erteilte Rein Befehle. Die *Victoria* und die *Sentinel* waren noch immer mitten in der Schlacht. Die *Galley Raider* barg die Männer der *Islander* aus dem Wasser und gab Feuerschutz gegen das weiterhin angreifende Begleitschiff. Rein hielt Michaela an seiner Seite. Hinter ihnen sank die *Cavalier*. Die Beiboote wurden zu Wasser gelassen, und er nahm die Überlebenden auf.

Nickolas hob den Arm und wollte den Feuerbefehl geben.

Michaela riss sich von Rein los und stürzte zur Reling. »Nickolas, nein! Das Gold!«

»Bist du verrückt?«, schrie Nickolas zu ihr herüber. »Dieses Gold ist für Waffen, Kleidung und Lebensmittel bestimmt!«

Sie nahm Leelan die Pistole ab und zielte auf Nickolas. »Nur die Waffen und sonst nichts.« Sie deutete mit dem Lauf auf die zerstörten Schiffe. »Die Männer führten nur Befehle aus. Vielleicht schaffen sie es nicht, aber wir geben ihnen die Chance.« Langsam wurde es still. Alle achteten auf sie. »Zeig der Welt, dass wir toleranter sind und dass wir mit unserem Kampf etwas Gutes anstreben und nicht wie diese Leute sind. Wir nehmen Frauen und Kindern kein Essen weg. Grausamkeit bringt keine Freiheit. Das ist Englands Art, Germains Art. Wir werden siegen, weil wir für Gerechtigkeit kämpfen.«

Nickolas senkte den Arm und nickte.

Michaela seufzte erleichtert.

In diesem Moment begriff Rein endlich ihre Sehnsucht nach Freiheit und war unendlich stolz auf sie und ihren Mut. Sie zeigte Mitgefühl, obwohl sie Grund zur Rache hatte.

»Bravo!«, rief jemand in die Stille, und die anderen fielen mit ein. Michaela sah sich errötend um.

»Sehr gut«, murmelte sie und löste sich von der Reling. »Das überstehe ich nicht.«

Rein lachte leise über ihre Verlegenheit und küsste sie auf die Stirn. »Eine wundervolle Ansprache, Liebste. Ich würde dir sofort folgen.«

»Ich will nicht, dass mir jemand folgt.«

Er sah sie fragend und besorgt an.

»Ich habe abgeschlossen.« Sie reichte ihm die Pistole und betrachtete die rauchenden Schiffe. »Ich stelle für die Rebellion eher eine Bedrohung als eine Hilfe dar. Ich kann nicht nach England zurück, und in den Kolonien …« Sie schüttelte den Kopf. »England hält Amerika noch immer besetzt, Rein. Wir beide könnten auch dort wegen Hochverrats verhaftet werden. Wir könnten nicht neu anfangen, ohne unsere Freunde zu gefährden.« Sie zeigte auf Nickolas. »Bis England Amerikas Unabhängigkeit anerkennt.«

»Wir haben ein Zuhause auf Sanctuary und auch eines auf Madagaskar, Michaela. Es geschieht, was du willst.«

Ihre Traurigkeit wich purer Freude. »Liebe mich, Rein. Denn ich kann nur noch dich lieben.«

»Dem Himmel sei Dank«, stöhnte er und küsste sie. »Ich liebe dich.«

Über seine Schulter hinweg sah sie Colin bei Ransom stehen. »Da ist allerdings noch etwas, das ich in Ordnung bringen muss.«

Rein drehte sich um. Seine Frau griff nach der Pistole und zielte auf Colin.

Colins Augen weiteten sich.

Ransom starrte zu ihnen herüber. »Rein! Bändige diese Frau!«

Rein trat neben sie, während sie genau zielte. »Was willst du tun?«

Colin verschränkte die Arme.

»Ich erwidere das Feuer. Du tust es nicht, weil du ihn liebst. Nun, ich liebe ihn nicht.« Sie drückte den Abzug, und die Kugel schlug links von Colins Fuß ein. Er zuckte zurück und hob die Arme.

Colin fluchte. Nickolas lachte. Die Matrosen grinsten.

Rein unterdrückte sein Lachen. »Du hast ihn verfehlt.«

Sie warf ihm einen Blick zu. »Sagte ich denn, dass ich ihn treffen will?«

Colin ließ langsam die Hände sinken.

Michaela sah ihn provozierend an.

»Willst du eine andere Pistole, Liebste?«, fragte Rein.

Sie blickte zu Colin, lächelte jedoch. »Ein Schuss genügt, danke.«

Colin lachte schallend auf. »Verdammt, Rein, ich mag sie!«, rief er über das Wasser.

Michaela gab einen verächtlichen Laut von sich. Es reichte ihr, dass der dumme Pirat wusste, dass er vor Wochen die Grenze überschritten hatte, indem er Rein angegriffen hatte.

»Du hast schon wieder diesen Gesichtsausdruck«, sagte Rein.

Sie lächelte. »Was denn für einen?«

Er deutete zu Colin. »Einen, der sagt, dass du noch einen Montegomery gefunden hast, den du quälen kannst.«

»Nein, du bist der einzige Mann, den ich quälen will«, versicherte sie leise.

Rein nahm ihr die Pistole weg. »Könnten wir gleich damit anfangen?«, fragte er, reichte Leelan die leere

Pistole und führte Michaela zur Leiter, um sich mit ihr in die Kabine zurückzuziehen.

Lachend blieb sie stehen und küsste ihn, bis seine Knie weich wurden.

»Weißt du, kleine Rebellin«, sagte er atemlos, »du bedrohst die Montegomery-Männer viel zu oft.«

Ihr Lächeln zeugte von Liebe. »Aber nur einmal, Rein, habe ich auf das Herz gezielt.«

Epilog

1783

Michaela stieg aus dem Bett und ging barfuß ins Kinderzimmer, öffnete die Tür und lehnte sich lächelnd an den Türrahmen.

Rein saß am Fenster im Schaukelstuhl. Die warme Luft von Carolina bewegte die Vorhänge. Leise sprach er mit Jackson, während sie näher kam.

»Hast du deine Mama heute Abend gesehen? Sie war die schönste Frau im Raum. Und die Einzige, die für Tapferkeit im Kampf um die Freiheit unseres Landes geehrt wurde. Sie war Spionin, musst du wissen.«

Jackson brabbelte leise und sah ihn groß mit blaugrünen Augen an. »Ach, das wusstest du nicht? Ich hätte schwören können, dass ich es schon erwähnt habe«, sagte Rein.

Er wiegte das Baby, berührte die winzigen Fingerchen und knabberte an den Zehen.

»Du wirst in Freiheit leben, mein Sohn, und das verdankst du Menschen wie deiner Mutter und Onkel Nickolas.«

»Und dir, Liebster«, flüsterte Michaela.

Überrascht drehte er sich um.

»Ich vergesse nicht, wie du dich uns angeschlossen hast, ohne den Grund zu verstehen.«

»Ich habe ihn verstanden«, behauptete er beleidigt.

Sie lächelte. »Lügner.« Sie nahm Jackson und setzte

sich auf die Fensterbank, öffnete den Hausmantel und gab dem Baby die Brust.

Rein legte die Beine neben ihr auf den Sitz und seufzte zufrieden.

Nebenan schliefen zwei dunkelhaarige Jungen unter der Decke der Freiheit. Sie waren jetzt Amerikaner, doch zweimal im Jahr segelten sie nach Madagaskar und Mozambique und danach nach Sanctuary. Michaela wollte dorthin, weil sie dort von dem Wichtigsten umgeben war – von ihrer Familie. Wenn sie wollte, würde er mit ihr dorthin gehen. Bis ans Ende der Welt wollte er ihr folgen, und er wäre auch für sie gestorben. Zum Glück war der Krieg zu Ende, sodass er kein so großes Opfer mehr bringen musste.

Sie küsste ihren Sohn und strich sich das Haar von der nackten Schulter zurück. Beim Gott des Donners, sie war eine ungezähmte Schönheit und brachte sein Blut zum Sieden. Er liebte sie mit jedem Blick mehr, mit jeder Berührung. Sie schenkte ihm so großzügig ihr Herz. Und er brauchte seine Gefühle nicht mehr zu kontrollieren, weil er bei ihr jede Zurückhaltung aufgeben durfte. Rein lächelte. Sie verlangte sogar danach.

Er stand aus dem Schaukelstuhl auf, setzte sich neben Michaela und lehnte sich an den Fensterrahmen. Der Mond schien auf sie beide, als Michaela sich seufzend an Rein schmiegte. Jackson nuckelte geräuschvoll.

»Ich liebe dich«, flüsterte Michaela. »Habe ich das heute schon gesagt?«

Lächelnd spielte er mit ihren Locken, die ihre Brust verhüllten. Ihr leises Stöhnen weckte sein Verlangen. »Du brauchst es nicht auszusprechen, kleine Rebellin.« In ihrem Kuss fand er Liebe, und er war dankbar für den Tag, an dem sie ihm eine Kugel in den Körper gejagt und sein totes Herz wiederbelebt hatte. In ihr hatte er mehr als Liebe gefunden, mehr als eine Partnerin für dieses und das nächste Leben. In der Liebe zu ihr hatte er seine eigene Freiheit gefunden.

Und das wollte er für das nächste Jahrhundert genießen.

Die Feinde, die ihre Festung belagern, sind in der Übermacht. Siobhan O'Rourke will nicht, daß ihr Volk im Krieg vernichtet wird, und so ist sie bereit, sich selbst zu opfern, um den Clan zu retten.
Gaelan PenDragon verlangt von ihr vollkommene Unterwerfung. Siobhan schenkt ihm ihren Körper, doch ihr Herz wird er niemals erobern. Gaelan ist da ganz anderer Ansicht – noch nie hat er eine Niederlage erlitten, und schon gar nicht bei einer Frau. Und so beginnt er einen leidenschaftlichen Feldzug gegen die störrische Prinzessin, die all seine Sinne entflammt hat ...

ISBN 3-404-18273-1

BASTEI LÜBBE

Rafe Gentry hat einiges auf dem Kerbholz, aber nicht den Mord, der ihn ins Gefängnis gebracht hat. So wird er also zu Unrecht verurteilt und soll nun am Galgen sterben.
Angela Abbot, die gerade noch rechtzeitig hinzukommt, sieht nur einen Ausweg, den Mann zu retten, von dessen Unschuld sie überzeugt ist: Sie gibt ihn als ihren Verlobten aus. Ehe sie wissen, wie ihnen geschieht, werden Angela und Rafe getraut. Schon nach kurzer Zeit weiß Angela nicht mehr, ob die überstürzte Heirat mit diesem verführerischen Rebellen der größte Fehler ihres Lebens oder ihr Glück war ...

3-404-18281-2

BASTEI LÜBBE

Es ist das Jahr 1835, und die Texaner kämpfen um ihre Unabhängigkeit von Mexiko. General Sam Houston beauftragt Ian McCain, die Identität der mysteriösen San Antonio Rose aufzudecken, die ihnen ihre Hilfe angeboten hat. Will die Tänzerin den Texanern wirklich helfen oder ist sie eine Spionin der Mexikaner?

Ian folgt der dunkelhaarigen Schönheit und beobachtet, wie sie ihr Publikum beim Tanzen verzaubert. Und auch er kann sich ihrer Ausstrahlung nicht entziehen. Gleichgültig, in welche Gefahr er sich dabei begeben mag – er muss diese verführerischen Lippen um jeden Preis küssen ...

3–404–18278-2

BASTEI LÜBBE